元史演绎系列
李治安 主编

冯苓植 著

一统华夏
忽必烈大帝之
文韬武略 上

长篇历史小说

内蒙古出版集团
远方出版社

图书在版编目(CIP)数据

一统华夏：忽必烈大帝之文韬武略/冯苓植著．－呼和浩特：远方出版社，2016.1
（元史演绎系列）
ISBN 978-7-5555-0590-7

Ⅰ．①一… Ⅱ．①冯… Ⅲ．①长篇历史小说－中国－当代 Ⅳ．①I247.5

中国版本图书馆CIP数据核字(2015)第316887号

元史演绎系列

主　编：李治安
副主编：包明德　苏那嘎
民俗顾问：托　娅
蒙语顾问：巴拉吉
史学顾问：阿拉腾巴根

一统华夏——忽必烈大帝之文韬武略

作　　者	冯苓植
总 策 划	苏那嘎
责任编辑	董美鲜
责任校对	张　旭
装帧设计	晓　乔　韩　芳
出版发行	内蒙古出版集团　远方出版社
社　　址	呼和浩特市乌兰察布东路666号　邮编 010010
电　　话	（0471）2236471 总编室　2236460 发行部
经　　销	新华书店
印　　刷	北京振兴源印刷有限公司
开　　本	710mm×1000mm　1/16
字　　数	628千
印　　张	39
版　　次	2016年5月第1版
印　　次	2016年5月第1次印刷
印　　数	1—5 000册
标准书号	ISBN 978-7-5555-0590-7
定　　价	69.80元（全二册）

如发现印装质量问题，请与出版社联系调换

总序

◎ 李治安

冯苓植先生的四部大作《震撼崛起——成吉思汗及其英武儿孙》（读史随笔）、《一统华夏——忽必烈大帝之文韬武略》（长篇历史小说）、《宫闱秘史——蒙元帝国的后妃轶事》（读史随笔）及《重振北元——草原传奇皇后满都海》（长篇历史小说），即将汇编为《元史演绎系列》由远方出版社付梓面世。这的确是蒙元文化传播的一件幸事！嘱我作序，我欣然命笔，说几句自己的体会与感受吧。

我和冯先生是五年前在呼和浩特市的一次学术会议上认识的。他长我十岁，是兄长，也是小说家前辈。我们又都曾在山西太原读书和生活，所以那次谈得很投缘。之后，冯先生莅临津门，约定再次会见，面叙旧情。不凑巧，我因兄长突然病故，只得临时取消约定，急匆匆回太原奔丧。错过与冯先生的天津会面，我深感遗憾。

冯先生退休后，离群索居，当起了"游牧作家"，尽情遨游在七八百年前的蒙古游牧世界。初次见面时他已写完《忽必烈大帝与察苾皇后》和《大话元王朝》等，让我非常感动。于是，我对他说："历史的传承向来是靠双翼的，一翼是靠专家学者的探索和研究，一翼是靠通俗演义和野史笔记的普及和传播。如陈寿的《三国志》以及罗贯中的《三国演义》就是很好的例证。元史所欠缺的正是后者。"我这样说，也是有依据的。蒙元帝国是空前绝后的世界帝国，对中国和世界的影响巨大，乃至人们把13、14世纪视为蒙古世界。虽然元朝统治不足百年，但所留下的历史遗产丰厚而重要，随便就能举出几例，如行省制的实行和西藏归入中国版图，这是对我们统一的多民族国家发展壮大的不可磨灭的贡献。近九十年来，特别是改革开放以来，经过几代学者的不懈努力，中国的蒙元史研究后来居上，取得了许多引人瞩目的成绩，改变了"元王朝在中国，元史学在国外"的窘况。这诚然令人欣喜。另一方面，以通俗文艺方式写作的大众传播作品相对较少，除了20世纪蔡东藩的《元史通俗演义》和黎东方的《细说元朝》及电视剧《成吉思汗》影响较大外，其他蒙元题材的文艺作品寥若晨星，与蒙元帝国的显赫地位很不相称。目前国人对清朝史事相当熟悉，对清朝认同度较高，甚至略强于宋、明，而对元朝史事大多知之甚少，认同度颇低。虽然有多种原因，但以通俗文艺方式写作的大众传播作品偏少，面向亿万百姓同胞的文化熏染欠缺，恐怕也难辞其咎。冯先生以耄耋之年，撰写《元史演绎系列》这一皇皇巨著，可谓"及时雨"。该系列图书艺术地再现了被常年封存的蒙元精彩历史画卷，弥补了这方面的不足，难能可贵，值得称道喝彩！

冯先生之所以退休后老骥伏枥，知难而进，花费十六七年时光，全力以赴地完成《元史演绎系列》，主要动机就是回报草原。他大学毕业后，因为"家庭出身"，不得不"走西口"，长期生活在茫茫的大漠草原上。是蒙古族兄弟姐妹伸出温情的手，给予他许多照料和帮助，伴随他度过那段辛酸而又难以忘怀的岁月。冯先生由衷地感谢多年来无私帮助过他的那些蒙古族朋友们，也感谢蒙古草原！于是，回报草原，准确地传承和普及蒙元历史文化，就成为他人生的一大心愿。他还想得更多、更远：民族的团结，祖国的统一……"谁言寸草心，报得三春晖"，懂得感恩，是人类共同的文化取向。昔日草原恩惠，今朝回报草原。倘若我们都能如此行事，都能做到感恩奉献，那就能够超越自我，造福社会，携手铸成美好的明天。在这方面，耄耋之年的冯先生，已做先驱榜样，吾侪后辈理当效法追随。但愿我们能展开弘扬优秀传统文化的接力，以此回报祖国、回报社会，让未来充满大爱，充满光明！

（作者系中国元史研究会会长、南开大学历史学院院长）

序 艺术地再现忽必烈大帝

◎ 包明德

冯苓植先生是我所尊重的一位当代著名作家。

他在文学创作中颇有悟性，成果丰硕，但他在生活中却很谦慎淡泊。有人曾通知他参加内蒙古自治区"杰出人士"的评选，并告诉他奖金是二十万元，而他却不解地回答："我上午一碗面，下午一个馒头，要二十万元干吗？"据我所知，他还"打不还手，骂不还口"。总想避开矛盾是非，实在不行了便过起云游山川或深入草原的"游牧生活"，走一个地方写一篇文章，"以文养游"，以至于文友们常常不知他的行踪。苏叔阳曾说他的动物小说是"杰克·伦敦式的"，林炎也曾称他的动物小说为"形象化的哲理，哲理化的形象"。其实，这些评价都是很精当的，但他平素所展示的是大智若愚、大隐于市的姿态，看起来既超脱又闲适。

他退休游牧了，搬出了作家宿舍楼，住进一处偏远的六楼顶层，每天只下来一次散散步，交往戏耍的范围也限于小孩儿和宠物犬。他退得比较彻底，多年来几乎再未踏进机关的大门。他不愿给人添一点麻烦，好似从内蒙古作家群里蒸发了。直到有一天，我接到他打来的电话和随后寄来的书稿，我才知道这位老兄正在历史的故纸堆中走火入魔地开掘着新的文学天地。

《一统华夏——忽必烈大帝之文韬武略》，这样的历史小说书名对内地人来说或许会感到陌生，但对蒙古族的我本人来说，却感到冯苓植先生不枉在内蒙古生活了五十余年。他这些年的"隐居"生活是如此的充实，如此的自得其乐！查遍《元史》《蒙古秘史》等蒙汉中外史籍，会使人感到这部书绝非出于猎奇，而是千真万确的历史事实。正是七百多年前这一杰出的历史人物，结束了自残唐以来三百多年的割据与战乱，"用真儒"缔造了第一个由中国少数民族入继"中华大统"南北统一的伟大王朝。

千古悠悠，大元王朝曾创出华夏历史上的多个"第一"。

自秦、汉、晋、隋、唐、宋以来，忽必烈首先奠定了我国各民族共有的最大的疆域版图。当代元史专家李治安先生对忽必烈有过很高的评价，称他为"少数民族君主统一和治理南北的第一人"与"多民族统一国家发展的推动者"。法国著名的蒙古史学者格鲁塞也这样评价他说："在中国，他企图成为十九个王朝（原文如此）的忠实延续者。其他的任何一位天子都没有像他那样严肃地扮演着自己的角色。他恢复的行政机构治愈了（中国）一个世纪之久的战争创伤。"再看小说中出现的察苾皇后，也绝非是一个文学中杜撰的形象。有大量的史料可为佐证，她的确是辅佐忽必烈"入继华夏大统"的杰出蒙古族女政治家。中外多种史籍都有相关她"光彩照人，聪慧绝顶"的记述。《元史》中更称她"受命于天，佐夫终成帝业"。而她的孙子元成宗铁穆尔更进而在对她的追谥册文中详述道："囊事龙潜之邸，及乘虎变之秋。鄂渚班师，洞识事机之会；上都践祚，居多辅佐之谋。"他们都是草原汗国传统思维的改革派和创新者，已不满足于半原始的扩张攻略方式。即在为臣下时，便于王府之内广纳儒生士人。他们大胆地汲取以儒家思想为基础的汉法汉典，为缔造大元王朝预先做好了思想准备和人才储备。故《一统华夏——忽必烈大帝之文韬武略》这样的书名绝非仅为"小说家言"，而是真实、艺术地再现了历史。

但元代这段历史似乎很少在文学上有所展现。我所看到的只有一本民国初年蔡东藩写的《元史演义》。而在这部演义里，写成吉思汗征伐扩张的占十之四五，写元末皇室"荒淫无耻"的占十之三四，写忽必烈缔造大元王朝的也只不过十之一二。寥寥数笔带过，明显地存在着偏见和缺失。所以人们提起蒙古民族，提起元朝，似乎只记得一个名字：一代天骄成吉思汗。其实成吉思汗生前的国号一直称"也客蒙古兀鲁斯"（即大蒙古国）。而在其嫡孙忽必烈于1260年立年号"中统"以示"入继华夏大统"之后，才在1271年改国号为"元"以取代旧国号。这不仅是蒙古民族融入祖国大家庭的历史性伟大创举，而且在这波澜壮阔的历史时期也涌现出众多无愧于历朝历代的名臣名将。尤其是各民族的杰出历史人物同时涌现，更应该在文学上得到充分展现。

对大元王朝人们至今知之甚少，仍似一部未被打开的史书。究其缘由，或许有三：其一，大元王朝存在的历史相对短暂，取而代之的大明王朝却绵延了近三百年。除内修的《元史》相对客观外，无论是官方或民间大多是对前朝的诋毁和贬损。其二，民族性、民族文化、民族语言的差异和不同，导致了蒙汉史籍的混乱。仅以人名为例就有不同版本的译称，既混乱又难记，甚至还有意进行污名化，所以大元王朝的风云人物便大多被尘封于历史之中了。其三，那便是之后长期的以汉文化为本位的思想。新中国成立后，毛泽东同志提出"国家的统一，民族的团结，是我们事业胜利的根本保证"，他将成吉思汗与秦皇、汉武、唐宗、宋祖并列，将其称为"一代天骄"。尤其是在改革开放之后，使这段尘封的历史重新展现变为可能。成吉思汗的武功在影视屏幕上频频得到展现，现有人在为其孙忽必烈的文治进行艺术表现了。这是建设统一国家与和谐社会、加强民族团结、构建强盛中华文化的时代需要。

这部小说使我感奋，令我着迷。大元王朝的历史一幕幕地展现在眼前。第一个深刻的印象是，冯兄这是在以治学精神来创作这部长篇历史小说啊！书中涉及中外古今史料之浩繁，涉及蒙汉各民族历史人物之众多，涉及地理、宗教、建制、风俗等诸多门类学问之庞杂，非潜心研读诸史者是难以下笔自如的。这就揭示出冯兄"躲进顶楼成一统"似乎销声匿迹近三载的真相，原来他潜心苦研已快成为元史专家了。就拿忽必烈"尊儒"来说，就绝非是作家的趋时之举，而是有着坚实的史实为基础的。早在元代就有学者孔齐在《至正直记》中写道："世祖（即忽必烈）能大一统天下者，用真儒也。"这便是这部小说的一个核，一条线。而辅佐他缔造大元王朝的诸多"真儒"，如姚枢、许衡、廉希宪、郝经等，人人都有史，个个都有传，而冯兄为了这一切，查遍了这些元代大儒名臣的墓志铭。这绝非应景文章可以办到的，以治学精神来写历史小说确实弥足珍贵。

随着生动情节的向前推展，我又发现了作品的第二大特点，这就是学术性与趣味性并重。冯兄是编织故事的高手，并以他引人入胜的小说构思蜚声文坛。但这次他却抛弃了自己的所长，全篇以历史史实为主线。这不但没有束缚住作者的手脚，而且使人读来兴趣盎然欲罢不休，可读性极强。这正是得益于浩繁史料的帮助，经过哲理性的思索而着力于人物形象的塑造与刻画。冯兄在写这段起伏跌宕的历史时，没有以简单的忠奸善恶或仁君暴君来写历史人物，而是着力于描写忽必烈复杂的心路历程。面对辽王朝出现后契丹的消失，面对金王朝兴起后女真族的淡出，忽必烈一直挣扎于既要当好入主中华的一代皇帝，又要保持蒙古族文化免于消融的两难境地。同时，他还面临着内部各封国封王守旧势力的顽固牵制和背信弃义的阴谋叛乱。作品把这个历程写得相当生动，既鲜明地塑造了雄才大略的忽必烈，又不回避他的民族个性和复杂心态。栩栩如生，感人至深。而对察苾皇后，作者的刻画和塑造更是不乏精彩的篇章，即使写她的天生丽质，也是一箭双雕地进行了巧妙安排。作品总是严格地遵照历史真实，将她置于复杂的矛盾冲突中，一步步展现出她的贤能和才智。从少女时期的反向抢婚，到最终成为大元王朝的一代贤后，作为妻子、母亲、杰出的政治家，她的形象真可谓塑造得引人入胜、光彩夺目。作品中其他历史人物大多也具有鲜明个性，都使人过目难忘。

当然，作为小说就难免有虚构的情景和人物。作品严格以史实为背景，想象和虚构了几个人物。比如，另类小儒生范宁的出现，就有助于展现两种文化的差异和融合，也衬托出蒙古民族的襟怀坦荡和民风淳朴。这更符合忽必烈对儒家"鄙言空言义理，强调经世致用"的要求，也从另一个角度突显出忽必烈和儒者的矛盾所在。而说到元好问和察苾皇后的师生关系也不是凭空想象。元好问是金代冠绝一时的大诗人，金亡后曾誓不为贰臣。但他在被俘流落漠北草原时，与亡金状元王鹗等儒士共推忽必烈为"儒教大宗师"。为了加重作品的历史感、真实感与文化感，冯兄曾多次到山西忻州的元好问陵园采风，丰富的民间传说为他提供了大胆设想的基础。总之，这部小说有上百个人物，虚构的人物却只不过三四位而已，能把众多的人物不失历史真实性地融入一部小说，的确体现了冯先生的渊博学养和文学功力。

中国蒙古族精神文化的演进发展，鲜明地体现着兼容开放的视野，渗透着我国其他民族文化的因子，特别是受汉民族影响最深。远古的神话、祭词、祝词、赞词、英雄史诗与民间故事，都蕴含着突厥、匈奴和鲜卑等北方各民族文化的影响。忽必烈的尊儒重儒，上可追溯到父兄时期，下则流传到现当代。尹湛纳希是近代蒙汉文化交流融通的杰出代表。"一种意义只有当它与另外的意义相遇或相接触的时候，才显示其深度。它们加入了一种对话，这就超越了这些特殊意义和特定文化的封闭性与单一性。"（米·巴赫金）尹湛纳希当年开明通达地慨叹黄教室闷下的精神文化的缺失，毫不褊狭地推崇引介汉民族诸子百家的文化成果。

中华民族是由五十六个民族构成的，中华文化是多元一体的文化。精神文化的联系与互动，是中华民族增强民族凝聚力、国家团结统一的重要纽带与标识。美国的莫里斯·罗沙比撰写了《忽必烈和他的世界帝国》，2008年在我国翻译出版。正如李治安先生所说，"与一般微观论著相比，罗沙比能够把忽必烈放在'蒙古世界帝国'和多元文化秩序等广阔视野内，娴熟地展开宏观思考与探讨"。如果说该著作是"西方人视野下的忽必烈大汗"，那么《一统华夏——忽必烈大帝之文韬武略》则是中国汉族同胞眼中的忽必烈大帝。一个是西方学者的论著，一个是中国作家的文学著作，二者可谓相映成趣。这样的类比，我只是想再从一个侧面强调说明冯兄的这部大作，充溢着非同寻常的文学意义、文化意义和时代意义，着实可喜可贺。

感谢冯兄推出这样的力作，并把这篇读后感权作为序吧。

（作者系全国政协委员、中国社科院研究员、著名文学评论家）

目录

开　篇	欲知草原往事，请先听一些必要的唠叨	001
第一章	苍狼在召唤	007
第二章	白鹿向狡狐的异化	025
第三章	是金子总会闪光的	047
第四章	螳螂捕蝉，黄雀在后	070
第五章	草原大汗是如何励精图治的	106
第六章	坐镇漠南汉地的蒙古宗王	138
第七章	权力的终极，便是随心所欲	171
第八章	习儒宗王远征天之南	213

目录

第九章　天上只允许有一个太阳　　　　　　　　271

第十章　晚霞般绚丽的功败垂成　　　　　　　　319

第十一章　兵不厌诈，权不厌诈　　　　　　　　380

第十二章　内蒙外汉，曲折走向大元王朝　　　　437

第十三章　草原君主，终于实现南北江山一统梦　507

第十四章　形单影只，高处不胜寒　　　　　　　535

第十五章　神鹿黯然，回归天际　　　　　　　　563

第十六章　烈士暮年，自觉走下神坛　　　　　　580

后　记　　　　　　　　　　　　　　　　　　　610

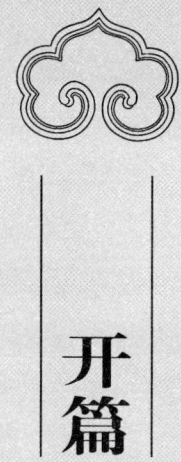

开篇

欲知草原往事,请先听一些必要的唠叨

【看点提示】你知道吗?儒文化是如何润物细无声地进入草原的?——你知道吗?成吉思汗又为何唯独对汉地采取了"兼容并蓄、笼络八极"之策?——你知道吗?亲自召回契丹大儒耶律楚材成为亲信重臣又有何深刻用意?——你知道吗?为何偏又是最理解这一切的嫡孙忽必烈累遭横劫?……

世祖能大统一天下者,用真儒也。

——〔元〕孔齐《至正直记》

此处之"世祖",系指成吉思汗之嫡孙、大元王朝之缔造者忽必烈。"用真儒"也的确是史实,并使他成为历史上结束南北对峙、"入继华夏大统"之少数民族帝王的第一人。用现代人的眼光来看,一位在血雨腥风中成长的战神后裔,竟能和儒家学说打起交道,天各一方,民族殊异,的确令今人难以置信。但这就是历史,而历史是不容篡改的。

须知,儒学和北方马背民族的关系是源远流长的……

早在五十多年前,我国杰出的历史学家翦伯赞先生在游历内蒙古呼伦贝尔大草原时就曾慨然言道:这里的茫茫大草原曾是中国诸多少数民族古代的演兵场。一旦在这野性勃发的大后台演练成熟,便纷纷冲向中原大地演出了一幕幕波澜壮阔的历史剧……而事实也的确如此,鲜卑族入主中原建立了北魏王朝,契丹族入主中原建立了辽王朝,女真族入主中原建立了金王朝——均未能一统天下。而"一代天骄"

也确实是在这茫茫草原的斡难河源头（即今之海拉尔河畔），被蒙古各部族共尊为"成吉思汗"（即普天下之大汗），从而金戈铁马地冲向中原，冲向世界，创建了地跨欧亚大陆、震撼人类历史的"也客蒙古兀鲁斯"（汉译：大蒙古国，有的史籍也将其称为"大朝"）。但无论是哪个民族，哪个新建立的汗国或王朝，在冲向中原大地时都必须面对一个严峻的现实，即或取或舍以儒家思想为代表的治国之道。

特定的历史环境，特定的文化背景……

当然，尚必须指出儒家文化绝不是万能的，甚至还曾在历史的发展中起过副作用，而有些帝王更常把它作为鸡毛掸子或遮羞布。但对于北方少数民族入主中原后建立起的一个个封建王朝来说，当时离开了儒家文化却是万万不能的。因为它集中体现了农耕文明的精髓，并经历代帝王不断地充实和发展，早已形成了一套行之有效的治国理念和行为准则。而入主中原的北方游牧民族的君主们往往又在软实力上准备不足，为实现自己"入继华夏大统"的愿望也似乎只能继承这份政治遗产了。更何况，儒家文化的奠基人孔子确实是一位伟大的智者、哲人、世界性的思想先驱。为此，他所留下的文化遗产也绝不会仅仅属于某个民族或某个地域。例如，当16世纪孔子的思想传入欧洲后，法国的伟大思想启蒙者伏尔泰就对其敬佩不已，常常对着夫子像顶礼膜拜。再以"用真儒取天下"的忽必烈大帝为例，他的幕府中所任用的儒臣儒僚也绝非仅仅局限于汉族，其中尚有后来的蒙古族名相安童、契丹族左丞耶律铸、畏兀儿族儒将廉希宪，以及阿拉伯圣裔赛典赤·赡思丁等，他们均是以儒法治世之能臣。由此可见，儒家文化早已超越民族和地域的范畴，在七百多年前就已成为我国各民族共同拥有的精神财富。

儒家文化实乃我国多民族大家庭形成的黏合剂……

但更应特殊提示，忽必烈之"用真儒"也绝非仅仅是他个人的"先知先觉"，除历史发展之必然外，他那伟大的祖父早已为他做好了铺垫。1215年，成吉思汗亲率铁骑攻破金中都（即今之北京）后，即对实施几千年的汉地汉法有所思考。面对农耕文明可提供的充裕战备物资之现实，竟一反常规下诏命令其任命的中原之主木华黎对汉地采用"兼容并蓄、笼络八极"之策。随后更出人意料地将后金遗臣、契丹大儒耶律楚材召至麾下，任命其为御用的"必阇赤"（即贴身书记官）。而此举在仍沉浸于战争狂热中的草原汗廷曾引起一片哗然，一位善制强弓的蒙古悍将当众进谏道："国家正当用兵之时，如耶律楚材这样的儒士留之何用？"没想到这位契丹大儒却也能挺身而出自我辩解曰："治弓尚需请良匠，难道治天下能不用治天下之人才乎？"不卑不亢，众皆错愕，而史称成吉思汗竟"引以为然"（详见《元史·耶律楚材传》）。这就是"深入漠北第一儒"之来历，而此后耶律楚材也确实在西征中逐渐成为成吉思汗所倚重的核心幕僚成员。到了窝阔台大汗继位后，这位契丹大儒已被当着诸多外国使者称之为"贤相"了。（详见《元史·耶律楚材传》）综合上述可见，成吉思汗绝非仅仅是一位曾马踏欧亚震撼世界的非凡军事统帅，而且还是一位海纳百川的大智慧者。

七百多年前，他就深知软实力的重要性了……

然而天不假年，"一代天骄"成吉思汗只展现了他的"武功"尚未来得及展现他的"文治"，便于1227年病逝于征西夏的途中，享年六十六岁。但他引入契丹大儒的作用却仍在发酵，继耶律楚材之后便有了更多的儒生儒士来到漠北草原"择主而事"。而一些封王和贵胄们也颇追求这种"时尚"，竟有人开始延聘一些名儒教习自己的子弟了。这是自汉唐以来我国北方各民族文化历经千年的冲撞、磨砺和融合的必然结果，至此儒家文化便渐渐润物无声地进入了战马嘶鸣的大草原。

但包容并不等于完全接纳……

须知，马背民族是一个高傲的民族，他们对自己千百年流传下来的游牧文化充满了激情和自豪感。而大多数宗王贵胄更仍沉浸在狂热的征服梦中，对自己伟大先祖之深远意图并不理解。他们只把投奔或掳来的儒者当作摆设、战利品，或是会讲中原历代帝王故事的说书人。由于受辽、金两代的残酷统治，竟本能地对来自于中原的"汉地汉法"严加排斥，甚至将契丹与女真君王的苛政与儒家的"治国之道"混为一谈。在他们看来，继承圣祖的伟大遗志就是重跨马背、冲出草原、在血雨腥风中进行无休止地扩张再扩张。

但路在何方？最终归宿又在哪里呢？

【 开篇　欲知草原往事，请先听一些必要的唠叨 】

"也客蒙古兀鲁斯"，虽在辉煌的巅峰时期却面临着艰难的抉择。狂热的征服主义者包围着汗廷，甚至使成吉思汗钦定的接班人窝阔台大汗也颇难施展才能。更何况！留下了这地跨欧亚的庞大汗国也就等于留下了祸乱，宫廷中的血腥内斗早已使当权者忘却了圣祖恢宏的遗愿。而就在这黄金家族处处显示出杯弓蛇影的时刻，却有一位皇族少年正在潜心思考伟大祖父的临终嘱托：从安排后人"取潼关，联宋灭金"的战略部署（详见《元史·太祖本纪》），到命令木华黎对中原采取"兼容并蓄、笼络八极"之策，直至任用契丹大儒耶律楚材成为身旁亲信重臣……逐渐悟到圣祖成吉思汗晚年的心愿：改变野性的原始攻略方式，将战略目标最终转向世界上最富足、最先进的地区，也就是遵循历史"入继华夏大统"，从而海纳百川地建立一个长治久安的伟大新王朝。

这个皇族少年就是忽必烈……

也难怪！据《元朝秘史》《史集》等中外古籍记载，在众多的嫡孙之中，成吉思汗对忽必烈似乎特别的钟爱和看重。他不仅在其降生时就曾给过这个黝黑的孙儿关顾和爱抚，而且在其懂事后还曾对其有过令人震惊的预言：这个嫡孙的未来"灿烂将如我在生之时"！这对忽必烈来说，显然是一种永难忘怀的激励，稍长后更进而把伟大祖父的遗愿当作自己毕生的追求。为此，他开始研读中原历代帝王的兴衰史，开始了探索儒家的治国之道。此外还任用耶律楚材，进而在自己身旁招纳一批蒙汉兼通的年轻儒生。

但造化是如此不公，刚一起步便噩运临头……

成吉思汗的阖然长逝，明显地加速了皇族之间的血腥内斗。一场蓄谋已久的暗中策划，终于将矛头直指忽必烈所在的皇族家系了。随之便是父亲的不白之死，母亲的饱受屈辱，长兄的入质汗廷……一个个灾难接踵而至，最终使一支皇室中最辉煌的家系陷入了没顶之灾中。

彻底被边缘化了，何谈理想和追求？

多亏有其伟大而圣洁的母亲支撑着，再加上有其父亲留下的超凡人格魅力之影响，总算在屈辱中渡过了一个又一个难关。而忽必烈也终于在对汗廷貌似恭顺中成人了，还娶了个称心如意的美丽而又聪慧的妻子——帖木古伦。幸福的时光似又使他想起了祖父的遗愿，但谁能想到一涉及这个主题大难便又临头了。

那是一个暴风雪袭击茫茫大草原的夜晚。

狂风呼啸着撼动了毡包帷帐。

有女人痛苦的哀叫。

还有生离死别……

第一章

苍狼在召唤

【看点提示】你知道吗？暴风雪是如何疯狂地袭击着草原？年轻的忽必烈又是如何抱着亡妻的遗体在毡包中痴坐了三天三夜？——你知道吗？是什么使他又想起了家族曾经有过的辉煌与荣耀？是什么使他想起了成吉思汗对自己曾有过的灿烂预言？——你知道吗？但是为何现实总与愿望是那么可怕的背道而驰？为何就连他这样怀抱亡妻也会引起汁廷的猜忌？——你知道吗？又多亏了哪位倾国倾城之美少女的出现，才彻底转移了朝野的注意力？而窝阔台大汗又为何突然神秘地驾崩于万安宫？——你知道吗？为什么说在一片混乱中，人们几乎快要把忽必烈遗忘了？而他又为什么只顾在暴风雪中倾听那苍狼的声声召唤？……

成吉思汗为子孙留下一个地跨欧亚的伟大汗国,同时也留下了各皇族间无休止的权位之争。

——〔法〕格鲁塞《草原帝国》

一

按时间上溯,那当是1240年的严冬。

雪舞、风狂!老天似挥动着无数根银鞭抽击着大地,整个茫茫的吉里吉斯草原都被白皑皑的冰雪覆盖了。岗弯里的毡包王城在暴风雪中战栗着,似乎眼看就要被这场无情的白毛旋风摧垮了。仿佛末日就要到来,就连奔腾的烈马也似困在雪网中难以挣扎了。

然而,从来都是福无双至祸不单行的……

就在这暴风雪肆虐的夜晚,就在这拖雷家系几乎被遗忘的遥远封地上,有一

【第一章 苍狼在召唤】

处几乎被大雪掩埋的毡包寝帐里，一场无可挽回的人生大悲剧已经发生了。只见得一位年轻人正悲痛欲绝地抱着一位毫无反应的少妇，目光呆滞地痴痴坐着。面色憔悴，双目深陷，胡碴丛生，似乎这一沉重的打击已经使他提前开始衰老了。

他就是忽必烈，时年刚刚二十四岁。他的怀里是白天因难产死去的妻子，是年方十九岁的帖木古伦。一个来自远方弱势部族首领的女儿，纯属是为不引起汗廷的猜疑而草草结成的一桩婚姻。但正由于不掺杂政治成分，这平凡的结合正给他带来了无比的欢乐、无比的幸福。再加上帖木古伦又是那么美貌绝伦，那么善解人意，那么聪明贤惠。她不仅在短时间内成了母亲的好帮手，而且也颇有见识地成为他的贤内助。春末，在百花盛开的草原上，他又得到了一个更激动人心的喜讯：温柔体贴的妻子怀孕了！这更使他欣喜若狂——面对未来又充满了希望，深信随着新生命的诞生噩运也将结束。却谁料这场百年不遇的暴风雪竟又无情地将他这个美梦击碎了。帖木古伦在寒风暴雪疯狂袭击的寝帐里整整挣扎了两天两夜，虽然动员了家族的一切力量抢救，但最终还是勉强保住了婴儿没有保住母亲。年方十九岁的帖木古伦就这样走了，她是那么美丽，那么温柔，那么善解人意，临终只留下一句话——照……照顾好咱们的儿子……

伉俪情深，难割难舍，这是完全可以理解的。但他就这样抱着爱妻的遗体痴痴地坐了一天一夜，却令属下的家臣家将们不可思议了。须知，他是圣祖成吉思汗的皇嫡孙，命运再不济也是个天生的"罕王"级人物。按照草原的古风古俗，就连一般男人只要能养活想娶多少个老婆都可以。而且可以父死纳父妾、兄亡娶兄嫂，甚至还可以去抢婚。女人天下有的是，犯得着这样丧魂落魄地生死不离吗？没错儿！小王妃的天生丽质是曾令整个封地引以为荣，但为此而一蹶不振那值得吗？

只有伟大的母亲对他的举动格外理解……

这或许是源于伟大的母爱，或许是源于草原上那更加古老的传说。是充满野性却又格外迷人——有关图腾的。据相关秘史记载，蒙古民族的共同祖先应当是一只受天命而生的"孛尔帖赤纳"（苍狼），娶了一只同样受天命而生的"豁埃马阑勒"（白鹿），受天命结合后生下一子取名叫：巴塔赤罕，十传之后便渐渐衍生出成吉思汗所在的"黄金家族"……（详见《蒙古源流》《史集》等）其实这并不以为怪，世界上绝大多数民族都有自己崇奉的图腾，只不过蒙古民族破例有两个：苍狼和白鹿！从中不难看出，这些马背上骁勇的男子汉们虽对女人具有强烈的占有欲，但并不否认妇女们在使自己的民族兴旺和崛起中的崇高作用。而事实也的确如此，成吉思汗的母亲诃额伦便是颇具代表性的人物之一。在夫亡族危的关键时刻，正是她以"一支箭一折就断，十支箭百折不弯"来教导和激励儿子们，促使他们团结奋发终于又重新打出了自己的天下。而成吉思汗的正妻孛儿帖也是一位马背民族永远歌颂的伟大女性。她不但坐镇草原令丈夫后顾无忧地完成了统一蒙古各部落的伟业，而且在神权和汗权的决战中又大无畏地维护了成吉思汗至高无上的地位。为此，母亲是绝不会怪怨儿子的失态，反而为这组"苍狼和白鹿"绝配的生离死别也满怀悲怆。多么难得的一个聪慧好儿媳啊！就让儿子代自己再送她一程。随之她竟亲自抱走了刚刚坠地便痛失母爱的小孙孙，遣退了前来相劝的侍女和仆从，听任忽必烈抱着帖木古伦在暴风雪中做最后的诀别。她心里明白：儿子不是在绝望中沉沦，便是在悲痛中奋起。谁知道呢？但有一点是肯定的：风雪再大消息也会很快传到汗廷的，一副如此脆弱不堪、胸无大志的形象却绝对有助于确保儿子的无虞。

要知道！忽必烈辉煌的童年至今仍很招人猜忌……

那简直像个梦境般的神话，却好像又是他一生灾难之源。确有中外史籍多次出现过这样的记载：在忽必烈即将出生时，有一只雄鹰落在他家的马厩上焦急地等候。当忽必烈呱呱坠地后，这只雄鹰展翅腾飞，很快便把这一喜讯传遍了草原。就连圣祖成吉思汗闻讯后，也罕见地亲自催马赶来探视。他抱着这个初生的婴儿风趣地说："我们的孩子都是火红色的，而这个孩子却是黑黝黝的。好兆头！找一个好乳母好生抚养。"一句好兆头，等于给忽必烈的一生定了调。等祖孙再次相会已经是十年后的事了。十岁的忽必烈和弟弟旭烈兀随大人一起来迎接西征凯旋的伟大祖父。为让成吉思汗高兴，两个小孙孙遂当众表演了一场儿童围猎。骑马张弓，角逐草原。忽必烈射中了一只狡兔，旭烈兀射中了一只小野羊。按古俗，孩子们第一次得到猎物后，长辈是要为他们举行一种名叫"牙哈拉迷失"的隆重仪式，即将初

【 第一章　苍狼在召唤 】

获猎物之血涂在长者的拇指上，以证明自己乃将无愧为马背民族的子孙。但旭烈兀动作粗鲁，把祖父的拇指搞得生疼。而忽必烈却轻轻捧起成吉思汗的大手，极有礼貌地将兔血涂抹在祖父的拇指上，致使野性的仪式在脉脉的温情中结束。成吉思汗当即给予这个懂事且有礼貌的小孙孙热情的赞扬。从此，小忽必烈得到了祖父特别的喜爱，常陪伴身旁不离左右。有时成吉思汗还命贴身文侍耶律楚材给这个小孙孙讲些人生的大道理，故这位契丹大儒很可能就是忽必烈认识儒学的启蒙导师。后来，成吉思汗虽又去远征西夏，但对这位小孙孙依然关怀备至，并留下了这样惊人的预言："彼将有一日据吾之宝座，使汝辈将来获见一种命运，灿烂有如我在生之时……"（详见《元史·世祖本纪一》《世界征服者史》《史集》等）。

这还不算，还有更令汗廷猜忌的原因……

那就是草原上千百年来因袭的"幼子守灶"制，即前面所生的儿子一经成人就必须远离家庭另立门户，而父母的财产和地位均是由最小的一个儿子继承的。而忽必烈的父亲拖雷正是成吉思汗的嫡幼子，并且相对于三位兄长更具统帅气质。在成吉思汗的征服伟业中，他指挥的战役最多，开疆辟土也数他最广。由于他的坦荡无私和忠勇正直，故一直被成吉思汗视为主要助手，亲昵地将这个小儿子称为"那可儿"（即伴当或同伴）。再加上又给予他的儿子忽必烈如此辉煌的预言，曾致使众多的马上健儿俱公认拖雷就是未来的大汗，忽必烈就是第三代当仁不让的接班人。

暴风雪中，忽必烈抱着亡妻的遗体面孔抽搐了……

这是因为在少年时他也曾这样想过，只觉得眼前总是闪动着灿烂的阳光。自己当时是那么幼稚，竟看不出随着祖父的日渐年迈，皇族内部为争夺大汗之位早已暗潮汹涌。更看不出，祖父为防患未然早已开始安排身后事了。忽必烈只看到，祖父把几个年长的嫡子均分封于西部新征服的广袤疆域内称王，而把自己的近亲和兄弟均分封于东部新扩张的辽阔土地上为主。而以蒙古母地为中心，实施了"大汗直辖与诸子诸弟分领的复合体制"。用心良苦，显然是想让黄金家族的子孙们各有封国、各显其能，齐心协力以共图"也客蒙古兀鲁斯"有更辉煌的未来。这就是历史上所谓的"东道诸王"与"西道诸王"，目的只有一个：力求避免过早出现皇族纷争，以顺利完成自己那酝酿已久的"入主中华、一统天下"的伟大宏愿。

但当时忽必烈只觉得眼花缭乱，并不完全理解……

随后所发生的事情更是石破天惊地震撼了整个草原。不但少年忽必烈深感错愕，就连整个汗廷皇族都被强烈震撼了。有史可考，成吉思汗和孛儿贴共生了四个嫡子：术赤、察合台、窝阔台、拖雷。他们个个骁勇善战，但个性又极为不同。有的刚烈，有的忠直，有的多疑，有的宽厚，即使在成吉思汗在世之时也常常发生争执。这早促使这位伟大的父亲清醒地意识到，即使幼子拖雷再具有非凡的军事才能，但他却只能做个杰出的军事统帅。而为了实现自己的宏誓大愿，未来的汗国更需要一位能凝聚众心、开创伟业的宽厚统领者。为此，就在当年于茫茫草原召开的盛大"忽里台"（蒙古语"聚会"，乃宗王贵胄、功臣勋将的最高议政会议）上，成吉思汗出人意料地一改沿袭祖俗的"幼子守灶"制，竟令人震惊地公然宣布：三子窝阔台为汗位继承人。忽必烈记得，这一突然的改变当即在父亲的家臣部将中引发了剧烈震荡。而高贵又忠直的父亲却拔刀当众而言道："比起高瞻远瞩之圣主，尔等皆不过目光短浅之土拨鼠！有再敢非议坏圣主大计者：杀无赦！"

但在当时，少年忽必烈的确有一落千丈的感觉……

然而，紧接着发生的一系列事情，却似乎又使他对未来充满了希望。就在祖父成吉思汗正式确定三子窝阔台为汗位继承人之后，随之的一系列安排又似乎仍在遵循祖传的"幼子守灶"权。先把自己麾下的十三万精锐铁骑都分给了东西道诸王，以充实诸子诸弟各封国（也称"兀鲁斯"）的实力。但分配的比例却仍颇为"守旧"，就连已明确的汗位继承人窝阔台最多也仅得到了四千骑，而把剩余的十一万一千骑竟全部分给了嫡幼子拖雷。似仍嫌不足，还分封拖雷管领自己的四大"斡耳朵"（即后妃宫帐），并镇守大蒙古汗国这片神圣的草原母地。由此遂形成了一种相互扶持、相互制约的局面，即如当代著名蒙古学家道润梯步所说："窝阔台继承了汗位，拖雷继承了实权。"在忽必烈少年时的记忆中，祖父生前似对四个嫡子均阐述过汗国应有的未来，而四兄弟也曾发誓要精诚团结决心实现"圣主之伟业"。其中尤以汗位继承人窝阔台表现得最为虔诚，他常常来到父亲的军帐中亲密

【第一章　苍狼在召唤】

无间地与父亲促膝作彻夜长谈。他不仅把父亲仍当"灶主"百般地尊崇，而且命令自己的麾下人人都要对"少汗"无限忠诚。

祖父或许是在放心的状况下告别尘世的……

忽必烈记得，伟大的祖父辞世后灾祸并未即刻降临。父亲拖雷由于战功卓绝被公推为监国，而窝阔台登上汗位却仍需等候"忽里台"贵胄大会议决。如果父亲稍有异心，那取得汗位绝对是轻而易举的。但父亲是如此光明磊落、忠诚正直，心中竟唯有大蒙古汗国的未来和圣祖的临终遗愿。而此时的窝阔台更表现得宽厚仁爱，不但等候得颇为耐心，而且私下派出自己的爱妃乃马真向拖雷夫妇表达"谦退"之意。当时正好少年的忽必烈也在场，曾有幸目睹这位日后权倾朝野的娇艳无比的"六皇后"。但那个时候她是谦卑的，丝毫不显山露水。一见少年的忽必烈就激动万分地说："啊！这不是圣祖钦定的未来大汗吗？难怪你的三伯父一直在坚持谢拒登上汗位！"话中有话，柔中有刚，似退似进，似恭似催，当即父母就被吓出了一身冷汗。事后，父亲为了不祸及子孙，更为了实现圣主的大业，面对着黄金家族内暗潮汹涌的明争暗斗，最终克服了来自各方的阻力，亲自带头严遵成吉思汗的遗嘱，将窝阔台推上了"也客蒙古兀鲁斯"的大汗宝座。

父亲的光明磊落，曾给少年忽必烈留下深刻的印象……

《元史》载，窝阔台大汗"帝有宽宏之量、忠恕之心"，似乎一开始就在他的施政中充分体现了。少年忽必烈至今仍可清晰地忆起，新汗不仅牢记圣主的遗愿经常和父亲彻夜研讨破金灭宋之大计，而且继续重用契丹大儒耶律楚材以探求"入主华夏"之良策。就连分外妖娆的"六皇后"也只顾谨慎地扮演着"白鹿"圣洁的角色，致使父亲越来越对新汗信任有加，越来越对汗廷忠诚无比。但灾难还是在一片"为了圣主遗愿"的祥和氛围中悄然降临了，首先轮到的便是父亲的长子——蒙哥！父亲有四个嫡子：长子蒙哥，次子忽必烈，三子旭烈兀，幼子阿里不哥。当时其他孩子尚小，唯有长兄蒙哥年过十七，已初显军事天赋，逐渐成为父亲统率铁骑的得力助手。而此时乃马真皇后却以早把蒙哥"视为己出"为由，竟提出愿把这个侄儿永留身边以"光耀汗廷"。没想到窝阔大汗从旁也大为赞赏曰："幼弟乃当年

一统华夏——忽必烈大帝之文韬武略

圣主之'那可儿'（即亲密的伴当），蒙哥当为今日朕之'那可儿'！"只可叹父亲却依旧那样光明磊落、大忠大义，竟恭恭顺顺地将长子蒙哥留在了汗廷。

母亲当时就一针见血地指出：儿子成了人质……

谁料乃马真皇后却一反对人质的旧规，竟将"视为己出"发挥到了极致。她为蒙哥建王府、选美妃，纵容其无度地狩猎和饮宴，致使他日渐沉迷于酒色，"乐不思蜀"。这不仅使得蒙哥在汗都累累损毁父亲的声誉，而且还助长了他自以为是、唯我独尊、骄横跋扈、难以容人等种种劣习。虽然后来他在"长子从征"的血雨腥风中已开始悟彻到其中的险恶用心，但为时已晚，这种积习还是造成了他最后的"不得善终"。

不是人质，胜似人质，从此蒙哥便像被套牢的骏马……

而后，伴随着窝阔台大汗的羽翼日益丰满，无妄之灾便接踵而至，降临在吉里吉斯草原上。一切皆源于那地跨欧亚两大洲的草原帝国的汗权，得到了却仍不放心。随之圣主的遗愿便被渐渐淡忘了，猜忌和怀疑开始在皇室里蔓延。权欲的膨胀，最终导致了亲兄弟间的手足相残。这是成吉思汗生前绝难想到的，但却留下了可怕的轮回。在此期间，乃马真皇后尤突显"长袖善舞"，开始在襟怀坦荡的马背民族间导演出一幕幕阴柔狡诈的历史剧。矛头直指以维护圣主遗愿为己任的忽必烈父亲，意在彻底消除或吞并心腹大患——最具实力也最具威胁性的拖雷家系。而且这一切还展现出"皇家的温馨"，充满着"手足的情深"，"高尚"得绝对让人无可奈何。

随之，便是父亲的不白之死，母亲的饱受屈辱……

寝帐外暴风雪还在肆虐着，似想把这桩桩件件的家族悲剧尽快掩埋。而忽必烈也仍然抱着冰冷的妻子一切不动，似乎在绝望中就是要等候这一刻的尽快到来。

狂风暴雪仿佛就要把圣主的遗愿卷走了、打散了……

蓦地，穿透咆哮的寒风，竟传来了一声声悲怆的长嚎。苍狼的，凄凉而不屈，似正在雪网笼罩的旷野里徘徊。

忽必烈为之一怔，顿觉眼前往事历历在目！

【第一章　苍狼在召唤】

一种本能的热血沸腾！

苍狼在呼唤……

二

忽必烈丧妻落魄的消息很快便传到了汗廷，但在这座草原深处新建成的都城里并没引起过大的反应。

顶多只不过是多了几声叹息……

哈尔和林（也译哈喇和林），也可算窝阔台大汗一生所创的一项伟业。在"终成大业"后他便渐渐淡忘了圣祖"入继华夏大统"的遗愿，而是为了便于掌控东西道诸王竟在草原中心开始兴建这座汗国的都城。史载，以金中都燕京为样板，钦命汉族建筑大师刘敏全权规划与监造。好在有源源不断地被送回蒙古腹地的"战利品"——掠来的大批金银财宝，俘获的无数能工巧匠，随之很快便在野性勃发的大草原上破天荒地建成了这座固若金汤、宏伟无比的汉式城池。效果极佳，不仅可使自己在万安宫里尽享中原帝王的尊荣，而且也可使各大封王在新王府内尽享新奇，渐渐消磨掉异志。

贵胄们正在追逐新奇，还有谁顾得了一个倒霉蛋的没出息？

而此时的窝阔台大汗已进入人生的暮年，功成名就后竟莫名其妙地日渐消沉起来。时而恍恍惚惚，时而乐乐呵呵。似乎对巍峨的大殿、豪华的寝宫、雕梁画栋的亭台楼阁已不感兴趣，反倒出人意料地又专注于在汗都修建寺庙和教堂。各路神圣都大加信奉，而且和一位执掌蒙古族原始宗教的老萨满更是形影不离。往日间彻底灭金、发动"长子从征"、大败日耳曼与波兰联军于多瑙河畔之英雄本色俱都不见了，竟放纵乃马真皇后干政，自己却隐没深宫沉湎于"宽纵滥赏、纵情酒色"了。好在王公贵胄们均初尝到这种中原式王侯生活的甜头尚乐此不疲，故对汗廷的权威还未产生任何影响。（详见《元史》相关部分）为此，窝阔台大汗对皇侄忽必烈的

一统华夏——忽必烈大帝之文韬武略

丧志潦倒而醉卧不知尚且可以理解，可对于实掌汗权的乃马真皇后也置之不理就让人颇为费解了。

须知，她一直在警惕着"死灰复燃"……

人常说，一个成功的男人背后肯定有个能干的女人，这里是该先说说乃马真皇后了。依蒙古族古俗，上至大汗下到封王均可统称"合罕"，而上至皇后下至王妃也均可统称为"哈敦"。地位的高低是以前面的冠称而区分。如成吉思汗，贵就贵在"成吉思"（即普天下）之冠称了。乃马真皇后原名脱列哥娜，因首先为窝阔台生下三个嫡子，故在六位皇后中后来居上被赐封为乃马真"哈敦"。权欲似乎比毒瘾更可怕！或许她一开始只想做个辅佐丈夫的温顺妻子，但一经染指上权力就变得不能自拔。至高无上的尊荣似比吸食海洛因还令人飘飘然欲仙，从此她便由涉权、弄权、掌权踏上了一条野心勃勃的不归路。故史载其"面貌妖冶、行事阴柔、久掌大内、累干朝政"，但确也为窝阔台大汗"终成大业"立下了汗马功劳。而且从客观上来说，她也绝不乏超常的狡黠和胆识，例如，她建议继续重用儒臣耶律楚材，利用他的"君君、臣臣、父父、子子"以巩固汗位；她献策发动"长子从征"，以掏空各封国兵力，并进而借敌手剪除异己等。只可悲！她现在已经把丈夫浸泡在酒色之中尚不满足，在汗权暗揽后又密谋着堂而皇之地君临天下。为此，她不可能不警觉忽必烈是不是在"借题发挥"，而且有另一件轰动性的传闻使她暂时无暇他顾。说来也很简单，只不过是因为在那遥远的草原上又有一位绝代少女初长成。

但轰动效应极强，整个汗都均为她沸沸扬扬……

一位美丽少女在碧野深处出现并不足为奇，但能引得王孙公子们纷纷蠢蠢欲动就值得人深思了。据说，有些驰骋马上的权贵竟为了她暂缓了攻城略地，这就更证明她的美艳绝伦可想而知了。美女的脱颖而出往往是后宫的祸乱之源，难怪乃马真皇后闻知后竟连有关忽必烈那辉煌的预言也暂抛脑后。谁还再顾得上那个名不副实的倒霉蛋呢？天哪！要知道这初长成的少女还偏偏出生在一个地位特殊的部族里。

弘吉拉！成吉思汗正后孛儿帖的故乡……

这不仅使蒙古人将这里视为绿色的圣地，而且这片茫茫的大草原自古就以出美女而闻名于天下。在马可·波罗的笔下就曾有过这样的描述,称他在这里所见的女性"其人甚美",不但能歌善舞,而且个个"情炽如火,性柔似水"。故自古就有行吟诗人这样唱道:"弘吉拉,神鹿的故乡;弘吉拉,蒙古人的母地……"而在这美女如云的绿野里又唯有她能够美压群芳,足可见这位初长成的少女是如何魅力四射了。据说,草原上的歌者已很难选出恰当的词汇来赞美她,还多亏前来投靠的汉儒借用了一句唐诗"回眸一笑百媚生"才勉强道出她的神韵。莫非是传说中的神鹿再生,竟使得汗宫佳丽俱黯然失色?

但乃马真皇后关注的焦点并不仅仅在美貌上……

须知,窝阔台大汗对这块母亲出身的草原似更有深厚的感情。尤其在汗位巩固之后,更是对弘吉拉有一种难以解脱的愧疚。不仅命母亲的幼弟按陈继续统领整个部族,而且还进而为他按中原体制"赐号国舅,晋封王爵"。并相约世代为亲,规定按陈家族"生男当尚公主,生女当为皇后"。越到老年越是如此,窝阔台大汗仿佛是在向母亲的在天之灵做沉痛的忏悔,总是源源不断地向弘吉拉草原送去丰厚的战利品。不仅有大量的金银珠宝、绫罗绸缎,甚至还有弓匠、鞍匠、毡匠、大厨、酿酒师,以及大量可充作"牧奴"的战俘。最后,终于使弘吉拉部族不是封国而胜似封国:有自己的家臣家将,有自己的精锐铁骑,还有诸多的特权和相对的自由。(详见《元史·按陈传》《元史·后妃传》等)

再一打听,原来这位绝世少女竟然是按陈王的小女儿……

为此,这更引起了乃马真皇后的高度警觉,致使她一想起"生女当为皇后"便有些忐忑不安。多亏她生性狡黠又长于权谋,几经思考终于想出一个万全之策。既可"肥水不流外人田"——首先破了王公贵胄欲借按陈王而别有用心的图谋,又可"抢占先机"——尽快将这绝世少女化为自己手中的一张王牌。

要知道,皇家也有一本难念的经……

乃马真皇后为窝阔台大汗一连生了三个儿子,但似乎一个个均不那么称心。长子贵由倒似可由她摆弄,但他的一臂天生痉挛,性格也颇为乖戾。次子阔端倒是剽悍率真,但早已不满母亲鬼鬼祟祟干政而日渐把父汗架空成为酒色之徒。三子端出

一统华夏——忽必烈大帝之文韬武略

最为出众,早年即被窝阔台大汗立为汗位继承人,只可惜在灭金后的对宋战争中意外死去了。这也可说是窝阔台大汗沉迷于酒色的另一重要原因,极度悲痛之余便将阔出之子失烈门抱于膝下,爱屋及乌地将这年幼的小皇孙再次钦定为汗位继承人。这显然对乃马真皇后君临天下的梦想是一大打击,须知如失烈门称汗后那将会由他的母亲掌控汗廷。权力的欲望是如此可怕!从此她竟无视失子之痛重新开始布局了。既然二子阔端只忠于父汗而蔑视她的权威,那就只好从性格扭曲、头脑简单的长子贵由入手大做文章了。好在他虽痉挛着一臂却野心勃勃地也想争取汗位,为此现在似乎也只能舍父汗而重新投入母后的权力怀抱。

正好!先可借这绝世少女"暗度陈仓"了……

乃马真皇后当即决定:派出亲信重臣前往遥远的弘吉拉,代皇长子贵由隆重地向国舅爷按陈求亲。此计真可谓"一石多鸟":一来可尽显其对大汗"世代为亲"之策是多么尊崇,二来又可借"生女当为皇后"隐隐埋下伏笔,同时也可借让野心勃勃的宗亲贵胄打消那些别有异志的图谋。由此可见,乃马真皇后用心之良苦、布局之精密,更可见她的"长袖善舞"确实身手不凡。

她选中的亲信重臣名叫:阿兰答儿……

这也是一位在《元史》中占有重要地位的人物,曾经数次使大元王朝差点夭折。阿兰答儿是在儒臣耶律楚材被罢黜后出现在汗廷的豪门新贵,典型的"唯崇祖法"派。史载其"性情苛刻,乘势横暴"(详见《元史·阿兰答儿传》),很快便投靠在乃马真皇后门下成为她的心腹悍臣。他曾奉命暗中监视过入质汗廷的蒙哥,却竟和他也能保持非同一般的关系。史书又载其"阅女无数、过夜则弃",由此可见阿兰答儿也可算作一位不为美色所动的"英雄人物"。

久经准备,时间已进入1241年春季……

当阿兰答儿带着大批奇珍异宝、金锭银锭、彩缎绫罗,甚至还有一百个专为按陈王挑选的掳来的美女,几经辗转终于来到了弘吉拉的边地原野。此时已绿草如茵,茫茫的大草原上早荡漾起万顷翠波。阿兰答儿虽年轻气盛,但面对主子交付的如此重任还是不敢有丝毫怠慢。是夜,他便借住在边界一位"千户"(即领军的贵

【第一章 苍狼在召唤】

族）的营地里，下令被俘美女稍事歇息，部下随从打点好马匹和贵重礼物，也好次日去觐见这位非同凡响的国舅爷。

谁料夜宴上这位汗廷重臣竟喝得酩酊大醉……

似乎也怪不得他！须知因受窝阔台大汗纵酒的影响，汗国的宗亲贵胄均莫不以豪饮为荣。领军的千户既然在军帐里摆开了接风宴，身为悍臣的阿兰答儿当然就不能犯这个忤。几乎是通宵达旦，最后竟把他灌了个烂醉如泥。直到第二天早上，阳光早已洒满了草原，他却依旧鼾声如雷，只震得沾满晨露的牧野也只顾得战战兢兢。但有谁又敢惊动或打扰这位嗜杀的权贵呢？偏偏在此时草原深处传来阵阵马蹄声，而他也在军帐中莫名其妙地一跃而起。酒醒得十分唐突，举止也颇为怪异。好在没有大发脾气，而是如陷魔障一般双目圆睁惊呼道：神鹿！神鹿……直到那千户统领探问，他才解释说：正当他酣醉难醒之时，便见得一道白光骤然划破蓝天，随之一只闪烁着银光的白鹿已凌空而降了。神异至极，就不知道预示着什么？

而此时那敲击草原的马蹄声也越来越近了……

明显可看出，那千户统领似已听出了是谁，慌忙地迎出了毡帐之外。阿兰答儿也仿佛受了一股强磁力的吸引，竟也莫名地"重振雄风"匆匆跟了出去。只不该刚一跨出门外，便被眼前的景象惊得呆若木鸡。就见得从一片灿烂瑰丽的朝霞之中，十数名剽悍忠诚的骁勇正跨在马上，簇拥着一位少女和一位年过半百的长者疾驰而来。但刚等驰到眼前，顷刻间长者似乎就被少女的光彩隐没了。唯能看到那少女英姿飒爽地跳下马，仅仅有礼有节地微微一笑，便使得茫茫草原顿时增辉。明眸、皓齿、婀娜的身姿、迷人的笑靥，只把个阿兰答儿看了个头晕目眩，仿佛早把魂魄被慑去了。这位号称"阅女无数，从未被美色所动"的汗廷重臣，竟只顾目瞪口呆而忘了自己此行是为何而来的。多亏了那位千户统领尚且清醒，忙掀毡帘恭请这少女一行进入帐内。阿兰答儿这才知道这就是国舅爷按陈王之女，轰动了汗廷上下的绝代美少女：察苾！

是她！一个将改变草原汗国历史进程的杰出女性……

但当时看起来也只不过十六七岁，清纯而又率真，又突显出一种凛然难犯的高

一统华夏——忽必烈大帝之文韬武略

贵气质。只要她一出现，即使再强悍的人也会在她的微笑下变得规规矩矩。阿兰答儿就是这样，不但似乎忘却了此行的目的，而且还痴痴呆呆听任摆布。随后，在洁白的毡帐里专为迎接她摆开的宴席上，她竟出人意料地首先把那位不起眼的长者让上了主位。阿兰答儿早看出，此人显然是一位久居草原的中原人士。虽饱经漠北风霜，却尚显几分内地读书人的傲骨。而这个地位特殊的少女，似根本无视他这位汗廷重臣的存在，竟只顾了借此酒宴为这位汉地长者饯行。只见她甘愿执弟子礼，明眸中满含热泪，秀颊上浮现出恋恋不舍的神情，纤手颤抖着捧起酒杯，竟哽咽地称这位汉地长者为"恩师"。阿兰答儿虽神魂颠倒、动弹不得，但仍难免心怀妒忌地问旁坐：此乃何人？谁料旁坐似不愿干扰这种氛围，只简单回答：元好问！

是他！一位金末元初冠绝一时的大诗人……

据史载，元好问乃金代秀容，即今日之山西忻州人。祖上为久居汉地的鲜卑族（也有学者考证为女真族）。史载其"自幼学好，潜心孔孟"，金末举进士，官至吏部员外郎。1234年，窝阔台大汗南下攻破汴梁灭金后，遂和众多被俘的皇亲国戚及文武官员同时被掳往漠北。其后所记甚简，只言其后于故乡以卖文苦度余生。其实不然，从元代多部野史提供的线索可看出，他被掳往汗廷后因发誓不愿为"贰臣"，曾被发配于荒远的弘吉拉草原为"奴"。幸亏按陈王颇知圣主召用契丹大儒耶律楚材的深远用意，竟特设师帐专门延请他教育自己的儿女。短短几年便通讲了儒家经典、孔孟之道以及中原历代帝王的兴衰成败史。但令人惊讶的是，其他儿子在驰马张弓之余均只得皮毛，而唯独按陈王的小女儿察苾却尽得其要。刚到十五六岁，已能代老父处理部族间的重大事务。而更出人意料的还在于，也是她看出恩师思乡心切日渐憔悴，主动请求父亲上书汗廷解除老人的"奴籍"，现在又亲自将他送到了弘吉拉的边界。她频频举杯为恩师饯行，在这茫茫的大草原上演出了一幕依依惜别、感人至深的情景剧。

女人，女人！这才是真正的女人……

阿兰答儿还是一动不动瞪大双眼呆坐着，但浑身的热血却在目不转睛中开始沸腾了。这位向来对女人不屑一顾的冷血悍臣，此时竟像热昏了头般产生了一种强

【 第一章　苍狼在召唤 】

烈的冲动：什么乃马真皇后？什么皇长子？都去他妈的吧！今日是长生天给自己开了眼，那位凌空而降的神鹿就该归自己占有！但就不该在这高不可攀的少女魅力的慑服下，他那平日凶悍的本性却消失殆尽，似只剩下了摇尾乞怜。不料人家竟仍然视而不见，似只顾了和恩师元好问进行告别交谈。这时她继续问："恩师既然去意已决，而察苾兄妹又学而未成，不知尚有哪位饱学之士尚可代师行教？还盼临别示知！"元好问也戚然作答道："许衡、窦默、姚枢、郝经等中原贤儒均在老朽之上，然能为贤兄妹施教者当属前朝状元王鹗。国破山河在，若差人到漠南求访即可延聘之……"上述各位名儒，果然日后均为大元王朝开国之功臣。只不该尚未等元好问讲如何延聘，阿兰答儿却似终于抓住谄媚取宠的机会了，猛地失口便是一声呐喊："何用延聘？阿兰答儿愿驰马中原将其一一拿下！"真可谓大煞风景，但察苾似也自有对付的办法。明眸一闪，便命千户统领带头为汗廷重臣的"慷慨"轮番敬酒。阿兰答儿受宠若惊当然会突显英雄本色，只可悲越激动便醉得越快，不一阵便又烂醉如泥了。起初他还能听到察苾继续在和恩师交谈，随后就人事不知又只顾鼾声大作了。再等他清醒过来，却发现早已人去帐空。慌忙打听，方知元好问早已被人护送向中原而去，而察苾也早已"送君千里，终须一别"策马返回弘吉拉腹地了。

只留下无限的惆怅，还有那明眸的一闪……

什么叫"色迷心窍"？什么叫"色胆包天"？看看当时阿兰答儿的狂躁举动就知道了。一看到那迷人的倩影竟突然消失得无影无踪，一个可怕的念头竟顿时涌上了心头：先下手为强，抢婚！这在古代的草原民俗中是允许的，但他却忘记了这是汗廷最具权势的乃马真皇后亲自为长子圈定的少女。随之，他的举止就更智乱神迷了。当即命令几个随从押着美女和珍宝随后跟来，而他竟立刻率数位凶悍轻骑铁旋风般地追赶上去。

多亏日已西沉，察苾已提前走了好几个时辰……

色令智昏，在狂乱的疾驰之中，显然他是在茫茫无垠的弘吉拉大草原上迷了路。也难怪！夜幕似乎过早地垂下了，黑沉沉的顿时掩盖了察苾一行留下的任何踪迹。而草原上日夜的温差又是那么大，一股股寒意浸骨的冷风终于使他清醒了。醉意尽除，身处于伸手不见五指的草原，却反倒使他渐渐看出了自己冲动的可怕后果。国舅爷的女儿，乃马真皇后圈定的美女，自己这不是在自毁前程、玩火自焚吗？但不知为什么，就在他清醒的同时却又产生了一种古怪的心理：只要一想到察苾将来会嫁给另一个男人他就会痛彻心扉，而且将会把这个幸运儿视为自己终身不共戴天的死敌。

第二天，这位悍臣是规规矩矩来见按陈王的……

但神智还有些恍惚，目光总想在这豪华的王帐内外搜寻到什么。是那么刻骨铭心，是那么充满迷幻色彩，他多想再看这个神奇少女一眼。但察苾却像从这碧波荡漾的大草原上彻底蒸发了，他始终再没有机会一睹她的芳容。倒是按陈王未卜先知已对他此行之目的了如指掌，开口就直截了当地问："贵由皇子不是已经娶了七个王妃吗？据老朽所知，其中尤以海迷失王妃最为出色。她不仅美艳过人，而且智谋超群。皇长子对她言听计从、恩爱无比。小女年龄尚小，何必再把她拉进去受皇家这种折磨？"阿兰答儿一听这是明显地在婉拒，竟也莫名地兴奋起来，脱口而言道："对！对！那海迷失刁钻无比，皇长子的其他几个王妃成天受她的气，有位小王妃还活活被她逼死了！"而按陈王却大为赞赏曰："阁下见识非同一般，肯定前途无量！就请回去代为转告大皇后，老朽感激涕零，遥谢恩宠。然我已年迈多病行将就木，唯靠幼女侍奉残喘度日。故在合眼之后方可奉旨，请再等两三年后再议！"真可谓老谋深算且又滴水不漏，而阿兰答儿自得了"前途无量"的评价后顿觉眼前又充满了希望。似不谋而合，随之也就原封不动地带着美女和珍宝乖乖返回汗都了。

察苾的命运从此变得扑朔迷离、危机四伏……

而乃马真皇后的深宫后院此时也正在起火，原因是儿媳海迷失王妃在得知她下聘弘吉拉后竟和她闹翻了。应该说，这对婆媳过去配合得还是颇为默契的。虽算不上"狼狈为奸"，却确实一系列宫廷阴谋均是二人共同策划的。现在眼看要"大功告成"儿媳竟要被婆婆抛弃，这种事给谁都是忍无可忍的。但海迷失王妃的手段却极具特点，不打不闹，而是堵住母后的宫门一连数日不吃不喝哭哭啼啼长跪不起。

似意在感化，却谁料引得皇长子也前来声援。愚顽得实在可以！竟在深宫大内狂斥母亲的"心毒手狠"，更进而声称："要赶走海迷失，还不如就连我这条好胳膊也废了吧！"

对峙了好长时间，直至阿兰答儿"一事无成"而归……

虽然说这"一事无成"绝对有助于这对皇室婆媳"重归于好"，但也为权欲熏心的乃马真皇后暗伏下杀身之祸。但当时她却只顾迁怒于阿兰答儿的无能，甚至猜疑起这位心腹悍臣是否已被权位特殊的国舅爷买通？须知，按陈王自恃为外戚之首向来不买自己的账，尚且还是所有的皇亲贵胄间至今仍敢公然和拖雷家族保持接触的人。而阿兰答儿一向追随自己死心塌地，行事冷酷从来都不辱使命。就拿这次来说，他完全可以凭着凶悍的身手将察苾掳上马背带回深宫交差。但他没有，为了一个女人竟甘愿落下个无能的骂名。可怕呀！看来国舅爷是想为了自己的外甥们向自己叫阵了，而且已经把自己最亲信的心腹首先给收买驯服了。男人们常说：量小非君子，无毒不丈夫！现在是该让这些家伙尝尝他们女主子的厉害了！

随之，乃马真皇后便满脸含笑地开始下手了……

首先，借大汗之口任命阿兰答儿为驻吉里吉斯大臣。名为提拔，实欲借拖雷家族悍兵悍将之手除之而后快。再者，便是以图谋不轨罪对海迷失王妃的父兄捉拿严审。先让儿媳身价一落千丈，然后再迫使她心甘情愿地为她当牛做马。最后，那当然是专门针对按陈王正在策划的阴谋了：将暗中派出一批经过阉割的大内骁勇，专门去摘老家伙的心肝命尖子。

阉人绝不可能再为色动，察苾却眼看着要噩运临头了……

内线消息很快便传进了弘吉拉，就连按陈王也闻之色变，心急如焚了。作为一个冷静的旁观者，他早已知道这位乃马真皇后的手段厉害。翻手为云，覆手为雨，就连耶律楚材这样的重臣也敢利用完了便排挤出汗廷。随后，她又敢公然恢复种种野性的原始举措，竟使得许多怀旧的宗亲悍将视之为对祖先的忠诚。故她除了豢养一批亲信爪牙外，而且在汗廷上下均有着许多狂热的拥戴者。更令人可怕的是，作为一个女人却不懂忌妒，竟不但为后宫引进个被俘的异国美少女法蒂玛，甚至还领

一统华夏——忽必烈大帝之文韬武略

来个颇懂"房中术"的色目人奥都拉合蛮（绝非杜撰，二人均有史可查）。大汗隐没深宫只知"宽纵滥赏、纵情酒色"，而宗亲贵胄也跟着大受其惠纷纷为所欲为。难得一见"圣颜"只能感恩于乃马真皇后，因而她的实力还是不容小觑的。为此，按陈王为女儿的命运寝食难安，甚至绝望到准备举家远避到她鞭长莫及的钦察封国。

而这时却来了一个惊人的噩耗……

1241年夏初的一个夜晚，至高无上的窝阔台大汗竟突然暴毙于哈尔和林的万安宫中，是年仅五十五岁（1186—1241）。旌旗哀垂，铁骑悲嘶，从此这个地跨欧亚的庞大草原汗国的政局便显得更加混乱。但也就在此时，乃马真皇后却在众亲信的劝进下，公然提前由幕后走向前台了。

说不清是强忍悲痛，还是大喜过望……

总之，钦定的汗位继承人失烈门尚且年幼，皇长子贵由的接班更有待考察。而窝阔台大汗出乎意料地提前辞世，绝对有助于她不费吹灰之力便实现她那君临天下之美梦。回首往事，似乎正是她的那些女性的"美德"，终于使窝阔台大汗提前得到"解脱"。温柔到丝毫不懂嫉妒，美酒美色从来就是超量的满足供应；恭顺到绝不干扰君王的忏悔，在一次次噩梦惊醒后她还从不忘添油加醋。一只异化的白鹿，权欲使她让男人走开！

大权独揽，再不用像以前那样煞费苦心了……

什么察苾美貌后隐伏的灾祸，什么忽必烈丧妻后反常的落魄，一切都似乎变得不那么重要了。更何况！阿兰答儿已半途急返汗都，竟"代表"吉里吉斯首先拥戴她成为大蒙古的监国。

有人带头拥戴就好，但尚须引来一呼百应！

那就要看举国大发丧！

充分展示野性……

白鹿向狡狐的异化

【看点提示】你知道吗？草原崇奉的是双图腾：苍狼与白鹿！遵循的祖俗是：幼子守灶权！——你知道吗？窝阔台大汗为何前雄后萎？又是谁渐渐成为手足相残的幕后操盘手？——你知道吗？忽必烈的家庭从此承受了多么深重的灾难：质兄、丧父、辱母、削权、变相的灭族。——你知道吗？危机四伏，多亏有伟大而圣洁的母亲的巧于应对，为此家族才得以幸存。——你知道吗？就连被幽禁的契丹大儒也在反思自己的被利用，只不该他那冷落的孤院竟变成了"婚介所"。——你知道吗？古代大汗那充满野性的神秘异仪是如何进行的？但不久草原深处便发生了一起离奇的女对男的倒抢婚⋯⋯

一统华夏——忽必烈大帝之文韬武略

似乎是"高处不胜寒",窝阔台大汗就这样匆匆永别了人世。

汗都哈尔和林顿时被悲哀笼罩起来,往日的繁华喧闹一时间停滞了。虽大汗长期隐居深宫引起人们多种猜测,但他在人们的心目中仍不失为一位宽厚的君主。

怎么能说走扔下臣民就走了呢?……

看来,他们绝不是仅以晚年是非论英雄的,甚至觉得只要是圣主子孙便均情有可原。随之他们便抛开了有关绝代美少女的激情议论,开始转而探索自己大汗的死因。

据史载,好像是因为酒!同时期的波斯犹太史学家拉施德(也有译作:拉施特、拉施都丁)就曾在他的著名史学著作《史集》中这样描述过窝阔台:"合罕很喜欢喝酒,经常喝得酩酊大醉,并且在这方面毫无节制,这使得他的身体日益虚弱。无论大臣和好心肠的人们如何阻拦他,都未能成功。相反的,他喝得更多

【第二章 白鹿向狡狐的异化】

了。"《元史》也曾记下这样的一件事情：他继续重用的契丹儒臣耶律楚材就专门拿了个锈蚀的铁口酒槽劝谏他道："酒力能腐物，铁尚如此，况五脏乎？"当然，也必有投其所好的佞臣在一旁助兴，其中尤以前面已提到过的奥都拉合蛮为最。他本为西域商人，不仅满足供应并及时为大汗运来各色美酒佳酿，而且还常常妙语连珠伴其通宵达旦地纵酒狂饮。更何况！还有从那遥远的呼罗珊俘获来的美少女法蒂玛，她那别具异国风情的轻歌曼舞绝对有助于大汗在酒后欲火腾升。酒色交加，不早死才怪呢！

但酒色的后头到底隐没着什么？人们却似乎忽略了……

要知道，雄才大略的成吉思汗绝对不会选一个酒色之徒作为汗位继承人。而且也有充分的史料可证明，窝阔台大汗在继位后也确实在努力地执行着父亲的遗嘱。看得出，他对圣主的这种"汗位"和"实权"的搭配还是心领神会的：乃为总结北魏及辽金的教训绝不让历史重演。遗命幼弟拖雷坐镇草原母地以永葆蒙古民族的强悍，遗命自己入主汗位以统率各地封王放心地去实现"入继华夏大统"的宏伟远景。一开始他确如《元史》所言"帝有宽弘之量、忠恕之心"，也与幼弟拖雷配合得相当默契。忠实执行圣主"兼容并蓄、笼络八极"之策，互为依托地共同拓展着成吉思汗所开创的伟业。

但令万人臣服的汗权却具有如此可怕的诱惑力……

至高无上，唯我独尊！为此，乃马真皇后也开始忧心忡忡地吹起枕旁风了。她告诉他说：宗亲贵胄们暗中只把他称为"拖雷的马前卒"，即使"入继华夏大统"成功，那个大皇帝还不知由谁来当呢！起初，他也曾将此等传闻视为挑拨离间，但很快便发现宗王贵胄们果然对拖雷要比自己更敬畏、更尊重。而乃马真皇后当时也未"急于求成"，仅提再不妨更进一步重用一下圣主遗臣耶律楚材试试。

狡黠之极，竟无师自通地懂得借用外来的软实力……

耶律楚材（1190—1244），生于今北京香山，为世居汉地的契丹人。其祖其父均为辽、金两朝的高官重臣，然其自幼丧父却仅靠慈母艰辛养大。史载其"饱读经史子集、深谙孔孟之道"，并曾为避战祸入报恩寺"礼佛三年"，故才有日后他那

"从政以儒教，修身以佛法"之说。1215年，蒙古大军攻破金中都（即北京）后，即被成吉思汗慧眼识珠招纳于麾下。学富五车，才识过人，不久便成为圣祖身旁的亲信重臣。又因其身材伟岸，尤显一脸浓髯，竟被成吉思汗亲昵地直呼其为"吾图撒合里"，蒙古语意为：大胡子。果不愧为"深入漠北第一儒"，凭借他那三寸不烂之舌早把儒家那套"君君、臣臣、父父、子子"在马背民族间广为传播了。（详见《元史·耶律楚材传》）而乃马真之所以提到"再重用他一番"，显然是从他那种种说教中已尝到过甜头。

没错！是曾有过"不用扬鞭自奋蹄"的前例……

那还是在窝阔台等待登上大汗宝座那段日子里，耶律楚材已自觉地开始"教化"拖雷了。他似乎觉得这种"兄弟搭配"的组合有悖于儒家治国的理念，反而有碍于实现圣主"入继华夏大统"的遗愿。岂能这样"君不君、臣不臣"呢？随之便借自己的特殊身份开始游说两方了。再加上拖雷相对年轻且又颇具草原般的胸怀，于是很快便被这位大胡子的一番宏论所打动了。例如，不顾国家动荡便是"不忠"，不遵父汗遗愿便是"不孝"，不思手足之情便是"不仁"，不恤百姓的忧虑便是"不义"……总之，效果奇佳！在拖雷顾全大局之带头拥戴下，1229年，窝阔台终于顺利地登上了大汗的宝座。但"从政以儒教"的耶律楚材却似乎仍嫌不够。当时远在钦察草原的老大术赤也已故去，他竟又动员老二察合台带头率领皇族宗亲行跪拜大礼，并声称："宗王虽为兄，臣也！大汗虽为弟，君也！若按天地君亲师而论，合当跪拜如仪也！"察合台本来和窝阔台就是一党，当然会欣然允诺。只不过是掺揉了蒙古风俗：摘冠，解腰带搭于肩上，然后再跪拜行君臣大礼。拖雷也只好如此，以示臣服。这在草原汗国可以说是前所未有的，耶律楚材老泪纵横深感满意，终于把草原汗国又向"礼仪之邦"推进了一步，似可无愧于圣主成吉思汗的在天之灵了。而窝阔台大汗也深感欣慰，望着匍匐在地的皇室宗亲、文武大臣终于可以松一口气了。

但贵为帝王的良好感觉仅仅保持了几天……

随之，经乃马真皇后的提醒，窝阔台大汗却又开始惶惶然不可终日了。须知，

【第二章　白鹿向狡狐的异化】

拖雷仍住在汗都，仍掌控着圣主留下的四大"斡耳朵"（即宫帐），而且身后还尚有圣主分给他的汗国绝大多数精悍兵马。难怪宗亲贵胄们表面对自己倒是跪拜如仪，而背后还是对拖雷敬畏有加、尊崇备至。但自己的实力明显不足，似也只能依老婆之计再施儒家大法了。随后便将耶律楚材提升为"中书令"，依汉制当"丞相"用，并当着文臣武将的面进而宣布："不论政事大小，皆要先禀告耶律楚材！"（详见《元史·耶律楚材传》）这也可谓儒臣追求的极致，这位契丹大儒能不"鞠躬尽瘁、死而后已"吗？

又是几声"贤相"，耶律楚材便又用儒法行事了……

天无二日，国无二君，焉能容许这种现象再存在下去呢？既为贤相，当舍身"替主分忧"。为此，他竟连夜上书汗廷，奏称"为固国本，圣主所遗宫帐当由大汗掌管，拖雷合罕当如其他兄王择地另立封国。此乃忠也，义也，为实现圣主遗志当务之急也！"而窝阔台大汗接到奏章后却"颇为不忍"，犹豫多时还是手足情深地转给拖雷"看着办吧"。谁料拖雷看到奏章后却似早有思想准备，竟立马跪伏于兄长脚下曰："耶律楚材贤相所言极是！为实现圣主大业计，臣弟愿听大汗圣裁！"只感动得契丹大儒老泪再下，也当即对天赞叹不已道："拖雷合罕义薄云天，真乃茫茫草原第一大忠！有如此之以身作则，我大蒙古汗国何愁不更兴盛强大？"似乎窝阔台大汗也在热泪盈眶，急忙拥弟而起。仿佛出于万般无奈，只能纳"重臣之谏"将幼弟赐封于叶塞尼河流域广袤的吉里吉斯草原。远离汗廷，交出圣主宫闱的控制权。遗分的军队可带归自己的封地，但所有行动必须经大汗御批同意。拖雷明白，这显然是怕忠于自己的十一万铁骑留在汗廷生变，但他还是顾全大局为求早日实现圣主遗愿而听任"圣裁"了。而就在此时，乃马真皇后竟又提出早已把他的长子蒙哥"视为己出"，大汗也随之声称自己身旁离不开这样一个亲信的"那可儿"，遂似也只好将蒙哥单独留在汗廷陪伴大汗，自己携其他妻儿走向那遥远而陌生的新赐封地。

很多人都认为：拖雷家族就要倒大霉了……

但没有！在很长一段时间里"大汗"和"灶主"竟相互信赖，反倒为拓展圣主的大业而更加同心协力。也难怪！幼弟的忠心，大汗的放心，再加上耶律楚材以儒法从中协调和劝谏，致使乃马真皇后有好长时间难以在兄弟间置喙。为此，很快便结束了成吉思汗逝世后的混乱局面，人心思定，"也客蒙古兀鲁斯"也随之又有了坚强的领导核心。而窝阔台大汗也绝非等闲之辈，继位后便首先抓住了要害问题——带儒臣耶律楚材亲下漠南视察自己的"金库"和"粮仓"。仅从他深入中原大地做灭金以至"入继华夏大统"的先期准备，已可看出他本来是个颇具远见卓识的马背君王。更何况！他还听从了耶律楚材的诸多建议，采用了诸如改赋税、释儒生、稳汉地、安民心、废止杀鸡取卵的原始攻略方式等巩固前沿之良策。从谏如流，这就更说明他胸怀大度将大有作为。

只可叹！人们往往把这一切首先归功于拖雷的"深明大义"……

高处不胜寒！返回汗廷之后，他便深深陷入了困惑不安之中。幼弟越是忠诚跪伏，他便越是多疑和猜忌。虽然说，他曾严禁乃马真等诸多后妃插嘴皇室兄弟之事，但却无法阻挡那些新汗效忠者所提供的种种"异端"。况且就连二皇兄察合台也亲自出马暗中提醒他警惕，还又特别引用了那句汉人的话来忠告他："量小非君子，无毒不丈夫！"然而他尚能保持"宽弘之量、忠恕之心"，始终在皇权和亲情间苦苦挣扎着。

但似乎面临着必然的抉择……

可怕的时刻终于到了，天平开始向汗权倾斜。这一天，在万顷绿波的草原深处摆开了盛大的酒宴，以庆贺他登上汗位后的第一个寿辰。本来是众多的宗亲贵胄们齐跪伏于他的脚下，在一片赞颂声中尽享大汗的尊荣，但谁料在外执行公务的拖雷，竟日夜兼程地偏偏要赶回为他献礼祝寿。或许这也可算一片忠心，但顿时引得场面混乱，一些宗亲贵胄竟纷纷起立向这位昔日的"灶主"欢呼起来。再看拖雷跨在马上雄风不减、英姿勃发，似带着一片辉煌驰到了宏伟的汗帐之前。天生的统帅气质，无比的人格魅力，更进而激发起两旁马上健儿一阵阵狂热的欢呼："满达图改！满达图改！"虽然说，随后拖雷的祝寿比谁都要恭顺虔诚，但窝阔台大汗这一夜却辗转难眠了。

【第二章　白鹿向狡狐的异化】

而且破例地没有传唤老臣耶律楚材……

这一夜，是乃马真皇后应诏捧着美酒而来的，情深深意绵绵地要陪伴他度过这漫长的忧烦之夜。窝阔台大汗难得地偶尔一醉了，这回是他主动地要求她"置喙"。乃马真皇后似万不得已，良久这才提出一个疑问：莫非这是拖雷和耶律楚材暗设的伪装，忠顺谦退的目的似在于"入继华夏大统"之后那大皇帝之位？今日在寿宴上不尊大汗那忘情的狂热欢呼，显然预示一些宗亲贵胄也在跟着心怀叵测。只要拖雷人在"灶主"的身份就在，草原上的强兵悍将最崇奉的就是这个。

过后不久，乃马真皇后便在被窝里渐渐成了窝阔台大汗最核心的幕僚。

耶律楚材日渐被疏远，直至被打发回相府养老。

拖雷仍在为圣主遗志忘我地操劳着。

但一切似乎都不可遏止了……

二

噩运难逃！却又绝对摈弃了那原始的野性方式……

既没有刀光剑影，又未见血肉横飞，而且一切均是在展现"手足情深"中悄然进行的。也算开创了一个先例，马背民族从此才懂得了什么叫"阴谋"。

幕后的操盘手显然就是乃马真皇后……

1231年，窝阔台大汗即以"圣主遗命不可违"号令广袤的汗国，开始了彻底的灭金行动。本来依成吉思汗的遗规，拖雷应该是镇守汗廷以确保前后无虞的，但窝阔台大汗却另调来皇兄察合台担负此任，并以为早日实现圣主"入继华夏大统"为名诏令拖雷尽率部下从征。元代即有史者评说："此计为乃马真皇后所献！既可借敌手灭其身，又可借敌手削其众！"所幸拖雷也只想着圣主"借道宋地、早日灭金"之遗嘱，故而奉诏后便只顾身先士卒尽显统帅才能。只不该没有"出师未捷身先死"，竟出乎意料地率先突破层层水陆防线直捣金后都大梁（即今之开封）。好在他尚知给汗兄留足面子，一直等到窝阔台大汗亲率其他各路大军赶到方下令破城。大金王朝就此彻底覆灭，窝阔台大汗也就此在史书上平添了一笔"武功"。然而他却怎么也高兴不起来，要知道不但未能借此役"灭其身，削其众"，却反让拖雷孤军奋战尽显大智大勇，致使"追随者日增"。而现仍属统军在外的战争后期，对居功至伟者痛下杀手极易引起哗变。万般无奈，似也只能凯旋了。多亏进入漠南之后，乃马真皇后亲自赶来迎驾了，这才使得具有"宽弘之量、忠恕之心"的窝阔台大汗重又雄心勃起顿显强悍了。

权力面前无兄弟，一计不成再来一计……

其实拖雷也早从妻子索鲁禾帖妮那里得到了线报，已隐隐知道乃马真皇后此次肯定是"来者不善"。仅从这两年灭金过程中她在哈尔和林的所作所为，就完全可以看出她趁大汗不在勾结王兄察合台似别有图谋。不仅调强兵悍将扩大了"怯薛"中军（汉译：御林军或禁卫军），而且还重新启用"唯崇祖制派"组成汗廷的权力核心。更令人难解的是，竟置圣主的遗愿"入继华夏大统"而不顾，却又突然发动了以"长子从征"为名的第二次西征。且不说自己的长子蒙哥就此被推入血雨腥风中，就连自己封地的兵将也几乎被抽空了。线报还特别提到，那些曾对自己发出狂热欢呼的人们均受到了严厉的惩罚，看来最终的目标已渐渐对准了自己。但他又不全信，仍然寄希望于汗兄那"忠恕之心"。只要能实现圣主的遗志，他情愿肝脑涂地死而后已！

欲表忠心？机会终于来了……

《元史》显然是为尊者讳，记载此事仅有寥寥数十字。但从冷漠的字里行间，却仍可窥视到当时的情景：凯旋已近漠北，窝阔台大汗竟突发重病倒下了。战马驻足，扎立在荒原上的汗王宫帐笼罩在一片愁云惨雾之中。铁骑垂首，将士噤声，唯闻夜风幽灵般地在旷野里呻吟徘徊。蓦地，穿透云隙闪露出一弯冷月，随之便闻阴森森的法鼓敲击声传来。谁都明白，这是随军萨满在为大汗祈福消灾作法了。果然，宫帐内烛光摇曳、盆火熊熊，老萨满穿着原始宗教那充满野性的兽皮缀连的服饰，正在如痴如狂地为重病缠身的大汗请神驱鬼。窝阔台大汗气息奄奄，宫帐内怪

第二章 白鹿向狡狐的异化

影憧憧，似也只能用金碗盛水念过咒语来洗涤他重病之身，即"巫觋祓除禳涤之水"。这时已有诸多悍将如阿兰答儿等泣告"愿替主死"，而唯有襟怀坦荡的拖雷焦急地拨开众人捧起那碗咒水诚挚地祷告说："长生天在上！大蒙古国离不开善良的窝阔台大汗，以弟代兄，要召就把拖雷召去吧！"说毕，竟毅然仰头把那碗涤病的咒水全都喝下。手足之情，君臣大义，果然感天动地产生了奇迹：没几天窝阔台大汗便豁然痊愈，而拖雷竟也果真被长生天"召"去了。死时，年仅四十。史载"帝闻之大恸，泣血数升""后闻之哀号，常招魂于野"。总之，拖雷合罕就这样神秘地死了，故日后忽必烈将其称之为：不白之死！

当然，随后便是母亲的饱受屈辱……

拖雷的王妃索鲁禾帖妮，不但娇美出众，睿智过人，而且是皇族内外远近闻名的一位贤妻良母。多少年后，波斯史学家拉施德曾在《史集》中这样赞美她："极为聪明能干，高出举世妇女之上。她具有最充分的坚定、谦逊、羞耻心和贞洁。"而她又从不显山露水，仅凭善良和真诚凝聚着部族臣众之心，更像神鹿在人间圣洁的化身。她为拖雷育有四位嫡子：蒙哥、忽必烈、旭烈兀、阿里不哥。在拖雷率部英勇转战中原的两年多里，她始终在精心治理着吉里吉斯草原，并望穿秋水地等候着丈夫的归来。伉俪情深，谁料等候来的竟会是天各一方的生死永别。而更令人悲痛的是，当噩耗传来，长子蒙哥已被派往第二次西征的血雨腥风之中，而旭烈兀和阿里不哥又均未成年。唯有年方十八岁的忽必烈尚可依靠，却偏又远在边地奉命处理部族事务。史载，索鲁禾帖妮在此期间"痴坐寝帐数日，滴乳未进，若化去一般"。

乌云黑沉沉地贴着地皮翻滚着，就是无风也无雨……

茫茫的大草原战战兢兢地陷入了死一般的寂静，似乎老天现在也欲哭无泪了。家臣家将们心头也是黑沉沉的，仿佛也只能这样望着远方期待那唯一能唤醒母亲的人火速归来。蓦地，终于迎来了一声惊雷，看来苍天也在发怒了。而随着一道耀眼的闪电，便见得一员小将跨着一匹白色骏马，身着白色蒙古长袍，腰扎白色蒙古绸带，头戴白色蒙古风帽，跃马扬鞭，正穿过乌云翻滚的草原向王妃的寝帐疾驰而来。又是一道闪电，众人眼前便闪现出一副挺拔矫健的身姿，还有那张英俊刚毅的脸。家臣侍从们含泪欢呼了：忽必烈……是他！年方十八岁的忽必烈。母亲闻讯后奇迹般动了，刚待儿子进入寝帐便将他揽入怀内失声恸哭起来。但还是没话，随后竟突然瘫倒又昏昏沉沉地睡了过去。仿佛见了儿子就有了依托，现在又继续和丈夫的在天之灵去对话了。是夜，似乎是母子间流不尽的热泪化解了这场暴雨，忽必烈待母亲安歇后又纵马冲入了黑沉沉的旷野。

也难怪！初次经历了人生如此惨痛而深重的灾难……

虽然说成吉思汗曾给这位嫡孙留有神话般的预言，但其时忽必烈毕竟才是个"初长成"的少年。满腔的悲愤需要宣泄，狂奔中他竟高举双手向着黑暗的苍穹呐喊了："主宰一切的长生天啊！神不是谕示'幼子守灶'吗？为什么我的父王却遭此灭顶之灾啊？"夜幕沉沉，久未见答，他竟又呐喊着质问起祖先："无所不知的圣祖啊！您不是向孙儿的父王预言过'你将拥有许多军队，你的儿子们将比其他宗王们更加独立和强大'！为什么没有应验却反遭如此横祸？"《蒙古秘史》确有记载，但圣祖已不可能答复。蓦地，远方似有什么动静？再抬头望天，便只见云隙中竟闪现出一弯残月。冷光幽幽，又陡然看见凄凉的原野上正屹立着一群狼。但这群狼并未发出哀号，而只是莫名地仰视着残月久久地一动不动。第二天他再请示母亲："当如何应对之？"谁料母亲木然间只回答："忠于大汗……忍耐、等待……"言简意赅，致使少年忽必烈一夜间便骤然成熟起来。

随之长兄蒙哥在西线也得到了这样的密嘱……

忍耐、等待，似乎乃马真皇后张开大网也是采取了同样的方针。自从伴驾凯旋回到汗都之后，她似乎一直都在忍耐着汗廷内外对拖雷之死的种种质疑，等待的就是突发事变借此将拖雷家系一网打尽。但是没有，等来的却只有吉里吉斯无尽的哀思和沉痛的效忠。就连蒙哥奔丧归来也未带一兵一卒，而只有扑在大汗怀内那放声大哭。这一切使窝阔台大汗大为感动，随后竟以大汗之礼将拖雷的遗体厚葬于肯特山下的起辇谷。他还声泪俱下地多次对其"丰功伟绩"进行褒奖，并将其在各大封国间树为"忠君报国"的最高典范。"宽弘之量、忠恕之心"可谓又发挥到了极

【第二章　白鹿向狡狐的异化】

致,但这一皇一后却始终没忘紧盯拖雷遗留下的那份"实力"。要知道圣主成吉思汗生前的决定是不能改的,而拖雷家系的军事实力现却仍居各封国之首。好在已经诏令索鲁禾帖妮王妃代夫统领吉里吉斯,一个"贤妻良母"型的女人还是好对付的。

终于轮到母亲饱受屈辱了……

先是继续"视为己出"地将蒙哥扣留于汗廷,随后便是下诏将拖雷遗部两千铁骑转赐给自己的儿子阔端。明显的是作为试探,意在激起吉里吉思匆忙反叛。却不料母亲竟然力排众怒,谦卑地当着汗廷使者对众将说:"军队和我们,本该就是同属大汗的。大汗知道他在做什么,我们要服从大汗的命令!"好一个"大汗知道他在做什么",其中显然在暗示有悖于圣主遗规。窝阔台大汗一时竟进退两难了,多亏乃马真皇后及时献上了一条"一劳永逸解决问题"之策。

阴柔、狠毒!圣洁的母亲将遭受更大的屈辱了……

这一天,窝阔台大汗似突然体察到"遗孀的苦楚",特命亲信重臣远赴吉里吉斯下了一道抚慰性的诏旨。声称:手足情深固然难忘,但遗孀凄苦也需体谅。为万全计,故劝谕索鲁禾帖妮王妃再嫁于皇长子贵由……好像大汗顿失男儿强悍,倒多了一份女性的柔情。难怪母亲接旨后一时双手颤抖、面如死灰,绝望之情霎时便笼罩了全身。可怕的关怀!要知道,这一方面并不违背草原上的古俗古风,弟娶寡嫂、子纳父妾是天经地义的;而另一方面只要接了这道诏旨,那拖雷家系也就永远不存在了。因为自己不但要去给过去的汗兄当儿媳,而且子随母走孩子们也只能给人家当孙子去了。残酷的皇族内争,柔性的斩草除根!但这时母亲却在家臣的一片慌乱中渐渐恢复了常态,竟气定神闲地对使臣俯首而言道:"我怎能违背大汗的诏旨呢?"尚未等使臣来得及喜笑颜开,便听得母亲又继续说了下去:"但我有一个愿望,要抚养这些孩子,把他们带到成年和自立之时!"无须再多说下去!再明显不过了,这已是对大汗给了面子的"婉言谢绝",有礼有节,致使一皇一后闻后也手足失措了。(详见《元史·后妃传》,拉施德在《史集》中对她的高度赞颂也是因此而发的)据说,随后乃马真皇后为此还曾亲自出马逼她就范,却未料母亲闻讯后却先发制人地派人宣示说:"不劳大驾,我对拖雷的忠诚和责任是不可更改的。为了圣主成吉思汗这几个亲嫡孙,我会将皇族荣誉看得比自己的生命更重。"话中有话,似表明不惜一死来逞心迹了。而拖雷忠君之死已被塑造得光芒四射,窝阔台大汗似也只能叫停"关心遗孀"了。

但危机四伏,拖雷家族的命运尚凶险难测……

关键时刻,又多亏了那位"从政以儒教,修身以佛法"的耶律楚材挺身而出及时干预了。当然,灭金归来后他已逐步被边缘化而无力再"从政以儒教"了,但尚可借机用"修身以佛法"来试图阻止事态的发展。他对拖雷之死一直心怀莫名的愧疚,故而急舍孔孟之道,有机会便向大汗讲解佛家的"善恶轮回、因果报应"之说,致使窝阔台大汗夜夜噩梦不断,宫廷内萨满巫师天天作法不停。再加上1236年钦定的汗位继承人——其最挚爱的皇三子意外死于征宋途中,这更促使他精神日渐崩溃,最终导致他在问政上一蹶不振。这也足以说明窝阔台大汗本性仍不失善良,起码还保留着应有的负罪感。绝不像后世某些帝王级人物,祸国殃民后还死认自己崇高无比。总之,在汗廷一片惶恐之中,索鲁禾帖妮王妃拒诏之事也就不了了之。而此时索鲁禾帖妮也在抓紧教育四个孩子。为改变幼子阿里不哥狂傲不羁的天性,竟专门请来了内地真定名儒李槃来教化之。开皇族以儒为师的先河,似也可视为忠于圣主遗嘱的具体举措。不久,茫茫大草原上便又流传起这样一个神话:继诃额伦和孛儿帖之后,又有一位圣洁而伟大的母亲出现在遥远的吉里吉斯。她亲手抚育了四个儿子,并使之个个出类拔萃。

不管怎样,拖雷家系被吞噬的命运总算避免了……

然而即便如此,纵观窝阔台大汗的一生,他仍不失为一位颇有作为的君王。武功方面:如灭后金、镇南宋、固中原、图西藏、组织第二次西征等。文治方面:如建新都、设驿站、改赋税、赦士人、重汉地、勤纳谏、废止一些原始野性的攻略方式等。(详见《元史·太宗本纪》)尤值得一提的是,在第二次西征组织"长子从征"时,他竟能任命长兄术赤之子拔都为统帅,而让自己的长子贵由听命于他的指挥。当二人发生冲突时,他又将自己的儿子交拔都处置,并下诏斥责贵由,罚其

【第二章　白鹿向狡狐的异化】

"立功自赎"。胆略和风度，由此可见一斑……而其暮年的沉迷酒色也是有其原因的：对拖雷之死的忏悔，对爱子意外身亡的绝望，对"善恶轮回、因果报应"的深信不疑，对满腔痛苦和难以言传恐惧得无处发泄，再加上对乃马真皇后那"无私纵容、柔情助兴"的难以抗拒……总之，窝阔台大汗处理朝政越来越少了，而且酒却越喝越多了！

为此，忽必烈一家能逃过此劫，首当归功于酒色……

然而，大汗总算还有清醒的时刻。直到有一天那军中曾为他作法的老萨满暴死的消息传来后，他终于隐没于深宫再不露面了。据传，那老萨满临终前已浑身溃烂，死时曾直瞪双目恐怖地呼叫："圣主啊！不是我……拖雷合罕！饶命啊……"说来也怪，亚洲的原始宗教大都与佛教很容易相融相通的。就为了老萨满这令人惊悸的呼叫，窝阔台大汗竟在汗都建起了十二座佛教寺庙。但老巫师那魔鬼般的身影却再难挥之而去。往日的雄心壮志顿时灰飞烟灭，暴饮中他竟绝对禁止他人提及儿时，提及兄弟，尤其是提及母亲……这或许是一种草原男儿善良和淳朴本性的流露，只不该反倒被贪权成瘾的乃马真皇后充分利用了。她为他带来了从呼罗珊俘获的异国美少女法蒂玛，挑逗他酒后纵欲干脆不理朝政。她为他引进了西域色目人奥都拉合蛮充任理财官，彻夜陪他暴饮无度还授之于"房中之术"。最后发展到干脆放手乃马真皇后独掌朝纲，竟听任她把耶律楚材和一些正直的蒙古大臣全排挤出了汗廷。昏聩到同意奥都拉合蛮"以二倍之价买断中原税收"，就连呼罗珊美少女法蒂玛也成了宫廷红极一时的风云人物。乃马真皇后从利用儒臣儒法到彻底抛弃儒臣儒法，最终导致了阜原汗国的历史大倒退。而窝阔台大汗却仍沉湎于酒色，似为赎罪，似为消灾，宽纵滥赏成了其晚年的时髦之风，致使国库空虚，向下属封国横征暴敛。汗廷内外一片混乱，茫茫的大草原似又回到了野性的蒙昧时期。（详见拉施德的《史集》）

成吉思汗"入继华夏大统"的遗愿眼看就要落空了……

最后一夜，万安宫内灯火辉煌，乐声四起，窝阔台大汗终于"嗜酒如命"和"纵欲无度"达到了极致。这时却猛听得法蒂玛惊呼一声："大汗在尿血！不，是尿酒！"再看，窝阔台大汗已满面红涨，双目痴瞪，仅来得及喊了一声"拖雷……"便沉重地扑倒在地暴毙了。

其死因俱在其中，这一页历史也就此掀过去了。

是年，忽必烈二十六岁。

刚刚经历丧妻之痛。

还留下个婴儿……

三

窝阔台大汗驾崩的消息传来，最哀痛的莫过于耶律楚材了。

但最可叹的是，好像是因为他的"不甘寂寞"彻底惹恼了乃马真皇后，最终就连送大汗最后一程的资格也被取消了。

一连侍奉两朝大汗的老臣竟落了这么个下场？可悲……

然而，似乎要怪也只能怪他自己，被贬后仍不知面对现实安分守己。放着相府小院不颐养天年，反倒天天盼大汗早日酒醒能将自己召回。咎由自取！明知大汗之死已使重新问政的幻想彻底破灭，却为了圣主成吉思汗的遗愿不至于半途而废偏又要去捅皇室这个马蜂窝。

典型的哪壶不开偏要提哪壶……

事情的经过大体如下：耶律楚材虽明知自己即将走到人生的尽头，但忠君之心不减，反倒使他忧虑起大汗的遗愿即"托孤"问题。原来，窝阔台大汗因汗位继承人阔出不幸英年早逝，爱屋及乌，曾当众宣示皇孙失烈门为汗位继承人。在这位"儒家门生"看来这绝对是件"固本正源"的国之大事，遂不顾身陷困境奋笔疾书上奏汗廷："应当奉皇孙失烈门早继大统，以固国本，以安民心！"而这恰好又触到了乃马真皇后的隐秘痛处，反以"国丧期间尚且不知轻重"之罪名将其削职为民。还嫌他碍手碍脚，随之又将他贬到汗都城郊的一处荒僻庭院里自省。再加上一

【第二章 白鹿向狡狐的异化】

些守旧的蒙古重臣和悍将也早看不惯其身为异族竟深受两代大汗的恩宠,因而老弱多病的耶律楚材似也只能落得个"寂寞梧桐深院锁清秋"了。更令人心碎的还在于,偶尔得到的消息也是:"朝纲紊乱,其多年的心血将毁之于一旦!"这更使他那忠君报国之心饱受打击。冷冷、清清、凄凄、惨惨、戚戚,似也只能在悲苦寂寞中了此残生了。

这或许也可算作软实力进入漠北后的一大挫折……

虽然说当时根本不可能有这种意识,但以现代人的眼光看来耶律楚材确实是曾想用"孔孟之道"来改变汗廷。比如说,窝阔台大汗执政初期,尚有惯于征伐掠杀的悍将别迭建言:"尽管我们征服了汉人,却毫无所获。汉人对国家没有用处,不如把他们连城池统统去掉,以让土地长起繁茂的青草,好让我们去放牧!"耶律楚材当即反驳说:"怎么能说留之无用?以仁术而治之,每年可得税银五十万两,帛八万匹,粮食四十余万石,足够南下灭金之用。放牧所得可比乎?"窝阔台大汗将信将疑,但尚能授命他分管中原"以仁术而治之"。翌年,耶律楚材陪他再到云中(即今之大同),见到的果然如耶律楚材所说。窝阔台大汗高兴之余竟惊讶地问道:"你每天都在我的身边,怎么能弄来这么多白花花的银子和谷物、马匹呢?"耶律楚材答之曰:"孔孟之道……"因汗廷确系缺少这类人才,后来窝阔台大汗竟恩准了他所倡导并主持的"戊戌选士"。中选者四千余人,还有千余名儒士由此脱离了奴籍。而在蒙古大军南征灭掉大金王朝时,也是耶律楚材援引前例力谏窝阔台大汗切勿屠城。极论"以仁治国",遂使在大梁避难的一百四十七万庶众免遭惨祸。其时,窝阔台大汗尚能从谏如流,兄弟间也能齐心合力,均以成吉思汗"入继华夏大统"的宏誓大愿为目标,故对以儒家理念治国之方在高层尚未遇到过多抵触。那真是一段前程似锦的时期,不但有助于窝阔台大汗吸收汉地相对先进的统治方式,而且确实为日后出现的大元王朝奠定了初步的基础。但耶律楚材眼下尚不知会有未来的元帝国,似只顾了现在的"大汗驾崩,朝纲紊乱"哀叹了。天哪!不仅自己在汗廷辅政三十年的心血即将付之东流,而且就连送窝阔台大汗最后一程之心愿也将化为泡影。须知,圣上的灵柩就要送往起辇谷下葬。君臣一场,情何以堪?

唯有顿首泣血,以表忠君之心。

果然,送葬的队伍开始出发了……

根据古代文献《黑鞑事略》《草木子》所记载,大体可推想出当时的情景:先"插矢以为垣,阔踰三十里,逻骑以为卫,见人皆灭之",以显此乃萨满为大汗预先在肯特山间圈定的安寝之地。而在万安宫内则依蒙古遗俗,选坚实粗直的古楠木裂为两半,"凿空其中,类人形大小",然后再以大汗盛装"置遗体其中合而为棺"。进而尚须在棺外"加髹漆毕,再以黄金为圈,三圈而定"。随后,便是择日浩浩荡荡的出葬。除特定人选外,铁骑往来见人尽皆驱杀。绝不同于中原历代帝王地宫之高起坟冢并配建享殿与陵围,而是来到起辇谷所选定之地即"深埋之",并纵万马往返践踏"蹂之使平",绝不允许地面"突显"一点痕迹。似仍很担心"践踏之后无草遮掩",遂又牵一带羔母驼于葬处将幼驼"杀其上",尚未待母驼嗅血哀号而去便"以千骑守之,只等来岁百草萌生"。果然,次年眼前便又是万顷绿波翻滚,茫茫大草原上早已不知大汗葬于何处。军帐撤去,似只留下神秘之谜任后人猜测。欲祭时,"则以所杀幼驼之母为导,视其踌躇悲鸣之处,则知葬所矣!"祭毕,即交由一贵族专职密养之,若死则再如法取一新驼以继。世袭罔替,绝非常人可近其身。至今内蒙古伊金霍洛草原上尚可见到此种"神驼",但已早化作人们追忆往事的一个可信可疑的美好传说了。

其时,乃马真皇后也正借"大发丧"威慑天下……

耶律楚材似也只能在郊外"跪泣于庭",顿首遥送窝阔台大汗最后一程。而乃马真皇后却只顾充分展示自己,面对着前来的各地宗亲贵族摆开了一派野气勃勃的出殡场景:金戈开道,铁骑护灵,殉葬的美女在哀号,垂死的骏马在悲嘶,还有从世界各地汇聚来的酒和众多的即将被送入地下的"战奴"……比原始还原始,比祖宗还祖宗,竟使得许多送葬的宗亲贵胄感到恍然又回到了几百年前。而乃马真皇后似乎要的就是这种残酷的氛围,以突显她对丈夫的悲悼和关怀,对祖制祖法的追思和尊崇,对古风古俗的依恋和呼唤。一句话:只要拥戴她君临天下,她就可使狂野之风重新激荡在茫茫的大草原上,使每个马上健儿都可以放纵地冲向远方去攻城略

【第二章 白鹿向狡狐的异化】

地！果然，这种复古的原始举措竟颇得许多怀旧的重臣悍将们之热捧，叫好之余便出现了拥戴她出任监国的声浪。只可惜对此次殡葬史书记之甚少，只言选美女数十"盛其衣饰遣之事大汗于地下"，并以"骏马战奴上百殉之""祭酒不可数计"。（详见《元史》）

耶律楚材闻知后，竟为之大病一场……

此时，多亏有儿子耶律铸弃官前来侍奉，才使这位契丹大儒勉强保住一条老命。但儿子每每传回的消息，还是使他寝食不安、彻夜难眠。原来，乃马真皇后不但借大出殡激发悍臣悍将的拥戴外，早已为朝纲独揽威逼上拖雷和按陈王两大家系了。先是在选殉葬美女期间，她便在盛赞按陈王忠君之余竟又大夸起其女察芯是如何如何美丽，如何如何懂事，如何如何可爱，如何如何举国瞩目……只逼得按陈王神秘一笑、躬身而答："臣下明白了！"据传，察芯事后也曾问过："明白什么？"而按陈王只笑而答之："你该出嫁了！"奔丧期间，显然不易多言。而对送葬而来的拖雷遗孀却又是另一副嘴脸，开口便是居高临下地发问："你不是拒绝了大汗的好意，坚持要把孩子带到自立和成人吗？可听说忽必烈就是不给圣主长脸，成天跟着一群汉人小废物混！酥了骨头软了腰就够给皇族丢尽了脸，听说老婆死了还能一抱三天三夜不撒手？败兴，晦气！我可要对得起拖雷兄弟的在天之灵了……"而索鲁禾帖妮竟也恭顺地一笑同样回应道："臣下明白了……"据传，忽必烈事后也曾问过母亲："明白什么了？"但母亲经过久久沉默后，似又在重复过去说过的话："忠于汗廷，忍耐，等待……"总之，顺者昌，逆者亡，威逼利诱无所不用其极。乃马真皇后最终在一批心腹亲信和旧臣悍将的拥戴下，借口皇孙失烈门尚且年幼，竟名正言顺地登上了监国的宝座。她独揽朝政，成为"也客蒙古兀鲁斯"第一位吕后式的女执政者。

耶律楚材能不为之忧心忡忡吗？

但他已被贬为民，早已"门前冷落车马稀"了。不！或许说"门可罗雀"更为确切。往日的朝堂议事早恍若隔世，眼下除了儿子耶律铸外，还能有谁与自己纵论天下呢？然而意外的事情却发生了，这一天深夜竟会有人来访。最令他意想不到的是，居然还是昔日曾着力贬低他的悍臣阿兰答儿。难道乃马真皇后还要加害于自己吗？但又不像。刚待落座，便只听得阿兰答儿已经开始滔滔不绝地吐冤诉苦了。据他所讲，乃马真皇后荣登监国宝座之后朝政更加混乱，就连他们这些曾被利用过的年轻重臣也如破靴子一般纷纷被抛弃了。唯有西域人奥都拉合蛮独受宠信，竟升任首辅横行朝堂。而那个本该为大汗殉葬的呼罗珊妖女更红之又红，欲觐见当今监国均须首先行贿于这位以色惑主的法蒂玛。三人关系暧昧，可疑之处甚多，似在秽乱宫闱别有图谋。皇孙失烈门的汗位岌岌可危，听说乃马真皇后正密谋推出自己那左手痉挛的长子贵由入继大统……耶律楚材深知这每句话都可使阿兰答儿掉脑袋，却迟迟未语仍保持着警惕。倒是这位悍臣憋不住了，竟干脆掏心掏肺地全盘托出："大人！实话实说吧！在下已暗投于蒙哥宗王门下，今天就是奉他之命而来的！"

耶律楚材听后大感意外，不由得一声惊呼……

也难怪！由"监军"到"心腹"这个变化也太大了。但说怪也不怪，似也只能说明乃马真皇后大权独揽后也太得意忘形了。阿兰答儿中途急返的狂热拥戴不仅未得到任何回报，乃马真皇后却反倒仍记"弘吉拉之辱"还是把他打发回吉里吉斯"立功赎罪"去了。而蒙哥也不愧为"名帅虎子"，也就"因势利导"地将其收为心腹了。须知，这位拖雷家系新生代的"合罕"也绝非等闲之辈，在长子从征的血雨腥风中已早看穿了"视为己出"背后的种种阴谋。再加上他在第二次西征中战功卓绝从而平添了自信，并和统帅拔都建立了特殊关系也早使他别有所图。再加上奔丧的归来，他曾长跪于母亲膝下对过去的"乐不思蜀"有过沉痛的忏悔。虽种下的劣根已难尽除，但对母亲的圣洁和伟大却深深理解了。为此，今日之事纯属因在发丧期间母亲的再次受辱，才使他策划进而迈出了这颇为重要的一步。难怪阿兰答儿仍不厌其烦地向耶律楚材解释着："我早看出，蒙哥宗王才可配称圣主成吉思汗真正的皇嫡孙！貌似恭顺敬服乃马真皇后若母，其实气度非凡早胸怀大志！现西征得胜归来的长子在汗都谁的战功大？就连当今的监国也得承认自己的长子远不如人！"耶律楚材听后，沉吟片刻才问："宗王派阁下前来有何盼咐？"谁料阿兰答儿仅回答："是他亲自给大人选定郊外这处僻静庭院，特命我前来告知明夜将有

【第二章 白鹿向狡狐的异化】

人来访！"耶律楚材忙问："来者何人？"阿兰答儿老实回答："我也不知。"再问："所为何事？"再答："我更不知。"最后只留下一句话："宗王说，绝不累及大人！"言毕，阿兰答儿便匆匆离去了。

顿时，耶律楚材便陷于一片迷惘之中……

又是一夜不眠，这位"吾图撒合里"（即大胡子），一直在拈须苦苦思索着，以致捻断的绝非三五根胡子。按说，由于他和拖雷常伴于成吉思汗左右，而对其子蒙哥还是略知一二的：幼即寡言，又异于常儿。稍长即能隐忍不发，行事执着颇有主见。娴熟弓马骑射，常谓"唯崇圣主成吉思汗，只读《札撒》与《必力克》"（前为成吉思汗钦定的法令，后为成吉思汗之语录）。但今日令耶律楚材深思的却在于，此举既像蒙哥的风格又仿佛背后还隐藏着一个谜！选定自己这处荒僻的庭院尚可理解：出其不意避人耳目。密派阿兰答儿前来也不难解释：暗藏玄机继续考验。而最后这"绝不累及大人"又意味着什么呢？似可大可小，或二者兼有。大可化到影响未来，小可化到就地而灭。看来绝非蒙哥一人暗中行事，而是尚有高人在幕后指点。

果然，此举将以小化大影响蒙元历史的走向……

第二天晚上，耶律楚材早早就等候于书斋了。直等到夜色深锁荒郊之时，才听得儿子耶律铸悄然来报：贵客已到！而就在耶律楚材刚要起身相迎之时，便见得一个灰暗的身影已闪现在烛光之下。举止间倒也不乏高贵的王者风度，只不该面颊瘦削、目光忧郁、神情恍惚，似乎就连他自己也不知为什么要来这里。耶律楚材端详了片刻，终十失声惊呼了："忽必烈宗土……"是他！圣主累遭不幸的皇嫡孙！耶律楚材早已闻知他那雪夜丧妻之后那种种失态之举：窝阔台大汗发丧时他那伏灵的哀号，回归吉里吉斯后的悲弃弓马，颓丧中那只知抚育的遗孤……但绝没想到时光的流逝却仍难使他忘掉心中的伤痛，至今竟更显得沉沦潦倒了。莫非又有大难降临在他的头上了？想到这里耶律楚材不敢再想下去了。所幸忽必烈尚不忘当年"启蒙之恩"，一番问候后这才似稍稍恢复了常态。落座后耶律楚材即问："不知大驾光临，有何贵干？"忽必烈忙施礼禀告："晚辈只是谨遵母命，借贤相宝地到此静候。"耶律楚材忙问:"静候何人?"忽必烈竟如昨日阿兰答儿所答:"晚辈也不知晓。"随后便果真是"静"候了,看得出忽必烈是很可能又遇到什么灾难导致了神情恍惚。

沉默相对,书斋里气氛相当尴尬……

好在耶律楚材从政近三十年,对皇族子孙均颇为了解。他不但深知成吉思汗对这位嫡孙那辉煌的预言,而且因与其童年时有过接触故对他的追求也有所了解。因而,为打破沉默,耶律楚材先针对他的心态开言相劝曰:"恕老朽冒昧提醒,孟子曰:天降大任于斯人也,必先苦其心志,劳其筋骨……"反应不大,只有微微颔首。而耶律楚材并不气馁,当即又改话题道:"遥想当年,宗王少年即热衷于求访历代帝王之功业逸事,老朽至今尚记得宗王唯崇唐王李世民,常纵论他之大皇帝与天可汗之伟业。正好!老朽这里尚有残存《唐书》抄本数册,愿奉送宗王聊以解忧!"(唯崇唐王李世民事,详见《元史·世祖本纪一》)果不愧从政的老手,这一招竟把恍惚的忽必烈仿佛就要激活了。

只不该此时耶律铸悄然来报:又有贵客到来……

这简直是大煞风景,刹那间忽必烈便又陷入惘然之中。但谁料随着一阵轻盈的脚步声,夜幕深锁的庭院里似骤然荡起了一股春风。再等耶律铸开门相迎,烛光也似乎突然亮了数倍。随之,似带着一片夺目的光彩,一个亭亭玉立的少女便梦幻般地在书斋里闪现了。但目标却很明确,稍停便径直走到忽必烈身边一动不动了。似很陌生,似很诧异,却使忽必烈竟产生了一种恍若隔世之感。然而又很难抗拒,紧接着便互为磁场般久久相对凝视不动了。任夜风在窗外徘徊着窥视,任耶律楚材父子在一旁目瞪口呆,好像他俩早已目无他人了。又是好一阵工夫,才慢慢地有了声音。她说:"我叫察苾!奉父命来此静候。"他说:"我是忽必烈!奉母命前来静候。"又没了声音,又只剩下了久久地相互凝视。而耶律楚材这时才恍然大悟了,原来蒙哥那"绝不累及大人"之说系指此而言:大可化作封国结盟,小可化作儿女私情。眼看就要"木已成舟"了,耶律楚材也准备拿出久藏的一琴一瑟作为贺礼。但大出意料的却是,随着察苾的目光越来越炽热,忽必烈的眼睛里却又越来越溢满

【第二章 白鹿向狡狐的异化】

了忧郁。刹那间便又化成了那个被悲哀笼罩的人,进而更头也不回地夺门而去。实在令人错愕!只见察苾却仅稍稍愣了片刻便粲然笑了起来,竟还能谦恭有礼地辞别,然后也随之出门隐没于伸手不见五指的暗夜中去——只留下了从容、自信,还有那神秘的笑。

唯闻马蹄声声,似有众多的护卫簇拥着她……

直到这时,耶律铸才有机会告诉父亲,忽必烈的不辞而别是因为那可怜的婴儿头几天也追随母亲而去了。再一次惨痛的打击:失子之痛!耶律楚材由不得感叹道:"好一个重情重义的伟男儿!"但耶律铸却回应说:"就不该白白抛弃了一场好姻缘!"谁料耶律楚材竟斥之曰:"浅薄!"也是!要知道皇子皇孙的婚姻均需由"最高"钦准,谁要敢借此私下结盟就算触犯了"大札撒"。而忽必烈此次毅然决然地不辞而别,或许也包含着对这方面更深层次的考虑。看来蒙哥的策划虽雄心勃勃,但毕竟还太年轻啊!

却不料,第二天便传来一条爆炸性的新闻……

耶律铸带回来的消息说,似乎这传闻把整个哈尔和林都给震惊了。据说,按陈王也太宠惯自己的小女儿了,竟看管不严任其带着骁勇随从去"抢婚"。男抢婚按古俗是可以的,而这女抢婚却在大草原上是极为罕见的呀!而且抢的是圣主的嫡孙忽必烈,这可让拖雷家系也跟着丢人败兴了。据说,按陈王事后为此差点气了个半死,为遮羞竟撤销了女儿"当为皇后"的特权。彻底被"贬"了。因而就连乃马真皇后在深宫得知此事后,也哈哈大笑而言道:"苍狼竟然生下个羊羔子,就让他躲进美女怀里咩咩找奶吃吧!"这是对拖雷家族多大的藐视和侮辱?但拖雷的遗孀索鲁禾帖妮却能谦卑地将其视为"钦定"。不久后,她便将他们"唯唯诺诺"地又接回了吉里吉斯草原。又是久久地相安无事,直到这年岁末(1242年冬)才又听到了他们的消息:已经生了一个儿子,取名:真金!耶律楚材由衷地赞叹这位母亲的伟大、按陈王的知趣,还有蒙哥的"后生可畏"。

他又在为大蒙古国勾勒未来的图景了……

但耶律楚材却尚未估计到,这场传奇式的婚姻似乎也为未来埋伏下种种矛盾。

一统华夏——忽必烈大帝之文韬武略

首先应当说到蒙哥：当时他是不便去求娶这位生来就"当为皇后"的少女的，生怕诱发乃马真皇后的猜忌而引火烧身。而现在面对既成事实，他又唯恐忽必烈借此会对自己不忠。其次便是幼弟阿里不哥：这么美丽姣好的少女应当首归"灶主"，怎么能不顾及自己的身份反归了倒霉的老二呢？从此兄弟俩就有些别扭，一见"当为皇后"的察苾就更觉心头蒙上一层阴影。再应提到的便是悍臣阿兰答儿：绝没想到自己会去为他人搭桥，竟莫名其妙地妒火燃烧了几十年。也是！就连前朝状元王鹗也是自己为她千方百计找来的，没想到现在却只能送进人家新婚的毡帐里。多亏了察苾的善于周旋，更多亏了伟大的母亲尚在掌控着整个吉里吉斯草原——

不然，矛盾很可能提前爆发……

而耶律楚材却全然不知，似只顾了憧憬着拖雷家系能出现个唐太宗式的圣主明君。为此，他把那琴瑟和《唐书》残卷都作为贺礼托人送过去了，唯期盼圣主那"入继华夏大统"的遗愿能在这一代实现。但天不假年，他最终于1244年孤独寂寞地病逝于郊外荒僻的庭院里。享年五十五岁。追随他那仙逝的夫人而去了。他的发妻苏氏，系北宋大诗人苏东坡的五世孙女。然而即使在其死后，西域佞臣奥都拉合蛮却仍然诋毁他道："耶律楚材任相数十年，天下贡赋半数尽入其家矣！"谁料昏聩的乃马真皇后闻奏即派重臣前往抄查，但结果是"唯阮琴数架，古今书画、金石及遗文千余件而已！"（详见《元史·耶律楚材传》）。

契丹的贵族后裔，蒙元的一代大儒，就此而去。

最终融入了漠北的茫茫大草原。

是前功尽弃，还是后继有人？

且听下回分解……

第三章

是金子总会闪光的

【看点提示】你知道吗?敢于倒抢婚者便是那倾国倾城的美少女察苾,而重新又被激活者当属忽必烈和他的整个家族。——你知道吗?那幕后的操盘手在把丈夫泡死在酒色之中后,也终于走向前台,这便是权欲熏心的乃马真皇后。——你知道吗?在成为唯我独尊的女监国后,她弄权更加阴柔狡诈,竟放归质子蒙哥欲使拖雷家族内乱丛生。——你知道吗?是金子总会发光的,多亏了察苾帮助老母亲一一化解了诸多激烈的矛盾,使家族更加团结壮大。——你知道吗?乃马真皇后监国五年仍未享受够权欲瘾,竟又想利用拖雷家族帮助她继续实现"垂帘听政"梦。——你知道吗?利用和反利用最终使忽必烈为长兄换回了王位,只不该察苾顾全大局还给忽必烈"争"回两个老婆。——但不管怎样,是金子总会发光,察苾已在初步展示她的政治才华……

光彩夺目的察苾，在吉里吉斯初为人妇了……

这桩姻缘从私下看来确实不乏某种"结盟"的成分，但再看现实又绝对算得上是一份"天作之合"。忽必烈似从困顿和忧郁中再生了一次，骤然间变得英姿勃发更加沉稳厚重。而察苾则似恰逢雨露滋润，正在成功地转型为一位美丽而又贤惠的少妇。作为母亲的索鲁禾帖妮，一边默默祈祷"长生天"告慰拖雷的在天之灵，一边又单独把他俩留在身旁的毡帐里暗暗观察着。须知，四个儿子禀性各异。昔日长兄不在，两个小的尚能维护忽必烈。而自从首席家臣阿兰答儿的到来，现在老三旭烈兀和老四阿里不哥似更倾向于长兄蒙哥主掌家族大权。再加上草原上从来就是崇尚战功和英雄的，蒙哥的归来显然已使忽必烈那套"文治"黯然失色了。所幸他现在似只顾沉迷于新婚的温柔梦乡中不能自拔，而如果一旦清醒将会发生什么情况呢？

远眺汗廷，索鲁禾帖妮更加忧心忡忡了……

【第三章　是金子总会闪光的】

其时已进入了乃马真皇后监国的后期，皇孙失烈门早已被下定决心要废黜了。虽然独掌汗权五年尚未过足权欲瘾，但因臣民只承认成吉思汗的嫡系子孙也就不能再拖了，只能隐于幕后再次故技重演，以求弄权。但为把自己可操控的长子贵由推上大汗的宝座，就连召开"忽里台"（即封王和贵族的大聚会）也困难重重。虽说这只是个形式上尚须拥戴的过程，但即使如此也迟迟未能开成。究其原因，此时成吉思汗的第二代嫡子辈，诸如术赤、察合台、窝阔台、拖雷等均已告逝，而第三代嫡孙辈已开始"联横合纵"不买她这个"女主"的账了。这时，她才知道促使窝阔台大汗的"速死"是多么失策，没有这张带醉的虎皮她的"君临天下"似已难威慑草原了。最令人头疼的是，第二次西征的统帅拔都现如今在各封国威望最高，实力最强，封国面积最大，也最没有觊觎汗位的野心，因而他的表态也最举足轻重，但偏偏就他拒不应诏迟迟不来。乃马真皇后也明白，这是因为西征途中贵由耍皇子威风造成的恩怨而引起的。但为了使自己可操弄的长子早登大位，他还是接连派出重臣前往宣慰并诱之出席"忽里台"。

为此，暂时顾不上其他封国了……

而索鲁禾帖妮也正是要抓紧这时机，以长子蒙哥的归来调整好兄弟间的关系，以使拖雷家族更加强大。不加解释，或许认为吉里吉斯仅是一片草原而已，其实那只是木栅四围毡包相连的封地统治中心的所在地。除此而外，尚统领着斡难河至怯绿连河流域相当于现今几个小国的广袤无垠的土地。上面分布着六十个由贵族分领的"千户"，还有成吉思汗遗封的众多军队。这在当时地跨欧亚大陆的"也客蒙古兀鲁斯"也许并算不了什么，但却操碎了一个伟大母亲的心。

现在，她又在为两个儿子苦苦思虑着……

索鲁禾帖妮早已心里明白：放归蒙哥只是乃马真皇后的一个"顺水人情"。没错！乃马真皇后的确是这样想的：没能让蒙哥葬身沙场，反而让他凯旋成为汗都英雄。如暗施毒手，必将引发哗变使自己成为众矢之的。再说与他相比，自己那西征受斥的儿子贵由也绝对相形见绌。留之汗都，必将引发封王们骚动。更何况！窝阔台大汗生前一时失口还曾说过"将视其为己出"。后果不堪设想，还不如借此和拖雷家系做笔交易：自己将蒙哥放回吉里吉斯，而拖雷家系也必须拥戴贵由成为新汗……没想到索鲁禾帖妮竟又恭顺地答应了，似只顾了一家子能够早日大团圆。当然，儿子们对母亲向来是深信不疑的，但母亲却为儿子们又在苦苦思索着：蒙哥是在西征中历练得有胆有识的，策划"抢婚"便是有力的证明。但过去一向是忽必烈代自己主持封地事务，是显得略缺"野"性却又思虑宏远。各有长处，风格迥异。加之尚有两个小的又在各抒己见，自己将如何应对这全新的局面呢？

这一天早上，察苾肩披朝霞又来送奶茶了……

索鲁禾帖妮问："我的好儿媳！为何众多的侍女不用，偏要你天天亲自来侍奉呢？"

察苾垂首恭敬地应道："回禀额吉（即妈妈）！不会熬制奶茶即不配做个好儿媳。这不，蔡苾天天学着熬，正等待着您的品尝考试过关呢？"

索鲁禾帖妮很高兴，又问："为何不见忽必烈到来？"

察苾竟脸红了，揉着衣角答："还……还在酣睡，是累了……"

索鲁禾帖妮难免埋怨道："这孩子！"

察苾又羞赧地解释说："不！不是那个！是……是他对我言道，长兄回来之前，他……他从未睡过一个安稳觉！而今长兄终于回到封地，他也可放心睡了！"

索鲁禾帖妮叹了一口气说："也倒是……"

而察苾又天真地忙补充说："他……他还曾对我言述道，长兄曾在西征中是如何如何智勇双全！在四大家系的长子中，唯独咱家之长子深受拔都统帅的赞赏！蒙哥长兄之重归封地乃长生天之赐福，就连父罕的在天之灵也会为之高兴的！"

索鲁禾帖妮却仍在叹息着说："这可是用汗位换回来的……"

谁料察苾却又忙分辩道："不！不！这可是额吉的英明决策！为了圣祖成吉思汗的遗愿，现在不能争，只能等！草原自己先乱了，还怎么能'入继华夏大统'呢？孩儿们都很有耐心，您就只管放心吧！"

索鲁禾帖妮开始落泪了，说："但愿如此……"

察苾面带娇憨又忙解释说："真的！真的！就连我的父王也曾预言道，吾之外

【第三章 是金子总会闪光的】

甥蒙哥,乃家族之希望、国家之栋梁!更何况,察苾的恩师元好问也早讲过,父亲早逝,长兄若父!"

索鲁禾帖妮终于说:"你之奶茶这才品出味儿了……"

当夜,母亲便胸有成竹地把四个儿子召集到自己的毡帐里,为他们今后的各司其职重新进行了安排。长子蒙哥因久居汗廷且又参加过西征故各方面的经验丰富,就命他接过父罕大权全盘主掌军政大计;次子忽必烈熟悉内情擅长调解,就命他对上对外广为联络以应对汗廷;三子旭烈兀和四子阿里不哥各有侧重,随时应命听候长兄蒙哥调遣。此外还将圣主分封的六十个"千户"(兵民一体,也可称行政单位),按游牧情况分别驻守四方,命四个儿子各领一方加以治理,体恤民情以学习治国之道。在各自的小封地也可筑木栅起毡包帐城以作为统领中心,并为妻子们分设"斡耳朵"(即宫帐)。沿途开通驿站以便招之即来,来之即唯长兄蒙哥之命是从。

母亲再不多言了,唯有泪光中深深的期待……

此时,毡帐中没有一点声息,只见四个儿子静静地拜伏于索鲁禾帖妮脚下。又过了不知多久,这才见旭烈兀和阿里不哥起来,欢呼雀跃着将长兄蒙哥拥上了久已虚待的王座。而忽必烈更似从未眷恋过什么温柔梦乡,竟兴奋异常地准备带头行尊王之大礼了。免冠、搭腰带于肩,一切均如蒙古之古风古仪。但尚未等他跪倒,蒙哥却早已下座忙将其扶起紧紧相拥而泣了。顿时旭烈兀和阿里不哥也似受了感染,四兄弟紧紧拥抱纵有千言万语也尽在不言中。而此时的母亲却要离席而去了,只见她泪流满面、颤巍巍地说:"好了!从今以后尔等父罕未尽之志,将靠你们兄弟齐心合力去完成!母亲老了,以后没事别来烦我!"

汗廷混乱,这里的接班大事就这样完成了……

又是半个多月过去了。索鲁禾帖妮已搬到自己退居的专用寝帐里,内心却感到从未有过的满足。儿子们均下到了各自的小封地去构筑统领中心,只有她独自望着毡包门外寂寥的草原静静思索着。她心里明白得很,如果没有那天送茶时与察苾的对话,自己或许到现在尚没有勇气采取这些使封国为之一振的果断举措。一个新儿媳的出现竟能带来兄弟间的精诚团结,清纯烂漫间尽显出一个草原闺秀的大家风

一统华夏——忽必烈大帝之文韬武略

范。但更令人出乎意料的却还在后头，随之便又传来个更令人难以置信的消息：察苾在自己的封地构筑"木栅四围、毡包相连"的中心时，竟为丈夫已逝的前妻帖木古伦也建起了一座"斡耳朵"。一切配备设置均如她生前一样，并甘愿退居其次将帖木古伦称之为"大哈敦"。这不但为忽必烈在那颜千户中平添了尊严，而且就连索鲁禾帖妮听后也激动万分地为之感叹了："长生天啊！果然名不虚传，受天命而生的神鹿降临我家了！"

但很快就有一件大事令母亲分心了……

蒙哥是第一个回到吉里吉斯封地中心的。既然承继了父位，当然有权被尊为封地的"合罕"了。在他的命令之下，随之三位王弟也被尊称为各小封地之"合罕"了。颇具个性，颇具主见，提早归来就是为早日尽显王者气魄。更何况！他的贴身近臣与悍将已在为他密谋"初露锋芒"的第一步了。首倡者乃阿兰答儿，在他看来害父、辱母、入质、削封等均是人间少有的奇耻大辱，而不共戴天的罪魁祸首当属乃马真皇后。而现在汗廷混乱，汗位久空，贵由谋篡，封国内讧，色目佞臣奥都拉合蛮与妖女法蒂玛秽乱宫闱，如能抓住时机势必在蒙古人中一呼百应。而眼下吉里吉斯实力雄厚，正好可以借清君侧、保皇孙、正大统、除奸佞等之名，一举攻入汗都哈尔和林，以夺回"幼子守灶"的神授使命……家臣悍将响应者不少，却谁料沉默寡言的蒙哥闻之后仅说了一句："严禁外泄，违者割舌！"似是而非，神秘莫测。但暗中却仍召回忽必烈、旭烈兀、阿里不哥诸弟，似准备"一鸣惊人"。

索鲁禾帖妮闻之能不为之忧虑吗？……

好在随着诸子的归来，儿媳们也都来到她的寝帐里请安。按当时的婚俗，蒙古人中流行一夫多妻制。据《史集》所说"每一个男人能供养多少个妻子，便可以娶多少个妻子。"如英国《每日电讯报》网站2007年5月21日报道，称"经研究发现，他（成吉思汗）征服女人的本领是如此厉害"，"通过Y染色体的分析，发现他的后代多达一千六百万人"。由此可见，他的女人何其多也！但其中只有一个为正妻，相当于当时中原人的嫡正。故而索鲁禾帖妮的四个儿子绝非只有四个儿媳，进入寝帐的佳丽实在令人眼花缭乱。唯独忽必烈现在尚只有一个正妻，而母亲却偏

【第三章 是金子总会闪光的】

偏于"百花丛中"选定了察苾今夜为她"侍寝"。这令众多的儿媳们着实羡慕,却就是不知选中的真正原因。要知道,母亲的心一直在为那"一鸣惊人"而悬着,并深知蒙哥初掌王权那强烈的自尊心还不能伤害。找谁来商量商量呢?索鲁禾帖妮竟不由得想到了察苾。找新媳妇聊聊天肯定不会让人联想到老母亲又要干政,而听听这累有不凡之举的小王女的见地起码可捋出个头绪。

夜深了,温馨的毡帐里只剩下了婆媳俩……

察苾已经铺好卧榻垂首而请道:"额吉!这是父王陪嫁察苾的貂皮大被,年轻人无法消受,特奉上就请您入卧安眠吧!"

母亲也不推辞,只说:"我睡,你呢?"

察苾娇憨而答之:"我猜额吉单独留下察苾,肯定是您又在为家族大事忧虑吧?"

索鲁禾帖妮故意问道:"忧在何处?虑在哪里?"

察苾竟似在所答非所问:"箭在弦上,尚可收拾;一经射出,难以回头!"

母亲却听明白了,说:"啊!你已尽知?"

察苾只好如实说道:"禀告额吉!下面封地人心浮动,也不乏'清君侧'之类的鼓噪声。这?这……"

母亲将她叫到身边,说:"你也躺进来,慢慢说!"

察苾真钻进大被了,她接着说:"额吉,好暖和呀!就像小时候又扑到了慈母温柔的怀抱中。就想撒娇,可一撒娇言语就没了分寸。"

母亲被感动了,笑着说:"撒娇就撒娇,只管尽情说来!"

察苾这才说道:"蒙哥长兄主掌大权他也有难处啊!有多少凤将旧臣都在力促他为老主子报仇雪耻一洗前恨。可蒙哥长兄入继王位只是咱家的私下拥戴,与汗廷生怨可能拒不承认。名不正,言不顺,急于求成反会陷长兄于不义呀!"

母亲急问:"如若箭已脱弦呢?"

察苾认真地说:"那后果将更不堪设想!须知,即使是乃马真监国乱政,但她的实力仍不可小觑。她不仅代表着窝阔台大汗的正统,而且手中尚掌握着几万人的

一统华夏——忽必烈大帝之文韬武略

精锐'怯薛'（即禁卫军）。你能以'保皇孙'为名出师，她也能以'平叛逆'为名讨伐。即使咱'清君侧'侥幸成功，但东西道诸王皆可效法也到汗廷争雄。如此反复轮回，圣祖成吉思汗的伟业将毁于一旦，'也客蒙古兀鲁斯'也将分崩离析。绝对有悖于您多年忍辱负重的初衷，还是您那一贯主张好啊！忠于汗廷，忍耐、等待……"

母亲惊叹道："啊！简直如须眉所言！"

察苾羞报了，说："本来就是从忽必烈和他那些儒生的议论中偷听来的，私下里察苾还悄悄背了好半天呢！您可不能告诉他。有您有蒙哥长兄主事，他得知后肯定会斥责我卖弄聪明再不理睬察苾了！"

母亲生气道："这个忽必烈，要误大事！"

察苾急忙说："不！不不！忽必烈深知蒙哥长兄刚明雄毅，一切尚在深思熟虑之中。'严禁外泄，违者割舌'就是一例。但为维护长兄初掌王权的尊严，又不好当众驳之。尚须高人私下指点，为此忽必烈早已派人请家父来探慰远嫁的女儿了！"

母亲激动了，说："好一个忽必烈，像我的儿子！"

翌日，当察苾走出母亲的寝帐时，竟有好多媳妇围上来七嘴八舌地问："婆婆那么偏爱你肯定又悄悄赏了你不少宝贝，分给我们一点呀！"察苾却说："什么呀！一连骑了两天马，没等侍奉婆婆睡下，我自己就先爬在皮褥子上睡着了。丢死人了！还得婆婆给我解衣盖被呢。要分？有，就等着跟我分着挨拳头吧！"只惹得媳妇们笑了个前仰后合，足见察苾和众妯娌的关系是多么融洽。

但关键大事还得由男人们定夺……

王帐之内久久没有传出重大消息，只闻听旭烈兀和阿里不哥早已急不可耐地私下摩拳擦掌了。而长兄蒙哥似乎举棋不定尚未做出最终的决断，忽必烈却始终保持沉默似只在等一声令下。急辩之后的沉寂更令人惴惴不安，更何况还有众多的旧臣宿将尚守在王帐的门外。拖雷家族将何去何从？气氛紧张到似正在引爆一桶随时可惊天动地的火药。

【第三章　是金子总会闪光的】

一连两天均是这样……

这一天，多亏按陈王亲自来探慰远嫁的娇女，蒙哥作为封地之主也只能暂抛一切以盛宴迎接国舅了。谁料这通接风的畅饮喝得竟如此开怀，甥舅俩竟酣醉于王帐内一天一夜未醒。还绝不允许人打扰，只闻听鼾声响得如此酣畅淋漓。

似已忘却了部众们尚在人心惶惶……

却不然！第二天便见得已将诸王弟、众旧臣宿将，还有重要的那颜千户等均召入王帐。再看蒙哥合罕正坐王位，不但难觅丝毫醉意，竟然清醒得令人望而生畏。明眼人一看便知决断的关键时刻就要到了，阿兰答儿由不得又在蠢蠢欲动了。片刻间，只见蒙哥"嚓"的一声将腰间的蒙古长刀抽出，顺势竟杀气腾腾地将刀交于欣喜若狂的这位悍臣。此时王帐内静得悄无声息，好半天才终于听见蒙哥合罕冷冷开口了："我已决定……"声音虽低，却足以令人不由得躬身静候下文。随之，便是声震王帐的宣布："忠于圣祖！忠于汗廷！誓死效忠于大蒙古国，有再敢妄言惑众者，杀无赦！"众人闻之皆匍匐在地，似慑于震撼竟齐声呼应："忠于圣祖！忠于汗廷！誓死效忠于大蒙古国！"唯有阿兰答儿双手捧刀战栗不止，又谁料蒙哥合罕却偏偏向他下令："由你监斩，绝无例外！"说毕，他竟离开王座独自拂袖而去……

随之，蒙哥合罕便来到了索鲁禾帖妮退隐的寝帐里，俯首长跪于母亲膝下久久不起。没有分辩，没有推诿，唯有悔恨的泪水长流不止。而索鲁禾帖妮也没有指责，也没有说教，也唯有慈母的双手默默地摩挲着儿子的头顶。温馨的无言相对，又过了好半天母亲这才开了口："察苾侍寝时告诉我说，她的师傅元好问曾给她留下两句话：青涩的果子，即使吃在口中也难以咽下；成大业者，一定要学会等待瓜熟蒂落！"

蒙哥再次叩头道："母亲！孩儿明白了……"

吉里吉斯草原一切均恢复了正常，而事后他才渐渐意识到：是谁在暗中维护了他的尊严？是谁在私下避免了他的"一失足成千古恨"？这使他联想到西征时所见之挂满枝头的鲜红果实，想到了西征时所见之瓜熟蒂落的具体情景。真是元好问留下的话吗？从此，蒙哥合罕似乎对察苾多了几分敬重，多了几分赏识，同时也多了几分警惕。

但忽必烈和察苾已陪按陈王回到了自己那小封地。

只留下他主宰着吉里吉斯茫茫的大草原。

遥望汗廷，正在策划下一步……

二

此时恰好是1244年岁末，耶律楚材的死讯传来了……

对于拖雷家系来说，这绝对是个令每个人都哀痛的消息。圣主的近臣、家父的挚友，走得如此寂寞凄凉。索鲁禾帖妮于心不忍了，带着儿子们在草原上遥祭，并向汗都洒着马奶酒。只有蒙哥不够虔诚。这并不说明他否认耶律楚材是个大好人，只说明他对这位大胡子那套"歪理"颇为反感。至今仍认为父亲之死，绝对和他那套"君臣大义"的说教有关。归来时，察苾竟哀思未尽，每当想起那深夜的相亲，便悲恸地抚起耶律楚材所赠的琴瑟。

被贬之臣，谁敢公然前去送灵？……

却谁料，就在耶律楚材悄然"融入漠北大草原"百日之时，乃马真皇后竟突然想到要为这位"汗廷第一儒"追思补祭了。这说明乃马真皇后也绝非等闲之辈。阴柔、狡诈，运用权谋，早已达到炉火纯青的地步。但明眼人还是一看便知，现如今挖出这位遭贬的儒家死老头子，这纯属是因为"忽里台"迟迟难以开成，久拖不决很可能使贵由成为扶不上台的阿斗。借此尚可号召各封国宗亲贵族一聚，名为"补祭"暗中却可讨价还价。更何况！老头子那"君君、臣臣、父父、子子"也足够供人"追思"，更可在混乱中重振汗廷，尤其是监国的声威。

吉里吉斯也接到了乃马真皇后的诏告……

去是一定要去的，这正是实现策划中"下一步"的好机会。蒙哥虽"刚明雄毅",但在私下里还是深谙"利用"和"反利用"之道的。但由于"长子从征"中因支持统帅拔都自己也与贵由结下很深的矛盾,故而亲自出马反倒有可能会弄巧成拙。加上天生刚烈绝难对一个残废卑躬屈膝,那谁能替自己去完成"下一步"的设想呢?

蒙哥立马想到了二弟忽必烈……

经历这次冲动之后,他早已看出忽必烈果然"度量弘广"、身手不凡。在自己归来之前,即沉着老练地似在做一个宏大的实验。引用儒生,笼络人才,调整赋税,协同部众,悄无声息地帮助母亲将整个封国治理得如铁筒江山一般。在久别重逢之后,他甘愿主动让位积极拥戴自己登上王座。而此次事件中,更为了维护自己的尊严暗中协调加以化解危机。是使草原缺失了些昔日的荒蛮野性,但又不违祖制将六十个"千户"治理得万众一心。气魄之大且又绝不溢于言表,派他前去完成这"下一步"当是最稳妥之举。更何况!母亲也早有安排。

随之,仅一天之后兄弟俩便相聚于王帐之内了……

忽必烈:"王兄所言'下一步'极是!应当忠于汗廷,尽力推动'忽里台'大会开成,从而使汗廷逐步倚重于我们,反之我们也逐步影响于汗廷!此乃关系家族前途之大事,臣弟愿前往不辱王兄使命!"

蒙哥:"那察苾呢?"

忽必烈:"怪她在母亲面前多嘴逞能,正罚其在牧场畜栏挤奶放牛呢!"

蒙哥:"谁让你如此而为之?为兄尚需名正言顺,你更应带着察苾到乃马真皇后面前去正名。更何况,其机敏绝不在你我之下,有其同你前往为兄更加放心!"

忽必烈:"是!谨遵王兄之命!"

蒙哥:"还有,带足了金银珠宝、骏马美女,这是打典汗廷内外所必需的!我将派阿兰答儿率数十轻骑送你们前往,弟可尽显王者气魄只管调遣使用!"

忽必烈:"阿兰答儿?其过去在汗廷可曾是……"

蒙哥:"放心!其已狂言多次,每一回均可掉几次脑袋!除了死忠于为兄之外,其现在别无他途!如敢妄动,将有人代你诛之!"

啊！层层监视，层层防范……

但忽必烈却欣然受命，慷慨辞行。出发之前，当数阿兰答儿最痛苦不堪了。若论单送察苾，那当然是他梦寐以求的。而现在却以忽必烈为主，便难免妒火中烧似受侮辱了。但现在自己的缰绳已在人家之手，奈何不得似也只能受人家驱使了。然忽必烈也不乏自己独有的安排：除身旁跟有一员武将之外，竟又多添了一员"文臣"，即从中原延聘而来的前朝状元王鹗。经过几天的奔波，终来到了窝阔台大汗生前所建的都城哈尔和林。对于游牧民族来说，这简直是茫茫大草原上出现的一个奇迹。据13世纪曾访问过汗都的法国使臣卢布鲁克记述，当时的汗廷大体应当是这样的——

> 大汗所居的宫殿在城西南隅，四周宫墙环绕，中间是一座占地两千四百余平方米的宏伟大殿，其形制格式完全仿照中原宫阙制度，万安宫正殿宏伟高大，两侧是两排柱子，南面是三道门，大汗坐在北面高台上，御座下左右两侧是诸王和后妃的座位。

当然，在忽必烈率众前来觐见时，御座上坐的不是大汗，而是时任监国的乃马真皇后。看得出，表面上高高在上、威严无比，而实际上却在暗暗窃喜、情不自禁。须知，因慑于拔都合罕的威望，应诏前来者并不踊跃。有的封国充耳不闻，有的封国也只是马马虎虎派几个代表。重要的宗王贵族亲临者更是少之又少，前来捧场的竟大都是流落漠北的汉臣儒生。眼看着"追思补祭"之奇谋又要泡汤，突然间威震一方的拖雷家族竟如此隆重的"应诏而来"，能不令人激动吗？虽说忽必烈过去给人留下的印象不太好：软弱、不善弓马，甚至有点没出息，可现在人家毕竟是国舅爷的女婿呀！再说了！亲眼这么一看：文质彬彬、举止得体，倒像块天生给自己当文臣的料！更何况，这个忽必烈带来的重礼又别具深意：一大箱价值连城的金银珠宝尽献当今监国，一百匹草原拔尖的骏马和美女俱献于贵由殿下！人常说：在权力面前，没有永远的朋友，也没有永远的敌人！一切尽在不言之中，顿时竟使得

【第三章　是金子总会闪光的】

晦暗的殿堂突然辉煌起来。

乃马真皇后为之一振，热泪竟不由得夺眶而出……

而忽必烈仍在跪禀道："家母一直视监国为亲姊妹，长兄更视监国为自己再生之母！常教导于我众兄弟：唯监国之命是从便是忠于汗廷！唯监国之愿是从便是忠于'也客蒙古兀鲁斯'！因家母久病尚须长兄侍奉，特派忽必烈应诏而来听命监国调遣！"

乃马真皇后激动过后似才发现了察苾……

忽必烈见状忙又解释："此乃正妻察苾！因有羞人之举（指抢婚），故躲于人后愧于见驾。（转斥察苾）丑媳妇终须见公婆，还不过来叩见监国！"

察苾憨态可掬地终于出来叩拜了……

乃马真皇后对她的美貌竟失口惊呼了："果不愧国舅爷的女儿！亲眼一见，比传说中的还要美上千百倍！敢抢男人，有胆有识！来呀，将我御用的'顾姑'（即皇后的头饰）选一副送下，就算当场赐婚！"

忽必烈和察苾只好叩拜谢恩了……

而乃马真皇后却又转眼望着堂下那寒酸的汉地人发问了："他是何人？为何也带进朝堂？"

忽必烈忙欲回答，乃马真皇后却把目光示之察苾……

察苾竟也娇娜地敢于回答："回禀老祖宗！他是家父为察苾请的师傅——前朝状元王鹗。蒙哥长兄非要向我借。他说，仅赠百匹骏马和美女尚难表他对贵由殿下的忠心。而王鹗师傅深谙'君君、臣臣、父父、子子'之道，借他来帮助贵由殿下主持'追思补祭'之仪，更能号召众人以不辜负您的一片苦心！瞧瞧这大哥，硬非借之不可，而让我家忽必烈跟着受这份责备！"

委屈之情，溢于言表……

谁料乃马真皇后哈哈大笑之后竟当即下旨："诏命蒙哥，即日承袭拖雷封国，继承合罕之位！为示祝贺，特将内侄女塔腊海赐婚于新王为妃！"

前者，使人一振；后者，使人一惊……

又多亏察苾及时喊"冤"了:"启奏老祖宗,这也太不公平了!蒙哥长兄早有了七八个妻妾,而我家忽必烈却只有我一个。听说,忽必烈奉母亲和长兄之命,即将赴远方力劝拔都合罕前来参加'忽里台'。一个往返就是七八个月,留下察苾一个人有多孤单啊。还不如将塔腊海赐婚于我家忽必烈,察苾熬茶挤奶也好有个伴儿啊!"

貌似烂漫无邪,却心中深有城府……

乃马真皇后沉思片刻又哈哈大笑而言道:"好一个会持家的媳妇,就连女人也帮丈夫往回揽!其实,我对蒙哥和忽必烈均视为己出,那就遂你所愿嫁给忽必烈吧!"

是夜,大殿内摆起了接风的宫廷盛宴……

众多的大臣、在朝的宗亲、远来的贵族、异国的使节,就连贵由殿下也亲自驾临了。乃马真皇后高兴异常,借忽必烈的应诏而来,终于可以一展自己监国执政之辉煌了。桀骜不驯的贵由也不甘落后,借忽必烈坐在一旁之机,竟兄弟相称高谈阔论起天下之大事了。但无论母子俩如何争辉,似均不如忽必烈在宫廷盛宴上显得突出。谦恭有礼却又不卑不亢,沉稳少语却又豁达自如,相貌体态不乏威严,举手投足间更显王者风范。难怪跟随成吉思汗多年的一位遗老对身边的儿子私语道:"不愧为皇孙!从相貌到风度与圣主何其相似乃尔!"子忙戒之:"禁言之,小心祸从口出!"据史载,成吉思汗未留画像,后世所传之写真确以忽必烈为模本加之后人回忆而完成——这是后话。但当时乃马真皇后与贵由均无暇顾及,只顾得一展自己的风采和才华了。随之,一方面下令火速清扫和布置蒙哥留下的宗王府,一方面又下令客人今夜就留宿皇宫了。乃马真皇后声称要和察苾彻夜长谈,而贵由也声称准备与忽必烈通宵纵论国事。

什么追思补祭?耶律楚材似又被抛在脑后了……

谁料想,忽必烈竟是个对诏告内容认死理的人,累谏汗廷绝不可失信于民。只逼得乃马真皇后也只好"应付应付",遂命忽必烈充当主持"自己看着办好了"。此时的忽必烈已完成王兄交付的"下一步"之三项使命:为王位正名,取得汗廷信

【第三章 是金子总会闪光的】

任，掌控"忽里台"动向，从而"自己看着办"也就办得颇具个人风格了。在王兄昔日敞阔的宗王府的庭院内，先是由前朝状元王鹗"之乎者也"地念了一通对耶律楚材追思补祭的悼文，随之这"看着办"便渐进忽必烈事前设计好的佳境了。史书上记载："乃马真后三年（1244年），前金朝状元王鹗应忽必烈之召，携孔子画像赴漠北，在忽必烈支持下举行了释奠礼（即祭孔实验），忽必烈还与左右饮食其胙物（即祭品），乃尊孔礼仪在漠北之初步演习。"（详见《元史·王鹗传》）必须指出，其时忽必烈尚对儒家学说似懂非懂，全凭感觉而已。一方面是为给先父的挚友和自己的恩人耶律楚材一吐冤气，另一方面想暗借此举广罗有识之士。果然，当时的确引得汗都万人空巷，齐聚蒙哥昔日宗王府前争睹盛况。乃马真皇后在庆幸有如此轰动效应之余也颇感新鲜有趣，竟特赏王鹗黄金百两，黑貂皮大氅一件。并应察苾所求，又将耶律楚材之子耶律铸召回汗廷升任"必阇赤"（即书记官）。而忽必烈却尽皆归功于"监国与殿下之不忘旧臣"，并私下对左右而言之，"非王兄之远见卓识难有今日之盛事"。为此，忽必烈竟在汗都开始有了"贤王"之称。

这或许也可看作软实力的一次重新抬头……

随之，虽有监国和殿下多次挽留，但忽必烈还是以"当尽快赴拔都合罕处"为名谢绝了。乃马真皇后回赠之金银珠宝多于敬献的数倍，似也只好就此依依惜别地放行了。但令忽必烈和察苾没有想到的是，名正言顺的王兄蒙哥合罕竟迎出了数十里之外。好像一切均无须再进行禀告了，就连每个细节均烂熟于他的心中。除了以尊者之身份拥抱外，便是居高临下地以目光表示感谢。

大队人马兴高采烈地踏上归程了……

蒙哥却首先对察苾开了口："果不负为兄给你当了一回媒人，你竟给为兄引开了一双监视的眼睛（指赐新妃）！只不过委屈了忽必烈，你可要让他多加小心！"

谁料察苾竟答："就两个老婆都管不了，他还算个男人吗？"

蒙哥跨在马上纵声大笑着说："哈哈！果然如母亲所言，神鹿降临在我家了！巾帼不让须眉，为兄当更刮目相看了！"

而察苾却又显幼稚地说："那何时往回娶塔腊海呢？"

蒙哥似早已成竹在胸,说:"不急!拖个一年半载再说,要让六皇后知道,咱拖雷家系的大门绝非那么好进的!"

忽必烈终于开口了:"敢问王兄,何时起程前往拔都合罕处?"

蒙哥更加得意地说:"那更不急了!咱们蒙古有句谚语说得好,啃光肉的骨头就该丢弃了。绝不能立竿见影,只能让六皇后越急越倚重咱们。直到咱们家族足够强大,能够影响整个汗廷为止!"

察苾故意天真地问:"那得熬到何时啊?"

蒙哥竟颇为信赖地回答:"快了!据内线报,贵由也是个酒色之徒,酗酒比窝阔台大汗尤烈。且身有残疾、性格暴戾,因迟迟未登大位就连母亲也颇加猜疑。快了!"

忽必烈进而应道:"王兄所言极是!"

蒙哥终于对他私语了:"二弟!你之忠诚,令为兄深感手兄之情胜过百万雄兵。今后再不遇事必禀了,你尽可于辖地按自己的意愿独自行事。为兄无忧,多虑者唯三弟四弟尚且幼稚!"

可视为信赖,可视为回报,也可视为新王的独断专行!

但忽必烈总算有了个相对宽松的环境。

可"思大有为于天下"……

三

转眼进入了1245年,时机似乎成熟了……

蒙哥合罕鲜明的个性特点便是刚毅执着,为此在完成"下一步"之后又在规划"下一步"了。见时机业已成熟,当即果断下令阿兰答儿赶赴遥远的钦察封国。命其毋庸多言辩解了,只需向自己昔日的统帅拔都合罕奉上这封密信即可。敬佩之情由此可见:虽然同为圣祖的嫡孙,同为拥兵的合罕,但他还是怀着特殊的敬意亲笔

【第三章 是金子总会闪光的】

写成此信的。

这在宗王之间确实罕见……

要知道，即使在成吉思汗竖起"九尾白旄纛"时，当时的蒙古人也只有语言尚无文字。从诸多方面讲，软实力均难以适应硬实力迅猛扩张的现实。大的方面且不说，首先通讯联络就成了大问题。还多亏成吉思汗乃大智慧者，他迅速命人以畏兀儿拼音符号首创了第一套蒙古文字。只可惜后代却多以骁勇善战为荣竟对此不屑一顾，而只选部族中孱弱之辈学习之。遇事则遣其记录或读述，发令则遣其行文传达。

蒙哥尚知圣祖苦心，实属难能可贵……

但他舍忽必烈而令阿兰答儿前往面见拔都，又确实颇令人猜疑。野史就有人评之曰："唯恐其弟广伸触角，广罗人脉也！"其实不然，应当属又有意外情况发生。蒙哥绝没料想到，幼弟阿里不哥竟会和忽必烈有如此之深的矛盾。令人莫名其妙的是，阿里不哥确实想争雄非要代之前往与拔都合罕一会。加之乃马真皇后此时似已生疑：既不见人前往说服，又不见人到来迎亲，莫非应诏汗廷仅仅是为拖雷家系王位正名？蒙哥唯恐内争生变，失去汗廷倚重和掌控"忽里台"的机会。现在似已吊足了乃马真皇后的胃口，遂当机立断地改派阿兰答儿前往。与此同时，迎娶监国内侄女塔腊海之事也在同时进行。

谢天谢地！好在忽必烈尚能豁达待之……

自汗廷不辱使命归来，他好像已很满足王兄赐予的宽松与自由，竟命察苾将刚满两岁的儿子真金接回身旁，偏安一隅，似胸无大志地过起了牧歌式的生活。置弓马不顾，偏向那土鹗老头子学起了什么抚琴弄瑟。再有余暇，便是与一些无用的落魄儒生纵论中原的古今往事。绝不涉及当今汗廷，绝不涉及家族。据内线告知，大都是什么秦皇与李斯，汉武与董仲舒，唐宗与魏征，宋祖与曹彬等。如听蒙古说书一般，竟津津有味地听之通宵达旦。最近更做了件令人匪夷所思的事情，竟接待了一老一小两个和尚。老的法号为海云，小的汉名刘秉忠。如今老的走了，只留下了小的披着和尚的袈裟出入蒙古包实在不伦不类。但他却如获至宝，竟与之抵足彻夜谈论不休（详见《元史·刘秉忠传》）……蒙哥本来就是个大蒙古主义者，对此多

一统华夏——忽必烈大帝之文韬武略

无所知又不屑一顾。闻之只可惜忽必烈之顿失英雄本色,难怪阿兰答儿常言娇美女人可使人折腰软骨。似不幸被其言中,但忽必烈却越平庸越显得忠诚可嘉。招之即来,来之即能不辱使命。而且从不与两个兄弟旭烈兀和阿里不哥争雄,处处忍让,尤对幼弟阿里不哥显得特别偏爱。这与自己的心思相仿,莫非他也早想到恢复祖制让"幼子守灶"吗?

阿兰答儿奉命出发已近一个月了……

此时,忽必烈的迎亲队伍终于也浩浩荡荡地向汗廷出发了。但这回队伍中却再没了察苾,只见她领着儿子小真金正站在草原上目送着丈夫去成亲。而此次统领马队的也再不是忽必烈,而是一家之主蒙哥合罕。他率众正踌躇满志地跨在马上,但所幸此时他尚能不忘忽必烈的忠顺和察苾的大度。为此,他竟下意识地暗向苍天许愿:长生天啊!蒙哥如有一天能够实现雄心壮志,我将不负天恩而赐其一个最富的封国,让忽必烈有机会再展其雄才大略!马队渐渐远去了,终于消失在茫茫大草原的地平线上了。只留得孤零零的察苾牵着小真金的手,仍然在痴痴地张望着远方。

是夜,母子俩就住在了索鲁禾帖妮的寝帐里……

老人:"小真金多可爱啊!奶奶我一见就不由得心尖直打战。陪大人乱了一天了,睡着了吗?"

察苾:"睡着了……"

老人:"你也别难过!谁让你生在宗亲贵胄家,而长成后又必须嫁到圣主子孙家!唉!这就是草原,这就是草原女人的命……"

察苾:"额吉!您想安慰我?"

老人:"不是安慰,此乃事实!你大伯术赤合罕死后留下四十多个妃妾,你二伯、三伯死后留下的更多。就数你公公死后留下的最少,但少说也有七八个。额吉我一开头也想不通啊……"

察苾:"还不如生在一个寻常牧人家?"

老人:"对啊!长成了就嫁给一个寻常男青年。白天你放马我牧羊,夜晚头抵头说悄悄话儿。成双成对,同宿同飞,白头到老该多好啊!"

【第三章　是金子总会闪光的】

察苾："那后来呢？"

老人："后来？后来只能想通了。女人呀！天生的又痴又傻，只要爱上了一个男人就会包容他的一切！比如说你的忽必烈……"

察苾："别提他，忽必烈这可是为了蒙哥王兄！"

老人："嘀嘀！这就对了……"

就这样，婆媳俩拥被彻夜相谈，从女人的苦处、男人的多妻、毡帐的逸事、妻妾的相处、兄弟的团结、家族的前途，直至谈到小真金的未来：该娶多少个媳妇，该如何当好婆婆，该如何教育孙子等。别看漫无边际地闲聊，但却绝对有助于这位按陈王的娇女面对即将迎来的现实。

察苾又一次感到了婆母的用心良苦……

果然，几天后在监国和殿下的亲自出席下，汗廷为忽必烈和塔腊海举行了隆重而盛大的婚礼。蒙哥合罕长兄代父作为男方的主持，而塔腊海的父亲扎木合亲王也破例前来参加了。贵宾往来如云，贺礼堆积如山，就连整个汗都哈尔和林也为之轰动了。为此，扎木合亲王又特将近郊一处宏大豪华的庭院也作为嫁妆，豪爽地赠予自己的女婿作为新婚的新王府。只可惜女方年方十五岁，相貌平平，举止失措间竟显头脑简单、资质平庸。又多亏蒙哥合罕及时启奏："忽里台"有望早开，拔都合罕已考虑起程！随之，人们便竞相向监国与殿下举起酒杯欢呼"满达图改"，婚礼大典也就此在一片皆大欢喜中完成。是夜，据说新娘在同房时苦痛惊呼、声震庭院，众皆愕然，但从此塔腊海似对忽必烈更加畏惧了。

多少年后，这座宗王府便被称为"潜邸"……

而此刻，察苾正在望眼欲穿，哪怕带回一个新娘，只盼忽必烈能早日归来就好。但左等右等，等回的只是蒙哥和他的众多随从，而且带回来的消息也是颇令察苾错愕的：乃马真皇后借新婚宴尔之名，将忽必烈暂留汗廷长住一个时期。而贵由殿下也日渐视其为心腹，常常召见畅谈也不愿放行。察苾大失所望之余由不得心生责备了：智者千虑，必有一失。这倒好！反而给人家又送去一个人质。但蒙哥也自有自己的解释：与其让他在辖地无所作为日显平庸，还不如让他留在汗廷为拖雷家

一统华夏——忽必烈大帝之文韬武略

族的长远之计施展才干!

但随之出现的情况就更令察苾应接不暇了……

又过了一个多月之后,阿兰答儿终于从遥远的封国不辱使命地回来了。他不但带回了一封只有蒙哥合罕可以看懂的密信,而且还带回了一个颇具西部风韵的美少女(或称少妇也可)。蒙哥合罕看过拔都那符咒般的回信后顿时欣喜若狂,好半天才忙回身颇为客气地请问这个别具风韵的美少女的名字。只见她屈膝只报了一声:"伯要·兀真。"抬首便只顾望着阿兰答儿再谦恭不语了。原来,拔都合罕的后宫也难免出现龌龊之事。其正妻生怕幼妹伯要·兀真"始乱终弃",即力逼王夫尽早将其远嫁于一位高贵的封国宗王。拔都为此也考虑过蒙哥,又唯恐将帅一场因之失和。好在来使正在一旁恭候,随之当即向阿兰答儿问起蒙哥诸弟的情况。阿兰答儿一听便察觉这是要封国结盟且又有难言之隐,起身便别有用心地慨而言道:"若论我家合罕诸弟,当属二罕忽必烈最优,他度量弘广,能容天下难容之事。为人厚重,能善待世上难待之人。至今只有一妻,宗室贵戚之女追许者大有其人!"表面听来全是溢美之词,实质上纯属那股莫名的妒火在继续作祟。就是要搅得察苾难得专宠,就是要搅得忽必烈六神不定。谁料拔都合罕听后竟言道:"我也若有所闻,事情就这么定了!你先带人以走亲戚为名回到吉里吉斯,尽量避免当今监国生疑。今后之安排,尽在密信之中,你家合罕阅后会见机行事的!"而现在?拔都合罕用密语写就的私信看过了,自己的欣喜若狂也狂过了,就连那神秘少女的名字也问过了,蒙哥却开始目若无人地沉吟了。

他想到了察苾,想到了她多次帮助自己化解危机……

似为了求以解脱,似为了为自己辩解,蒙哥合罕竟又拿出了那封密语写成的私信反复阅读着。信中说:"贵由那厮有辱汗位,本应誓死不从。但既然已是一头快断气的残驴,姑且依吾弟运筹帷幄之计而行吧!为永结术赤和拖雷两个家系之盟好,特遣汝嫂之妹前往吉里吉斯相亲,并盼吾弟力促忽必烈欣然纳之,随后为兄将派重臣携万金祝他们百年好合!"最后还特殊加了一句:"为兄老了,但愿长生天保佑吾弟早成大业……"这在当时本来算不得一回事,只要宗王一句话就是娶个瘫

【第三章 是金子总会闪光的】

子也无人敢说不啊！而蒙哥合罕却仍在犹豫中不断地掂量：一面是察苾的可敬可佩，一面是家族的兴衰成败。但最终目光还是紧盯在信中的这行字上：但愿长生天保佑吾弟早成大业！早成大业？与权欲相比，察苾很快便变得微不足道了，随之一切均是不可更改地决定了。虽说是人不为己天诛地灭，但蒙哥却能尚留一丝良心坦诚地告诉了察苾。而使他绝没料想到的是她那份超脱，察苾竟淡然地回答道："一只羊也是吆，一群羊也是赶！谨遵王兄之命，察苾这就回辖地扎起第四座'斡耳朵'！"蒙哥合罕大为感慨，当即把前不久暗告苍天的允诺公开了："家族的功臣应当嘉奖！如果为兄有一天得遂大愿，将把一个最丰饶的封国交给你们，以使你和忽必烈尽显雄才大略！"

察苾不置可否，只知该垂首告退了……

随之，"刚明雄毅"的蒙哥合罕就更显得魅力非凡，置拔都的事前警示而不顾，竟然大胆地将伯要·兀真带到了汗廷去见乃马真皇后。这少女似乎早习惯了任人摆布，只乖乖地俯首在地由蒙哥合罕替她禀奏："这少女乃拔都合罕正妻之幼妹伯要·兀真，遣她前来名为欲与忽必烈结百年之好……"谁料乃马真皇后马上接过话茬而言道："实为闻听忽必烈娶了监国的内侄女，欲借此联姻与汗廷拉近关系？拔都老奸巨猾，这还得看我赏不赏这个脸！"蒙哥忙又启奏："监国圣明，令蒙哥钦佩之至！如无'忽里台'要务缠身，臣下当立即送其返回拔都封国！"没想到乃马真皇后竟挥挥手说："算了！该赏脸就赏个脸吧！"而蒙哥却又在请示："臣下当如何处置？"乃马真皇后不耐烦地回答道："你就看着办吧！婚礼绝不允许超过塔腊海的排场，就在忽必烈的新王府走走过场即可！你还是火速派人转告拔都，这可是监国我亲自赐婚的！"表面看来这个监国当得十分糊涂，其实其精明之处也正在这里：又多了个人质！这一天，忽必烈也只能再当一回新郎了。是夜，据说新娘同房时微闻呻吟，但第二日就变得容光焕发，从此竟对忽必烈更加服服帖帖了。野史曾评说蒙哥曰："唯恐其弟广伸触角，广络人脉！"谁料今日之忽必烈却在听任摆布的情况下竟都完成了。

但他最渴求的还是察苾，身在远方的察苾……

一统华夏——忽必烈大帝之文韬武略

经过近一年的秘密策划，广为联络，拥戴贵由登上大汗之位的"忽里台"就要召开了。且莫怪汗廷办事效率之低，要知道，地跨欧亚大陆疆域之广，从东到西封国宗王之多。即使为传达一件小事，快马加鞭往返也需十余天至数十天时间。乃马真皇后闻听东西道诸王正在纷纷赶来，竟一时间抛开奥都拉合蛮与法蒂玛更加倚重蒙哥了。她心里明白，不仅当今数拖雷家族财富最多，实力最强，而且与成吉思汗嫡子的四大封国关系也最为密切。掌控住蒙哥也就掌控了全局，只要贵由一登上大汗之位后发制人也为时不晚。只可悲！她轻视了宗王们纷纷到来之另一大缘由，即伯要·兀真之嫁于忽必烈，这解除了人们对"慑于拔都威望"所造成的疑虑。

同时，宗王们也对蒙哥的如此忠心大为不解……

燕雀安知鸿鹄之志？蒙哥早已通过忽必烈暗中对窝阔台家系有了更深层次的了解：乃马真皇后虽不乏精明，但骄横跋扈及深宫秽闻早已激起朝野不满。而贵由尚未登上大位便开始广选美女，日夜纵淫且嗜酒如命。但乃马真皇后仿佛要的就是这样，任其胡作非为以便将来继续垂帘听政。而螳螂捕蝉，黄雀在后，后宫深处尚等候着另一个女人，此位即贵由的正妻海迷失王妃。若按当代图腾学解释：也可算作一只白鹿，只不该也早已开始异化。似狐似狼，且又常常"权"令智昏、想入非非。而他们的两个嫡子忽察与脑忽极其平庸和昏聩，尚未等父王登上大位便以继承人自居，争得势不两立……蒙哥对这一切不仅了如指掌，而且还推波助澜使其日益加重。比如对贵由的"满足供应"，对海迷失王妃的超级尊重，对两位皇子的分别支持等。即使对乃马真皇后暂时难顾的奥都拉合蛮及法蒂玛也绝不使其有"失宠"之虞，继续让其发挥"以两倍之价买断中原税收"敛财之潜能，以为贵由殿下筹备登基大典之用。更何况！蒙哥还是个彻底的蒙古原始宗教萨满教的崇奉者，他早已暗中请了一位高明的萨满巫师烧牛肩板骨以测未来。应指出他根本未告知其欲卜内容，但谁料老萨满巫师却看着骨板烧裂的走势喃喃自语道："国祚昌盛，皇族势微，不出两三年汗位将轮转于其他家系……"蒙哥听后并不多语，只是目光变得更加坚毅。重金相赏以送之，随后便秘派心腹将其射杀于草原深处。

1246年春夏交替之际，"忽里台"终于召开了……

【第三章　是金子总会闪光的】

怯绿连河蜿蜒的河岸旁，一望无际的葱茏翠绿的大草原上扎起了无数的蒙古包。远远望去，犹如万顷碧波上飞溅起的朵朵浪花。炊烟袅袅、旌旗飘飘、铁骑往来、牛鸣马嘶，使人仿佛又置身于成吉思汗时代的梦界幻境。正中，是一座高大华丽的御用宫帐，巍峨而又宽敞。乃马真皇后以监国的身份高居汗座之上，下面两旁分坐着东西道诸王和重要的宗亲贵族。一时静悄悄的了无声息，似都在等待那至关重要的开场白。但乃马真皇后毕竟是老谋深算的皇后，开口前竟又有惊人之举。只见她一挥手，从门外走进了索鲁禾帖妮，似还身体带病，竟由两个儿子蒙哥和忽必烈搀扶着。而乃马真皇后也马上把她迎上了王座的高台，亲自扶其靠坐在自己身旁。虽然也算高高在上，但呈现在宗王贵族眼前的却仍是那永远慈祥而谦卑的笑容。这令人难以忘怀的拖雷遗孀，这在牧人间传颂的伟大母亲，怎么又被乃马真皇后逼出来了……的确，从中似可看出乃马真皇后的精明之处：拔都合罕终于借口足疾宣布不来了，前两天自己声称的"随后即到"眼看化为泡影。只好再选比拔都威望更高、德能服众的人物帮自己压场，随之便挟其二子将索鲁禾帖妮逼了出来——也算对蒙哥办事不力的一种严重警告。终于"忽里台"开始了，乃马真皇后威胁利诱一番后竟请索鲁禾帖妮带头表态。谁料这位蒙古母亲却唠叨着大讲起汉人的道理："我看呀，中原人那老规矩也对！女人呀，就该在家从父、出嫁从夫、夫死从子。我老了！没了父亲，没了丈夫，也只好听儿子的了。现在拖雷家族是蒙哥在当家，要听就听他说去吧！"全场哗然，蒙哥的身价又顿时猛涨，致使这次"忽里台"又一拖就是半个月。后来还多亏搬出后宫中深藏的奇珍异宝，逐家讨价还价逐家派人谈判，再加上乃马真皇后对蒙哥的哀求和许愿，这次"忽里台"总算在拖雷家系威望大增的情况下结束了。

所幸，人们还是勉强地把贵由推上了大汗的宝座，是为"也客蒙古兀鲁斯"第三任大汗。

忽必烈仍受命留在汗都，继续和察苾天各一方。

蒙哥仍在追逐着实现他那宏誓大愿。

但唯恐乃马真皇后对他……

第四章

螳螂捕蝉,黄雀在后

【看点提示】你知道吗?在权力面前绝无亲情可言,乃马真皇后刚把长子贵由扶上汗位,自己便神秘地死了。——你知道吗?忽必烈也曾想助贵由汗"新汗上任三把火",谁曾想刚来得及动手便已引起长兄蒙哥的怀疑和猜忌。——你知道吗?从此忽必烈便远离汗廷,继续广纳儒生贤士,似纸上谈兵只顾纵论"思大有为于天下"。——你知道吗?随后发生的事情更离奇:爷爷辈的想夺孙儿辈的位,低能大汗想找杰出统帅去"清污"。——你知道吗?在察苾的辅佐下,伟大母亲看到"时机业已成熟",立命诸子分头行动并由蒙哥火速前去告知拔都。——你知道吗?贵由大汗竟"半途而废"突然死了,留下海迷失皇后监国,更把天下搞得大乱。——你知道吗?在拔都统帅的力挺下,汗位终又重归拖雷家系,蒙哥成为草原帝国的第四任大汗。——你知道吗?伟大的母亲此时已经耗干了心血,正在走向人生的尽头……

【第四章　螳螂捕蝉，黄雀在后】

1246年，贵由大汗的登基大典刚刚举行过不久……

正当举国奉承监国圣明之际，一个令人错愕的惊人消息突然间传来了：乃马真皇后暴死于万安宫内！死得颇为蹊跷，也死得颇为神秘。大多数史书均为尊者讳，称其"终了心愿，遂撒手人寰"。而也有野史揭宫闱隐私，称其"死于海迷失新后之手，乃酒中下毒所致"。这才叫：机关算尽，反误了卿卿性命！足可见权欲是可彻底扭曲人性的！无论是妻对夫，还是子对母。但又一轮权位之争，总算杯弓蛇影般结束了。而不管怎样，监国五年，仍为大蒙古国执政时间最长的女主。

只可惜汗都未出现"泪飞顿作倾盆雨"之情景……

如果说蒙哥合罕长长松了一口气尚可理解，而贵由大汗那致残左臂竟突然舒展了一些就令人不可思议了。多亏了海迷失皇后大恸不已，这才勉强为宫闱内外涂上了一层悲戚的色彩。好在各封国的宗王贵族均未走远，也只好掉转马头纷纷重返哈尔和林，致使怪言怪语不绝于耳：这可好！刚刚参加完母亲给儿子主持的登基大典，调马又得回去参加儿子给母亲主持的奉安大祭！还是索鲁禾帖妮多了一个心眼，立即派人快马加鞭地将察苾母子火速招来参祭。老人家的哭祭也颇具特色，呼天抢地间竟自责起来："我不该讲汉人的'三从'啊！谁料顺口一说，你就立马到地下'从夫'去了！可留下儿子呢？我的好监国啊！"

没错儿！一代妖后就这样匆忙地退出了历史舞台……

这又一次证明了如下论断：权欲要比毒瘾还可怕！或许她一开始只想到"从旁辅佐"，但一经染指上权力便越陷越深难以自拔。从涉权、弄权直到掌权，最终使她忘乎一切只剩下了个不择手段的女皇梦。只不该，螳螂捕蝉，黄雀在后！大梦未成她却落了个"魂断万安宫"。而黄雀是胜了，却突然发现两眼茫茫、四顾无援。草原汗国顿时陷入了一片混乱，乃马真皇后的幽灵或许正在天际笑他们的不自量力。

急病乱投医！贵由大汗初登大位多么需要有人扶持……

当然，蒙哥合罕人心所向当属首选，但贵由大汗内心看中的却是沉稳厚重的忽必烈。这不仅是因其和汗廷已结姻亲，而且也因多日交往知其见多识广。为此，表面上唯尊蒙哥合罕，私下里却留下了察苾母子不让忽必烈返回吉里吉斯。这足见贵由大汗残忍地从母后手中夺回汗位的实权后，也曾想为突显焕然一新来个"新汗登基三把火"。而索鲁禾帖妮也不忘及时提醒蒙哥："又想立即摘生涩的苦果吃吗？走吧！你就放心让忽必烈替你等待瓜熟蒂落！"蒙哥合罕是何等睿智，当即随母返回吉里吉斯，从此再隐忍不发。

察苾终于和忽必烈又在郊外的宗王府相聚了……

亲热之后，忽必烈说："好察苾！古人言，一日不见如隔三秋兮。与卿一别，苦度岁月当如何算之？"

察苾依偎其怀而言道："你不是还有两个老婆吗？"

忽必烈紧拥其而答："只算两个庶妻，但与之相伴总似客居异处。唯与卿共眠，方感觉回到家里。汝怀，即我之窝！"

【第四章　螳螂捕蝉，黄雀在后】

察苾感动了，又问："那两只羊呢？"

忽必烈似半晌才懂："羊？嘀嘀！一只畏惧于我，一只服帖于我，均待卿来牧养调教之。"

察苾有点悲戚了，说："其实，我也是只羊……"

忽必烈忙否认道："绝非如此！与其二人相伴，终日无言以对。与卿纵论天下，却彻夜可侃侃相谈。好察苾！如今，上有大汗之期待，下有兄王之暗察，夹之中间常感困惑，早盼卿来为我开拓思路。利人损己似不可为，损人利己也绝非上策，该当如何应对之？"

察苾脱口而言道："思大有为于天下……"

这或许是一次更具重要意义的提示，致使忽必烈从这寥寥数字中顿然悟彻：再将"实现圣祖遗愿"和"入继华夏大统"常挂于嘴边，显然已"不合时宜"了。若再"不顾身份"继续下去，必将引来种种猜忌。今后应将心中的宏誓大愿暂和此类话语摘钩，从而"甘居人梯"而只提"思大有为于天下"。

突显忠心：为臣，为弟，仅此而已……

随之，这座往日死气沉沉的宗王府，现在骤然间变得生机勃勃才像个家了。由于察苾和孩子的出现，空旷的庭院再不空旷了，寂静的屋宇也溢满了欢乐。外头有小真金的嬉闹，室内有夫妻俩的笑声，仆从们也似焕发了活力，阳光也显得格外温馨。就连塔腊海和伯要·兀真也深受感染，恍然觉得忽必烈终于由一个严肃的主子转为一个懂柔情的丈夫了。她们只觉得是神女降临，正在点化和影响着自己未来的生活。果然如此，察苾竟待她们若亲姊妹……而经过这漫长的分离，忽必烈竟养成了一种颇为特殊的习惯：无论再美的女人，过后他总要返回与察苾相拥而眠，要不他睡不安稳。即使在外征战，他也必须带上和察苾共眠的被褥，要不没有她的气息他就难以入眠。他说得没错，察苾的身子就是他的家，察苾的胸怀就是他的窝。

忽必烈也再次感受到母亲的用心良苦……

既然察苾说应"思大有为于天下"，那就帮贵由大汗放放这"登基三把火"吧！好在忽必烈的藩邸已聚集一批"亡金诸儒学士"和长留漠北的士大夫，随之便邀前朝状元王鹗和身披袈裟的刘秉忠进后庭相议。状元公（王鹗，忽必烈已这样敬称之）虽句句言之有理，但之乎者也间尚欠突出要害。而刘秉忠则仅以三策而论，竟颇合忽必烈的心意。刘秉忠曰："清君侧，扶忠臣，禁滥征！依我所见，贵由大汗如能听纳此三策，朝政或者尚可挽救！"忽必烈未答却转而又问王鹗："依状元公所见呢？"王鹗倒也坦然："精辟！精辟！不妨先由此入手。"是夜，忽必烈将相议转述于察苾，谁料她竟言道："我早已看出刘秉忠绝非一般寻常和尚！其所言三策，似句句摸透了贵由汗欲借此消灭母后残党余孽的心思！"忽必烈竟拍案而起了："知己知彼，是为良臣！好一个刘秉忠，总有一天我要剥掉他身上的袈裟！"

是的！刘秉忠绝非一般寻常和尚……

刘秉忠，原名刘侃，邢州邢台人，其先祖历经辽金两朝均为重臣。后因其父归降蒙古军，遂被当作质子扣留帅府。虽饱读经史子集，却因郁郁不得志而入全真教是为道人。后为彻底摆脱扣留改而出家为僧，法号子聪，道号藏春散人。1242年，随一代高僧海云赴漠北觐见忽必烈，高僧南归后其即留于藩邸作为重要幕僚。海云对忽必烈日后改信藏传佛教颇有影响，而他则为日后蒙元帝国采用汉法统治勾画出初步设想。因其经历颇具传奇色彩，史载"学贯儒、释、道三教"且又精通"《易经》象数"，故其与忽必烈"情好日密，话必夜阑，如鱼得水，如虎在山"。又因忽必烈常倚重其拟稿行文，故封地臣众均称之为"聪书记"。而此次刘秉忠所提出的应对三策，也确如察苾所言是"摸透了大汗夫妇的心思"。其一，贵由和海迷失早恨透了奥都拉合蛮与法蒂玛长期的受宠与秽乱宫闱。其二，新汗登位当务之急就是丰满羽翼以巩固汗权。其三，国库早被掏空急需的就是滚滚不断的财源。更何况！此三策均是"尊王庇民"之言，知己知彼，何不为之？（详见《元史·刘秉忠传》）

果然，贵由大汗对忽必烈感激不尽，欣然纳之。但又唯恐得罪深藏不露的蒙哥，特专请这位拥戴首功之臣先来主持"清君侧"。谁料蒙哥竟居功不傲"唯恐僭越"，而只派了阿兰答儿前来"以助君威""尽听差遣"。随之，贵由大汗为示尊重，也就顺水推舟地钦命阿兰答儿全权主审此案了。仇人见面，分外眼红。一想到当年这两个"异种"将自己排挤出汗廷之辱，阿兰答儿那"性情苛刻，乘势横暴"

【第四章 螳螂捕蝉，黄雀在后】

之本性竟乍现无遗。首先是提审异国美少女呼罗珊，借口大汗之圣谕，下令打手以棍棒逼使法蒂玛承认罪行。然后又将其裹入一块大毡，命人高高托举抛之于大河之中。香消玉殒，一代娇姬就此付之东流。而再提审奥都拉合蛮，就不仅仅是棍棒之下逼其招供抛之波涛就算了。认罪过后竟驱之于汗都哈尔和林游街示众，引来观者如堵，竞相以秽物掷击之。随后便是在郊外万人围观之下的伏法，阿兰答儿更在一片叫好声中亲自当起了操刀手。悍将酷吏本色尽显，横斩竖劈竟砍杀数十刀方任其毙命。处决过后还不许收其残碎之尸，而纵任百余条野狗纷纷扑来撕咬吞噬。（绝非虚构，二人之酷刑而毙均有史料佐证）阿兰答儿仰天大笑似这才解恨，却不料他这"乘势横暴"又使其错失一次良机。须知，贵由大汗本已决定留其作为心腹，是夜却因海迷失皇后做了一个有关他的恐怖噩梦而罢之。

一见他，就恍若觉得自己正赤身裸体地站在血泊里……

似为某种谶兆？但不管怎样，在当时确实产生过一种重振汗廷的威慑力量。随之刘秉忠所言之另二策，在忽必烈的力导下也较顺利地完成了。比如"扶忠臣"，原本贵由大汗准备借此安排自己的亲信和有关海迷失皇后的外戚，忽必烈力谏不可，声称各封国臣民在"清君侧"之后盼的就是"扶忠臣"，如只安排一些平庸之辈焉能突显大汗之圣明？更何况！为充实国库之举"禁滥征"也急需有威望的能臣而为之，若错用贪腐小人则很可能重蹈奥都拉合蛮之覆辙。贵由大汗一时无言以对，只好勉强同意了重新启用被乃马真皇后排斥出汗廷的元老重臣，如忠诚正直的镇海与亚喇瓦赤等（有史可查，确有其人）。而第三策"禁滥征"，有了忠臣镇海及亚喇瓦赤等的辅佐，再加上拖雷家族为后盾，贵由大汗终于将汗位空虚期间诸王擅发的牌符令箭俱收回汗廷，并敢于公开斥责他们的不法行为，致使国库日渐充盈。反观忽必烈却从不显山不露水，胜似闲庭信步仿佛只顾调弄三个妻妾。明显的是为突出"大汗圣明"，但却声名鹊起地突显了蒙哥兄弟安邦治国之才能。

无须解释，他始终是事事均把王兄放在前头……

然而即便如此，蒙哥还是对忽必烈在汗廷的所作所为开始猜忌了，竟对他协助贵由那"登基三把火"充满了警惕。忽必烈在万般无奈之下，只好把三个妻子均打发回吉里吉斯封地以示忠心。他对察苾恋恋不舍之情更是催人泪下，但为了拖雷家系的未来也只好如此。塔腊海和伯要·兀真尚有些犹疑，又多亏了察苾从旁鼓动道："那里才是咱们的家呀！一人一座'斡耳朵'，配备有自己的家臣侍从，好些人伺候你一个，回去就真当家做主了！"走了，就连儿子小真金都带走了！只留下了寂寞和孤独……八字尚没有一撇，兄弟间就已经生隙。权欲的可怕，由此可见一斑。好在不久就听说察苾竟以"果子红了才好下口，果子烂了难以收拾"婉喻之，致使兄弟间的关系才略有好转。从此，忽必烈虽仍"思大有为于天下"，但面对眼前处境竟对"孔孟之道"产生了种种怀疑。多亏了河东交城名士张德辉于1247年来到漠北，忽必烈也正好就此找新人深谈困惑。

这就是那历史上有名的彻夜对话……

忽必烈首先发问道："孔老夫子辞世已千余年矣，时至今日他那精神还能存在于当今乎？"

张德辉当即答之曰："圣人与天地同始同终，只要天地存，圣人即无所往而不在。如若宗王能奉行圣人之道，宗王即为圣人，而圣人之精神也就固在此帐殿中矣！"

忽必烈又问："那为何尚有人谓'辽以释废，金以儒亡'？若有其事，当如何解释？"

张德辉答之："辽代之事臣未经历，故有关佛教之事不敢妄加评说。而金代乃臣之所亲历亲睹，为此尚可为儒家一辩。纵观有金之一代，虽然内阁中也用一二儒臣，但余者大多为马上打天下之武弁世爵。若论军国大计，这一二儒臣又难能参与。再看其内外杂职，以儒生入仕者也不过三十分之一，而且大多只不过用于阅簿书与听讼理财而已。国之存亡自有应负责任的当权者，怎么能归咎于儒家学说呢？"

忽必烈有感而发："然行儒家事何其难也？"

张德辉未解其原因，却应对说："锲而不舍，常思大有为于天下，此乃圣人之道之精髓所在！"

【第四章　螳螂捕蝉，黄雀在后】

忽必烈释然了，重启话题："祖宗法度俱在，而未设施者甚多，将如何相待之？"

张德辉知道话已转入汗廷，似也只能借案上银盘以喻之："创业之先祖如制此器，亲选白金与良匠精心规划而使之成形。欲传于后辈，世代无穷。今当传谨厚者司掌，使其日臻完美永为宝用。否则错择其人而传，不仅可能缺坏，而更令人不堪设想乃被人窃之以待。"

忽必烈听后思之良久而言道："此正吾心所不忘……"

张德辉见之当即思退，但忽必烈似豁然开朗，却极力挽留作长夜谈。而张德辉也只好重新落座，无意间进而论及孟子的"君为轻，社稷次之，民为重"之种种治国要义。谁料忽必烈也自有自己的理解，似恍若瞬间即忘却了王兄之猜忌，竟从漠北一直谈到中原大地，又从"农桑，天下之本"纵论到"领兵与统民者，为害孰轻孰重"。总之，经此彻夜的长谈，忽必烈才彻底地进入了具有蒙古属性的"思大有为于天下"的境界，虽仍很谨言慎行，但为借鉴，内心早已放开探讨中原历代的兴衰史了。恰逢此时，又有一位真定名士成为他之幕僚：李冶，字仁卿，真定栾城人，金末进士，是忽必烈亲遣使者将其召进藩邸的，并特令使者转达曰："素闻仁卿学优才赡，潜德不耀，久欲一见，其勿推辞！"

此次相谈，已一改前风专论治国用人之道了……

忽必烈刚待落座，便迫不及待地请教于李冶："当今天下，应如何而治？"

李冶也颇有个性，竟如此作答："不过立法度、正纲纪而已！"以简对简，一言中的。

忽必烈竟不见怪，又问道："魏征（唐之名臣）、曹彬（宋之名将），汝如何评价之？"

李冶慨然应对："魏征忠言进谏，知无不言，以唐代诤臣总观之，其当位列第一。而曹彬南伐后唐，尽收其地且未尝妄杀一人。仅此而言，汉之韩信、彭越、卫青、霍去病，均可在所不论！"

忽必烈又问："今日众臣有如魏征者乎？"

李治答曰:"天下从来未尝缺少人才!求则得之,舍则失之,此乃世人共知之理!当今儒者如元好问、王鹗、姚枢、郝经、许衡等人,均堪当大任,举而用之,何所不可?但唯恐用之不尽,逆耳则弃之矣!"

忽必烈再问:"回鹘人(泛指:畏吾儿人)可用否?"

李治再答道:"汉人中有君子有小人,回鹘人中亦有君子有小人。俱存矣,全在国家择而用之耳!"

忽必烈大笑曰:"嘀嘀!茅塞顿开……"

必须指出,这两次彻夜长谈,不仅令忽必烈梳理顺了思想和情绪,也使张德辉与李治俱得以在《元史》中留名。但反观长谈内容,并没有什么惊世骇俗之高论,似中原每个饱读之士均可纵论一番。究其缘由,均因为当时忽必烈受制于汗廷与家系之间,深陷困惑,虽胸怀大志却心乱如麻。而经此两次彻夜长谈,似借东风,最终帮助他完成了别具蒙古特色的"思大有为于天下"之构想,致使他敢于藐视游牧民族陈规,只等待未来时机成熟便大展宏图。到时就可驻马黄河入主中原,利用儒家学说推行以汉治汉,以实现自己少年所追求的李世民式的幻想,即"大皇帝"与"天可汗"兼而有之的"双冠王"!可怕的"久有凌云志",必引发他日之祸起萧墙。

忽必烈,草原汗国第一个自觉潜心研究儒文化的成吉思汗子孙!

他不但懂得隐忍不发,而且已知用儒法化解矛盾。

只不该有一位第三者插足也想觊觎汗位。

情况突变,一触即发……

二

但此时贵由大汗却不在汗都……

在远离哈尔和林的一片幽静的环山草原上,海迷失皇后亲自指挥为自己的丈夫扎起了一座典型的蒙古式"夏宫"。以豪华的流动殿帐为中心,四围便是众星捧月

【第四章 螳螂捕蝉，黄雀在后】

般的一座又一座洁白的蒙古包。背靠着葱茏翠绿的峡谷，前面便是一汪清澈见底的湖水。碧野茫茫，随处可见优雅挺拔的白桦树林。风景如画，令人心旷神怡。按古蒙古养生之道喝纯净的马初乳，绝对有助于贵由大汗多病之躯早日恢复健康。

四野静悄悄的，唯闻鸟鸣啾啾……

贵由大汗在忽必烈的辅佐下刚刚放过了"三把火"，便早对自己的"文治"大感满意了。尤其在国库稍显充盈后，更飘飘然竟认为自己已是一代明君了。但他却难忘祖辈均以"武功"立名，随之便暗聚心腹到此策划"秋后算账"了。"长子从征"的历史必须改写，身为一代大汗绝不能在"武功"上留下一丝污点。为此，拔都统帅便成了他眼中的沙子，只不该只想着用"武功"全力清洗之，总在幻想统率大军将其"毁地灭族"以解心头之恨，从而在血雨腥风中再次证明谁是当代英雄。而在汗廷忠直的老臣们均言万万不可开此先例，甚至还对他玩女人喝美酒唠叨个不谏不休。最终，他选择了以疗养之名远离汗廷，只带美妾美酒和心腹亲信远离纷繁住进了"夏宫"，以求宽松，并密谋"清污"之计。

谁料远离汗廷，近祸却悄然而至……

东道诸王中有一位名为斡赤斤·铁木哥之人，虽年龄尚不算老，但却也算圣祖成吉思汗庶出的幼弟。因"幼子守灶"继承了其母的全部家业，故而在东道诸王中辈分最高，继承的蒙古千户也最多，若论实力也最为雄厚，宗亲关系也最为密切。此人最爱倚老卖老，常酒后妄言曰："吾已代汗兄成吉思汗统领半壁江山矣！"而东道诸王也乐于奉承，致使斡赤斤以为将会"一呼百应"便向"一统江山"开始行动了。

似蓄谋已久，早在汗廷收买好内应……

是老而发昏，权欲膨胀，但斡赤斤举兵似乎也有他的道理。据他早已准备好的檄文来看，似条条尚有据可依：其一，贵由乃密改其父遗诏篡夺皇孙汗位；其二，贵由之"忽里台"拔都封国拒不参加；其三，贵由之登基拔都合罕至今不予承认；其四，贵由还强改察合台合罕遗诏改立其孙为其子；其五，贵由刚篡位便将其母毒死……此檄文虽准备在初战告捷后再诏告天下，但却为毫不知情的拔都埋伏下种种麻烦。但令人难解的是，他在有依据的同时却又突显昏聩，竟自作多情地认为，实力雄厚的拖雷家族必定会给予他全力支持。试想，这也算替他们向窝阔台家系"讨还血债"。况且，早听说忽必烈已和拔都妻妹联姻，那得到拖雷家系支持就等于得到了拔都家系的支持！而依附于贵由的却只有察阔台封国，现也因子与孙争位已日渐没落了。纵观天下，自己已占十之七八。再加上黄金家族自己乃仅存的爷爷辈人物，又有谁敢不听圣祖成吉思汗幼弟的号令呢？

但为万无一失，斡赤斤还是小心翼翼……

老也有老的优势：老奸巨猾！斡赤斤暗中行事，早从内线获得一张"夏宫"地形图。在详细了解地貌与环境之后，随之即早练就了一支精悍的骠骑骁勇组成小分队。由自己率领见机行事，化装成行商的马队以掩人耳目，快速地穿山过岭潜越峡谷，进而趁天黑隐伏于附近的桦树林中。单等夜深人静灯火全灭时，他将一声呼啸为号乘其不备冲入"夏宫"。擒贼先擒王，一举拿下贵由和海迷失。与此同时，则借口应诏暗调手下大军包围汗都，彻底切断"怯薛"（即禁卫军）之接应。不鸣则已，一鸣惊人！随之便是召集"忽里台"，以令人心服口服的方式登上大汗的宝座！

危在旦夕！而贵由大汗却仍在拥美女纵酒……

所幸窝阔台大汗生前已建成了快马驿站，刚待斡赤斤有所异动，内线已将消息急报于汗廷。就是不知大汗今何在，朝堂众臣乱之如热锅上的蚂蚁。而此时忽必烈在汗廷已声望极高，被视为：广结善缘的宗室贵胄，仗义疏财的大汗至交。因其贤能，早被朝臣们公认为"一代贤王"。情急之下，忠直重臣如镇海等人也只好找"贤王"忽必烈来商量了。贤王果贤，竟处变不惊而言道："大汗危难即拖雷家系危难，我已派人加急禀告王兄矣！"尊汗敬王之心表达无遗，镇海等在速查大汗下落之余似也只好翘首以待蒙哥了。其实，忽必烈得讯在前，早已遣耶律楚材之子耶律铸飞马先行一步而去。而耶律铸久居漠北，早已成为蒙古化的契丹人了。因两代均受拖雷家族的恩泽，当然会十万火急地纵马赶到吉里吉斯了。

速度之快，就连蒙哥也惊叹不已……

在耶律铸气喘吁吁地简述后，这位隐而不发的合罕便立即展阅忽必烈的来信，

【第四章 螳螂捕蝉，黄雀在后】

上写道："详情将由耶律铸尽禀之！而为弟'不谙武功、更难驭兵'，还盼王兄急来汗廷，统领'怯薛'见机行事一展雄才！"好一个"不谙武功、更难驭兵"，足见其与两位中原儒士彻夜长谈没有白费！蒙古宗王皆以此而论英雄，唯有他自叹不如，似已甘居人臣了。蒙哥看后得到了极大的满足，仅自语一句"猎物之旁，岂容他人染指"，随之便哈哈大笑拍案而定：一是令幼弟阿里不哥镇守吉里吉斯；二是令最有军事天才的三弟旭烈兀统率封地重兵，火速前往阻截东道可疑大军；三是自己当即与耶律铸同返汗廷掌控大局。如重锤擂响了战鼓，仅几个时辰数千铁骑已冲出吉里吉斯草原。

贤王之贤还表现在广交鸡鸣狗盗之徒……

当蒙哥合罕到来之前，忽必烈已买通一深宫内侍与一东道逃来的盗马贼，因而大汗今在何处与斡赤斤意欲何为均已大体掌握，并已亲手在羊皮纸上依"夏宫"地形绘制成图。果然，王兄一到情况便一目了然，足够其依此加以分析判断了。但忽必烈似嫌自己仍做得不够，进而又指点地图向王兄禀告道："据盗马贼所言，东道确实起兵了，但在大军中却从未见过斡赤斤的身影。似无统帅，行动十分缓慢且很涣散。盗马贼因怕发现，骑着盗来的名驹抄近路就赶来了。而内侍所提供'夏宫'地形，背靠峡谷，面临大湖，四面环山且丛林密布。如在其中隐伏一支奇兵，后果将不堪设想！"恰好此时，镇海等重臣也闻讯来到宗王府，所提供情况和忽必烈所述大体一样，就是唯恐兵力不足而顾此失彼。谁料蒙哥合罕竟指点地图慷慨而言道："诸位重臣尽可放心！东道有吾弟旭烈兀率军前去拦截，汗都已无忧矣！现唯'夏宫'危机四伏，请准我亲率数十骑'怯薛'骁勇飞马赶往为大汗护驾！"

重臣们似也只能听命于兄弟二人……

当时蒙哥合罕年方三十七八岁，纵马率众的英姿早引得汗都众人一片欢呼。反观率众奇袭的斡赤斤毕竟已六十多岁，虽自认为很勇猛却明显拖了部下后腿。原计划七日路程十天尚未走完，刚待在崇山峻岭中遥望见峡谷出口已累得精疲力竭。而蒙哥所率健儿个个骁勇无比，每个身带三匹骏马轮番换乘连日来竟未下鞍。但毕竟斡赤斤早已开始行动，终于趁夜色穿越了峡谷。眼前"夏宫"尚是一片灯火阑珊，随之便摸入一片白桦林中边喘息边等待时机。好不容易等到汗帐中狂呼纵饮的声音渐停了,似乎就连'怯薛'护卫也纷纷醉倒了。稍后灯火阑珊便被一片漆黑所代替,茫茫的草原似在沉沉的夜幕下也酣睡了。

时机终于成熟,似就等那一声呼啸了……

斡赤斤暗自欣喜,但还是强压激动先行祈祷长生天。随之一声尖厉的呼啸乍然发出了,潜伏的悍将骁勇如脱弦之箭纷纷射出了丛林。身后尚不忘留人点燃了成片的白桦树木,顿时在火光熊熊中"夏宫"战栗了。这里哀哭,那边惊叫,乍醒的人们早已惊慌失措地乱作一团,终致豪华的宫帐里传出了大汗凄厉的绝叫:"救命啊!救命!"

完了!眼看就要完了……

但就在此,借着火光便见得一支人马如神兵从天而降,旋风一般霎时便守住了毡帐。斡赤斤忙抬头一望,便只见火光辉映下骤然闪现出一位骑在马上的神将一般之领军人物。斡赤斤望之惊呼了:蒙哥……随之便退意已决。但此时的大汗贴身近卫似有了主心骨,竟醉意顿消也纷纷举刀反扑过来。斡赤斤尚未缓过神来人马早死伤过半,也只能靠着几位贴身悍将保护且战且向峡谷撤退。而蒙哥却似更指挥若定,一方面派"怯薛"护卫从树林到宫帐四周严加搜查,一方面亲率十数骑寻踪飞马追了上去。天已放亮,便见得斡赤斤在只剩下两名亲信挟扶下正逃向峡谷山口。再近,已可看清狼狈不堪的斡赤斤那乞怜的眼神。对峙片刻,却谁料蒙哥猛回头大喝一声:"跟我来!火速回去护驾!"

斡赤斤终于得以侥幸潜逃入峡谷了……

仿佛蒙哥早有预感,刚刚接近"夏宫"便听得一片嘈杂的呼唤声:"大汗!你在哪儿?""哈敦!快出来吧!"蒙哥忙拍马过来询问,这才得知,人们原本以为大汗与皇后一直坐镇于宫帐之中,却没想到趁暗夜一片混战之中他俩竟摸黑溜之乎也。急不穿衣,现在尚不知躲在何处。蒙哥猜测,大汗夫妇尚难分清孰胜孰败,因而固执得就是隐而不出。为此便下令严禁乱呼乱喊,而后又带人亲自四处寻找。正在此时,便听得有人在喊:在这里,有两个屁股!蒙哥循声向那大湖跑去,果然见

【第四章 螳螂捕蝉，黄雀在后】

有两人头扎湖畔苇丛之中，上面却隐现两尊赤裸的臀部。

鸵鸟战术，古已有之……

最终蒙哥令亲随尽脱战袍，一边为大汗和皇后穿衣御寒，一边为他们遮掩，使之尽量体面和保暖地返回汗帐。不久，东部也传来了大捷的消息：旭烈兀初展军事才能，便成功地阻截了斡赤斤欲困汗都之师，并将其击溃，迫使其众纷纷背叛了昔日的老主子。贵由大汗闻之，竟不顾惊吓多病之身，而于宫帐卧榻之侧再次接见蒙哥。热泪夺眶，感激涕零，执子之手曰："吾弟为名副其实之'汗廷第一忠'！今后不必再行君臣大礼，只按兄弟深情相待！吾将把斡赤斤所有财富及兵卒尽赏于拖雷家族，以激励大蒙古国所有精忠报国之志士！"

蒙哥合罕竟为此又踌躇满志不已……

本以为重返汗都迎接他的将是震耳欲聋的威风锣鼓，却谁料贵由大汗一回到万安宫却突然变得更冷若冰霜。不但再不提那些信誓旦旦的允诺，而且竟从此再也拒而不见了。随之，便见得汗都"怯薛"调动频繁，宫廷内外岗哨林立均加强了警戒。"怯薛"，乃是禁卫军与御林军的结合体，是由贵族和千户之子孙和骁勇武士组成。虽也带质子性质，但因均为大汗亲信而引以为荣。强悍勇猛，战斗力极强，是为蒙古大军中之核心组成部分。权力极大，又号称"大中军"。由大汗直辖，构成了与阁臣相互并行而又相互制约的复合体。这是蒙元帝国政权架构的一大特色，故其动向往往牵动政坛的变动。

果然，不久忽必烈便被海迷失皇后召进宫了……

这位新后已初显"权"令智昏，一见就是质问："忽必烈！大汗在登基之前和你就过从甚密，因为你厚道老实才让我前来问你：你是忠于大汗，还是忠于自家兄长？"

忽必烈坦然而应之："此话怎讲？"

海迷失马上以皇后口吻下令："怎讲？你要忠于大汗，不忘他将表妹赐婚于你之大恩，你这就立即告诉我：那夜蒙哥为什么单单放走了罪魁祸首斡赤斤？其间还有什么阴谋？"

忽必烈恍然大悟，仅答之："多虑了……"

海迷失皇后突然大耍皇后威风："多虑，竟敢如此应答！"

忽必烈却更加沉稳，反而更加宽厚地应对道："哈敦陛下，请试读圣祖之'必力克'（即成吉思汗语录）即可知家兄之良苦用心！圣祖曰：晚辈必须尊重长辈，即使有错也绝不允许轻易冒犯。更何况！斡赤斤乃圣祖幼弟，我等之爷爷辈人物！我兄蒙哥绝无他意，放其一马仅仅是为尊圣训以待大汗裁决。若有皇后所言之阴谋，当时确可一箭射杀之。但等到事过之后，陛下又可借'杀人灭口'之名问罪于家兄。汗廷之事难矣！请问皇后：家兄当如何处理？"

海迷失皇后脱口怒喝："活捉！"

忽必烈摇头苦笑："斡赤斤性格暴烈，活捉又谈何容易？如若不屈拔刀自刎，反倒会真相难白谣言四起！"

海迷失皇后理屈词穷遂迁怒于忽必烈："你？你巧言狡辩，还端出了什么'必力克'处处堵我。哼！圣祖早已归天，现在是贵由大汗说了算！我这就替大汗下旨，即令你传令蒙哥，戴罪立功，立即将那该千刀万剐的斡赤斤捉来见驾！不然就是有意纵容叛逆惊辱大汗，后果自负！"

忽必烈面对胡搅恋缠，也只能说："好一个后果自负……"

海迷失皇后已将怒火全部转移到忽必烈身上了，她说："还有你！听说你的宠妻察苾美貌绝伦、贤惠无比，那就限你十日之内将她送进后宫侍奉我吧！"片刻话锋一转，软中却更具挑逗性："侍奉好了，那我就将斡赤斤的封国赐予你，当个大宗王也可尝尝独享尊荣的滋味，也免得总在蒙哥手下受罪！"

忽必烈垂首不语，似只等待仰天长叹了……

所幸内侍来禀，大汗请皇后速回寝宫有要事相商，忽必烈这才暂时得以解脱。原来，正当贵由大汗忘却了密赴"夏宫"之初衷，只顾把怒火又转移于放纵斡赤斤逃脱之际，他在"怯薛"中的亲信将领名"野知吉代"者竟又送来急报，声称情况有变，致使他的思想又回到了"原点"。看来，那胆敢谋篡的斡赤斤倒也算条好汉，逃脱后只为命亲信火速归去护卫儿孙远避，自己却颇为悲壮地拔刀自刎了。却

【第四章 螳螂捕蝉，黄雀在后】

不该留下了连累他人的把柄——那张声讨贵由的檄文！这当然有助于真相大白，并使贵由大汗将怒火又重新集中于一人，并以此来证明自己是如何高瞻远瞩，"夏宫"密谋"清污"又是多么及时和英明。瞧瞧吧！檄文上之五条就有两条涉及他！什么"拒绝参加"？什么"不予承认"？野知吉代说得对，自己这次受惊受辱差点丧命的幕后元凶就是拔都，不将他除灭更后患无穷，不惜血本誓将"清污"进行到底！一个可怕的阴谋当即形成，保密程度之高竟连蒙哥弟兄也被蒙在鼓里了。

为了转移视线，随之便把海迷失皇后急召归来……

是夜，大殿内灯火辉煌竟摆开了宫廷盛宴，一反常态地召集重臣皇族将专为拖雷家族救驾"表功"。蒙哥与忽必烈突然又被尊为上宾，竟位居重臣宗亲之首。贵由大汗破例带病亲临主持，执蒙哥之手当着众臣满含热泪又重提曰："吾弟乃名副其实之'汗廷第一忠'！"而海迷失皇后也如没发生过白天之事一般，更亲自为蒙哥敬酒以示感激。忽必烈由不得暗自庆幸，多亏自己深知王兄性格刚烈，唯恐激之生变故尚未告之。却谁料，海迷失皇后偏偏此时敬酒又敬到了他的身旁。神秘的目光似在警示着什么，诡异的笑容更似隐藏着什么。再看贵由大汗身后的阴影之中，渐显出一位冷酷威严的护驾悍将。悄问旁坐，这才得知此人即"怯薛"后起新宠野知吉代。难怪大汗朝令夕改，诡变多诈。忽必烈预感到，冷酷之策肯定多出此人之手，大蒙古汗国又将进入一个多事之秋。

为化解家族之辱，长兄蒙哥当夜便急返吉里吉斯了……

而随后的"圣明"却更令人不寒而栗：首先，将斡赤斤封国的男子几近杀绝。唯留九至十九岁女子任汗宫挑选，余下则赐予击杀其父母者享用！其次，前往救驾的骁勇，凡一窥大汗与皇后圣臀者杀无赦！而侍寝的宫女与内侍，凡听见大汗与皇后惊呼救命者斩立决。大汗与皇后的尊严至高无上，所有胆敢传布"不实谣言"者立即当众断其舌。还有，依皇后御令，急调阿兰答儿前来汗廷审理斡赤斤谋篡一案。虽逆贼已自刎身亡，但必须依奥都拉合蛮一案如法炮制，令群狗撕咬争噬尽食其尸！（斡赤斤谋篡事，详见《元史·定宗纪》）

血雨腥风，人皆噤若寒蝉……

一统华夏——忽必烈大帝之文韬武略

更让群臣不可理喻的是,一边猛拉拖雷家族,一边还暗中盘算着人家的媳妇想入非非。虽然海迷失皇后已改口称"此乃升任察苾为后宫女总管",但所限时日十天之期依然不改。是对忽必烈顶撞的一种报复,还是对他家族忠诚的一种测试?这真可谓:自古红颜多薄命!察苾就因为天生丽质而被命运反复捉弄着。更何况!贵由大汗的"寡人好色"也是汗廷上下皆知的,这不等于羊入虎口吗?而更出乎人们意料的却还在于:刚烈的蒙哥合罕似认真当起了"天下第一忠",回到吉里吉斯后竟对此"辱族之举"似也只能忍气吞声。

果然,刚到十日,便有一辆古老的勒勒车进入了后宫……

海迷失皇后大喜过望,罕见地亲自迎了出来。就连贵由大汗也颇感欣慰,急切地隔窗引颈瞭之。绝非仅为色,此乃"顺我者昌,逆我者亡"之重要组成部分。谁料顺倒是顺了,但最先走出轿子的竟是自己那赐婚下嫁给忽必烈的表妹塔腊海。而随后再掀开毡帘,里面的人物就更令他瞠目结舌了。天哪!怎么会是她?一个被草原广为称颂的"伟大母亲"?看得出,就连海迷失皇后也为之手足失措了。而索鲁禾帖妮却边任塔腊海搀扶着下了车,边爽朗地对海迷失皇后说:"嘀嘀!察苾是挺着大肚子就要临产了,可拖雷家族也不能不听大哈敦的诏令呀!这不,我带着塔腊海来了,她是大汗亲表妹,贴心,当个后宫女总管正合适。我呢?侍奉过两代大哈敦,给您再当一回贴身侍奉奴婢也总算忠于三代大汗了。再说,得到您的恩宠,说不定大汗还能给我这个小孙孙赐个名字呢。求求大哈敦,留下我们吧!我那四个儿子还颇看重我这把老骨头呢,留下我们比留下察苾更有用……"句句在理,但话中有话,只搅得后宫顿时乱作一团。海迷失私下问塔腊海,得到的答案是:果真察苾即将临盆。这时偏又有小内侍来向她悄然耳语,却谁料索鲁禾帖妮一见竟又糊涂地嚷嚷起来:"大汗呢?我要见大汗!我和乃马真大哈敦亲如姊妹,大汗小时候我还成天抱着呢……"更乱了!海迷失皇后也只能听从大汗幕后旨意:赐黄金千两以表彰拖雷家族之忠心,想尽办法火速把这个老东西弄走!

为最终大计,似也只能如此不了了之……

索鲁禾帖妮单身归来后,蒙哥合罕对母亲更加由衷地敬佩了。一想到贵由大汗的忘恩负义,便由不得联想起自己的屈辱和无能。谁料母亲竟对跪倒在地的儿子说:"你学聪明了,终于懂得什么叫'忠于汗廷,忍耐,等待……'鲁莽的人肯定吃不到红透的果子,只有耐心守候的人才能等到瓜熟蒂落!不怕蚊蝇叮咬你还能紧盯着自己的'猎物',没有冲动就算已为家族立了大功!"蒙哥伏地再问:"那下一步呢?"母亲竟还是回答:"忠于汗廷,忍耐,等待……"

伟大的母亲!不但化解了屈辱,而且带回千两黄金。

不久,察苾顺利地又生下个大胖小子。为讨婆母的喜欢,她将自己的"斡耳朵"移到老人家的寝帐附近。

阿兰答儿又被打发回来了,因为海迷失皇后一见他竟然又重现了昔日那场噩梦。

唯有忽必烈仍留在汗廷,好在有塔腊海侍候了。

人们似乎都在等待下一步棋……

三

秋去冬来,贵由大汗的下一步棋却令人颇感意外……

在彻底将斡赤斤诛族灭国之后,确有一个阶段棋风混乱,杀红了眼似的不顾全局。而经历那次"夏宫惊魂"不久,棋风却突然变得潇洒飘逸,似瞬时便超脱于输赢之间。先是尽将汗廷事务交于忠直重臣镇海与亚喇瓦赤等人之手,随后便幽居深宫再不过问朝政了。据内侍透露,此乃皆因深秋贵由大汗便重病一场,稍愈后便看破红尘唯求长生了,致使入冬以来汗廷内外一片祥和,众均认为如能长此下去就算大汗赐福于民了!

但棋局玄妙至此,却似仍嫌缺少变幻……

紧接大汗便有意走了一步"昏棋":为"夏宫"之大开杀戒"拾遗补阙",他竟要在东西道封国中广选美女了。据《蒙古秘史》所载,程序颇为复杂,译为汉语当如以下情况：使者到各封国层层筛选，然后集中于汗廷逐一审视。检查其皮肤、发、面、眼、齿、唇等是否与全身相称，继而便用一至二十打分的办法分出等级。只有获得二十分者，方可被选中进入后宫。而在进献于大汗之前还得精选一次，选中者尚须与宫中老妇共眠于一榻，继续审视该女有无隐疾，肢体有无缺点，睡后有无鼾声，身上是否毫无秽气等。一时间车来马往，送来后宫的美女如云，致使入冬的宫苑竟又变得"花团锦簇"。无形中竟成为东西道诸王的"比美"大赛，颇吸引成千上万关注者之眼球。乱哄哄，汗廷上下似已无暇他顾了。

唯有老臣镇海忧心忡忡地来找忽必烈……

镇海首先问之："敢问贤王！大汗冬来幽居深宫以祈长寿，而如今却突然轰轰烈烈广选美女，前后相悖，大汗意欲何为？"

忽必烈答曰："静、动，均欲彰显其胸无大志！"

镇海不解了："彰显胸无大志？我看不然。大汗虽长期居于深宫养病，海迷失皇后却私下与'怯薛'将领往来频繁。种种迹象，常令我和亚喇瓦赤不解其谜……"

忽必烈言道："愿闻其详！"

镇海也只好详述之："亚喇瓦赤出身'怯薛'。据他言称，若按祖制'怯薛'应由四位统领（也译怯薛长或怯薛台）轮流值班，而当今却唯独宠信野知吉代（史载确有其人），由他来重新提拔任用心腹将领。无奈于阁臣无权过问'怯薛'变动，尚未知其详！"

忽必烈有感而言道："此乃以动显静、以静待动！"

镇海深有同感曰："贤王所言极是！大汗曾私语于微臣言其所患：其一，已查出东道诸王中尚有斡赤斤死党，不尽快剿灭将会死灰复燃；其二，汗弟阔出死于南征途中，不灭宋永难解此心头大恨。还曾言，身为圣祖子孙，必彰显圣祖武功！只叹重病缠身难施身手矣！"

忽必烈只言道："此乃声东击西转移视线！真可谓：有疾不求医，无病才呻吟！"

【第四章 螳螂捕蝉，黄雀在后】

果然，广选美女是为吸引更多臣众的眼球，而"以动显静"的效果确也经久不衰。进入年底，在"花团锦簇"的大内深处竟形成了一个以海迷失皇后为首的亲信集团。武有以野知吉代为首的"怯薛"诸将领，文有以守旧佞臣巴拉（史载确有其人）为代表的久未得志之小人。人数虽然极少，但私密性极高。不仅护驾功臣蒙哥兄弟完全被排斥在外，就连汗廷首辅重臣也全然不知。在"选美大赛"的同时，暗中已声东击西地按贵由大汗"无病才呻吟"的密令策划好了下一步行动。

1248年初，又一次宫闱密谋已进入尾声……

巴拉能言善辩仍在煽风点火："大汗气宇轩昂，风度绝不亚于圣祖！英明一世，岂容留下点滴玷污？欲雪'长子从征'之辱，必先诛灭拔都方可重写史书。而近观斡赤斤谋篡，拔都当属背后元凶。人言檄文五分之二直点其名，此乃仅看中'拒绝参加''不予承认'之表相！依臣来看，其实条条均乃其授意。而'篡位后便立即毒死母后'更恶毒之至，非其密谋派来之妖女伯要·兀真不可为之！还有，'篡改遗诏'种种……"

海迷失皇后忙打断道："够了！当言何时动手！"

巴拉忙躬身而答："大汗能屈能伸，柔中有刚，运筹帷幄，均已超越中原历代帝王！声东击西之策已见奇效，臣以为随时可以动手！"

海迷失皇后道："老滑头！野知吉代，你说呢？"

野知吉代永远面无表情，答道："启奏皇后！大汗乃'怯薛'统帅，末将仅能如实禀告准备情况：其一，视所有'怯薛'将领已均为大汗心腹，十万'怯薛'骁勇随时可为大汗誓死效命。其二，察合台封国新主为报大汗助其上台之恩，末将已奉命与其密谋共同出兵。其三，'怯薛'军中多有东西道宗亲质子，末将以为两翼无忧尽可集中精锐一举灭之。其四，正值隆冬，蛇已僵眠，再绝无'打草惊蛇'之虞可言！"

"真将军也！"贵由大汗终于开口了。

众忙呼应，巴拉尤显突出："大汗所言极是，野知吉代将军确实煞费苦心！然如若没有如此英明伟大的统帅，焉有如此杰出精忠之将领……"

海迷失皇后又当即喝止了:"住口吧!听大汗说!"

贵由大汗为显高深莫测,故而慢悠悠言道:"宋觐见使臣曾为朕讲过一个故事:卧薪尝胆。懂否?朕数月以来即口含苦水、身睡柴草度日!所为何来?奇耻大辱!奇耻大辱!已辱及汗国之伟大与清白!朕无一日不想洗刷,无一日不想报复,却又为何迟迟未曾动手?正如野知吉代所言,唯恐'打草惊蛇'不利汗国!故隐而不发、委曲求全、声东击西、忍辱选美,宁可当一时之昏君,也要还黄金家族百代之清白!然而也必须指出:蛇不是被隆冬冻僵的,而是被朕之妙计将其弄晕的!"越说越激动,竟然拍案而起。

众皆跪伏,异口同声称:"是!"

贵由大汗竟不顾左臂痉挛,挥动双拳呐喊了:"朕即汗国,汗国即朕!辱朕即辱汗国,朕之奇耻大辱即汗国之奇耻大辱!承继圣祖以'武功'治世之遗风,立即开始行动拔掉以拔都为首的一个又一个眼中钉!以血流成河洗刷朕的西征之辱,以毁地灭族以解朕之心头大恨!"

众仍跪伏,同声齐呼:"遵命!"

随之,便是大汗之重新落座威严地发布号令:首先,任命野知吉代为镇守波斯地区"探马赤军"之最高统帅,率一半'怯薛'精锐先五日而行。赴任为虚,布战乃实,以待大汗到来发起行动。其次,任命巴拉为财务次臣,但已拟密旨一道待发,一旦兵戈相见便飞马传告汗廷,即可就任统领大臣执掌汗廷全权。还有,察合台封国之军不必从征,而专门对拖雷封地寻衅滋事搞摩擦,以使蒙哥等防不胜防无暇他顾。最后,有劳皇后频繁出没汗廷,时而暗示南征,时而暗示东伐。但最重要的是,突然宣布停止选美,公然声称大汗旧病又复发了!

阴险、狡诈,但是又隐伏着色厉内荏……

但贵由大汗却觉得这就是雄才大略,竟又沾沾自喜地回到了后宫。看得出,此种种"神机妙算"均源于深知拔都的厉害,故是夜仍不忘继续进行"卧薪尝胆"。只不该"薪"是美女,"胆"是美酒,昏醉间尚"奋发图强"地常令众姬举杯提醒:"大汗!你忘了西征之耻乎?"于是在莺声燕语的"质问"下便干了一杯又一

【第四章 螳螂捕蝉，黄雀在后】

杯。嘻嘻哈哈，颇有创意。而海迷失皇后也在后宫多次召见镇海与亚喇瓦赤等重臣，时而议南征，时而谈东伐，时而又命停止选美，时而又哭哭啼啼倾诉大汗又重病复发，只把汗廷上下搞了个云里雾里，莫衷一是，唯恐大汗就此一命呜呼。

故弄玄虚，要的就是这份神秘莫测……

还好，野知吉代率兵西去波斯了，巴拉也老老实实甘居次臣了，而大汗身体也日渐好转只需疗养了。所选之处乃大汗幼时封地：风光宜人绝对有助于身体康复。总之，毫无一丝破绽，贵由大汗在众臣之祝福声中终于起程去幼之封地叶密立（今新疆额敏地区）了。

忽必烈被封闭得最严，然而最先警觉的也是他……

当然，耶律铸传来的消息也很重要：比如，"怯薛"的调动颇为诡秘；为大汗疗养，国库已被掏空；巴拉开始目空一切；野知吉代神出鬼没……为此，忽必烈遂急召藩幕僚商议对策。李治一针见血地指出："此行绝非疗疾，似广布迷雾欲兵戎相见耳！"刘秉忠进而言道："一直西行，试图出其不意攻击拔都合罕！"张德辉说得更加透彻："若明目张胆讨伐，当今大汗绝非对手！以拔都合罕封国面积之大，实力之强，统帅才能之高，其均似飞蛾扑火。然当今大汗故布迷阵已久，而拔都合罕忠直且自傲必定不疑。若数万'怯薛'突然奇袭之，则后果堪忧矣！"李治更提醒曰："唇亡则齿寒！如其侥幸凯旋，回头则该轮到宗王家族！"王鹗却似在总结："难道汉家故事又将在蒙地重演？烽火一起，圣主成吉思汗所创伟业将毁于一旦！如思大有为于天下，宗王当全力以赴谏阻之！"而忽必烈沉思片刻，只说了一句："好一个唇亡齿寒！但尚须母亲决断。"

似有难言之隐，却已果断行动……

忽必烈终于彻底甩开汗廷，连夜即又与耶律铸飞马返回吉里吉斯。当即命耶律铸先向王兄与诸弟禀告，随之便急回家搬察苾请母亲出山。谁料刚刚踏进察苾的"斡耳朵"，竟意外地看见母亲正在毡帐里逗弄刚满百日的小孙孙。察苾产后似更靓丽了，一见忽必烈因爱竟显得越加光彩照人。但忽必烈已顾不上妻儿，急忙跪倒向母亲禀告汗廷所发生的一切。母亲只说了一句"知道了"，便冲着察苾哈哈大笑而言道:"瞧瞧我这儿子!怕没法子向母亲交代,一下马便直奔'幕后军师'这里先讨教来了!谁料当妈的早堵在这里,额吉倒要听听没有'幕后军师'的主意他怎么说?"

察苾慌忙辩解:"额吉!我不是'幕后军师'……"

母亲还很幽默:"别不承认!嘀嘀,关键时刻你都给我当过两回了,这小子是想利用咱娘俩婆媳情深打主意,尝了两回甜头还想再尝。这回'幕后军师'该给孩子喂奶了,额吉倒要听听,你先说!"

忽必烈倒也老实,说:"只想请母亲出山。"

母亲听后仍然说:"出山?替你们当主心骨?兄弟之间又不落埋怨?好啊!似也该到时候了!可这瓜熟蒂落怎么收?这红透了的果子怎么摘?你先给为娘说说你的打算!"

察苾突然插了一句:"我的恩师说,不战而屈人之兵……"

母亲笑着说:"嘀嘀!还说不是幕后军师呢?一句话就说到点子上了!又是元好问那个老头子吧?这师傅比李槃师傅强。忽必烈,别傻着,快说!"

察苾忙护着,说:"都怪我多嘴,打断他的话了……"

忽必烈终于找准了焦点:"启禀母亲!儿以为瓜要收、果要摘,但圣祖遗训却万万不能违背。思大有为于天下,不战而屈人之兵似为上策。虽有唇亡齿寒之虞,却应隐而不发以静制动。上顺天意,不动干戈而彻底扭转乾坤;下应民意,以和为贵顺势接掌……"

察苾又突然插话了:"此乃贵由大汗多行不义必自毙!"

母亲却大加赞赏:"好一个有胆有识的好儿媳,终于替母亲说出深藏心里多年的话了。一个行将就木的狡诈蠢材尚敢如此倒行逆施,说明窝阔台家族气数已尽。忽必烈!你不敢说的话母亲替你说了吧:时机业已成熟,顺势接掌汗权!"

忽必烈跪伏在地,说:"谢过母亲……"

母亲也难得地夸奖他了:"像你的父亲!度量弘广,尊兄爱弟,慎思谨行,着眼全局,作为母亲深感欣慰!"

【第四章 螳螂捕蝉，黄雀在后】

察苾也跪伏在地，说："还盼母亲及时出山！"

母亲也慨然应之："好！关键时刻我听了察苾两次话，两次都很吉祥。这次我还听你的吧！出山！"

忽必烈和察苾均跪在膝下一动不动……

当夜，索鲁禾帖妮便尽将四个儿子召入了自己的寝帐。蒙哥、旭烈兀、阿里不哥均已听过耶律铸详述，当然知道其中缘由。但同忽必烈一同进入寝帐后，还是被眼前的景象震慑住了。只见在一片灯火通明中，母亲又极为罕见地戴上了那顶象征王权的"顾姑"，穿上了那套只在显示罕权时才穿的蒙古王妃盛装。似又要重掌家族大权，威仪不减当年，由不得令人望而生畏。

蒙哥带头，其余三个也立即跪伏在地……

"你们听着！在此危难之际，这绝不是母亲又要重新执掌大权，而是代你们在天的父罕，向他的四个嫡子严加训示。首要一条，当此关键时刻有谁敢违背父罕意志，自作主张或破坏精诚团结者，其余三子可代父罕合力诛灭之！"

四子跪伏战栗，齐声应答："是！"

"称是就好，莫怪母亲无情！"又是久久无语，顿使寝帐气氛更加凝重。众子连头也不敢抬，只顾跪伏着等候那关键时刻的到来。当然，母亲的声音更显严厉有力了："眼下，险象环生危机四伏，唇亡齿寒迫在眉睫！但自古就是：天作孽，犹可生；自作孽，不可活！而当今大汗公然违背圣训，处处倒行逆施；长生天难恕，其大限已到！此次狂悖偷袭拔都封国，更是走上一条不归之路！时机业已成熟，我代你们的父罕宣示：大汗之位即将转承拖雷家族，并永葆绵延世代相传！"

四子虽尚跪伏在地，却似早已按捺不住……

"谁敢给我摩拳擦掌？谁敢给我蠢蠢欲动？"大声斥问之后，又是久久的沉默。静得没有一丝声息，好像怒气尚未消尽。"要打怎么打，是尾随夹击，还是直捣汗廷？鼠目寸光小家子气！你们就不怕圣主的大业毁于一旦？你们就不怕接手的是一个分崩离析的烂摊子？到那时，你们父罕的在天之灵是绝不会饶恕你们的！知道吗？你们的父汗为大蒙古国的统一和兴旺，甘愿牺牲自己那宝贵生命的！"早已泪流满面，却仍在继续训诫诸子，"生子当若父！拖雷家族将继承的是对圣主成吉思汗的忠心，将继承的是对'也客蒙古兀鲁斯'的责任！"

众子皆心服口服，叩头齐呼："谨遵母命！"

"机不可失，时不再来！"口气已稍转缓和，却尚在进行引导，"然凡成大气候者，首要应懂得'不战而屈人之兵'是为上策！当今大汗尚知隐而不发为非作歹，我们为何非要大动干戈授人以柄？而今母亲所看中的时机均集于一人身上，即拔都合罕！只要拖雷家族有一人日夜兼程飞马密告早做准备，当今大汗就绝非是他的对手！到时必然政局大变，'忽里台'必然重新召开。以四两拨千斤之势，拔都合罕感恩也必然会重提'幼子守灶'权。为此，只能以静制动，绝不允许你们任何人轻举妄为！"

众子更敬佩母亲，跪伏皆应："唯母命是从！"

"那好！"母亲站了起来，"那我就代你们在天的父罕下令了！还如你们王兄上次所安排，而现今各司其职侧重点又有所不同。阿里不哥，你仍主持封地要务！但此次侧重点是：火速遣使赴各地封王与宗亲处急报大汗西行之隐私，使其阴谋败露于光天化日之下。旭烈兀，你仍统率封地兵马！但此次侧重点是：只准忍让而按兵不动以积蓄力量，绝不允许一经挑衅便激发重大冲突。忽必烈，你仍与耶律铸火速返回汗廷。但此次侧重点是：争取忠直重臣静观宫廷变动，一有风吹草动即应急处理并火速回告！"

三人抱拳领命，皆称："是！"

"现在该轮到你了！"母亲的目光直逼蒙哥而言道，"你是拖雷家族的长子！你是吉里吉斯的合罕！众兄弟皆视你长兄若父，成败关键全看你在此一举了！"

蒙哥热血沸腾，道："儿子明白！"

"明白就好！"母亲却在继续激励，"你和拔都合罕将帅一场，当为至交！母亲之姊也早嫁于术赤封国，当为至亲！至交至亲，你与拔都两位合罕相会当成就大事！此次你仅带两三人七八匹马，唯恐你以宗王之身难耐长途奔劳而错失良机！"

蒙哥激动发誓："若如母虑，我当自削封爵！"

【第四章　螳螂捕蝉，黄雀在后】

"那好！"母亲顿时似为之一振，"蒙哥听命：做好一切准备，明天凌晨立即出发！好在贵由纵色嗜酒，车马宫帐行动缓慢。你必须隐秘而发，抄直道而西行，即使是因吐血累死了最后一匹马，你也必须提前七日赶到目的地！"

蒙哥刚毅的声音回荡在寝帐里："是！"

第二日中午，吉里吉斯草原便又沐浴在一片和煦的阳光之下。静悄悄的，显得格外安详。唯有一点杂音是，有人来报察合台封国在边界抢走了几十匹好马。谁料老母亲竟为之一笑道："嘀嘀！报讯有功，就算赏给他们了！"好在察合台封国也只虚晃了几枪，目的仅仅是为了交差。随之草原又恢复了平静。

又是一天一天地过去了，蒙哥合罕终于跨着最后一匹马提前冲进了那遥远的拔都封国。

但索鲁禾帖妮却仍在为拔都担心，唯恐他因高傲而不设防！

大战在即的前夜，茫茫的大草原上静得可怕！

突然，一个令人震惊的意外却改写了历史……

四

贵由大汗之机密行动戛然而止：死了……

虽仍属爆炸性质的大事强烈地震撼了汗廷，但没有金戈铁马的惨烈交锋，没有悍将猛兵的恶斗厮杀，却似乎死得也太平淡无奇了。时间：1248年3月。地点：横相依尔（即今日新疆青河东南）之草原上。（详见《元史·定宗纪》）

就连史家也大失所望，似也只能曲笔以记之……

但众说纷纭，莫衷一是，竟使得真相更加扑朔迷离。有的史家称：系忧患致死；有的史家说：系中毒而亡；有的史家称：系一位荆轲式的蒙古义士行刺并与之同归于尽；有的史家说：系被拔都合罕突然杀出的大军惊毙马下……总之，绝没有留下任何惊天动地的战绩，反倒是就这样糊里糊涂地匆匆一死了之。一位近乎愚鲁的大汗，却偏要为突出自己的权威引发皇族间的内战。开圣祖子孙互斗的先河，伏下西部各大封国分裂的隐患。权欲的膨胀此即又是一例，新的一轮汗位之争又要开始了。

奇怪的是，竟没有一位史家联想到拖雷家族……

汗廷仍静得令人可怕，似战战兢兢正等待着又一次事变。臣众们均聚焦于海迷失皇后，只盼着这位大汗的遗孀能够幡然悔悟。却谁料，丈夫一死海迷失皇后竟更加"权"令智昏，独崇萨满教，仅靠几个巫师就想永霸汗廷独掌大权。而其有婆母乃马真皇后的野心却无其魄力和手段，首先便遇到互争汗位的两个儿子之激烈的反对和挑战。忽察与脑忽更分别新建了自己的汗府和汗廷，公然叫板母亲，致使汗都一时间出现了汗权"三足鼎立"的局面。纷乱中人心惶惶，政出多门更使得群臣不知该听谁的是好。随之，亲信野知吉代干脆溜到波斯去就任"探马赤军"之职去了，只留下佞臣巴拉押宝似的尚留在海迷失皇后身边。"怯薛"将领游走三门早已人心涣散失去战斗力，而宗亲贵胄却正好借此滥征赋税目无国法。右统领大臣锁海累谏海迷失皇后，应扶正祛邪以国家为重。但海迷失皇后不仅"屏而不纳"。反倒如史所载竟以"抑沮贤良为乐"。短短时间，便把一个偌大的蒙古汗国拖向了灾难的深渊。（详见《元史·后妃传》）

国家危矣！却仍不见拖雷家族有任何动静……

所幸在贵由大汗死后，拔都合罕的威望却迅速提高到了极致。不仅被第三代宗王们公认为老大哥，而其统帅天才也被传说得神乎其神。绝对无愧于大蒙古第一男子汉之英名，早为传来的汗廷种种混乱之消息忧心忡忡了。似观时机业已成熟，遂决定在自己的休养营地阿拉豁里马草原（即今之伊犁河畔阿拉套山下），立即召开一次"忽里台"贵胄大会以商议汗国之未来。

可称蒙古历史的又一重要转折点……

但海迷失皇后却借口"侵犯汗权"拒绝前往，而与之结盟的察合台封国也借口"萨满占卜不宜出行"而婉拒之。谁料贵由汗那两个儿子为在威望极高、权势极大的拔都面前争宠夺嗣偏偏要去。出于无奈，海迷失皇后也只好派心腹巴拉为代表一

【第四章　螳螂捕蝉，黄雀在后】

同前往。好在拔都合罕接待颇为隆重，并分别倾听了两位皇子之相互攻讦。尊重之极，致使两个活宝均自以为得计立即又返回汗廷巩固地盘去了，只留下未当成统领大臣的巴拉未走，以代海迷失皇后监视宗亲贵族的动向。但受此复杂氛围的影响，东西道诸王亲临者极少。大多只派家臣代表自己前来充数，因而此次"忽里台"的重要性也似相应大大降低了。

仿佛就连拔都合罕的威望和面子均要受到影响……

然而，正在这令人尴尬的时刻，竟突然神出鬼没地闪现出一位足以扭转乾坤的超重量级人物。众人由不得惊呼了：蒙哥合罕……是他！之所以说他神出鬼没，皆因史书记载相当模糊。也不知是其根本没走，还是应召重又及时赶来？但有一点是可以肯定的，他的到来使此次"忽里台"陡然间身价倍增。须知，拖雷家族的千户之多、兵马之众、势力之广、实力之强，均不亚于拔都封国。而两大家族之合力，绝对可以左右整个大蒙古国的走向。再看蒙哥合罕竟能如此谦恭应召亲自赶来，更足见其对老大哥拔都合罕的推崇和尊重。好多宗王代表各为其主惋惜，不亲临参加如此重要的"忽里台"是自埋隐患！此时又见蒙哥合罕不仅奉上了母亲亲笔写给拔都合罕全家的祝福信，而且还按蒙古尊长之古俗向罕兄行了拜见大礼。这更促使各宗王代表纷纷要求延迟召开"忽里台"，以便他们再次火速通告各自的宗王和贵族。拔都合罕也很宽容，答应之余还派美女陪他们纵马游猎或狂欢纵酒，一时间俱不亦乐乎。

"忽里台"终于在伊犁河畔召开了……

果然，亲临参加的宗王平添不少，而涌来"恭逢盛会"的宗亲贵胄就更多了。只可惜！蒙哥合罕又神出鬼没地突然不见了，代之出席的竟会是前来报讯的二弟忽必烈。据说，是他们那被草原广为传颂的"伟大母亲"病危了，致使必须召回长子紧急托付封地重大事宜。蒙哥闻之色变，顿时含悲忍痛立即反归，但为尊重拔都合罕的请求便留二弟代己参加。蒙哥走后，拔都合罕及其正妃曾专门设宴接待忽必烈。王妃常问及幼妹伯要·兀真之现况，忽必烈均以溢美之词而答之，并拿出一件特殊的珍宝回赠王妃，以谢合罕夫妇赐婚之恩。王妃见之欣喜若狂，拔都合罕更誓言定

一统华夏——忽必烈大帝之文韬武略

助蒙哥成就大业。而忽必烈"一代贤王"之名早已广为人知,故分量未减却反使"忽里台"进行得更加热烈。贤王果贤,天生一副令人深信不疑的面孔。含悲带戚,至今仍神情恍惚一言未发。但宗王贵戚似大多均能理解,故仍在争先恐后议论不休。

多为牢骚,多为怨言,多为对时局之不满……

"我……我家……"忽必烈竟含悲插话了,"我家老母,临别之际,也曾对我言道:国危日近,民怨日深,圣祖伟业将毁之于一旦。而唯有大智大勇者挺身而出,方能力挽颓势,拯救汗国。而论战功最为卓绝,开拓国土最为广袤,且在第三代宗王中居长并又令众人心服口服者……"

一语中的,直切主题,致使顿时哑场!

"忽必烈!"拔都合罕也及时制止了,"为兄年事已高,体力不济、老而昏庸,且又患有严重足疾!我已提过多次,若再出此言,即非我之爱弟!"

但对汗祚移位并未反对。窝阔台家系危矣……

巴拉不顾一切想阻止:"启禀合罕,汗祚移位万万不可!昔日窝阔台大汗已立失烈门皇孙为嗣,在座诸王与宗亲均亲耳聆听!今皇孙失烈门尚在,就敢妄议移位于其他家系!祖制何在?又将皇孙置之于何处?"

也似有理,全场更加悄无声息……

忽必烈终于当仁不让了:"巴拉所言,均为巧言诡辩!窝阔台大汗之命谁敢违之?罢黜皇孙、篡立贵由,违背祖制、不遵圣命,乃至今日汗廷之混乱,均为汝辈先行不义之结果!今日所议之移祚护国,均为迫不得已而为之。尚有何颜面重提皇孙?汝辈难辞其咎!"

全场哗然,宗王贵族又彻底被此论说服了……

"哈哈……"拔都合罕在大笑之后,终于庄严地说出了自己的看法,"在所有的宗王之中,只有蒙哥具备一个大汗所必需的禀赋和才能。因为他见过世上的善恶,尝过一切事情的甘苦,不止一次地统率军队到各地作战,并且才智出众,在大汗和将士们的心目中,都受到了最充分的尊重。按照蒙古人的习惯,父位是传给幼子的。而蒙哥正是圣祖幼子拖雷之子,因此他具备登临大统的全部条件!"(详见

【第四章 螳螂捕蝉，黄雀在后】

《元史·拔都传》）。

句句恳切，尽展示其博大的胸怀与正直无私……

"尚须说明，"拔都合罕更显出坦荡与赤诚，"我已向圣祖成吉思汗的后妃、窝阔台大汗的后妃和儿子们、索鲁禾帖妮王妃及其他宗王和将领们，派去了紧急使者加以说明：'在所有的宗王之中，只有蒙哥耳闻目睹过圣祖成吉思汗的札撒和诏敕。为今之计，要重振大蒙古国声威，大汗之位非蒙哥莫属！'（原话照录）现已得国舅按陈王之回复：称是，并言此乃当务之急！"

众皆颔首默认，随之便是摆开盛大酒宴，彻夜狂欢……

第二天，在拔都合罕拍胸答应将承担一切责任后，到场封王及众多宗亲贵胄竟也豪爽地达成了共识：一致拥戴蒙哥入继大汗之位，尽快于汗都再开"忽里台"举国加以确认！然而，反对势力的能量也是不能低估的，毕竟母子三人均执掌着一份权力。见事态严重竟又合三为一，重新打起了"皇后尚在"这个幌子。

目标集中，均对准了拔都合罕……

第一次，海迷失皇后亲派心腹文臣与悍将前去宣称："大汗尸骨未寒，尔等就敢胆大妄为！皇后命臣等告知你们：汗廷不同意另立其他家系之人为汗，更不同意你们'忽里台'达成之协议！"拔都听后哈哈大笑，竟不予理会。

挥手间，使臣也只能灰溜溜地退了出来……

第二次汗都"忽里台"已召开在即，海迷失皇后竟联合窝阔台家系与察合台家系所有宗王贵胄拒绝参加，并命巴拉陪同一位德高望重的宗室长辈前来质问拔都："汗位应当是窝阔台家系的，你怎么能擅转给他人？"巴拉也趁此欲展辩才："合罕也欲谋逆行篡，欲效斡赤斤乎……"语未了，已被拔都一声怒喝提离地面："好你一个奸佞的小人！"继而顺手一掷，竟又不卑不亢地对宗室前辈解释起来："感谢前辈提醒！但我已有言在先，绝不能就此收回！我之所以拥立蒙哥，并非一时之感情冲动，而是考虑到要统率领土如此广袤的大蒙古汗国，并不是贵由大汗所留下的那几个不懂事的孩子能担当得了的。考虑再三，也只有蒙哥才能担当起这个重任！敢问前辈，国与家孰重孰轻？"

宗室长者听后，忙踢巴拉一起走了……

第三次，发生在哈尔和林"忽里台"召开之前夕。怯绿连河畔茫茫的草原上已经布置就绪，但窝阔台家系和察合台家系的所有宗王贵胄依旧拒不参加。海迷失皇后以为没有他们"忽里台"绝难开成，致使其他宗室贵胄也变得犹豫不定了。当拔都之弟别儿哥回来急禀后，拔都合罕真的动怒了。他再不令人传言解释或劝说，顿时拔刀在手再现悍帅本色。他厉声曰："你尽管与忽必烈安排蒙哥即位之大事，那些胆敢违背'札撒'的人都得掉脑袋！"拔都的性格，向来是说到做到，从不含糊。再加上手握重兵，此令一经传出，东西道诸王竟拼命纷纷赶来赴会。再加上国舅爷按陈王从中温和地劝说，刚柔相济，致使海迷失皇后所掌控的两大家系也开始土崩瓦解了。首先瓦解的不仅有窝阔台大汗的第三子阔端宗王，还有贵由大汗的舅父扎合台亲王，即忽必烈后娶的塔腊海之父。最终，于1251年1月25日至2月23日，此次具有历史意义的"忽里台"大会终于成功召开了。

此时却很难见到"伟大母亲"索鲁禾帖妮的操劳身影，但人们却又感到她无处不在，恍若处处均闪现着她那慈祥的笑容。

没有这样伟大的母亲，哪有这样杰出的儿子，哪有拖雷家族今日的成果？

再经筹备，蒙哥就要举行登基大典高居汗位了。

突然一声晴天霹雳：母亲再次病危！

这回真的不行了……

五

一位伟大的蒙古族女性即将结束她那传奇的人生苦旅……

虽说索鲁禾帖妮已昏迷多日，只剩奄奄一息，但她的表情却仍显得那么平静，那么安详，那么高贵，甚至是那么欣慰。似一支无怨无悔地将要燃尽的蜡烛，还在跃动着微弱的火苗力求散发出最后一缕光亮。现在她那清瘦的脸上似只剩下了一双

【第四章 螳螂捕蝉，黄雀在后】

深邃的眼睛，虽昏迷却永远睁着，依然清澈并溢满了慈爱。她似乎很满足于枕在爱媳的臂弯里，默默地望着她，任往事一幕幕从眼前飘飘忽忽闪过。

察苾不知，似只顾焦急地等待远方疾驰归来的马蹄声……

近几个月来，耗干心血的母亲一直在生死边缘徘徊着。因排斥他人，故一直由察苾日夜陪护在这座寝帐里。日久天长，不需母亲开口，她甚至只看眼神便知母亲想说什么。察苾打从心底敬佩，即使在病榻之上母亲仍是拖雷家族的灵魂人物，即使不出寝帐一步母亲仍是掌控大局的幕后主宰。稍有好转，她又不仅亲笔写信四传，而且还多方派出使者联络。就拿上次的"调包计"来说，也是母亲以"病危"为名，为避嫌急派忽必烈换回了蒙哥合罕。是什么使老人支撑到了现在？察苾明白：是母亲对亡夫的挚爱，是母亲对四个儿子的深爱，是母亲对茫茫草原博大之爱……为此，察苾从未感到过烦累，只觉得这是母亲偏爱自己的一种深情传承。要比恩师元好问所教的更具体、更贴切，也更蒙古化！察苾发自内心地感恩了："母亲啊！您永远是我的精神导师！"

但索鲁禾帖妮却似还在任往事在眼前飘过……

察苾清楚记得，自当蒙哥汗位已定的消息传来，母亲长舒了一口气便加速向人生的终点走去。几次昏厥之后，她竟握着儿媳的手开始为自己安排后事了。母亲缓缓地说："这……这回额吉真要走了，你们在天的父罕早等不及了……父母只要一个不走，孩子们是永远长不大的。快……快急告他们吧！额吉想……想……想见儿子们最后一面。切记，要机密而归，不……不许张扬。额吉我只想做个平常的女人，想……想平平常常、安安静静地离开人世……"说毕，母亲又昏厥了过去。察苾知道这次再没希望了，便当即写了一封蒙古密语式的信："仙鹤即将飞逝，切莫引来群鸦聒噪！"十万火急，立即派骁勇飞马送往哈尔和林。

索鲁禾帖尼在昏厥中仍在痴痴地睁大眼睛……

察苾并不知道，此时母亲深邃的眼睛里重又再现了一幕幕往事：那个惊慌失措的小姑娘又出现了，那正是自己。四周飞溅鲜血，还有横倒竖卧的尸体。战马狂奔干戈交锋，杀声四起搅得天昏地暗。的确！她所生之时代，《元朝秘史》曾有过这样的记载:"有星的天,旋转着,众百姓反了,不进自己的毡包,互相抢劫财物;有草皮的地,翻转着,全部百姓反了,不卧自己的被儿里,互相攻打!"成吉思汗为统一蒙古部落的连年征战,终于使她所在的强大部落克烈部也被击溃了。首领王罕战败,其弟扎木敢也只好献上三个女儿请降。成吉思汗将大女儿留给了自己,二女儿许配给了长子术赤,三女儿则嫁给了幼子拖雷。(详见《史集》)其时所俘获的女人是和掳来的战马刀枪牛羊畜群并没有区别的,但母亲的潜意识似还在内心呼叫:"那三女儿就是我啊,索鲁禾帖妮!"

往事还在那深邃的目光中一幕幕飘忽着……

察苾哪能知道,人在濒危状态下尚有如此飘忽的心灵体验。但母亲却仍在坚持盯住那个"我",任往事在眼前飘忽着随波逐流:"我"在惶恐中听任命运的摆布,"我"在惊惧中等候噩梦的降临。但眼前突然一亮出现了一个"他",一个高大英武、年轻善良的"他"。似长生天的安排,瞬间四周就变得光彩夺目了。旋即,便是大婚盛宴、一夜的甜蜜和永远的相亲相爱,以及事后的暗自庆幸和久久激动。随之,便是可爱的孩子们!一个接一个出生,一个接一个长大,好像幸福会是永恒的……蓦地,那可怕的噩耗传来了,"他"突然永远神秘地消失了,接踵而来的却是一个又一个令人心悸的现实:儿子被抢去当了人质,"他"的军队被强行分给了他人,还有"我"和整个家系险被吞灭掉。梦,只留下"他"一个未实现的梦!母亲似乎又看到了"我":因爱便有了挣扎的信心,因爱便有了崛起的动力!"我"在一步又一步努力,"我"在一步又一步跋涉,终于有了今天,终于有了现在的"我"。母亲又似飘飘忽忽地看到,那个"我"怎么会躺在察苾的臂弯里?

突然,老人的目光乍猛收回似在变幻……

察苾立即感应到了,惊呼:他们回来了!果然,蒙哥、忽必烈、旭烈兀、阿里不哥,他们闻讯后均极其机密地纵马回来了。心急如焚,一进毡门便纷纷跪倒在母亲身旁。或许是他们的至诚至孝感动了上苍,悲恸间母亲终于又出现了最后一次回光返照。老人家泪流满面、断断续续地说:"感谢长生天……额吉在闭眼之前……终于又见到四个可爱的儿子了……别哭,抬起头来……让额吉好好看看……"

【第四章　螳螂捕蝉，黄雀在后】

四子悲痛欲绝，只能强忍着泪水望着母亲。

久久地凝视，似用目光在爱抚着每个儿子。察苾在一旁禁不住泪流满面，浑身竟由不得微微战栗起来。但母亲却似乎已经感觉不到了，只顾了用尽人生最后一丝气力，挣扎着为儿子们留下四条遗嘱：其一，宁舍自己家族，也要齐心合力重振"也客蒙古兀鲁斯"。其二，虽弟兄秉性各异，但务求精诚团结。如谁之手沾上弟兄鲜血，必遭天谴之。其三，母亲绝不离开这片草原，死后即天葬于吉里吉斯神示之地。从民风古俗，来自草原还回归草原。其四，不许惊动汗廷臣众，不许惊动宗亲贵族，更不许惊动牧民百姓。母亲是默默无闻来，还让母亲默默无闻去，以让母亲安安静静地与你们的父罕在天相会。

新任大汗之母后，竟提出这样简朴的葬仪要求……

儿子们的心都被揉碎了，但母亲却坚持再三以致动怒。蒙哥与忽必烈等也只好伏地跪从了。母亲已气息奄奄了，尚不忘挣扎着拉起察苾的手上气不接下气地说："善……善待察苾。她……她不仅代你们……整整侍奉了额吉几个月，而……而且也是此次的一大功臣。传……传我的遗嘱，将……将额吉的罕妃"顾姑"，还……还有罕妃盛装，赐……赐予她……"

四子均跪伏在地，含泪异口同声称："是！"

母亲终于耗干了最后一滴心血，渐渐只有出气没有进气了，刚来得及握住察苾的手微微叫了一声"好女儿"，便头一歪彻底闭上了双眼，长逝于察苾的臂弯之中。四个儿子大恸，纷纷扑向母亲怀里撕心裂肺地号叫着："额吉！您不能走呀……额吉！孩儿们离不开您呀……"但母亲还是走了，还是离开了，只听任儿子们的哀叫在寝帐里回荡着。

从容、安详，又一圣洁的白鹿重归天际了……

所有的儿媳和子孙都赶来了，跪伏在寝帐里与母亲告别；所有的侍从家臣都赶来了，跪伏在寝帐外给母亲送行；所有的骏马都驻足不前了，向母亲垂下高昂的头；所有的畜群都静止不动了，都向母亲出没的地方久久张望……

是夜，幽幽的晚风一直在草原上徘徊哀泣着……

按说，母亲几个月的病苦拖累解脱了，人们总会为老人也为自己长长松一口气。但不然，察苾却内心空虚充满一种莫大的失落感。像长期的精神支柱被猛然抽掉似的，她一时间竟晃悠悠地不知所措了。哀戚中眼前总闪现出件件往事：和母亲初次相见，听母亲娓娓而谈，帮母亲出谋划策，看母亲盛装教子。尤其是当母亲刚才要把自己的罕妃衣冠赐给她时，恍惚间她看到自己竟化成一头孤独的小鹿，正战战兢兢地站在陡峭的山崖间。她恐惧，她害怕，她突然感到自己已融入了那徘徊中的夜风，彻夜地为母亲的离去哀号哭泣着。

察苾，终于在跪伏的亲人中昏厥过去了……

但遵照母亲的遗愿，那纯属民俗古风的天葬仪式还得照常进行。就在察苾苏醒过来的又一个早上，经过萨满巫师的颂咒作法，母亲经过精心梳洗和着装之后，遗体就被平展地放在一辆辆古老的平板勒勒车上。绝对和后来西藏的天葬不同，而是任由一头牛拉着勒勒车缓缓地向"神示的地方"走去。如果在哪儿颠簸而下，这儿就是神示的母亲长眠之地。如果落地再仰面朝天，那就更预示母亲即将升入天堂。但母亲就是任凭怎么颠簸也不落下，似仍对这"生我养我"的草原恋恋不舍。而在即将继位的当今大汗的领头下，众子女和亲人们——包括脸色惨白的察苾——都步行紧跟在古老的勒勒车后，仿佛也在盼这段路能更长更远。

荒野漫漫，显得那么空旷，那么神秘……

突然，眼前闪现出一片葱茏翠绿的草原，四周环绕着碧草如茵的翠岗，旁边还有个清澈见底的湖泊。勒勒车拉着母亲的遗体刚刚进入到幽深腹地，四周的翠岗后忽然先后传来了那古老的蒙古长调。悠扬、哀戚、婉转，无字却交响回荡着追思的深情。其间，是谁家的女孩子在长调中挑头唱出人们的心声——

> 伟大的母亲辞世了，
> 去往那永恒的天堂。
> 茫茫的草原哭泣了，
> 永难忘母亲的慈祥……

【第四章　螳螂捕蝉，黄雀在后】

突然，没有任何征兆，母亲的遗体在歌声中滑落了。头枕着翠绿的草坡，仰面平躺在野花丛中，似在安详地望着蓝天，又似欣慰地在沐浴着阳光。此时，周围翠岗后的牧人百姓都闪现了，他们都是自发前来送别草原母亲的，没有谁能阻挡住他们用长调来抒发自己哀戚的心声。

没做任何处置，只是听任母亲安详地留在原地……

又过了三天，即将身为大汗的蒙哥率众弟和亲人们再次来到这翠岗环绕的草原，已经不见母亲的一丝痕迹了，就像从未有人来这里长眠，竟消逝得无影无踪。唯有湖畔上一群白鹤乍然飞起，似急忙冲向蓝天去报讯。顿时察苾泪如雨下，她也唱起小女孩唱过的那首歌——

> 伟大的母亲辞世了，
> 去往那永恒的天堂。
> 茫茫的草原哭泣了，
> 永难忘母亲的慈祥……

母亲为历史掀开了新的一页，而自己却很快地退出了历史舞台。还应重复一次波斯史学家拉施德对她的评价："她极为聪明能干，高出于举世妇女之上。她具有最充分的坚定、谦虚、羞耻心和贞洁。"而牧人至今也没有忘了她，就把这仙鹤飞起报讯的湖泊称之为"额吉淖尔"，即母亲湖。

蒙哥大汗登基前，亲手把母亲遗赐的罕妃"顾姑"和盛装全交给了察苾。这又激起了她的思念之情，她泪流满面。

忽必烈又要跟着汗兄走了，他将进入汗廷的权力核心。

察苾捧着母亲的遗物远眺着。

未来是祸还是福……

第五章

草原大汗是如何励精图治的

【看点提示】你知道吗？蒙哥大汗是如何驾驭臣下和严控后宫的？他是如何强烈地充满了民族自豪感，并一再坚称"绝不蹈袭他国所为"？——你知道吗？由于妃冠和后冠的重提，终于引发了兄弟间的矛盾，忽必烈为此差点拔剑自刎。——你知道吗？当汗权归于一个家族后，这个家族必然会分化！果然时过不久，朝野奉行的大蒙古主义，已迫使忽必烈开始"驱儒"。——你知道吗？蒙哥大汗认为继承圣祖遗愿就是继承战争，就是继承无休止的扩张。——你知道吗？誓为汗权扬威，他已为三弟远征波斯和南亚做好了战争的准备，他还打算命二弟抚治漠南，为自己将来亲灭宋奠定物质基础。——你知道吗？幼弟除了作为"守灶"的幌子，对他尚构不成威胁……

【第五章　草原大汗是如何励精图治的】

1251年，即蒙古史称的猪儿年，夏初。

蒙哥大汗在汗都哈尔和林正式登基即位，是为"也客蒙古兀鲁斯"第四任大汗。从此汗位的承袭，彻底由窝阔台家系转承到拖雷家系。

治国以严，极具其鲜明的个性特点……

但也必须指出：母亲临危所选定的"从古俗天葬"，似乎也不仅仅单纯是为了"来自草原、回归草原"，其返璞归真的深刻内涵，似乎更超乎了"默默无闻来、默默无闻去"。不但使宗亲贵族为之深感愧疚，也使文武重臣也为此肃然起敬，更使牧民百姓产生了一种莫名的凝聚力。母亲之博大胸怀，即使死后也甘愿化为沙石泥土，为孩子们的未来铺路，为孩子们的未来奠基。

蒙哥大汗当然为之更有深刻的体会……

史称其"刚明雄毅"，随之便严遵母命开始雷厉风行地重振汗国了。在忽必

一统华夏——忽必烈大帝之文韬武略

烈的辅佐下,首先从窝阔台晚期及贵由当政时留下的种种弊端入手整顿朝纲:废"宽纵滥赏"行"严控财赋";停"政出多门"行"集权一身";禁"群臣滥权"行"唯遵汗令"等。更进而任命忠直旧臣镇海与芒哥撒尔为统领大臣,从而很快便恢复了成吉思汗之"札撒"和"必力克"所规定的秩序。蒙哥大汗的做法之所以能"立竿见影",史载关键均在于他"以身作则,律己甚严"。他不仅"不乐燕饮,不好侈靡",而且还常常"日理万机,通宵达旦"。再加上他自己又天生的"威严寡语",而他所用的重臣如芒哥撒尔等也均"忠勇偏执,生性严酷"。故登上大汗之位尚不到一年的工夫,蒙哥大汗便将宗室大权、汗廷阁权、"怯薛"军权,集三权于一体牢牢掌控在自己手中。也算"顺应民心",突出的成就便是让每一个马上健儿又充满了民族自豪感。尤其值得称道的是,在草原汗国内部动乱多年之后,他又高扬起成吉思汗这杆大旗,重提几乎被人遗忘的"圣祖遗愿",致使人人摩拳擦掌更产生了一股强大的凝聚力。

蒙哥大汗在这方面留下的故事很多,下面就仅举几例——

其一,史称他"御臣甚严"。不仅命"必阇赤"耶律铸每日常伴左右,以将众臣功过优劣分记入册作为奖罚用,而且对有功之臣也专门下旨训诫曰:"如果汝辈得到朕的奖谕之言,从此就得意忘形、志气骄逸,那么灾祸能不随之而至乎?汝等诫之!"(原文照录)

其二,史称他"不徇私情"。就连对昔日的统帅、今日之恩公拔都合罕的两项请求也驳回了。他只为了"防患于未然"而诛杀了镇守波斯的旧将野知吉代。对另一项"奏请降赐白银一万锭以购珠宝"之请求,蒙哥大汗竟下谕驳之曰:"祖宗所积之财富,岂能滥赐予诸王?现送上白银一千锭,尚须充今后岁赐之数!"(详见《元史·宪宗纪》)而据史载,拔都合罕接谕旨后也哈哈大笑道:"果不愧为吾选中之大汗!"

其三,史称他"严崇祖法"。虽说斡赤斤谋篡贵由汗位时曾"互为对手",但在他继位之后却唯遵"札撒"和"必力克"。不仅以"敬长之礼"恢复了斡赤斤的封国,而且诏其孙塔察儿继承了王位,迅速平息了圣祖诸子与诸弟的对立,受到了

【第五章　草原大汗是如何励精图治的】

东道诸王的拥戴。由此激发了塔察儿对拖雷合罕"丰功伟业"的怀念，遂率领东西道诸王跪请追谥拖雷合罕为第三任蒙古大汗（史称"睿宗"），并追谥索鲁禾帖妮王妃为"圣母皇太后"。蒙哥大汗似此时方"有暇顾私"，这才"纳议追谥"了。

其四，史称他"事必躬亲"。虽然说他也"藐视汉制"，一封皇后就是四五个之多，但往往独宿于窝阔台时期建成的"御书房"里。只不过把陈列于书架上的儒家经典和中原史籍统统撤掉——他认为此皆父罕被害之祸源——改为一张卧榻以供夜眠。《元史·宪宗纪》对他的"事必躬亲、日理万机"曾有过这样的描述："凡有诏旨，必亲起草，更易数回，然后行之。"这在蒙元大汗中是绝无仅有的，后人曾有过"与始皇帝（指秦始皇）之躬决大政相比，有过之而无不及"之说。况且蒙哥大汗尚有夜读圣祖"札撒"与"必力克"之习惯，常持卷沉思通宵达旦。似已微露从一个极端走向另一个极端的倾向，但其"励精图治"的精神还是震撼了朝野，能不"上行下效"吗？随之便是"朝纲大振"，草原汗国又现昔日雄风。但他似乎还不满足，为彻底尽除乃马真皇后到海迷失皇后"祸乱宫闱"之根，他竟首先从自己的后宫下手了。

名为严禁"穷奢极欲"，其实目的并不仅于此……

这一天，万安宫内格外的庄严肃穆，"不乐燕饮，不好侈靡"的蒙哥大汗突然又要召集一次宫闱密会了。禁卫森严，气氛要比往日任何一次都紧张。参与者不仅有以大皇后忽都岱为首的后宫皇后嫔妃，还有其他三个兄弟的正妃和众多妻妾。蒙哥大汗与忽都岱皇后端坐高台，三兄弟分坐于左右，其余妃众皆俯首席毯而坐于下面。除侍者外极少男性，唯耶律铸与阿兰答儿奉命守候在宫闱之外。

当然，作为忽必烈的正妃察苾也奉命而来了……

当男人威震八方时，女人往往就隐没于其光环之下了。察苾此次前来除了同样是应诏前来聆听圣训外，还有一个特殊的任务，便是将母亲所赐的罕妃王冠及盛装"请"回展示于御案之上。谁料蒙哥大汗一见竟泣不成声，他开始从慈祥的母亲说起，高贵的人品、伟大的母德、历经的劫难、睿智的远见，以及惠及子孙、泽及家系的种种英明举措……人们本以为就此会以母亲为楷模，蒙哥大汗将会为在场的后妃嫔妻妾立下种种规矩,然而谁也没想到他却突然沉默了,刚毅的面孔仿佛凝固了一般。也不知过了多久,才猛听得他大喊一声:"阿兰答儿!"阿兰答儿应声而入,但众皆在惊恐中不知其原因。

只有察苾明白:正的说尽该说反的了……

须知,此时的阿兰答儿已绝非昔日的阿兰答儿了。他的地位越来越高,不仅成为蒙哥大汗的亲信重臣,而且也是审判海迷失皇后谋逆案的主审官之一。又一个挥之难去的后妃级女人,正好拿她当作反面教材。原来,正当蒙哥大汗与众宗王贵族在怯绿连河畔举杯欢庆大局已定时,海迷失皇后仍然不甘心失败而大搞阴谋。她唆使皇孙失烈门暗中策划谋篡行刺,并伪应之成功之后由其入继汗位。武器均密藏于车内伪装成进贡的食物,士兵也手无兵器改扮成进贡的牧人。眼看渐渐接近宫帐大事就要成功,据史载,却被一个皇室鹰夫偶然发现遂致彻底暴露。随之,即派出重臣芒哥撒尔和阿兰答儿率军前往平叛,剿灭后又命二人继续审理此案。追来查去终于揪出了幕后元凶,还是这位"蠹国乱政"的海迷失皇后。

令察苾不解的是,传入阿兰答儿意欲何为……

但蒙哥大汗却自有自己的特点,见之即问:"阿兰答儿!朕问你,是如何将海迷失牵之而受审的?"

众皆愕然,竟不先历数其恶行……

阿兰答儿却坦然而答:"回禀大汗!臣命人用浸湿的生牛皮紧裹其双手,而后再紧扎之。生牛皮遇晒则收缩,任刚强铁汉也难忍其剧痛。更何况乃一女人,能不任人牵之乎?"

蒙哥大汗越见众人色变越问:"又如何令其认罪?"

阿兰答儿又绘声绘色而答:"臣与芒哥撒尔大人,俱深知其阴险狡诈,故命人将其衣饰剥光,令其赤身裸体当众立于血泊之中。其尚曰:'我之肌肤只能裸于贵由大汗面前,怎能任之在大庭广众前出丑?'臣答之:'汝不是曾言每见我一次,夜必梦赤身裸体立于血泊之中?此乃恶贯满盈,长生天之应验!'后果然尽皆招认,只求速死!"

【第五章 草原大汗是如何励精图治的】

蒙哥大汗更加明知故问:"何种死法?"

阿兰答儿仍像摆功一般回禀道:"臣与芒哥撒尔大人,按祖宗成法,将其与叛首失烈门之母,用一张大毡裹将起来,命人托举抛之于波涛汹涌的大河之中,以谢罪于天下!"

蒙哥大汗突然转向众人厉声发问:"汝等都听清楚否?"

除察苾外,上至忽都岱大皇后为首的几位皇后,下至众嫔妃妻妾,莫不吓得从噤若寒蝉中突然惊叫起来:"清楚矣!"蒙哥大汗听后只轻轻说了一句:"那好!"于是便令阿兰答儿退下,又令耶律铸进来。他举止威严,却又显示得"天威莫测"。

又是久久的沉默,只令后妃们个个战战兢兢……

片刻,蒙哥大汗又凝视母亲留下的王妃"顾姑"与盛装良久,这才命耶律铸"笔墨伺候",并当场以谕旨形式为后妃立下三项规矩:

其一,后妃们不准干政,更不准私下擅权,违者当以海迷失下场自省之。

其二,后妃们之衣食消费,均应自律并严加限制,绝不允许恣意挥霍,违者当以海迷失下场自警之。

其三,后妃们均轮幸入宫侍奉,非应诏者不得擅自返回。平时均驻守于各自在草原之"斡耳朵"统领属下诸臣,以教习子孙熟读圣祖之"札撒"与"必力克",并娴悉弓马为己任。

耶律铸记毕,蒙哥大汗又亲为其三改之……

最终,只为自己后宫诸后及嫔妃宣示之,并令她们跪伏接旨遵命而行。表面看来是对诸弟妃妾网开一面,但从今日之"兴师动众"来看又绝非仅为整顿宫闱而已。好在三个兄弟也深知汗兄之用意,当即跪禀回去将立刻效法而行之!

唯有母亲赐给察苾的遗物似被留下了……

不声不响没有任何解释,就连忽必烈也深感诧异,总觉得有点"别有用心"。而蒙哥大汗似乎也根本不予理睬,这半年多来竟仿佛只顾了忙于大蒙古国的长远大计了。就在完成"严厉驭下,强化汗权"的同时,即着手残酷地镇压叛首和惩处敌

· 111 ·

一统华夏——忽必烈大帝之文韬武略

对宗系了。就连窝阔台家系无罪的后裔也被"尽逐出蒙古本土",令其"远迁于大西北祖先原有封地",即今之新疆西部至哈萨克斯坦一带。因从乃马真皇后到海迷失皇后已乱政多年,此举竟在朝野上下颇得人心。但这也开了对皇族贵戚的杀戒,隐伏下西部各大封国日后分裂出去的祸端。而窝阔台大汗的子孙从未放弃重夺汗位的图谋,察合台的子孙竟也有了觊觎汗位的野心。只不过是慑于蒙哥大汗"刚毅雄明"的威望和实力现尚无力还手只能惶惶然做臣服状罢了……随之,蒙哥大汗便在政权逐步巩固的基础上,调整赋税、充盈国库、激发众志、整顿军备。以"大蒙古至上"为号召,竭尽全力地"欲将成吉思汗的对外征服事业继续向最遥远的南方和西方扩张"。为此,他竟行必看"札撒"、言必称"必力克"。正如近代史学家所述,他高傲地"不愿接受任何来自被征服国家和民族的文化影响",甚至公然在汗廷当着文武大臣庄严宣示:"推崇祖宗之法,不蹈袭他国所为!"言之再三,影响深远。更令人不解的是,为此他对蒙古的原始宗教萨满教也坚信不疑,竟虔诚到"凡行事必谨叩之,殆无虚日,终不自厌"(详见《元史·宪宗纪》)。

据说,此乃每日必求圣祖之神示……

但为遵慈母遗愿,蒙哥大汗对诸弟却又颇反映出蒙古人与生俱来的"淳朴宽厚"。明知忽必烈藩邸养了一群"奇形怪状之废物",却尚能睁一只眼闭一只眼而待之。尤其对忽必烈的上奏,据史载"大率言听计从,赐允施行"。而对三弟旭烈兀和四弟阿里不哥就更不用说了,虽禀性各异却绝对的"志同道合"。为进而展现兄弟间"精诚团结",这一天,蒙哥大汗又亲召诸弟围猎。据史载,"性喜走马田猎"乃"身居汗位仍不忘驰骋疆场之志"。

猎获颇丰,大为尽兴,烤肉把盏之余感慨颇多……

蒙哥大汗大有深意先言道:"纵马挥刀,弯弓射箭,听号角长鸣,观猎物四蹿,虽汗流浃背,然岂不快哉?"

忽必烈却谦恭而对:"唯我不谙武功,只射中一獐一狐耳!"

蒙哥大汗大笑曰:"嘀嘀!遥想当年,二弟也是以'不谙武功、难以驭兵'书告为兄,当即被朕识破,此乃尊兄敬长之言!不懂运筹帷幄,焉来贤王之称?二

【第五章　草原大汗是如何励精图治的】

弟，禀性不同，朕将用吾弟之所长！"

阿里不哥傲然道："吾之所长，厮杀于疆场！"

蒙哥大汗抚慰曰："吾弟虽尚年少，却已代为兄多次主持封地事宜。汝之二兄、三兄即将远负重任，朕岂能再失左膀右臂乎？"其实早在此前，为突显其"唯崇祖制"，他已多次暗示将对幼弟当"灶主"重用。故下面也有人呼应，已开始称阿里不哥为"少汗"了。

旭烈兀却保持中立问："吾之西征，何日出发？"

蒙哥大汗借以盛赞道："问得好！吾等的父兄们，过去的君王们，每一个均建立了自己的功业，攻下了某个地区，在众人中提高了自己的名声！没有战争哪有大蒙古，没有大蒙古又何来吾等？成吉思汗的每一个子孙都应是天生的征服者，为大蒙古继续开疆拓土将是吾等永远的天职。快了！无论是蓄势待发，还是突然奔袭，吾等均将以辉煌战功以证明拖雷家族无愧于大汗之位！"

极具煽动性，似可视之为硬实力的又一次崛起……

但蒙哥大汗虽被史称"刚明雄毅"，却绝非是"有勇无谋"。在向亲兄弟们透露之前，即做过长时间的思考。围猎之后又做过周密的布置。如旭烈兀颇具统帅之才，他就为之配足兵马。于东西道诸千户中每十人抽二人，以充实军力迅速突袭波斯并不断扩大战果。而忽必烈则擅长运筹帷幄，他便为其广选良将。由于漠南汉地情况颇为复杂，又是草原腹地的粮食与银库，他竟授权忽必烈可见机行事蓄势待发，以最终彻底灭掉"南家思"（即南宋）。由此可见，蒙哥大汗虽已摈弃儒法，却似仍不忘圣祖遗愿。只不过"入继华夏大统"改成了单凭硬实力，重归无休止的武力征服！

但不管怎样，古今中外的史学家尚对他的评价不低——

《世界征服者史》中说："游牧君主和蒙古大汗的属性，始终在蒙哥身上得到了完美的体现和延续。"

波斯史学家拉施德则说："他具有强烈的蒙古中心主义和骄傲感。"乃"继成吉思汗之后又一代杰出的蒙古君王"。拉施德，曾以色目大臣的身份亲身经历蒙元几代的风云变幻，他之观点尚客观可信。

中国近代学者更总结说，他是"入继华夏大统"的探路人。

只不该母亲所赐遗物尚且迟迟未能赐还。

察苾焦虑地等待着……

察苾对母亲的遗物迟迟不还是很焦虑的……

但这仿佛并不是对蒙哥大汗的不信任，而是焦虑着从中折射出的时局变幻。要知道，母亲走了，四兄弟凝聚力的核心也就失掉了。尤其当大汗之位彻底转移到拖雷家系之后，四兄弟的"精诚团结"开始日渐涣散。故有史者曾预言：当汗权终归某个家系后，这个家系也就开始分化了。

始作俑者是幼弟阿里不哥……

察苾早已知晓，当年第一个以"灶主"身份喊冤叫屈的便是这位幼弟。他对母亲和蒙哥撮合成自己与忽必烈这桩婚姻颇为不满，竟莫名其妙地和忽必烈感情疏远起来。后来多亏了按陈王知晓后，将弘吉拉草原另一位出众的美女——父亲庶弟之次女乌日娜嫁于他，再加上日渐年长逐步问政，矛盾才日渐平息。但见到察苾仍显得别扭，对忽必烈也心存隔膜。只不过傲然以待，尚且相安无事。只不该母亲临终时又将自己的王妃"顾姑"及盛装均遗赐予自己，这才又在宫闱间暗中掀起一场轩然大波。

谁也没想到，推波助澜者竟会是两位汉臣……

阿里不哥是一位典型的大蒙古至上主义者，甚至比其长兄蒙哥大汗还要有过之而无不及。但他的家臣中并不乏汉人，只要能为大蒙古精忠效力者皆可不被视为异类。如他手下有一员悍将刘太平即为汉人（有史可查）。刘太平为中原世侯之子，自幼即入质于汗廷，通晓蒙古语蒙古文，汉字却不识一个。而娴熟骑射勇于格杀，

【第五章 草原大汗是如何励精图治的】

凶悍之处已绝不亚于顶尖级的蒙古骁勇。已为其娶十五个蒙古女子为妻妾，生子更早不知汉话汉字，心中唯有大蒙古至上了。典型的以蒙化汉，蒙哥大汗登基后已升任汗廷重臣。再一位便是索鲁禾帖妮为幼子请来的真定名士李槃。小时候是他授教于阿里不哥，长大却是阿里不哥授教于他。既然已"忠臣择主而事"并娶蒙古妻习蒙古语，似也只好将儒学"活学活用"于解释成吉思汗之"札撒"与"必力克"了。典型的以蒙化儒，早已随主子上调汗廷成为其漠南事务之顾问了。原本，阿里不哥对遗赐之事并未放在心上，认为这只不过是母亲对察苾侍奉的一种回报罢了。而经这两位一加点拨，阿里不哥似顿觉问题是如此严重。

　　至此，察苾尚不知己变生叵测了……

　　刘太平首先为阿里不哥打抱不平道："当今大汗唯崇祖宗之法，将少汗留在身旁大有深意。按祖宗遗制，母后遗赐悉数当归幼子所有。二汗为何佯作不知？似藐视'幼子守灶'之权！"

　　阿里不哥一怔，已引起警惕……

　　李槃却从旁更深入解释道："依臣看来，其他遗赐尚且罢了。而此乃圣母皇太后之王妃'顾姑'与盛装，持有者完全可借此歪曲圣意以待来日。更何况！乃马真皇后早已赐其皇后'顾姑'一顶，少汗再不能对此事掉以轻心！"

　　冠即汗权的象征，阿里不哥更感问题之严重了……

　　察苾还是不知。而更不该的是，却有一件事的发生竟又完全转移了她的注意力。那一天，三兄弟陪长兄蒙哥大汗围猎归来。忽必烈一回到自己的藩邸后，察苾便看出他两眼红涩，便边为之脱盔解甲边问："今日围猎，莫非一直暴晒于烈日骄阳之下？"忽必烈答："正是！双目无遮无掩，尽受强日逼射。灼痛之余，又加头盔旁之汗渍，实在难忍！"察苾又问："那内穿蒙古袍何至撕裂？"忽必烈答："袍之前摆后裙常纠扭在一起，平时尚有暇顾及，今日随大汗逐鹿荒野，哪再有暇顾及？踏蹬张弓之间难免撕裂！"察苾似在自语："唯崇祖制，就是唯崇征服？"忽必烈答曰："我也正苦思良策。漠北尚且如此，漠南更是骄阳如火，且征途漫漫，当早做准备！"察苾沉默了，似已开始想象亲人在烈日下的征途驰骋。女人能做什么呢？似乎也只能在针线上注入自己的深情。

察苾绝没想到，日后会在军事上有如此重大的意义……

而就在一个女人转移焦点，正想方设法为男人改良头盔和战袍时，却有一个男人反其道而行之，正在为皇后与王妃之头饰和盛装大闹于深宫。阿里不哥竟当着应诏进宫的三兄长旭烈兀之面，开始向蒙哥大汗倾诉起自己的怨恨和愤懑来了。从"唯崇祖制"说起，继而又谈到为何有人故意"佯装不知"，最后终于点明了有人既私藏有皇后"顾姑"又接受王妃"顾姑"，其居心何在？很显然这个"有人"是指忽必烈……其间，老三旭烈兀是个颇具个性之人，史载其"骁勇善战，终日无语"。他既看不惯阿里不哥以"幼子守灶"为名骄横跋扈，又看不惯忽必烈以谦让为名矫揉造作，更不想成为权力场上兄弟纷争的一分子。唯崇拔都，只愿早日开始第三次西征为自己打出一片自由天地。而今天似乎再也听不下去了，竟罕见地开口道："四弟！不就是女人头上的一些玩意儿吗？额吉爱给谁就给谁，何必大惊小怪伤兄弟间的和气呢？"而阿里不哥一听则更动怒了："旭烈兀！你是一匹吃了醉马草之劣马，除了打仗你什么都不懂！冠者，汗权之象征！私藏乃马真皇后之'顾姑'乃是和窝阔台家系仍藕断丝连，接受额吉'顾姑'乃是对祖制的极大蔑视！再看他手下那批'奇形怪状的废物'，真不知拿此会做出何等危及大汗之位的文章来！"旭烈兀真算得条汉子，见话不投机便及时向长兄蒙哥大汗请辞告退了。

但蒙哥大汗却仍在听，仍在思考……

而此时的察苾却似乎早忘却了或后或妃之"顾姑"，而只顾了成天捧着忽必烈的头盔和战袍琢磨着。后来，她竟又动员了塔腊海与伯要·兀真一起来制作，仿佛要把三个女人对一个男人的爱全集中起来加以突破。还应当特别指出，忽必烈也果不愧是一位驾驭女人的高手。对伯要·兀真绝对是"度量弘广"，绝口不提及她的任何往事。临幸时仍只顾给予她极大的满足，故她私下曾对察苾说："王每临幸一次，足可让伯要·兀真耐一月饥渴！"而对塔腊海却似别有一番风情。虽其相貌资质均很平庸，但在"年龄最小""乍显纯真"上却占有上风。现已初尝滋味不大呼小叫了，却在畏畏缩缩间使忽必烈尽享征服者的快感。现伯要·兀真已得一子，

【第五章 草原大汗是如何励精图治的】

塔腊海已育一女,似每个人的"斡耳朵"里均充满了欢乐。而使众妃们和谐相处的核心人物还是察苾,不搞垄断,不搞霸权,也不搞专宠。她不但仍然照料着已故的帖木古伦大妃的"斡耳朵",甚至对另外两位王妃的宫帐也悉心关照着。比如塔腊海,察苾就为其多配备老成之侍女以突显她的纯真。而对伯要·兀真,察苾则建议其多引入其娘家西域地区之舞乐以突显她的魅力。更重要的是绝不专宠,每月总会按时遣忽必烈前去"尽职尽责"。当然,还得回来酣睡于身畔那是另外一回事了。总之,做女人难,做古代后妃级的女人更难!但由察苾之处理尚符合古代宫闱之标准,故伯要·兀真和塔腊海一听头盔与战袍之事竟积极性空前高涨。

而在万安宫内,蒙哥大汗却仍在苦苦思索着……

阿里不哥终于悻悻而去,但那两顶后妃级女人的"顾姑"却始终在他眼前萦绕着。尤其是乃马真皇后所赐的那一顶……应当说,此时的蒙哥大汗由于其"励精图治""强化汗权""严于律己""整肃后宫",乃至其"唯崇祖宗之法,不蹈袭他国所为"种种作为,已为他在蒙古母地以及东西道诸王间树立了极高的威信,甚至就连马背民族重现成吉思汗的辉煌也寄希望于他。然而,他可以"严厉驭下",却无法使自己的兄弟"精诚团结"。正当他策划重现圣祖辉煌之时,后院却先失火了。阿里不哥这一闹又戳到了他心头的痛处:忽必烈竟还私藏着和窝阔台家系藕断丝连的皇后"顾姑",其用心何在?莫非也想里勾外连觊觎汗位?但几经思忖又觉得和忽必烈的性格似不相符,遂请曾辅佐母亲的右相芒哥撒尔密谈。芒哥撒尔,圣祖时即以骁勇闻名,曾随拖雷征战多年,所立战功颇多。拖雷死后,唯其忠心不改。他不但帮助索鲁禾帖妮渡过重重难关,而且在拥立蒙哥中也功不可没。现为汗廷二首辅之一。然而,谁料这位昔日的顾命家臣听后竟言道:"陛下!恕老臣直言,此均乃闲极无聊造成的!如早按圣上旨意派他们南战西征,何至有此等无事生非之事?"蒙哥大汗曰:"总不能全打发走吧?"芒哥撒尔答道:"那就依祖制'幼子守灶'办,命阿里不哥接掌吉里吉斯封国之权。大权在手耳旁可少些聒噪。他肩负重任也多些历练。"蒙哥大汗又说:"朕之三个兄弟中,最倚重者乃忽必烈,最不放心者还是忽必烈!"芒哥撒尔应之曰:"老臣明白,陛下还在为两顶

一统华夏——忽必烈大帝之文韬武略

'顾姑'忧心,依老臣看来,还是直接挑明加以了断为上策。那项王妃'顾姑'因陛下已登汗位,似可不必再为此多虑。唯乃马真监国所赐皇后'顾姑',可将'佯装不知'的忽必烈招来问个明白!"蒙哥大汗似自言自语:"如有万一,将如何向母后在天之灵交代?"芒哥撒尔突显严酷本性道:"陛下当然不能手沾兄弟的鲜血,可代杀一人以警示之!"

蒙哥大汗嘱其切勿外泄后,沉思了……

而几乎与此同时,察苾在藩邸已和伯要·兀真与塔腊海,终于为男人的头盔与战袍搞出点眉目来了。察苾从牧羊女手搭凉棚远眺羊群得到启发,首先解决了头盔的缺陷。继而又反复在马背上找战袍的毛病,终于解决了征战时多有不便的问题。总之,她是总设计师,而伯要·兀真和塔腊海是帮忙制作者。三个女人一台戏,嘻嘻哈哈间竟完成了一项蒙古铁骑历史性的改装任务,即史载"后为头盔前加帽檐,既遮骄阳又显示壮观"。"后又制作一种战袍,起名'比甲'。前有下身,但无衣襟。后身为前身两倍,但无领及衣袖。缀以两襻,征战狩猎均很方便,时人争相效仿之"。但综合上述,似仍很难见"比甲"形制。各类史书均点到为止,似只能凭人想象了。但国外史学界已早有人指出,"比甲"即"马甲"之前身也。但不管怎样,当忽必烈试戴试穿后,竟纵马于骄阳下驰骋一回方才尽兴而归。(详见《元史·后妃传》)

只可惜!他为家有贤妻骄傲得过早了……

翌日,忽必烈便被召进了大汗的御书房。只见得蒙哥大汗似正在俯案批阅奏章,而以严酷闻名的右相芒哥撒尔却似正欲审问一位犯人。再往下一看,地上还跪伏着一位战战兢兢的大臣,单从背影就可判认出乃汗廷的"必阇赤"耶律铸。往日大汗起诏批奏的御书房,今日却突然又兼私密的审讯室,还特别地召自己前来,忽必烈顿感问题严重了。他立马摘冠解带搭于肩上,准备向威严的长兄行君臣大礼。谁料此时的蒙哥大汗却意外地从奏章上抬起头来,似这才发现二弟就在眼前,带着几分亲情,又带着几分无奈,竟挥了挥手说:"大礼就免了罢!二弟,就坐在为兄身旁,且听朕如何还吾弟一个清白!"清白?什么清白?忽必烈绝没有想到事态意

【第五章 草原大汗是如何励精图治的】

如此迅猛地向自己发展。

但私密的审讯已经开始了……

芒哥撒尔单刀直入便问："耶律铸！你可知罪？乃马真皇后监国三年，明明为赐婚之物，你竟胆敢记为：监国赐其皇后'顾姑'一顶！特冠'皇后'一词，你意欲何为？"

忽必烈终于恍然大悟了……

但耶律铸已在俯首而答："乃马真皇后监国三年，微臣尚未任'必阇赤'一职，他人做何记述，微臣岂能知之？"

忽必烈欲为代辩，却被蒙哥大汗制止了……

果然芒哥撒尔更有说词："大胆耶律铸，尚敢狡辩！大汗不究你为乃马真皇后宠臣，继续任用你为本朝'必阇赤'。你本该正本清源上报汗廷，而你却至今隐匿不奏于大汗。莫否仍和窝阔台家系余孽藕断丝连，欲借'皇后'二字以待来日祸乱宫廷，离间皇室？"

忽必烈只觉语如剑锋，剑剑专刺己心……

而芒哥撒尔已再不给耶律铸辩白的机会了："好一个大胆的耶律铸！你竟敢把圣母皇太后赏赐之'顾姑'改称为遗赐！遗者传也。表面你佯装不知，暗中却早已故违祖制引发多方猜忌！似为内奸，用心何其毒也！"

忽必烈心头滴血，顿觉眼前一片黑暗……

蒙哥大汗这时却罕见地发话了："足矣！足矣！足以还朕之二弟清白矣！作祟者乃奸佞小人，而非谬传之皇室不和！即传旨诏告天下，此均为寻常赏赐之物，若再以后冠或妃冠惑众者将严惩不贷！而耶律铸之陷朕二弟于不义之罪，按'札撒'将如何处置？"

芒哥撒尔厉声应道："杀无赦！"

"且慢！"忽必烈终于挺身而出了，但仍极其有礼有节，"微臣深知大汗之良苦用心，并感谢大汗网开一面不杀之恩！"

蒙哥大汗似感意外："二弟！看你说到哪里去了？"

"启禀大汗！"忽必烈这回干脆跪伏于地道，"微臣自幼学读'札撒'得知，凡治罪必先取其罪证。而今日治罪耶律铸的两项罪证，一项皇后'顾姑'，一项王妃'顾姑'，却均长期存留于微臣忽必烈之家。耶律铸既非宗室贵族，又非皇家子弟，仅仅为汗廷之一文笔小吏而已。只拿他说事，恐难服天下之众。而拿忽必烈论之，则芒哥撒尔大人所述条条罪状似尚可说通。为重振我大蒙古'札撒'计，微臣甘愿献出此颗头颅，代耶律铸……"

所料耶律铸却击地高呼："不可！臣甘愿伏法，甘愿伏法！"

而芒哥撒尔的偏执也是有名的，顿然怒喝："来人呀！把耶律铸给我拉出去砍了！"

忽必烈突然横刀于颈说："谁敢？吾将自刎以见父罕与母后于地下！"

御书房内一时间变得死寂无声，众人都仿佛凝固了似的一动不动。忽必烈只觉得天意难测：昨日尚在为男人的头盔和战袍得以改进欣喜若狂，今日便为女人的两顶'顾姑'落此下场！而顾命老臣芒哥撒尔也一时手足失措了。昨日尚觉此计必大获成功，今日自己之严酷偏遇上了个不畏死的宗王。唯有"刚明雄毅"的蒙哥大汗看出了此事必有蹊跷：往日之忽必烈处处温良恭俭让，今日却给台阶不下反倒大包大揽甘愿伏法？

必有隐情！必有隐情……

为此，蒙哥大汗难得地表现出一次大度。宁舍大汗的威严，也要突出长兄的风度。他亲自拿下忽必烈的横刀之后，竟抚肩劝慰道："芒哥撒尔，老臣也！自幼即看吾等兄弟长大，难免为吾弟之事操之过急！现朕姑且赦免耶律铸，弟有何委屈尽可对为兄一述，朕与芒哥撒尔大人愿尽闻之！"

芒哥撒尔首先被感动了："真圣明天子！"

"芒哥撒尔大人！"忽必烈也抱拳而言道，"恕臣侄方才之不敬！然臣侄从未忘记在我家系危难之际辅佐之恩。臣侄今日之失态，纯属另有其他原因，还盼见谅，他日臣侄将亲自登门谢罪！"颇得儒家真传，竟使严酷老臣感激涕零。

蒙哥大汗也深感满意，说："二弟！那有话就说吧！"

【 第五章　草原大汗是如何励精图治的 】

　　忽必烈这才忙跪伏在地，说："臣弟首先要叩谢大汗恕罪之恩，他日还将身披毡帘亲自当众向大汗谢罪！（披毡帘谢罪乃蒙古民俗）而臣弟之如此心甘情愿这样做，皆因大汗圣明敢于纳谏。弟等不知长兄身为大汗之难，还在添乱，实在深感惭愧。非臣弟跪伏不起，乃羞于面对君王之大度！"又是儒家精髓，蒙哥大汗也颇感惬意，当即赐座命他起来说。而忽必烈又请芒哥撒尔先坐，"大丈夫能屈能伸"之伎俩运用得十分娴熟。就连耶律铸也沾了光，不但暂无杀头之虞，还奉命可以站起行"必阇赤"之职。

　　芒哥撒尔感叹了："从小看大，果不愧贤王！"

　　"启禀大汗！"而忽必烈却偏偏从另一件事说起，"非臣弟推卸罪责，今日之失态确另有原因也！臣弟前来见驾，本来是想禀报大汗一个喜讯……"

　　蒙哥大汗的态度更加和缓了，说："说来听听！"

　　忽必烈趁势说："大汗准备再现圣祖昔日之辉煌，弟等体察圣意也在为南伐西征精心备战！越往南越骄阳灼目，战袍缠身，故日思夜想以解决之。多亏察苾及众妻妾协力相助，终于制成了可遮阳的头盔及便于纵马的'比甲'。察苾已为圣上专制一套，正欲请陛下何日狩猎不妨一试！"

　　蒙哥大汗大悦，道："又是察苾！"

　　忽必烈一见时机已到，接过话茬就说："福也是她，祸也是她！没有她接受两顶'顾姑'，何来今日之飞来横祸？芒哥撒尔大人！以臣侄看来此事本来很好解决。忽必烈既是臣又是弟，哪有对大汗不忠之理？如有谗言，您作为父辈老臣完全可向臣侄问问两顶'顾姑'的去向或传闻，臣侄绝不敢向父辈老臣有所隐瞒。现一顶已被大汗请回整肃后宫，另一顶，唉！不说也罢！"

　　蒙哥大汗反倒高度注意了，说："为兄倒想听个明白！"

　　忽必烈这才详细解释："察苾与母后感情极深，一向将母后之'顾姑'与盛装供奉于'斡耳朵'正中，视之为神物。不但未动用过一次，而是一天三奉香叩拜，称之为代吾等继续为母后尽孝。而对乃马真监国所赐之'顾姑'，因厌其人反将其弃之于仓包。那年臣弟奉母后之命顶替大汗参加伊犁河畔之'忽里台'，顺便就将其作为礼物带去了。哪想拔都合罕与其正妃一见便大喜过望,随之竟向臣弟发下那么重的誓言……"

蒙哥大汗似仍在怀疑,问:"后冠送给拔都?那他为何对朕连谢也没谢过?"

忽必烈竟慨然而答:"拔都合罕何等人物?大汗之位不比千千万万个谢字更有分量乎?圣上如若不信,可差专使飞马驰问!"

蒙哥大汗感叹道:"那吾弟为何也从未向朕提过?"

忽必烈答之曰:"人常言,兄弟间乃手足之情,岂闻之手抖缰时尚需告知脚,吾在替汝抖缰,脚踏镫时尚需告知手,吾在替汝踏镫?手足之情,心心相印。况且父亡长兄若父,圣上本当就该入继大汗之位!"

芒哥撒尔竟然热泪盈眶了,说:"老……老臣多年心血没白费啊!"

蒙哥大汗彻底释怀,喜悦之情溢于言表,竟破例地在御书房奢侈一回,高声呼曰:"来人,传宴,尽上珍馔美酒!"君臣相聚甚欢,推心置腹谈至深夜。竟谁也没有涉及过阿里不哥只字,可谓圆满矣!只有耶律铸如梦似幻,至此仍不敢肯定脑袋是否尚在自己的脖子上。唯有一点是真真切切的,那就是大汗之谕"此均为寻常赏赐之物,若再以后冠或妃冠惑众者将严惩不贷!"照样一字不改,原封不动地诏告天下!

一场虚惊就此过去了,但救命之大恩却永生难以报答。

而蒙哥大汗却又重启了一个新的话题——

关于那群"奇形怪状的废物"……

三

母亲所赐的遗物,好像就此已经画上句号……

察苾是从耶律铸前来相谢救命之恩得知的,原来那天的君臣兼兄弟相会竟有如此凶险。横刀向颈,忽必烈为坦诚心迹差一点就自刎于大汗兼长兄面前。察苾向来

【第五章　草原大汗是如何励精图治的】

看惯的是忽必烈的大度从容，却从未想到过他会有如此壮怀激烈之举。而他大醉归来竟只字未提倒头便睡，第二天再一起来便又再现了一个"度量弘广"的忽必烈。后来她也私下问于枕旁，谁料忽必烈又搬出了母亲那句老话反而安慰她道："忠于大汗！忍耐，等待……"仅此而已，极少哀怨。

不能不令人钦佩，察苾只觉爱之愈深了……

虽遗赐之物似乎是画上了句号，但兄对弟之疑虑却远远没有解除。据耶律铸所述，蒙哥大汗多次声言"唯崇祖宗之法，不蹈袭他国所为"。而昨日夜宴也因之多谈宗王藩邸那些"奇形怪状之废物"，劝谕颇多，警示颇多。因宗王不体谅其用心良苦，甚至钦命他重读圣祖的"札撒"与"必力克"。察苾听后慨然长叹了："一个'思大有为于蒙古'，一个'思大有为于天下'，取长补短，尚可并容。然唯恐有人挑唆之，再变生叵测！"耶律铸无言以对，只好匆匆告辞了。也难怪！蒙哥大汗的汗权是建立在"大蒙古至上"基础上的，焉能容得"异端邪说"向自己的权威发起挑战？权！说到底还是为了个权！

奇形怪状的废物？废物未必，其他却确如所言……

在忽必烈的藩邸里这批侍从谋士，的的确确在汗都哈尔和林颇引人侧目：有的着僧衣，有的着道装，有的披蒙裘，有的穿汉服，有的衣着半蒙半汉，有的穿戴似文似武。有的光头，有的长发，有的嘴上无毛，有的却蓄着浓须。即使连蓄须也分门别类：有的仅上唇留"八"字胡，有的则蓄五绺长髯，有的乃莽汉式浓密的络腮胡子，有的乃西域人经修剪的连鬓短须。而且他们还，有的白眼看人，有的则低眉自吟，有的高傲寒酸，有的则摇头晃脑。但也有一个共同点：肩不能挑担，手不能提篮，既不会放羊，也不会套马，更不会拉骆驼。其中大多为中原所来之汉人，但又绝不乏女真人、契丹人、畏兀儿人，甚至蒙古人等。故将忽必烈这批藩邸侍臣称之为"奇形怪状"，似并不过分。

却和新兴汗都格格不入……

须知，哈尔和林发展至今已颇为繁华了。除巍峨的万安宫外，各宗王贵戚的豪宅也纷纷建起。而与之相适应的酒肆、饭店、珠宝铺、脂粉店、粮行、柴市、盐

一统华夏——忽必烈大帝之文韬武略

帮、茶庄，甚至连青楼妓院也随之应运而生。唯和中原城市不同者，城郊则是里三层外五层密密麻麻的蒙古包。而稍远尚不乏一座座宗王级的"斡耳朵"。这说明城里府邸只为摆谱，此才真为享受休闲之地！虽多有中原制式建筑，仍是典型的草原蒙古城市。故这群"奇形怪状"之人物，确实与行走在闹市间的宗亲贵族、"怯薛"行伍、文武官员、行商富贾、王孙公子、贵妇小姐、侍女仆从等相比，显得"异类"而且引人注目。为此，大多人皆同意阿里不哥宗王之说，一群"奇形怪状的废物"。更有甚者则称此乃"贤王贤痴"，养了这么一批专门靠嘴皮子混饭吃的文人叫花子。

而忽必烈却暗中视之为"国之瑰宝"……

确也如此，这批人中是出了不少日后大元王朝的开国勋臣。但首先应提到的是，即1242年就成为忽必烈贴身侍从的赵璧。赵璧，汉族，今山西怀仁人。金末活跃于北方之年轻名儒，忽必烈一直昵称他为"秀才"，并命察苾亲手为其缝制皮裘，肩负重要使命之一便是："驰驿出使四方，广诏天下名士"。故这批"奇形怪状的废物"之出现，大多均与他有关。忽必烈命他习蒙古语蒙古文，在马背上译讲《大学衍义》。入元后曾在一封诏书中这样夸他："素闲朝政，久辅圣躬，柱石庙堂，经纶邦国！"此是后话，但当时却确为这帮"奇形怪状的废物"之统领。当然，察苾也为其常做示范。如后到的一代大儒许衡性格孤僻古板，察苾就常用从元好问那里学来的棋艺与之"手谈"。为此不但挽留住了刘秉忠、王鹗、张德辉、李治等一批杰出的"亡金名儒"，而且又延招来一批绝对能影响蒙元帝国进程的重要人物，如姚枢、廉希宪、窦默、郝经、张易等。（详见《元史·赵璧传》）

其中只挑三位略加介绍……

姚枢，汉族，今辽宁朝阳人，生于今山西汾阳。自幼即苦读儒家经典，青年时便有名儒称其有"王佐之略"。窝阔台大汗与海迷失皇后时期曾两度应诏北上，后均因"未得明主"弃官而归。虽仍"戎服虬髯"，但隐居中却以刊印儒家经典为己任。广络知友与门生，是为北方理学领袖之一。此次应诏随赵璧北上，见忽必烈"聪明神圣，才不世出，虚己受言，可大有为"，就留于藩邸甘为谋臣。又因其通

【第五章　草原大汗是如何励精图治的】

晓蒙古语，并能兼顾蒙古宗王的认知与接受程度，忽必烈"奇其才识"颇为倚重。史载"动必见询"，很快便难离宗王左右了。（详见《元史·姚枢传》）

廉希宪，畏兀儿人，世代贵族。其父布鲁海牙随国主降服成吉思汗后，遂举家移居于燕京。虽笃信伊斯兰教，但儒家学识也颇深。因布鲁海牙曾任"燕南诸路廉访使"，故择"廉"为姓，生子取名廉希宪。而史载廉希宪"自幼魁伟，举止异凡"，"因其父崇尚儒学，故广延名师教其读经"。1249年随其父赴汗廷述职，经赵璧举荐入侍于忽必烈的藩邸。时年19岁，已蓄连鬓短须。因其伴驾之余总是手不释卷，故得到忽必烈的嘉许并称其为"廉孟子"。史载此"广为传播，伴其终身"。然其武功也非同小可。有一次国之近侍们在忽必烈面前校射，欲取其腰插三矢，廉希宪喝止曰："汝等以为我不善射乎？"遂取强弓一试，谁料三箭皆中。忽必烈赞曰："文武全才，吾又得一儒将也！"后果在大元王朝创立时，文武均能独当一面，累建奇功。（详见《元史·廉希宪传》）

郝经，汉族，今山西陵川县人。自幼即"好学敏思"，不尚程朱性理之学，似乎是一个传统孔孟儒学的探索者。金亡之后客居保定，好像仍想在中原"择主而事"。曾在汉族世侯张柔家塾任教，但不久便大失所望弃之而去。幸遇赵璧奉察苾王妃之命来请恩师元好问漠北一见，遂随同这位北方文学巨擘来到汗廷。一见忽必烈竟如姚枢感受一般，后单独留在了藩邸成为重要谋臣之一。史载其"上溯洙泗，下迨伊洛诸书，经史子集，靡不洞究"，但忽必烈却尤喜其"不学无用学""不作章句儒"之说。而其也曾面对宗王慨言自己的抱负："务为有用之学，以复兴斯文，道济天下为己任！"故有相见恨晚之感。果然，在日后献策中"上下数千年，旁征博引，援据古义，多为救弊更化之良策"。而忽必烈则也"喜其所言，凝听忘倦"。后在大元王朝大一统华夏之中，郝经确系功不可没的重要功臣之一。（详见《元史·郝经传》）

除上述几人外，《元史》中还有很多类似的人物记载……

但有一点必须说明，来投奔忽必烈的儒生士人各自的目的也有不同：有的为了获取赏赐，有的为了谋取官职，有的为了免除本学派门人的劳役赋税等。当然，

一统华夏——忽必烈大帝之文韬武略

也绝不乏希望"改善民众生计,以恢复华夏的统一与秩序"的有识之士,以及暗怀"以华化夷,促使蒙古人逐渐汉化"之远见高人。比如,此次金代文学巨擘元好问奉诏北上,赵璧等就曾私下劝其留下为臣,曾对其曰:"王佐尚可断臂以入金营,难道元公不可屈志免为贰臣乎?当今贤王果贤,大汗也颇看重元公之到来,何不借此以推行孔孟之道,教化以仁治国,蒙汉均大一统于儒家学说之下,以利天下苍生,何乐而不为之?"但最终还是被元好问以"人各有志"婉拒了。以现代人的眼光来看,当可视之为一种"软实力"对"硬实力"的图谋不轨,或也可称作是一种"软实力"对"硬实力"的私下交锋。只不过当时尚无这种现代意识,顶多只能认识到"以柔克刚"或"以华化夷"这个程度罢了。更何况,根本不懂得调动其他"软实力",竟对那么重要的"商旅文化"也鄙弃之。故后世才有了"秀才造反,三年不成"之说。

一时间,忽必烈竟成了他们凝聚的绝对核心……

也难怪!往上且不说,仅辽、金两代就已经入主长江以北数百年了。契丹皇帝、女真皇帝轮流坐庄,早已使北方的汉族儒生士人习以为常了。好像是在明代后才又特别重提"异族入主",而在当时大多数儒生却早已"择主而不择族"了。契丹人完了,女真人完了,现在又来了蒙古人,当然这回儒家门徒也只好押宝押在某位可称"贤"的蒙古宗王身上了。还应当指出,从全球范围来看,自汉武帝"罢黜百家,独崇儒术"以来,儒家学说历经千余年,早被历代封建帝王规范成为一种行之有效的统治之道。经久不衰,挥之难去,这在世界史上也是独一无二的。难怪忽必烈竟如此珍视这批"奇形怪状的废物",这起码说明他仍在为"入继华夏大统"暗做准备。但儒生也有自己的弱点,总在寻找主心骨,还常被统治者捏来揉去演出"变形记"。再加上"文人相轻"也是儒生们常演的好戏,故忽必烈的幕僚们又渐渐分化为:邢州术数家群、理学家群、金源文学群、经邦理财群、宗教僧侣群、王府宿卫群种种。这倒不坏,绝对有助于维护忽必烈至高无上的核心地位。(详见《元史·世祖本纪一》)

元好问终于提出又要告辞了……

【第五章　草原大汗是如何励精图治的】

忽必烈一向对所有来投者,大体是礼贤下士,虚己而问,兼容并蓄,绝不明显地抑此褒彼。即使对若有所求者,也尽量满足礼让相送。对个别不友好不合作者,也不多加责怪更不发火。尤其对察苾的恩师元好问,则更加虚怀若谷恭敬有加。常于一旁看师徒二人重拾棋艺,似也想从黑白之间寻找为人之道。又因元好问誓不甘为贰臣,还曾求教于王鹗该当如何称呼。王鹗对曰:"不折其志,而又突显其才,可称之为:诗翁!"果然如此一叫,元好问大为满意,竟与张德辉等尊忽必烈为漠北"儒教大宗师"(详见《元史·世祖本纪一》等),然其深刻用意却在于进一步"教而化之"。但忽必烈为了察苾还是"欣然受之",似乎也在于"教而化之"使这倔老头留下。最终元好问在盛情款待下似再难以招架,在反复推荐郝经如何有经天纬地之才后要告辞了。察苾闻之伤心地问:"恩师!为何非离察苾而去不可?"元好问回答:"今非昔比!昔日元好问在按陈王帐前是为奴,今日若留王妃藩邸则是臣!老朽一生唯余这把老骨头,还请王妃了却老朽这桩心愿吧!"察苾又问:"那为何偏又举荐郝经?"元好问再答:"其尚未为人臣,故不存背主之嫌。治世需能人,荐之纯为百姓苍生!"察苾垂泪无言以对,似也只好设法一拖再拖。却谁料事态竟出人意料地发展着,想拖延也再难拖延下去了。这一天,也不知是触动了哪根神经,蒙哥大汗竟决定于明日早朝召见元好问。

是耶律铸亲自前来传旨的……

原来,蒙哥大汗开始听说并未在意,但这一日退朝后,经人提醒便蓦地联想起往事当即重视起来。"青涩的果子难下口,聪明人应等瓜熟蒂落",还有那"不战而屈人之兵为上策"种种,均好像是出自这老头子之口。在人生的关键时刻,都起过扭转乾坤的作用。圣祖成吉思汗尚用过异族的耶律楚材,自己为何不可用用这个异族老头子来装点门面以推行自己的大蒙古至上?随之便召耶律铸进宫,餐桌前便拟定了一道诏旨:任命元好问为汗廷汉臣总领班,并特赐贵戚豪宅一座。并命耶律铸将圣旨连夜送至忽必烈王府,明日早朝即当面见驾。忽必烈闻之即命暂勿宣旨,只令耶律铸说明来意。

元好问闻之,当即跌坐在椅子上了……

忽必烈毕恭毕敬地问："诗翁！都怪忽必烈夫妇难以割舍，请问诗翁此旨当宣不当宣？"

元好问沉吟片刻曰："不当宣。"

察苾也忙插话："察苾理解恩师的心情，不为贰臣，志不可夺！然大汗之命，岂能等闲视之？"

耶律铸已在提醒："蒙哥大汗，刚明雄毅……"

元好问慨然曰："非老朽不尊当今大汗与宗王，乃孔孟门徒当言而有信！忠臣不事二主，焉能再列新朝臣班？老朽此生已与荣华富贵无缘，甘愿永为一介草民了此残生足矣！"

察苾察觉了，问："莫非恩师这就要走？"

元好问答之："正是！未宣旨前人已远去，你我均不为过！尚得感谢宗王与王妃知遇之恩，老朽当终生铭记不忘！"

忽必烈忙问："诗翁！如果万一……"

元好问慨然曰："孔曰成仁，孟曰取义！老朽自知如何处置以谢天下！"

察苾已热泪盈眶，说："察苾这就前去送别恩师！"

忽必烈也说："果然圣人之性今尚在，吾当亲送诗翁出城。耶律铸稍候，待吾等归来再行宣旨。传赵璧火速前来！"

是夜，元好问乘王妃轿棚马车驰向汗都郊外……

忽必烈与察苾亲自送出了十余里，并赠之以晋代古棋为礼，方交于赵璧改乘马匹沿驿道护送。依依惜别，苦恨夜短。第二日早朝，耶律铸即回禀大汗，昨夜宗王夫妇应邀赴宴，醉归后才发现元好问已不辞而别了。蒙哥大汗闻听后脸色颇为阴沉，但片刻竟又不加追究地哈哈大笑曰："好一个狡诈的老儿，只可惜了这把硬骨头……"语未了，便见得已有一员悍将挺身而出应声道："末将阿兰答儿愿替大汗一试，是其骨头硬还是蒙古刀硬！"蒙哥大汗还在哈哈大笑，仅一挥手阿兰答儿便领命而去了。他根本不提忽必烈宗王，也未指责耶律铸的办事不力，颇显大度宽容。只可惜再处理其他朝政时，态度似变得更加严酷无情。多了几个办事稍显疏忽

【第五章　草原大汗是如何励精图治的】

的倒霉鬼，竟在朝堂上就受到了凶狠的杖责。而阿兰答儿的驰马狂追也颇有动力，一想到这糟老头子就会想到第一次见到察苾。而一想到察苾那股莫名其妙的妒火就会重新燃烧，这不终于又找到一个宣泄点了吗。但他尚不知深受宠信的右相芒哥撒尔，已在大臣饱受廷杖时向大汗悄声耳语了。

而元好问年迈体衰又哪是阿兰答儿的对手……

仅在第三天早上，虽有赵璧伴护还是被阿兰答儿率三五轻骑追上来了。元好问倒也从容，干脆下马席坐于草地上。赵璧忙护而声称："我这里有宗王府驰驿令牌！"阿兰答儿则傲然而答曰："我这里有大汗谕旨！"元好问则爽朗大笑道："十数年前曾有一面之交，大人别来无恙乎？"阿兰答儿怒喝："刁钻老儿！休得废话！快随我回去叩见大汗！"元好问则答："我主已金灭人亡，老朽有孝在身从不叩见新君！"阿兰答儿话中有话："那你为何却入宗王府？"元好问回答得倒也坦然："宗王仍视老朽为一介草民，而大汗则视老朽为臣！遇友可交，为臣则非所愿！"阿兰答儿发怒了，喝道："狡诈老儿！你厚此薄彼，分明是藐视当今大汗！"元好问也不服软说："你身为汗廷大臣，却话中有话，似有意离间大汗兄弟！尤其是你，明知老朽曾以奴身授教于察苾王妃，此行纯属师生情谊。而你尚敢口出如此狂言，居心何地？意欲如何？"阿兰答儿被彻底激怒了，竟拔刀在手狂叫了："中原老儿！我倒要让你看看，是你的骨头硬还是我之蒙古刀硬？"元好问竟飘逸地望着蓝天白云曰："任汝而为！吾欲乘风归去，又恐琼楼玉宇高处不胜寒！若选长眠地，何似碧野间？哈哈……"阿兰答儿这才明白，带回活的更不好交差，还不如连身旁的赵璧一起杀了，面见大汗倒好解脱。但说时慢，来时快，正当他狠下心劈向元好问时，便见一支飞箭射来当即将其刀击落地下。再看时，旭烈兀宗王已在廉希宪的陪同下纵马飞驰眼前。张弓者当是廉希宪，下令者当为威严寡语的旭烈兀宗王。又是冷冷的一句："放人！"阿兰答儿哪敢不从。随之，又见宗王在沉默中取下一件貂皮大氅，挑在刀尖伸到元好问眼前，这才蓦地又是一句："大汗所赐！"而元好问却仍坐在草地上不理不睬，多亏廉希宪及时提醒赵璧接过加以了断。再看旭烈兀也似并不见怪，只是简短地喊了一声："跟我来！"便带着阿兰答儿和廉希宪等飞马驰归了。

旷野里又只剩下了元好问和赵璧，还有那件皮裘……

原来，老臣芒哥撒尔忆起忽必烈"横刀向颈"之事，生怕阿兰答儿行事凶悍再激起皇族生变。眼见南征西战迫在眉睫，岂能再为一个糟老头子平添内乱。小不忍则乱大谋，日后抛开忽必烈再收拾这抗旨老儿也不迟。蒙哥大汗纳之，芒哥撒尔则又急忙求助于威震汗廷的旭烈兀出面救急。好在旭烈兀尚给父辈老臣面子，遂有了随后率廉希宪前来相救的故事。

元好问终于侥幸得以返归故里了，但他也留下了蒙哥大汗对儒家的一种莫名的嫉恨。这位高傲的蒙古君王实在搞不明白，是什么力量使这么个文弱老儿竟视死如归？从此便更摈弃儒者了。

忽必烈则更心里清楚，此次大汗也在"佯装不知"。这绝不仅仅是一种兄弟间的宽容，而更似一种君臣间矛盾的积累。

只有察苾把一切均咎于自己，并且加以补救。

细致观察着蒙哥大汗的每一个动向。

现实迫使她必须先化解矛盾……

四

就在元好问出走不久，察苾就有了大动作……

正好进入深秋，恰好是猎物出没的季节。这一天，阳光明媚，天气晴好。察苾借口请大汗一试她亲手缝制的头盔和"比甲"，邀请了诸多宗室亲王会聚于狩猎场。史称蒙哥大汗"性喜走马田猎"，当即也"准奏"来到了宗王之间。

声势浩大，震动了附近的森林和草原……

按说，依古俗妇女是不能参加男人狩猎活动的，但察苾却是以侍奉试衣者的角色出现的。她不参与骑射，还管起熬茶煮肉的诸多杂务。有她在场调剂气氛，使

【第五章 草原大汗是如何励精图治的】

得大汗及忽必烈与旭烈兀诸宗王也兴致格外之高。唯有阿里不哥未到，据说是已去吉里吉斯接掌封国大权。就连年迈的老臣芒哥撒尔也参加了，他手捋白须叹之曰："蔚为壮观！"

当然，最激动人心的时刻还在于试盔试甲……

而这又是他人绝对无法代替的。察苾亲自为蒙哥大汗戴好带檐的头盔，穿好带襻的"比甲"。蒙哥大汗顿时平添了几分威武，平添了几分神采，竟引得四周一片欢呼。而蒙哥大汗却并不急于表态，只见他随即翻身上马驰骋在阳光普照的广袤草原上。几经测试，这才满意地收缰而归，并赞之曰："可极目远眺，可随意驰骋！看来我大蒙古事，还得我大蒙古人为！来呀，传旨赐察苾王妃黄金百锭！"众皆欢呼，察苾谢恩。但事情还不算完，忽必烈一挥手，侍从们又向每位宗王们奉上一套头盔和"比甲"，真可谓：皆大欢喜。这一日狩猎所获竟两倍于平常，而且蒙哥大汗还亲手射杀了一只斑豹。直至日已西斜，方尽兴而归。但蒙哥大汗似以示恩宠，竟又召忽必烈与察必骑马同行。

刚明雄毅，有话要说……

蒙哥大汗终于开口了："二弟！今日之事使为兄振奋不已，如都能如察苾所行，我大蒙古何愁不再现圣祖辉煌？"

忽必烈忙答道："大汗所言极是！"

蒙哥大汗继续曰："元好问老儿之事就此了了吧！留此迂腐之儒又有何用？险些把吾弟又陷了进去，依为兄看，中原这儒、释、道三教，道教当为先，不然圣祖也不会首召长春真人全驾前。释家次之，尚可言天地间之变幻莫测。儒家最次，常使人上其之当！汝只听儒生夸夸其谈，而又见有哪位儒者自立为王以实现其所谓仁政乎？听为兄劝，利用尚可，但务必防其反利用！"（详见《元史·宪宗纪》）

忽必烈又答："臣弟当铭记于心！"

察苾也躬身插话："大汗圣明！忽必烈也深知此点，故已命手下汉地侍从尽听我蒙古家臣严加管束。由昔班、阔阔率其等尽学圣祖之'札撒'与'必力克'，使尔等先具蒙古心，再称蒙古儒！"

一统华夏——忽必烈大帝之文韬武略

蒙哥大汗给予肯定:"此策尚可!"

忽必烈又加解释:"非臣弟不遵祖制,乃不敢忘大汗早灭'南家思'之嘱!漠南之地多为汉人,蓄之以为来日南征作'通司'(即翻译)之用,或可遣之敌方内部,或可以汉治汉助我劝降!"

蒙哥大汗又加肯定:"可视为深谋远虑!"

察苾却又插话道:"皆因受大汗深谋远虑之影响!今日又闻大汗命阿里不哥接掌吉里吉斯封国……"

蒙哥大汗急问:"你等有何想法?"

察苾又躬身而答:"当然是圣明之举,更有助于印证大汗之深谋远虑!阿里不哥,君之幼弟,亦臣等弟。按祖制'幼子守灶',此举必广安人心,察苾刚才尚闻忽必烈言道,幼弟执掌封国其义重大!不仅有助于我大蒙古腹地之稳定,而且绝对有助于远征者放心去拓土开疆!此乃圣祖临终所愿,今大汗竟使其早日成为现实!"

蒙哥大汗难得地笑了:"嘀嘀!知朕者察苾也!"

表面看来,一场危机在察苾的策划下就此化解了。元好问拒诏之事不了了之,"奇形怪状的废物"也只"怪"而不"废"了。改制头盔与新创"比甲"似作用更大,致使各路宗王纷纷效法,战争的气氛更浓了。公认阿里不哥为"灶主"更有助于坦明心迹化解矛盾,一时间只显得汗廷四兄弟相处融洽宫闱无争。

但蒙哥大汗毕竟是蒙哥大汗……

1251年秋,在钦命旭烈兀统率数十万铁骑西征之后,却仍不忘对准备南下的忽必烈"敲山震虎"。似专为他起"表率"作用,竟以"比蒙古人还蒙古人"的汉臣刘太平为"楷模"。尽将入质于汗廷的汉世侯之子弟集中培训,使他们习蒙古语蒙古文、循蒙古风俗、娶蒙古妻妾、生蒙古孙、行蒙古法规,然后再令其南归后使汉侯世家彻底蒙古化,并将此事专门交由悍臣阿兰答儿与刘太平监管执行,不达标者永无回到父母身旁之希望。当时确实不可能有什么软硬实力之意识,但出于一种潜在的民族本能,却采取了这种反制之举。而蒙哥大汗也并不隐讳,竟公然对忽必

【第五章　草原大汗是如何励精图治的】

烈说:"二弟!汝为朕南下开疆拓土,朕于汗廷为汝储备臣众。阿里不哥此点尚可取,刘太平便是一例。宁养猛犬一只,不养聒噪的乌鸦一群!"忽必烈无言以对,只好回到藩邸与察苾商量。谁料察苾竟对曰:"宗王勿忧!以察苾看,南征已箭在弦上。不如令刘秉忠带一批人先行南下。一为宗王宫帐择地并做相应安排,二为谨遵圣命有所交代。"果然,除深通蒙古语的姚枢与赵璧等仍混迹于王府卫队外,仅留下王鹗、许衡、窦默等个别老朽。绝大多数的儒生幕僚都得到妥善的安排,并连夜准备跨漠回到中原。第二天,汗都哈尔哈林的人们便见得一幕奇观:一位光头和尚正领着一群"奇形怪状的废物"垂头丧气地向郊外走去。

但蒙哥大汗扬眉吐气之余,仍不乏惊人之举……

波斯史学家拉施德称其"具有强烈的蒙古中心主义和骄傲感",看来并不为过。忽必烈的"驱儒"之举,终于使他暂释前嫌。上阵还是亲兄弟,就让老二为南下灭宋做准备去吧!但要放在鞭长可及的地方,可收放自如地来考验他的忠诚。而忽必烈却毫无所知,只感到刘秉忠率群儒走后藩邸是如此空荡冷清。就在他久久郁闷期间,有一天蒙哥大汗竟破例令忽必烈携察苾于后宫见驾。察苾尚不知这是萨满卜筮的结果,仅知其他宗王之妃尚未享受过如此殊荣。

蒙哥大汗首先开口了:"察苾!知朕为何传汝来乎?"

察苾跪而老实回答:"不知!除偶尔顾及盔甲之事,便是整日忙乱于孩子之间。两个圣祖曾孙似也知大汗所倡导,现已开始在舞刀弄枪。又因太小,唯恐其戳伤。故成天追而视之,早已令察苾晕头转向矣!"出语巧妙,显然是为了调节气氛。

忽必烈又插言:"实乃锅铲火钩也。"

蒙哥大汗听后果然开怀大笑,说:"哈哈……朕已多日难得如此畅快了!来人,传旨木匠坊!多做些小木刀、小木枪、小弓、小箭,赐予朕之皇侄!"

察苾忙俯首道:"察苾替皇侄谢恩!"

蒙哥大汗言归正题:"然而,朕之今日召见绝非仅为小儿之事,乃昨夜梦中又见母后思及汝功!汝曾代朕兄弟侍奉慈母整整数月,至诚至孝至今朕仍难以忘怀!

况且母后临终前已将汝称为女儿,故朕已将汝视为兄妹矣!尤其数日前又为朕铁骑改制头盔、'比甲',更令朕为大蒙古有如此女中豪杰深感欣慰!"

察苾有些不安:"察苾愧对圣言,诚惶诚恐……"

蒙哥大汗更显大度:"不必过谦!曾记否?乃马真皇后乱国之际,朕即向二弟及汝有过许诺:如有一天心遂大愿,将赐一最富庶的封国以展忽必烈之雄才大略。现时机已到,朕已决定将赤老温山南之漠南庶地,军政大权尽交忽必烈统领。漠南已属中原之地,乃我大蒙古之粮仓、银库、棉绸布匹之转运站,对我广袤草原饱暖饥寒关系重大。此去就任,当西防窝阔台和察合台家系诸王之异动,东防汉地诸世侯之图谋不轨。整顿乱局,重振军备,随时准备征服'南家思',一统华夏大地。"

忽必烈只能不断跪称:"谨遵大汗之命!"

而蒙哥大汗却又转向察苾而言道:"还得说回到汝!漠南之地,东起燕代,西至秦陇,其疆域比数个封国还大。而其众多为汉人,攻于算计,心存狡诈,与我蒙古人大异也!而汝懂汉语、习汉文、知汉俗,故朕沿用母后当日之戏称,就权且任命汝为忽必烈之'幕后军师'有权向朕直接上奏!"

察苾不得不佩服大汗之精明,似也只能称:"是……"

但更惊人之举还在后头,只听得蒙哥大汗一声传唤:"来呀!将圣母皇太后所遗圣物呈上!"声未了,便见得两位内侍已将那曾"惹是生非"的王妃"顾姑"和王妃盛装端了上来。

忽必烈与察苾都大感诧异,但也只能跪伏迎候……

蒙哥大汗敬视良久方才说道:"今晨请萨满卜筮昨夜之梦,方知母后常念察苾之臂弯。悠悠慈母情,竟使朕热泪夺眶而下。察苾!在此即将南下之际,朕就赐还于汝。但愿有圣母皇太后圣物随行,保佑汝将不辱汗廷使命!"

察苾泣受,可见大汗用心良苦……

是夜,忽必烈与察苾归来已很晚了。终于有了自己的封地,似可大有一番作为了。就连忽必烈也似有所激动,竟设夜宴召集心腹近臣相议未来。姚枢、王鹗、赵

【第五章 草原大汗是如何励精图治的】

璧、廉希宪、昔班、阔阔等均在场,史称"闻之皆欢欣鼓舞,竞相举杯恭贺"。但此时察苾却注意到了,唯有一人今夜格外反常。浓髯密布似封住了嘴巴,沉默寡言间突显出某种忧虑。似有意扫众人之兴,此人即平时酷爱纵论天下之姚枢。因其文韬武略俱都出众,现已被群儒日渐公认为"领军人物"了。

多亏察苾及时提醒了忽必烈……

而这位宗王即使此时也能虚怀若谷,起身问之:"髯翁!在场者举杯皆贺,独汝默然,岂另有高见耶?"

众多呼应,尽皆追问缘由……

姚枢沉思片刻答道:"敬请贤王思之,今天下土地之广、人民之殷、财赋之阜,有超过贤王所受封之汉地乎?"

察苾插话:"大汗也曾多次提及……"

姚枢进而言道:"此正乃我所虑!军民吾尽有之,天子何为?异时必有奸佞借此离间,而天子也必悔之而加以剥夺。今日只顾弹冠相庆,他日必失君臣大义!"

忽必烈忙问:"吾当如何?"

姚枢回答曰:"依臣所见,财富尽献天子,贤王唯掌兵权足矣!兵马之需求,当由汗廷加以解决。此乃'供亿有须,取之有司'!处理得当,则'顺势理安'也!"(原话照录,详见《元史·姚枢传》)意思是说,你虽"驱儒"事事表现得唯命是从,但大汗未必对你完全放心。你若既掌兵又管民,还独捧这个聚宝盆,能不引发大汗对你再次猜疑吗?还不如就势把聚宝盆还给大汗只领兵就够了,以显示你对大汗的忠诚和随时准备效命。至于粮饷自会有汗廷供给,大汗还以为你主动又把缰绳交在他的手中了……

王鹗当即拍案叫绝:"姚枢所言,可驱凶化吉!"

忽必烈沉思片刻,突然掷杯在地,慨而言道:"所幸髯翁及时提醒,不然将为汝误我大事!贤王虚贤,谏臣实谏,此乃天赐姚枢予吾!哈哈……罢宴!"

戛然而止,但众皆深感尽兴……

由此可见,忽必烈绝非仅通蒙古语,不然难有如此尽兴之谈。须知,在漫长的忍耐、等待之中,他似乎早已向身旁的儒僚学会了汉语,甚至粗通汉文。这并不奇怪!蒙古民族本来就是极具语言天赋的。即拿现在来说,一般人均会两种语言,而老一辈知识分子则会得更多。至于有的学者取"忽必烈只懂蒙古语"之说,这或许是因为缔造大元王朝后展现出的一种民族自豪感,称帝后反而自尊得只用蒙古语了。

这是后话,当然面对"唯崇祖法"的汗兄似也只能突显"唯通母语"了……

次日,大汗临朝,文武百官肃立两班。气氛似与往日不同,蒙哥大汗严厉的目光似正在洞察一切。众臣皆忐忑不安,唯忽必烈却挺身而出。按蒙古礼俗跪伏于大汗驾前,朗朗声称有本要奏。蒙哥大汗目光严厉如旧,但命内侍接过呈上亲阅。似在火上浇油,就连老臣芒哥撒尔也在暗怨忽必烈不识眼色。却谁料蒙哥大汗越看越眉宇舒展,情不自禁地逐渐面露喜色。阅毕,他又长叹一声,似出于万般无奈这才说:"准奏!"

随之,便经修改发布了对忽必烈的任命……

朝堂顿显宽松,群臣均准备为"皇太弟"送行。史书上早记载过这种称呼,但好像是在此一本奏后才得到确认。必须指出,蒙哥大汗昨夜送走忽必烈与察苾后,确实辗转反侧一夜无眠。这就像放脱一匹带缰绳的烈马,似势在必行却又没把握。而今日忽必烈的奏章竟把缰绳又交还在自己手里,虽仍驰骋在外却可任由自己遥控。须知,忽必烈明明擅长"运筹帷幄"却偏偏不领政务,似向自己表明决心和那些汉人腐儒彻底疏远。而他自称"不谙武功"却请求"唯掌军务",更有助于自己广选精兵悍将重铸其蒙古雄魂矣!萨满卜筮称其"忠"果不谬也,故今日于汗廷首称其"皇太弟"("皇太弟"之称详见《元史》)以突现自己之恩宠。

从古至今,好一个难得的疑人不用,用人不疑……

故近代史学家称:"自请唯掌军事,使蒙哥大汗与忽必烈的权力冲突未能过早发生,给忽必烈总领漠南期间干一番事业,带来了宝贵的机会。"

1251年冬,忽必烈一行跨过赤老温山向漠南进发了。他只带着察苾,而另外两位王妃塔腊海和伯要·兀真,"理所当然"地被留在了汗廷附近。还有,忽必烈

【第五章　草原大汗是如何励精图治的】

曾奉命带两个嫡子进宫见驾。长子真金瘦弱，次子芒哥喇却因"憨态可掬，顽闹好动"，被蒙哥大汗"爱不释手"地抚养于万安宫中。

忽必烈带着几分惘然而又带着几分兴奋面对着未来。

只有察苾仍在思念着胖嘟嘟的小儿子。

全新的天地，全新的霸业。

这就是历史……

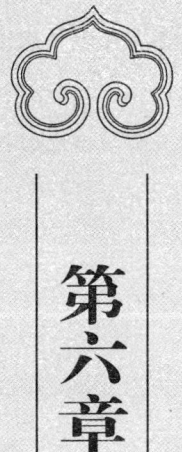

第六章

坐镇漠南汉地的蒙古宗王

　　【看点提示】你知道吗？当忽必烈初入漠南汉地，是如何被眼前的惨状震惊，竟知难而退欲远避回鹘之地。——你知道吗？后经高人指点，方知欲得天下必先取幽燕，群儒闻风齐归，更坚定了他稳坐龙岗观天下变幻的决心。——你知道吗？他曾与察苾轻骑简从暗赴燕京，时而以皇太弟身份威镇群顽，时而以平民身份结识一代明儒和汉世侯，广络人脉，收聚人心，察苾也在围棋盘上当众下出个"仁"字。——你知道吗？胜利归来后反倒又惴惴不安，后多亏赵璧与郝经及时献策：言必尊大汗，功必归大汗，实际上当于汉地行汉法。——你知道吗？当时恰有人献上邢州，恳请托管，忽必烈遂有了实行仁政的"试验田"……

【第六章 坐镇漠南汉地的蒙古宗王】

一

　　虽有宏誓大愿，但忽必烈远离母地尚一时难以适应……
　　察苾尤其如此：再不见了茫茫的草原，再不见了滚滚而来的牛羊，再不见了奶茶飘香的蒙古包，也再听不到了那悠扬婉转的蒙古长调。而眼前是另一片天地，一片民生凋敝、满目疮痍的天地。过不完的凄苦村舍，看不尽的残垣断壁，数不清的号乞流民，望不断的白骨遍野，还有那走不完的裸露着胸怀的荒芜黑土地……人异、语异、衣异、风土异、饮食异，无处不异，处处与想象之中大异，就连称呼也异，越往南走越改称为"大王"了。察苾由不得喃喃自语了："这难道就是中原历代明君留下的盛世吗？"
　　忽必烈似也有同感……
　　王鹗趁势策马前行对答曰："孔孟之道兴，则盛世兴；孔孟之道失，则盛世失矣！"

察苾急问："怎讲？"

王鹗叹息而对："遥想当年，此一带乃是沃野千里，人丁兴旺。春种秋收，庶民尚可安居乐业。然随后便是战火连绵，征而不治，遂饿殍遍野，人皆流离失所。虽有耶律楚材之以汉法治汉地之策，施行者乃不过十之二三。加之奥都拉合蛮买断中原税收后，搜刮榨取更加断骨吸髓！况且东西道诸王又在内地均有'食邑'，横征暴敛更使得民不聊生。竭泽而渔，杀鸡取卵，了无仁政，何来盛世耶？"

察苾又问："我家可有食邑？"

王鹗回答："有之！拖雷大汗受封食邑即在幽燕大地之真定！据老臣所知，大汗已将其赐封于少汗阿里不哥！"

忽必烈无语，越听越感到惘然……

多亏刘秉忠等的提前到来，再加上"皇太弟将执掌汉南兵权"之消息已传遍各方。故早在幽燕之北一片"虎踞龙盘"之地，为忽必烈筑起了一处毡包连营的驻屯之所。中为王帐，左右为毡包宫帐，四周皆近臣谋士、内侍宫女、贴身"怯薛"、驿站传吏之候身蒙古包。四角有瞭望高台，周围则插木为栏。反而彻底消除了汗都哈尔和林之汉化痕迹，恍若又回到了成吉思汗带着流动宫帐远征之往时情景。

但忽必烈仍闷闷不乐，心事重重……

史称刘秉忠"学术通神明，机算若龟策"，而忽必烈往日最赏识他的也正是"其阴阳术数之精"，即"神机妙算"。而且尚有过"唯孤知之，他人不得与闻"之神秘约定，足可见对这位秃头和尚信任之深。而今日却不问他如何据《易经》择地？如何以八卦布营？竟然视而不见，置若罔闻。刘秉忠正欲向其主动解释，谁料忽必烈竟摆摆手说："汝暂去之，吾要静……"极其罕见，归来即与众谋臣问讯之。王鹗答曰："宗王沿途均寡言少语，老朽以为仍仁心所致。满目疮痍、遍野饿殍，仁者当静思有何所作为！"李冶则说："不然！故土难离，人之常情！上至仁君，下至草民，均难免有此离愁别绪！"唯廉希宪曰："依我所见，均兼而有之！然究其主要原因，乃宗王至今仍未决定驻跸于何处！"

再看，唯其行囊未解……

【第六章　坐镇漠南汉地的蒙古宗王】

确如廉希宪所言，驻跸之地尚在犹疑。是夜，忽必烈于王帐之中借酒消愁。察苾一针见血地问道："合罕在此尚难安心乎？"忽必烈叹而回答："正是！刘秉忠之择地吾并不疑其之忠心，然而连日沿途所见却又使吾觉得此乃是非之地。北距汗廷尚不够远，大汗鞭长随时可及。东临燕京，当政者又均是大汗亲信。再顾四周，又多为宗王敛财之食邑。唯掌兵权，又对民事庶政奈何不得。稍加干预，必引大汗见疑。再加之，漠南风土人情大异于草原，常使吾思乡心切难顾其他。还不如西去回鹘之地（即畏吾儿人所居之地），借口防窝阔台家系异动以养兵蓄锐。而其地多为突厥后裔，也以游牧为主，民风大体相同。天高皇帝远无干无扰，似更可见机行事、蓄势待发！"

谁料察苾竟回答："还盼合罕三思而后行……"

显然察苾有自己的看法，但又不能在这种情绪下加以辩驳。而忽必烈却似更加坚定了自己的想法，随时都可能下令撤营西行。权！这惹是生非之权。动则生疑，不动则更生忌。这哪里是让自己执掌一方封地，分明是把自己架在火上炙烤。不如远去，不如远去，离权力旋涡越远越好。然而，这又和察苾之所想大相径庭：欲实现圣祖遗愿，必先掌控中原，而掌控中原，又必先掌控幽燕。现忽必烈却欲退缩回鹘之地，再何谈早日"入继华夏大统"？这……多亏忽必烈的特殊身份，既是"皇太弟"又是闻名遐迩的"贤王"。更有人把他看作是当今大汗在漠南的代表，甚至是"替身"。很少有人知晓皇室的内争，故忽必烈刚一落脚各方的高官贵戚、世侯重臣、名将后裔、宗室邑吏均纷纷前来觐见，车马盈门、络绎不绝。有来请托庇荫的，有来请求疏通的，有的干脆是卖身投靠的，致使忽必烈即使想走一时也难以动身。唯有一位例外，即木华黎之孙霸突鲁。他与忽必烈自幼相交，年长之后更成为知己。加之有姻亲关系，虽长久天各一方，但见面即无话不谈。是他的到来彻底抹掉忽必烈眼前的阴霾，要不然大元王朝的历史走向很可能重写。

为此，首先必须说说其祖木华黎……

木华黎（1170—1223），为成吉思汗四大开国元勋之一，与博尔术、博尔忽、赤老温并称"朵尔别·曲鲁兀惕"，即汉译"四杰"。成吉思汗对其极为信任。

一统华夏——忽必烈大帝之文韬武略

1217年即派其统率蒙古多路大军及汉族世侯专事攻金,并封其为太师、中原国主,赏赐其金印,印文为"子孙传国,世世无绝"。木华黎攻占黄河以北后,即改变蒙古铁骑以抄掠屠城为获取财物的方式,充分利用汉族世侯史天泽、张柔等"以汉治汉"扩大战果,基本掌控了黄河以北中原之地,似对汉地的统治已摸索出一套有别于漠北之经验。1223年病逝于中原闻喜县,子孙袭其爵。霸突鲁为其孙,故对中原形势了如指掌。而更重要的是,他与忽必烈有连襟关系,其妻即察苾之长姊。此次前来尚携一四五岁小儿,即后来十三岁成为"怯薛"统领,十八岁便成为大元丞相之安童。虽为兄长之子,却因自幼即归其所抚养,故再难割舍,早情同父子。此子幼即天赋颇异,不喜与小儿嬉戏,专爱听大人言谈天下事,此次带其前来,即为让此儿见识世面。

但此时尚且不知霸突鲁此行之目的,唯挚友相见甚欢……

察苾连问姐姐近况,而文弱的小王子真金也重得一玩伴。一时间忽必烈颇为兴奋,竟摆开酒宴难得地重现了笑容。刘秉忠悄问近侍赵璧:"此乃何许人也?"赵璧仅答:"木华黎之孙霸突鲁!"刘秉忠闻之竟曰:"足矣!吾将告知廉希宪可解开其行囊安卧之!"果然,酒宴直至夜半,似仍未尽兴,忽必烈宗王竟罕见地命察苾带两小儿先睡,自己将与霸突鲁同寝王帐作长夜谈!

夜,已深了!此时小儿已睡,察苾又捧茶而来了……

忽必烈似仍在犹疑:"民不聊生,于心难忍。满目疮痍,无力回天。罢!罢!罢!还不如躲开这是非之地!"

霸突鲁忙问:"欲往何处?"

忽必烈叹而答曰:"今天下稍定,已欲上奏大汗令吾驻跸回鹘,以休兵息民,如何?"察苾插话:"实为习俗相近……"霸突鲁接话:"习俗相近?若仅留恋母地之游牧生活,乃初来中原之人共有之!然只念草原而忘大有为于天下,则非圣祖子孙应有之!何为是非之地?恐乃大王久囿宫闱之所惑!在此中原之地则唯尊兵权,再加之'皇太弟'身份又何言无力回天?成吉思汗尚赐吾祖九脚白旄纛曰:'木华黎建此旗以出号令,如朕亲临!'而当今大汗言必称'札撒',焉能忘却尚

【第六章 坐镇漠南汉地的蒙古宗王】

有此祖制乎?"

察苾又言:"良药苦口,忠言逆耳……"

而忽必烈面对直言竟也不愠不火,道:"岂止逆耳,句句皆可振聋发聩!非吾之诤友,谁肯抛撒此字字珠玑?尽快为吾言之,吾当选何处以立足?"

察苾起身,道:"我这就去重新备酒,此奖诤言者语!"

霸突鲁显然受到了鼓舞,道:"依在下看来,幽燕之地,自古便是虎踞龙盘之地,气势雄浑,南控江淮,北连朔漠,且天子必居中以受四方朝觐。宗王果欲经营天下,驻跸之所,非幽燕不可!"

此时察苾端盘复进,真可谓论止酒上……

忽必烈当即举杯,深有感慨曰:"非卿之所言,我几失之,为君诤言,吾当尽饮此杯!"

谁料霸突鲁却阻止道:"且慢!"

就连察苾也深感诧异,忙问:"宗王此乃自省之酒,莫非君也有自省之处乎?"

忽必烈似在责怪察苾:"何出此言?"

而霸突鲁却正色答曰:"王妃所言极是,吾亦尚须自省之!绝非仅吾看出此点,乃大王手下必有高人已先行吾一步矣!今日到来之时,即发现在此择地非熟读《易经》者所不能。此地于金朝桓州之东、滦河之北,背依南屏山,南临金莲川,汉人称之为:龙岗!龙,为历代中原帝王所独崇!故汉地之人,均称其皇帝为真龙天子!契丹之辽、女真之金、鲜卑之北魏,也顺其均无例外。龙岗,潜龙隐伏之地,可见其为主择地之煞费苦心!再看其连营布局之奇,也绝非深通八卦者可以为之!故而吾应自省'自作聪明',而大王早已胸怀天下矣!"

忽必烈更觉豁然开朗哈哈大笑道:"知吾者霸突鲁也!"

霸突鲁进而提议曰:"此异人现在何处?吾正急于拜识之!又闻知贤王藩邸广蓄天下名士,亡金名儒俱投奔贤王!今夜酒兴正浓,何不聚之王帐豪饮作彻夜谈?纵论天下大事,岂不快哉?"

察苾首先响应,并招呼侍从去做准备了……

一统华夏——忽必烈大帝之文韬武略

而众近臣及幕僚们也正忧心忡忡难以入眠，故闻召即至，齐聚于正中的王帐之中。刹那间，宫帐四周重又灯火通明，侍女仆从们也再次忙乱起来，均在穿梭往来为宗王重备酒宴，似白昼阴霾一扫而尽，却见星空下乍现一片热气腾腾的场面。霸突鲁毕竟是久居中原的世袭蒙古重臣，竟对这群汗廷认为"奇形怪状"的人物看得颇为顺眼。

其间，接见幕僚更别具汉地蒙古大臣之特点……

当忽必烈介绍刘秉忠即"择地"之人时，霸突鲁竟惊其是一位和尚，遂作揖而拜曰："阿弥陀佛！原来是长生天遣一神佛下凡助我大王！"而对王鹗、姚枢、廉希宪、郝经、赵璧、窦默、阔阔、昔班等，均连称：久仰！久仰！并尊呼为：状元公、进士公、大秀才、当今名儒、未来之重臣、蒙古之骁将种种。尤对廉希宪之异貌汉名颇感兴趣，当得知身世后竟对忽必烈预言道："此人将来可抵十万雄兵！"由此可见，这位驻扎中原之蒙古名将习汉知汉之深。随后，众人也视其若"故人重逢"，竟纷纷欣然入宴把酒言欢。

而霸突鲁竟然不到此而止……

只见其起身举杯慨然当众曰："吾少年即知大王喜闻唐王李世民之逸事！不知大王尚记否？唐太宗观科举曾曰：'天下英雄尽入吾彀矣！'依吾看来，未经科考，今天下英雄已尽入大王帐下矣！来，首先为大王干杯！"

众皆举杯欢呼，忽必烈颇为得意……

一时间，更激起豪情满怀，幕僚们均纷纷纵论天下。察苾由不得暗暗欣喜，深知"犹疑不决"今后再不存在了。她明白，再大的英雄豪杰也难免有一时之情绪波动，更何况这是拔离母地之痛，如无倒反显如阿斗之"毫无心肝"了。好在霸突鲁的到来似架起了一座桥梁，使其这才顺利地抵达治理华夏大地的彼岸。故后人在读《元史》时会发现，《元史》对霸突鲁的记载甚简，而唯对此事记载颇详。此皆因有关蒙元帝国之走向，东留西去似牵扯到历史将重新改写！（详见《元史·霸突鲁传》）

正在此时，似听得有谁在呼唤："王妃……"

【第六章 坐镇漠南汉地的蒙古宗王】

察苾忙回过神儿来,原来众人正在为幕府该起何名而争论。阔阔等认为,汉人可称"龙",蒙古人为何不可?当起名"龙岗幕府"!而王鹗等则认为,应避僭越之嫌,不如沿用其原胡名,称之为"曷里浒东川幕府"。忽必烈问之于察苾,察苾曰:"状元公所言极是,'龙岗'万万不可。然曷里浒东川又似非蒙非汉,称之拗口,而察苾闻之,眼前这片延伸于中原之旷野,每逢夏日必开满美不胜收之金莲花。为此,人皆称之为:金莲川!何不以此命名:金莲川幕府?"

众皆赞之,此即《元史》上有名的金莲川幕府之来历……

按现代意识来说,这或许也可称之为以儒家为代表的"软实力",终于在忽必烈的庇护下有了一处自己的"大本营"。而正在此时,那位受封于中原的蒙古重臣霸突鲁却要走了。此情此景实在令人难以割舍。就拿那两个小孩子来说,一听要分别马上相拥哇哇大哭。也难怪!小王子真金离开了弟弟芒哥喇本来就很孤单,现在好不容易有了这么性格相投的小朋友安童却又要分别了。他们不但哭得令大人也跟着伤心,而那拉扯不开的劲头就更令大人们跟着落泪。要说,还是霸突鲁是条汉子,随即竟问起小王子真金的就学及启蒙老师。当忽必烈回答乃亲信幕僚姚枢,这位名将后裔听后竟大为感慨曰:"姚枢公乃闻名当代之大儒,非皇室王子难延请如此名师!敢问大王能否赏脸,留安童于小王子身旁试当伴读,以使其从旁也学得一些修身治国之道?"察苾早看出霸突鲁之意绝不仅于此,而忽必烈却早已求之不得地爽快应允了!

走了!明显地为与忽必烈永结同心舍子而去了……

察苾明白,霸突鲁必将因此进而为忽必烈去广络汉地蒙古重臣、勋戚。有了第一个知音,将会随之有无数的知音。

忽必烈终于有话了:不愧是木华黎的子孙,让人放心!

大元王朝的起步即将从这里开始!

漠南之地之金莲川……

二

忽必烈一经想通，便顿感获得了更大的自由……

必须指出，他此时才彻底理解了姚枢建议其"唯掌兵权"之深意。而霸突鲁则更给其讲得直白：作为征服者这才是"真正之权""唯一之权"！再加上"皇太弟"的特殊身份，统兵即自然而然有了"问政之权"！虽仍不够"天高皇帝远"，但已经足可无须天天看着大汗眼色行事了。加之察苾不时提醒："王焉能不知权何在？帅焉能不视将何行？"忽必烈当即决定，不顾隆冬将至立即外出巡视。须知，忽必烈毕竟是位目光远大的宗王，关注点已不仅仅是"掌控中原必先掌控幽燕"了，而是进一步在想如何才能掌控幽燕之要害！

消息传出，顿时震动了整个漠南的官兵将吏……

但忽必烈却出其不意地直接去了相邻的亡金都城燕京（今北京）。此乃王鹗等之策："王欲经营天下，必先掌握幽燕。而幽燕之要害，却乃在燕京。虽不在王之权限之内，似尚可借皇太弟身份巡视之。日渐培植王之势力，使其和龙岗逐步形成掎角之势。得燕京者，长江以北尽在囊中矣！"然而，促成此行的关键人物还是察苾，现在她已成为忽必烈名副其实的幕后军师。

出行前，他们在王妃的宫帐内一直相议到深夜……

察苾听后言道："状元公所言极是，掌握燕京即掌控了中原大局！然尚有两点，察苾不敢苟同！"

忽必烈颇感兴趣言道："速为吾言之！"

察苾答曰："其一'培植王之势力'，言之数字，施之难行，且对抗汗廷，动辄生变！古人云：得民心者得天下！依察苾所见，此次直去燕京，应当以广络人脉为主！"

忽必烈又问："如何广络？"

察苾又答："燕京行省乃属汉地，广络人脉即争取广大汉人之民心！"

【第六章　坐镇漠南汉地的蒙古宗王】

忽必烈叹曰:"人海茫茫,谈何容易?"

察苾则答道:"遵宗王之命,察苾已派人查知,只要深交两人则可广络人脉!一为真定世侯,一为燕京名儒。而若这一文一武能与宗王成为相知,幽燕之民则很快会众望所归!"

忽必烈恍然大悟:"人海茫茫,此二人是可作舟?"

察苾又言第二点:"再者'借皇太弟身份',务必慎之又慎!以免上使大汗疑心,下使庶民恶我!还是以微服私访为主,以德服人诚结天下。如万一恰遇时机,尚可利用宗王名号。那也务必上扬大汗天威,下为百姓解忧!除此之外,万万不可!"

忽必烈突然拥之曰:"军师!今夜吾当舍身相报……"

然而,相报完之后,忽必烈又绝非那种只听枕旁风之人物。他度量弘广,举一反三,临行前竟突然从宏观角度一改平时做法,致使察苾也深感意外并为之激动。首先,再不把幕僚们只蓄于帐下出谋划策,而是把他们推将出去加以历练。尤对"经邦理财群"中的精英人物,如"文武兼备""有经济略"的商挺、"有济世之才"的赵良弼、"博学善政"的张德辉等均放手使用。而对"王府宿卫群"久经培养的亲信将领,如阿里海牙、孟速思、息只里、董文忠兄弟等也尽使之各显其能。随之,在忽必烈借口"联络军务"主动"出走"燕京前,已派出商挺与廉希宪等代表自己巡视漠南各地军务,派出赵良弼、张德辉、马亨、孟速思等与汉族世侯及蒙古重臣"广结善缘",并令王鹗、姚枢及张易亲领一支"怯薛"卫队保护小王子真金并镇守金莲川。此时,察苾已培养出两名心腹女侍扢娅和牡丹,早可代为照料王帐内务了。

真可谓:重点出击,全面开花,调度有方,尽显帅才……

就在一个寒风凛冽的傍晚,忽必烈与察苾仅带郝经与赵璧二人悄然进入燕京。而留阔阔率十数轻骑于城外,随时等候王命差遣。这也大出人们的意料,竟不高扬"皇太弟忽必烈大王"之名号,却甘愿默默无闻住进一家还算干净的酒楼。忽必烈因自幼即驰骋于马背患有足疾,也就乐得任察苾为他热水泡脚而凭窗瞭望。燕京,

一统华夏——忽必烈大帝之文韬武略

毕竟是亡金经营了上百年之都城,仅从其万家灯火勾勒出的轮廓来看,似比汗都哈尔和林还要宏伟阔大。再倚窗向下看向长街夜市,众摊贩竟比高低,吆喝声此起彼伏。美女娇娃当街簇拥,王孙公子调笑而行。时有达官贵人驰马而过,又见酒楼饭庄顾客盈门。与沿途之饿殍遍野、满目疮痍相比,竟出人意料地显现出一种畸形的繁华,似根本不受什么"札撒"与"必力克"之约束,早已成为蒙古上层在域外之享乐天堂!

感慨颇多,竟使忽必烈一夜未眠……

第二日一早,察苾便传唤赵璧首先晋见。宗王似仍在沉思,见之便命其首先打探出两个人之住址:杨惟中、史天泽。赵璧一听二人大名,不但当即明白了为何要悄然入城,而且顿时悟到宗王确实高人一等。而忽必烈也不多加解释,只是命其中午必须赶回酒楼相会。随之又召见郝经,命他引路出逛燕京城。忽必烈与察苾的服饰与普通蒙古庶众并无不同,故走在大街小巷并未引人注意。只不该!白日之燕京似比夜晚之燕京萧条了许多,少了灯红酒绿,多了许多饥饿的流民、叫街的乞丐,还多了许多跨马挥鞭之武弁,他们正横冲直撞地尽往城外驱赶。

尤令人深感惊讶的是,最热闹之处乃"人市"……

忽必烈与察苾往而观之,果然见得场面颇为热闹,生意也格外兴旺。有插草标卖儿卖女者,有插草标卖妻卖妾者,还有自插草标叫卖自己者。而更多的还是蒙古重臣、勋戚的战利品:一串串多余的牧奴,一串串过时的侍女。哀泣之声与叫卖之声交织,讨价之声和珠算之声和鸣。尚可托腮检验牙口,剥衣查看体况。对女奴之审视就更不堪入目:嗅口、闻腮、摸乳、抚怀,直至裸视下部。因而交易者虽多为蒙古上层,但地痞流氓围观者却乐此不疲。人头攒动,秽语四起,故"人市"之热闹兴旺是必然的。

忽必烈和察苾目瞪口呆了……

正在此时,又闻得有人在外呼喊:"快去看呀!柴市口马上又要砍人啦!"看来天天如此,果然"人市"上顿时有一半人闻讯又涌去看这份"热闹"。忽必烈倒想看看燕京的大员是如何执行圣祖的"札撒"的,当即携察苾随人流去向了柴市

【第六章　坐镇漠南汉地的蒙古宗王】

口。郝经在后紧随保护，很快便来到法场之旁。随后忽必烈向高台刑案之上望了一眼，便拉着察苾隐没在人群之后不动了。原来刑案后坐着的两位汗廷大吏他均熟悉。一位即当年自己曾向贵由大汗举荐的色目人亚喇瓦赤，一位则是现今汗廷悍臣布只尔（也译，不只耳，均见于史）。而此时郝经已在身后悄声介绍曰："此二人均为汗廷新任命之燕京行省'扎鲁忽赤'（即大断事官。注意：此处之"扎鲁忽赤"与后面出现的"达鲁花赤"为两种官职，不能混淆），总领中原财赋、司法大权。"语末了，便听得布只尔一声令下，惨不忍睹的行刑已经开始了。先是杖打小偷、惯窃、盗马贼，他们一个个被打得皮开肉绽、鲜血四溅。随后便是"重犯"的开刀问斩，任你如何喊冤，还是不问青红皂白说砍就砍。一些市井无赖随着刀起头落竟狂喊着数起数来："一颗、两颗……十三、十四、十五颗……二十五、二十六、二十七颗……"最终一天砍了二十八颗脑袋。布只尔与亚喇瓦赤相视而笑好不扬眉吐气，似乎新官上任这一砍终于把"绝对权威"砍出来了。恰好此时，又有一位马屁精歌功颂德地献上一把环刀。布只尔接过挥舞试之，只见刀光闪过又听众环哗啦作响，好不惬意，当即便令武弁火速把那已受杖刑的盗马贼追回。可怜那人早已肉绽骨裂没爬出多远，仅片刻时间便又被拉回来试刀。布只尔脚踏遍地鲜血越显耀武扬威，竟亲任刽子手操刀行刑。只听得哗啦啦一阵声响过后，人头早已应声落地。

　　察苾一直没敢看，紧紧把脸贴在忽必烈宽阔的胸怀里……

　　但忽必烈的双目却一直没离开过这血腥的场面，似感到错愕又感到震惊，更感到一种无力回天的自责与愤怒。察苾再次哀求道："宗王！还是走吧！"忽必烈却说："勿忧！吾正在以血洗目！"郝经这才松了一口气，正唯恐其压抑不住冲了出去发生万一。中午回到酒楼，恰好赵璧已回来正在等候宗王归来。忽必烈知其已打探到杨惟中与史天泽的详细住地，情绪略有好转。但餐之甚少，推碗即曰："血已使吾明目，现需卧而思之，当如何使此二十九颗人头不白白落地！"察苾心领神会，马上扶忽必烈进房间休息。

　　看来，这位皇太弟还要在燕京有更大的动作……

但王者之风又现,下午之行程竟丝毫未改。高深莫测,只雇了两顶小轿便命赵璧与郝经相随而去。史天泽(1202—1275),燕京永清人,字润甫。因排行老三,故各路豪杰均尊称其为"三哥"。世为当地豪族,追随成吉思汗后,即以真定为基地建立起一支强大的地方武装。因其既有文韬又有武略,且又行侠仗义多有济困扶危之举,故很快成为当时极有影响的汉世侯代表人物。燕京当然有世侯豪宅,但其常驻真定尚不知是否归来?(详见《元史·史天泽传》)

果然,门前冷落,且不见一兵一卒守卫……

赵璧深感愧疚,即要进去先探个究竟。忽必烈下轿当即制止曰:"在矣!此乃史天泽知吾用心!"但进得大门,走进前院,却不见一个人影,也未见有仆人前来阻拦询问。郝经也觉蹊跷,但此时忽必烈已边进内院边开始呼唤:"三哥现在哪里?三哥现在哪里?"此声声"三哥"叫毕已进入内院,蓦地便见以史天泽为首的亲眷臣众早跪满内庭。忽必烈边往起搀扶边问:"为何连呼三哥,闻而不应?"史天泽曰:"三哥何人?臣焉知之?故只顾俯首恭迎王驾乞来!"忽必烈听后大笑道:"哈哈……好一个难得糊涂之史三郎,果一个仁义君子!"察苾也从旁忙搀史天泽之妻起身,并曰:"有如此仁义之世侯,家中必有贤德之内助!敢问宗王,吾姊妹可否去内宅一叙家常?"忽必烈竟然答:"一家人何须说两家话?尽管去叙汝等之姊妹之情,吾当与三哥小酌三杯!"还是三哥?顿使史天泽为之热泪盈眶。真可谓:似曾相识,格外有缘。

虽然只是小酌,但举杯尚在试探……

他问:"敢问大王!大驾光临,莫非有令?"

他答:"无令。"

又问:"有事?"

又答:"无事。"

他曰:"无事不登三宝殿!"

他曰:"只愿一识史三郎!"

他言:"折杀小人也!"

【第六章 坐镇漠南汉地的蒙古宗王】

他言:"高抬大王也!"

他道:"岂敢!岂敢!"

他道:"莫谦!莫谦!"

随之,便是相视大笑,心有灵犀笑中通。果然二人均不涉及官场军界,更不谈各自要务。只闻他说第一次吃核桃的大出洋相,又听他说第一次啃手把肉的小闹笑话。笑声送酒,酒就笑声,竟越谈越相知,越谈越倾心。还多亏了察苾出来劝阻,才总算了断了这场别人看来莫名其妙的相会。

他也就此告别,他也绝不挽留……

至于史天泽为何算得忽必烈必来,又为何做出如此周详而神秘的接待和安排,似可解而又不可解,似能言而又不能言。忽必烈与察苾根本未予理会,赵璧与郝经也无意加以说明,只任之由之而去。那仿佛也只能从史天泽在幽燕势力之广,对汗廷了解之深,从中加以猜测了。

而到太极书院已是傍晚了……

杨惟中,漠南弘州人,自幼习儒,少年即奉诏北上入侍窝阔台大汗,后成为汗廷重臣。1236年随皇三子南征伐宋,皇子阔出意外身死,他却在战火中救儒家名士数十名并获大量的图书典籍。史载,他曾继耶律楚材之后任中书令之职,但很快便受乃马真皇后排斥致仕还乡。后召集自己所救名士和利用所藏的大量图书典籍,于燕京建立太极书院,与名儒赵复与王粹等讲授程朱理学,影响颇大,一时间竟成为幽燕大地文人儒士的会聚中心。而这次赵璧汲取教训打探得特别清楚,杨惟中每日必在晚饭之后出现在太极书院之中。(详见《元史·杨惟中传》)

而在这文人会聚之地,遭遇竟与史宅大为不同……

只见得杨惟中并不在书院大厅,而仅剩众多年轻儒生正在慷慨而论:天理何在?王法焉存?显然是为那二十九颗头颅落地在打抱不平。而忽必烈与察苾双双不请自来,竟使得这群年轻儒生立缄其口尽白眼相视。再明白不过了,这一男一女两个蒙古鞑子之进入,既使他们感到惊诧,也使他们对之鄙视。似乎有谁侵犯了他们的"专利",甚至还有些愤愤不平。赵璧与郝经本打算上前分头加以解释,却谁料察苾竟加以阻拦挺身而出了。她学汉女道个万福,然后问道:"杨惟中先生可在?"有位少年儒生只闻有人在问,便看也不看冷言反问道:"找先生欲如何?"察苾简而对曰:"拜师受业!"那少年背身竟鄙夷道:"就你等?"察苾对之更绝:"我等又如何?夫子尚曰:有教无类!而汝等自视为圣人门徒,却不知圣人之言!见吾等胡服而至,竟鄙夷而待之!绝少圣人忠恕之道,又将来如何用孔孟之道匡扶天下?"

而忽必烈笑而隐身,竟远离众人的视线而只顾背身欣赏字画了……

这群年轻儒生大感诧异,再看这蒙古妇人不仅言必称圣人,而且美艳绝伦、光彩照人。顿时,有的假装摆开围棋,不问黑白只顾偷窥;有的持卷伴读圣贤之书,不看字里行间却只看察苾之一举一动……而大多数人却已知来者不善只作壁上观,唯这白面书生还是以背相对,瞧也不瞧,尚不甘拜下风。他竟引经据典句句反问,不料察苾更指出何书何卷并指出其谬误之处。正批得该少年背过脸去面红耳赤无法下台时,此时杨惟中与赵复、王粹从后书房出来了。他拜而言道:"杨某久闻挚友元好问提及,他在漠北尚有一位深得儒家真传的女弟子!莫非正是……"察苾恭而答曰:"诗翁正是吾师,然余者却为过誉!杨先生在上,学生察苾这厢有礼了!"杨惟中惊呼曰:"察苾王妃!"

忽必烈暗示赵璧等,此刻仍不是现身之时……

杨惟中急欲斥责那少年不该鲁莽之际,谁料这小子正眼一看王妃竟如陷入魔障一般,杨惟中更生气了,察苾却阻止曰:"此生固有不足之处,然仍不失为一耿直之人。如蒙多加教诲,他日必将成为耿直之臣!不打不成交,来!你我口舌交锋过后,再手谈一番如何?"这少年竟如坠入太虚幻境,任比他大十几岁的察苾摆布。而其他人又有谁还敢不从,遂移围棋盘座中。杨惟中此时更加忐忑不安,真不知王妃为何独到书院?再看棋局,那少年儒生痴痴呆呆下得本来就不怎么样,而身为王妃的察苾下得似乎就更不行。该拦的不拦,该堵的不堵,似只顾了落子如风。终于听她叫停了,人们这才惊诧地发现黑白之间竟构成了一个字。此乃儒学之精髓,众人皆惊呼了:仁!

【第六章　坐镇漠南汉地的蒙古宗王】

"仁"显，随之忽必烈也哈哈大笑现身了……

一经赵璧与郝经介绍，除杨惟中外，众儒才知道这就是被广为传颂的蒙古贤王忽必烈。前朝状元、进士、大儒、名士均投到其麾下，似已被尊为漠北的"儒教大宗师"。旋即在杨惟中的带领下，众儒均心甘情愿地要行跪拜大礼。但当即被忽必烈力阻了，做诚恳状道："圣人之地，当行圣人之规！太极书院，唯论师道尊严！今日吾与王妃乃久慕杨公大名来此受业，何能颠倒而行之？"文人向来最怕这个，当即有许多儒生为此竟感动得落下两行热泪。而那少年儒生却更紧盯着察苾，似越看越被她的魅力所吸引。

是夜，便是与杨惟中久久地长谈……

归来已是深夜，似这才想起尚未正式进过晚餐。好在燕京此刻正是灯红酒绿之时，于是忽必烈率察苾等进饭庄又大啖一顿。回到酒楼上层寝间兴致尚浓，竟又与察苾谈起与史天泽那场"心灵对话"。感慨颇多，由不得联想起圣祖成吉思汗当年的用人之道。放手让"四杰"之一木华黎任中原国主，并大胆启用史天泽、张柔与李璮等汉世侯，还更为大度地采用耶律楚材的某些治理汉地之法，称之为"蓄草以备游牧用也"。而现在……当察苾问及太极书院私下交谈之时，忽必烈说："也大体如史宅。杨惟中问来问去，也仅问出个'慕名而来'。只称其是父辈贤臣，竟把这老头子感动得一把鼻涕一把泪。"察苾听后曰："无欲之交乃君子之交，宗王已得两位知己！"

忽必烈似仍不满足，激昂间竟又重提皇太弟旗号！

奇怪的是，察苾竟意外地大加赞赏！

还是为了广络民心……

三

翌日，忽必烈与察苾等首先出城……

在约定的驿站与阔阔所率的精悍宿卫相会，即命阔阔单骑入城先向燕京行台禀报：皇太弟忽必烈大王已抵城郊！阔阔从少年时开始即是忽必烈之心腹，无论昨日驻扎郊外与今日之突然进城均心领神会。原来，自昨日与史天泽及杨惟中交谈归来后，茶几上已经神出鬼没地放有两封密函。先与察苾畅谈时尚未在意，饮茶时却突然发现了。拆阅之后经商议，遂有了这见机行事之举动。阔阔跨马走后，忽必烈又让察苾等在驿站稍事休息。果然不到一个时辰，燕京城内已乱作一团。只见得流民和乞丐纷纷逃出城门，武弁们乃在跑马挥鞭奋力驱赶。尚有人在用清水洒道，黄土铺路。从城门洞向内窥视，马队和仪仗队正东拥西挤，显然是措手不及被搞了个晕头转向。这时，忽必烈对赵璧、郝经等下令了："切记之！昨日言必称孔孟，今日言必称'札撒'。如敢混淆，吾当不恕！"察苾在一旁会心地笑了，随之便是上马向城内进发。

忽必烈尽显大王风度，面露刚毅威严，与昨日判若两人……

布只尔与亚喇瓦赤好不容易整顿好队伍正准备迎出城来，谁料忽必烈威风凛凛地先率众进得城门。布只尔和亚喇瓦赤只好当街下马，在围观之庶民百姓前立即跪伏迎接。场面颇为尴尬，布只尔竟结结巴巴言道："大……大王该……该……该早些……告……告诉我们一声，这……这……"谁料皇太弟竟勃然大怒，当即大喝曰："这什么？好一个大胆的狂徒布只尔！本王乃当今大汗钦命的漠南统帅，难道何去何为尚须事前向汝禀告？汝将大汗置于何地，又将本王置于何地？"布只尔又忙磕头欲加解释，但忽必烈竟然怒喝制止了："来人呀！速将不知'札撒'之狂徒赶走！圣命在身，岂容小人挡道？"这回赵璧与郝经退居二线了，当由武将出身的阔阔初露锋芒了。只见他一挥手，四五个剽悍的宿卫早挥鞭撵去。布只尔竟吓得屁滚尿流忙向道旁爬去，而亚喇瓦赤更吓得瑟瑟发抖不知如何是好。或许是因为联想起昨日那二十九颗头颅，围观的庶民百姓均由不得大声喊："好！"

围观者越来越多，几近堵道……

亚喇瓦赤终于耐不住了，伏地泣告了："臣知罪，臣知罪了！"而此时忽必烈似乎这才发现了他，竟一改怒态转而惊呼曰："这……这不是亚喇瓦赤大人吗？同

【第六章　坐镇漠南汉地的蒙古宗王】

朝为臣，何必如此？阔阔！快搀扶大人起来，牵马伺候，本王将与亚喇瓦赤大人并驾同行！"显然有别于对待布只尔的态度，顿使这位色目老臣受宠若惊。而布只尔也早钻出人群跑回了燕京行台衙门，似准备将功补过以重讨皇太弟之欢心。这并不为怪！外人焉知宫闱内争？随着蒙哥大汗的登基，一些内地之蒙古大臣、勋戚早把忽必烈视为"二汗"或"副汗"了。

谁敢怠慢？吃了豹子胆也绝不敢等闲视之……

而在接风宴上，布只尔的过于殷勤还是招来新的麻烦。燕京行省的重要文臣武将俱都争相出席，富丽的大厅里整整摆满了十几桌酒筵。金碗、玉樽、象牙筷、翡翠碟盘。山珍、野味、烤全羊、各大菜系之美味佳肴。蒙汉兼有，丰盛无比。色香味诱人，令人目不暇接。众蒙汉大吏均正襟端坐，只静候着皇太弟动口——或吃或说！然而，越等越不见动静，越等就越觉得不对劲儿。只见这位"二汗"先还是两眼发直，随之便是两行泪水夺眶而出。布只尔战战兢兢提醒："大……大王！请……请用餐……"还是不见动静，布只尔也只好等待"于无声处听惊雷"了。但没有，反倒是声带哽咽地缓缓而言："我当今大汗，唯尊祖制，严守'札撒'，崇尚简朴，一日之餐也不过两壶奶茶、几把炒米、数块奶酪、一小碟沙葱野韭菜而已，就连后宫用餐也严加限制！当今大汗之'不乐燕饮，不好侈靡'乃源自于圣祖，唯恐身上肉多了跨不得马，心上油多了思不及民，眼下情景长此下去，'也客蒙古兀鲁斯'子孙将只会享乐，圣祖成吉思汗之大业将被吃光耗尽！今日之盛宴显然是为本王所设，忽必烈受之有愧！愧对圣祖，愧对当今大汗！诸位请用，忽必烈这就回去将向北跪地自罚，背百遍'札撒'以向当今大汗请罪！阔阔，扶王妃走人！"

蒙汉大吏个个呆若木鸡，场面分外尴尬……

整个下午，忽必烈的临时住所宅院前，朱门紧闭。十几个亲随在外守护，禁卫森严。只见得布只尔与亚喇瓦赤如热锅上的蚂蚁，心急如焚地在门外走来走去。已叩门问讯多次了，阔阔总是回答："大王仍在面北跪背'札撒'！"直至过了两个多时辰，又问，阔阔这才出来传话："大王有话，请布只尔大人自便，今天就只能接见亚喇瓦赤大人了!"亚喇瓦赤深感荣幸急忙进去,而布只尔妒心顿起竟因而生疑。

两位大断事官,谁也难断出其肩负何等神秘使命……

在客厅里,忽必烈接见亚喇瓦赤还算客气,但见之便直言相问:"亚喇瓦赤大人!汝在汗廷时尚可称为一个忠直之臣,为何一到燕京竟变得如此贪婪?"亚喇瓦赤忙否认,致使忽必烈连连摇摇头曰:"不可救药!就连亡金龙床也敢搬回家里,还敢否认?"亚喇瓦赤顿时吓得趴在地上乞告道:"大王救救我呀!大王救救我呀!非我性贪,乃到燕京不贪则无法为官。布只尔身为蒙古贵戚,而我只为一畏兀儿小臣。在他的统领之下官官均贪,我不贪倒反显得不忠不义有背叛汗廷之嫌!越贪越忠,越贪越义,最终也贪心大发自甘堕落下去!然龙床确系布只尔占有龙椅龙案后逼我收下,而我确实一天也没用过。早已命人拆解暗暗埋于郊外乱坟岗子之中,起丘命名为'亡金之冢'。大王明鉴!救小人身家性命……"忽必烈本意就不是彻查贪腐的,见效果已达到便顺势而言道:"唉!念汝往日之忠直与清正,尚是本王举荐之贤臣,姑且从汝之所求,然事事均应听从本王之安排!"亚喇瓦赤连连叩首曰:"叩谢大王救命之恩!今后凡大王之命,亚喇瓦赤均万死不辞!"

也可算一种异类的广络人脉……

第二天上午,燕京行台衙门气氛格外肃穆。据说,皇太弟忽必烈大王严遵圣祖"札撒",要以客人身份首先来拜访行台各位领班大人及臣众。布只尔闻之心惊胆战,早就把各路官员召至严嘱多加小心。然而,似已把昨日之事忘了个一干二净,皇太弟今日对布只尔竟颇为另眼相待。尊重有加,格外热情,亲携其手步入大堂,当着各类官员给足了他面子。而对亚喇瓦赤反倒冷淡了许多,处处皆显敷衍了事待之。布只尔不由暗喜,还是蒙古人待蒙古人!但按"札撒"行过拜访大礼之后,一封密函甩在案上气氛便又急转直下了。刚等忽必烈大王问了一句:"一上午连砍二十九颗人头,这是怎么回事?本王愿闻其详!"便见得布只尔及亚喇瓦赤率大员竟当即跪伏在地。忽必烈又是一声:"布只尔大人!立即派人将环刀取来呈上!"布只尔本想诡辩汉人是如何刁钻谋叛,但一听环刀便再没底气了。只听得忽必烈大

【第六章　坐镇漠南汉地的蒙古宗王】

王突然严厉起来："当今大汗，言必称'必力克'，行必依'札撒'！而汝等又如何为之？昨一日连杀二十九人，依有关臣僚所书密函来看，其中必然多有无辜！更有甚者，既已施之杖刑，又复亲手用环刀斩其人头！依据'札撒'规定，此乃何家刑法？汝等眼中尚有圣祖乎？尚有当今大汗乎？"布只尔早吓得无言以对。偏偏此时那环刀又被人呈上，忽必烈大王握其在手进而曰："照此杀法，吾汗廷之粮何人以供？吾军旅之资何处去筹？如此贪赃枉法，实乃对大汗伟业之釜底抽薪！此仅作拜访之言，本王这就告辞了！"（确为史实，详见《元史·世祖本纪》）

手拿环刀，似为证物，竟然说走就走拂袖而去了……

再看燕京另一处临时府邸内，察苾今日依"札撒"当然不能陪同前往了。但却一直没有闲着，始终在房内按蒙哥大汗之命书写着奏章。她明白大汗之用意，却故作糊涂地反而加以利用。言必称大汗，事必称奉旨。虽显幼稚，却暗中笔笔为忽必烈铺路。比如，明知群儒的重新会聚很难瞒过当今大汗，便主动上书"揭发"。声称酸儒们一经失主便如流落的乞丐，见宗王前来便纷纷哭求赏口饭吃。为在汉地突显大汗天恩浩荡，现只能留于军旅严加管束。何去何从，尚待圣裁！只不该！这帮穷酸的去留尚需费尽心思，便又见留守的赵璧偏在此时敲门告之："启禀王妃！门外有一腐儒插标自卖，欲卖身王帐甘愿为奴！"察苾忙问："何方腐儒，竟如此自甘堕落？"赵璧答曰："即昨夜太极书院那年轻狂生！"察苾闻之惊诧，却又盼咐："有劳唤之进来一见！"赵璧应之遂将这小子引入。只见狂生脖后那草标犹在，但昨夜那狂傲劲头却丝毫不见了。他两眼躲避着王妃的目光，似只顾垂首凝视着地面。察苾问他："汝姓甚名谁？何故卖身？"谁料狂生竟如背家谱一般回答："小生姓范名宁，今年一十八岁，乃大名人氏，祖父曾为亡金县令，父现为世侯幕僚。家有薄田十余顷，共有兄弟姊妹九人。长兄名为范祥，长姊名为……"察苾喝止了："谁让汝倒背户籍？抬起头来！"范宁好不容易抬起头来，却只见得一个大红脸。作为一个女人，察苾一看就识破了这小青年的心思，既觉得可笑可悲又带几分可爱。她故意问道："昨晚一夜未眠乎？"谁料这小子竟失口惊呼道："王妃如何得知？吾……吾对天发誓，如……如进得王帐，吾……吾定然非礼勿视！非礼勿听！非礼勿言！非礼勿行！还有……"少年书生的呆气尽显无遗。察苾哈哈大笑，似连赵璧也看出了几分。就在这不知如何处理之际，宗王忽必烈突然归来了。察苾对他窃窃耳语，谁料这位皇太弟不但没有大怒，反而与察苾又一起纵声大笑起来，并对其言道："儒者何其尊贵也？故插标者本王买不起！今王妃帐前确需几位文侍，唯应试者必须与宿卫在马上历练一年方可定之！汝尚需慎思……"谁料范宁竟当即呼应道："吾愿之！吾愿之！"恰好这时又有一位宗亲贵族来访，忽必烈便命阔阔将范宁这小子先带了下去。

这似和草原的民风民俗有关，但更可看出一位宗王之豁达大度……

前来晋见的乃一位"异类"贵族，史称"塔喇罕"。皆因"救驾有功"受此封号，并享受一切贵族待遇。而此次前来晋见的塔喇罕之祖先，曾在危难之中救过圣祖之驾，故封赏更厚，遂在中原也有了封地。来人因久居汉地，人们已不记其名，只取谐音将其称为"答尔罕"。答尔罕祖先之封地邢州原属黄河以北富庶之地区，下辖十数县，人口超过一万户。且地处交通要冲，来往商贾不断，本应是个天然的聚宝盆。然游牧民族侵占后却根本无视先进的农耕文明，似只顾作为征服者而横征暴敛。加之这里又是驿站枢纽，使臣也随意到此敲诈勒索。上下夹击，遂使庶民百姓受尽凌辱惨遭冻饿，苦不堪言，难以忍受，最终也只能背井离乡逃往他处谋求一线生机。有史可查，到了答尔罕这一代，不过短短二三十年，邢州地区之人口便由原来的"一万户"急速下降到"五七百户"。答尔罕又非真正的黄金家族成员，绝对无力面对这种势态，故一筹莫展、束手无策，致使越来越空的"聚宝盆"突然间竟变成了他的重包袱。此次闻听贤王忽必烈从大漠南来，遂带家臣先至金莲川后又跟踪来到燕京。当然，答尔罕绝不会言自己的"苛政猛于虎"，但忽必烈闻后已叹之曰："又是一片水深火热、民不聊生之地！"而答尔罕也直白乞告说："早闻皇太弟贤名，故恳请救我于水深火热之中！请务必看在圣祖面上，或请大王代管，或请大王抚治，或请大王接收，或请大王转奏干脆收回这块封地也罢！"忽必烈曰："已是一根干骨头？"答尔罕倒不遮掩："可上头还向我要肉！"忽必烈本想严厉

【第六章　坐镇漠南汉地的蒙古宗王】

斥之："那你扔给我干什么？"但转念一想：答尔罕毕竟也算得中原一路蒙古诸侯。更何况，广络人脉邢州这块要地也似不可或缺。随之，他便百般抚慰，设宴款待，并声称尚需思考，明日再议。答尔罕感动万分，连称"贤王果贤"最终带着家臣告辞了。

这绝非一般小插曲，确为当时中原生活之真实写照……

傍晚，忽必烈早命赵璧及郝经操办好了，他要在这临时府邸里大宴燕京城里统兵的蒙古将帅和武臣们。赵璧和郝经等汉人均已隐去，敬酒的是阔阔，作陪的竟然是王妃察苾。地道的手把肉、血肠、奶酪，还有专门带来的马奶酒，外加中原特有的几个凉盘。蒙元时代文臣武将似乎隔行，故将帅武臣们均很骄傲，皇太弟竟会在家里宴请自己。而忽必烈也顿显统帅雄风，似乎对皇太弟与大王的旗号又弃之不用了，根本不提什么贪腐乱政，举杯竟然曰："在此酒桌前再没有什么宗亲大王，有的只是执掌漠南兵权的新帅。吾之燕京之行的主要目的，即向诸位勋臣老将们请教！以使漠南与燕京互为依托，共同为大汗效命！武将对武将，当有骁勇气魄！再不多言，一切俱在豪饮中。阔阔！下令换大盅。王妃！你监酒，一人先饮三大杯！"燕京的文臣武将本来就有矛盾，大多因为分赃不均。而武将们早知忽必烈今日给文臣们之种种难堪已暗暗窃喜，现在又受到如此敞开胸怀的高规格接待能不激动不已吗？更何况！还有如此美丽的王妃监酒作陪，那就更使将帅武臣们壮怀激烈、狂饮不止了。天高皇帝远，现在似只顾为皇太弟效命了。人心换人心，有的已准备随时为忽必烈两肋插刀了！

酣畅淋漓，尽欢而散，忽必烈竟大醉而倒了……

第二天，日上三竿方醒。只见察苾仍守在身边，显然一夜未眠。忽必烈曰："吾醉之可深？"察苾答："深不可测，已纳千军万马矣！"忽必烈哈哈大笑了，随之便见阔阔闻声进来禀告："布只尔大人已在门外跪伏一夜了！"忽必烈稍加思忖，便边整衣洗脸边吩咐道："快请入客厅！"而布只尔灰头土脸地又在客厅等了半个时辰，方见得忽必烈容光焕发地走了出来。他颇为亲切，却又不乏指责道："布只尔大人！你我都是蒙古大臣，何学此汉臣下贱之举？蒙古人膝下有黄金，汝

一统华夏——忽必烈大帝之文韬武略

此举乃自报'此地无银三百两'。"布只尔更叫苦不迭,只好连连作揖求告:"大王饶我!大王饶我!"忽必烈竟叹了口气又忙安抚曰:"何出此言?本王昨日因汝等违背'札撒',不体谅大汗之良苦用心,故一时愤怒严词以责!昨夜静思之,汝等似也有汝等之难处……"政治手腕运用娴熟,致使布只尔猛觉得又抓住一根救命稻草,忙说:"大王所言极是,在燕京为官难矣!漠北之宗亲贵戚,随时都可以遣使到燕京及周边,强征货财、弓矢、鞍鞯、玑珠、珍宝种种之物。驿马往来络绎,昼夜不绝。民力益困,我等也应接不暇!大王尚知我等难处,真乃长生天长眼!"忽必烈却微笑曰:"长生天也早看到汝之搜刮民财已掘地三尺,富可敌国,且藏有亡金之龙椅、龙案,是否?"布只尔顿时面如死灰,浑身战栗不已。忽必烈话锋一变,却又转为抚慰:"勿惧哉!本王此次来到燕京,唯谈军务,其他烂污并不想插手!只要汝依本王一事,本王当为汝化解龙椅、龙案之危!"布只尔忙应之:"请大王吩咐!请大王吩咐!"忽必烈曰:"其实简单易行!汝于七日之内,务必在燕京与邢州广设施粥厂,以救济两地之饥饿流民。不得惑众,须皆称大汗施恩!"布只尔显然爱钱如命,还犹疑起来:"这……这哪来那么多银子啊!"忽必烈拍桌突然动怒了,说:"汝以为本王不知晓?整个燕京的赌场、妓院、酒楼、饭庄、珠宝铺等十之八九均是汝开的!汝还掌控着面市、米市、骡马市,还有那惨不忍睹的'人市'。设粥厂仅为九牛拔一毛,汝竟敢辜负本王的一片好意而不为之?来人呀!送客,并为本王传唤亚喇瓦赤大人!"布只尔连忙跪阻道:"我干!我干!那龙……"忽必烈态度稍有好转:"这就对了,至于那些惹祸的东西,夜深人静之时即送至本王这里,有人来查即推到本王头上好了!"其实这龙不龙的在漠北汗廷或许根本不当回事儿,忽必烈是利用他们久居汉地的思维故弄玄虚的。

随后,竟然越谈越私密,越谈越近乎……

忽必烈送走布只尔之后,竟又突然想起了昨日那可笑的白面小书生,遂唤赵璧来问,得到的答复却是:昨日阔阔为教训教训这小子,竟亲自带其到郊外先学骑马。仅仅几个来回,便将这小子摔了个鼻青眼肿而且胳膊脱了臼。"忽必烈叹息曰:"何必呢?草地上小马驹子爬春,小羊羔子闻骚,主人均笑而任之。何况这小

【第六章　坐镇漠南汉地的蒙古宗王】

儒生仅仰慕王妃愿追随左右。唉！罚之不当。"赵璧答曰："昨日送归，今日肯定不复来矣！"言未了，便只听一声："谁说的？"随之又见得这小子鼻青眼肿、挎着胳膊、一瘸一拐地走了进来，尚且解释曰："非我迟到，乃疗伤而去！士为知己者而死，岂能半途而废之？"忽必烈见之哭笑不得，还只能是叹息。多亏了阔阔闻讯出来，才把这傻小子赶紧带到下房了。随后，便是邢州封主答尔罕的到来。这回更好打发。忽必烈只言道："本王已命人在汝之邢州广设施粥厂了！"答尔罕已大出意外进而泣谢曰："贤王啊！敬服矣，敬服矣！一夜之间竟救我于水火之中，有粥何愁无民乎？今后邢州封地尽听贤王调遣，我当终身唯贤王之命是从！"但忽必烈却言道："这一切均是大汗施恩救急，今后如何治理尚须启奏圣上。明日本王即将离开燕京，还是等返回金莲川你我再从长计议吧！"答尔罕连连称是，邢州之事就此暂告一段落。

忽必烈经营燕京，初战告捷……

几乎与此同时，察苾也来到下房去看望那受伤的小儒生，谁料正碰上范宁也在议论影响之事。察苾的到来显然为这小子似注入一针兴奋剂，这小子坚守着"非礼勿视"却夸夸其谈得更有劲儿了："贤王来燕京仅仅两三天，已尽得幽燕大地之民心矣！进城时那骂官，真为百姓解恨！接风席上那罢宴，更令庶众闻之落泪！尤其是那当众怒斥酷吏滥杀无辜，更使燕京黎民如见包青天再世！莫不争相传颂，莫不拍手称快！据柴市口人言称，昨夜累闻法场上空冤魂呼叫：谢贤王为吾等鸣冤！谢贤王为吾等鸣冤！虽阴风惨惨，但赶往听之的庶众极多……"察苾笑而插话："你也去了？"范宁仍坚持"非礼勿视"老实回答："未去，当时只顾伤痛了！"察苾哈哈大笑，而此时阔阔趁势也递上很多宴请函说道："此乃燕京将帅呈请宗王的！据送信的武弁说，他们也闻听过这个故事！武将均称，这是宗王为蒙古铁骑争回的荣耀，均愿为宗王争先两肋插刀！"察苾接过宴请函却说："该走了，该回到金莲川了……"范宁又犯浑了："吾即去告知杨惟中先生，上千儒生都等着在路上给贤王送万民伞呢！"察苾竟借机展示自己的另一面，喝止曰："汝敢！阔阔听令：有谁敢透露半点风声，严惩不贷，并将其逐出远弃之！"阔阔当即接令，范宁也当即吓得脸色煞白。他终于看到了光彩照人的察苾之另一面：刚毅、果敢，一种别具女性魅力的特有威严！

凛然不可犯！但却又挥发着一股强烈的吸引力……

英雄所见略同，忽必烈在送走邢州封主答尔罕后也立即想到了：走！在他看来，结识汉世侯史天泽、交往燕名儒杨惟中、广识幽燕之蒙古将帅，并且还意外得到了邢州要地初步的控制权，足矣！而留下燕京行台两位大吏布只尔与亚喇瓦赤，也俱都有把柄留在自己手里。且看他们如何互咬，回到金莲川以待后续事件渐渐发酵。再不能留恋这亡金都城了！同样的戏码无法天天重演，待久了或许反倒会使人们大失所望！还不如悄然而来，悄然而去，更多地给这里留下一份念想！

更何况！还需看大汗的眼色，大汗的反映……

因而头一天晚上，人们尚见忽必烈大王出席燕京将帅的回报盛宴。深夜布只尔送龙椅、龙案时，尚向这位皇太弟谈过设粥厂之种种举措。但当翌日早上再有大吏武将拜访时，却只见已是人去府空，唯朱门尚余墨迹，书曰："唯恐扰民，就此告辞！"再推门而入问原家奴院公，答道："昨日后半夜大王赐钱命吾等只管喝酒切勿多事。唯留两函让吾等分交布只尔与亚喇瓦赤大人，尚有一封是专呈将军衙署的。"

走了，仅仅三天就走了，却未带走燕京一分一文……

忽必烈好不得意！却谁料刚刚驰出五六十里，便见得一牧童肩披朝霞、斜跨牛背之上，手持一函早在路旁久候。忽必烈接过一看，上面没头没脑仅书十余字："见好就收，英雄之举，遥送大王凯旋！"忽必烈阅后纵声大笑曰："史三郎所为！"

归心似箭，日夜兼程，三天后眼前便是金莲川。

再看王帐连营，似处处皆弥漫着一股王气。

察苾早控制不住自己，忙去探视两个可爱的儿子，还有那小安童。

只有范宁这小子是被从马背上抬下的……

四

经过半天歇息之后,阔大的王帐内其乐融融……

察苾王妃抱小王子真金于怀,忽必烈大王置小安童于膝,席毯而坐于稍高的王台之上。而王鹗、姚枢、刘秉忠、窦默、赵璧、郝经等席毡而列坐于两边。是在晚饭之后,正好喝着奶茶谈天说地借以消食。

尚无主题,气氛相当宽松……

王鹗首先言道:"恕老朽直言!吾还以为大王会被纸醉金迷所困,一两月之内难舍燕京!"

忽必烈故作惊愕:"是吗?"

刘秉忠也在戏言:"就连和尚我也以为,大王归来还必定拉回数十车金银珠宝,还有强弓雕鞍,美女娇娥!"

窦默戏曰:"和尚动凡心矣!"

刘秉忠也能对答:"然而并未载归!此便是:色即空,空即色,和尚还是和尚!好戏没看成,要怪就怪……"

以目示之,众皆视王笑作一团……

谁料忽必烈竟也能戏答:"姑且莫笑!吾真如状元公与和尚所言,险些难以自拔!多亏有严妻在侧虎视眈眈,才未敢乐不思蜀!"

刘秉忠为之双掌合十:"阿弥陀佛!多谢王妃!"

而察苾在哄笑声中也故作嗔怪:"宗王!怎么又扯上我了?若如大王所言:虎视眈眈,察苾岂不变成了雌老虎吗?"

宗王大笑,众皆更笑了个前仰后合……

据史载,当时的幕僚大多也不是成天一脸严肃、满嘴圣贤书,像这种反向思维的歌功颂德就曾出现在多种场合。而忽必烈在前期也均能以大度相容绝不扫众人之兴,故儒士们均心情舒畅均甘愿为其效命。但却有一人总与众人相悖,此即前面提

一统华夏——忽必烈大帝之文韬武略

到过的老古板许衡!史载其"程朱理学造诣最深",然"所言迂阔空泛,又兼性格古怪",故忽必烈开始并不喜欢他。谁料,偏是这位迂儒之人又不看眼色掀毡帘而入,明显是来败大家之兴的。

当然,也不能不说确有他的原因……

但谁也没想到,触发点竟会是那卖身小子范宁。是让人看不顺眼!其状之惨也颇令人揪心。不但屁股磨烂、两腿内侧出血,而且尚爬在军帐内之乎者也颇为得意。有辱斯文,有辱斯文!大王满载仁义归来为何偏又多拉回这么个"小浪子"?该当谏之,该当谏之!而在王帐之外又恰闻欢笑之声大作,遂毅然决然准备进谏来了。

诸幕僚皆感愕然……

许衡已不管不顾地拜奏了:"启奏大王!依臣所见,仁者当:先天下之忧而忧,后天下之乐而乐!"

忽必烈不快了,问:"此话怎讲?"

许衡更是执拗:"当作此讲,得之快失之也快!粥棚能支撑几时?所归之流民到时又将背井离乡流离失所!而贪官酷吏又焉能就此罢手?大王走后也必将更变本加厉!此时王帐绝不应欢声乍起,而当静思'以仁治国'之道!如若不然,必将还要再出现第二个邢州、第三个邢州!即使得整个天下,又有何用?为此,臣特参奏在座臣僚之不轨!"

忽必烈连连摇头,说:"就不能让本王高兴一时?"

多亏姚枢忙阻止许衡而言:"依臣所见,许公之言是操之过急,焉知大王不在深思熟虑中?然其言虽显唐突,但仍乃忠直之言!许公曾私下与臣曰:大王果然'才不世出',一举竟尽得幽燕民心!得幽燕者得中原,得中原者得天下!臣知其良苦用心,得之即应治之,而治之又必治表先治本!许公乃建议大王运筹帷幄,早得治理中原汉地之良策!"

忽必烈沉思了,说:"汝是说,汉法治汉,行仁术……"

姚枢随之欢呼曰:"大王果然胸有成竹矣!汉法绝非分蒙将汉臣,有'仁'心

【第六章　坐镇漠南汉地的蒙古宗王】

者皆可实施之！今大王不费吹灰之力已掌控邢州，此分明是天降大任于斯人也！不妨一试，以在中原大地一展大王之雄才大略！"

忽必烈还在沉思曰："孔孟之道，不妨一试……"

姚枢进而鼓动曰："姚枢闻听王妃在燕京之时，面对群儒竟在棋盘之上走出个'仁'字，臣等得知莫不拍案叫绝！若大王再在邢州大地走出个更大的'仁'字来？那更当是天下归心善莫大焉！"

忽必烈果然大度："哦！那本王倒要谢谢许公了？"

察苾终于插话了："当然应该了！察苾棋盘上所下出的那个'仁'，尚是从许公处学棋得来的！没有棋盘上这学来的小小之'仁'，何来髯翁所言中原大地走出之大'仁'？"

忽必烈复又开怀大笑，众皆释然……

而许衡却还在犯倔："微臣有一谏要奏，乃大王尽载民心而归，唯不该带一乳臭未干的浪子回来，冒充我孔孟门徒，确实有辱斯文……"

刘秉忠忙止曰："阿弥陀佛！又在败兴！"

忽必烈却大笑道："此即本王赐予许公之谢礼者！严师出高徒，只待许公为王妃帐前调教出一名合格之文侍来！"

察苾又插话了："仁者仁术，拜托许公了！"

众竟击掌而笑，均笑其"自投罗网"。而许衡虽"自食其果"但这一闹场却也别具功效，正是他之迂直使忽必烈再也无法回避"汉法治汉"这个现实了。须知，这位未来大元王朝的缔造者，早对儒文化有比较深厚的感情。据《元史》载，除通读外，尚命商挺、姚枢、窦默等为其摘编了《五经要语》，凡二十八类供平时读用。并命许衡"集唐虞以来嘉言善政"成书，供其施法行政参考，以汲取中原历代帝王"治乱兴衰"之经验和教训。甚至为学之方便，还命蒙古人布忽木及安藏等，编译了《贞观政要》数十事及历代明君传略之蒙古语读本等。厚积薄发，今日眼看就要用上了。再读之余，竟让他夜不能寐浮想联翩。但现实是：大位初归拖雷家系，他和蒙哥大汗已屡屡发生矛盾和冲突了。表面看来是"唯崇祖制"和"引进儒法"之争，实际上却是兄长为巩固汗权对他严加防范。好不容易才用"驱儒"换来了今日之漠南，这立马就实施"汉法治汉"肯定会引发更大的的猜忌，后果不堪设想。但若不施行，又怎样力挽危局救漠南于水火之中？

察苾不愿打扰他的苦思，却忽然想起了那位小儒生……

小王子真金和安童睡熟了，交于其他侍女看护，她便带着托娅和牡丹来到了这处军帐旁。阔阔和昔班等均为武将，故两人同住一顶蒙古包。而范宁这小子文不文来武不武，也就暂时被安插在其间。昔班外出、阔阔尚且未睡，范宁这小子也多少缓过点劲来了。一见察苾王妃亲自驾临，竟还能挣扎着站了起来。只不该伤势未愈，两条腿竟罗圈到几乎近于O形。

托娅和牡丹一看，竟由不得捂嘴窃笑起来……

察苾正眼瞧也不瞧这小子："阔阔将军！吾奉大王之命前来告知，明日此生继续随骁勇操练，不得有误！"

阔阔心领神会示之："听到了吗？"

谁料这小子也很倔强，竟曰："天降大任于斯人也，必先苦其心志、劳其筋骨！岂用大王吩咐，范某将万死不辞！"虽嘴上颇硬，但那O形双腿已不为其做主！表情怪异，十分可笑。

阔阔、牡丹和托娅均忍不住失声大笑了……

而察苾却仍正颜厉色道："那好！本王妃将继续'天降大任于斯人'：其一，大王已为汝聘得一当代大儒，每日下午必须随之精读四书五经；其二，本王妃也为汝觅得一可靠良师，每日自寻时间必须向其学会五句蒙古话！"

范宁开始愁眉苦脸了，问："二师何在？"

察苾仍很严肃道："一位尚需汝明日亲自登门拜师，一位却就在眼前。牡丹！过来，让其先行拜师大礼！"

牡丹又笑，范宁却呼："天哪……"

察苾还是一本正经道："叫天无用，还是收拾行李回家。阔阔将军！明日一早代我送行！"

【第六章 坐镇漠南汉地的蒙古宗王】

范宁忙拦阻曰:"吾拜!吾拜!还不行?……"

察苾语转缓和曰:"这还差不多,犹存君子诚信之风。阔阔将军!马背操练暂停三日,以待来日补上。牡丹良师!拜师大礼也改在他日进行,先将带来大王之金疮药为他敷上以求早愈!"

谁料范宁却捂住屁股惊叫了:"不可!非礼也,非礼也!"

这时,察苾才忍俊不禁了,哈哈大笑了个前仰后合。阔阔也在笑,牡丹和托娅也在笑。或许是蒙古风俗与汉地大为不同,竟只顾笑这汉地小书生呆得可爱。当然,察苾此行还大有深意:正其思,正其行,正出个可心的文人小侍从。

忽必烈仍在王帐里手握《贞观政要》苦思着……

夜,渐深了!察苾又回到了忽必烈身旁侍候。那威严无比的王妃转眼又消失了,时下又只剩下了个温柔、贤惠、多情的妻子。她明白为什么刚才群儒们尚未明言,宗王即随口便能道出他们"汉法治汉,仁术治国"的心思。她更清楚现在宗王虽手握《贞观政要》,但脑海中却仍呈现着大汗的身影尚在进退两难。一方面是"满目疮痍、生灵涂炭",一方面却是"唯崇祖宗之法,绝不蹈袭他国所为",何去何从?言之容易却实难定夺!但察苾并未相劝,而是为其捧过奶茶,并为之端过热水泡脚。果然,有人见王帐灯火通明,竟急不可待地来见宗王。

来者乃伴行燕京之青年才俊郝经与赵璧……

忽必烈置书一旁曰:"知本王夜不能寐,必有仙方呈上,真本王之心腹文侍!"

郝经呈上疏文:"大王圣明,敬请一阅!"

忽必烈却说:"吾双目已累矣,还是有劳二位为本王当面尽言其详,以助吾今夜酣畅淋漓大睡一场!"

郝经言道:"赵璧蒙汉兼通,当由其言之!"

赵璧也不推辞:"今日傍晚群儒争言,因赵璧与郝经皆属晚辈,故未敢在大王面前多语!然臣与郝经见王帐灯火迟迟未熄,遂急草一疏欲与大王分忧解虑!依臣之所见:大王燕京之旅,言必称'札撒',行必尊大汗,然心中却始终难忘圣祖之

一统华夏——忽必烈大帝之文韬武略

所嘱与所愿！此即兼容并蓄试用汉法，若非焉能在汉人汉地尽得民心吗？大王如坚持不懈，此即已迈出'入主中华'之第一步！开弓没有回头箭，与其忧思难眠还不如勇往直前！仁者无类，仁爱无疆！大王欲现'思大有为于天下'，'以仁治国'已势在必行！"

忽必烈反问之："绝无回旋余地？"

郝经代答曰："赵璧所言极是，似无回旋余地！大王燕京经营之归来，即'汉法治汉'之开始！大王现欲回旋，反而会招致汗廷之种种猜忌。欲罢不能，倒不如只思大有为而经营天下，以实现圣祖'入继华夏大统'之宏愿！"

忽必烈仍在判断："圣祖宏愿……"

赵璧却又言道："臣等皆知大王尚虑者，即大汗所谕'唯崇祖宗之法，不蹈袭他国所为'。而燕京此行，大王圣明已在此上下足功夫，依臣估计，大汗也必被'自罚面北跪背札撒'种种之举所感动！只要今后宗王更言必称大汗、行必尊大汗、功必归大汗，即'唯崇祖宗之法，不蹈袭他国所为'，而臣等也将尽详研读圣祖之诏令与口谕，以助大王所实施之汉法与仁政，件件都有'札撒'作依据，事事都有'必力克'可佐证！"

忽必烈一伸懒腰曰："本王终于可睡个好觉了……"

此夜，虽没发生什么惊天动地的事件，但在历史上仍可算关键性的一夜，赵璧与郝经功不可没，终于使忽必烈下定了"汉法治汉，仁术治国"之决心。而又过了不久，随着分赴各地的幕僚不辱使命地先后归来，以及燕京与汗廷频频传来的好消息，更使忽必烈对"经营天下"坚定了信心。

首先应提到的是眼下这人才济济……

归来了，归来了，又都齐聚金莲川了！有"文武兼备"的廉希宪与商挺，有"博学善政"的赵良弼、张德辉与李治，有"亲信宿卫"阿里海牙、息只里、孟速思与董文忠，还有后来成为大元名臣的诸多"济世才俊"等。其中，"广结善缘"者果然与相邻的蒙古重臣与汉世侯广结善缘，而"巡视军务"者果然不辱使命带回了各路将领的效忠。其中尤以廉希宪与商挺最为突出，初露锋芒便尽显驾驭军旅之

【第六章　坐镇漠南汉地的蒙古宗王】

才。各路将领在回函中尽曰:"大王帐下之人皆深谙文韬武略,吾等更服大王统帅之才!"再加上,这些儒臣良将一归来便得知大王决心已下,能不欢欣鼓舞、跃跃欲试吗?致使忽必烈感而叹曰:"天下英雄尽在吾之帐下,如再不为之乃误天赐良机!"

而燕京和汗廷之反应,更使其雄心勃发……

燕京因近,朝觐者往来不断,好消息时时传来。但还应数那仍在神出鬼没出现的怪函,虽没头没脑却似乎更能说明问题。如一函曰:"周公吐哺,天下归心!"显然是指民意。另一函曰:"两犬互咬,唯颂主公;武臣笑观,尽思王贤!"显然是指官场军界。虽寥寥几字,随后印证却准而又准!

至于汗廷之反映,更似可彻底解除后顾之忧……

蒙哥大汗得到的情报显然是多渠道的,当然也包括察苾那别有用心"尚显稚嫩的流水账"。然而绝不轻信,乃综合多方信息——包括布只尔和亚喇瓦赤的互控之字里行间——加以分析判断得出自己的结论。蒙哥大汗对忽必烈之言必称"札撒",行必依"必力克"颇多赞扬。尤对其声泪俱下的"罢宴",更是激赏之余感慨不已。遂认为此乃:时时不忘张扬大汗美德,处处不忘宣示大汗圣明,已属"唯崇祖宗之法"。而最后当众自罚面北跪背"札撒",则更明显是在舍身突显大汗之绝对权威。更有甚者,竟然将燕京与邢州等地广设施粥厂均冠名为"大汗施恩",此尤可验证其远天远地犹在敬兄敬长效忠大汗之手足情深。而再看忽必烈之诸多奏章,却是出语平实、言简意赅、功归大汗,绝无一句自夸之语。有史可考,蒙哥大汗曾多次面对群臣将其树为典范并为之声泪俱下。似乎从此后便觉得忽必烈处处顺眼,事事放心。故有折必批,有奏必准。他对察苾密报之"酸儒泣跪求归"一事也未加追究,反而批示曰:"漠南汉地,不妨养些汉奴!"至于邢州答尔罕乞奏收回封地之文,更御笔亲批曰:"交皇太弟托管,汝尊其言而行!"

或者也算距离产生美,竟然有了一段"蜜月期"……

忽必烈终于迈出了"汉法治汉"的第一步,开始了在自己掌控之下的人事部署。首先命廉希宪与商挺统领军务,同时又令姚枢与赵良弼主管庶政。随之便向漠南所属各路蒙汉驻军派出如张德辉、阿里海牙、张易、昔班等能臣干吏,作为诸将协领并兼管地方民事。此外还接受了王鹗、窦默等"休养生息、恢复农桑"之策,奖掖在漠南全境推行"以仁治国"之有功之臣。

但仍牢记:言必称大汗,行必尊大汗,功必归大汗……

而大汗也必定有所回报,邢州封主答尔汗终于捧着那份"圣上御批"来到金莲川了。如果说在漠南"只掌兵权"尚有所拘束,而在邢州则海阔天空大可一试"汉法"了。但忽必烈却仍借"军务缠身""人手不够"犹疑再三,最后好像还是以"唯大汗之命是从"接手过来的。

然而,行动起来却是雷厉风行的……

先是设立邢州安抚司,特抽调近臣赵良弼为"幕长"。后又派"怯薛"武将脱兀脱和幕僚张耕为安抚使,并特派亡金进士刘肃为商榷使,会同前往邢州治理。按当代话说,此乃天赐一块"试验田"。

扬大汗之名,行汉法之实,两地都在大张旗鼓。但似乎蒙哥大汗也不是那么好糊弄,他对忽必烈的突然放纵好像还有更深层的用意。是软实力在利用硬实力?还是硬实力在利用软实力?难论!

但刚刚施行不久,这一切似又变得均不重要了。大战在即的消息已经频频传入了金莲川,硝烟弥漫中似又闪现出了蒙哥大汗那张更加成熟、自信、冷酷的脸!

"也客蒙古兀鲁斯"的未来将由他来主宰,由他说了算!

群儒们又开始忐忑不安了,金莲川幕府人人都在猜测着!

果然,又过不久,忽必烈就要奉旨北赴汗廷了!

应诏朝觐蒙哥大汗……

第七章

权力的终极，便是随心所欲

【看点提示】你知道吗？正当忽必烈在漠南以汉治汉即将取得成果时，蒙哥大汗又急调他远赴云南征服大理。——你知道吗？多亏群儒献策"小王升帐"，察苾又建言"双翼齐展"，这才避免了忽必烈之"思大有为于天下"功亏一篑。——你知道吗？老子在汗廷也曾讨价还价，儿子升王帐也曾累创奇迹。——你知道吗？蒙哥大汗竟破例件件恩准，只不该在神秘莫测的笑容下蕴意深长。——你知道吗？他正逐步走向神坛，放长线钓大鱼，等彻底利用完了再处理这个最危险的兄弟也不迟……

1252年初,整个漠北汗廷正处于一种莫名的亢奋之中……

但这绝不是由于忽必烈在汉地施行汉法所引起的,而是被旭烈兀统率的第三次西征的辉煌战果所激发。他所采用的是征服者的传统手法:留下的是白骨遍野血流成河,送回的却是无数的波斯金币、波斯银瓶、波斯地毯、波斯美女和战俘,还有那回荡在大草原上之被俘者充满异域风情的凄婉悲歌。

忽必烈正是在这种背景下应诏北上的……

此时的蒙哥大汗受三弟大捷的激励,又再次将二弟召回显然早已超越"意识形态"之范畴了。如果说,之前在狩猎中与诸弟纵论战争只不过是一种策划,而现在他觉得时机已经成熟了。面对各封国的离心离德、各宗王的桀骜不驯,他终于明白了前辈大汗们为什么总在无休无止地进行征服?现实使他最终悟彻到:只有不断启动战争才是游牧君主最高的统治权术!萨满在万安宫内狂热的咒舞,巫师在御座前

【第七章　权力的终极，便是随心所欲】

的神秘卜筮，最终使蒙哥大汗似得到战神的授命，他开始全面启动战争机器了。在这位具有强烈民族自豪感的君王看来，每个蒙古人天生就应该是战士，战争就是职业。应当从乃马真皇后到海迷失皇后乱政这十余年中彻底解脱出来，继续执行圣祖成吉思汗的征服遗愿才是治国之本。战争可以化解纠纷，战争可以消弭矛盾，战争还可以优胜劣汰，战争更可以使白骨累累永远化作流芳千古的不朽伟业！

战马开始嘶鸣了，勇士的热血开始沸腾了⋯⋯

但蒙哥大汗又绝非一个狂热的征服者，更不会轻率地去做无谓的征战。而在他的御书房墙壁上张挂着一幅极大的羊皮地图，一有闲暇便把目光凝视在地图上久久不肯离去。似有一个个红箭头在胸中游动着，纷纷向那片全天下最丰饶的地带指去。那便是蒙哥大汗日思夜想最欲征服之目的地——南家思。这里的财富据全天下之首，这里的珍宝集天下之大成，这里的都城被称为人间天堂，这里的繁华令万国来朝，这里的能工巧匠举世无双，这里的绝世美女倾国倾城⋯⋯的确，根据已掌握的历史资料来看，南宋当时的经济发展和科技水平均列世界前茅。

但蒙哥大汗也深知，"南家思"是难以一口吞下的⋯⋯

辽代的契丹人，金代的女真人，历经二百多年都没做到，就连窝阔台大汗的皇太子阔出也是因为征宋而死掉的。如果在自己任大汗期间拿下"南家思"，即使不能超越圣祖，那也起码将不逊于祖先了。是受了三弟旭烈兀连战连胜的激励，但也必须说蒙哥对此早"久有凌云志"了。还应当说明，蒙哥大汗还无愧为杰出的战略家，他早已总结了辽金两代的教训为自己制订了宏伟的规划。"南家思"东面临海、北有强敌，只要西南两面层层剥皮，即可形成"瓮中捉鳖"之势。然后再亲率三军一举拿下，则盖世武功必将永垂青史！

但首先召回的却不是忽必烈⋯⋯

应当指出，蒙哥大汗行事也确有其精明之处。欲知中原事，先问中原臣。其首先召回的竟是圣祖钦命的中原国主木华黎之孙，世袭驻汉地之蒙古名将霸突鲁。是夜，御书房内尚有顾命重臣芒哥撒尔、贴身大臣阿兰答儿。面对羊皮地图，似已准备作长夜谈。

蒙哥大汗首先言明宗旨……

霸突鲁对曰:"大汗英明!自乃马真皇后到海迷失皇后相继乱政以来,内斗不断,竞比享乐,骁勇铁骑之斗志已将丧失殆尽!今大汗重新高扬圣祖旗号,重新激发臣众之雄心壮志,必将再现昔日圣祖之辉煌,此乃上上策!"

芒哥撒尔忙应:"此即大汗日夜所思之!"

霸突鲁又言道:"此乃长生天怜我蒙古庶众,又令当今大汗登基以率我万众一心再展宏图!设定'南家思'为目标,更显大汗深谋远虑独具慧眼。天堂之地,谁不想去分一杯羹?骁勇铁骑闻之必将众志成城,宗王贵戚闻之必将争先效命!"

蒙哥大汗终于有话了:"可为之?"

霸突鲁再奏曰:"可!辽未能灭之,'南家思'正少年气盛!金未能取之,其尚壮年犹存余勇!而今之'南家思'已垂垂老矣,且臃肿不堪,日渐糜烂,早已多生蛆虫!大汗正值盛年,苦心经营,十年之内必可尽取其天下!若得'南家思',那才称得上万方臣服、唯我独尊!然恕臣冒昧,尚有数句直言不知当讲否?"

蒙哥大汗颇为大度:"朕允汝言之无罪,尽管放心讲来!"

霸突鲁拜谢再奏道:"大汗之虚已纳言,更突显王者气吞山河之势。而层层剥皮围歼之举,则更突显大汗之雄才大略!然依末将所见,取吐蕃、占大理等固然为奇谋上策,却似仍应以经略中原为重中之重!须知,中原汉地与'南家思'隔长江相对峙,最终必将成为大汗跨江取其江山之前沿阵地!而若我方再出现邢州等地之空室遍野,汴梁一带面对长江之荒芜千里等,则势必民心涣散后顾有忧!而我方之军需粮草、弓矢刀枪、鞍辔战船以及由汉世侯所组成打前锋之'探马赤军',均来自于汉人汉地。如不及时经略,到时必将悔之晚矣!此乃两后乱政时期造成,以大汗之英明必能力挽颓势!故依末将所见:意欲征服'南家思',必先经略中原;而经略中原之上上策,乃必行'汉法治汉'。"

阿兰答儿插话了:"汝乃欲为忽必烈做说客乎?"

"大胆!"霸突鲁为之动怒了,"竟敢当着大汗之面,直呼皇太弟之名!汝用心叵测,居然在垂询军国大事之际行此不轨,显然意在祸乱宫廷,挑起皇室内争!

【第七章　权力的终极，便是随心所欲】

罪莫大焉，岂容狡辩？"

芒哥撒尔忙代解释："他仅指'汉法治汉'而言！"

"芒哥撒尔大人！"霸突鲁绝不让步，"你是三朝元老，祖宗之法应当全知！张口'忽必烈'，闭口言'说客'，末将尚不知宗王到底错在哪里？圣祖成吉思汗曾赐吾祖治理中原之策'兼容并蓄、笼络八极'，遂有了今日之汉人世袭万户侯。圣祖尚提'兼容''笼络'，而此人一听'汉法治汉'竟敢如此放肆！汉法又如何了？只要有助于跨江一统'南家思'，即祖宗之法、大汗之法，也是治汉之法。圣祖尚曾对先祖言之：'蓄草以备游牧用也！'芒哥撒尔大人！联想今夜所议大事又做何感想？启奏大汗！末将乃一武夫，性格鲁莽，实难与此等精细人物议事！敬请赐退末将，以待他日面禀！"

阿兰答儿吓坏了，说："吾……吾只是说'不蹈袭他国所为'……"

"闭嘴吧！"一直沉思着的蒙哥大汗终于拍案而起了，"好一个大胆的阿兰答儿！这是蹈袭他国所为吗？霸突鲁将军尽言圣祖对中原之遗训，诠释木华黎大土治理汉地之道。汝竟敢视大汗若不存，妄加插言亵渎朕之皇太弟。不仅直呼其名，且又反诬霸突鲁将军为'说客'。胆大妄为，该当何罪？"

阿兰答儿早吓得跪伏在地，浑身战栗有口难辩……

"芒哥撒尔大人！"蒙哥大汗竟对元老重臣也毫不客气，"汝身为首辅，在与朕相议军机大事之时竟带如此蠢臣，且唯恐连累自身还替其狡辩！几乎误了朕之大事，汝也难脱其咎！"

芒哥撒尔心领神会，忙跪在地承认："臣之罪！臣之罪！"

"来人呀！"又听蒙哥大汗一声呐喊，"将大胆蠢臣拿下，即在门外杖责四十，削其爵，贬往吉里吉斯任家臣。芒哥撒尔大人！朕念汝三世老臣且年迈昏聩，即罚汝立刻退下自省，并面对起辇谷跪背圣祖'札撒'五十遍。"

芒哥撒尔尚识眼色，说："谢大汗开恩！臣领旨！"

"霸突鲁将军！"蒙哥大汗等只剩二人后对其言道，"为实现圣祖遗志，为尽快一统'南家思'，将军有话尽管对朕详述之。凡中原备战之事，可无所不言。来人呀！上酒，朕与汝将作长夜谈！"

此时门外传来声声的杖责声，还有声声的哀叫声……

应当说，此次阿兰答儿是饱受杖责，却给了蒙哥大汗一个下台阶的机会。其实，他虽为了启动战争早有意放松忽必烈试行汉法，但私下却又常对二臣倾诉自己的疑虑和不安。阿兰答儿这才叫"为主分忧"分得冤，白白挨了一顿狠揍。故史载蒙哥大汗"刚明雄毅"，但后世学者也有人解读为："刚"似指他的偏执、顽固。"明"是指他的善变、多疑。"雄毅"则是指他的狂热追求与不择手段。忽必烈似对兄长的性格是深深了解的，故在外仍然坚持着"言必称大汗，行必尊大汗，功必归大汗"之策。而现在蒙哥大汗所面临的问题是，现实狂热的追求与过去偏执决策之矛盾。如邢州之遍野空室，他明知中原均如邢州何谈一举拿下"南家思"？但他又为维护大汗威严却绝不轻易改口，竟然在启动战争机器的同时还在营造一种神秘的气氛。把圣祖钦封的中原之主木华黎之孙招来即是为此，第二日早朝他便又可借圣祖之口展示他的先知先觉。果然霸突鲁为他之出尔反尔提供了"理论基础"，而阿兰答儿的多嘴多舌又给他极好的施展机会。这一顿狠揍揍得好！既突显了君王的圣明，又埋下了仇恨的种子。

霸突鲁回到了中原，忽必烈北上来到了汗廷……

这次察苾没有偕同前来，因为她又身怀六甲了，或许还有其他更重要的原因。但另外两位王妃对忽必烈的迎接，场面却是格外激动人心的。伯要·兀真像久旱遇到了甘霖，扑到他怀里就热切地喊："王！王！王！……"而塔腊海却小模小样地站在一旁，只顾怯生生地流泪，怯生生地张望。忽必烈动情了，哈哈大笑着将二人尽揽入怀内抚慰着。但更深入体贴的抚慰看来尚须深夜，因为他前脚走进藩邸后脚便是内侍前来宣诏了。

蒙哥大汗也急切盼望见到皇太弟……

忽必烈此次归来，只带了一文一武两个近侍：赵璧与阔阔。而他为带归的礼物，却累经思考煞费苦心。为此还听从了察苾的建议，专门带回了她的贴身侍女托娅。忽必烈早得知旭烈兀节节胜利的消息，也知道了阔端大王即将杀向吐蕃的传

【第七章　权力的终极，便是随心所欲】

闻，甚至预估到了自己的长兄蒙哥大汗正在启动全部战争机器，自己也将不会例外……依"札撒"，受封在外的各地宗王均不得借口封国事务拒不出征，看来自己要承担统领漠南后的第一次军事任务了。而作为成吉思汗的嫡孙，他也随时都准备着纵马沙场接受战争的洗礼。但面对汗廷的风云变幻，为此他竟多带了一列驼队和一个女人。

但蒙哥大汗对他的归来却是尽显手足深情的……

只不该御书房里还坐着另一位一母同胞兄弟——阿里不哥，是他使这汗廷重地又变得庄严肃穆起来。忽必烈早闻知四弟在朝堂上已是一人之下万人之上说一不二的人物，谁料想兄弟相见竟果真拿出了未来大汗的谱气。刚一跨进门槛，就听他正襟危坐猛地便是一句："好厉害的人物回来了！高明，高明！人还未到，就先把阿兰答儿亲王打了个皮开肉绽！"忽必烈正莫名其妙，多亏了蒙哥大汗及时喝止阿里不哥才闭上嘴。而这时忽必烈也已经意识到了什么，似也只能忙解腰带搭于肩上，跪地行蒙古大礼，进而言道："大汗、少汗在上！忽必烈奉旨归来，请受微臣问候之叩拜！"蒙哥大汗只好怒斥阿里不哥："太不像话了！"而忽必烈却阻止曰："大汗勿怒！少汗生性直爽，胸怀坦荡！而以君臣大义论之，外归之臣也理应如此。朝堂之上论君臣，回家再论亲兄弟也不晚。"

各方均有台阶下，气氛顿时缓和了许多……

忽必烈落座之后，便要向蒙哥大汗禀告处理漠南事务及燕京之行的情况，谁料蒙哥大汗却摆手制止曰："吾兄弟难得一聚，姑且免了吧！来人，带朕之皇爱侄来见！"忽必烈由不得内心一颤，当即思及察苾对这小儿子久念之情。片刻，只见这小子已被皇子玉龙答失领了进来。胖乎乎肉嘟嘟的似又长大了一圈，却仍活泼好动、顽皮异常。一进御书房并不理忽必烈，而是径直扑向蒙哥大汗怀内。又是捋须又是吻颊，致使蒙哥大汗顿时哈哈大笑曰："此乃朕之开心果、顺心丸也！"似乎这小子对四叔也很亲近，随之又爬上了阿里不哥的膝盖又是攀胳膊又是上肩。而这位少汗也并不认为有悖威严，竟然面露笑容双手相护任其折腾。忽必烈深受感动，但又由不得有几分莫名之悲哀与伤情。而此时蒙哥大汗又对这小子呼唤曰："芒哥喇！汝父已到，过数日即可随之去见汝母了！"却不料芒哥喇闻之竟拒之曰："我不要！我不要！我这里也有'额吉'！"说毕，他便憨态可掬地逃出了御书房。

众皆哈哈大笑，御书房内罕见地弥漫着亲情……

随之，阿里不哥也开始呼叫"二哥"了，而蒙哥大汗也最终点明了此次召回忽必烈之目的：战争！3月，即将命窝阔台汗次子阔端荡平吐蕃为忽必烈开路。6月（均指阴历），将由忽必烈统率大军远征南诏地区彻底征服大理国。此役不仅是自圣祖以来向最南端的征战，而且是阻截退路围困"南家思"的关键之战。天高路远、危崖险道、江河阻隔，且又遍是瘴疠之气。令人闻之色变，唯拖雷家系方能立于不败之地！果然不出忽必烈所料，终于轮到自己要接受战争的洗礼了。大汗的心思真可谓"天机难测"！刚似要放手让自己文治漠南，转眼间便又下令武取大理。首尾难顾，明显的是想让自己"尽显无能"于天下……而在此时似乎也只能有一个主题：战争，战争！在蒙哥大汗滔滔不绝的煽情下，忽必烈全身隐伏的战争基因竟被一个个激活了。作为成吉思汗的嫡孙绝不会甘心，顿时他便感到热血沸腾、壮怀激烈。

忽必烈俯首领命了，蒙哥大汗忙命上酒……

气氛更加融洽，激情更为高昂。似乎圣祖的子孙个个天生就是军事家、战略家，有了战争就使他们有了共同的语言、共同的目标。然而也有例外，比如他们之叔伯兄长阔端的受命，蒙哥大汗就是大有深意的。阔端合罕，汉地又称其为阔端大王。因其父挚爱三子阔出，其母又偏爱长子贵由，故其也是首位拥戴蒙哥登上汗位的窝阔台家系之重要成员。虽功不可没，而且整个家系已被西迁远离了蒙古母地，但蒙哥大汗对他却仍似很不放心。这次授命他荡平吐蕃从某种意义上来讲，或许就是想促成他自生自灭。而对忽必烈有无这种含意，至今仍无史料可考。然而忽必烈在激情高涨时，竟然说出了自己给大汗带来的那份特殊的礼物：亡金的龙椅、龙案、龙床！谁料蒙哥大汗却曰："二弟之忠心朕尽知矣！然此龙已被苍狼抽筋剥鳞，朕只盼二弟于大理为朕带回一条活物以观之！"而阿里不哥却醉呼道："我要！我要！"蒙哥大汗看其一眼，甚觉败兴，遂掷杯罢酒了。

【第七章　权力的终极，便是随心所欲】

忽必烈是否有意为之？也无史料可考……

总之，这一夜忽必烈是大醉而归的。伯要·兀真和塔腊海均在藩邸望眼欲穿，而盼回来却又不知怎么办好了。好在忽必烈"度量弘广"，竟拥二妃同时入帐。夜，已深了！尚时而闻伯要·兀真激情地应叫："王！王！王！……"时而又闻塔腊海那感动的啜泣时起时伏。

南征的军事统帅依然热血沸腾，强烈的征服欲似已在提前展现！

祖先的基因似乎已使他忘却了多年来的苦心经营，只有战争！

夜长梦多，唯有远方的金莲川上有人为他忧虑？

那群儒家的幕僚，还有察苾……

二

黎明的金莲川，毡包连城、炊烟袅袅……

忽必烈在汗廷起没起来尚不可知，但在金莲川上一大早察苾已指挥从众在王帐内忙碌起来了。作为妻子她舍不得离开丈夫片刻，但她却更了解宗王留下她的深刻用意：自己已身怀六甲了，而更重要的原因却在于忽必烈绝不愿撒手经略中原。

察苾也早闻到战争的气息了……

按现代话来说，如果昨夜忽必烈是在经历着一次"硬实力"之洗礼，那么察苾则同样也在经历着又一次"软实力"之洗礼。几乎与蒙哥大汗诸兄弟热议战争的同时，数位阅历颇深的幕僚大儒，如姚枢、王鹗、刘秉忠、许衡、窦默等，也纷纷来到王帐向察苾进言。

出乎意料，竟会牵扯到小王子真金……

姚枢首先言道："近闻汗廷兵马调动频繁，恐今后贤王将也难以例外。依'札撒'，外放宗王法定必须受命而承担专征重任。为今后计，故微臣大胆建言：若王妃欲代大王经略漠南中原之要务，尚须请出真金小王子。王不在位在，必须有人稳

·179·

坐在此王座之上。"

察苾惊讶:"何出此言?他尚不满十岁啊!"

王鹗解释曰:"此乃汉地,名不正则言不顺!小王子乃大王血脉之续延,秤砣虽小能压千斤!敬请王妃海纳姚枢之言,将绝对有助大王以仁治理天下!"察苾若悟:"欲效中原皇家故事?"

姚枢进而言道:"王妃果然天资聪慧,不言自明矣!然依臣所见,其要义绝非仅此而已!请王妃试想,从乃马真皇后到海迷失皇后已乱政多年,而贤王妃若采用此策必将使蒙汉臣众耳目一新。既使汉臣服其仁,又可使蒙将服其义。而父授了权,名正言顺,王妃则可放手借此代大王经略中原!"

察苾却问:"真金能有如此分量?"

刘秉忠一语挑明:"非真金小王子之轻重,乃指圣祖嫡重孙之身份特殊!谁敢不尊?即已触犯'札撒'。"

察苾自语:"圣祖之嫡重孙……"

姚枢即曰:"和尚所言极是,其作用非同凡响!见嫡重孙必思圣祖,则人人必尊,事事必畅,蒙将汉臣也必将个个心服口服。既可使大王在外放心,又可使王妃主内见机行事。"

察苾再问众人:"可行?"

王鹗应之:"不但可行,而必然行之有效!况且小王也早该得此历练,以备来日大有为于天下!"

众皆呼应:"可行之,大可为之!"

必须指出,察苾在处理这件事情上,充分展现了她的睿智和仁厚。既没有视之为对自己的不尊,更没有怀疑为是对自己的轻视,而是因势利导广纳众议,甘愿退居幕后"一试之"。而对于小真金的前台登场也是煞费苦心。从服饰、座席、文武随臣、王帐侍卫,甚至贴身小随从等,均与这群幕僚大儒议之详而又详。她先差遣两位侍教老师窦默与姚枢先行教授种种礼仪与应答方法,以待今日上午加以演练先"一试之"。

【第七章 权力的终极，便是随心所欲】

故一大早察苾便指挥众人先忙碌起来……

这也算得一种形成鲜明对比的怪现象：大漠以北正弥漫着一种磨刀霍霍的战争氛围，而大漠以南却进行着一场文质彬彬的儒化试验。果然过了不久，这场颇具戏剧性的演习还真的开始了。幕僚儒士们还真把它当回事儿，一个个竟庄重严肃得出奇。只见得小真金一身蒙古盛装打扮，还有个比他小的安童作为小跟班紧随身旁。王帐外早有廉希宪率武士分列两旁护卫，王帐内两位侍讲老师姚枢和窦默早肃立小王子王座背后。侍女们自有侍女的位置，文臣武将则按职位高低排列左右。而在小真金之前忽必烈已先后夭折过两个儿子，故在他出生之后父母唯恐再有个万一。因此经巫师占卜，为避凶险特请了个汉名：真金！乃大儒许衡与窦默所取，并交汉人乳母抚养。四岁又拜姚枢为师，熟读四书五经，饱受儒文化的熏陶。九岁就知颇多中原帝王故事，且已可以与人对句赋联。蒙汉兼通，天资聪慧，小大人似的常有不凡之举（均有史料为证），再加上两位侍讲已为他连讲代排折腾了半天。况且也只不过接受叩拜、赐座倾听，然后便是交某某来办即算完事。时间极短，对答更是老套子，故小真金小模小样地还真表现出几分"王者风范"。

只不该，碰巧要假戏真演了……

恰好前几日邢州又出现了问题，被派去任安抚使的蒙古将领脱兀脱竟不听汉臣幕僚长赵良弼之调派，反和当地蒙古贪吏过从甚密拒行"汉法治汉"。出于无奈，只好派另一安抚史张耕快马回来请示。廉希宪与郝经等就要拦阻其擅入，谁料察苾竟制止而任其发展。而张耕慌里慌张一冲进帐却傻了眼，一见小真金代坐王位一时间竟手足无措不知如何是好。

倒是小真金先开口了："张耕！进入王帐竟为何如此失礼？"

张耕慌忙解释："吾……吾欲见大王，有……有要事相奏……"

小真金竟能对曰："大王北赴汗廷，命小王在此代行王权！还不跪下禀奏，否则以藐视圣祖嫡重孙论处！"

"这？这……"张耕这才知小王子也够厉害的，忙跪伏禀奏。

"是急事！"谁料这小子听完还能又说几句，"谁主谁从，父王临行前已早有安排!脱兀脱竟敢如此放肆,乃对大王之大不敬!廉希宪大人听令,此事就交于汝查处!如若属实,可罚站、罚跪,直至打屁股!"

廉希宪忙打断应声曰:"是!张耕,速跟吾来!"

张耕如历幻境,也只好随廉希宪稀里糊涂退出。事毕,王鹗首伸大拇指赞曰:"吾之小王,无愧于圣祖嫡重孙!孺子可教,孺子可教也!"是孺子可教,但最后一句也太孺子气了。多亏廉希宪遮掩,总算"无伤大雅"地走完了过场。而此时的小真金听完状元公的赞扬后,早拉着小安童向母亲报喜去了。他扑进察苾怀内就嚷嚷:"吾为小王了!吾为小王了!"而母亲也并不挑剔,搂紧了儿子就用亲吻加以鼓励。后来在姚枢与窦默之"王语若金,慎而生威"的提示下,小真金还真做得有模有样颇具小王风范。

而在当时,邢州之事确已危及忽必烈之大政方针……

也就在同一天上午,老子似乎同儿子一样也在酝酿着演出一场好戏。大出赵璧的意料,好像一夜间忽必烈那征服欲火已发泄殆尽。凌晨即冷若冰霜地出现在藩邸的庭院内。尽遣两妃于别室,似只愿自己在沉思中闲庭信步。威严的面孔,强悍的身影,越来越加快的踱步,明显地反映了他在判断、抉择、宏观地审视大局的发展。蓦地,他突然停步命赵璧跟他走进大厅,令其草拟急治中原汉地之三道奏折。拟毕,他又以感到时机尚不成熟,将奏折压下命阔阔备马立即前往早朝。

阿里不哥初见时那莫名其妙的嘲讽犹在耳旁回响……

好在快马赶到时大汗尚未上殿,而老臣芒哥撒尔偏偏有苦要向他悄悄倾诉:本来阿兰答儿是大汗招来的贴身亲信,谁料捅了娄子反怒斥是他带来的蠢臣。看来今日早朝还得当众受辱,尚不如领兵在外厮杀(本来大蒙古汗国是"朝无常制"的,但蒙哥大汗因"驭臣甚严",竟偏偏把中原"早朝制"搬来使用)……忽必烈这才知道霸突鲁已应诏先来过了,曾仗义执言过:欲取"南家思"必先以汉法经略中原。看来大汗为了全面启动战争已被说动了,而今日早朝更必将借机发泄以下台阶。果然,蒙哥大汗一上殿面色阴沉、目露凶光,只吓得群臣一个个弯腰躬身满脸惧色。一瘸一拐前来早朝的阿兰答儿更是吓得战战兢兢,站立不稳。

【第七章　权力的终极，便是随心所欲】

环视左右，唯不见那位少汗的到来……

但蒙哥大汗却照拍桌子不误，突然爆发曰："谣言又起，惑乱人心！朕再次郑重宣告：我大蒙古'唯崇祖宗之法，绝不蹈袭他国所为'！绝不、绝不！此乃我之根，此乃我之本！朕再宣布一次：'唯崇祖宗之法，绝不蹈袭他国所为！'违者，杀无赦！"

群臣跪伏倾听，忽必烈大感诧异……

然而，又是久久的沉默，又是突然的爆发，"中原之地已早归属我大蒙古版图，所属汉地焉能再称他国吗？鼠目寸光，荒谬之极！（拍案）他国！他国！那伟大之圣祖岂不白白征战一生吗？（拍案）朕一再叮嘱尔等日读'札撒'，夜学'必力克'，尔等就是学之不透、思之不深、行之不力，有人甚至还敢以此谬解朕之圣谕，何其大胆乃尔？（再击案）圣祖之'兼容并蓄，笼络八极'明明尽在其中，尔等俱瞎了眼吗？（重重击案）而眼前大战在即，尔等又有几人深切理解圣祖'蓄草以待来日游牧'之军事要意？（此次以指一一点示之）真乃无知之极、无能之极，令朕大失所望之极！（又猛拍案）尔等可查看大内档案73格第115卷27页51行，圣祖早对额尔尼朝克图（后查明乃一马夫）曰：'汉地草料更可壮吾之战马！'尔等又几人知？几人解之？几人行之？（又一一指点）愚也！蠢也！昏也！聩也！朕为之痛心疾首也！（再次击案）阿兰答儿！朕昨夜杖责错汝乎？"

阿兰答儿忍痛跪应："乃……乃大汗之圣明！"

忽必烈见时机成熟，也当即跪对曰："大汗之思，深谋远虑！大汗之语，振聋发聩！臣等确如大汗所责：愚也！蠢也！昏也！聩也！其间尤以微臣忽必烈为甚，身为漠南汉地领兵之臣确愧对大汗之谆谆教诲！一离开大汗手把手教，即若失魂魄举措失当！因受忽必烈汉地为臣之牵连，为此阿兰答儿大人等才受此责罚。故启奏大汗，微臣首当应受严惩，请赦免阿兰答儿大人等之余罪，臣等知耻了！"

蒙哥大汗颇为舒坦，赞曰："知耻者近乎勇！"

忽必烈赶忙谢恩，众臣也总算松了口气尽皆伏地跪呼："大汗圣明！大汗圣明！"芒哥撒尔与阿兰答儿也趁机跪地坦承："均乃吾等愚鲁！吾等愚鲁！"

朝堂之上，一时气氛缓和了许多……

蒙哥大汗又显大度，终于开口了："起来吧！余罪尽皆免之！尔等若均如皇太弟，朕早放心矣！"

从此，蒙哥大汗便变得更深不可测、高不可攀……

正如当代哲学家任继愈所言：中国历代王朝均是政教合一的，统治者既是君王又是教主，金口玉言一句能顶一万句。果然，就从这一天起，蒙哥大汗似又无形中兼司起大萨满之职了。忽必烈"居功至伟"，随之战争机器也就启动得更加得心应手了。一切均已证明大汗为先知先觉者，而臣众们也只能提心吊胆地纷纷争先效命了。

甘为大汗人梯，事后必有重奖……

忽必烈深知这位长兄的秉性，料想大汗方面暂可放心了。而还有另一方面需打点，否则只要他从中作梗还很难心想事成。谁料刚走下大殿，便遇到芒哥撒尔老臣带阿兰答儿来谢恩了。阿兰答儿虽属悍臣，但一瘸一拐中却貌似诚恳。千拜万谢之后竟对天发誓曰："长生天在上！如若我阿兰答儿再对大王心怀叵测，则必遭横死，头颅高悬于汉地城门之上！"当时忽必烈并未加以理会，只是在百般抚慰后匆匆告辞了。

同一个上午，父子俩同样在演戏：下一步……

在漠南之金莲川上，当小王子的戏演完了，察苾王妃也正在思考着这个问题。她深知抚管邢州对忽必烈经略中原之重要意义，更知一旦失败其后果将不堪设想。眼看战争迫在眉睫，宗王显然是一时难以归来。如果不及时加以处理，此风势必还会蔓延于王帐周围。汉法治汉将成为一句空话，蒙古将领更会以此为例恣意妄为。为此，察苾决定果断行事，立即召廉希宪、商挺、窦默、姚枢、刘秉忠以及前来报讯的张耕等进旁帐相商急救之策。

而小真金不必读书闲下了，似仍想过过当小王之瘾……

再没有什么大人陪他玩这场游戏了，除了安童尚可扮演小跟班之外，剩下的大人似乎也只有侍女牡丹和那个"自投罗网"的倒霉蛋儿范宁。这小子已提前结束了

【第七章 权力的终极，便是随心所欲】

马上苦练，转为老古板大儒许衡之入室弟子了，并已向王妃亲点之另一位老师牡丹请教，悉心学会上百句蒙古语。或许是因年龄相仿，或许是因异性相吸，总之学习进度要比许老夫子那里快。这不今日又来向"恩师"求教，正好偏偏遇上小王子要过瘾。为在牡丹面前显能，也就欣然扮演起张耕之角色。一切准备就绪，好戏也就开场了。

小安童高声传唤了："小王有令！传张耕进帐！"

而范宁已知今日故事，也故作慌张状，进帐跪倒在地就喊："小王！大事不好了，大事不好了！"

小真金问："何故惊慌？"

假张耕答："臣等一行赴邢州行施王命，谁料脱兀脱竟敢不听赵良弼大人之劝，私自勾结当地贪官酷吏，拒不执行大王嘱托之法……"

谁料小真金竟摇手而叫停了："算了，算了！"

更没想到范宁却偏偏演上了瘾，竟然不解地问："小王初显王者风范，为何突然叫停？"

小真金叹息曰："下头便是交某某办，也该完了！"

而范宁却进而当起了导演，指点道："小王不应如此草草结束，而应继续追问以显不同凡响！比如：脱兀脱何许人也？竟敢如此大胆！再比如：必须说出小王见解，以使群臣莫不惊服！而尤为重要之处在于判处，非提出自己的决断而不能轻易交某某办！别愁眉苦脸了，小王手中尚掌握着王印！印者，王权也！"

小真金果然又来兴趣了："汝先替本王说说！"

而范宁也果然认真解释起来："脱兀脱者，仅一'怯薛'百户长！征战骁勇，见识不多！大王此次派其前往，乃欲用其蒙古将领身份推行汉法治汉！而其到邢州之后却唯蒙是亲，反而尽受当地贪官酷吏财色利诱倒行逆施。小王可判其曰：不遵王令，违抗'札撒'！狂妄自大，意欲叛主！勾结贪吏，残害庶民！无法无天，势必严惩！今小王金印在手，代行王权！特命廉希宪将其拿回查办，贬为马夫以自省！并杀邢州首恶蒙臣污吏以镇群贪，小王赐权赵良弼放手推行大王之法！"

小真金一听更来劲了:"好!好!不妨试试?"

这才叫浅薄遇上了幼稚,范宁和小真金等竟一遍又一遍玩得津津有味。站在小王子身后的牡丹窃笑得肚子疼,没想到这汉地的小儒生竟如此孩子气,但又显得很有人情味,很可爱,也很好玩。只是没料到,在以后还真派上了用场,尽解察苾和群儒之愁。

几乎与此同时,老子却在汗廷解另一个大疙瘩……

忽必烈深知,只把大汗捧上了神的高度尚且不够,其旁边尚有一位判官!长兄对幼弟感情最深,宠信有加,况且有他在前,长兄也留有诸多回旋之余地。阿里不哥今日之未上早朝,明摆着是为要龙椅等未遂而怄气。这显然是个绝好的机会,自己准备的另一份特殊礼物肯定能派上用场。看来别具一格地带来察苾的侍女托娅也大有可为,起码可对这位暴烈少汗的感情起柔化作用。大战在即,若想文韬武略同时不误,争取阿里不哥也是不可缺失的一步。

为了后顾无忧,他对幼弟竭尽卑躬屈膝之能事……

果然,虽只准忽必烈和托娅托盘而入,阿里不哥还是对二兄长爱答不理。他只顾埋头喝着闷酒,昨夜之手足深情又荡然无存了。也难怪!蒙哥大汗虽放手令其总理朝班,但"幼子守灶"之权就是不诏告天下。昨夜借要龙椅等一试,谁料当着老二就给了他一个难堪。为此越是兄弟疑心越重,故一见忽必烈便冷冰冰地用蒙古语来了一句:"老二呀!不在老大那里取宠,又跑到我这里找什么碴儿呀!"忽必烈躬身曰:"何出此言?拜见过大汗理当拜见少汗!"阿里不哥稍感满足,但仍是不冷不热而言道:"说吧!找我有什么事要办?"忽必烈答曰:"尚无事可劳少汗!唯察苾身怀六甲不能同来晋见,特遣自己贴身侍女代其向少汗及大妃问候,并献上一片诚敬之意!"阿里不哥"哦"了一声便紧盯描金漆盘,上蒙红绸颇显神秘。再看跪托漆盘之女,光彩靓丽更生好感。等到忽必烈亲手将那红绸掀去后,便见得阿里不哥两目充满惊喜,竟失口叫道:"二哥!二哥!这……这从何说来?"忽必烈敬而答之:"察苾近来夜夜做梦,总会梦见母后那双忧郁的眼睛。经萨满卜筮这才得知,乃母后思念草原,尤为想念幼子!"

【第七章　权力的终极，便是随心所欲】

　　天哪！漆盘内乃圣母皇太后之"顾姑"与盛装……

　　此乃"幼子守灶"权之象征，当比亡金之龙椅等重要万倍！不但阿里不哥大感意外，就连刚刚进门的蒙化名儒李槃也为此激动不已曰："贤王果贤！视母后遗命为至高无上，今日之举当视为唯崇祖制之忠孝两全之楷模！恭喜少汗，贺喜少汗！有贤王保驾，我主将永无后顾之忧！"阿里不哥频频点头，大喜过望。而忽必烈谦称之："物归原主！物归原主！"关系为之骤变，气氛相当融洽。经提醒阿里不哥似乎这才想起察苾与自己的正妃乃是姊妹，而这位小侍女又是正妃家臣之女，遂命人将托娅送至内府尽禀详情，而自己将与"二哥"彻夜长谈以叙手足深情。

　　小不忍则乱大谋！忽必烈这一天就算这样过去了……

　　而在金莲川上，同是这一天察苾却不好过。意外出现的邢州事件，却让她和幕僚群儒们遇到一个大难题。察苾清楚：必施重药才能力挽狂澜！但又谈何容易？谁让偏偏遇到的一个是派去的背主蒙将，一个是内应的抗命蒙贪。而幕僚诸儒们均"谈蒙色变"，议论了半天竟吞吞吐吐拿不出个主意。最后还是察苾果断决定：先将脱兀脱假命召回，令赵良弼就地维持，以待大王归来彻底查办！只不该刘秉忠多了一句嘴："阿弥陀佛！远水难解近渴！"致使察苾一夜未眠。而等她蓦地想到什么的时候，儿子早已玩了一天与小安童相拥呼呼大睡了。

　　第二天一早，幕僚臣众们早在王帐外恭候小王了……

　　而此时小真金尚且睡眼蒙眬，听任牡丹为其梳洗着装。就连母亲的叮嘱也似没听进去，只把那纸应交给廉希宪的手令揣在怀里就迷迷怔怔地走了。小安童更是半睡半醒，仿佛兴趣也没昨日大了。察苾真后悔昨夜未能给孩子多交代几句，似也只能先进入王帐的帷幔后等待走完这过场了。却谁料幕僚臣众各就各位后，这位小王子一登上王座就神情大异。尚不等群臣参见完毕，就不按"教程"地自行其是了。他手抚王案上的王印突然就是童声童气地喊道："来呀！传小王之'必阇赤'进帐伺候！"

　　众皆愕然：什么？什么？小王何时有了书记官？然而范宁这小子竟然应声"傲视群雄"而入了，还真拿起笔墨随时准备应命行文。

小真金又是一声："再传邢州安抚使张耕晋见！"

众更不解：小王子今日竟然先入为主，莫非乃王妃昨夜亲授之？故就连身后之名儒姚枢与窦默均不敢插话，而众将众臣则更不敢多言唯有敬立恭听了。只有察苾已觉察出是谁在作祟，但又让牡丹传命严禁任何人干扰。而在此期间，张耕已进王帐又将邢州情况跪奏了一遍。

小真金还真稳当，说："廉大人！命你查办，情况属实乎？"

廉希宪忙抱拳而答："应当属实，尚有赵良弼大人、刘肃大人之来函，以及邢州庶民之鸣冤状为证。勾结脱兀脱抗法首恶者，乃当地税官巴尔根其人。"

张耕忙又补充："断骨吸髓，无恶不作，其实为罪魁祸首！"

小真金竟未立即发怒，而是学乃父状，背起小手于王座前来回踱步，颇显其父王之做派。只不该小模小样，尚显稚嫩。

张耕又欲言："小王！这……"

小真金这才拍案而言道："这首先应罪责者乃脱兀脱！其仅为'怯薛'百户长，大王此次用之已属对他高抬！谁料其到邢州之后不施大王之法，反倒勾结贪官倒行逆施！小王判其：不遵王令，违抗'札撒'！妄自尊大，意欲叛主！勾结贪吏，残害庶民！无法无天，势必严惩！今小王金印在手，代行王权！特命廉希宪率亲兵五百前去行施王令，先将其拿下查办，削其百户之职贬为'阿塔赤'（即马夫）以自省！并斩邢州抗法首恶者巴尔根，以镇当地贪官污吏之不法！有再敢顽拒者军法从事，进而赴各地宣示：小王赐权赵良弼等放手推行大王之政！"

众皆瞠目结舌，童子语竟道破大儒心机……

而小真金又故显高深："范宁！身为'必阇赤'，小王之王令写好否？还不快快呈上！"

范宁这小子其实早有准备："呈请小王一阅！"

谁料小真金看也不看就盖上大红王印，并曰："廉希宪大人听令！即拿小王王令马上赶赴邢州！王印在上，如有敢违者，严惩不贷！"

廉希宪竟抱拳大声应曰："得令！"

【第七章　权力的终极，便是随心所欲】

蒙汉臣众莫不心服口服，均以为此举才可彻底解决邢州之根本问题。惩之适当，杀之适当，以武护法行之适当，既可使庶民看到希望又可春耕在即不误农时。非大家手笔难以完成，故史称乃察苾王妃经天纬地之才所致！其中小真金竟一笔未带，而范宁这小子当时便被逐离王帐，罚其专门为老夫子许衡端茶壶倒夜壶去了，从此竟难得见上察苾王妃和小真金一面。唯有"恩师"牡丹还照常来教习蒙古语，还常常给他偷偷带些奶皮酪蛋子等来解馋。

这一天上午，可算得一个阳光灿烂的上午……

而在漠北汗廷，这一天上午也可算得上阳光灿烂。老子和儿子同样也在挥洒自如，只不过是在万安宫的御书房内。忽必烈带上了早让赵璧写好的三道奏折，便与阿里不哥在早朝后相约来见长兄蒙哥大汗。两个兄弟亲密无间，当即使大汗为之一振。而阿里不哥为昨夜失态之请罪，更使大汗兴奋不已。但更为激动人心的还在于，一大一小两兄弟竟争相愿为征服"南家思"誓死效命！前所未有的兄弟同心，致使一时间蒙哥大汗热泪盈眶了。尤其当阿里不哥言道："闻听二哥言昨日大汗之圣训，小弟深感训之及时！敬佩之余，小弟也有一点体会：大汗之'唯崇祖宗之法'即唯崇战争！大汗之'不蹈袭他国所为'即绝不放弃战争！"而忽必烈当即赞曰："还是四弟多得大汗教诲，一语竟盖过满朝文武所见！"阿里不哥好不得意，蒙哥大汗也应声哈哈大笑起来。但他心里十分清楚，是谁使这桀骜不驯的幼弟突然驯顺起来。

趁亲情正浓，忽必烈终于递上了三道奏折……

更名"为战三策"，其实也可算得一种变相的讨价还价。既然需要在"武功"上卖命，那就必先在"文治"上加以补足。然而，忽必烈竟在三策之中，只字未提自己更不参奏他人。一切皆以为最终征服"南家思"为前提，似处处均在为大汗未来御驾亲征做准备。一曰：急需掌控燕京，任用能吏，严管赋税，以为来日之御驾亲征备足财力物力。二曰：急需治理汴梁一带之赤野千里，屯垦戍边，经略河南，以为来日御驾亲征之前沿早有粮仓与银库。三曰：急需于漠南择地筑城，未雨绸缪，首建中枢，以为来日之御驾亲征腹背兼控绝无后顾之忧。以现代人的眼光来

一统华夏——忽必烈大帝之文韬武略

看，史载其"自请试治河南""自请任用家臣""自命建筑开平城"等，似过于"直白"且与其他史实也相互矛盾。综合忽必烈与蒙哥大汗的个性，故还是采用此说。而当时正值兄弟三人难得一聚，而三策又均为日后之御驾亲征所必须，故蒙哥大汗竟欣然纳之，欣然闻之，欣然阅之。他为表示自己对幼弟尽释前嫌，又交于阿里不哥这位总理大臣先详阅后尽快拿出办法。夜聚御书房，将对皇太弟字字忠言亲笔御批。

蒙哥大汗笑送二人离去，而笑眼中又突现几分高深莫测……

只不过再见面时，又是一片祥和。原来阿里不哥除骄纵跋扈外，经封国与汗廷之历练倒也尚可以支撑一下门面。况且尚有李槃在幕后为其打下手，故不到两个时辰已将三策之事处理妥帖。其一，燕京之事：当务之急！为掌控阔端远征吐蕃或有异举，先将布只尔调往监军，而任命忠直之臣孟速思为新的"扎鲁忽赤"（即大断事官）。其二，漠南筑城之事：势在必行，只待南征凯旋即可动工。其三，经略河南之事：要中之要，非忽必烈宗王莫属……忽必烈在一旁听后，早事事满意件件称心了。须知，孟速思乃其一手培养起的王府重臣，而漠南筑城只要汗廷点头已是万幸了。至于经略河南原本就没有过高期望，能得个"非己莫属"更出乎意料了。但最高深莫测的还当属蒙哥大汗，明明早看出两个冤家骤然变得亲密无间，其中必有什么猫腻，却仍然要"锦上添花"御笔亲批曰："准奏！交皇太弟全权代朕行事，他人勿扰。钦此！"

征战在即！也可视为皇室内的一种交易……

而忽必烈勇于率军远征大理的回报，却远远不仅如此。蒙哥大汗不但为他解开了缰绳，而且就连笼头也似乎为他摘下并彻底扔掉了。当夜就在御书房告知忽必烈，尽可将其余二妃和芒哥喇带回漠南身边团聚。难道仅仅是为了激发自己浴血奋战的斗志吗？忽必烈反倒有些忐忑不安了。而蒙哥大汗却仍在长兄如父般地微笑，倍加关怀的目光似已经穿透了两个兄弟的心腑。一切均似已经不可逆转了，谁料无意中竟又突显了一位小人物——色目人阿合马！原为按陈王之家奴，后随察苾出嫁成为王妃"斡耳朵"的侍从。机敏恭顺，长于理财，故在忽必烈与察苾赴漠南后，

【第七章　权力的终极，便是随心所欲】

被擢升为漠北藩邸留守大总管。现在两个王妃与已故大妃的共三处"斡耳朵"均需南迁，而各位王妃帐下之家臣、侍从、男仆女婢、骁勇宿卫等起码成百上千的人众与财产物资也将随之而行。忽必烈哪有闲暇再顾及这些烦乱庞杂的事务，遂使阿合马这位色目小吏终于觅得这个一展奇才的机会。而现在忽必烈根本顾不上理会他，而是一直在回味着大汗那溢满亲情的微笑。莫非战争可使人增长智慧？莫非战争可使人变得大度？但不管怎样，现在已绝无退路了。在商讨几天军务后，忽必烈当机立断，决定带着赵璧与阔阔先行返回金莲川。

谁料，又得到了蒙哥大汗之嘉许……

随着三弟旭烈兀的再传捷报，西征、东战、南围的战争节奏似乎又加快了。铁蹄声声似擂响了草原这面巨大的战鼓，就连荡平吐蕃的统帅阔端大王也提前出现在汗廷了。

战马抑制不住地扬蹄嘶鸣，骁勇更亢奋地在挥刀长啸。

忽必烈深深地感到，留给自己的时间不多了！

是的！他随时准备接受战争的洗礼！

但他更想思大有为于天下……

三

金莲川上一片骚动，惊呼大王归来之神速……

但忽必烈下得马来却显得神清气爽、镇定自若，竟没有立即召集重要的幕僚与家臣紧急相商大计，而是安详地走进了王妃的宫帐里稍事休息。突显其性格特点，竟使得整个毡包连城又渐渐平静下来。

知夫莫如妻，只有察苾明白越如此越表明他的心事沉重……

但现在她即将临产了，即使是精心设计的蒙古袍也难以遮掩这个事实。但她还是忙命牡丹准备热水泡药，首先关心的是忽必烈那双伤病的脚。虽然身子沉重举动困难，但还是亲自帮助或指点牡丹为他又泡、又揉、又捏、又敷。忽必烈被深深感动了，望着共患难的妻子竟使他最关切的问题也一时难以开口。而就在此时，小王子真金却有怨气需要发泄。他小模小样，脱口而出："大王一回来，小王就难得天天坐王帐了！"忽必烈忙问："这是怎么回事儿？"察苾这才从姚枢等之建言"效仿中原皇家故事"，到小真金假戏真做查办邢州之案的整个过程，从头至尾颇带自责地详述了一遍。

谁料这位宗王听后，竟似觉得脚疾豁然痊愈……

忽必烈振奋不已曰："吾之疲于奔命归来，当务之急便是首问邢州之地推行汉法治汉之事。如邢州失败，则吾所请回之御笔亲批则全然白费心思了。妙哉，吾儿已为父王尽解其忧！"

小真金抱屈道："额吉说，此乃只不过是瞎狼碰了个死羊羔！"

而忽必烈谈兴正浓："王妃莫谦，非也！惩之该惩，杀之该杀，以武护卫本王推行仁政更为处置得当。本王即在现场，处置也不过如此而已。处之果断，行之及时！"

察苾竟坦诚相告："非察苾所为……"

小真金又在嚷嚷："是吾等演练的！是吾等演练的！额吉尚未阻止，只不该将儿之'必阇赤'发配倒夜壶去了！"

忽必烈忙问察苾："因何又扯出夜壶？"

察苾只好详加解释："其实，察苾与众幕僚均看出此步棋非走不可。然汉儒惧蒙事，察苾又唯恐触犯'札撒'，故只盼宗王早归裁处！谁料尚有初生牛犊不怕虎，卖身投靠那小儒生范宁竟敢暗中教唆真金假戏真做。察苾见真金已动用王印，故也顺水推舟默认其所为了。察苾唯恐真金再跟上这小儒生闯大祸，便将其发配给许老夫子严加管教了！真金！为何偏偏只提倒夜壶？"

小真金慌忙补充："啊！对了，还有端茶递水！"

忽必烈哈哈大笑曰："王有贤妃，臣有良策，王帐尚有小王坐镇，本王后顾无忧！本王后顾无忧了！"

【第七章 权力的终极，便是随心所欲】

小真金却说："儿之'必阇赤'尚有忧啊！"

忽必烈笑得更加畅快了，说："嘀嘀……大王这就为小王任命范宁为'必阇赤'，谁让小王为大王已立大功！"

察苾嗔怪了："大王小王皆疯矣……"

也难怪忽必烈如此激动，使其在汗廷最为忧心的两大问题竟然全都解决了。孔孟之道确实博大精深，仅姚枢等群儒之建言就作用非同一般。既可使小真金高扬圣祖嫡重孙旗号稳扎金莲川，又可使察苾名正言顺地代自己经略中原。而这位小王"初试锋芒"，竟又意外地解决了邢州地区打开局面之这道难题。借孺子之口行大王之策，高明之处就在于进退有据。进可称之为乃圣祖血脉所致，退可称之为乃小儿之言。上可对汗廷，下可对庶众。当然，没有察苾的大度采纳和睿智运用还是好事难成。

难怪儒者先曰修身、齐家，后言治国、平天下……

忽必烈振奋不已，这才告诉察苾他已被任命为南征统帅。随着战争节奏的加快，随时可能率军冲向那远天远地。而察苾回答："早已从汗廷传来的消息得知，尚唯恐宗王会变成只能厮杀的马前卒。"忽必烈答："现已不会了，有王妃相助当仍然思大有为于天下！"随之，便将赵璧、商挺、郝经、阔阔传入妃帐。下令商挺，必须两日之内将孟速思召回！下令阔阔，暂代廉希宪行事，必须令其三日内火速回归！下令郝经，亲传王令，必须将布只尔与亚喇瓦赤四日内召至金莲川！下令赵璧，亲自登门，必须将史天泽与杨惟中请到王帐议事！真可谓：雷厉风行，指挥若定！

是夜，竟有空还要设宴专门为群儒庆功……

王帐内灯火通明，而群儒竟不知功在何处？但诸如王鹗、姚枢、窦默、许衡、刘秉忠、张德辉、李冶等名儒文士虽摸不着头脑，却还是纷纷应召而来。的确！忽必烈如此崇儒实属罕见之举。乃出于察苾的建言，也有自己之切身感受。他明白，大汗那高深莫测的笑容尚令自己有忧。他更清楚，能为自己解忧者或许也只有这群异族幕僚。为此，他破例地特备了酒宴，欲再次激发群儒之豪情。只不该有一位的出现似显多余，好在他尚懂得甘坐末端隐身于烛光暗影处。却不料竟然又被老夫子许衡发现了，当即责之曰："范宁！被逐浪子，汝有何资格列身于此间？"更没想到这小子又犯拧了："皆因都是孔孟门徒！"许衡气得只能摆出师尊的谱气："还不给为师滚回去？"而这小子竟白眼视之曰："倒夜壶？"众皆哄然大笑，老夫子气急竟要拂袖而去，多亏了忽必烈及时劝阻："好了！好了！老夫子姑且息怒，非其自来，乃本王欲借其说事！"随之，晚宴也就顺顺当当直奔主题。欲借这小子说事？群儒们当即明白了设酒宴庆的是何功！

乃大王不在，不使王座虚悬之功……

但忽必烈举杯却说："这第一杯酒，当首敬孔孟先师！本王过去只学得皮毛，而经历越多越觉儒学之高深莫测、博大精深。其间不仅有治国之方、施政之道、用人之术、修身之法，举凡天上、地下和人间诸事无所不涉。本王感触颇深，受益匪浅。来！先为孔孟先师干了这杯！"

群儒大为振奋，纷纷举杯应之……

忽必烈端起第二杯酒又曰："此杯酒当敬天下之儒者士人！刻苦研读圣贤之书，追求广施仁政于天下。上忠君王，下恤庶众，虽乱世其志仍不可夺！本王受惠于先，泽及王族于后。来！再为天下儒者干了这杯！"

群儒更为感动，又纷纷举酒应之……

忽必烈这才斟酒开始为众幕僚摆功说："这第三杯酒，当敬在座各位功臣！大战在即，本王难以分身，'思大有为于天下'很可能化为泡影。而姚枢首提兼顾之策，功不可没！状元公之'秤砣虽小能压千斤'，更见解独到！和尚所言'乃圣祖嫡重孙之特殊身份'，尤精辟之极！还有其他各位之'汉地当行汉法''名不正则言不顺'等，均为不可多得之奇思妙想！总而言之，没有诸位，焉有本王之后顾无忧？来！来！来！本王将亲自为诸位各敬一杯！"

但更令人震惊的是，还要隆重地为群儒"正名"……

其实，草原汗国的初期设置是极为简单的，唯一可称为高级官衔的就是"扎鲁忽赤"。后来显然跟不上形势发展，故也常常借用辽金两代官衔以应对时局。成

【第七章　权力的终极，便是随心所欲】

吉思汗死后各大封国更是用得杂乱无章，唯独忽必烈此次"正名"是大有深意的。比如说，任命姚枢为王府"首席尚书"、任命王鹗为藩邸"中书令"就绝非应景之举。而且许衡、刘秉忠、廉希宪、郝经等众多儒僚也均得到了恰当的"名分"，真可谓远征前夕之"大家手笔"！

老九们追求的就是个"名正言顺"，竟又纷纷感激涕零了……

"正名"终于轮到那位小浪子了，大王曰："范宁！汝敢教唆小王大胆而为，实属冒失之举。但瞎狼总算碰了个死羊羔，本王姑且也给汝记上一功！既然小王已开了金口，岂能言而无信？本王就任命汝为小王之'必阇赤'！"

这小子竟得意非凡曰："谢过大王！范宁将不辱王命！"

"然而，"谁料忽必烈话锋一转，却又指出，"汝今日当众竟敢顶撞老夫子，绝对有悖于师道尊严！故仍交老夫子严加看管，仍须继续侍奉师傅！"

刘秉忠双掌合十曰："阿弥陀佛！尚得倒夜壶！"

这小子倒也乖巧曰："这就去！"

众皆欢然大笑，许衡也总算保住了面子。这时忽必烈才罢酒说出自己已被大汗任命为远征南诏大理之统帅。征战在即！大王军中需幕僚，小王帐前需辅臣。何去何从，可自择之。然去者必助大王取胜于天南，留者必助小王运筹于地北！而此时即可建策，各自均可突显儒者之才智！由此可见，忽必烈确如史称"虚己纳言，择人善用"。故元人孔齐在其《至正直记》中也称："世祖（即忽必烈）能大一统天下者，用真儒也！"尚有后半段，到时再录。

但当时群儒早知足矣，竟纷纷表态甘愿效命……

夜，渐深了。察苾因为身子不方便，并没有去参加她亲手策划的摆功盛宴。但作为一个具有高度政治智慧的女性，却仍在寝帐里为变幻莫测的政局前思后想着。她既心疼忽必烈连日辛劳的身体，又深知其虽口呼"后顾无忧"尚有忧的心态。察苾早已看出，蒙哥大汗之放归质子和其余王妃，并非为忽必烈摘套松绑，而是甩给他一个又一个沉重的包袱。她也明白，蒙哥大汗那御笔亲批只不过是一个空头人情，在战争面前很可能最终化为一纸空文。她更清醒地意识到，蒙哥大汗已改为把征战作为笼头，把军需粮饷作为缰绳，正在煞费苦心地使自己最有才干的皇太弟化成一支冷冰冰的嗜血长矛！如圣祖之"朵儿边·那海斯"（即"四狗"）那样，仅成为唯大汗之命是从的凶猛悍将。

这是察苾最不愿看到的，而忽必烈似也在苦苦挣扎……

又过了片刻，王帐里的盛宴结束了。察苾也随之停止了相关的思考，赶忙为宗王铺好了衾被。她不愿开启这个话题，只愿忽必烈能首先好好地睡上一觉。但他是回来了，也疲惫地躺下了，而且身畔又弥漫起察苾那股好闻的温馨气息，却出乎意料地怎么也睡不着。察苾越看越心疼，只好把他的双脚暖在怀内用心灵去抚慰他。但刚才尚面对群儒纵论天下，大谈孔孟之道的忽必烈，现在却久久沉默着只顾凝视着帐顶。

出于无奈，察苾发问了："尚在猜度大汗的心思吧？"

忽必烈也只好承认："久思不得其解！"

察苾无语，只躺在其身边，将其手置于自己隆起的腹部。

忽必烈感觉到了胎动曰："伸拳动足，跃跃欲试矣！"

察苾这才回应道："此即当今大汗之写照，正欲横空出世！伸拳动脚，乃已不安现状；跃跃欲试，早图脱颖而出！胎儿尚且如此，更何况当今大汗乎？人常言，士别三日，当刮目相待，宗王已离大汗数月更当如此！依察苾所见，当今大汗已变得更自信，更精明，更收放自如！然并非什么高深莫测，乃其政治手腕日渐成熟！若按汉地说法，此乃对宗王放长线欲钓大鱼！"

忽必烈又问："其意欲如何？"

察苾答曰："投足了鱼饵，引宗王大开杀戒为其尽快征服大理国，以遂其从西南包剿'南家思'之心愿。届时既可使御笔亲批化为泡影，又可使宗王双手沾满鲜血尽失贤王之名。然后大汗将御驾亲征越过长江，以实现其超越圣祖之征服天下梦！血染华夏，名垂青史！"

忽必烈叹道："而吾之思大有为于天下？……"

察苾应声曰："难矣！唯有血流成河，唯有尸骨遍野！只给宗王留下两条路：

【第七章　权力的终极，便是随心所欲】

一学三弟旭烈兀，远离是非，另辟臣属汗国；一学四弟阿里不哥，任其操控，掌弄于其喜怒之中！"

忽必烈掀衾而坐斥："休想！此乃绝非一厢情愿可为！"

察苾忙为他披衣道："息怒！只要宗王志不可夺，化解方法当然有之。身为长兄竟容不得诸弟尽显其才，又如何容得了普天下？心胸狭窄尚想攀附圣祖，更显其志大才疏、刚愎自用！况且宗王经略中原已有基础，当然这只是一厢情愿了！"

忽必烈却又显低沉曰："然其是君，吾乃臣耳！"

察苾却颇显大度曰："好事啊！这正好借'君臣大义'大做文章！大汗派宗王远征大理为的就是使你首尾难顾，而宗王却偏偏两翼齐展，尽显文韬武略。借力使力，他已下亲笔御批又将宗王奈何？仓颉造字已越几千年，而吾方有字才有十几年？宗王尽可向大儒名士请教中原故事，当能以柔克刚尽可化解之！"

忽必烈道："原来王妃正是为此力促本王宴谢群儒？"

察苾答曰："如无群儒建言，何来小工代父立威？何来邢州及时治乱？中午宗王酣睡时，刘秉忠尚向察苾进'化重负为支柱'之策。建言依游牧祖制，可将宗王之四大'斡耳朵'东起金莲川，西至六盘山，分布于宗王统辖之漠南各点。再派心腹重臣辅而导之，既可成为宗王机密之通讯驿站，又可成为宗王监控各路诸侯之据点，借力发力，得利者必为宗王！"

忽必烈颇为欣赏道："可为之！可为之！"

察苾却又显忧虑道："然察苾所最为忧虑者，乃宗王之率军南征！如急于凯旋北返，将勇势必又将再现昔日血腥征服之惨况。宗王即使不亲刃人，也将双手沾满鲜血再难称之为'贤'。多年苦心经营将毁于一旦，再何谈思大有为于天下？匹夫之勇正中大汗下怀，宗王万万不可因一怒而成千古遗恨！"

忽必烈应曰："此也为本王日夜所思者，正苦觅其法！"

察苾进言道："依察苾所见，宗王当一反旧时嗜血征战之法，而高扬'仁义之师'的大旗。依托皇太弟之特殊身份，行军一路施一路仁政，纵马千里广络千里民心。征途中永不忘保境安民，帅帐中时刻牢记济困扶危。如此行事，则宗王人未到

'仁'已先到,贤名远播必将动摇大理人心。再大军压境遣使招安,或可不战即能屈大理之兵!"

忽必烈竟听着听着躺下了,言道:"王妃所言,仁者之语……"

察苾又为其盖好衾被,继而言道:"若真能如此,则宗王已在圣祖子孙中独树一帜!首尾相顾,必将对小王坐镇经略中原大有助益。双翼齐展,凯旋之日也将是宗王尽得天下民心之日!"

谁料忽必烈竟长长舒了一口气,终于酣然入睡了……

察苾叹息了,还以为忽必烈将自己的话当成了摇篮曲。其实不然,事后证明其中大部均被忽必烈采用了,故史称她有"经天纬地之才"。而波斯史学家拉施德则更进而称之,是她辅佐忽必烈"彻底改变了原始的征服方式"。当然,这也从另一个侧面反映了忽必烈的雄才大略。虚己纳言,却又绝不缺乏主见。比如,他早已派出自己年轻的亲信侍从玉律术与王君侯,化装成行商由汉地直插大理以去"知彼",致使察苾的贴身侍女托娅寝食不安,整日里远眺南天几乎望穿秋水。

王有贤妃,自然鼾声来得酣畅淋漓了……

而就在这时,察苾却开始腹痛难忍了。一波接着一波,她知道自己就要分娩了。但为了不惊动忽必烈这难得的一睡,还是挣扎着走出了自己的寝帐。而眼看就要挪近侍女们的蒙古包时,她感觉到孩子已经开始降生了。多亏了这是个万里晴空的明月夜,偏巧范宁又解手归来经过这里。这小子见之就要惊呼,但当即就被制止了。她怕惊动了整个营帐,尤其是惊动了忽必烈,遂命这小儒生留下披着的长袍,赶紧悄悄地把牡丹呼唤出来。好在游牧民族常会遇到这种情况,已积累了一些如何处置的经验。只不该这小子光着膀子瑟瑟发抖地来到蒙古包前有点怪声怪气地悄悄呼唤牡丹。牡丹倒是闻声就出来了,但一见这小儒生光着膀子的怪模怪样却颇加怀疑。只逼得这小子忙压低声音解释:"非也!孔孟门徒当非礼勿视、非礼勿行、非礼勿唤、非礼勿半夜叫门!而此乃万不得已,不非礼王妃之令即万难传之于汝!"牡丹急问:"王妃怎么啦?"这小子竟回答:"吾……吾也不懂!"

好在结果是令人满意的,察苾又得了一个儿子……

【第七章 权力的终极，便是随心所欲】

忽必烈第二日凌晨醒来，这才得知儿子已经出生的消息。这位宗王既欣喜又自责，忙去到侍女所在蒙古包进行抚慰，并为这第三个健壮的儿子起名曰：那木罕！竟当着察苾托举儿子欢呼曰："大战在即，吾儿急于出生，乃为父王呐喊助威也！"而婴儿哭声果然嘹亮，察苾欣慰地笑了。

再一天孟速思归来了，忽必烈与他长谈，安排燕京事务。

又一天廉希宪归来了，忽必烈与他长谈，倾听邢州现况。

这位宗王还在等待着更重要的客人，均来自于燕京。

战鼓频催，他欲两翼齐飞……

四

这一早，察苾的另一位贴身侍女托娅也归来了……

这不仅反映了初次崭露头角的阿合马那特有的忠诚与乖巧，也反映了这位陪嫁侍臣的工于心计和精于谋算。他一直把察苾视为自己的主子，而现在他却有件事难以启口：另一位小王子芒哥喇他未能给王妃带回。这倒不是因为蒙哥大汗的出尔反尔突然反悔，而是由于这位顽皮的胖小子和忽都岱大皇后相抱大哭死活不肯分开。蒙哥大汗似乎也没办法了，也只好含泪决定：等皇太弟下次来再说吧！而恰好托娅此时归心似箭急于回到金莲川打听玉律术有无消息，随之阿合马也就给了个顺水人情派一骁勇送她先来送讯来了。他难以分身：大战在即，却尚未见辎重粮草先行，竟只见宗王几大"斡耳朵"的众多眷从和车驾齐向漠南沉重而又缓慢地行进着。

只有托娅总算解脱了，纵马向金莲川飞驰而来……

这里必先说明，依照游牧民间的古俗，宫闱及王帐中的侍女地位并不十分卑贱。有很多竟来自下属千户百户等贵族之家，故婚嫁相恋并没有那么多封建禁忌。据史载，大多中层贵族与将领也均以纳之为荣，而大汗或宗王也均"厚给妆奁以嫁之"。托娅则是一弘吉拉千户之女，清纯靓丽，十岁其父便送在察苾妃帐为侍以学高贵礼仪。进入豆蔻年华，便对忽必烈身旁一位亲随少年武卫渐生好感。此人即文武全才、相貌英俊的玉律术，现已为王府"怯薛"年轻将领中佼佼者。而按蒙古遗风，忽必烈与察苾不但未多加管束，而且似乎还在暗中乐观其成。虽然汉族幕僚中已有人指其为"非礼"，但儒文化到此尚难涉入游牧文化这个古风古韵的领域。

托娅终于飞马回到了金莲川上……

但眼前不仅不知玉律术现在何处，就连有关他的消息一点都没有。托娅难免有些失望，恰好正碰上察苾王妃产后刚从侍女们的蒙古包搬回自己的寝帐里。托娅好不内疚，忙帮着牡丹里里外外打点照应着。而疲惫的王妃似早已看出了她的心思，仅仅说了一句话便使她转忧为喜：

"托娅！这次你将随征，侍奉大王也去大理……"

这也可看出察苾的不同凡响，仅仅一句话，就为这位贴身的小侍女注入了美好的向往和追求。原来，玉律术在得知自己将随征大理时，曾大有深意地将她托付给一位幕府挚友：此人即少年已显英才的汉族侍臣张易，为防远征万一大有深意。而现在用不着了，故托娅忙向王妃告诉另一位小王子芒哥喇的事情，谁料王妃竟简单地回答：知道了！后来她才从牡丹那里得知，就连初生的小王子也已派人去寻找乳母了。王妃为化解宗王顾此失彼之忧，已经开始传人觐见从旁加以相助了。而更重要的还在于，不离左右地常把小王子真金与小侍读安童留在身旁，不时加以调教似正准备应对什么。游牧民族本来就没有坐月子一说或没有中原那么多禁忌，但寝帐里总出出进进一位呆头倔脑的小儒生还是有些扎眼。向牡丹一打听，这才知道范宁这小子因产夜"护驾"有功，竟破格又被提升为王妃帐前的文侍了。据说，就连许衡老夫子也百思不得其解，曾为这小子的连连好运大跌眼镜。

而这小子从此也就把王妃赐还的长袍视若珍宝……

托娅和牡丹从小一起在王妃身旁长大，她就是实在不理解自己的小女伴一提起这小子就会那么洋洋得意。按说她也是一位贵族武将的女儿，牡丹这个汉人名字还是王妃给她起的。王帐之外有的是骁勇的"怯薛"骑士，她怎么会偏偏看上这么一位又呆又倔的文弱小儒生？莫非是教这小子学说蒙古话教晕了头，竟连骏马和倔山

【第七章　权力的终极，便是随心所欲】

羊也分不清了？没错儿！这小子现如今那蒙古话说得结结巴巴还算能让人听懂，只不该好像在那个方面不开窍儿像个愣头青。据牡丹私下里悄悄对她说，只要稍稍和他亲密接触，他便会大惊失色地喊："非礼也！非礼也！"

然而，还不到半个时辰，托娅就再顾不上这一切了……

察苾王妃似乎一诺千金，竟然这就命她带着四个灵巧的小侍女，去专门照料宗王的日常起居和迎宾待客活动。托娅这一去，才知道这大王可不是好当的。除了得忙到深夜才能回妃帐睡两三个时辰外，大多是在王帐之中和一批又一批幕僚度过的。的确如此，忽必烈仅在这一两天内便处理了大量急办的事务。如刘秉忠有关"斡耳朵"的建言，已派出多位能臣干吏去协助阿合马依言进行安排。再如对廉希宪有关邢州"治乱必治本"之策，已交察苾王妃与邢州籍名儒刘秉忠与张文谦等商议出根治之方。而当托娅被派到王帐之时，恰好遇到忽必烈尽召群儒热议南征之事。只听宗王正在详述"一反嗜血征战之旧法，高扬'仁义之师'的大旗，以及"行军一路施一路仁政，纵马千里广络千里民心"等等，只听得就连许衡老夫子也罕见地当面赞叹曰："莫非大王当面得孔老夫子亲传？"宗王倒也大度："非也！乃王妃先去圣人处取真经归！"群儒闻之更加哗然，王鹗竟激动而言道："大王有如此贤妃，吾等留此经略中原已有主心骨矣！"在托娅的印象中，这一晚群儒们竟议论得如此热烈。有的建言，有的献策，为南征之事直议论得深更半夜尚意犹未尽。不仅托娅立在宗王身后快支持不住了，而且就连在王帐外随时等候传唤的四个小侍女竟也睡着了一半。

第二天早上，托娅是在迷迷怔怔中被牡丹唤醒的……

她明显地感受到，今天的毡帐王城和往日的氛围大为不同。刚走出蒙古包，便见得廉希宪大人骑在一匹高头大马上正在调动王府的"怯薛"卫队。只见他高鼻深目，蓄着一层薄薄卷曲的络腮短须，身穿铠甲披着一件白色披风，显得既伟岸又英武。虽说属畏兀儿重臣，却也是女孩子们心仪的那种首选人物。要知道，他胡子虽重，也才不过二十多岁。再看他已经在毡帐王城外排列好迎宾的马队，王帐外排列好护驾的宿卫。一个个威风凛凛，一个个肃立不动。很显然，今天将有重要的客人大驾光临了。

托娅很懊悔自己辜负了王妃的重托起晚了……

已是日上三竿，她忙跑进妃帐准备去侍奉宗王洗漱。谁料忽必烈已经外出了，却惊讶地只看到王妃正在精心打扮着小王子真金和那个更小的小侍读安童。还有那个呆头倔脑的小儒生也在，穿着一本正经的似乎正要和牡丹一起去执行什么要务。好在王妃尚没有责备自己，只吩咐她去"怯薛"中军帐侍奉宗王。

托娅负疚地赶忙去了……

"怯薛"中军帐是一顶仅小于王帐的高大蒙古包，宗王正在喝着奶茶向孟速思大人嘱咐什么。见她到来也没多加责备，只是吩咐她今日要全力侍奉好小王。托娅这次由汗廷返回漠南，真有一种恍若隔世的感觉。就拿小王子真金来说，她走前尚是个文弱只懂得背书的孩子，这才几天，竟做梦般变幻成了什么身负重任的小王？

不可思议！但就在此时却猛听毡帐王城外号角响起……

托娅知道，这说明重要的客人马上就要到了，她闻声赶忙走了出去。但出人意料的是，并不见宗王亲自出外相迎。只见小王子身着皇族盛装骑在高头大马上，旁边还跟着个骑在马上的小安童，左右尚有那小儒生和牡丹也跨在马上相随着，前后还有十数骑"怯薛"骁勇护驾随行。声势颇大，好不威风。而托娅在王帐前已经得知，今天来的贵宾乃燕京行省首脑布只尔和亚喇瓦赤两位"扎鲁忽赤"。迎接的规模是够上档次的，但偏偏派小王子前来能压住阵吗？

托娅赶忙奔往毡帐连城大门去看……

只见得小王子等刚刚在王城寨口摆好迎宾的阵势，远处尘土飞扬间一列马队已簇拥着两位要人奔驰而来了。一看如此盛大的迎宾阵势显然非常踌躇满志，但一望跨在高头大马上的小真金顿时又显得目瞪口呆。好在廉希宪一直带领宿卫在一旁，压住阵脚似乎就是为让两位要人看个清楚看个够。对视了片刻，小王子真金这才颇显威严地颔首令廉希宪传话。廉希宪见之随即高呼："圣祖嫡重孙、当今皇太侄、小王子真金谨遵皇太弟之命，代父王恭迎大驾光临！"看得出，布只尔和亚喇瓦赤还算满意，就不该一看只不过乃一个小童，竟嘻嘻哈哈一抱拳就要策马进入王城。

【第七章　权力的终极，便是随心所欲】

谁料在小王身边那更小的小童却大声喝止了："大胆！"布只尔和亚喇瓦赤忙勒马，而那小童又进而怒斥道："汝等无视'札撒'，该当何罪？"布只尔和亚喇瓦赤似这才意识到什么，但好像为时已晚了。只见那跨在高头大马上的小王子突显威严，竟在沉默中也有话要说了。他居高临下，声音尚且和缓却分量格外沉重："布只尔大人！亚喇瓦赤大人！汝二人均为朝廷重臣，应当深知为臣之道！父王有要务缠身尚唯恐接待不周，特派小王代为隆重迎接。而二位大人竟置若罔闻，莫非远离汗廷已横行霸道习以为常乎？"布只尔与亚喇瓦赤只好暗暗叫苦，但又一时间进退失据不知如何是好了。而这位小王高跨马上却仍不依不饶，竟语气越来越重咄咄逼人道："视小王不屑一顾，倒也不算什么。而汝等又将大王置于何地？大汗置于何地？圣祖置于何地？皇室置于何地？"这一连串质问，顿时把布只尔与亚喇瓦赤吓得翻身滚落马鞍，立即面向这位童子跪伏在地。但这位小王子高高在上竟对这两位封疆大吏不屑一顾，而是冷冰冰地开始下令了："来呀！立即收缴两位及从众的马匹，令汝等退回三十里！待学会'札撒'礼仪，再步行前来觐见小王！廉希宪将军！就由你监督验证执行！"廉希宪刚抱拳喊了一声："得令！"便只见小王一挥手便率众头也不回地返回毡帐王城了。

托娅在一旁看得目瞪口呆，果然是"当惊世界殊"……

而再等她带着四个小侍女清理和布置好王帐之后，眼前的情景却又似乎时空倒转地回到原点了。托娅在王妃的寝帐里看到，小王子真金正被母亲罚跪。据牡丹悄悄告诉她说，是因为他贪玩没背会老师留下的一篇古文而挨罚的。小模小样，旁边还有更小的女童作陪。王妃的面色特别严厉，边罚跪边令两个小家伙继续往熟背。

一把鼻涕一把泪，哪还再有刚才小王的威严……

托娅见识了小真金的"原形毕露"，又忙带着四个侍女来侍奉宗王。而这位皇太弟似乎也根本不把儿子撵走两位封疆大吏之事放在心上，还只顾和即将赴任燕京行台的孟速思大人深谈着。托娅知道，孟速思大人不但很早就是宗王重点栽培的亲信大臣，而且也是状元公王鹗的入门弟子。武曾当过王府的"怯薛"统领，文曾任过藩邸的家臣领班。为人沉稳、厚重多谋，周旋于官场军界早成为宗王之左膀右臂。托娅只记得就在军帐中侍奉宗王等吃过了午饭，也不知又进过几遍茶，这才见得廉希宪飞马来报：布只尔与亚喇瓦赤大人徒步即将抵达毡帐王城。

忽必烈终于起身哈哈大笑了……

托娅再看，宗王已准备亲迎贵宾的到来。除孟速思和廉希宪外，竟不带一个骁勇宿卫，却偏带上自己和四个小侍女。他也不更衣盛装，仍宽袍松带，胜似闲庭信步一般径直向王城寨门走去。而再看跋涉而来的布只尔和亚喇瓦赤，俱都灰头土脸尽显疲惫不堪，据说后半程还是命骁勇连背带架弄来的。宗王见之竟大感诧异曰："两位大人！为何竟如此狼狈？"廉希宪忙附耳禀报，宗王这才似恍然大悟曰："都怪本王巡视军务迟归一步，迟归一步了！还盼两位大人见谅，孺子从小即言必尊大汗，行必敬大汗！唯崇祖宗之法，事事必严遵圣祖之'札撒'而行！今日多有冒犯，还盼二位大人当面对孺子训之、罚之、斥之，以至杖责之！来人呀！替本王锁小王来见，以为二位大人解气！"谁料布只尔与亚喇瓦赤竟立马跪伏在地阻止道："小王无过！小王无过！均吾等之过失疏忽所致！"忽必烈喟然长叹曰："还是二位大人以大局为重，本王当面代孺子谢过了！思其小小年纪，便即将代本王坐镇漠南！而其身为圣祖嫡重孙，不施祖法又何以服众？还盼二位大人谅解之，谅解之！"更没有想到，布只尔与亚喇瓦赤均伏地自认倒霉道："贤哉小王！威哉小王！吾等均心服口服绝无怨言！"

托娅开始意识到了什么……

随之，宗王又突现仗义好客之壮举：首先命托娅率四位小侍女侍奉两位大人热水解乏，沐浴更衣；再令廉希宪领各位燕京骁勇到各军帐躺卧休息，赐酒养神；又命孟速思立即于王帐准备丰盛的酒宴以叙旧情，畅饮尽欢。这更使得布只尔与亚喇瓦赤一时间又受宠若惊，眼望着一个个美女娇娃更不知如何进退了。好在二位大人尚能规规矩矩，小侍女们也绝对目不斜视，这份特殊的"恩宠"才总算"享用"完了。

是夜，盛大的酒宴在王帐内摆开了……

托娅看到，作陪者均为清一色的蒙古臣将，竟无一位汉人幕僚在座。唯一例

【第七章 权力的终极，便是随心所欲】

外者乃色目重臣廉希宪，但好像也是为陪色目封疆大吏亚喇瓦赤的。酒宴上尽显宗王之豪放与大度，频频举杯后致使王帐内顿时溢满了一种浓烈的民族自豪感。似乎小王已被遗忘了，只听大王在煽情地纵论战争、战争、即将开始的战争！托娅感到，句句皆为火种，沾着酒蓦地便燃烧起来，竟使人人都摩拳擦掌，个个均壮怀激烈。只见布只尔已首当其冲地举杯起立放声道："大王之语，点燃吾之胸中万丈豪情！恨不得这就推开文案，立即纵马于沙场为大汗效命！"众皆呐喊助威，而此时却猛听得宗王威严地一声喝令："布只尔、亚喇瓦赤、孟速思三位大人听旨！"举座皆感意外，但也只能慌忙离座与三人同时跪伏于地接旨。蒙古文诏书自有其特殊之处，故宗王展读圣旨也特别明了简洁："大汗之令！着布只尔官晋一级，升为监军，随阔端合罕远征吐蕃！着孟速思补任燕京行台'扎鲁忽赤'，接旨之后火速赴任！着亚喇瓦赤将汴梁之地交皇太弟托管，今后毋庸干预！钦此！"托娅看到，孟速思接旨还算是干脆利落，另外两位就有点大感意外、魂不守舍的样子。好在宗王"度量弘广"并不计较这一切，竟首先瞄准布只尔举杯敬酒了："大汗英明，首选英杰。来！随本王一起祝贺布只尔大人终于心想事成！先吾等驰骋于沙场，必为'也客蒙古兀鲁斯'再立奇功！"圣命难违！布只尔还算是条汉子，竟挣扎着接连干了三大碗。一咬牙便醉倒在王帐之内不起，颇具一副死猪不怕开水烫的"好汉气魄"。

心中有苦矣！且又有把柄在宗王手中……

第二天，便是隆重的送行仪式。好像宗王又有紧急要务缠身，跨在高头大马上的却仍是小王真金。宿卫环列，近臣贴身，沉默寡言，好不威风。这阵势绝对强于上等的醒酒汤，令布只尔与亚喇瓦赤竟清醒得战战兢兢。童言无忌，大人一不小心就得受罚。接受昨日之教训，二人一见即跪伏于这位圣祖嫡重孙的马前。却不料今日小王之态度却格外温和，在宿卫的扶助下竟下得马来亲手扶起曰："昨日为遵'札撒'多有冒犯，还请二位大人多加见谅。来人呀！上酒！小王今日当亲自为二位大人饯行！"随之便是一人三大碗，而布只尔与亚喇瓦赤又敢不喝吗？更妙的是，小王连二人的随从也人人有赏，最少的也是一锭白银一革囊美酒，致使这些宿

一统华夏——忽必烈大帝之文韬武略

卫随从深受感动之余,沿途直至燕京竟把这位小王传扬了个神乎其神。过了不久,幽燕汉地竟有了如此神话传说:有人称此乃哪吒三太子下凡专惩贪恶,也有人道此乃散财童子再世普救众生!但不管怎样,布只尔和亚喇瓦赤总算骑在马上得以离开金莲川了。心有余悸地回头望去,只见此小王仍在率众远远挥手致意。

神秘莫测!莫非圣祖在天之灵果真在辅佐其嫡重孙吗?

只有像托娅这样的贴身侍女才明白,小王子真金或许正愁苦母亲早等待他回去背书呢!而在宗王出征前,毡包王城内又是如此忙乱。早上刚刚送走了布只尔与亚喇瓦赤,临近傍晚又要送孟速思大人起程。似要拉开距离,却又不能给予喘息的机会。托娅只看到,宗王特意派了商挺和廉希宪率两百骁勇宿卫亲送其赴燕京行台上任。这件事刚忙完了,宗王又连夜召集众幕僚商讨人事布局之大计。谁随宗王远征南下"仁"取大理?谁留龙岗辅佐小王经略中原?通宵达旦,致使托娅恍恍惚惚似又陷入了梦境。

但仿佛还没有达到高潮……

又是一个黎明,托娅带着小侍女们来侍奉宗王的起居洗漱。小王子真金与小侍读安童仍在相拥酣睡,察苾王妃已梳洗过了,正在与宗王谈论昨日夜议之事,气氛相当闲适,就连四周的营帐也显得静悄悄的。而就在托娅与小侍女们端来典型的蒙古式早茶奶点时,帐外传来的一阵阵急促的马蹄声却把这暂时之宁静又搅乱了。片刻,就听得赵璧在外禀告:"启禀大王!郝经陪同史天泽与杨惟中半个时辰后即到!"谁料忽必烈闻之当即哈哈大笑曰:"长生天助本王事事如愿,王妃就在寝帐静候佳音吧!"随之,便命赵璧火速传王城之中所有的大儒名士如王鹗、姚枢、刘秉忠、许衡、窦默、张德辉、张易、李治、张文谦等,做好准备以恭迎燕京大儒与真定世侯的到来。

半个时辰之后,帐城之外远远便可见荡起一片沙尘……

果然,史天泽与杨惟中应召而来了,后面还紧跟着世侯的侍卫马队。二人均跟随过前几代大汗,涉世极广且又阅历颇深。本以为帅城之外必然是旌旗招展、骁勇环列、战马嘶鸣、鼓角相闻。顶多打发一两个文侍出城相迎,也就算给足汉地汉

【第七章 权力的终极，便是随心所欲】

臣面子了。谁料驰近一看，帅城门外却不见一兵一卒。只见得皇太弟竟宽袍松带早已迎候在外，身后相伴的还有一个个知名天下的大儒与文士。再驰近一段，便见得皇太弟哈哈大笑着已率群儒迎了上来。史天泽与杨惟中再不敢怠慢，忙翻身下马跪伏于尘土之中。而忽必烈竟惊讶曰："这是从何说起？这是从何说起？好一个刁钻的史三郎！难道是示意本王也需跪迎吗？"语未了，只吓得史天泽与杨惟中慌忙纵身而起。皇太弟得意地又纵声大笑曰："史三郎上当了！本王不激，二位如何肯起？"众儒也应声大笑不止，随之便是携手进入毡帐王城。

这些都是托娅后来听说的，而现时在王帐里……

当托娅率小侍女们再进奉第三次奶茶、奶食时，谈话已无拘无束直奔主题。当宗王提出"设立屯田经略司于汴梁"，任命史天泽与杨惟中为经略使，不仅要推行汉法治汉，而且要更进而推行汉人治汉之时，史、杨二人虽激动不已却又似有所保留。忽必烈纵声大笑而后曰："三郎与大儒之心思本王明白了！虽有大汗御笔亲批，乃求更稳妥行事！来呀，立即派人将忙戈召回！忙戈者，本王自幼培养之蒙古文侍臣，也为状元公之入室弟子。为人忠诚自重，且又蒙汉兼通。既可为二位开道，又绝不会干预二位之决策施政。如何，史三郎？汝之目光尚视赵璧何意？罢！罢！罢！就暂借给二位三个月吧！"直到此时，史天泽与杨惟中才跪地受命道："大王气度恢宏，海纳百川，臣等将倾力经略中原，以报大王知遇之恩！"随之，便命王鹗当场起草行文，任命忙戈、史天泽、杨惟中、赵璧为经略使，陈纪、杨果为参议，于十五日内赴河南之汴梁设立屯田经略司，立即着手行事，大王远征归来要看成果！

但史天泽一听远征，面色似乎又稍显凝重……

托娅正在收拾笔墨，群儒也正欲倾心相谈，而这时却猛听得王帐外一声呼叫："小王驾到！"托娅一听，就知道是那位使牡丹晕了头的小儒生喊的。但此时王帐内却一片骚动，尤其是史天泽与杨惟中，还真想见识见识这位即将代父坐镇漠南之小王子。沿途已听了有关他的传说，真不知是虚是实正好借此看个明白。而尚未等大王发话，便见得这位小王子已经有模有样地进来了。虽天真可爱，却只不过是个

一统华夏——忽必烈大帝之文韬武略

刚十岁出头之黄口小儿!

宗王见其擅自进入,似也只能无奈地摇了摇头……

史天泽见之首先逗他了:"小王擅闯大王帐!"

谁料小王子真金竟对曰:"只为一识汉世侯!"

杨惟中在一片哗然中捋须道:"吾已老矣!按尊老及幼,幼者当对老者先行施礼!"

小真金在群儒静候中拜对曰:"吾为小王!论君臣大义,老者应对小王后行跪拜!"

在一片叫好声中,忽必烈似也只好亲自出马了:"大胆黄口小儿,还不快滚出帐外!"

在众人期待之际,小真金竟一躬到底拜答曰:"同为孔孟门徒,但愿能列身其中!"

在群儒的赞叹声中,忽必烈对儿子下狠招了:"大王剥夺汝小王权位!"

在众人静候之际,小王子对父王又敬而拜答:"但圣祖赐儿圣祖血脉!"

群儒由不得击掌叫好,忽必烈竟也随着宽纵地大笑曰:"雕虫小技!雕虫小技!王儿!是谁遣汝到此卖弄?"

"谈何卖弄?"小真金竟转身对着史天泽与杨惟中拜揖道,"乃家母命吾来拜见二位大人!母亲曰,二位大人均为燕京故交,因身体不便,故特命吾代其致以问候!何来雕虫小技?均为二位大人逼吾应对!小王到此本想与两位前辈探讨坐镇漠南、掌控幽燕、经略中原之道,岂料反被这雕虫小技困扰!"

众儒惊叹,黄口小儿竟能道出此惊人之语……

史天泽故意问:"敢问小王,吾到汴梁当何为之?"

小真金答之曰:"世侯乃武帅出身,行事当多柔少刚!"

杨惟中又急问:"敢问小王!吾又当如何?"

小真金还能答:"大人乃当今名儒,行事当多刚少柔!"

二人又同时问:"为何如此?"

· 208 ·

【第七章 权力的终极，便是随心所欲】

小真金回应曰："柔对庶众，刚对贪吏，只有刚柔相济才能推行仁政！悉家母曾于太极书院棋盘之间下出个小小的'仁'字，但愿二位大人经略中原能走出个更大的'仁'字来！小王受大王之命坐镇漠南，必将对二位大人鼎力相助之！"

群儒又是一片赞叹之声，王鹗竟当众又竖大拇指了……

"告辞了！"谁料小王子还能见好就收，"小王已完成家母交托使命，这就拜别二位大人！谨遵母嘱，该到小王背读圣贤之书的时候了！"

众人皆起作揖曰："恭送小王！"

而这位小王也颇显小主子的威严，好像理应受众人的拜送，竟头也不回径直小模小样地向王帐外走去。只看得史天泽与杨惟中目瞪口呆，眉宇间却骤然舒展了许多。只看得众幕僚洋洋得意，相视间尽显一种自豪感。

唯忽必烈叹息曰："黄口小儿多有不恭，还请多加包涵！"

和尚刘秉忠终于有话要说："阿弥陀佛！今日二位大人多亏是王妃故交，比之布只尔与亚喇瓦赤二位封疆大吏所受尊崇可算有天地之别也！"随之便讲起前日故事，从小王迎之施威，送之施恩，直到把两位封疆大吏搞得灰头土脸、首尾难顾详述一遍，最后曰："阿弥陀佛，大战在即，此乃天赐小王予大王也！"

忽必烈当即称："对贪官酷吏，理当如此！"

史天泽首先跪地道："臣今日得见小王风采，叹服矣！叹服矣！臣深知大王良苦用心，当唯小王之命是从放手经略中原！"

忽必烈曰："三郎勿忧，天塌了尚有本王顶着！"

而杨惟中也跪地道："臣今日尽闻小王之谈吐，果不愧为圣祖之嫡重孙！人王深谋远虑，王妃足智多谋，王子坐镇漠南，臣已后顾无忧、后顾无忧矣！"

忽必烈呼曰："无忧当尽欢，摆开酒宴！"

小王子真金此次的任务总算告一段落。但他没有回去背圣贤之书，而是枕在母亲腿上熟睡了。是有些累，听任母亲慈爱地摩挲着。但在王帐里却酒兴勃发，欢声尽起，群儒这才总算得着机会与燕京大儒与真定世侯尽兴畅谈了。而此时王妃静谧的寝帐内，察苾已唤进了那"卖身靠投"的小文侍范宁。她一边爱抚着熟睡的儿子,一边口述让小文侍笔录。她正依据忽必烈多日和她商谈的结果,在初步为南征北治进行人事调动与安排。随大王远征的幕僚忽必烈早有打算,计有擢升为王府尚书之姚枢,有能掐会算的和尚刘秉忠,有文武全才的色目近臣廉希宪,有长于谋略的干吏张文谦,有力大无穷的剽悍近卫郑鼎,有擅长督办粮草的董文忠、董文用兄弟,以及李儿速、贾丑妮子、贺仁杰、许国贞、赵秉温、解诚等亲信随从。(详见《元史·世祖本纪二》)而在北治方面,察苾认为邢州之事已初有眉目,由张耕与刘肃处置即可,从而抽出赵良弼及阔阔、张易等能臣干将,以加强辅佐小王之力量。计划由郝经与赵良弼主持漠南之文政;由商挺与阔阔统领漠南之军务,张易协之;由王鹗与许衡任幕僚之长继续招贤纳士;由赵璧兼任南征与北治的联络使,统领驿站轻骑往来与大王及小王之间;并任命阿合马为四大"斡耳朵"总管,同时监管漠南行营之税收与财务等。总之,就是没有提及自己一字,故史书中也只能用"经天纬地之才"加以概括。

而此时托娅在群儒的举杯纵论中又开始打瞌睡了……

她是第二天早上才得知察苾王妃、小王子,还有范宁昨夜忙乎情况的。又是一连两天的忙乱,宗王竟没明没夜地与史天泽、杨惟中、忙戈、赵璧等相商河南屯田之大计,而把南征北治的人事安排均放手交于察苾约谈和处理。托娅天天往来于王帐与妃帐之间,只累得晕头转向疲惫不堪。但每当想到即将与玉律术之相会,内心就涌动着一股难以名状的激动和力量。又一天,宗王终于放心地把史天泽、杨惟中及忙戈大人送走了,却谁料汗廷的快马特使又把圣旨送到了金莲川。

蒙哥大汗急诏宗王北上觐见……

掐指一算,忽必烈回到漠南也只不过短短十天。如果给一般宗王来说,这段时间或许尚不够与众多的嫔妃亲热呢。而忽必烈却面临着:四大"斡耳朵"的内迁、王妃察苾的生子、漠南王府的安排、大汗御笔亲批的处置,还有他那"思大有为于天下"的种种宏伟计划……或许这从另一个角度,也反映出了蒙哥大汗的高深莫测与收控自如。面对渐渐走向神坛的大汗,忽必烈是夜当即在王帐里召集王府幕僚与文臣武将议事。阔大的王帐里灯火通明、人头攒动,唯一不同于往日的是王台上

【第七章　权力的终极，便是随心所欲】

竟会是大小王并列而坐。据说此乃察苾王妃之建言，当即被忽必烈心领神会地采纳了。气氛庄严肃穆，人人皆静而待之。

王府臣僚俱知，宣布南征北治的任命即将开始了……

确是如此！忽必烈对王妃替他拟好的人事安排非常满意，只做了些序列调整和补充说明。比如，将王鹗与许衡之任命放在第一项，以示尊老。将张德辉与李治等尚未任命者皆称为能臣干吏，并命之随时准备身负重任。随之，忽必烈只庄严地说了一句"大战在即"，便开始宣布随征者名单。闻者莫不以此为荣，当点到自己名字时均跪伏应是。而轮到宣布留守任命时，意外之事又令众人瞠目结舌了。大王突然稳坐王座之上，竟放任小王起身自己处理。而小王子似也当仁不让，竟也能掷地有声曰："大王即将远征大理，小王将代父王坐镇漠南，情况有变，王府人员特做如下任命！"随之朗朗上口逐一宣布，而闻者均也能一一跪伏受命。就连状元公王鹗也不例外，显然是大王为小王在立威！虽人人深受鼓舞，但难免有点小小遗憾：窦默者，乃深受众人推崇之大儒，为何今日备受大王与小王之冷落？但好像已于事无补，此时王命已下议事也告结束。谁料就在众将退尽之时，却猛听得宗王一声呼唤："窦默公！请留步……"直待王帐之内只留大王、小王与窦默三人之后，忽必烈这才对其尽说其详："公与本王相知多年矣，当知方才场合不宜重托！姚枢将随本王远征，孺子尚且年幼岂能无教乎？故本王临行之前特拜请窦老夫子为小王之师，还盼严加管教使其学有所成。真金！还不快行拜师大礼！"小王子也还真顺从，立即拜行大礼。窦默连忙扶起，感动得不知说什么才好了。忽必烈竟又摘下自己身上的玉带挂钩赐其曰："此乃金朝皇室内府之物！汝老人，佩戴相宜！且小王见之，与见本王无异，也可对公平添几分敬畏！"窦默跪接，涕泪俱下。

有史可查，既为小王立威，又顾小王施教……

在托娅的记忆中，这是近十天宗王最早回到妃帐的。他牵着小王之手，仿佛是临别前仍不忘享受一会儿天伦之乐。而察苾王妃也早在寝帐里备好了几样宗王爱吃的酒菜，似也准备和小王子一起为宗王饯行。就不该此时有宿卫来报，史天泽与杨惟中共署一函，并嘱大王归来方可呈送王妃。托娅本来还对这两位汉臣多有埋怨：

王妃尚亲派小王子去问候这两位"故交",而此二人竟一点反应也没有还想考倒小王子!而现在……王妃已启封而念:"臣史天泽、杨惟中叩祝王妃安康!已目睹小王风采,知王妃早已成竹在胸。此乃上上策,当使汉地臣民万众归心。大王即将远征,还盼王妃对臣等故交不吝赐教!"忽必烈闻之纵声大笑曰:"王妃欲盖弥彰,谁料又偏偏碰上了两个深通世故之老滑头!哈哈哈哈……"笑声未落,却又见两个宿卫抬物来见。称此乃史、杨二人所留,并嘱唯闻大王笑声方可献上。忽必烈忙命打开视之,一包乃多种珍奇的古籍善本,上留一条曰:"闻王妃又喜得一王子,谨以此敬贺!"另一包乃小儿之华美衣物及金锁玉镯,上留一条曰:"王妃尚记燕京姊妹相称否?此乃拙荆之贺礼!"忽必烈视之颇为感动,却故作生气状曰:"心中唯有王妃,而置本王于何地?"小真金也叉腰道:"是耶!还有小王!"有一宿卫忙禀告说:"史天泽大人为大王献上的三百匹战马正在路上;杨惟中大人为小王献上的一匹名驹已拴在槽头!"

　　王妃难得地一笑了,乐见大小王相拥欢呼……

　　托娅也遂心愿了,第二天便挑选了两个健美的侍女同时北上汗廷。她知道,此一去便是在漠北久久地备战,重返金莲川很可能已是凯旋之后的事情了。果然,王府尚书姚枢、和尚刘秉忠、巨无霸似的大力士郑鼎等从征人员,均如是做着长期的准备。

　　中午,忽必烈大王率从众终于跨上了烈马,身后是小王率领文臣武将的跪送。

　　一声呼啸,数百铁骑护卫大王奔腾而去,只留下漫天烟尘。

　　尘埃渐渐地落下了,人们这时才看到——

　　察苾王妃产后第一次走出了寝帐。

　　她在向远方痴痴眺望……

第八章

习儒宗王远征天之南

【看点提示】你知道吗?忽必烈的这次出征是在内外交困中进行的。且不说后院的汉法治汉已遇到重重危机,就单论绕过宋军的层层阻截,那万水千山也是够艰险的。——你知道吗?不仅派来的军师就是蒙古大汗的铁杆亲信,而且幼弟也以少汗身份突然出现劝他"异国称王"。——你知道吗?从六盘山开始,这简直就是一次古代的倒走长征路,爬雪山、过草地、大渡浪急、金沙险阻等几乎样样皆有。——你知道吗?多亏有雪域圣僧八思巴相助,才得以顺利通过藏区,但忽必烈在雪山顶上因严重足疾,还是由力士背负跋涉群山的。——你知道吗?经历千难万险包围了大理王城,却又偏遇巨象摆开阵势前来迎战。——你知道吗?忽必烈尚能牢记察苾劝告,完全放弃了原始的攻略方式,以仁智破象阵,终使云南从此彻底"同于方夏"……

转眼就到了1252年蒙历5月……

似要为窝阔台家系争气，阔端大王远征吐蕃也开始频传捷报了。他采用原始的血腥征服方式，在茫茫的青藏高原上一路烧杀攻掠向"乌思藏"（即现西藏腹地）推进。也难怪！青海早已被平定，眼前又同样是游牧民族活动的苍凉荒野。没有任何雄关险道之阻挡，更没有任何军队之层层堵截。而其腹地又深受藏传佛教的影响已政教合一，并且教主萨迦班智达携其侄八思巴早于1246年（窝阔台家系尚在执掌汗权）便被诱往甘肃凉州是为人质失掉了精神领袖，自然无力抵抗形同一盘散沙。

但在汗都哈尔和林还是激起一波一波的战争狂热……

这是从乃马真皇后到海迷失皇后乱政以来，十几年间从未有过的盛况。而蒙哥大汗仅仅登基才一年，"也客蒙古兀鲁斯"就重现了圣祖时代八面威风之辉煌。东西两线频频告捷，难怪满朝文武均跪称当今圣上"用兵如神"了。狂热的欢呼、虔

【第八章 习儒宗王远征天之南】

诚的赞颂，终于又使蒙哥大汗向神坛的顶端跨近了一步。但难能可贵的是，这位大汗还能保持几分清醒，尚深知在登上那金光环照的顶端之前还需进一步铺垫。

为此，忽必烈便被赋予了这项神圣的"历史使命"……

而这位皇太弟从此也就再没离开过漠北汗廷，一直备受着这位大汗长兄的百般"呵护"。蒙哥大汗深知，比之正在进行的东西两翼战争，此次南向大理的征战却是毫无基础而言的。旭烈兀和阔端大王尚俱有前人搭好的跳板，而忽必烈则必须独辟险途去征服天南那片广袤而又神秘的土地。但这一步又非走不可，否则便很难完成包抄"南家思"一统华夏之大梦。为此，他毫不吝惜地肯定了皇太弟在漠南所做的一切：不但肯定了皇太侄代父行施王权乃彰显皇族之权威，而且多次感叹察苾之功不可没，并放手令其大胆辅佐。同时，还亲自派出少汗阿里不哥一连数月奔波于东西道诸王之间，代他为皇太弟选将选帅，选从征的宗王，以及选汉地世侯的精锐之师。安排之周密，声势之浩大，均超过了旭烈兀和阔端大王，致使朝野震动而忽必烈也无暇抽身，调兵遣将间也只能私下通过耶律铸利用驿站和察苾暗中联络。而蒙哥大汗就连其孤独似乎也关注到了，竟特赐十数位花季少女以解皇太弟之寂寞。据野史载，此乃为激发贤王之野性的占有欲！

忽必烈总是恭顺地接受着大汗长兄的一切安排……

虽然就连十数位花季少女也欣然纳之，但私下里却仿佛患了"消化不良"症，非对察苾之忠贞不贰，乃心口已被两件大事堵满了。一为密赴大理之玉律术和王君侯业已归来，所探知的情况比预料的还要凶险；一为少汗未归，大汗为自己选定的为首之帅就要浮出水面了，这更使得他忧心忡忡、夜不能寐。甩开众花季少女之献媚取宠，竟披衣于藩邸庭院踱步不止。却谁料偏偏又碰上久别重逢的玉律术和托娅正如饥似渴地在幽会，一甩手竟又回到室内把这群美女娇娃通通撵了出去。多亏了最得力之幕僚姚枢与刘秉忠来得及时，而刘秉忠又一语道破了这位皇太弟之心思。和尚曰："阿弥陀佛！为臣已算出，大王今夜所虑者乃：天不时，地不利，人不和也！"忽必烈一怔，随之姚枢也进言："而汗令已下，已势在必行！大王忧虑在先，臣等愿助我主化解之！"忽必烈忙问："当如何化解？"刘秉忠对曰："和尚

一统华夏——忽必烈大帝之文韬武略

夜观天象,见天南一片晦暗。问之玉律术小将,方知大理国主段兴智孱弱,奸相高祥专权,早已民不聊生,国势日渐衰败。臣以为,此即天赐于大王之天时!而地多险隘、江河横阻、雪岭湿野、人迹罕至,也正好出其不意、攻其不备。臣以为,此即天赐于大王之地利!而人和乃要中之要,当为大王之所长!"姚枢进而解释道:"贤王仍当在'贤'字上大做文章!"忽必烈似恍然大悟,竟连夜与二儒僚相商起来。

谁曾想,大汗所挑定的主将竟然是兀良合台……

兀良合台(1201—1272)乃成吉思汗之"朵儿边·那孩思"之一速不台之长子。其家族隶属成吉思汗统领,曾受托抚养过幼年之蒙哥,故蒙哥成年后兀良合台便又为其执掌王府卫队。他骁勇善战,累建奇功,曾在"长子从征"中追随蒙哥大败波兰与日耳曼联军于多瑙河畔。后又在拥戴蒙哥登上汗位中作用非凡,故和当今大汗关系非同一般。忽必烈深知这段君臣史,因而也清醒地意识到当今大汗拿出此张"王牌"的复杂心态:既要张扬拖雷家系汗位的正统性和权威性,又唯恐自己无能或别有异心。玉律术和王君侯探回的情况更使得忽必烈心烦意乱,故视恩赐的花季少女也更加反胃了。

多亏了这一夜有和姚枢与刘秉忠之长谈……

次日,忽必烈应诏赴万安宫御书房时已神清气爽了。只见得大汗身旁尚坐有一位气宇轩昂的长者,虽已年过五旬却仍虎虎生威、令人生畏。忽必烈早已熟知,此人即是汗廷之元老勋将兀良合台!虽当时已被视为老迈年高,却仍是大汗之心腹重臣。故在对大汗行过叩拜大礼之后,忽必烈就又要向这位勋将请安问好了,谁料兀良合台竟抢先跪伏在地曰:"末将兀良合台叩见皇太弟!"忽必烈大感意外,而蒙哥大汗却哈哈大笑道:"将帅就此相见矣!"忽必烈赶忙扶起兀良合台,竟又惊喜地重跪启奏大汗曰:"知臣者大汗也!忽必烈如能梦想成真,当肝脑涂地以报大汗之恩!兀良合台元勋乃国之军魂、臣之前辈!其忠贞日月可鉴,其谋略举世无双!大汗知人善任,未曾出师胜局已定矣!臣弟愿代大汗高扬皇室旗号从征,并举荐兀良合台前辈为三军统帅。臣等定能配合默契,以早日完成大汗之包抄'南家思'之

【第八章　习儒宗王远征天之南】

心愿。"情真意切，致使蒙哥大汗颇感欣慰。只不该兀良合台这位勋将似有些不识眼色，竟沉甸甸地也立即跪伏而奏曰："贤王果贤，末将今日又亲眼见识！然此事万万不可，老臣当听皇太弟帅令为大汗誓死效命！"老成持重，又使蒙哥大汗大为欣赏。最终，一位圣祖嫡孙，一位元老勋将，竟因争让帅位俱都长跪不起。忠心可鉴，唯候大汗裁决。而蒙哥大汗仿佛要的就是这个，也哈哈大笑顺水推舟道："家有贤弟、国有良将，乃朕与'也客蒙古兀鲁斯'之大幸！而焉能长跪不起？为此朕就将此事火速了断之：不设帅位。全军军事由兀良合台将军'节制管领'，皇太弟负责'居上统辖'。朕已命宗王抄合与也只烈率部从征，汉地相关世侯之'探马赤军'更将奉命前行，也均由兀良合台将军'节制管领'，由皇太弟'居上统辖'。勋将效忠皇室，皇室尊重勋将，若能齐心合力，当为最佳搭配！"深谋远虑、不偏不倚，谁敢不敬服大汗决策之英明？

别出心裁！但二人也只能跟拜受命……

忽必烈闷闷不乐地回到了藩邸，谁料刘秉忠一见竟双掌合十曰："恭喜大王！贺喜大王！定然是贤王'以贤探路'凯旋！"忽必烈更心烦了，竟不予理睬匆匆走向屋内。而更没想到的是，这和尚还是不识时务地跟了进去曰："阿弥陀佛！有因才有果，大王今日之郁闷，肯定是尽知大汗之良苦用心矣！依臣推算，兀良合台将军也必然在场。如无此人之疑惧，贤王再贤也难如此之快尽知底细。佛曰：悟！臣斗胆建言大王暂消闷气，且与和尚一起打坐静思以悟得今日凯旋之乐！"莫名其妙！经刘秉忠再神神道道大讲一通吐纳之术之后，忽必烈竟也跟着和尚打坐静悟起来。故野史载，这位皇太弟后来之笃信藏传佛教与刘秉忠密切相关。

果然，不久便又听到了忽必烈的纵声大笑……

随之，这位皇太弟便在"初战告捷"的基础上，又开始向兀良合台将军"以贤探路"。他不仅亲自登门拜访谦逊求教，而且还命玉律术只身前往当面呈上他舍生忘死绘制的地形图。更重要的还是，他还面禀大汗特意擢升一位年轻的杰出将领为副手，此人即兀良合台勋将之子阿术。此举不仅使大汗看到了这位皇太弟之顺从，也使这位元勋老将倍感欣慰和受到尊重。总之，绝对暂时收起自己的"居上统辖"，唯崇老帅的"节制管理"。放手任兀良合台管领着一切军机要务，只在协助调动兵马时才偶显皇室权威，以诚取信，致使这位身经百战的元勋老将日渐心服口服，常思及其父之"四狗"精神。而在兀良合台的多次私下启奏后，蒙哥大汗似也觉得对皇太弟过于防范。为奖励其"深知朕之良苦用心"，竟特授予忽必烈执掌此次南征"生杀大权"以示弥补。最终，忽必烈不仅"初战告捷"，再战也"以仁取胜"。

刘秉忠功不可没，从此皇太弟即常打坐以求"悟"了……

6月，蒙哥大汗的"夏宫"已移至风清气爽的曲先淖尔大草原上。碧野茫茫，宫帐生威。蒙哥大汗见军权已被兀良合台尽皆掌控，几经思考终于觉得时机业已成熟。若按祖制，当举行一个神秘的"授钺专征"仪式。钺者，古兵器名。似斧，而又比其长且大。经雕饰，后已成为马背民族从事征伐之权力象征。（也有蒙古文史料载：非钺，乃"苏鲁锭"。长柄，上为生铁铸就的三叉形。现从《元史》中"授钺专征"之说，姑且存疑）蒙哥大汗乃家族荣誉之严肃维护者，再怎么样也不能违背祖制授之于兀良合台。他暗示皇族生隙且不说，而其他从征诸王能听从一个外臣调遣吗？好在皇太弟应诏而来竟如此让人放心，身旁除了亲随小将玉律术，还专门带来了自己特意擢升的年轻副手——兀良合台之子阿术。左膀右臂一般，使人看了特别顺眼。随之，"授钺专征"的神秘仪式便在萨满巫师的狂舞及诵经声中开始了。正中是威严的大汗，两旁是肃立的文武重臣与宗亲贵胄。忽必烈和二位小将均虔诚地跪伏于地，在一阵比一阵激越的巫鼓声中等候着战神的附身。也不知过了多少时间，忽必烈只觉得浑身热血沸腾，耳边似回荡起一片千军万马的奔腾厮杀声。又过了片刻，他似感到自己已化成了战马，化成了弯刀。恍然，眼前又变得一片扑朔迷离。随着浑身一阵阵抑制不住的狂颤，蓦地他便什么也不知道了……忽必烈显然是被蒙哥大汗一声声爽朗的大笑重新唤醒的。再看，象征权威的长钺已在自己手中，好像就连整个神秘的仪式也就此结束了。忽必烈深感不安了。他极其慎重地将权钺交托于阿术手中，忙再次跪伏于地恳请大汗见谅自己刚才有可能的种种失态。蒙哥大汗显然注意到了每个细微的小节，竟望着阿术手中的权钺再次纵声大笑曰："知皇太弟者，长生天也！"

【第八章 习儒宗王远征天之南】

何出此言，忽必烈似也很朦胧……

好在"夏宫"离汗都并不遥远，这位皇太弟傍晚即又驰马返回了自己的藩邸。此时，廉希宪早已受命在为忽必烈筹组一支亲率的中军部队，以王府的"怯薛"骁勇为核心，并得到蒙哥大汗从东西道诸王那里抽调来的兵力加以扩充。现已形成一支颇具规模的精锐之师，就任命他来严加统领以加速备战。这一天，他正好从营地归来欲向宗王面禀详情，远远便见得忽必烈率两员小将持权钺驰马归来。廉希宪见之大为兴奋，忙进入藩邸向群僚通报。谁料这位皇太弟却自有自己独特的处置之法，临近王府竟突然下令两位小将持权钺交于兀良合台老将军代管。廉希宪等众幕僚迎出后大失所望，而忽必烈竟纵声大笑曰："知皇太弟者，长生天也！"

众皆莫名其妙，深感萨满巫师之神秘莫测……

和尚刘秉忠对此尤感兴趣，刚想找个机会向宗王问个究竟，探知其中一二，谁料却偏碰上有人来搅局了。此人即兀良合台老帅。他见儿子与玉律术捧钺而来，竟吓得慌忙于帅帐中伏地跪迎之，并随之喝令将儿子绑了，又老泪纵横地对玉律术道："小将军！贤王之贤，老臣已受益匪浅矣！虽肝脑涂地，也难报之万一！今日此举，更突现贤王之用心良苦！然祖宗之法尚牢记于老臣心中，就请小将军捧钺随老臣速去王府！"史载兀良合台"老成持重，居功不傲"，看来还是可信的。起码可以说，尚不像一般元老勋臣那样倚老卖老、自命不凡，虽与大汗关系特殊却仍能保持头脑清醒。老而自重，竟立即押着儿子捧钺来见忽必烈了。

是夜，王府果然上演了一出好戏……

只可惜众幕僚仅看到了：玉律术之捧钺而归，老将军之押子而来，皇太弟之急促迎出，兀良合台之倒头便拜，二人之相拥而起，阿术之被令松绑……随之，便是皇太弟与老将之闭门倾谈，当然大家也就难得其详了。唯闻刘秉忠又在念念有词曰："阿弥陀佛！老头子再不愿受这夹板苦了！"而托娅对玉律术的朋友阿术也抚慰道："小将军！你可让我们大王心疼死了！"按现代语言来说，此也可看作是一种软硬实力的相互磨砺和交融。果然，等再打开紧闭的屋门后，呈现在众人眼前的已是一片祥和。二人携手而出，俱都满面笑容。兀良合台再不拒称"大帅"，而忽

一统华夏——忽必烈大帝之文韬武略

必烈也就此将权钺收回。皆声言唯大汗之命是从,默契之笑声竟不绝于庭。

从此,贤王的身上竟平添了几分豪气……

而也就在这一晚上,豪气满怀的忽必烈竟又喝令摆宴,似还想把自己的"家底"全部抖搂给大帅看。他不顾夜深人静,尽把那些状如歪瓜裂枣的幕僚们召至酒桌之旁。大王大帅居上,和尚、髯翁、手无缚鸡之力的张文谦,高鼻深目的廉希宪等陪坐四周。两位小将阿术和玉律术俱在座,当然托娅率众侍女侍奉得也格外卖力了。兀良合台毕竟身经百战,曾追随过历代大汗,岂能不知这是贤王进一步对自己掏心掏肺?而忽必烈却禁言之,声称今夜唯求纵酒尽欢。再看群儒们虽无马上功夫,却心领神会,嘴头子颇溜。一个个言必尊大帅、酒必敬大帅,似乎身家性命就全托靠给大帅父子了。唯有大胡子姚枢一直沉默着似在蓄势待发,见酒兴正浓却又尚未醉倒,便趁机举杯曰:"臣欲讲一故事,以助酒兴,不知可否?"忽必烈当即予以首肯。而姚枢应之却又转向兀良合台问道:"敢问大帅,中原历代将帅谁可称英雄?"兀良合台应曰:"尚知汉之韩信、彭越、卫青、霍去病、关羽、赵子龙等诸骁勇,而随后即是盛唐,已颇模糊矣!"姚枢敬酒后应答道:"为何如此?答案即在此故事之中!"随之,他便凭着三寸不烂之舌,绘声绘色地大讲起宋太祖遣大将曹彬取南唐之故事。起伏跌宕,波澜曲折。既催人泪下,又发人深省。只听得众人如醉如痴,这才猛见姚枢击桌而言道:"为何曹彬智不及韩信、彭越,勇不及卫青、霍去病,却比盛唐诸将还要光照后人?"兀良合台脱口而应曰:"乃未尝妄杀一人!"姚枢当即改换大觥举酒赞叹道:"大帅果不愧身经历代大汗之常胜将军,早尽知青史留名之道!姚某敬佩不已,当自罚酒三大觥!"这或许也可视之为一种"软实力"的乘虚而入。但忽必烈却未予理会,一片苦心反倒被姚枢自己掀起的酒潮而淹没了。随之,终于达到纵酒尽欢的极致境界:小将们先醉倒了,幕僚们也纷纷醉倒了,最后就连老成持重的元勋兀良合台也醉倒了。似也只能留宿王府,享受唯有生死之交才能有的款待。却不该老将军凌晨猛醒时,竟发现与自己同榻而卧的还有几个花季少女。宗王与自己不分彼此竟能达到同享大汗所赐美女之地步,兀良合台当即感动出一身冷汗并决定从今后舍身相报了……

第八章 习儒宗王远征天之南

据说，蒙哥大汗后来闻知"分享美女"竟倍感欣慰……

翌日，一位"大王"一位"大帅"果然配合默契，率领各自的从将或幕僚巡视于各军营之间。唯有刘秉忠未去。表面看来是因为光头秃脑有碍观瞻，其实是别有使命特赴一僻静寺庙。而在一片悄然无声中早有人跪地礼佛，此人即久久未在藩邸露面之耶律铸。非已忘却救命大恩，实乃身负宗王重托受命如此行事。耶律铸今日奉旨外出办差，故有机会前来向和尚面述机密了。而刘秉忠最关心的仍是那萨满作法之谜，随之便有了耶律铸跪在佛像前神秘之答："一方神祇管一方天，非亲眼所见绝难相信！在萨满巫师击鼓作法下，即使如宗王如此大智大勇者也难以挣脱！一会儿如战魔附体，面露狰狞；一会儿如灵魂出壳，神态痴迷。浑身战栗不止，若非宗王扑上紧抱大汗双腿后果不堪设想。吾与大王相知已久，深知贤王宁可舍生也绝不会自辱其身！"刘秉忠虔诚应对曰："阿弥陀佛！抱大腿乃神祇代大王尽显其忠！"耶律铸为此又对和尚耳语道："请代禀贤王！忠心可显，却不可不防！昨夜之事，今晨大汗已尽知其详。所幸贤王处置得当：送钺，还钺，改尊兀良合台为大帅，件件均符合萨满卜筮之语。然对姚枢酒宴所言曹彬之故事，已颇加警觉并斥之为别有用心！就请转告姚枢，当众切记慎言慎行！"

而此时的姚枢却闷闷不乐……

时至下午，巡视已告一段落。大帅将大王恭送出帅帐，忽必烈便带着众幕僚纵马驰归王府。夕阳西下，绿野上荡漾起万顷金波。但姚枢却绝无心思欣赏，仍在暗怨宗王昨夜掀起的一阵阵酒潮将自己的一片苦心淹没了。自己可醉，大王却万不可再醉！兀良合台已道出要害"未尝妄杀一人"，宗王即应趁势高扬"仁义之师"之旗号。勿忘察苾王妃之千叮咛万嘱咐，此乃此次出征要中之要！谁料宗王竟只字未提，却只顾狂饮而随着众人一起醉倒。为此，姚枢今日在马上便有些神情恍惚，竟渐渐远远落在了后面。这时，便猛听得一声呼啸，只见宗王已掉转马头向自己飞驰过来，绕之三圈，并激情昂扬地高呼曰："汝昨夕言曹彬不杀者，吾能为之！吾能为之！"此即《元史》上有名的"纵马一呼"，似从此改写了大蒙古汗国之征战史。声震草原，姚枢为之大振。马踏晚霞，忽必烈在光彩下顿似穿戴上一身金盔金甲。回到王府,夜已降临。刚等宗王只身进入厅堂,便见得刘秉忠进来禀报曰见耶律铸之事及其警告。忽必烈似豪情仍在胸中激荡,闻之竟哈哈大笑曰:"暗设监军?好事一桩!正好替本王日日尽表忠心!"和尚只能又双掌合十曰:"阿弥陀佛!知皇太弟者,果然唯有长生天!"

说也奇怪,从此监听现象竟然销声匿迹了……

又过了几天,还是始终不见少汗踪影。蒙哥大汗却终于下旨,命令南征大军立即开拔。据波斯史学家拉施德《史集》载"征大理之大军有十万之众",一时间茫茫的大草原上奔腾着千军万马蔚为壮观。

这是忽必烈有生以来第一次执行军事征战任务,是圣祖的血脉激励着又使他必须成为一个天才的战略家。

浩浩荡荡的铁骑呼啸着向漠北边缘的祸牙驰来。

告别母地,这里还将举行一个庄严的仪式……

二

漠南,紧连幽燕的金莲川……

都说战争让女人离开,其实女人的心早已随之而去了。即使如察苾这样充满政治智慧的女人也不例外。

更何况!蒙古汗国早期的远征军就有一个重要的组成部分——"奥鲁"。此即为随征家属和粮草辎重组成的后备方阵。妇女们随时准备着和丈夫在一起,留驻在被征服的土地上重新开始生活。或许在早期的游牧民族看来,战争只不过是一次范围更广的大游牧。

但察苾并没有这些妇女幸运,她还肩负着重任……

她深知,蒙哥大汗现在再不需要自己这样的"幕后军师"了,而是要直接去掌控自己的皇太弟。但她也更清楚地意识到,这也或许正给她留下了更多的为忽必烈

【第八章　习儒宗王远征天之南】

分忧的空间：继续经略中原，以助远征者实现"双翼齐展"的雄心壮志。

没有长相思的眼泪，有的只是"运筹帷幄"……

但绝不轻易涉足王帐，"运筹"仅仅局限于自己的寝帐之间。汲取儒家以仁治世之道，似早已把每日觐见小王形成了一种制度。杂糅蒙汉文化之"忠"，正逐步凝聚着王府幕僚和臣众的心志。放手任商挺、阔阔与张易领军，任郝经与赵良弼主政。并令李治、张德辉等能臣干吏常常负命来往于燕京、邢州、汴梁之间，以更为大胆地推行汉法治汉甚至是汉人治汉之方针。随后又干脆抽调回来赵璧转任联络使，专门组织了一批精干的骁勇往来于各"斡耳朵"以及前线与后方之间。联络不断、互动不断，致使忽必烈因之大为放心大为振奋。就连蒙哥大汗也从未估计到一个刚生过孩子的女人，在短短的一两个月竟能干出如此一番事业。

一个伟大的女性，一种特殊的化解相思之举……

但察苾也付出了很多，出生一个多月的小那木罕终于被托养给一个亲信的贵族之家了。那自愿"卖身投靠"的小儒生范宁目睹了母婴分别这一幕，但其情其景最终还是使这小子不忍再看下去了。他在婴儿的大哭声中竟逃出了王妃寝帐，莫名其妙地也在偷偷跟着掉眼泪。牡丹出来取东西见之大感惊讶，而这小子竟能对曰："王妃落泪吾不落泪，乃不忠不义！"牡丹仅应之道："傻！"须知，常常能出没于察苾身边的，也只有这位少年儒生和牡丹了。而这小子痴心不改，加之笔头子尚且过硬，故已日渐成为察苾之"可心"文侍了。与牡丹一起，被壮元公王鹗并称为王妃帐前之"金童玉女"。

但事情总不会是那么一帆风顺的……

2月，刚等色目家臣阿合马按宗王指定的地点，将其他王妃的"斡耳朵"从东到西安排到位。不久，主持邢州事务的刘肃和张耕等便因春播之危造成的复杂形势，频频差人前来金莲川告急。原来，闻贤王之名四处流民复归者越多，托管施政者的压力便越大。加之春播之季即春荒时节，不但茫茫弃野需大量籽种，而且安抚饥民更需大量粮食。此乃托管邢州第一役，弄不好不仅贤王贤名受损甚至还会前功尽弃。但也必须指出，张耕与刘肃也绝非等闲之辈。在惩杀当地之首恶巴尔根之后,也曾经过多方筹措并且已经有了一定的储备。但谁料在一个月黑风高的夜晚,巴尔根的余孽里勾外连放火烧了粮仓和种库。出于万般无奈,也只好向金莲川频频告急了。只不该察苾闻知之后,竟以小王身体不适为由这一天未让群臣觐见。

也难怪!让小真金升王帐如何去应对?

察苾心急如焚,频频召见郝经、赵良弼、商挺、阔阔于寝帐商议应对之策。唯留牡丹端茶送水,留小文侍笔墨伺候。然久议未决。须知,求援于燕京孟速思?其立足未稳尚有亚喇瓦赤羁绊。求助知交霸突鲁?人家已经倾家资助似已再无余力,而且均为远水解不了近渴。蓦地,便听得王妃反问众人:"如果宗王在此当如何处置?"从小跟随忽必烈的阔阔脱口言道:"必先动用军粮以稳民心!"察苾又问:"为何如此?"赵良弼对曰:"邢州之失,将重挫大王之思大有为于天下!"察苾沉思片刻,毅然决定道:"既然如此,察苾甘愿冒犯一次'札撒'。阔阔将军!你速押军粮一百石连夜赶往邢州先稳民心,以解燃眉之急!察苾擅用王印,一切后果将由本妃承担!"众人听后肃然起敬,阔阔更是闻风而动。但区区一百石只不过杯水车薪,尚需另想办法彻底解决邢州春播春荒之急。偏偏在此时竟有人前来拜访,而且是远游途经这里的王妃恩师元好问。这一方已焦头烂额,而他老人家却如闲云野鹤。正当察苾不知如何是好之时,就猛听得郝经一声惊呼:"此即及时雨!"

似乎有些过于夸张,竟盯上了一个穷老头子……

谁料经郝经一番解释之后,察苾与众幕僚竟也人人愁眉俱展。他们当即均起身迎接这位冠绝一时的大诗人,并设盛宴与元好问长谈至深夜。更令察苾没想到的是,这老头儿竟然也以拯救天下苍生为己任,差点把旭烈兀刀挑的那件大汗钦赐的貂皮大氅卖了。随,郝经见时机业已成熟,便趁势端出了一个妙计"吃大户"的计划。主角便是这位天生傲骨的老头子,欲借其鼎鼎大名智取一位汉世侯。若在平时元好问是万万不会答应的,但今日面对着察苾的忧心忡忡却慨然允诺不妨一试。群儒为之一振,竟开始为他挑选起随从……察苾夜归妃帐尚振奋不已,只不该候命的牡丹已经打瞌睡了,唯见那小儒生尚在一本正经地伏案而书。察苾问曰:"谁令汝擅自行文?"范宁恭呈而答:"无人!适才目睹王妃慷慨激昂之举,心潮久难平

【第八章 习儒宗王远征天之南】

静,顿觉愧对男儿!然岂能让王妃独承其责?故擅代小王行文欲尽将其化解之!"察苾接过曰:"好大的口气!"这小子竟答道:"口气不大,唯忠心不小!"察苾边阅边问:"小小人儿!何处偷得如此笔法?"小文侍倒也老实:"大大丈夫!全凭郝经、赵璧大人平日所教!"察苾看过后大加赞赏曰:"不愧小王亲信'必阇赤'!若再有长进,吾将早日为汝赐婚!"小牡丹一听立即完全清醒,而这小子却慌忙摆手道:"吾不要,吾不要!忠臣不事二主,忠臣不事二主!"

是真情乍现,还是纯属语无伦次?……

然次日小王即"豁然痊愈"重升王帐,带着小安童来接受群僚的觐见。小模小样,还能面带满脸之愁容。尚不等王府文武大臣的启奏,就自己先"沉痛不已"。在众人的惊诧目光之中,片刻才缓缓开口曰:"小王昨夜方知邢州之失,为此一夜难以入眠!大汗早已诏示,中原乃大蒙古之国土,流民乃大蒙古之黎庶。依据'札撒',当如牧首对待部族之生死存亡一般!邢州之过,乃小王之失。上愧对当今之大汗,下愧对远征之父王。沉痛之余,谨遵母命,小王将与母亲一日三餐减为一餐,以示自罚。虽难以补足其万万一,但圣祖子孙当誓与流民共疾苦!"就连郝经与商挺等俱大感意外,而王府臣众已早跪伏地上齐呼曰:"王子与王妃万万不可,臣等将尽率部下代为行之!"又是沉静片刻,小王竟然能自己被自己感动得掉了眼泪。喟叹一声,即命"必阇赤"行文曰:"为昭显大汗与日月同辉,为解除父王远征后顾之忧,小王将与金莲川文武臣众及宿卫兵丁向圣祖尽献忠心。从即日起:宿卫兵丁每日减粮一两,王府臣众每日减粮二两,小王及母亲每日减餐两顿。并令郝经与赵良弼立即起阜文告,命阔阔火速解押百石军粮两日之内赶往邢州!王法如天,违者难赦!"

据说,元好问窥之后竟惊讶得目瞪口呆……

这位冠绝一时的大名士自上次绝地逢生离开漠北后,一直过着一种他所自谓之"一梦初过,穷途前定,何用苦张罗"的生活。他誓不愿为贰臣,也就只好靠着替他人修志或撰写墓志铭苦度岁月。因当时颇时髦这个,贵胄豪门莫不争先在生前就想目睹自己"青史留名"。再加上他已是当时文坛公认的一代宗师,哪个达官贵人

· 225 ·

又不想借他的大名以求"永垂不朽"？据史载，元好问一生写过的碑文及墓志铭竟达百余篇。每篇酬金均颇为不薄，故尚且无虞温饱。如再能"有求必应"，那还肯定会率先致富。只可惜他没有现代文人市场经济之意识和善察风向之本领，而且还一身傲骨挑挑拣拣，故错失了多次位列"文人富豪排行榜"之良机。比如，对与史天泽、李璮、刘黑马齐名的四大汉世侯之一的张柔，元好问就曾因其豪强一方称病拒之。就连人家预付的丰厚酬金，也视若粪土闭门谢绝不屑一顾。

但老人家现在最惊诧的却莫过于小王之"横空出世"……

恰好王妃到客帐前来探望，元好问当即就此问之曰："沿途即闻'小王坐帐'之故事，传说得神乎其神！老朽当然不信，而今日所见却比吾之所闻还要奇妙莫测！敢问王妃个中奥秘？"至此察苾似也只能如实从头至尾一一作答。然元好问尚意犹未尽曰："群儒之奉小王而行事实属上上策，此即尽效中原故事汉法治汉。小王固然聪慧，然老朽尚有一事疑惑不解。昨日与王妃及诸儒议事直达深夜，只顾得商谈如何筹得粮食籽种急解邢州之难，尚未顾及有违蒙法等诸多忧虑。而今日小王不但尽将其防患于未然，而更以此凝聚众心突显金莲川乃仁义之地。以老朽所见，大儒们绝不敢如此拉虎皮作大旗，那又是谁敢代小王出此大手笔？"察苾还是如实回答："乃一小小儒生！"谁料元好问闻之竟击桌曰："好！老朽受王妃重托即将起程，所选随从即定为此人。"而察苾也欣然允诺，遂使范宁这小子更加得意非凡了。

只不该，一路上这小子竟让老头子受尽了颠簸之苦……

"金童玉女"只剩下了一个，牡丹竟流下了两行少女泪。直到那小儒生的背影消失在那天之尽头，才郁郁寡欢地重又回到了王妃的寝帐里。而此时的察苾却仍未进餐，又与前来问讯的王鹗、许衡、窦默详谈。王鹗曰："郝经谓之'及时雨'似有失偏颇，但无论结果如何此皆一步高棋！张柔曾于战火中救我，此次不成吾当亲身前往相劝！"窦默应道："宗王一识史天泽已开此先河，如再结交汉世侯张柔更如虎添翼！想当年木华黎奉圣祖之命，即是借汉世侯之力打得亡金龟缩于黄河以南。今王妃代大王经略中原，此举乃一箭双雕之策！"许衡还是老古板地反问道：

【第八章 习儒宗王远征天之南】

"焉能只顾好高骛远？而眼下当务之急仍为粮也、种也，邢州之困也！恕吾直言，诗翁亲身前去固然是好，然就凭那一身傲骨恐难有好结果。而……"还算牡丹聪明，赶忙打断道："王妃已一夜未眠，今日又粒米未进。别扯那么远了，该劝王妃早点进餐了！"三长者惶然，而察苾却忙抚慰曰："与状元公等无关，乃察苾谨遵小王之命，为邢州筹粮三餐改为一餐矣！"许衡性直惊呼道："吾只以为此乃应对汗廷之策！"察苾应之曰："即使上对汗廷，也当以诚取信。更何况！小王之言若成戏言，察苾也愧对姚枢与诸公当日之一片苦心！"王鹗竟感动得热泪盈眶道："贤哉，王妃！"

果然，察苾之举在金莲川上产生了一股巨大的凝聚力……

应当指出，其实每日减粮一两二两之举，对留守的数千宿卫及其家属并无多大影响。须知，草原铁骑大多以奶食肉食为主，毡包王城的"奥鲁"部分尚放牧着大批牛羊。察苾有意将减粮改为减餐，就是为了借此以突显小王之权威。而蒙古人天性率真淳厚，一闻此也必会心疼小王和自己的女主子。要粮给粮，要打即打，从而避免了诸多议论和纷争，似都只顾着跟随圣祖嫡重孙之忧而忧了。牡丹又一日凌晨便看到，王帐之外竟被人偷偷堆满了肉干、奶皮、酪蛋子。

黎明之时静悄悄的，察苾仍在信守着承诺……

这一天，元好问和那小儒生终于不负众望到达了易州定兴（即今之河北定兴）。老头子一路上差点在马背上被颠散了架，一直暗怨着自己瞎了眼睛选错了人。这小子中了邪似的只崇拜"吾之王妃"，除此之外竟目空一切地不睬一代文宗。原本仍打算用自己骑来的那头小驴——好上好卜，谁料这小子却非逼自己骑上这匹高头快马。原本只想把那件蒙哥大汗所赐的黑貂大氅当着鞍垫，而他却非要视若珍宝卷而背在身后。这还不算，一路之上这个猛喊猛催，竟公然以"汝想饿死吾之王妃"胁迫其日夜马不停蹄。更有甚者，还胆敢要自己委曲求全，张扬大汗累累召见之旗号以达目的。真乃岂有此理！唯一尚可肯定之处，为人勤快！为了"吾之王妃"竟肯为自己端茶、送饭、烫脚、捶背、揉肩，以至去遛马、喂马、饮马、夜里加料照看马。他还声称侍奉老人不在话下，皆因侍奉严师许衡"端茶递水倒夜壶"已练出来了。令人哭笑不得！致使颇令人怀疑那篇代小王拟写之诏告竟能出自这小儒生之手？

好在到了，前面便是张柔那豪华的侯府……

张柔（1190—1268），祖辈世代务农。史载其"少即善骑射，以侠义著称"。金末天下大乱，遂聚众而起。先事金，后降蒙古南下军，骁勇善战，累有战功。1234年窝阔台大汗诏其北上，历数其功，擢升万户，兼管军民，从而成为独据一方的汉军将领之一。因祖籍金易州定兴（今河北定兴），故有侯府雄踞于故里。而当时之汉世侯在他们管辖之境内，军民二权皆握：任命官吏、征收税赋、掌管刑罚等均"专于一身"，而且是"父子兄弟，世袭相传"。权如诸侯，富可敌国，故被郝经与赵璧早早就盯上了，"吃大户"即指他而言。况且那一晚在察苾主持下的彻夜相商，为解邢州之难已摸清了情况并设计了多种方案。唯一令人忧虑处，乃元好问之"顽固不化"。誓不愿以"贰臣"身份前往，只称此行乃受"故友重托"尚需任其自行其是。

好在这一老一小终于开始行动了……

在一处僻静小店安顿住下之后，不久便见得定兴街头出现了两个怪人。后面那清癯的老头儿一身仙风道骨昂首而行如入无人之境，前头尚有一小书生高举幌子为其吆喝开道。布幌之上书写四个大字"树碑立传"。而那小书生还不断地高声嚷嚷着："树碑立传啦！树碑立传啦！好货不便宜，便宜没好货啦！"只气得后面那老头儿狠狠踹了他一脚。定兴县城本来就不大，土房瓦舍尚不算残破。好像是沾了"兔子不吃窝边草"之光，十字街头人来人往百业尚不显过分萧条。怪叫声声，人们闻之竟竞相追看这两位陌生怪人。再看小书生似乎还背着卷黑色皮袋，人越多他便越吆喝得起劲儿："快来啦！树碑立传啦！活着就能让您看到'青史留名'啦！死了保证也能让您'千古流芳'啦！包赔啦，包赚啦！千方百计定能保您满意啦！死不瞑目咱还管换啦！"

行为古怪，竟引得围观者哈哈大笑……

却不料刚走过了十字路口，竟然还真的有主顾追上来了。猛听得身后一阵阵

【第八章 习儒宗王远征天之南】

急促的马蹄声,随之便闪现出六七轻骑疾驰而至,众人刚来得及闪开,就只见为首的一位少年将领已经跳下马来。此人年不过十六七岁,却戎装银甲已显少帅气魄。众人惊呼了:"小九爷!"而此时这位少帅已抱拳单膝跪倒在老头儿面前。尚不等人们缓过神来,即已开口言道:"不知先生前来,晚辈有失远迎!还请先生恕罪,家父已设家宴专为先生洗尘!"谁料老头儿尚未开口,举幌子的那小子倒先嚷嚷上了:"何人在此挡道?搅了咱家买卖汝可要赔!"而小将也竟能谦恭而答:"吾赔!吾赔!"谁料这小子还是不依不饶:"好大的口气!汝乃何方神圣?"少帅却更显得彬彬有礼了:"晚生乃定兴张弘范!"这里必须先说说此人了。张弘范(1237—1279),汉世侯张柔之第九弟子,后为元朝名将。史载其少即"精于骑射,又善诗赋"故早对元好问倍加推崇。而这回轮到老头子犯倔曰:"久仰小将军大名,然老朽不卖身只卖此四字而已!"张弘范忙望着幌子念道:"树、碑、立、传!"那小子瞅准机会又接着嚷嚷了:"一个字一千石,买不起则快躲开!"而那少帅竟毫不含糊地应之道:"五千石!晚生尽收之如何?此时即可回府商定之!"更没想到那小子听后竟反客为主地下令曰:"开道!"

顿时,引得定兴城内一片哗然……

原来,汉世侯张柔时年已六十多岁,在当时已属少有的高龄将领。虽颇看重身后之事,曾多次派人去请元好问为自己撰写墓志铭及碑文。乡俗,似可增寿!但其内心却仍然"壮怀激烈",总在暗中观察着天下大势之变幻。此次留长子与三子驻防地代行军权,而自己借口养病返回故里即为此事。此举绝非仅为巩固后方根据地,更多的乃为近距离地了解幽燕时局之走向。须知,得幽燕者得中原!史载其"老谋深算,眼线广布",故忽必烈统领漠南、经略中原之种种故事早已了如指掌。尤对其"汉法治汉"及"汉人治汉"感触颇深,但他又不想像世侯史天泽那样"激进"。特别是在忽必烈受命南征之后,他那曾有过代子孙"押宝"之冲动竟又渐渐冷却下来。汗廷之纷争,皇族之内斗,还是等等再说吧!而对于现在这一老一小之前来,他更明白其目的之所在。既承认人家这步棋确实高明,丝毫不带官方色彩还给自己找足了借口,又唯恐自己应对失措,舍了大批粮食反会招来汗廷之猜疑。但也不能让这一老一小在长街上这么闹下去吧？罢！罢！罢！不看僧面看佛面，还是迎回来再说！皇太弟绝非等闲人物，尚总得给自己留条后路才是！

不久，元好问与范宁也终于踏进侯府内庭了……

在一片森严肃穆的氛围之中，便见得张柔在两个侍女之扶持下已在等候。他银须虬髯，两目若炬，虽身着便装，但浑身仍勃发着一股将帅之气。见元好问竟作揖曰："张某乃一介武夫，却久已仰慕元公大名。文坛泰斗亲临敝宅，致使蓬荜生辉，令张某深感荣幸！"元好问淡然而答："岂敢！岂敢！元某只不过乃云游卖文之人！"随之，互让着进入客厅，似乎根本未把范宁这小子放在眼里。刚刚坐定，张柔即介绍跟进小将曰："此乃吾之小儿张弘范！"谁料范宁跟着就是一句："吾乃师之大徒名范宁！"而张柔还是不予理睬，竟直奔主题曰："元公乃天下有名的忠贞之士，张某乃世人皆知之贰臣！二人相聚于一堂，岂不有悖于先生初衷乎？"元好问凛然而答："此乃元某不忘亡金故主之遗愿，当以天下苍生之疾苦为重！"张柔也不反驳，当即改口言道："既然如此，当谈交易？"元好问却应之曰："此非元某擅长！吾只卖文，交易当归小徒，世侯尽可与其讨价还价！"范宁刚刚来得及一怔，便听得张柔已顺水推舟曰："那好！小儿自幼酷爱诗文，早推崇先生为当今文坛宗师。还盼不吝赐教，且于书斋指点其一二。以待张某与高徒相商，尚可避免有污先生之清誉！"元好问也似恭敬不如从命，顺势也甩手跟着张弘范走了。

突然间，范宁便由备受冷落转化为备受关注……

大起大落令人目不暇接，但这小子也绝非那省油之灯盏。再加之，早有郝经、赵良弼等高人所策划并授之"锦囊妙计"，为"吾之王妃"又岂能惧此中原世侯？遂仍摆出一副市井小浪子之架势，刚等人走后便直指张柔斥之曰："儿子已经给价五千石，老子焉能反悔又把拉出去的屎将吸回去？"谁料张柔竟不恼不怒，回答得更出人意料："此乃小儿之无知，老夫早不打算树碑立传矣！请代向汝师致歉，乃张某愧对元公之一片良苦用心！买卖不成仁义在，谨赠白银百两以助师徒不辱使命！"范宁失口惊呼道："老奸巨猾！此乃让吾等自己换点粮种回去交差？偌大世侯，也太过小气！"张柔闻之竟哈哈大笑应之曰："嫌少？尚可商量！汝为吾多讲

【第八章 习儒宗王远征天之南】

一个'小王升帐'之故事，张某即加银十两，若再能将王妃贤良逸事尽皆详述，张某愿再赠银百两！如何？哈哈哈哈……"这小子还算镇定："张柔老儿，尽知吾底矣！"张柔却连忙否认："小小浪子，切莫胡言！"谁料这小子竟也不失时机干脆直言道："事已至此，实不相瞒，吾乃小王真金之试用'必阇赤'！然而为何仅差一个小小浪子而来？大帅当思其间用心之良苦：尊重大帅，唯恐陷大帅于进退两难。然今日到来，却得到如此下场！明知故问，竟将吾如顽童般戏弄。吾为宗王长叹息矣！"张柔慌忙否认："绝无此意！绝无此意！"而范宁却不予理会只顾自己说道："吾叹息忠厚难得回报！宗王久欲一识大帅，只恨未得机缘。远征走后，小王谨遵父嘱初衷不改。绝无他想，只因久闻大帅之济困扶危、行侠仗义、忠于汗廷、威震中原，其忠、其义、其仁、其诚，均令宗王惺惺相惜！更深知大帅身为汉帅之难，故别无他求只愿以心相交耳！而今日所见令小小浪子实在不敢恭维！"张柔闻之动容，慌忙解释："吾乃一介武夫，见谅！见谅！然皇太弟之贤、之仁、之义、之诚，张某早仰慕已久！吾绝无二心，唯只待时机成熟而已！"

互已知底，但张柔却老谋深算仅止步于有所触动……

而范宁似早在意料之中，便立即启用"锦囊妙计"第二策，直戳其软肋曰："恕小小浪子直言，大帅之所虑早虑之无用，忧之难解矣！人人尽知，大帅早年于战火中解救的亡金状元王鹗公，现便在宗王藩邸任小王之启蒙导师；而大帅家塾聘用过之名儒姚枢公，现更被人王擢升为'王府尚书'。均出自于侯府，大帅再表白鹤立独行又有何用？尚不如对'仁'而不对人，干脆放开坦坦荡荡做个忠臣义士！"而张柔一听王鹗与姚枢之名，忙揖拜曰："敬服矣！敬服矣！金莲川果然是藏龙卧虎之地，仅一个小小儒生就让吾惊出一身冷汗！张某谨遵皇太弟与贤王妃之命，当尽力而为之，当尽力而为之！"

雷声大雨点小，仅仅才换出个"尽力而为之"？……

如何算尽力？伸缩之余地大矣！多亏范宁这小子早有准备，遂即于怀中掏出一函双手举呈曰："张柔听着！尚有圣祖嫡重孙亲笔书信一函，就请大帅恭迎敬阅之！"张柔一听"圣祖嫡重孙"五个字，当即伏地跪接。叩拜起立之后，方敢战战兢兢拆阅。谁料竟会是一张借据，上面仅寥寥十数字："今借到世侯张柔粮种共计三千石，立此为据。小王真金。"字虽稚嫩，但王气十足，皆因盖有红色王印在上。张柔看后再跪于地，顿时泣不成声曰："贤妃知吾之难，小王知吾之惑，有此尚有何忧？张某当以死相报，当以死相报！"看来这回是死心塌地了，但范宁却似乎仍不满足。仿佛"锦囊妙计"不使用完就绝不肯罢休，竟随之拿起身旁那卷皮毛道："如大帅依然信不过，尚有此件黑貂大氅作为抵押！此乃当今大汗钦赐元好问宗师之珍品，上有皇室徽号。权留侯府，以作信物！"这最后的"撒手锏"，最终换来了"一锤定音"。张柔一时间晕头转向追悔莫及，竟连元好问属汗廷何方神圣也搞不清楚，似也只能语无伦次曰："岂敢，岂敢！不需，不需！元公处吾将树碑立传，邢州处吾将遵命火速而为！绝不食言！绝不食言！张某当舍身相报大王之知遇之恩！"而范宁这小子竟特殊强调："还有吾之王妃！"然这使张柔却甚感惘然。

由此可见，金莲川幕僚谋略之高……

回程更加一帆风顺，乃张柔遣子张弘范陪同返归的。一时间毡包王城热闹得实在可以，小王亲自率众迎之于城门之外。当然绝不仅仅是为了那土头土脑的一老一小，而突出的看点还在于看小王子如何迎接小世侯。当夜，小王即设盛宴为张弘范接风洗尘；次日，又亲自陪其拜见母亲察苾王妃。随之便是状元公王鹗等诸多名士高人之相继来访，更使得张弘范应接不暇激动不已。而元好问乃是个颇为知趣之老头子，隔日已骑驴悄然离去了。再看范宁这小子，似只顾了看王妃是否正常进餐外，好像又目空一切地超然物外了。当然！"玉女"一见久别之"金童"便难免有些过于激动，而这小子竟对人家的"投之于怀"惊呼曰："非礼也！非礼也！"

大煞风景！好在金莲川上却是一片欢腾……

不久，邢州之危便彻底解除了，围绕小王的那股凝聚力也越来越强了。难怪张弘范回定兴后，向其父张柔盛赞察苾王妃之贤、之能、之仁、之义、之经天纬地之才！除此之外，据说还向其父详述了察苾王妃那种特殊之"美"：虽已年近三十，却仍然光彩照人，如出水芙蓉一般，即使汉地最美的妙龄少女也会为之相形见绌。

第八章　习儒宗王远征天之南

高洁、淡雅、谦和、亲切。即使偶尔一笑，也会使人顿感如沐春风。最后，这位少帅竟对老帅称："就凭有如此贤能之王妃，儿今后已跟定忽必烈大王了！"

汉法治汉，察苾又将其推展于广交汉世侯……

然而，经略中原也绝非从此便是一路坦途。即使对于邢州来说，也只能算仅仅是个开始。况且还有孟速思前去掌控燕京，史天泽与杨惟中等前去戍屯汴梁。难度之大，邢州与之相比似只不过一碟小菜而已。均为汗廷重臣布只尔与亚喇瓦赤长久经营之地。现亚喇瓦赤仍与孟速思同任燕京大断事官，而布只尔虽然走了他之余党却仍横行于中原各地。再加上还有个为虎作伥的河南道总管刘福，更是"贪鄙残酷，害虐遗民二十余年"。难度之大，可想而知。前途之险恶，尚难加以预测。而更重要的还在于，促成这一切的总策划忽必烈宗王却眼看就要南征远去了。虽早有深谋远虑之种种安排，但此一去毕竟起码两三年啊！万水千山，天各一方，何时才能等来面授机宜？

随之，察苾便又有了一个大胆的决策……

这或许也是游牧民族习性之使然。据史载"居穹庐，无城壁栋宇，迁就水草无常"本来就是他们特有的生活方式，而现在察苾只不过把它改为"迁就形势无常"罢了。金莲川是漠南根据地，但只知困守于此就有点作茧自缚了。当利用蒙古人祖传的游牧习俗，主动走出去与忽必烈面商大计。随即在5月接到赵璧之传报"宗王将于7月于祸牙祭旗出征"之后，察苾就根据邢州、燕京、河南等各方面之形势，频频召集幕僚相商对策。最后决定：由阔阔与赵良弼总领金莲川，留下绝大多数臣僚及王府宿卫以应对时局变化。而自己仅带商挺、郝经、李冶、赵璧等极少幕僚与贴身侍从奉小王之命而行。由理财干吏阿合马打前照后，由治世能臣赵璧负责八方联络。所率宿卫骁勇也只不过百余骑，但因小王居中故也可称之为"游动王城"。

车辚辚，马萧萧！6月初终于出发了……

表面看来目的只有一个：远赴祸牙亲自去送亲人出征，以让小王对父王尽臣子应尽之礼。而对于目光宏远的察苾来说，目标早已超越了单纯地与忽必烈相会。为了让远征的宗王更加放心，她的目光甚至还超越了祸牙直逼汗都哈尔和林。计划着进入漠北再由西向东,引领小王之"游动王城"重返汗廷。她尚需借机向蒙哥大汗讨价还价,为经略中原争得更多的资本,取得更多的授权。

再说了,万安宫内尚留有自己那胖乎乎的儿子芒哥喇……

但对忽必烈所统领的漠南地区来说,也可算作一次精心策划的由东到西之"小王出巡"。只不该范宁这小子现时只能坐在居中载着王帐之车上"伴驾",与牡丹一起照看着小王子与安童。牡丹倒是觉得此乃王妃所赐良机,而这小子却一直认为这绝对是"大材小用"。王妃为何在后一辆帐车内只与郝经、赵璧、商挺相议?明明是有意冷落自己这有功之臣嘛?岂有此理!

但无法阻挡,游动的王城乃在滚滚向西而去……

经过了一个个其他王妃的"斡耳朵",察苾像亲姐妹似的安慰了塔腊海与伯要·兀真。她告诉她们,宗王即将跨漠南征,大军肯定会途经离这里不太远的地方。经过了一个又一个宗王所领之漠南城池,察苾又命郝经、商挺等奉小王之命出面接见一位又一位驻守将领,还有地方官吏。

一路上风尘仆仆终于靠近了六盘山,随之便是北撤前行。

隔着狭长的大漠,前面便是祸牙……

三

1252年7月初,忽必烈率军抵达祸牙……

祸牙,在现今内蒙古最西端与宁夏甘肃交界处以北,大漠至此已多化为茫茫戈壁荒漠。人烟稀少,地势平坦,乃当时蒙古铁骑冲出母地杀向中原必经之途。一般来说,只要越过这里,大多便可"将在外,君命有所不受",即意味着从此可以相对自由地掌控军权。

忽必烈似早等着这一天……

但谁料尚在赴祸牙途中却仍有意外发生:乃为了"授钺专征"之钺!钺,乃象

第八章 习儒宗王远征天之南

征蒙古铁骑无往不胜之标志,现却在千军万马手中让一个汉人悍将捧之追随于大王左右。虽豹头环眼,力大无比,身材如巨无霸一般,但毕竟大汗之钺当由蒙古骁勇捧而护之!也不知是谁暗中挑动,汉人即指忽必烈多年来的贴身宿卫郑鼎。他木讷少言,忠诚无比。临行前察苾曾多次含泪嘱托之,他也曾跪地发誓以死确保大王人身之安全。而此时却对其怪话颇多,兀良合台闻之后即要严查惑众者,忽必烈也深知这绝非一件小事却断然制止了。须知,若处置失当,很可能关系到自己随征的其他汉族幕僚以及今后之"令出必行"!几经思考便有了这一日提前宿营后所发生的故事:威猛凶悍的蒙古骁勇纷纷以摔跤向郑鼎发起挑战,却不料这"巨无霸"竟毫无反抗甘受屈辱。他傻呵呵地站在那里任推、任操、任绊、任踢、任拉、任拽,黑铁塔似的就是不肯还手。虽两目渐闪怒火,但咬紧牙关还是百忍百让。直到被抓断了战带,踢破了战袍,戳痛了眼睛,这才猛听得他的一声怒吼。然竟没有去对付挑衅者,而是蓦地便扑向了军灶旁之一头牤牛。众人尚未来得及反应过来,就只见他已经将五六百斤之牤牛高高举过了头顶。随之,便是狂怒地呐喊道:"在吾眼中,绝无蒙人汉人,唯有大王在上!"声震荒原,回荡四野,从此这类事情竟为之销声匿迹。

忽必烈曾为此哈哈大笑过,却谁料又变生叵测……

一般来说,出征之王者除了胯下的烈马,后头尚有战车上之王帐跟随着。有史可考,成吉思汗之流动宫帐乃由五百头犍牛驾行。以此推断,忽必烈之王帐起码也需上百头畜力。虽然无法与圣祖相比,但仍可想象其之高大威严。由数个剽悍的驭手驾驭,这 天终于在浩浩荡荡的马背骁勇簇拥下到达了祧牙。但刚等忽必烈撩开毡帘,便见得眼前神出鬼没地闪现出一座更加豪华富丽之王帐。再看也有众多的宿卫骁勇簇拥护卫着,无形中竟形成了两军对峙的场面。多亏了对方王帐之毡帘此刻及时掀开了,随之便传出了一阵扭捏作态而又颇为得意的大笑声,忽必烈猛地一怔,这才意识到果然"来者不善,身手不凡"!

大出意料,竟会是一连数月隐而不现的阿里不哥……

至于为何能"出其不意",史无详载,只称"夏7月,代大汗送征"。再看,

一统华夏——忽必烈大帝之文韬武略

这位少汗身旁还闪现出两位也是数月未见的人物：悍臣阿兰答儿与悍将刘太平。蒙哥大汗送别时并未知会有少汗到此送行，故一时间忽必烈也只感到眼前疑云重重。但此时却见得阿里不哥早已步下了王车，竟一改平日之以少汗自居刚愎自用的口吻，颇具人情味地迎上呼之曰："二哥！二哥！小弟早已在此恭候矣！"忽必烈一听当即惊出了一身冷汗，也慌忙下车欲对少汗行跪拜大礼。而阿里不哥却一反常态地先行跪倒以敬兄长，结果是双双互拜又互拥而起，致使双方骁勇一片欢呼，各自将领更是相见恨晚激动不已。直到此时，竟无人会想到金莲川上也会有叛逃者。而汉臣幕僚们似只顾得远远旁观，姚枢与刘秉忠顶多也是对目前情况窃窃私语。姚枢曰："今日之事颇为蹊跷，多为出其不意，现身之出其不意，举止之出其不意！"和尚应之道："阿弥陀佛！今夜大王还会闻之更出其不意之出其不意！"

果然不出所料，阿里不哥更加"气度非凡"……

随之便"未动国库分毫"，自赐赏银任所有将士屠牛宰羊纵酒尽欢。同时在自己阔大的王帐里摆开了盛大酒宴，尊王兄于上，不但邀集了以兀良合台为首的诸多蒙古将帅，而且一反常态地特意请来了姚枢、刘秉忠等从征的汉族幕僚。是夜，苍凉的荒原上篝火熊熊酒歌乍起，而王帐之内觥筹交错更是竟显英雄豪气。只见得忽必烈似感谢少汗之厚恩竟激动得热泪盈眶，而阿里不哥却紧拥王兄之肩更显肝胆相照。直至深夜方才结束，但少汗似仍觉意犹未尽，竟逐出了所有的侍从声称将与王兄同帐而眠，以尽叙兄弟间久别之情。

和尚私下对姚枢曰："阿弥陀佛！就要开始了……"

但忽必烈还是感动地听任摆布着。他一再声称若无少汗之调兵遣将，哪有此次一显圣祖子孙魄力之机会？而阿里不哥也不直奔主题，却出人意料地议论起同胞四兄弟之间谁最目光远大？谁最超凡脱俗？忽必烈想也没想即答道："首推大汗，次即少汗！"似唯恐论及自己。但谁承想阿里不哥竟脱口而言道："否！吾同胞四兄弟间，最具此两点者莫过于老三旭烈兀！"果然出其不意，忽必烈终于若有所悟了。而在几乎与此同时，另两处军帐或帅帐里也在反复提这个名字：旭烈兀！一处乃刘太平专门邀请"王府尚书"姚枢作彻夜长谈时，一处乃阿兰答儿进帅帐向兀良

第八章 习儒宗王远征天之南

合台"聊表衷肠"间。

旭烈兀？欲用这把钥匙打开哪把锁？

少汗的王帐里，阿里不哥已在进一步开启王兄思维曰："弟为王兄调兵遣将只为其一，尚兼代大汗巡视东西道诸封国。所到之处莫不闻之传颂着一个名字：旭烈兀大王！何也？均赞颂其不卑不亢、超凡脱俗、志向高远、气魄宏大，敢于跳出是非凭本事为自己另辟一片雄踞之新天地！人均称之为：战神！众皆赞之为：此人才算真正的成吉思汗之圣嫡孙！现大汗已对其鞭长莫及，皇室纷争也与其毫不相干，他正乐得在远天远地逍遥自在、唯我独尊地称霸称王！小弟之感慨颇多，不知王兄以为如何？"忽必烈仅慎言而答之："愿闻少汗赐教！"阿里不哥这才直言曰："王兄尽可放心！弟不但对南征将竭尽后援之力，即对经略漠南诸地也将倾力相助！如嫌不足，尚可商量：漠南、邢州、汴梁、燕京等地均仍为王兄内地'食邑'，尚可增可加封户绝不少于为弟所有！如若真有那一天，弟将特允王兄于中原择地设立总管府！如何？"忽必烈仍只是恭而敬之作答："吾尽知矣！"

发生在祭旗出征前夕，这才算真正的出其不意……

然而不仅王帐有私语，另两处也在同时进行着。在以旭烈兀作为引子后，现刘太平正向王府尚书姚枢大讲天之南是如何广袤无垠，是如何四季如春遍地是金，是如何向南向西均可无限扩张，是如何可令群儒尽展其才教化外方，是如何可不受拘束前途无量等。而在帅账里，用旭烈兀作为引子过后，阿兰答儿也正向老将兀良合台密授机宜，最后竟谈到了可阻、可拦，务必使其成为旭烈兀第二！万一不成更可取而代之，异性也可成为南诏大理王！

深夜之荒野静悄悄，但暗潮还在汹涌……

好在话总有说尽的时候。在代王兄解析一番如若不然之诸多凶险后，少汗终于唤随侍美女进帐侍寝了。在忽必烈自己那空余王帐里之诸多静候者，如阿术、玉律术、托娅、众幕僚等似也只能忐忑不安地守候到天亮了。众说不一，仅为猜测是大汗所遣而来，还是少汗私自而行，或者是兼而有之？和尚刘秉忠又在双掌合十了："阿弥陀佛！总而言之一句话，欲使大王有去无归，皇室之内只剩他孤家寡人！"

一统华夏——忽必烈大帝之文韬武略

这绝非佳音，但却等来个阳光明媚的早晨……

在一阵战马激动的嘶鸣过后，便猛听得忽必烈宗王之一阵阵爽朗笑声。众人忙外出迎接，就只见少汗正送大王走出自己的王帐。再看，车下那捧钺之郑鼎，竟如一尊金甲神像一般屹立于帐外彻夜未眠。忽必烈回到了王帐，众皆急欲问个究竟，谁料大王竟大笑曰："忘矣！忘矣！只剩醉梦一场！"再等姚枢来，也是笑而如此作答。再等老帅兀良合台亲自登临王帐，倒是老成持重，但恍惚间似觉问得奇怪，竟曰："吾一夜间均只顾忙于今日之出征祭旗之事！"忽必烈又在哈哈大笑了，但尚未等众人相随而笑，蓦地便是一脸严肃喝令："还不快去准备！本王日中将要祭旗！"

和尚又在念佛了："知皇太弟者，唯长生天也！"

迷惘间，众皆觉得好像也应该是一场醉梦，晨光中似也只好听令去做准备工作了。却不料梦上还要加梦！随之便见得晨醒的连营里一片骚动，再看已有一驿使飞马穿营急驰而来。他边加鞭还边高声宣示："王妃驾到！王妃驾到！王妃驾到……"顿时，竟激荡起连营里一片人欢马叫。这并不意外！因为他们都知道自己戴的有檐之头盔，穿的方便之'比甲'，均是出自这位王妃之手！

忽必烈急登上王车远眺，果然在一片绚丽的朝霞中已遥望到：察苾、小真金、众随从等早改乘快马如梦幻般地疾驰而来。再听那捧钺的巨无霸郑鼎，也突然声震四野地呐喊了："王妃送大王出征！王妃送众勇士出征！"声音回荡不止，更激起千军万马一阵阵此起彼伏地欢呼："满达图改！满达图改！"万军丛中如拨开巨浪一般，都在竞相争看从自己身前纵骑而过之王妃。

欢呼声竟使少汗的王帐也为之颤动……

阿里不哥、刘太平及阿兰答儿，本来聚在王帐里正彼此圆昨夜那个梦，却不料帐外一阵高过一阵的欢呼竟差点把这个梦给震碎了。闻听察苾赶来送征，情绪相当复杂。阿兰答儿由不得便想到了十多年前初识这绝代少女之情景，阿里不哥也不由得联想到当日"灶主未得"之懊恼。这是一个永难解开的心结，一经触发便可燃起无名之妒火，迁怒于现在的拥有者，甚至还会为此把经营多日之美梦也置之不顾

【第八章　习儒宗王远征天之南】

了。阿里不哥竭力压抑着自己的情绪，阿兰答儿也在唯恐自己一时失控，绝不能为之前功尽弃，权把她视作为早已凋谢了的明日黄花。

但还是冲动！冲动！急欲一见之冲动……

少汗终于第一个走出了自己的王帐，高高在上故作威严地张望着。但这一张望不要紧，威严的面孔竟会在目瞪口呆中变扭曲了。只见得察苾似更加光彩照人，正控缰策马向忽必烈的王帐缓缓走去。岁月似对她根本不起作用，披着两肩朝霞仍显得那么娇美清纯。明眸、皓齿、迷人的笑靥，无不令人心醉。阿里不哥显然有些失态了，似只顾了恍惚自问：是因为多日不见，还是因为她在宫廷时有意遮掩？多亏了有阿兰答儿在耳旁及时提醒："少汗！望宗王之得意非凡，显然目中只有老婆已无少汗了！昨夜是柔，今日当施之以刚！"这位悍臣竟忘了对忽必烈感恩时那赌咒发誓，又进而私语献计曰："其在汗廷附近曾纵马狂呼：汝昨夕言曹彬不妄杀一人，吾能为之！吾能为之！现已传遍中原，人皆称其为'贤王'！而我方现正押有其部下'百户'一名，原意为今日送还以进而示好。依臣所见，现在叵改为祭旗所用！力邀其亲自动手大开杀戒，从而使其未曾出师已先失信于天下！为此，群儒必疑，众心必散！看其再有何颜面再谈经略中原？迫使其也只能远在异域他乡屈作旭烈兀第二！"阿里不哥闻之频频点首，似这才稍显心理平衡。遂命刘太平速去准备，自己带阿兰答儿径直走下了王车。

察苾绝没想到，自己的到来会给忽必烈带来灾祸……

外面骁勇们欢呼的声浪渐渐平息，忽必烈的王帐里只留下了久别重逢的天伦之乐。小真金早扑进了父王之怀内，察必也止在问讯着丈夫的安康。而就在此时却猛听得帐外一声呐喊："少汗驾到！"显然是阿兰答儿狐假虎威的声音，忽必烈闻之即判断出情况有异。果然刚迎出帐来，便见得少汗之神情已与昨日"面目全非"，率阿兰答儿进得王帐竟对察苾变态地不予理睬，又再现了往日居高临下之冷酷无情。尚不等察苾与小王子叩见，竟一挥手直逼忽必烈斥问："今日祭旗当用何物？"忽必烈恭而敬之对曰："一路之上所猎野物足够矣！"谁料少汗竟断然拒之："不成！唯崇祖制，当用人血！"忽必烈对曰："措手不及，何来人血？"阿

一统华夏——忽必烈大帝之文韬武略

兰答儿媚笑代应之:"少汗早知大王乃仁义贤王,故已代贤王有所准备。来人呀!速将人牲献上!"语未落,便见得刘太平已将一五花大帮之人押进王帐。众人几乎惊叫出口,原来竟会是在邢州乱法被贬为马夫之脱兀脱。而此时阿兰答儿已开始借此激怒忽必烈了:"大王!此人当是王府隶属之家将也!身为'百户',当思报恩,而此人却畏罪潜逃,卖主求荣,竟直奔汗廷密告大王:任子横行,残害忠良;纵妻擅权,藐视汗廷;勾结汉人,欺压蒙臣;图谋不轨,欲叛大汗……多亏少汗念及手足之情将其私下扣押,才为大王解脱了杀身之祸!此等人渣留之何用?还不如亲手力劈用其喷溅之血祭旗!"颇具蛊惑性,致使忽必烈怒目圆睁儿近炸裂。多亏了此时察苾插话了:"慢!少汗之情臣等心领矣!然既已涉及吾母子,察苾也不能不说几句!非为已自辩,乃圣祖之'札撒'岂容子孙亵渎?"似显突然,但整个王帐之氛围竟又为之一变。

有理有据,似就连忽必烈也无法阻拦……

随之,察苾之明眸竟紧盯阿里不哥曰:"少汗在上!在察苾看来,还是应将脱兀脱押解于大汗面前明断为好!而如此只念手足之情杀之祭旗,岂不等于合谋杀人灭口?不但将使臣等一家罪上加罪,而少汗也将为臣等一家背上不忠之名!少汗乃国之未来,还盼三思而后行!"语出恭顺,口气轻柔,却使阿里不哥如梦如幻一时不知所措。忽必烈终于缓过神来似在乐观其成,而阿兰答儿却惨了又无法脱身。这时又只见察苾竟走向了五花大绑之脱兀脱,尽将其口中之毡团拿下,又曰:"依'札撒'论,虽背主令人所不齿,然密奏大汗并不为罪!家主尚有何等罪过,尽可向少汗面禀之!少汗乃吾等少主,定会依'札撒'为吾平反冤案!"谁料脱兀脱跪地连连叩头曰:"谢王妃不杀之恩!吾……吾只是不愿当马夫而已!"说时慢,来时快!便只见阿兰答儿已拔刀欲扑曰:"还敢狡辩?吾这就替贤王宰了你这个卖主求荣的狗东西!"谁料察苾见状猛地以身先护住了少汗,而忽必烈更进而夺刀怒喝曰:"大胆,竟敢在本王之帅帐内擅动刀枪?置少主安危于不顾,该当何罪?刘太平将军!还不替本王拿下!"悍将刘太平一时竟手足失措,而阿兰答儿也吓得立即跪伏于地欲加表白。再看察苾似只顾慰问少汗受惊否?随之便听得忽必烈对阿兰答

【第八章　习儒宗王远征天之南】

儿又是声声怒斥："好一个狂妄之叛臣逆子！本王与少汗一母所生，自幼同甘共苦，深知其光明磊落、襟怀坦荡！今日之事，本王早一眼看穿，乃尔等奸佞小人从中作梗！欲借蒙古人之血祭蒙古人之战旗，欲挟持少汗以毁大汗之伟业！离间皇室于前，惑乱军心于后！尔等意欲何为？还不快向少汗招来！"一片混乱，唯剩尴尬。

而此时在茫茫的戈壁荒原上却号角长鸣……

尚无人知晓王车上之内斗，故一场规模浩大之"祭旗"仪式眼看就要开始了。颇具原始野性，荒原上顿时弥漫起一片神秘的氛围。在沙石垒就的高耸祭坛上，插着那神圣而无往不胜之九脚白旄纛，需用血与火来祭之！而在稍下的阔大平台上，已渐渐出现了各路将领之身影：抄合与也只尔等诸王，阿术、廉希宪、玉律术等诸将，均一个个虔诚地走上了平台。再看四野，旌旗猎猎，以序排列着成千上万的马上健儿。战马抑制不住之嘶鸣，骁勇抑制不住之激动，更使得苍凉的荒漠上蒸腾起一股股恶煞煞之狂野气息。眼见得祭坛前篝火熊熊，耳听得军阵前号角声声。而萨满巫师也就要舞咒作法了，而这时高台上却仍不见少汗与大王之身影。

出于无奈，老帅兀良合台只能亲自催马来请了……

而在忽必烈的王帐之内，气氛却依然相当尴尬。少汗阿里不哥头一回如此之近地接受王嫂之抚慰，一时间竟顿失平时之骄横与冷酷。而阿兰答儿连连叩头喊冤，却似至今仍未取得任何效果。偏偏这时兀良合台元勋又前来禀告："一切准备就绪，唯候少汗与大王主持祭旗！"阿里不哥更觉难以自拔，而察苾却又适时插言道："兀良合台老将军，就请与少汗一同前往主持祭旗！现有人证在此，察苾与忽必烈已俱为戴罪之身！即将返回汗廷请罪，以待大汗制裁！图谋叛主之人焉能统率千军万马？此乃圣祖在天之灵所不容的！"这时阿里不哥才彻底清醒，猛地意识到，如此下去后果将不堪设想！大汗本来就迟迟不肯明确传承关系，若如此一来必将断送自己的前程！想到这里，竟一咬牙直指阿兰答儿喝令曰："还不快将这厮拿下，今日就拿此奸佞贱臣祭旗！"

随着声声呐喊，阿兰答儿眼前一黑吓死过去了……

又不知过了多长时间，只听得似从什么地方传来了一阵阵遥远的笑、恍惚的笑、朦胧的笑。眼前仍然是一片漆黑。只因有了这隐隐约约的笑，黑暗中竟渐渐闪现出一个光点。笑声越来越近了，光点也越来越大了。但却突然闪现出一座一座城池，高高的城门洞上还挂着一颗狰狞的头颅。笑声，还是越来越近的笑声。引导他身不由己地仔细望去：啊！竟会是自己？恐惧中就想向黑暗中退缩而去，却猛听得那笑声就在身边。融洽的笑、欢畅的笑、相知的笑、开怀的笑，此起彼伏就在耳旁回荡，似受着这阵阵欢笑的冲击，阿兰答儿蓦地便睁大了眼睛：天哪！王帐之内竟是一片喜气洋洋，原来自己还活着！

是活着！但那颗头颅却又似预兆着什么……

好像祭旗仪式已经举行过了，少汗又亲自登上王车和王兄依依惜别。王帐内仅有察苾王妃和小王子真金，似纯属皇室兄弟间私密聚会。只不该把自己当作一条死狗，一直无人前来搭理。显然兄弟间已有了某种默契，也达成了某种共识。在这种情况下，走狗的下场往往是最可悲的，即使是最勇猛凶悍的走狗。果然，一见阿兰答儿苏醒过来，少汗竟恶狠狠地当即斥之曰："奸佞贱臣！还不快快滚起来，谢过王妃救命之恩！"又是察苾？而阿兰答儿似也只能挣扎而起，跪伏于地向这个使自己饱受心灵熬煎的女人谢恩了。

千军万马，终于浩浩荡荡地跨出了祁牙……

将在外，君命有所不受，忽必烈终于可以有更大的空间享有他久已渴望的自由。老师兀良合台早对贤王之贤"深有体会"，更何况阿兰答儿之下场又为他敲响了警钟。老成持重，恪守本分。除了早请示晚汇报之外，绝不打扰皇太弟之"深谋远虑"。而察苾为了使少汗等对"成交"深信不疑，竟悄然率众仿佛也要随征去向大理。在为阿里不哥留下阵阵惊喜与重重疑问之后，这才携小王子登车共坐王帐之内，尽向忽必烈讲述其走后漠南所发生的一切：从邢州之危，一直讲到争取张柔；从汴梁之忧，又讲到初步设想之对策；从孟速思之虑，更进而讲到瓦剌瓦赤之掣肘……随之，便是尽召南征北治之两翼幕僚进帐连日之相商。相见甚欢，纷纷献策，在忽必烈的鼓励下竟展其才。但人们最关心的乃是与少汗那笔"买卖"，而和

【第八章 习儒宗王远征天之南】

尚却又双掌合十代为答之曰："阿弥陀佛！一出祧牙即'买卖不成仁义在'！"好一个"仁义在"，顿使得王帐内众皆为之大笑不已。

车轮滚滚，王车缓缓前行……

三天之后，察苾便毅然决然地告别了忽必烈，含泪远眺着自己的宗王在千军万马的簇拥下向远方驰去。她明白此一别至少两三年之后才能相会，但一咬牙还是带着小王子率文武侍从调头北返。虽然说已早有计划在前，但现在看来更"势在必行"了！阿里不哥显然来者不善，明摆着是想让忽必烈如刘秉忠所言；也如旭烈兀一样"有去无归"。而最终能决断这一切的仍是高高在上的蒙哥大汗，为此必须在"木已成舟"前火速赶回汗都哈尔和林。

将计就计！似也想出其不意……

而忽必烈坐在滚动的王帐之内，心潮同样久久难以平静。饱尝着那种"八千里路云和月，三十功名尘与土"的折磨，忍受着那种妻离子别刻骨铭心的痛苦。是的！他绝不缺少女人，也从不拒绝女人！就拿那夜与少汗同眠其王帐时，他也曾"连御数女"。这对于一位马背上的皇室宗王来说并算不了什么。或者仅仅是为了某种交易，或者只是为了尽得一时之欢，更或者为了不愿服输而尽显自己那强悍的雄性魄力。过之即忘，似抛却一个空酒囊一样。但对于察苾，性只是性，情才是真正之情！一想到从此后即将久久别离，他那张平时别具男性魅力的面孔竟变得如此阴沉可怕。不但姚枢等众幕僚暂时敬而远之，而且就连汗廷元勋兀良合台老将也暂时取消了早请示晚汇报。

眼前只闪着察必的面孔、笑容……

多情未必不丈夫，而远征大军还是浩浩荡荡地向南挺进着。以现代人的眼光看来，按说当时蒙古铁骑的最大特点应当是快！所向披靡，摧枯拉朽、风卷残云一般随之便马到成功！而据史料记载，忽必烈此次统率的南征却并非如此。1252年6月从母地出发，历经一个月于7月才到达边地祧牙。再往后看，1252年冬12月才渡过黄河，于1253年春才抵达原西夏盐、夏二州（即今之宁夏甘肃一带）。似并未发挥马背民族"快"之所长，历时半年却未走出大西北的范围。综合各种历史资料看来，这一方面是因为地跨南北两端，征途漫漫过分遥远，似只能到了南诏大理方可施展蒙古铁骑以快为特点的奇袭战术。另一方面也可看出：或皇室内争尚未平息，猜忌和怀疑尚困扰着这次远征；或汗廷已颇感东、西、南三线齐发早不堪重负，后勤供给终于延缓了战争的步伐。史皆无载，唯可推测。

还回到原点，忽必烈一连两日均是脸色阴沉……

谁料这却使随征的托娅百感交集，在宿营幽会时竟对小将玉律术说："你若对我有大王对王妃之百一，就是再染指多少女人我也无怨无悔！"马背民族不可思议之逻辑，但小将却为了自己的宗王之不振求助于王府尚书了。没想到姚枢竟斜视和尚曰："大王之烦，当由神佛化解之！"说来也怪，两天来似只顾旁观之刘秉忠，此刻还真"有求必应"了。他不顾随时可能触怒阴沉的大王，竟然手持念珠径直走进了王帐。忽必烈果然怒目而视之，而这和尚却全然不顾盘坐之后便双掌合十闭目入定了。忽必烈即将怒斥之，谁料和尚更嘘之曰："无须出声，心灵内通！"忽必烈强压怒火，干脆置之不理，而和尚也若目空一切般念念有词曰："悟、悟、悟、悟……"说也奇怪！忽必烈顿感眼皮越来越沉重，如睡梦将要来临。而和尚还在双掌合十念念有词曰："悟、悟，王妃即在宗王心中，从未离开片刻……悟、悟，宗王也在王妃心中，正相偕北返途中……悟、悟，分即合，合即分，无合何来分，无分何来合……悟、悟、悟……"随着这声声咒语似的念词之引导，忽必烈竟然也跟着和尚一起渐渐打坐入定了。

第二日，便又见得一个豪放爽朗的忽必烈合罕……

高立于王车之上，大笑着任千军万马从身旁奔腾而过。与此同时，尚不忘与身边众幕僚指点江山，激扬文字。巍然屹立，好一派统帅气魄！果真似有心灵感应，察苾也从远方遣人来向宗王祝福了。只不该来人竟会是那差点被砍头祭旗叛主之脱兀脱，他满身伤痕却跨着一匹快马来投故主。原来，脱兀脱在被阿兰答儿押归后，少汗竟对其别出心裁地采取了一种灭口方法，五花大绑地将其抛弃于犲牙人迹罕至的旷野里，然后自己却在众骁勇的簇拥下扬鞭而去。茫茫无垠的戈壁滩上挣扎不得，似只能等待饥渴或暴晒而死。多亏了察苾等北返偶遇，三天后才总算从奄奄一息中捡回了一条命。脱兀脱悔恨万分只跪求速死,而察苾却送之快马与食物令其自己择路逃生,并曰:"天惩汝已足矣!宗王临行有嘱,绝不妄杀一人!"脱兀脱更加羞愧万分,遂决定重投故主追随远征以示痛悔。察苾也认为这或许是他唯一之生路,这才解下贴胸之碧玉护身符请他代为呈上并转致祝福……而忽必烈捧过玉佩后竟为之欢呼曰:"和尚言之不谬,果然王妃又回到本王之身边!"激动之情,溢于言表,足可见蒙古宗王率真的一面。遂赦免脱兀脱,令其从征。

从此军心大振,碧玉护身符似功不可没……

浩浩荡荡的大军,猎猎招展的战旗!这是忽必烈头一次身为统帅率众出征,而且总算从纷乱暧昧的皇室内斗中得到了解脱。跨出祸牙,即意味着必须面对着未知的诸多凶险和血与火。但这对于每一个成吉思汗的嫡系子孙来说都是求之不得的,似乎从降生那一刻起便时刻准备着接受战争的洗礼。为此,忽必烈走出了王帐,更多的时间是跨在颠簸的马背上驰骋于千军万马之间。往日宽厚仁义的贤王,今日蓦地便化作了叱咤风云的统帅!

但却不仅渴望着去征服土地,而更重要的是去征服人心!

他时刻准备去改写蒙古民族的战争史!

征程漫漫!思大有为于天下……

四

哈尔和林,巍峨的万安宫内。

洞悉一切的蒙哥大汗,夜深人静时却仍在御书房里背手来回踱步。朝乾夕惕,忧国忧民。只不该!时而仰头哈哈大笑,时而低首久久沉思。高深莫测,致使门外侍从莫不战战兢兢。

唯有候值的耶律铸明白:乃为皇室之内争……

看来,蒙哥大汗已得知幼弟曾神出鬼没地现身于祸牙,而他圣明之处却在于竟会是"顺其自然"。当得知阿里不哥为了这笔"交易"付出自取其辱之代价后,也只不过哈哈大笑曰:"在忽必烈面前,他尚可狐假虎威。而察苾一出现,他就只剩下赔本的买卖了!还窃窃自喜,真愚不可及!"遂置之不理,任其该高兴一阵算一阵。豁达大度,可见一斑。为了维护皇室之尊严,为了严遵母亲之遗嘱,身为皇兄似也只能如此了。

只不该,阿兰答儿为了解脱自己竟悄然前来密奏了……

蒙哥大汗闻之表面镇定自若,竟直面斥之为"心怀叵测""离间皇室"。但在斥退后,却暗自首先不安起来:难道两位皇弟这笔买卖还真"成交"了?若不然察苾也不会抛弃漠南携子上了忽必烈南征的战车。而以这位弟妃之绝顶聪慧,肯定不会被小恩小惠所打动的。那阿里不哥到底付出了多大代价?是否已把自己这位大汗也搭了进去?

虽属一母同胞,却不得不反复考虑……

夜深人静,遂有了这御书房内大汗之来回踱步。但这位马背民族之君王毕竟不同凡响,逐渐地竟把两位皇弟给他酿成的苦酒强咽下去了。他时而仰头大笑,那只不过是在笑阿里不哥之迫不及待和稚嫩愚鲁;时而低首沉思,那也只不过是在想对忽必烈和察苾如何驾驭与掌控。胸中早有宏图大略,小不忍则会乱大谋!且看事态如何发展,还当以不变应万变!遂决定仍维持原先设想:冷漠处之,沉默应对,故作不知,静观其变!身具绝对权威,后发再制服这两位不安分之皇弟也为时不晚!

虎视眈眈!蒙哥大汗终于止步,他双目紧盯着那幅地图……

耶律铸在外总算松了一口气,初步判断今夜不会有什么震惊朝野的大事发生了。果然又过片刻,蒙哥大汗竟下令起驾返回后宫休息去了。身为大汗御用之"必阇赤",耶律铸颇能体会这种"高处不胜寒"之苦。与圣祖之后的历任大汗相比,蒙哥大汗或许是最自律甚严、自奉甚俭、不思享乐、勤奋问政、思大有为于蒙古之君主。他能以近乎神之威望调动千军万马,三线出击以继承圣祖之扩张伟业。却面对皇室之暗潮汹涌,除皇弟旭烈兀外往往疲于应对。

尤其是母亲最不放心的幼弟阿里不哥……

【第八章 习儒宗王远征天之南】

耶律铸因为贴身跟随大汗深知其过程：这位少汗虽也不乏政治才能，却为人行事骄横跋扈。在三位兄长的忍让下，现已以"灶主"身份尽得家族全部遗产：吉里吉斯之封地、内地真定之食邑，以及下属的所有千户与军庶。但他却仍然不满足，眼睛更进而死死盯住了未来之汗位。利用蒙哥大汗的"唯崇祖制"和对幼弟之偏爱，屡屡在皇室内部变生叵测。老三旭烈兀在某种情况下就是被他逼走的，现在又想用同样的手法诱使忽必烈也去步旭烈兀之后尘。好像唯留下他一个这才放心，以免重蹈父亲之痛失"幼子守灶"权之覆辙。为此，在旭烈兀远征他乡后，几乎每天都在汗兄身旁大进谗言。说不尽忽必烈之"久蓄异志"，道不完忽必烈之"图谋不轨"。并曾多次向蒙哥大汗建言，可效对待旭烈兀之法迫使这"心腹大患"远离权力中心。而蒙哥大汗却总是凸现对幼弟宠爱之情，仅微笑听之避而不答。

这或许也是人们怀疑大汗"乐观其成"之原因……

但耶律铸却深知，阿里不哥显然是皇室四兄弟间政治智商最低的一个。燕雀安知鸿鹄之志？他根本不知道此时尚在"放长线钓大鱼"之初始阶段。大汗正在借皇太弟之手，奠定吞灭"南家思"之基础。此次祃牙之行这笔买卖肯定是搞砸了，难怪大汗从此见他唯阴沉不语，似在无言以告之：只留汝一人，朕将麻烦更大！

汗位继承权反而似越来越远……

耶律铸记得，似乎才过了两三天，密使便从南征大军中传来了消息：察苾王妃已经返回漠南！蒙哥大汗在御书房内似这才长长松了一口气，竟脱口赞之曰："果不愧为贤王贤妃，尚知轻重顾全大局！"就不该阿里不哥又来破坏情绪，还令人惊讶地带来了那久已销声匿迹之王妃"顾姑"与盛装。原来，在那笔擅作主张之"私下交易"暴露后，阿里不哥早为大汗的"冷漠处之"搞得坐卧不宁了。谁料后院还在起火，即为母亲这份遗物！专宠的王妃乌日娜竟一惊一乍地向他泣告：在他出巡之后，几乎夜夜均梦见"死人"要求枕其玉臂而眠。甚至还有人看到了那"鬼物"闻夜风则舞，似欲挣脱夺门而出……而阿里不哥闻之后竟不顾这是对母亲之亵渎，还蓦地便想出一条借此脱身之计。随之，母后遗留的王妃"顾姑"与盛装便重新被捧回了宫内，作为忽必烈首先诱引他上当的物证。

耶律铸看到,蒙哥大汗之脸色骤然晴转阴……

而阿里不哥却仍不识眼色地急于表白道:"长生天在上,弱弟之忠心日月可鉴!忽必烈大奸似忠,早已对大汗图谋不轨!弱弟乃为一探其居心何在,方才应其约擅去祸牙代大汗查个究竟,是其笼络弱弟在先,此即可为凭证!"

蒙哥大汗仍冷漠不语,仅以目光逼视之……

阿里不哥有些慌乱,却还在狡辩:"忽必烈居心叵测,竟敢妄评大汗言多大不敬,并以母后遗赐之信物称:如若弱弟能早登汗位,他定能为新汗再扩半壁江山。弱弟为使其阴谋尽皆暴露无遗,这才按兵不动拖至今日方才禀告。"

蒙哥大汗仍然是面无表情,目光冷酷……

阿里不哥的口气先软了下来,躲其目光而言道:"其实此次祸牙之行,弱弟也只不过劝其效法旭烈兀所为,以免再困扰大汗,走一个少一个!没有任何交易,唯劝其当以皇族荣誉为重!谁料其见弱弟与大汗同心同德无缝可钻,竟果真带着老婆孩子趁南征一去不返了。"

蒙哥大汗先是冷笑,后竟哈哈大笑起来……

耶律铸觉得,阿里不哥这段话尚具几分真实性,而蒙哥大汗随后之大笑就令人感到神秘莫测了。似宽容,似嘲讽;似理解,似藐视;似饶恕,更似鄙弃。总之,使不表态变得比表态更为可怕,不开口变得比开口更令人惶恐。很显然,阿里不哥已使大汗彻底寒了心,此乃正在演出一幕幕"驯悍记"。但让耶律铸绝没想到的是大笑乍停,蒙哥大汗竟直指自己压低声音冷冷道:"小心舌头!皇族之事,不得外传!"随之,更大出人意料的事情便随之发生了!只见得蒙哥大汗猛转过身去,捧起御案上那母亲之遗物竟突然跪倒在地恸哭起来。真的!这回是真的!好像扑在母亲怀内有宣泄不尽之悲哀和痛苦。

耶律铸慌忙跪下了,阿里不哥扑倒哭得更惨……

自古英雄非无泪,只缘未到伤心处!日渐走向神坛之蒙哥大汗仍在自顾自地悲恸,没有任何语言只任满眼的泪水代自己尽情倾诉,四周似乎什么都不存在了,眼前仿佛只闪现着母亲那慈祥之面容。哭泣得如此感天动地,泪流得如此意味深长。

第八章　习儒宗王远征天之南

似向慈母有道不尽的委屈，又似向慈母有叙不完的苦衷。如夜空下之苍狼望月长嚎一般，显得是那么孤独，那么凄凉，那么四顾无援。耶律铸伏地侧目一看，便见得阿里不哥跪伏不起也在号啕痛哭，也在泪如雨下。毕竟也是蒙古男儿，听得出悲恸中还带着一定程度的羞愧和忏悔。

大汗的哭声是戛然而止的，又只剩下了一片冷漠……

多亏了此时，又有一个令人震惊的消息传进了御书房：察苾王妃出人意料地回到了宗王藩邸，现在正携小王子在宫外候旨。耶律铸看到，不仅大汗感到惊讶，就连阿里不哥也显得格外慌乱。而大汗却仍然对他置之不理，惊讶过后竟立即换上了一副热情洋溢之面孔，急切地传唤曰："请！"阿里不哥尽失昔日少汗威严，顿时陷入了极为尴尬之处境。片刻，察苾携着小王子应诏踏进了御书房。蒙哥大汗一见久已未见的小皇侄就想将他抱起，谁料小真金竟躲开曰："不可！"蒙哥大汗惊讶问之："为何？"小真金对曰："先行君臣大礼，方可再叙伯侄之情。大汗、少汗在上！请受臣侄母子叩拜！并祝大汗龙体安康，万岁！万岁！万万岁！"蒙哥大汗激动地哈哈大笑了，只不该察苾在与儿子同行君臣大礼时目光突然有异。

她看到御案上那"顾姑"和盛装……

气氛相当尴尬。却只见察苾看了阿里不哥一眼，便呼唤着："额吉！额吉……"猛跪倒在御案之前哭诉着："好想您呀……好想您呀……我的好额吉……"直哭得蒙哥大汗暗暗跟着落泪，直哭得阿里不哥只好悄悄退了出来。耶律铸也正好借此退出御书房，他实在忍受不了一天之内皇室之两次号啕大哭。但他后来却发现，少汗从此之后那骄横跋扈、不可一世之气势收敛多了。偷鸡不成反蚀把米！按现在的话来说，仿佛已经懂得如何当好"驯服工具"了。

察苾此次前来是经过精心策划的……

但所到之处绝不主动去涉及政事，而是以皇族间特有的亲情感染每一个人。刚刚捧着母后之遗物哭过，便又含泪要求叩见忽都岱大哈敦一叙姐妹深情。蒙哥大汗为调整情绪正求之不得，遂有了后宫中少有的其乐融融之场景。小真金当然又要表演君臣大礼那一套了，谁料胖小子芒哥喇竟憨态可掬地直喊："给我也磕一个！

· 249 ·

一统华夏——忽必烈大帝之文韬武略

给我也磕一个！"小真金曰："吾乃兄，汝乃弟！"胖小子竟矢口否认道："那不算！那不算！咱俩摔跤比比，谁输了谁磕头！"随之还真憨头憨脑扑了过来，不料小真金一闪这胖小子便摔了个大马趴。只引得蒙哥大汗等一阵又一阵大笑，而大皇后却像对待宝贝似的忙扑上去揽入怀内又哄又劝。察苾一看便明白，这憨儿子显然已成为后宫人见人爱的福娃娃，这次准备带走又算是白费心思了。但唯令人惋惜的乃在于这憨小子至今蒙、汉字均不识一个，据说大皇后生怕宝贝过早动脑子变蔫了。果然尚不待谈到这个议题，忽都岱大皇后已发出警告了："好妹妹！你向大汗要什么都成，可就是不能摘走我这心肝宝贝！"察苾未语，似只顾了望子垂泪。

蒙哥大汗旁观着又陷入了沉思之中……

好一个大智大勇的女人！出其不意地现身于祸牙，出其不意地踏上了远征的王车，出其不意地突返漠南，现在又出其不意地闪现于汗廷！时间、地点、机缘均貌似巧合，却又都掐算得那么准确，无不令人拍案惊奇！就连母后的遗赐刚刚被阿里不哥抛弃之后，又是她及时赶到真情毕露地收拾了残局。更重要的是，若无她自己的通盘部署将大乱，自己那宏伟规划将化为泡影。难道她果真得到了母后之真传？就不该随之他的脑海里便闪现了许多"但是"。

所幸蒙哥大汗早已"成竹在胸"欲展雄才大略……

随后便又是满脸欢悦喜气洋洋地宣布：立诏阿里不哥携王妃及其子女进宫，皇室家族于今晚将举办欢聚盛宴。是夜，宫廷内张灯结彩、莺歌燕舞，一改平日冷清森严之常态。孩子们欢跳，女人们笑语，唯有阿里不哥越来越感到忐忑不安。他知道大汗肯定不会轻易放过他的，而察苾也很可能趁此给他致命一击。果然，在只有皇族聚会的盛宴上，随着蒙哥大汗之脸色阴沉，阿里不哥竟吓得不敢动筷子了。再看察苾的笑容只觉变得更神秘莫测，似也只能等大汗戳穿怒斥了。没想到就在此时，却只见小小的真金竟敢起身恭立要掺和大人之事了。童言无忌，致使阿里不哥的心都提到嗓子眼上了。谁料小真金却一脸率真地言道："启禀大汗！臣侄在场，可以做证！少汗绝无诋毁圣上之言，更无煽动父王之语，唯阿兰答儿巧舌如簧语多不敬！"阿里不哥大出意料，而蒙哥大汗也借此重又哈哈大笑曰："汝可为幼

【第八章 习儒宗王远征天之南】

汗！"没想到这小子也懂得诚惶诚恐，回奏道："启禀大汗！父王早告诫臣侄，若有非分之想必遭天诛地灭！吾师也讲，臣侄乃百里之才，当个百里小王尚可！"阿里不哥总算坐稳了，蒙哥大汗却笑得更加开怀曰："哈哈……朕这就封汝为百里小王！"而这回该轮到芒哥喇捣乱了，他憨头憨脑地扑进大汗怀里就嚷嚷："吾也要！吾也要！不给，拔胡子！"蒙哥大汗乐不可支而又不忘旁敲侧击曰："汝比汝四王叔还厉害！"阿里不哥一怔似也只能跟着大笑，众人也正好故作不知借此大笑。笑声中似化解掉了一切，皇室间似也只剩下和睦相亲其乐融融。

耶律铸闻知后，竟由衷地叹服察苾之高明……

但蒙哥大汗却似乎更具有凌驾于一切之高明！不等察苾开口，次日在御书房内命耶律铸起草三道圣旨。大意如下：其一，君无戏言，着赐真金"小王"之名号；其二，命小王真金代掌皇太弟抚管邢州与汴梁之全权；其三，皇太弟南征之奏报直送御案，擅自裁处者严惩不贷。虽无一字提及察苾，但字字均似给她个腹背无忧放心地去"海阔凭鱼跃，天高任鸟飞"。耶律铸由不得佩服大汗之气魄宏大，却同时也为察苾之未来提心吊胆。然其间深远之内涵，外臣也只能示意岂敢再进而妄言？谁料在被召见时，察苾面对三道圣旨并未"激动不已"也未"感恩不尽"，而是诚惶诚恐地先向大汗禀告起辅佐小王之诸多情况。不遮不掩，从邢州之危刚得到缓解，最后终于聚焦于现汴梁诸地区举步之维艰。

蒙哥大汗似已被她之娓娓道来深深吸引了……

翔实、坦荡，处处显示着一位皇室女性对大汗的忠诚。也确实如此，据有关史料记载："是时，河南境内属于蒙古最新征服的地区，又与下一个用兵对象宋王朝疆域毗邻。民心不稳，无所依恃，差役急迫，流亡颇多。蒙古军队既无纪律，又无固定屯戍地点，秋去春来，暴掠平民，没人敢出面管束。南部边境备御不严，宋军时而骚扰，民众多被杀伤掳掠……"忽必烈上次虽也曾向大汗禀告过，却唯恐触及敏感部分尚不够深入。而此次察苾竟借此机会全盘托出，难怪史称她"有胆有识"。

果然，蒙哥大汗听后叹之曰："积重难返矣！"

而察苾则称"积重是实，难返未必"，并当即以一中原名士之言"启奏大汗参考"。此即姚枢对忽必烈之建言："若将秋去春来之兵，分屯要地，寇来则战，寇去则耕，积谷高廪，备战既实，俟时大举，则宋可平。"而忽必烈虽也曾力陈，但对这个"兵"却有所回避。游牧民族，焉能去从事耕种？但此次察苾却借大汗急欲吞掉"南家思"之心态，以女性别具的魅力提得既委婉又直白。果然蒙哥大汗一听"平宋"，竟又脱口而问道："需几年？"察苾平静而应之曰："忽必烈曾预估，多则三五年，少则两三年，即可遂大汗心愿矣！"没想到大汗竟击案而定了："折中，三年！"随之便御笔亲书密旨一函，连同另三道圣旨一并亲手交于察苾，随后更豪放地掷笔于案，纵声大笑问之曰："如何？"当即把耶律铸惊了个目瞪口呆，满朝须眉尚有何人受过如此对待？可以看出，蒙哥大汗这是在高度维护皇室威严的基础上，私下里欲借一位蒙古杰出女性之手，为其在灭宋之前沿先行备战。随之，大汗之高度信任溢于言表，而察苾却含泪跪伏于地谢恩仅言道："鞠躬尽瘁，死而后已，察苾奉小王当尽力而为之。"

次日，三道圣旨早朝发布，密函只字未提……

过几天，蒙哥大汗又在宫内亲自为察苾母子饯行。不仅阿里不哥一家应诏而来，就连庶弟末哥（同父异母）也首次参加了这次小范围之皇室聚会。末哥之母，即忽必烈之乳母。关系非同一般，可见蒙哥大汗之用心良苦！而在盛宴即将结束之时，又有惊人之举出现，其一，只见得蒙哥大汗当着少汗及其王妃之面，又将母亲遗赐之"顾姑"与盛装奉还给察苾；其二，随之又见得蒙哥大汗亲自抱出芒哥喇，准许察苾带回漠南。一时间场面混乱，情况相当复杂：一方面是察苾刚接过母亲之遗赐跪泣不止，一方面是憨小子之大哭大闹不愿离开。双重的高度信任终使察苾手足失措疲于应对，而偏偏此时一直强忍分离之痛的大皇后也背过气去了。大呼小叫一番，最终结果可想而知：芒哥喇哭叫着重新投入了大皇后的怀抱，而察苾似也只能丢下这傻小子捧着母后之遗赐重返金莲川。好在临别时大汗竟能率众亲到宫门送别。察苾跪称不敢，蒙哥大汗却曰："唉！朕率诸弟乃送母后赴漠南保佑汝与忽必烈！"

【第八章　习儒宗王远征天之南】

1252年9月，察苾奉小王返回了漠南……

必须指出，这也是忽必烈深谋远虑之结果。他深知蒙哥大汗多疑善变之性格，仅凭那一纸："准奏！交皇太弟全权代朕行事。钦此！"已很难保证自己走后继续经略中原了。为此，除同意察苾北返汗廷争取更多的权力外，并与其在南征之王车中密商三日。现在终于如愿以偿了：不仅真金正式被授予小王之名号，代掌了继续经略之权，而且察苾手中尚握有大汗御笔亲书之密旨一函。难怪忽必烈远天远地接到赵璧传来的消息，竟紧勒激动昂嘶的骏马对天仰啸曰："有如此王妃，天助我也！天助我也！"而从始至终经历此事的耶律铸，却在一旁深感大惑不解了。须知在三个皇弟之中，忽必烈是蒙哥大汗最为不放心的。尤其对察苾王妃的特殊出身和突出智慧，更是时时刻刻充满警惕的。而现在，蒙哥大汗不仅意外地放手任她去推行他曾排斥的汉法治汉，甚至还为此特意赐她一函御笔密旨。是祸？是福？耶律铸苦苦思索后由不得为忽必烈一家开始担心了。

而在金莲川上，察苾奉小王推行汉法治汉却更具魄力了……

1252年10月，赵良弼为"安抚司"幕长（兼）、张耕为安抚使、刘肃为商榷使赴任后，历经脱兀脱之抗命、春播时之危困等种种艰难险阻，邢州终于迎来了流民复归后的第一个丰收年。史书载，这批干练之儒臣在此期间还"兴办铁冶，充实官府财用；印制纸钞，满足民间贸易流通；整顿驿站，严控横征暴敛；修官廨馆舍仓廪，力挽颓败之势，对不法官吏严加惩处，诛尤为民害者一人，其余或黜或降；申严法禁，使文书钱谷奉行严谨，无所奸欺；又在州之北廓新建石桥，以便官民通行；遂流亡者复归，户口增至十倍；诸路州考课时，邢州为最"。（以上政绩均摘自《元史》）史书又载，"新政大行"故"邢乃大治"。若以现代人的眼光来看，这当属忽必烈推行汉法治汉之第一块"试验田"。难怪这位远征途中之皇太弟接驿使快传后，竟激动地立即召见姚枢、刘秉忠等随征诸幕僚曰："儒者，有为也！汉法，济世也！若二者兼用，天下即可大治也！"和尚又在双掌合十插话道："阿弥陀佛！也来也去，首功当推王妃也！"众皆哈哈大笑。

而此时察苾之目光，已渐渐聚焦于河南……

有野史载，其间察苾王妃曾与小王出现在汴梁，而详查《元史》却未见任何蛛丝马迹。但有一个现象却颇值得重视，即与察苾从汗廷归来似有相当大之关系。归来之前行动缓慢，归来之后却雷厉风行。设置于汴梁的屯田经略司衙门突然变得极具权威，一位位"经略使"更突然变得信心百倍。是与赵璧受命重返有关，但没有幕后那股巨大的推动力量还是难以如此迅速地推展的。作为首席经略使的王府要员牦戈，似一夜间变得更有主见且腰杆也挺得更直了。身为蒙古重臣竟力排蒙吏众议，公然支持汉人同僚大胆施行"汉法治汉"甚至"汉人治汉"。而经略使杨惟中、史天泽、赵璧，参议陈纪、杨果等，更是大胆放手按忽必烈"屯田戍兵"预定之策于河南之各路州县推行。其中，尤以汉世侯史天泽投入的成本最大，其子侄如史权等就曾担任过"屯田总管万户"。故后来才有了史天泽因"一门三要职"，在六盘山向忽必烈请求"准于退隐"之说。

由此可见，察苾手中那函御笔密旨之作用……

总之，在忽必烈远征鞭长莫及之情况下，治理经略河南却日见成效。据史载，赵璧受命重返河南后即将境内军队"分屯要地，且耕且战"。而经略司也向所属州县"派设提领，严察奸弊；均平赋税，以纾民力；更新钞法，以通贸易；修筑城堡，保全边民；整肃吏治，诛杀奸恶……"以大力推行"仁政"。而在"整肃吏治"方面，史书上更有许多翔实的记载。如经略使杨惟中在此前仅为燕京名儒，而赴任后竟敢面对为虎作伥的河南道总管刘福，历数其"贪鄙残酷，害虐遗民二十余年"之种种罪恶，当堂"手握大梃，击杀之"。此事影响极大，不仅大快人心，而且震惊燕京。掌控中原税收大权的亚喇瓦赤闻之战栗，而忽必烈之王府侍臣孟速思则迅速地掌控了燕京之军庶大权。几乎与此同时，赵璧又将亚喇瓦赤在河南之爪牙董主簿（史无详名），以"强娶民女三十余名"问罪斩首。这使亚喇瓦赤受到了更大之打击，遂忧恐成疾终致一病不起一年多后便死去了（卒于1254年）。综上可以看出，在"小王升帐，代行父权"之幕后，那位杰出的蒙古女政治家和她手中那封密函发挥了巨大的作用。（以上事例均见于《元史》杨惟中、史天泽、赵璧等分传）

而在外人看来，察苾只不过是个"贤妻良母"型的女人……

【第八章　习儒宗王远征天之南】

　　回到原点。1252年12月，这时邢州治理确已初见成效，而河南地区仍只是雷厉风行的开始。察苾在与郝经、商挺、赵良弼、王鹗、许衡等众幕僚相商经略中原的应对之策时，通过驿报得知，远征大军趁河面封冻即将渡过黄河进入六盘山地区。

　　又是一夜无眠，一直在思念着在漫漫征程中的忽必烈……

　　第二天，她似乎又只顾作为一个女人，作为一个妻子，竟又在百忙之中为忽必烈亲手缝制狐皮风帽，缝制羊皮大氅。但又被针扎了手，疼痛间又蓦地使她想到了汗廷。

　　大汗那高深莫测的笑，耶律铸欲言又止的暗示，还有自己预测过的"放长线钓大鱼"。

　　隐隐的忧患，使她顿感心力交瘁。但每逢这种情况，她的目光总会下意识地落在了那迎回的"顾姑"和盛装上。

　　她总会想到另一个伟大而杰出的蒙古族女性……

　　母亲那更加坎坷的漫长人生路……

五

　　1252年12月，远征大军浩浩荡荡地跨过黄河……

　　此乃指流经今甘肃宁夏那一段黄河，而非指随后流经中原大地那段黄河。隆冬腊月，忽必烈在最急需时收到了察苾派快马驿使送来的裘衣和风帽。似乎还带有察苾身上那种特殊的温馨气息，致使这位统率千军万马的大王立即拥之浮想联翩。

　　其实，忽必烈身旁并不缺乏女人……

　　1252年底，在途经原西夏盐、夏二州时，因距漠南很近，另外一位王妃塔腊海来陪忽必烈了。好不幸福，却又无时无刻地不在战战兢兢。小模小样，极大地满足了这位宗王之征服欲。1253年春末，再一位王妃伯要·兀真前来接班，并陪同忽必烈于4月出萧关，直至驻军六盘山。这位别具西域风情的王妃，总会每夜欢叫着

一统华夏——忽必烈大帝之文韬武略

"王!王!"刺激得忽必烈热血沸腾。不知为什么,随征的群儒们竟将此视为察苾之贤德,而负责此项任务的阿合马也随之水涨船高日显其重要性。

但竟丝毫未影响忽必烈施展其雄才大略……

进驻六盘山,乃其实施全盘战略之重要之举。而此时老帅兀良合台已和这位皇太弟磨合得十分默契。老帅不仅近距离地越来越体会到了皇太帝那种非凡气度,而且确实看到了他那种圣祖子孙与生俱来之统帅才能。驻军六盘山更体现了他之深谋远虑,此举将决定远征大理之走向和前程。要知道,目标不仅仅是大理,而是包括吐蕃在内的整个南部中国。十余年来,蒙古铁骑对南宋的进攻因在江淮和四川遭到顽强抵抗,若此次直插近道或急于求成必然会遭遇重重阻截而重蹈覆辙。舍近求远,离坦途而择险径绝对是英明决策。但窝阔台家系的阔端大王却身遭受封赏供给不公等种种歧视,对吐蕃掠夺一空后竟返回自己的封国去了。只留下自己的长子在甘肃凉州遥控,笑望"升任监军"的布只尔率领自己的亲兵宿卫在乌思藏苦苦支撑着。兀良合台老帅眼见远征大军面临两难抉择,这时又多亏了皇太弟之汉臣幕僚中的高人!他派出文武全才之能将廉希宪亲自前往凉州,依高人指点去寻找一位藏传佛教萨迦派的圣僧。

六盘山上高峰,旌旗漫卷西风……

渐至盛夏,忽必烈宽袍松带坐卧于王帐之中。在伯要·兀真柔情脉脉的侍奉下,竟等待得那么潇洒,那么耐心,那么超凡脱俗。但奈何远方幕后尚有一个贤内助,早已使这位贤王之贤名更加远扬。虽久等姚枢与刘秉忠推荐的萨迦圣僧不至,却引得八方拜谒者络绎不绝。有史可查,大多是就自己"官资之崇卑,符节之轻重",请求皇太弟"开恩庇护"。唯有延安兵马使袁湘,面对忽必烈如实禀告本路军户"困乏之弊",并力陈"改除之法"。而这位皇太弟竟也能分别待之:对袁湘不仅采纳了他的建议和意见,并予以极大的肯定和赞扬;然对其他"言私不言公"之官员要人,则一概"责备训诫"。随之,巩昌统帅汪德臣也赶来晋见,当面禀告新城益昌"民生多艰"应免除"赋税徭役"事宜,忽必烈也欣然批准并与其结为知交。故贤名越发远扬,一路上远征大军颇得汉地民心。姚枢首先向他祝贺曰:"大

【第八章　习儒宗王远征天之南】

王果然'才不世出',一路已将'汉法治汉'推展于广交汉臣世侯!"而忽必烈竟也能视伯要·兀真如若无存而答之道:"本王岂能忘王妃临行所嘱:行军一路施一路仁政,纵马千里得千里民心?"

何等率真!足可见察苾在他心目中之地位……

但那位萨迦派圣僧还是迟迟未见到来,倒是接连发生了几件大事。其一,乃汉世侯张柔亲派自己的第九子张弘范前来六盘山。表面是代父劳军,实际是代父暗示效忠。忽必烈通过驿使当然早知道了"收张柔"之种种故事,而在接见张弘范时却竭尽表达了对这位年迈汉世侯之高度尊重和深深的感激,竟使这位小世侯激动得热泪盈眶道:"见王妃时,末将决心已定!今日有幸得见大王,末将更愿肝脑涂地报效终身!"而忽必烈却不顾其年少,是夜竟于连营里设宴大张旗鼓地为其接风洗尘。其二,即另一位汉世侯史天泽应召亲自来到六盘山,按忽必烈的话来说只不过是"思三郎日久矣"。却谁料史天泽来到后竟借口"一门三要职"跪求"准于退隐"。忽必烈知其乃唯恐陷之太深尚后顾有忧,遂哈哈大笑曰:"史三郎怕本王此次南征有去无归,欲不顾兄弟情谊而撒手不管乎?"史天泽连忙否认道:"微臣尚非那般小人!乃唯恐一家权力太重遭人猜忌,反连累了大王之施展宏图大略!"而忽必烈突然绷起脸道:"笑话!本王向来是疑人不用,用人不疑!一门三要职又如何?只要本王看准之人,一门八要职也无不可!谁人胆敢猜忌?就令其先来见识一下本王!"史天泽无语了。是夜,在盛宴后,忽必烈竟把伯要·兀真撵出了王帐,却与史天泽抵足而眠作彻夜长谈,即史载"引用成吉思汗谕旨,予以安抚和充分信任"。致使次日凌晨即又闻皇太弟之大笑声,而史天泽也从此对这位宗王更加敬服了。总之,贤名在外,追随者日众。《元史》中尚有这样的记载:燕京藁城人董文炳"自率义士四十六人,尾随其后"从征,则也受到了忽必烈之"慰劳与褒奖"。

但唯独凉州好像阻力很大,似就是不肯放人……

而这好像并未影响到六盘山下喜讯不断传来。1253年,蒙哥大汗大封皇族,向南征途中的皇太弟提出以下两地以供其挑选:一为"南京",即汴梁地区,一为"京兆",即今之陕西西安一带。《元史》载,此乃对忽必烈之特殊"眷顾";也

一统华夏——忽必烈大帝之文韬武略

有的史书载,也可视作对皇太弟受命远征的一种"激励";还有的野史载,尚可看成是蒙哥大汗对忽必烈之某种"测试"或"羁绊"。但不管怎么样,这位皇太弟也总算在中原有了自己的食邑或封地。趁那位影响战争布局之圣僧尚未到来,遂和贴身幕僚为此多有商议。和尚刘秉忠曰:"汴梁虽正在经略已打下基础,然不可!此乃亡金后都所在之地,择之必引起多方猜疑。"而姚枢则附议进而建言道:"南京,河徙无常,土薄水浅,泻卤生之。不若关中,厥田上上,古名天府陆海。"(原文照录)意思是说,汴梁一带黄河经常改道,土地盐碱化严重。不如选自古就被称为"天府陆海"之关中西安地区,可旱涝保收。忽必烈对二人之言均纳之,遂得京兆封地。下属八州十二县,计有三万三千余户。随之便命姚枢即日起程前往京兆,在与察苾王妃设法多方协商后,尽快设置宣抚司、从宜所、行部等行施统辖管理。然后交由王妃奉小王之名全权处置,自己则必须于大军到达忒喇前赶回会合。这样,按现代话来说,察苾无形中又成了忽必烈的组织部长、人事部长,尚兼留守总理之职。

多亏廉希宪终于从凉州赶了回来……

顿时,忽必烈又全神贯注于征服大理的总体战略部署中去了。多种史书上均强调"迂回"二字,此确是这次远征之一大特点。保存实力,绕道险途,尽量避免与宋军现在就正面交锋。而当时康藏一带却并不稳定:在阔端大王因受歧视潦草收场后,也只剩下了监军布只尔率亲兵宿卫龟缩于乌思藏(即西藏)之石头城堡里"象征"征服之成功。时有骚扰,累有反抗,局势仍极不乐观。忽必烈此次这步棋乃采用的是姚枢"攻心为上"之策,选人则听从了和尚刘秉忠"择其同行"之建言。此人即藏传佛教萨迦派之教主萨迦班智达,虽远在凉州却对崇奉喇嘛教的乌思藏有着极大的影响。忽必烈正欲借这位圣僧之高喧佛号,以能够不损一兵一卒而完成此次"迂回包抄"之战略进军。只不该!此次就连如此精明强干的廉希宪也未能请得动,圣僧仅派了一位少年僧人代表自己前来晋见忽必烈。

此即后来对蒙元王朝影响极大之八思巴……

八思巴(1235—1280),原本名为罗追坚赞。因其自幼聪明颖慧,三岁能颂

【第八章　习儒宗王远征天之南】

莲花经，八岁能讲述佛本生经，故被人尊称为八思巴（藏语"圣者"），随后八思巴即为其名。十岁时出家于拉萨大昭寺，乃伯父萨迦班智达亲自为其授沙弥戒。由于这层特殊关系，十一岁又追随圣僧谒见窝阔台大汗于凉州。此后再未返西藏，滞留至今。忽必烈初见之，虽也深感八思巴举止脱俗，气度超凡，但因其毕竟比自己小了整整二十岁，仅为一个十七八岁之少年僧人而已，故稍显怠慢。这时又多亏了刘秉忠及时附耳曰："吾向西天佛祖请的即此小番僧，而非老番僧！"忽必烈马上"肃然起敬"，而八思巴竟也"受之无愧"地应对道："你心我知，毋庸多言！速了断凡尘羁绊，早送我回乌思藏道个平安！"忽必烈也乃大智慧者，一听岂能不心灵相通？原来，廉希宪赴凉州去请圣僧，竟遇诸事不顺。一方面萨迦班智达的确年迈有病、行动不便；一方面阔端大王之长子也唯恐有违父命。这不，即使最后萨迦班智达同意让八思巴代已前来，阔端长子也竟相偕前来尾随左右。故这才有了史书上所载的忽必烈之"赠一百名骑兵以换取八思巴暂留身边"。代价不可谓不大，但刘秉忠却又双掌合十念佛口："阿弥陀佛！功德无量，功德无量！"

　　据野史载，察苾在几千里外竟对此也有心灵感应……

　　又一日，忽必烈果然送八思巴"回乌思藏道个平安"去了。特命蒙古将领孛儿速、儒臣张文谦共率二百蒙古铁骑护驾随行。先嘱孛儿速，一切均应听命于八思巴，不得擅作主张；又告张文谦，应举一反三藏法治藏，尤应牢记圣祖遗训尊重异地之神佛。年方十八岁的八思巴似超然物外，竟骑在马上安之若素地受了忽必烈之一拜。刘秉忠在一旁却说："此乃吾王与佛有缘！"不久，六盘山上旌旗招展，六盘山下鼓角相闻。王命如山，在兀良合台老帅之号令下，千军万马终于又开始了浩浩荡荡地向南进发。王车之上，王妃伯要·兀真还想赖着不走，谁料忽必烈竟对着前来接应的阿合马怒喝曰："还不替本王拿下！今后，王帐之内暂不需要女人！"随之便是一马鞭，任女人哀怨的哭声乍起而不睬。好大的气魄！果然此后王帐内便只见将帅的身影出没了。一个个战争号令由此发出，滚动的王帐竟成了千军万马的指挥中心。

　　当然也有例外，如托娅和个别随征的侍女们……

一统华夏——忽必烈大帝之文韬武略

可以想象，战争的节奏一直是在受着蒙哥大汗遥远的操纵和掌控。突显军事才能的青年将领阿术，早已接过赵璧之任务建立起更加四通八达的驿站。此后与汗廷往来互动不断，与金莲川信息传递也畅通无阻。显然是蒙哥大汗对皇太弟之战略部署深感满意，随着一道道谕旨的到来战争的节奏也显然加快了。

1253年8月，大军抵达临兆……

此阶段尚有两事可叙：其一，据史载"京兆鄠县人贺贲，修建房屋时从毁坏墙垣下获白金七千五百两"，遂以"殿下新封秦（即京兆），金出秦地，此天以授殿下"为名，持其中五千两呈献忽必烈"以助军资"。而当地某军帅（史未载其名）竟以"不先禀白"为由将贺贲下狱。忽必烈闻之大怒几欲动用"生杀大权"，后多亏"念其勋旧家世饶其不死"。而献金"助战"之贺贲后被擢用，并送其子贺仁杰"入置宿卫"追随忽必烈远征。据史载，二十年后，忽必烈"召贺仁杰至御榻前"，取五千两白金对其曰："此汝父六盘山所献者，闻汝母尚在，可持以归养！"贺仁杰坚辞不受，忽必烈笑而不允。足可见其蒙古君王之特点，颇具信誉且有浓浓之人情味（详见《元史·世祖本纪》）。此乃后话，先叙其二。其二，乃八思巴已率孛儿速和张文谦等出人意料地已到乌思藏。极具神话色彩，似有腾云驾雾之法力。但也有人指出，只不过乃因轻骑熟路。但不管怎样，此事皆对忽必烈今后之信仰有极大的关系。

1253年9月，大军到达青康交界之忒喇（今甘南迭部县与四川若尔盖县接壤之达拉沟）。至此似将要结束从北到南漫长的行军阶段，今后即要转入真正战略性的"迂回包抄"。作为具有成吉思汗基因的天才军事家，忽必烈竟为此下令在忒喇安营扎寨三日，以重新进行军事部署。而兀良合台元勋及随征的抄合与也只烈等诸王，也都因敬服他之人格魅力与指挥才能也俱等他一声令下。

在此三日期间，又有三件大事可述……

其一，姚枢已先一日回到忒喇。分别两月，见面即向忽必烈面禀京兆封地之安排情况。有史可考，察苾王妃果不愧为"留守总理"。接姚枢之传报后，即当机立断地从汴梁抽回杨惟中，令其与王府另一干练蒙古大臣孛兰转任京兆宣抚使，商挺

【第八章 习儒宗王远征天之南】

为郎中,并带领藩邸久蓄之一批儒臣幕僚急赴关中地区,尽快遵王命设立宣抚司、从宜所、行部等种种施政机构。两个多月筹组经略,现正奉"小王之命"如史籍所叙,已开始推行"提拔贤良,锄暴黜贪;制定规程,印制纸币;颁发俸禄,薄税劝农……"种种仁政。有军帅"横侈病民",杨惟中严惩不贷。尚有一位郭千户杀人而夺其妻,杨惟中更"戮之以徇"。对其累施重典,杨惟中曾这样解释道:"非吾好杀,国家纲纪不立,致此辈暴虐良民,无所控告。不去不仁,何以为仁政乎?"忽必烈闻姚枢言后竟大为赞赏曰:"察苾王妃,比本王更知人善任!"

其二,忽必烈刚到忒喇,八思巴似有神机妙算一般竟也随之飘然而至了。刚待马蹄落定,便尽显一脸庄严法相。只不该随同归来的少了王府的蒙古将领孛儿速,却多了一位"擅离职守"的监军布只尔。尚不待忽必烈将少年圣僧迎进王帐,谁料八思巴已在马上双掌合十告辞曰:"谨遵师命,代大王向佛祖借道,今已功德圆满。为侍奉师尊多病之身,就此告别返回凉州。大王他日凯旋,你我尚有缘相会于此!"忽必烈似被一种超自然力量所掌控,竟惘然间只能任这位少年圣僧我行我素。倒是布只尔一见,慌乱中忙率数骑亲信追了上去,边驰马还边喊着解释:"有孛儿速替我,我这就去凉州找阔端那厮理论去。圣僧等我,圣僧救我……"只待人和马均消失在荒原远方,忽必烈这才从随同归来的张文谦口中了解到:八思巴回到拉萨受到了万人空巷的欢迎。其行事风格也颇为独特,深居大昭寺闭目修行便嗅出了石堡之中有"豺狗之气",遂代大王将布只尔逐出,而令老成厚重的孛儿速入主。此外还命大开石堡城门,四处高宣大王口谕:"藏人治藏,尊藏地之神佛!"随之便有僧俗官员来谈,此后一切难题便迎刃而解了。忽必烈听后,不仅命督办粮草和赞襄军务的董文忠、董文用兄弟,火速派专人携重礼率十数骁勇追赶护送之,而且遥向远方潜意识地双掌合十致意了。他感受到了一种莫名的神秘力量推动着,似已向日后唯崇藏传佛教悄然迈出了一步。

其三,有八思巴"向佛祖借道"之成功,忽必烈更加意气风发了。明知老帅兀良合台身份特殊、使命特殊,但他还是准备与这位老帅彻底摊牌了。谁料兀良合台一进得王帐竟直言相问:"大王欲分兵乎?"一语中的,致使忽必烈大感惊讶。老帅却曰:"此乃正常用兵之道,末将也常作此想!十万大军相随而行,目标庞大,行动缓慢。而我蒙古铁骑,贵在神速机动。如不分兵合击,必难早日取胜,末将甘愿冒大不韪敬听大王调遣!"忽必烈感叹道:"知我者,国之元勋!然岂能让老帅去冒风险?即使天塌下来也先由本王顶着!"这是忽必烈第一次"将在外,君命有所不受"。是夜,在一王一帅的主持下即兵分三路。据史载,兀良合台率西路军,诸王抄合与也只烈率东路军,忽必烈亲自率领中路军,并由小将阿术领数十轻骑负责协调联络,不久便分头穿过康藏高原迂回向大理包抄而去。

相互摆脱羁绊,各自大显身手的机会终于到了。

但首先面对的便是风雪弥漫的康藏高原。

神秘莫测,吉凶难卜……

六

1253年初冬,忽必烈正取道吐蕃东道艰苦跋涉……

但他的情绪却是振奋的,斗志也是高昂的。须知,他虽已和兀良合台达成了高度的默契,但在这位百战百胜老帅的光环下还是很难"青史留名"的。而现在好了!不但可使老帅和诸王尽显其能,且自己也在独领着一路征服大军。这不仅无愧于圣祖,似更利于激发出源于血脉的那种征服者的潜能。左有廉希宪,右有玉律术。身后还有姚枢、刘秉忠、张文谦等众多高人谋士,致使忽必烈踌躇满志、感慨颇多。眼望荒凉的茫茫高原荒野,竟纵马驰骋于万军之中振臂高呼曰:"此乃天助本王大练兵!"一呼百应,声震旷野,群情激荡,随之便引来了万马奔腾。

谁料未来的征途比预想的还要曲折凶险……

有关元史资料均有详细记载:"经吐蕃曼陀,涉大泸水,入不毛瘴喘沮泽之乡,深林盲壑,绝崖狭蹊,马相縻以颠死";"前行者雪三尺,后至及丈,峻阪踏冰为梯,卫士多徒行,有远踰千里外者"。据《元文类·中书左丞姚公神道碑》刻

【第八章 习儒宗王远征天之南】

载,王府尚书姚枢就曾因"坐骑瘠瘦"而"徒行千余里"。而经雪山时,因山路盘旋曲折,包括忽必烈在内,也都必须"舍骑徒步"。作为一支马背民族组成的远征大军,现已不得不人马分离甚至"马相縻以颠死",似已举步维艰陷入绝境。谁料此时,身为统帅之忽必烈偏又足疾突发寸步难行,顿时更使得进退两难军心大乱。而此时却只听忽必烈猛地一声呼喊:"郑鼎速来!吾即钺,负本王前行即奉钺专征!"声震雪岭,回荡冰峰。巨无霸闻之早激动而来,背起忽必烈便果真"奉钺专征"了。又闻行进中大王一声声豪放的大笑,竟激荡起骁勇们一阵阵欢呼。小将玉律术与侍女托娅陪伴左右,遂千军万马又斗志昂扬地跋涉向前行进。

从此,郑鼎即成为忽必烈格外关心之爱将……

据《元史》载,巨无霸不仅背负自己的大王奋力向前,而且"遇敌军据险扼守",则将忽必烈交玉律术与托娅守护和疗足,自己竟和那曾叛主的脱兀脱等又奋不顾身"力战而败之"。忠勇无比,却略少智谋。但郑鼎在当时那种特殊情况下,却受到了忽必烈"赐马三匹"之奖赏。后忽必烈足疾渐愈却对背负之义永记不忘,《元史》之中就有多处记载他对这位"有勇无谋"的爱将特殊关怀之举。人情味颇浓,作为佳话流传一时。而忽必烈足愈之功,似还当首推托娅。虽宽袍紧扎已难掩形体微异,但仍不忘王妃之嘱托千方百计照顾着自己的宗王。好像察苾亲手缝制的皮裘也发挥了巨大作用,在冰天雪地中为忽必烈捂脚、暖身,更重要的是还温暖了一颗孤寂而又激荡之心。

1253年10月,强渡大渡河……

据史载,大军"仍在山谷中行进两千余里",而忽必烈"率领之劲骑始终领军在前"。人与马又能"合而为一",总管后勤的董文忠、董文用兄弟功不可没。前面就是大理国境,和尚刘秉忠过后感慨颇多,曾以诗叙怀(详见《藏春集》卷一《西蕃道中》)——

> 鞍马生平四远游,又经绝域入蛮陬。
> 荒寒风土人皆怆,险恶关山鸟亦愁。

一统华夏——忽必烈大帝之文韬武略

似远不如七百年后又一首诗"气魄宏伟",但回顾所历经地点又何其相似乃尔?一个是由北到南:六盘山、草地、雪山、巍岭、大渡河、金沙江,直逼大理。一个是由南到北:金沙江、大渡河、雪山、草地,直至"六盘山上高峰,红旗漫卷西风"。当然前半段大不相同,志向也各异。但从这后半程历经线路之重复,似也可称之为某种历史现象之巧合?

姑妄议之,且留后人评说……

1253年11月初,"入大理境内,行至金沙江畔"。显然云南四季如春的气候,遍野一片翠绿之景象,重又激发了蒙古铁骑的征服欲。万马奔腾,致使忽必烈豪气勃发,曾单骑驰骋于金沙江边,一跃竟"情不自禁立马于巨石之上,俯视波涛汹涌之江水"。烈马扬蹄惊嘶,忽必烈却控缰仰天大笑。情景极为壮观,却又险象环生。玉律术与脱兀脱忙下马扑上去护卫,但刚等小将勒紧烈马,脱兀脱已失足坠落于波涛汹涌的急流之中。忽必烈下马伫立江边良久,多亏了刘秉忠及时上前劝慰曰:"脱兀脱此次随征志在必死,滔滔江水正好洗刷其叛主之污名!"忽必烈解披风掷于江中为其"伴行",情绪乃稍定。稍后,11月中旬,蒙古大军"乘革囊和木筏渡金沙江",并逐个"攻下负固自守之诸多砦栅"。

外围逐步扫清,大理王国覆灭之日近在眼前……

按说,段氏大理国已雄踞大西南达三百余年,历代中原王朝均奈何它不得。土地丰饶,就连插根筷子也能长出大树来。只要稍加治理,黎庶之温饱尚不成问题。加之大理城"依点苍山,傍洱海"地形也相当险要。易守难攻,史称"固若金汤"。如有明君主政,似尚可绵延国祚。只可悲传至这一代,"国君段兴智孱弱,奸臣高祥专权",仅"腐败"两个字,便将这历经三百余年的古老王国蛀蚀得摇摇欲坠。

大难临头,贪官污吏却纷纷背主弃城而逃……

合围在即,忽必烈在远郊王帐里又与众文臣幕僚夜议取胜之策。姚枢首提曰:"当学曹彬仁取南唐,未尝妄杀一人!"刘秉忠更建言道:"应先礼后兵,务先遣

· 264 ·

【第八章　习儒宗王远征天之南】

干练使者劝降！"张文谦则附议称："臣代大王整理文牍，尚有一函留王妃嘱语：不战而屈人之兵乃上上策！"姚枢进而概括言之："和尚与张公建言极是！先礼后兵，派出使者，施'不战而屈人之兵'之策，取'兵不血刃'之胜！大王必将改写战史，鹤立鸡群于蒙古诸先王与统帅！"忽必烈竟均欣然纳之曰："出征之前，本王已与王妃有言在先！今决战在即，又岂能食言之！本王已打算派出玉律术、王君候、王鉴三人为使……"

谁料此时竟猛听得侍女托娅啜泣起来……

忽必烈循声一看，似这才发现托娅的体态已再难遮掩了。而在王帐的近侍小将玉律术也突然跪倒在忽必烈面前，竟敢作敢当地立即伏地承认"乃己所为"。众幕僚持儒家观点认为忽必烈必然大怒。谁料这位蒙古宗王却以草原习俗以待之，竟对托娅纵声大笑赞之曰："托娅！汝已长成大人！怀孕？好事！此乃证实汝已成为一个真正的女人了！"众皆错愕，而忽必烈竟专派女侍特殊照顾她。因玉律术和王君候此前曾暗查去过大理城，见此遂与王君鉴等义无反顾地深入虎穴执行使命。

小将并不避讳，竟当众拥抱托娅告别之……

1253年12月，忽必烈命令廉希宪统领中路军先行包围大理城。与此同时，老帅兀良合台所率之西路军也在攻取龙首关后直逼大理城下。一王一帅之大会师，更使蒙古铁骑声威大震。完全出乎意料，一位身经百战之常胜将军，竟稍稍落后于一位初出茅庐之圣祖嫡孙。再加上，他已深知对手将有何种阵法，而我方将如何破之。从此，兀良合台更对忽必烈与生俱来之军事才能心服口服，完全听命于这位皇太弟的通盘部署与指挥。刹那间，声震洱海，势逼点苍山，将一个大理城围困得水泄不通。硝烟弥漫，呐喊四起，唯等忽必烈一声令下。而此时之皇太弟却按兵不动，竟在廉希宪的陪同下，亲自登临点苍山久久俯瞰大理城内之动静。须知，尚有爱将与亲信幕僚在城内劝降。谁料一连三日竟毫无反应，反倒令托娅挣扎跋涉上山泣告曰："大王！攻城吧！战或能生，久候则必死！知玉律术者托娅，深知他绝不愿连累大王受此屈辱！"忽必烈喟叹道："果不负王妃栽培！"遂怒指城内果断喝令："攻城！"是日，大理国主段兴智受权臣高祥之挟持，似不愿被瓮中捉鳖也只能背

一统华夏——忽必烈大帝之文韬武略

城一战了。有多种史料可考,高祥手中尚有一张王牌,即象阵。欲驱使上百头盛饰披挂之大象于前,先以此庞然大物吓退从未见过此阵之蒙古大军。然后再借大象之掩护亲率精锐扑杀之,大破围困之军于苍山、洱海旁。进而杀国主以待之,凯旋之时即自己登基之日。谁料兀良合台早听令布下三千强弓手,三千马上健儿,只待皇太弟一声令下便合力反制。原来,忽必烈从玉律术与王君候头一次探知的消息中,即已知权相高祥会有此举。象之特性,马之所长,早了如指掌矣!

一场别具南北特色的交战即将开始了……

果然,声声号角响起,在象奴的驾驭下百余头大象首先出城了。殿后的一头巨象上有华盖,盛饰得格外华丽,上面坐着的即孱弱国主段兴智。他恐惧战争,似愿投降乞和。无奈已被高祥爪牙挟持于高高之象帐之内,欲借他之出现令百姓先求破敌。又是声声号角长鸣,战象已列阵向前开始推进。高祥奸诈无比,此时方尽率精锐冲出城来。他们左手执盾,右手持长刀或矛,嗷嗷乱叫,狂妄无比。再看蒙古大军,见庞然大物上载着武士挥舞兵器步步逼近,也真似"惊恐万状,节节败退"。就不该!前沿铁骑刚刚闪出一片空旷之地,任高祥挥戈叫骂之时,便见得忽必烈一声号令,无数支强弓利箭已经密集射出了。专射象奴,专射上面的武士,专射巨象诸如眼睛等薄弱之处。一波又一波的矢风箭雨,霎时间便使得象阵大乱。还不等高祥控制住阵脚,又见得小将军阿术率数十轻骑,已冲入了象阵展开了第二波近距离奔袭。巨象毕竟动作拙笨,而轻骑似乎早已人马合一。近距离的骑射,近距离的劈杀,小将军阿术率轻骑穿梭于大象之间如刀绞对手心脏一般。再听忽必烈一声令下,廉希宪已率成千上万蒙古铁骑尽将残兵败将围困于城门之下。本可一举破城,但忽必烈却命小将阿术纵马喊话:"限半日之内,交出使节,献城投降,大王将确保王族及全境黎庶平安!"而高祥也挟持国主段兴智伪诈允诺,趁势率部分亲信爪牙逃回城内,紧闭城门,竟置绝大多数残兵败将与大象任蒙古铁骑俘获。

忽必烈再次登上点苍山俯瞰大理战况……

只见天色渐晚,却又见廉希宪已组织起被俘之大理军卒,用本地语言向城内发出声声呐喊:"只擒高祥,为众除害!大军所到,保境安民!"这本来就是兵卒

【第八章　习儒宗王远征天之南】

们之心愿，再加上还有美食和甘泉之奖励，致使声浪摧城，大理危城震颤不已。是夜，权臣高祥早已吓得魂飞魄散，似也只能挟持国主段兴智率残部趁夜色欲另择暗道潜逃。这早在忽必烈与兀良合台意料之中，分派少将军阿术与王府猛将也古率轻骑追击之。野史载，高祥于半途"欲杀国主窃王印而去"，所幸少将军阿术及时赶到"救之，并夺回王印"。而正史却只记载"大将也古领兵追击，擒杀高祥于姚州"。次日，大理城不攻自破，忽必烈命老帅兀良合台领万军驻扎城外，自己亲率众幕僚仅带百余骁勇入城。虽已大获全胜，但忽必烈却忧心忡忡地对众幕僚言："破城而我使不出，计必死矣！"即将功成名就，却仍不忘玉律术、王君候与王鉴等人。对于一位蒙古宗王来说，这在当时实属难能可贵。

随之，安民之外寻找三人踪迹便成了首要任务……

据《元史》载，即"命令姚枢等搜访大理国图籍，搜访之际发现了三使者之尸体"。而据野史载，事实上是托娅"如入梦境，任人牵引，再一睁眼，已见玉律术之遗尸矣"。并称"自己之手竟被其紧握，遗体自入怀中，且面目栩栩如生"。忽必烈闻讯赶来，托娅已欲哭无泪、欲泣无声，似只顾痴痴抱着玉律术的遗体呆望着。更没想到的是，阿术偏在这时来禀告生俘孱弱国主之事，但一见自己的挚友竟落此下场，便只顾伏地号啕不已。四周一片悲泣声，便只见忽必烈泪眼中渐渐开始冒火。随着那浑身野性烈血的沸腾，顿时便是一声惊天动地之呐喊："屠城！"阿术一跃而起拔刀在手狂怒中就要去传令，多亏了此时廉宪希一把拉住，而姚枢、刘秉忠、张文谦等众幕僚又及时跪阻，和尚曰："冤有头，债有主，切勿滥杀无辜！"张文谦则说得更明白："杀使拒命者，其国主尔，非民之罪！"而姚枢更进而谏道："即使国主，也应审清论处！且尚需用其上达汗廷，下平云南全境！还盼大王三思而后行，以告慰小将玉律术等人在天之灵！"更重要的是托娅此时突然哭出声来，竟号泣着也加入了劝谏行列："大王！大王！切莫让托娅辜负了王妃……王妃临别时曾千叮咛万嘱咐……随时应当提醒大王万勿……十年之功，毁于一旦……如屠城，乃托娅对王妃之不忠……托娅愿追随玉律术……此刻即死！"杜鹃啼血一般，忽必烈听后竟也似恍然大悟，"从谏如流"并"特免杀掠"，而且还

一统华夏——忽必烈大帝之文韬武略

令姚枢"尽裂所携之帛为帜,书写止杀之令,分插公布于街衢"。这样,蒙古大军才一概不敢进城抢掠,大理黎庶的身家性命及官民财产才得以保存。(详见《元史》)

只可惜!托娅从此便长留苍山洱海间了……

事后,忽必烈依汉俗极为沉痛地掩埋了以玉律术为首的三使者,"又令姚枢撰文致祭以表哀思"。却不料以妻子身份前来送葬之托娅,竟跪抚墓碑做出了如此惊人之决定:"企盼大王恩准!托娅心意已决,将永远留此与玉律术相伴!"忽必烈闻之顿时热泪盈眶,而托娅更进而泣告道:"尚敬请转告王妃!非托娅不忠,乃孩子出生不能没有父亲!王妃教诲之恩永生难忘,托娅唯能以将孩子抚养成人作为报答!告诉王妃,托娅想她!永远永远想她……"忽必烈无奈,似也只能洒泪答应了。确有史载,随后便"另赐民户数十,抚恤死者家属"。

稍后,被俘的大理国主段兴智也彻底归降了……

曲折艰险的漫漫征程,波澜壮阔的战争场面,致使晚年的忽必烈每当回忆起仍激动不已。1304年,相隔半个世纪后,元廷为纪念先祖还命令在其曾登临俯瞰大理的点苍山崖上,镌刻"平云南碑"以铭记其丰功伟业。铁骑对阵巨象,似今人尚有怀疑。但绝非杜撰,刘秉忠在《下南诏》中就曾壮怀激烈地以诗详述其事。其诗云——

> 天王号令如迅雷,百里长城四合围。
> 龙首关前儿做戏,虎贲阵上象惊威。
> 开疆弧矢无人敌,空壁蛮酋何处归。
> 南诏江山尽我有,新民日月再光辉。

总之,远征大理的成功,又使忽必烈成了东方征服者中之大赢家。不仅初步改写了13世纪的蒙古战争史,而且向整个黄金家族乃至整个"也客蒙古兀鲁斯"展现了他的"另类"军事征服才能。不仅完成了对南宋的战略性迂回包围,同时也打开

【第八章 习儒宗王远征天之南】

了向南亚、东南亚扩展的通道。而更重要的还在于,从此使云南"衣被皇朝,同于方夏",进而纳入蒙元王朝的直接统治,加速了云南"新民"与蒙、汉等民族间之融合,促进了多民族统一国家之发展壮大。

一个多月以后,托娅在点苍山下为玉律术生下一个儿子。忽必烈亲自赐名:满达(意为长命百岁),但却从未回到过漠北草原。七百多年后云南尚生活着许多当年蒙古远征军之后裔,他或许就是某一支的先祖。

1254年初春,忽必烈奉旨班师北返……

这也可看作蒙哥大汗对自己的皇太弟之一种"防范之举",唯恐其"功高震主"不利于自己的"通盘部署"。已有阿里不哥率阿兰答儿暗中挑唆之举在前,绝不能真的再看其在云南"坐成气候"了。要知道,忽必烈在善待抚慰国主段兴智之后,已利用其影响早已尽取大理国下属之五城八郡四府。现目标已直指赤秃哥(今贵州西部)、罗罗斯(今四川凉山地区)以及乌、白蛮等三十七部,乃至占有整个南中国。如任其如此经略下去,那继圣祖成吉思汗之后,黄金家族最伟大的征服者将会是他而不是自己了。见好就收,以免"尾大不掉"。仅留下与自己自幼相伴的亲信老将兀良合台,以看他日"谁主沉浮"。

忽必烈是"壮志未酬"凯旋的……

但据史载,这位皇太弟果不愧为"思大有为于天下"者,而老帅兀良合台也早成为他的心腹知己。遂留下了幕府能臣刘时中任宣抚使,以继续抚治和经略云南。又换另一文臣(史未述其名)赴西藏换回孛儿速,以进一步宣抚"乌思藏"。并命文臣张文谦、武将也古专门负责抚慰和保护大埋国主段兴智,一起北上去觐见蒙哥大汗以示臣服。同时又进而与老帅兀良合台继续研究如何攻占和经略上述战略目标。据史载,老帅后来也果然依嘱一一完成了。总之,以现代人的眼光来看,忽必烈虽人必须要走,但他却通过"软实力"仍在牢牢遥控着大西南之"硬实力"。

浩浩荡荡的中路军终于北返了……

托娅抱着玉律术的儿子前来送行,哭别中还特意奉上了一对大理特有的孔雀石玉瓶,并跪地泣告曰:"敬请代呈王妃!就言视此物,即犹若托娅在身边相伴!"

忽必烈蓦地便想起了察苾，遥感着她的魅力……

千军万马行进的速度似突然加快了。此时，阿术随后又亲自送上十数头由象奴驾驭的大象。

这又隐现着忽必烈性格的哪一面？尚难论定！

而现在他的眼前只闪现着察苾。他不仅需要女人，而更需要一个真爱的妻子。

在那遥远的金莲川。

温馨、美丽……

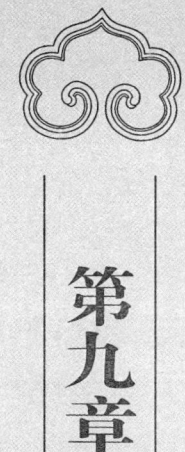

第九章

天上只允许有一个太阳

　　【看点提示】你知道吗？金莲川上，察苾已率众等候大王的胜利归来，而忽必烈所率的凯旋之师却越走越预感到沉重。——你知道吗？姚枢竟在病危中发出了不祥的预言，果然，不久就连小王也莫名其妙地病入膏肓了。——你知道吗？后来多亏圣僧八思巴前来解救，但又偏偏提出"卸冤孽"方可逢凶化吉。——你知道吗？刚刚踏入草原，忽必烈便受到了败军之将般的待遇：收走了权钺，带走了军队，尚还命令他孤独地在荒原上候旨。——你知道吗？后来多亏他"卸冤孽"卸得彻底，才求得一时之安。但很快，蒙哥大汗便派悍将悍臣对他突袭式地进行全面"钩考"。——你知道吗？天上绝不允许有第二个太阳，欲将他搞倒、搞臭、搞成个为草原所不齿的"尖利之徒"。——你知道吗？察苾最终又当了人质，而忽必烈也被收走了一切权力，成了个"废王"。——你知道吗？皇室也不例外：亲兄弟，明算账……

一

金莲川上，乍寒乍暖……

1254年初，漠南一带春天到来得并不晚。只不该旷野外刚刚绽放出的翠绿草芽，转眼间又被一场迟到的暴风雪淹没了。白茫茫的一片，春意又顿时消失得无影无踪。

但当时人们并不知道这预示着什么……

绵延十里的毡包王城之内，冰封雪裹中却到处是一片欢欣鼓舞的热闹景象。无论是骠骑骁勇还是文士幕僚，都在自豪而又激动地传递着一个特大喜讯：忽必烈大王就要凯旋了！忽必烈大王就要凯旋了！

随之，成百上千的骁勇竞纵马雪原发出野性的呼啸……

按说，这纯属马背民族特有的一种激情宣泄方式。他们在为自己的宗王感到自豪，他们在为自己的部族感到骄傲。强将手下无弱兵，他们正在感受着忽必烈大王

【第九章　天上只允许有一个太阳】

给自己带来的光荣。但谁也不曾料想到，竟有一位异族小儒生也掺和进来瞎疯狂。骑马比谁都野，嗷嗷吼叫得比谁都卖力，还额外加上一句："忽必烈大王！王妃正在日夜等着你！"

没错儿！这小子便是那"卖身投靠"的小狂生范宁……

一般而论，投奔金莲川幕府的大儒名士大多是因为"择主而事"，而唯独这小子却是因为"择美而事"。能被一个女人那特殊的魅力折服得如此荒唐，实属离经背道、有辱斯文之举。却谁料这小子竟在金莲川上活得特别"滋润"，反而觉得在这"蛮夷之地"有享不尽的自由自在。是得承认，身旁这帮骁勇骑士在战场上是凶悍嗜血的。但也必须说明，他们在日常生活中却又是善良坦荡的。直来直往，单纯率真，一经认定你为"安达"（即朋友），就能为你把命都豁了出去。似乎有另外一种思维方式，脑子里绝少猜忌，尤对虚伪厌恶至极。与以往在太极书院的生活相比，这里绝没有那么多条条框框的限制，更没有那么多"之乎者也"的困扰。而且这里也不大讲什么书院内那种论资排辈的鸟事，谁有本事谁就该崭露头角。就拿自己而论，仅仅不到三年，就从一个为人所不齿的小浪子逐步升任为王妃的贴身文侍兼小王之"必阇赤"。荣也！耀也！不亦乐乎也！

当然，他也目睹了察苾王妃艰辛的日日夜夜……

如果范宁这小子能够活到今日，肯定会对历代史学家对"吾之王妃"曲笔隐记大为不满。请想想看！大王南征一去就是两三年，大渡、金沙、雪山、草地越来越远。有时自己还需他人背负而行，快马驿使几乎完全失去作用。几近是自身难保，而史书却用大量篇幅记载其"经略中原"之种种丰功伟绩，仅仅给了"吾之王妃"一个"居多辅佐之谋"。若以公平而论，除大王之"武功"外，也应给王妃在"文治"方面多添上几笔才是。也对！即以今人之眼光来看，这个"留守总理"是好当的吗？还要兼任"组织部长"和"人事部长"，而且尚需时时隐没于幕后。

范宁太了解王妃这两三年之艰辛与甘苦了……

想到这里，这小子似乎立刻想到了自己应"坚守岗位"，顾不了再去跟着"儒生也疯狂"，随之便翻身下马悄悄溜回了王妃之寝帐。谁料妃帐内正一片欢腾，原

一统华夏——忽必烈大帝之文韬武略

来驿使又飞马传来了忽必烈大王亲书之曲笔信(只有夫妻间能意会)。王妃阅后即一改平日之端庄娴静,竟一反常态流露出蒙古女性炽热坦荡之情怀。似乎已忘了小真金早就是经御封并受众人拥戴之"小王",竟只顾了将儿子揽入怀内狂拥热吻着。而更不该的是,自己那蒙语教师小牡丹也要跟着穷激动,一见自己进来竟也扑入怀内相拥相抱欢叫了。没办法! 绝不能破坏情绪,似也只能跟着欢蹦乱跳了。王妃热泪盈眶,小牡丹也热泪盈眶,唯有这傻小子有些莫名其妙。

谁料偏在这时三位老夫子也前来贺喜了……

王鹗、窦默两位见状仅大感愕然,而迂直的许衡却已直指自己这位不肖的门徒怒喝了:"好一个大胆之狂生! 竟敢当着小王之面行为轻薄、秽乱寝闱! 实属大不敬,依律当斩!"只吓得这小子慌忙推开了小牡丹,竟语无伦次地自我辩解道:"非吾,乃她,欢欢蹦蹦皆为王妃贺! 思无邪,思无邪!"而这回轮到小牡丹挺身而出了,她护住这小子竟反唇相讥曰:"是我搂他的,是我抱他的! 你就没老婆? 这老夫子真多事儿! 动不动就要杀人,脑袋能像夜壶那样搬来搬去吗?"这时多亏了察苾生怕许衡下不了台,悄悄和小真金耳语了几句。而小真金又偏偏想过"小王瘾",遂又堂而皇之下令道:"来人呀! 速将老夫子之夜壶以代'必阇赤'之头颅,抛之王城之外以示斩首!"

皆大欢喜! 范宁也摸着脖梗子趁机溜了出来……

这小子特嫌这帮老夫子烦,总是唠唠叨叨多事。作为王妃的亲信小文侍,他太理解察苾独撑一面之苦了。而在群儒眼中,"贤妃"之"贤"已近乎神话了,他们似乎绝不允许她有一丝"人欲"的流露。刚才许老夫子所言"秽乱寝帏"就是有力的证明,说不定现在又向王妃出什么馊主意呢! 可他们哪里知道,察苾王妃远远比他们高明多了。刚才仅仅只不过是因为夫妻间之密函真情乍现,其实她早就为大王的凯旋做了预测。在她眼中并不仅有成功的喜悦,似乎尚有遥望汗廷激起的种种忧虑。为此,她常常召见王府的务实派臣僚如郝经、赵璧、张易、赵良弼等彻夜商谈,似乎就是为了防止"乐极生悲",为了防止"风云骤变"。伴君如伴虎,何况面对的又是这样一位心多猜忌、高深莫测的大汗。须知,大王"思大有为于天下"

【第九章 天上只允许有一个太阳】

尚须时间……只不该这时小牡丹也跟着这小子溜了出来，竟爬在他耳朵旁悄悄说："老头子们向王妃建议，等宗王一回来就赐咱俩完婚！""什么？"谁料这小子一听就像被火烫了屁股一般，跳起来竟失控地大声嚷嚷曰："吾已对天发誓！终身只忠于王妃，誓不娶妻！誓不娶妻！"这算什么逻辑？顿时使小牡丹失望地大哭起来。当然，这一切又传入了妃帐，这小子肯定是又闯娄子了。自作自受！随之，这件事反倒是加速了。

好像曾有机会使范宁躲过这一"劫"……

就在1254年初，京兆封邑初治已大见成效，但宣抚使杨惟中却因年迈多病体力难支了。归途中的忽必烈闻讯后，立即命另一宣抚使孛兰护送杨惟中返回燕京，边养病边协助孟速思掌控幽燕大地。同时在漫漫的归程中，又及时对京兆的宣抚司进行了改组。任命廉希宪接替宣抚使，提升商挺为副使；并专设了"京兆教授"（官名。有的史书也称之为：提学使）一职，特请理学大师许衡出山"化导黎庶"。这可以看出，凯旋的忽必烈似对"汉法治汉"又跨出了一大步，设立此职的目的好像就是为今后"广施仁政"建立人才储备库。察苾王妃得知后当然心领神会了，一方面一再祝贺老夫子并为他准备衣物，一方面更派出自己的亲信文侍范宁专门护送老夫子前去陕西。这可乐坏了这小子！正好借此来"逃婚"，以表示他对王妃海枯石烂之"忠贞不贰"！

是夜，小王于王帐特设盛宴为老夫子饯行……

察苾王妃仍保持着一贯风格，每遇到这种场合总是隐于幕后。只奇怪今日竟一反常态竟反复嘱咐范宁曰："今日为老夫子饯行，当尽欢尽乐！而小王不善饮酒，汝身为'必阇赤'当代之！老夫子为汝之恩师，也当代之！"范宁只奇怪王妃今日竟唠唠叨叨起这个？但岂能辜负这"殷切之期望"，遂一一允诺"慷慨赴席"而去了。果然，这一夜之饯行宴热闹非凡。金莲川上的儒者文士莫不欢欣鼓舞，纷纷祝贺老夫子终于有了出头之日。荣任"京兆教授"不但为孔圣人争了光，也为群儒们争了气！老一辈的如王鹗与窦默等俱都破了酒戒，而年轻一代的如郝经、李易、张德辉等更是个个开怀畅饮。只不该小王在其间"滥施权威"，竟当众喝问："尔等

一统华夏——忽必烈大帝之文韬武略

目中还有小王乎?"没办法!众人似也只能向小王先行敬酒,而范宁这小子也只能"义不容辞"地代之一杯又一杯喝了下去。又听小王喝令:"尔等尚记否,小王今日为谁饯行?"更没办法!许衡老夫子似也只能豁出老命了,好在范宁这小子尚能牢记教诲之恩又一一代为一饮而尽。左一杯、右一杯,致使这小子浑身热血像着了火,烧得两眼直往外喷金星,如焰火一般,渐渐竟变得五彩缤纷。蒙蒙眬眬、恍恍惚惚,霎时又化作了白茫茫一片。小王、老夫子、状元公、群儒们,似都旋转着隐去了。就连声音似乎也随之消失,耳旁突然响起了一声声温柔而又亲切的呼唤:来呀!来呀!快来呀!

随之,眼前便是一片黑暗,只微露一个小光点……

或许按现代人的话来说,这就是那所谓的时空隧道。但那闪烁的光点是意味着过去,还是意味着未来?这小子在七百多年前显然弄不懂其间奥秘。惘然间,他只觉得在黑暗中有谁正拉住他不断地劝说着:这次忽必烈大王的凯旋意义非凡!他现在已不仅仅是汉地汉人眼中的"贤王",而且也是大蒙古汗廷公认的"伟大征服者"之一了。他此次的胜利归来必将改变金莲川上的格局,小王将从此再不重要了,王妃也将退隐于更深更深的幕后。而当忽必烈大王重新主宰一切之后,像他这样一位王妃的男性亲信小文侍便显得格外碍眼了。更何况!年轻、英俊、蒙语极为娴熟、有为女主子"收张柔"之功,甚至还带有一股吸引女人的特殊傻气,那就更应想到今后的下场了。如果说大王过去的称许只不过是因为你尚且年少,而现在已二十出头应当懂得好自为之了。

为了小王,也为了人人敬重的王妃……

但一片漆黑之中,那光点中传来的另一种声音却似乎更加诱人:来呀!来呀!快来呀……他不知黑暗中那些正经话是谁说的,或许就是自己在告诫自己。对的!对的!是该清醒地面对现实了!但近三年的朝夕相处,还是使他再难抵挡光点中那另一种声音的诱惑。随着一声声轻柔的呼唤,他终于挣脱了黑暗中的羁绊奋力向那光点冲去。腾飞一般,刹那间便是朝霞满天,眼前呈现出一片勃发着野性的草原。四周被翠岗环绕着,旁边还有一汪碧波荡漾的湖水。蓦地,他望见了在野花丛中仰

【第九章 天上只允许有一个太阳】

躺着一位老妇人。满脸的皱纹，神情却显得那么高贵，那么安详。他忙扑上前问："你是谁？"回答得也很轻柔："察苾……"他狂喊了："不！不！你不是吾之王妃！"她说："将来会是的。"他几乎绝叫道："我……我要现在的吾之王妃！"她说："她来了……"随之，在一片耀眼的光芒中，眼前的老妇人却骤然化成了一个十七八岁的美少女。酷似王妃，却又令人那么陌生。这回轮到她先发话了："你知道草原上有这么一句谚语吗？"他摇了摇头。她说："蒙古人的胸怀里能驰骋九十九匹骏马，却拴不得一只虱子！"他问："什么意思？"她答："你就是那只虱子！"他惊叫道："我成了一只虱子？"她说："在大王心目中的！你会被掐死，拧得粉身碎骨！"他急忙分辩："不！不！儒者讲顺天理灭人欲。王妃即我之天理，我清清白白没一点人欲！"她说："你真的忠于王妃吗？"他惊讶得目瞪口呆了："你……你的声音越来越像王妃了！"她也不辩解，只说："那好！你就马上成家！"他慌乱地否定着："我……我不要女人！我……我不懂，我不会！"她说："这好办！我手把手教你！"他刚来得及喊了声："什么？"便只见随着她一招手，湖面上已飞翔起成百上千只白鹤。洁白的翅羽抖动着，霎时便在他俩头顶上筑起了一座严实的蒙古包。那么温馨，那么轻柔，还在随着心儿一阵又一阵颤抖着。她（好像是牡丹？）似乎也在随着长大，轻轻婆娑着点燃他那潜藏在心头的火。他只觉得自己已被剥得赤条条的，不由自主地便被卷入一个女人温柔的怀抱里。她似乎还在成长，一切对她均是那么娴熟。她点燃了他浑身的火，她激发出了他原始的本能，她控制着他的手忙脚乱，她诱导着他循序渐进地慢慢深入……他终于爆发了，他想大声喊叫。她却用一个深深的吻堵住了他的嘴，柔声地轻轻叫他：生骡子马！

　　仙鹤洁白的翅羽仍在抖动着，似在为他们降温……

　　多么美好的一个梦，一个隐没在天理后随人欲的梦。但等这小子再睁开眼睛，却发现仙鹤不见了，草原也消失了，那汪湖水也早隐没得无影无踪，但自己的怀里却确确实实有一个女人光鲜柔嫩的身躯。她搂着他的脖子，还睡得那么甜美。他突然回忆起了昨晚的饯行宴，想起了那一杯又一杯的酒。他惊恐地赶快推开了怀里的女人，但却意外地听到了她撒娇的哀怨声："一晚上都不让人家睡，又想折腾吗？"他更吓得失声惊叫了："什么？"还是紧紧搂着他脖子的撒娇声："什么和什么呀？是小王赐的婚，郝经郝大人当的媒人，你那恩师许老夫子当的主婚人，难道你都忘了吗？"他大喊了："那是饯行酒！"她却幸福地叹了一口气回击说："那是你傻！"

他终于看清了：怀中的女孩竟然是小牡丹……

原来，这一切均是由郝经等一些王府重臣策划的。目的只有一个：把这个离经叛道的"虱子"尽快变成"驯顺的羔羊"，以突显王妃的忠贞、高贵和圣洁。倒好像察苾对他们的"多此一举"深感莫名其妙，但耐不住小牡丹哭哭啼啼的哀告也就只好答应了。

这一夜风很大，梦也很多……

这似乎仅仅是凯旋声中的一个小插曲，但这也足以反映了孔孟之道的"博大精深"。儒者就是用这种特殊的方式，迎接着自己的王者归来。只可惜范宁这小子被赐婚后，没了那份傻气也就没了那份灵气。第二天，果然就任人摆布着护送许衡老夫子去京兆了，正经得实在不能再正经。王妃的寝帐里顿时也失去了往日那种生龙活虎的气息，日渐变得庄严肃穆起来。

或许这正是臣僚们所追求的……

倒是察苾王妃笑对着这一切。她太理解群儒们的心思了，谁都不愿意有任何意外使自己的辅佐之功毁于小小的疏忽。另类的对自己效忠，你能拒绝吗？但她已太了解范宁这小子了，因而当小牡丹向她泣问道："他娶了我，真会变成个傻子吗？"察苾笑答："放心吧！他那点坏水还没挤完呢！"这小子又会干出什么惊地动地的事儿？没人知道。人们似只顾打扫"干净"了，迎候忽必烈大王的归来。

察苾期盼着，群儒们期盼着。

金莲川上将是另一类格局……

【第九章　天上只允许有一个太阳】

二

　　1254年春末，整个汗廷仍处于一片战争的狂热之中。

　　忽必烈即将凯旋的消息传遍了整个蒙古草原，显然更有助于蒙哥大汗进一步跨向神坛之巅。两个兄弟前后的远征成功，不仅再一次证明了拖雷家系继承汗位之正统性、合法性和必要性，而且也更进而突显了当今大汗之"知人善任"和"用兵如神"。

　　而伟大的征服者是绝不会被情绪所左右的……

　　为此，这位"刚明雄毅"之大汗却仍然是寡言少语难得一见笑容，虎视眈眈地威慑着朝野内外。高深莫测，令人胆战心惊。就连少汗阿里不哥在历经"驯悍记"之后，似从此就变得只识汗兄眼色服服帖帖多了。而对被布只尔逃归后"控诉"的阔端大王处理得就更加心狠手辣，削去一切封赏并将其残留势力彻底逐出凉州。但令人不解的是，他对破坏其"战略部署"的阿兰答儿和刘太平等却仍加重用，对"擅离职守"的布只尔也只处以"闲置不理"，并通通交于少汗阿里不哥管辖，目的似在为将来起某种制衡作用。

　　高处不胜寒，有谁知道大汗的孤寂与苦楚……

　　但群臣却只看到了他对皇室尊严的重视，看到了他对家族荣誉的维护。比如在远征期间，他对忽必烈与察苾几乎是有求必应，有奏必准。而对这次下诏"班师北返"之漫长归途中，他对忽必烈与察苾多项人事任命之多种请求更是"尽顺其意"，百般抚慰频加封赏。而对阿里不哥多次挑唆阿兰答儿与布只尔等的"累进谗言"更是当众训斥，以示他对皇太弟之"宠信有加"。手足情深溢于言表，致使臣众均把此次忽必烈之大胜而归，百分之七十的功劳归于大汗之"神机妙算""指挥有方"。故此次忽必烈的即将归来，并未引起如旭烈兀每次大胜之后的轰动效应。况且！人们至今尚未见到黄金白银、奇珍异宝、大理美女等源源不断地运进汗都哈尔和林。这有悖于征服者的常理，为此忽必烈的"辉煌战果"更被大打折扣了。又一轮皇室内斗，但显然蒙哥大汗要比乃马真、海迷失和贵由汗高明多了。绝不会停止，只有螺旋式地上升。

一切均在掌控之中，蒙哥大汗暗中窃笑了……

而在远天远地的忽必烈，此时却统率大军仍在漫长的归途中跋涉着。为了避免和南宋军队正面交锋以保存实力，似也只能沿着吐蕃旧路怎么去的还怎么回来。为此，离开四季如春的大理，越往北走似越像重返回冬季。人困马乏，归程漫漫。王府尚书姚枢已显现出种种病态，和尚刘秉忠的阿弥陀佛也念得少了。就连廉希宪、李儿速、也古等武将也感到体力透支。这仿佛已初显一种不祥的预兆，风雪中千军万马也越走越悄无声息了。只有巨无霸郑鼎例外，他仍雄风不减地捧着那巨钺欲向大汗表明"不辱使命"。

归心似箭，但行程却是如此缓慢……

然而，寒冷和艰难，却绝对有助于从征服的狂热中清醒。忽必烈心中充满了无数个为什么，也正在归途中逐渐冷静地转换着自己的角色，由一个杰出的统帅将再次转化为原来那委曲求全的贤王。

只可叹，他那胜利者的残余思维却隐隐还在作祟……

这一天，终于跋涉出雪山草地，终于又可启用王帐王车了，但王府尚书姚枢却病倒了，而且病得不轻。忽必烈对自己这位"首席谋臣"感情极深，马上命人将其抬入王帐照看，并将察苾为自己亲手缝制的皮裘盖在他的身上，亲令几个仅存的侍女日夜侍奉调养。又几日，眼见就快到甘康交界的弌喇了，姚枢却只剩下奄奄一息了。近臣的意外病危，恰似向忽必烈当头浇了一盆冷水。征服者那点残余的喜悦彻底扑灭了，眼前又只剩下了重重的疑云和迷雾。胜也不对，败也不对，等待自己的将会是什么呢？这一天，似乎是回光返照，姚枢竟要求见忽必烈，要求见众幕僚好友。忽必烈肝肠寸断，忙召集刘秉忠、廉希宪、贺仁杰、董文忠、董文用兄弟等来见。这是一个月黑风高的夜晚，忽必烈亲自将姚枢之头扶于自己的膝上听他做诀别之述。

灯火暗淡，王帐内笼罩着一片不祥……

姚枢断断续续曰："姚某于乱世竟幸逢如此贤能之大王与王妃，已不枉在人世

【第九章 天上只允许有一个太阳】

走此一遭！但天不假年，微臣将客死异域他乡。鸟之将死，其鸣也哀；人之将死，其言也善。值此告别人生之际，微臣尚有三点欲提醒大王。不吐难尽人臣之责，姚枢死不瞑目！"

忽必烈含泪，频频点首……

姚枢曰："胜者未必王侯，败者未必贼！依微臣所见，此次北返凶险居多！大王应当主动退还小王封号、交回圣上密旨，将战功尽归兀良合台老帅及大汗！此乃彼有长线，吾尽吐其钩！先求自保，以待时日！"

忽必烈答："智者之言！"

姚枢又曰："再者，大王当韬光晦略，继续经略中原。其实孔孟之道，即'劝农桑、重温饱'。只要在农桑上下足功夫，中原民心则尽归于大王！虽暂时委曲求全默默无闻，却可使鱼大线断之！假以时日，必成气候！"

忽必烈又应之："农桑？本王牢记矣！"

姚枢再曰："而后，大王当处变不惊，遇事不慌，思大有为于天下决不可轻言放弃！孔子曾问道于老子，老子不答仅张口以示之。孔子见舌存牙却全无，当即曰：吾明白矣！软者存、硬者亡……皇族之间也莫过于此，大王当以此度过日后危难。在场同僚皆为难得之经邦治国之才，还盼大王成就大业后善待之……"

忽必烈刚要点头，姚枢却已昏迷过去了……

众皆愕然！凯旋后，却中途可能痛失重臣，实在是不祥之预兆！而忽必烈似已陷入惘然状态，仍抱着姚枢任王车滚滚向前。似只要他尚有一口幽幽气息，还期盼着奇迹能够出现。又一日，凯旋大军终于抵达了川甘交界的忒喇。眼见得前面便是坦途，但此时姚枢却像就要咽下最后一口气了。兔死狐悲，群儒们莫不围之于其四周哀泣送别。而就在这时，却猛听得有人在王帐之外用藏语高宣佛号。和尚刘秉忠闻之当即惊喜曰："阿弥陀佛！救星到了！"

原来是圣僧八思巴意外地出现在忒喇……

忽必烈猛想起他上次临别时所言："大王他日凯旋，你我尚有缘相会于此！"本来以为这仅为僧人的一句客套话而已，却谁料他竟绝不食言而及时现身于忒喇。

没人通告他何时抵达于此,难道真的有"缘"?为此,忽必烈轻放下姚枢赶忙迎了出去。却只见八思巴仍呈现一脸高深莫测的庄严法相,竟未卜先知地超然说道:"就请大王遣退王帐之所有人众,吾当为大王之首席谋臣起死回生!"忽必烈哪敢怠慢,立即吩咐下去,唯留八思巴与姚枢于王帐之内。颇具神秘色彩!就连忽必烈也不敢轻易干扰,任其一连三天三夜不吃不喝只顾为姚枢诵经作法。

果然,起死回生的奇迹终于显现了……

说来也怪,三日之后姚枢便"豁然痊愈",而将士们喝了八思巴施舍的"法水",也纷纷感到"疲劳顿消",致使全军上下情绪为之一振,又再现了昔日人欢马叫的场景。只不该!圣僧在施法后竟神眉佛眼叹息曰:"吾将为此折寿一纪(即十二年)矣!"不知为何有此语,但为推动忽必烈信仰藏传佛教确实起到了关键作用。是像个神话传说,但以现代人的眼光来看却有一定的科学基础。须知,藏族要比蒙古族早崛起数百年,几乎每座召庙里都有一座"满巴殿",即药佛殿。藏医源远流长的传统均由喇嘛传承,故八思巴之"施法"立见奇效也就不足为怪了。而和尚刘秉忠却双掌合十预测曰:"阿弥陀佛!能起死回生,此乃大王来日逢凶化吉之先兆!"

走出忒喇,已绝无与南宋交锋之虞……

1254年中春,忽必烈率军至临兆。此时,驿使已畅行无阻,早接通了与漠北汗廷、漠南金莲川、京兆封地等处之快速联络。浩浩荡荡的北返大军面貌焕然一新,随着忽必烈的情绪振奋早成为一支名副其实的凯旋之师。而就在这时,却又传来了京兆宣抚使杨惟中因年迈体力不支的驿报。虽不是什么好消息,但忽必烈已具有一定的抗击挫折的能力。接受姚枢、刘秉忠、贺仁杰等众谋臣的建议,正好对京兆封地的人事进行彻底的改组:任命廉希宪为宣抚使,提升商挺为副使、杨奂为参议。采纳和尚刘秉忠"化导黎庶"之说,请许衡老夫子出山任"京兆教授"之职,遂这才有了前面所述金莲川上小王为老夫子饯行之举。而更值得一提的是,忽必烈此时又突显"贤王胸怀",亲命死里逃生的姚枢就近随廉希宪赴京兆"休养生息"。姚枢不舍离王左右,忽必烈反责问他曰:"劝农桑、重温饱,与本王孰轻孰重?养病

【第九章 天上只允许有一个太阳】

是名,愿髯翁能为本王取回一套重农桑之真经来!"

足可见忽必烈已为应对大汗之不测先留了一手……

一下子缺少了两位亲信近臣是有些惘然若失,但所幸有八思巴及时填补了这个空缺。从此王帐之内常现这位圣僧的身影,随着车轮滚滚二人常作彻夜长谈。确有史可查,忽必烈曾多次向他询问吐蕃的历史,而八思巴也讲述了自松赞干布以来的种种事迹。忽必烈一开始还"将信将疑",但经命刘秉忠等查对汉文史书,结果竟与八思巴所言"毫无二致"。再加上他的博学多才与言而有信,致使忽必烈对这位年轻圣僧由钦佩折服转为更加信任。(史料均采自《雪域圣僧八思巴》)

但毕竟归程还是略显单调了一些……

好在大军刚一重返六盘山地区,便有一位喜剧式人物前来凑热闹。果然不出察苾王妃所料,范宁这小子"那点坏水还没挤完呢",刚刚把许衡老夫子送到京兆,便跟随驿使马不停蹄地向这里赶来。他要告御状,他要彻底还"吾之王妃"一个清白!绝不能像老夫子们那样鬼鬼祟祟,他要来个好汉做事好汉当!故一进得王帐,便不管忽必烈还在与群僚议事,跪地就直呼曰:"虱子前来拜见大王!"众皆大惑不解,就连忽必烈也忙问:"虱子?何出此言?"这小子一见时机已到,在引用蒙古谚语"牧人胸中能驰骋九十九匹骏马,却拴不得一只虱子"后,随之便尽将老夫子为迎接大王凯旋之种种做法尽将吐诉。最后竟白得了个媳妇还卖乖,公然声称道:"王妃在小人心目中乃神圣无比、至高无上的!为彻底还王妃一个清白,虱子甘愿引颈就死!"这办法显然比腐儒们的手法高明多了,顿时激起了忽必烈胸中原始的草原豪情,慨然而言曰:"察苾王妃乃本王之骄傲,敬仰王妃即敬仰本王!确实老夫子们多此一举,但汝也因此白得一个美貌娇妻!此事就算扯平了,还不快给本王滚回去侍奉小王!"谁料这小子竟敢违抗道:"事关名节,恕虱子不能奉命!除非大王能为王妃正名,虱子宁舍娇妻也绝不滚回金莲川去!"忽必烈见这小子执拗得可爱,竟哈哈大笑曰:"好一只忠诚事主的小虱子!汝就留在本王身旁暂任'必阇赤',以待来日重归金莲川同为王妃正名!"这小子立马叩头谢恩赞叹道:"大王胸中果然能驰骋九十九匹骏马!"忽必烈却对之曰:"却绝难容得一只惹是生非的小

一统华夏——忽必烈大帝之文韬武略

虱子！"颇具喜剧氛围，众幕僚随之也跟着纵声大笑了。难怪八思巴事后对忽必烈说："孔门之异类乎？儒家之变种乎？然唯此人一身正气，襟怀尽显坦荡！"

果然，这小子给大家带来的欢乐不仅于此……

由于范宁识蒙古文、通蒙古语、娴熟弓马，且又有"收张柔""助小王"等种种离奇传说，故他要比一般汉儒幕僚在蒙骑骁勇中更受欢迎。加之，这小子性格上的放荡不羁，又有一口会讲故事的好功夫，致使天天各军帐均有人来请，尤其爱听其围绕"吾之王妃"讲的种种所见所闻。这小子仅凭三寸不烂之舌，不但把察苾的圣洁贤能说了个天花乱坠，而且还吸引住众骁勇只听得如醉如痴。另类王妃重塑，且效果奇佳！后来竟发展到，就连忽必烈的王车上也离不开他。他绘声绘色地讲察苾王妃如何设计"收张柔"，竟跌宕起伏地拖了个五六天还让人们没听够。甚至，他还敢于和令众人肃然起敬的圣僧称兄道弟，仅凭同为二十岁就敢没大没小开玩笑。比如，竟公然拿刘秉忠之光头与八思巴做对比曰："同为僧人，此光头不如彼光头干净也！"而八思巴也能偶露幽默应对道："短发微显，乃为藏污纳垢所用。他日若大王胸中难以容纳某只虱子，即可来此藏身避祸！"众人闻之皆开怀大笑。总之，这小子走到哪里，便把欢声笑语带到了哪里。

但乐极便容易生悲……

据史载，正当忽必烈调整好心态，准备好应对未来已"胸有成竹"北返之际，漠南的金莲川上却变生叵测，蓦地便又陷入一片惶恐和混乱之中。不但诸如郝经与赵璧等幕僚一时间乱了手脚，而且就连一向极有主见的察苾王妃也似惘然间陷入了绝境。原因只有一个：象征"王祚""王权"的小王真金，却突然得了一种怪病昏迷不起了。虽经孟速思和史天泽等从燕京汴梁诸地急派名医百般救治，但均称病因"莫名其妙""回天乏术"了。据说，察苾王妃一时间竟"万念俱灰"，似只顾成天搂着爱子以泪洗面而没明没夜地呆呆痴坐着……

加急驿报终于快速传进了奉命北返的王车上……

忽必烈是一位经历过"失子之痛"的男人，可以想象这个可怕的消息对他的打击是多么沉重了。现在虽尚有两个儿子，但幼子那木罕几乎没见过几次面，次子芒

【第九章 天上只允许有一个太阳】

哥喇又几乎被皇宫融化了。唯有十二三岁的真金是自己亲眼看着长大的，现在却又濒临于生死边缘。那小模小样可爱的身影始终在眼前闪现着，那展示"小王风范"的种种场面也又重新历历在目……而现在汗命在身又必须率军直抵汗廷，忽必烈在此"两面夹击"下眼看也要崩溃了。多情未必不丈夫！猛地便听得他面对群僚发泄着自己满腔的愤懑，一声如苍狼般的长啸竟使王车上之王帐战栗起来。悲凉、无助、怨气冲天，致使群僚们听得痛彻心扉却又束手无策。

凯旋之王，顿时化作了历经劫难之王……

此时又多亏了八思巴用藏语高宣佛号挺身而出了。他一脸庄严法相，合掌闭目而言道："佛已听到大王呼援，特命八思巴前往相助解危救困！"忽必烈闻之一怔，当即想起了姚枢起死回生之奇迹，顿时满怀希望急问曰："佛祖有何谕示？"八思巴只答："若保小王无虞，八思巴又当减寿一纪！不知大王以何报佛？"忽必烈当即对曰："礼佛，信佛，终身侍佛！"《元史》载，忽必烈从此竟然也就改崇藏传佛教了，而八思巴后来也果然"天不假年"圆寂于壮年。此是后话，而当时却又有一人挺身而出了，即自称"虱子"的小儒生范宁。尚不待忽必烈差遣人马，这小子就跳起来嚷嚷了："吾乃冲着王妃投奔大王的，今王妃有难吾不归即为不忠！圣僧愿为小王减寿一纪，吾愿为王妃减寿再加一倍！"和尚刘秉忠当即双掌合十曰："阿弥陀佛！虱子又要跳来跳去了！"而忽必烈竟然批准了，并且加派赞襄军务的董文用率数十轻骑随同立即动身。

情绪稍有和缓，王车载满忧虑缓向北而去……

据史载，八思巴一行出现在金莲川上，速度之快令王鹗与窦默等老夫子均深感惊讶。而察苾王妃一见这位年轻圣僧，竟恍若有一种曾似相识之感。也难怪！忽必烈南征途中曾多次通过驿使传递过这位圣僧累显奇迹的信息，而且她也曾经遥感过忽必烈与八思巴初识的情景。而现在面对爱子的濒临绝境，她竟破天荒地对这位年轻圣僧下跪了，并且出语和忽必烈如出一辙："如能救得小儿性命，我当信佛、礼佛、终身侍佛！"八思巴并不多言，只是在进入寝帐观看病情后曰："冤孽均来自于大王与王妃之心魔！大王现今远离在外，而王妃也需回避七七四十九日！速去会同大王赴汗廷为小王卸去冤孽,由八思巴在此诵经守护小王即可不治自愈!"察苾又忙问:"何种冤孽?"八思巴答:"小王之衔、大汗之旨、专征之钺、凯旋之功……"察苾仍难下狠心舍儿离去,只见八思巴施法手竟当众为她摩顶,而察苾片刻间似也顿感心胸"豁然开朗",仅问:"尚需有谁相助?"圣僧一指范宁曰:"有这只虱子足矣!"这致使在一旁的小牡丹暗中激动不已,但儒生们却对这旁门左道颇多怀疑。

金莲川上留下了一片疑云愁雾,察苾王妃竟真的走了……

其实,小真金得此怪症并不难解释:为迎大王归来突然取消了"小王坐帐"之举,顿使生活变得寂寞单调。而不久前日夜相守的小玩伴安童又被霸突鲁接走了,常给予自己欢乐的"必阇赤"也莫名其妙地消失了。从此就成天只能守着个老夫子孤零零地苦读苦背,日久天长终于苦出了这场怪病。

难怪圣僧八思巴法力无边了……

1254年3月末,忽必烈率大军北抵六盘山,随之察苾王妃在阔阔率轻骑护卫下,也出现在了满载忧虑的王帐前。忽必烈大感惊讶,察苾忙将八思巴的要求详加禀告。忽必烈闻之叹息曰:"圣僧所言,竟与姚枢临危之语如出一辙,真乃佛法无边!照其言而行,或许王儿尚可有救!"遂加速了归程,急欲向大汗卸下"冤孽"。

但欲速则不达……

谁料大军刚入萧关,进入盐、夏二州后,蒙哥大汗便派皇子玉龙答失携封赏亲临"劳军"。再看,随从前来的竟会是那位"擅离职守"的布只尔,从他的被"重新启用"就知此行绝不仅仅是为了"抚慰"。忽必烈刚刚似意识到了什么,此时便只见察苾已不顾辈分跪倒在皇子面前,显然是眼前的现实又把她的政治敏锐性激活了,随之竟哭哭啼啼哀告道:"乞求皇子!乞求皇子!你的小王弟真金眼看就要不行了!求求你这就把专征之钺奉还大汗,这就把军队带回草原!赐你王叔一个机会,让他能见上小真金最后一面吧!"忽必烈这才恍然大悟:大汗明显是想尽快收回军权,生怕自己领兵进入哈尔和林变生叵测。为此,他竟也挥泪抱拳仅作恭顺状,似悲悲戚戚唯候发落。而皇子玉龙答失毕竟年轻初出茅庐,竟也慌忙扶起

【第九章 天上只允许有一个太阳】

王婶直言曰:"玉龙答失正是为此而来!既然王叔遭此不幸,那就尽快交接火速回金莲川吧!"似乎就连这位皇子也没想到问题会这么简单,倒好像是自己的父汗多虑了。但布只尔终于盼来了发威的机会了,对皇子耳语后公然喝止曰:"慢!就此待命,尚须等大汗圣裁!"但谁料忽必烈还是恭顺有加,竟还能强忍悲痛附和而言道:"布只尔大人所言极是,忽必烈当静候圣命于此!"察苾王妃却绝望地晕过去了,这激起了随征将士的愤懑和不平。

凯旋者的悲哀,就连玉龙答失也觉得于心不忍了⋯⋯

这哪像个凯旋的统帅?倒像个大败而还的罪臣。既然布只尔说有大汗手谕,那似乎也只能奉命行事:钺捧走了,随征的将士也被带走了。荒原上只剩下了孤零零的王车,还有小部分王府的蒙骑骁勇。但有史可考,忽必烈和察苾这样百依百顺却是对的。须知,玉龙答失的背后尚有一支少汗阿里不哥亲领的大军压阵,而且历代大汗也都是对凯旋者在进入母地前同样收回军权。只不该蒙哥大汗有点太过分了,离母地这么遥远也不预先告知就搞突然袭击。也难怪!随着忽必烈南征捷报的频频传来,阿里不哥与众佞臣进谗言早不绝于耳了。什么忽必烈"勾结汉人,久蓄异志",什么忽必烈"功高震主,窥视汗位"等,致使早有疑心的蒙哥大汗猜忌更重,最终不顾手足之情下此狠手。权力面前无亲情,或许正因是一母同胞首当其冲。然而,忽必烈和察苾如此之"温良恭俭让"却不失为明智之举:一方面避免了提前激化矛盾,一方面送走了成千上万张嘴也可代自己先在母地广为宣传。

而更重要的是,现在也确实需要在这里等待⋯⋯

要知道,远远落在后面的尚有一支特殊的人马,即由张文谦抚慰、李儿速护送的大理国主段兴智及其随众,再有的便是那被俘获的十余头大象和象奴。现在,忽必烈真为自己在大理所设想的凯旋场面而汗颜,为自己曾被胜利冲昏头脑而羞愧。多亏了姚枢那另类的"死谏",多亏了严酷的现实给予的严酷教训。如今必须及时加以妥善处理,以确保"孱弱国主"的安然无虞。在"刚明雄毅"的蒙哥大汗面前,现在不需要一个伟大的征服者,而只需要又一个服服帖帖的被征服者。

就是亲兄弟也不例外⋯⋯

好在这里通金莲川的驿道尚且畅通无阻,几天后赵璧便亲自快马送来了好消息:奇迹果然出现了!那圣僧盘坐在小王身边紧闭帐门一连诵经作法七天七夜,小王竟渐渐苏醒懂得要吃要喝了。范宁那小子也功不可没,一直水米未进也陪伴在旁合掌打坐。只不该小牡丹送餐时,范宁那小子竟公然声称不要老婆要出家当喇嘛去了……忽必烈闻听后难得又大笑起来,仿佛随着王儿的复苏心中的雄心壮志也复苏了。而王妃却喜极而泣曰:"绝不食言!察苾从此后当信佛、礼佛、终身侍佛!"这就是藏传佛教进入蒙古草原的起源,好像蒙哥大汗的种种严酷之举无形中也从旁起了推波助澜的作用。

而眼下却尚需回避七七四十九日……

绝不敢掉以轻心!殊不料七七四十九日后,真金的性格大变,似一反常态日渐仁弱起来。但忽必烈总算既保住了儿子又赢得了时间。随之便集中全力商议应对汗廷之策。好像是以姚枢之"死谏"为基础,决心依圣僧所嘱"卸冤孽"而行事了。既然圣人问道于老子的结论是:软者存,硬者亡!那不妨就借此"吐钩"或以待"鱼大线断"!

显然,察苾王妃的到来使众幕僚更有了主心骨,而赵璧和阔阔的先后出现又为忽必烈平添了左膀右臂。

空旷的荒野上,王帐四周很快便又恢复了活力。

不久,赵璧便被派往前去接应迟迟未到的大理国主段兴智。一切均重有了新的安排,包括对那些俘获的大象和象奴。

有察苾王妃留在身旁,忽必烈更显得神闲气定了

只有和尚刘秉忠还在卜算着未来……

三

1254年初夏,漠北草原却刚刚显露出一丝春意……

【第九章　天上只允许有一个太阳】

在汗都哈尔和林的万安宫内，蒙哥大汗又度过了一个焦躁不安之夜。智者千虑，必有一失！他原本认为，以迅雷不及掩耳之势削去其南征统帅之权，起码会激起忽必烈的愤懑和不平。一箭双雕！既可借此消除变生叵测之种种隐患，又可激起他或部众情绪失控将其战功一笔抹杀。却谁料！这一重拳却似打在了羊毛堆上。一点反抗都没有，反倒打出了他的忠诚、恭顺、唯唯诺诺和委屈。丝毫不见凯旋者的居功自傲，贤良温驯得太令人后顾有忧了。再加上小真金的生死不明，随征的将士们回到草原早为他打抱不平宣扬起他的传奇战功了：什么跋涉过草地，什么背负攀雪山，什么立马金沙江，什么挥师大渡河，什么大破巨象阵，什么征服大理国……自发地把他说得神乎其神，致使自己过去的"百般抚慰"与"有奏必准"之苦心眼看就要付之东流了。变幻莫测，现在"用兵如神"的反而是他了。是尽快召回汗廷，还是就此打发回金莲川？必须尽快做出抉择，否则问题会变得更加复杂棘手。

事关皇室荣誉，更有关大汗的权威……

蒙哥大汗一夜无眠，直到第二天早上在御书房里看到了御用"必阇赤"耶律铸，才蓦地觉得眼前一亮，显然是想起了当年这颗项上人头差点代皇太弟掉了。遂诡谲一笑，立即想到当借另一人"故技重演"，随后便命耶律铸"拟旨"。耶律铸哪敢怠慢，蒙哥大汗当即口述曰："朕亲命皇子赴盐、夏二州远迎皇太弟凯旋，谁料布只尔公然违抗皇子之命，假矫圣旨陷皇太弟于进退两难之境。欲离间皇室，毁圣祖大业于一旦，其用心何其毒也！今命皇子……汝看还有谁可使皇太弟不疑？"耶律铸恭而敬答："大汗圣明！今燕京总管赛典赤·赡思丁、中原勋将霸突鲁，均正在汗廷述职。"蒙哥大汗曰："果不愧皇太弟当年舍身保住了你这项上人头！即如此再继续往下写：今命皇子领赛典赤·赡思丁与霸突鲁，火速再赴盐、夏二州远迎皇太弟归来，并将布只尔先在汗都游街示众，历数其罪恶后，一并押往听候皇太弟严惩！"

突发的灵感，却可见"刚明雄毅"之一斑……

果然，在早朝一经宣布效果奇佳。而再押布只尔游街示众历数其罪恶后，更是一扫汗都哈尔和林的阴霾。疑云迷雾散尽之后，威严神圣的大汗又高高在上重新再现于神坛。不但为忽必烈打抱不平之声渐渐消散了,而且皇子玉龙答失也因为自己错怪了父汗而追悔不已。

前往迎接的行动是如此迅速……

此间可抽空介绍一下耶律铸所推荐的这两位重臣了:霸突鲁前面已提到多次姑且不表,而初次现身的这位燕京总管则应多添几笔。赛典赤·赡思丁(Saiyid Ajal)(1211—1279),今乌兹别克斯坦布哈拉人。其名赛典赤,含有"尊贵圣裔"之意,似有阿拉伯裔血统。虔诚的伊斯兰教徒,却对儒家学说造诣颇深。其祖父即随成吉思汗征战,本人最初也"入置宿卫"。多任要职,时任燕京总管,乃一位清廉正直的干练能臣。忽必烈领兵漠南时和他已有很好的私交。南征时"供给中断",又是他及时亲自送来给养。忽必烈对他极为赞赏,曾多次向蒙哥大汗推荐他任首辅。后为大元名臣,1279年死于云南,致使昆明城为之"百姓巷哭"。至今昆明尚留有他建的南城清真寺、永宁清真寺等遗迹。(详见《元史·赛典赤·赡思丁传》)

遣此二人来迎,皇太弟能不为"皇恩浩荡"而感动吗?……

果然相见之后,忽必烈当着皇子玉龙答失的面在跪接大汗圣旨时,竟"感激涕零,泪如雨下""向北伏地,久久不起"。这不仅使霸突鲁与赛典赤·赡思丁"随之而泣",就连皇子也热泪盈眶慌忙翻身下马相扶曰:"都怪皇侄年轻幼稚,初出茅庐受佞臣挑唆,愧对父汗教诲,也愧对王叔凯旋之功!"谁料忽必烈竟抬泪眼曰:"非也!非也!大汗恩重如山,皇侄情深意切!忽必烈如此哀切,乃因小儿现在尚且生死不明,而拙妻察苾又病倒于此。她久欲向大汗尽吐矢忠之言,眼前竟终于将皇子盼来矣!"玉龙答失一听更加慌乱了:"什么?王叔速领吾等先去探视!"

似祸不单行,王帐之内一片愁云惨雾……

玉龙答失从小就极为敬佩这位王婶:光彩照人,柔情似水。而且每到拖雷家系遇到危难的时刻,总是她以超凡的智慧助父汗化解之。而现时出现在眼前的王婶,却显得两眼迷茫,一脸憔悴,似早已尽失往日的风采。唯见到玉龙答失的出现,才

【第九章 天上只允许有一个太阳】

双目中闪现出一丝欣喜之光亮。她有气无力地说:"宗王、两位大人,察苾只想对皇子说,向大汗说!能否赐察苾一个讲私房话的机会?"玉龙答失听后竟也说:"请且退下!"忽必烈和其他人似也只好退出去了。察苾这时才说:"你……你都这么大了,长……长得好精神,再……再近点,让……让王婶好好看看……"玉龙答失只好含泪靠近,察苾看了好半天这才缓缓说道:"有位西藏圣僧对王婶说,小真金得此怪症身陷绝境,其罪过全在父母身上……不但逼其不到十岁就习文练武,而且王婶还糊涂地带回了钦赐的'小王'封号……更令人后悔的是,还讨了大汗的密旨,让小真金天天升帐代掌王权……圣僧言道,人之命运早有定数,违之则必遭天谴!命中没有的,强求就必遭报应!多得会减寿!早得会夭折……吾曾问之当如何解脱,圣僧只答曰:卸冤孽……王婶终于想到了:小王的封号,大汗的密旨……好皇子!这是小真金命中不该有的,小小年纪服不住啊……王婶本想把这一切亲自奉还大汗,以救小真金一命,并感激大汗知遇之恩,可……可这身子已不能为王婶做主了,生怕再给汗廷带去晦气……交他人转呈多有不便,更唯恐难以说清……多亏长生天眷顾,终于又盼来了皇子……就请将这两份手谕密旨呈于大汗,以表达王婶这一片忠贞不渝之心……"说至此已上气不接下气,但还是挣扎着取出交于玉龙答失手中。

随之似还有说不完道不尽的嘱托……

好久之后,皇子才含泪走出了王帐。但很快眼泪便化成了火,蓦地便是怒喝:"来呀!火速将离间皇室的布只尔拉下来,就地砍了以解王叔此不白之辱!"布只尔这才被推现在忽必烈面前,却早已吓得魂飞魄散了。谁料这位贤王竟会跪地代之求情曰:"大汗恩重如山,皇子襟怀坦诚!忽必烈尽已铭刻于心,何必再杀此人徒增怨恨!"霸突鲁与赛典赤·赡思丁也皆附议,但玉龙答失却仍心有不甘。他猛冲上去拔刀削去布只尔一耳道:"死罪可免,活罪难恕!"看来皇子这回要独立做主了,随即命中原重将霸突鲁就近护送王婶先回金莲川休养,自己领赛典赤·赡思丁陪同王叔急返汗都向大汗报捷。

但好戏至此尚远远没有演完……

忽必烈竟未留王府宿卫一兵一卒以示凯旋，而是令随征的文侍武将尽随察苾先行返回漠南。唯留文侍赵璧于身旁相伴，足以显示绝无丝毫炫耀自己战功之心。忠诚恭顺得实在可以，致使玉龙答失再一次感到于心不忍。却没想到这位贤王竟反倒更有惊人之举。刚待察苾一行远去之后竟回首曰："皇子之大恩无以为报，恰好被俘大理国主已被押至。现就在此交上，以壮皇子此行！"玉龙答失大感意外，惊喜之余忙跟去检视。天哪！不仅有孱弱的国主段兴智，尚有大理的绝色美女、大理的奇珍异宝、大理的进贡金银……唯有大象与象奴例外，为避免生疑，已就近先转移到京兆地区了。

而忽必烈也早卸掉帅盔帅甲，仅宽衣松带随行……

1254年夏，忽必烈终于北返回到了汗都哈尔和林。蒙哥大汗果然"宽宏大度"，竟亲率文武百官与皇族宗亲迎之于郊外。皇恩浩荡，只不该凯旋之师的突显主角似已转化为皇子玉龙答失了。这使蒙哥大汗大为满意，却偏又想先看看忽必烈将有何表现。而这位卸去帅盔帅甲的皇太弟也果然引人注目，宽衣松带竟立即又跪伏于地"感激涕零"，竟当着文武百官皇室宗亲尽诉大汗之"指挥有方""调动有据""出手不凡""用兵如神"之种种神奇事例。最后更"发自肺腑"曰："若无大汗之步步及时指点，何来忽必烈寸尺之功？臣弟敬服矣，臣弟敬服矣！"霎时，引来了万众对大汗的狂热欢呼，而蒙哥大汗也不失时机地屈尊下马与皇太弟"相拥而泣""携手而归"。

棋逢对手，更进而使万众深感皇室之神圣……

更何况！还有皇子押回之大理国主、大理美女、大理奇珍异宝及进贡金银，这足足使汗都哈尔和林激动兴奋了好些日子。而皇子玉龙答失在宫内向父汗之密禀，并亲手交还了察苾哀求呈还的两道手谕和密旨。似乎更有助于蒙哥大汗消除心中之种种疑虑，重新开始审视起今后将如何对待这位皇太弟的问题。是的！他甘愿放弃儿子小王之封号，似突显了他并无异心；他甘愿交回经略中原之密旨，似更暗示他早已心灰意冷。诸弟之间自己最难放心的就是他，而现在他仿佛于功成名就后就要撒手退隐了。是什么原因？而皇子玉龙答失又在及时进言了："据儿臣所知，皆源

【第九章 天上只允许有一个太阳】

于小真金之生死未卜！有一西藏圣僧曾点化王婶曰：人之福寿富贵皆由天定！多得则会减寿，早得则必夭折。王婶称此为'卸冤孽'，似早已看破红尘唯求换回小真金一命了！"

蒙哥大汗这才稍感放心，只不该突然又转化为莫名之孤独……

是夜，他连忙召见中原重臣赛典赤·赡思丁问计，这位忠直老臣竟坦然应对曰："恕臣直言！平大理、定云南，已为大汗征服'南家思'实现霸业打好基础。现唯缺者，乃东、西、南三线一齐开战已耗尽国之财力物力矣！为在两三年内实现大汗之宏誓大愿，当务之急乃继续经略中原以积蓄总攻之实力。老臣在燕京代大汗总管财赋，自皇太弟抚管邢州、汴梁、京兆诸地以来，税赋连年递增已将近全国收入之一半有余！若此次凯旋就任其闲散而尽享妻儿之福，此乃自断左膀右臂！大汗欲实现一统华夏之宏图壮志，舍皇太弟而再选何人相助之？"蒙哥大汗不语，只顾背手来回踱步。赛典赤·赡思丁却仍不畏惧继续进言道："遥想当年，圣祖遣木华黎任中原国主是如何待之？奸佞之言不绝于耳却仍对其深信不疑！更显气魄宏伟，更显天威莫测！圣上也当如此行事！管他汉法蒙法，能为大汗建功立业者皆为祖宗大法。现今皇太弟事兄如父，尊君如天！凯旋，仅布衣只率一文侍来朝。他不忘大汗'擒一真龙来见'之嘱，竟又将大理国主段兴智交皇长子代献于大汗驾前。现子危妻病，却仍置之不顾前来感恩戴德。敬兄之情，感天动地！忠君之心，日月可鉴！臣愿以身家性命担保，皇太弟绝无异心，更无异志！"蒙哥大汗猛地反问道："何出此言？"而赛典赤·赡思丁也欲罢不休对答曰："皇太弟困囿孔孟之道日深，唯只知'君君、臣臣、父父、子子'而不知有其他！"蒙哥大汗终于开怀大笑曰："果不愧自幼卫宿于圣祖身旁，知朕者赛典赤·赡思丁也！就依汝言而行，今后即将皇太弟与漠南交汝安抚和关照之！"皇恩再现浩荡，却就是不言明实为监视。

随之，大汗为忽必烈摆开了盛大的庆功宴……

大加封赏，高宣其功。不但将大理珍宝及美女赐其半数，而且从其建言将大理国主百般抚慰后又重新送回了云南，以助兀良合台老帅继续招安余部，以固包抄

'南家思'的战略后方。而忽必烈除谈汗国大事之外，对自己的未来"诚惶诚恐"却只字未提，唯露忧虑妻儿，只盼早日"卸冤孽"得以回家团聚。

唯唯诺诺，似已不思进取……

反倒需蒙哥大汗于后宫对其"百般抚慰"，反倒需蒙哥大汗于御书房重启其"雄心壮志"。但除延续其"毕恭毕敬"外，往日"壮怀激烈"之忽必烈似早已"心如死灰"了。甚至就连提到曾经使他念念不忘的"圣祖遗愿"，现在似乎也表现出"了无兴趣"。而蒙哥大汗却正对此兴趣盎然：为什么从未有人敢挑战过成吉思汗的权威？似皆因他的"武功盖世"。而自己若能征服"南家思"一统华夏，那不将成为"成吉思汗第二"无人可撼动了吗？然"不世武功"尚须有人去替自己卖命打基础，故一见忽必烈之日渐"心灰意冷"反倒竟有些手足失措了。只有幼弟阿里不哥私下感到高兴，甚至暗中赞叹布只尔失去一只耳朵值矣！

越高高在上，那种凌驾于一切的寂寞孤独越在加深……

蒙哥大汗独坐于深宫之中颇感凄凉。一母所生弟兄四个，本当是亲如手足同心合力。但现实是：一个是"另辟天地"远去异域他乡了；一个是"志大才疏"只想着继承汗位频添烦乱；唯一可助已实现大业者，现在又突陷"儿女情长"一蹶不振了……但踏上神坛的君王们向来从不会反思自己，为了至高无上的汗权似也只能求助于主宰一切的长生天了。

随之，皇城之内便又演绎出一幕宫闱秘史……

极其罕见的皇恩浩荡，蒙哥大汗密令御用的萨满大巫师要为皇太弟"合家平安"驱凶辟邪了。似乎少汗阿里不哥也在场，而忽必烈更"感恩戴德"地老老实实跪伏于地。神秘的仪式开始了！只闻法鼓声声，又见怪影幢幢。但唯见皇太弟泪流满面浑身抽搐，却不见豁然清醒"转危为安"。这时就见得在经大萨满耳语之后，蒙哥大汗张开大手猛地对准忽必烈便是两个大嘴巴。刚待大萨满喊出："鬼已驱出！"便果见皇太弟鼻口鲜血直流。据野史载，不仅忽必烈"顿时醒悟"，而且兄弟间一时竟"亲如手足"。

长生天法力无边，深宫内顿时其乐融融……

【第九章　天上只允许有一个太阳】

第二天，蒙哥大汗在早朝上当着百官庄严宣布："皇太弟凯旋，今后将继续总领漠南军庶事务，并仍将兼管邢州、汴梁、京兆等地之治理。中原其他诸地，也均由其代朕节制。准其修复抚州、新筑开平，是为征服'南家思'备战于前沿。皇太弟即将重返漠南，特再赐圣旨一道重申：中原诸多急务，交皇太弟代朕全权处理。可先行后奏，他人勿扰。钦此！"

忽必烈跪地唯唯诺诺，似更感诚惶诚恐……

1254年盛夏，蒙哥大汗经和赛典赤·赡思丁多次密谈后，便又命皇子玉龙答失与其护送皇太弟"荣归漠南"。虽忽必烈临行前已将重赏的大理美女与奇珍异宝，均分别转送于三弟旭烈兀，尤其是幼弟阿里不哥。但后者还是向长兄"累进谗言"，谁料蒙哥大汗听腻了竟怒斥其曰："你懂个屁，再出此言即蔑视朕之权威，蔑视朕之存在！"一个高明的大汗讲的就是收控自如，而且从不扔未啃尽肉的骨头。

看来，蒙哥大汗已胸有成竹。

但忽必烈的未来呢？……

四

金莲川上山青了，水绿了，大地彻底解冻了……

土者的归来，使整个毡包连城顿时沉浸在一片欢腾之中。好在皇子送到后，立即跟随赛典赤·赡思丁去一睹"燕京繁华"了。故排除了一切应酬之干扰，忽必烈终可得以喘息而全身心面对亲情了。

凯旋之王也是人，似更需要这种特有的温馨……

好在一切凶险均已经过去了，王妃的寝帐里洒满了金色的阳光。小真金"卸冤孽"之后，果真已经死里逃生正在逐步康复。而察苾似乎为了弥补母亲的亏欠，还把小儿子那木罕也接到了身边亲手抚养。快三岁了，正在虎头虎脑地到处"闯祸"。

忽必烈见之，多日来罕见地开怀大笑起来……

而令人遗憾的却是，为小王子起死回生的圣僧八思巴已提前告辞了。原来，在七百多年前并非每个西藏僧人均可称为"喇嘛"，尚需取得宗教学位受戒方可被承认。八思巴即为此再次西行的。据史载，1255年在河州（今甘肃临夏）方受高僧扎巴生格的"比丘戒"，正式取得藏传佛教的高等学位而被尊称为"喇嘛"。而离开金莲川之前，察苾已为"绝不食言"，开始虔诚地以宗教之规"礼拜八思巴"。随后忽必烈又派驿使追授"优礼僧人令旨"，并尊八思巴为"上师"。正如《佛祖历代通载》所言："由是光宅天下，统御万邦，大弘密乘，尊隆三宝"，讲的就是这段忽必烈与察苾皈依藏传佛教的故事。

只不该范宁这小子也跟着瞎掺和……

圣僧西行，这只"虱子"竟又撇下牡丹并借口护送也随之而去了。跳来跳去实在为人所不解，但这小子却尚有自己之歪理："日悔不忠，夜却难控！暂避他乡，当学圣僧一心侍佛！"跳来跳去继续活跃，这回却没有留下一点喜剧氛围。不久小牡丹便悄悄向王妃哭诉："我已经怀孕了，而丈夫却突然没了……"再看妃帐里摆放着的那对孔雀石玉瓶，察苾更感到内心隐隐作痛：为什么命运竟对自己亲如姊妹的两位贴身侍女如此不公？都有了孩子，却都失去了丈夫。无论是死了，还是走了……就连小王子真金的康复似曾也受过影响，没了他之"必阇赤"，小家伙又开始闷闷不乐了。

但对众儒者来说，这似乎正是大家求之不得的……

在王鹗与窦默等老夫子看来，八思巴与范宁这小子均属"旁门左道"，金莲川上早就该"敬鬼神而远之"。而对郝经与赵璧等经邦治国派来说，更是对这些"异类"自动离去早已求之不得，以使一时混乱的王城重归儒家的大一统之下。好在王府尚书姚枢在京兆"劝农桑"也已于前不久归来，这更使群儒们有了核心很快便凝聚在一起了。

而忽必烈的归来也果然没有令人失望……

【第九章　天上只允许有一个太阳】

度量弘广，似事事均按儒家之"齐家、治国、平天下"而行事。首先，便彻底停止了"小王升帐"令其休养恢复，并任命跟随刘秉忠学儒的青年才俊王恂为"侍读"，康里人燕真之子、十岁的不忽木代替可爱的小安童为"伴读"，使小真金不再孤单而专心就读于窦默老夫子书帐。随之，察苾王妃也就此隐退，似再不过问王府政事，好像只顾了照顾大王的身体和两个儿子的成长了。再后来才是"诸神归位"各司其职，恭迎"大王升帐"尽掌漠南军庶大权。

行动果断，金莲川上的一切顿时便显得名正言顺了……

1255年初，据史载，忽必烈的经略中原已"大见奇效"了。由赵璧与史天泽掌管河南，廉希宪与商挺掌管京兆，赵良弼与刘肃等掌管邢州，再加上孟速思与赛典赤·赡思丁已操控了燕京，大力推行"汉法治汉"以至"汉人治汉"，忽必烈贤王之誉"已在中原之地日隆"。正如赛典赤·赡思丁在向蒙哥大汗密奏中所言："皇太弟凯旋，言必称大汗，行必尊大汗，功必归大汗！尚未显异心，唯王妃已皈依藏教只知诵佛也。然今年税赋又可大增，大汗宏愿指日可待。"

指日可待？即尚需耐心与时间……

而忽必烈却不因皈依藏传佛教而改变政治信仰，对以孔孟之道治国的理念反而更加坚定了。他不但为战乱时期身陷绝境之儒生"尽解奴籍"，而且还为大多孔门弟子"尽免税役"。故元代著作《秋涧集》即有诗赞曰："圣代崇儒意非轻，征车相望半儒生。"而在任命大儒许衡为"京兆教授"初步取得成功后，他更在中原地区广设学堂与修复孔庙。《元史·赛典赤·赡思丁传》中即称，在其主管燕京行省财赋时曾受忽必烈令旨"负责增修文庙与兴小学校"。故元末又有诗人张昱赞其："要将儒释同尊奉，宣谕黄金塑圣人。"更值得一提的是，为奖励身旁儒臣谋士之功，1254年南征归来后当即下令"复立抚州（即今之河北张北）"，以改变众幕僚终难适应"居穹庐，无墙壁栋宇，迁就水草无常"之现状，好让儒臣文侍早日"终有定居之所"。随之便依照"群儒之议"，开始放手任刘秉忠占卜测量、主持筹建"开平王城"。此举对"天下归心"影响极大，遂有了忽必烈"向龙借地"之离奇传闻。

一统华夏——忽必烈大帝之文韬武略

至于为何有"九儒十丐"之说,后面将要提到……

除此之外,据史载忽必烈似对其他方面也"涉猎颇广"。以"遵照汗廷之命尽早筹措调集粮食布帛器械,以备如期供给大汗南征军需"为名,触角已广伸于京兆之外的川、陕、甘、康等地区。如再次启用病愈的杨惟中出任"陕右四川宣抚使"就是一例。总之,忽必烈除派出姚枢等重要谋臣四处"劝农桑"以示其"以仁治世"之志外,更进而与史天泽与张柔之外的众多汉世侯也有了很深的交往。就连"唯我独尊""不可一世"的汉世侯李璮也曾遣使前来"以求庇荫"。为此,仅仅才一年多时间,忽必烈这位异族宗王便受到了汉地士大夫的广泛赞誉。中土有识之士均称其为"贤王",公认他"能用士而能行中国之道,则中国之主"(见元代著作《陵川集》卷三十七)。

汗廷早为此议论纷纷,而蒙哥大汗却仍然稳如泰山……

这实在不符合这位大汗"多疑善变"的性格,致使忽必烈的成就越大整个金莲川幕府就越感到惴惴不安。为此,有的臣僚竟暗中埋怨起察苾王妃隐退得如此彻底,在此关键时刻为何还只顾逗弄王子们却不挺身而出呢?听听!让人家隐退的是他们,怨人家不出山的也是他们。这一天,王鹗与窦默两位老夫子终于忍不住了,趁忽必烈不在便直接进入妃帐慨然进谏。王鹗曰:"今乃多事之秋,王妃应当时刻提醒大王注意汗廷动向!"窦默更进而补充道:"大王当多赴汗廷,时时不忘对圣上效忠,事事不忘向圣上奏明!谨防奸佞从中离间皇室,而自己却只记手足情深疏忽了君臣大礼!"谁料察苾竟淡然应之:"无用。"王鹗忙问:"何出此言?"王妃遥望帐外对曰:"黎庶尚知:是福不是祸,是祸躲不过!思大有为于天下者,又焉能唯求自保而无所作为?"拒不干政,使两位老夫子似也只能"无功而返"了。

但蒙哥大汗却对皇太弟越来越"恩宠有加"……

据史载,1256年初似又达到了一个新的高峰。正当群儒遥望汗廷"察言观色"之际,蒙哥大汗却又"将怀孟之地(即今河南沁阳一带)补赐予皇太弟"。这样,忽必烈之京兆封户三万三千余,加上怀孟封户一万一千余,共计四万五千余户。虽仍比幼弟阿里不哥少得多,却远远高于旭烈兀等其他诸皇弟。忽必烈似也"受之

【第九章　天上只允许有一个太阳】

无愧"，当即令商挺兼治怀孟"打击豪强，重农劝桑"。这显然使群儒们松了一口气，而忽必烈麾下的一些将领竟更放心地开始在京兆城内"大兴土木，兴造府第"，而且均以"豪华奢侈相尚"。王鹗等老夫子这时才看到，察苾王妃终于不顾身怀六甲挺身而出进谏了。似乎也是忽必烈有意利用她的影响，察苾又罕见地现身王帐当着文臣武将直谏曰："现乃多事之秋，大王当不应如此放纵麾下不端！现今诸将所作所为，似已超越大王总领漠南之权限，更不符合大汗来日征服'南家思'之用兵之道！"言辞犀利，但宗王竟也能"从谏如流"，遂在"诸将猛醒"之余，当日即下令"分遣诸将于兴元等各州戍守"。

而汗廷方面却似"意犹未尽，欲罢不休"……

1256年春，又蒙"皇恩浩荡"，金莲川下的"开平王城"终于破土动工了。刘秉忠深为理解宗王"会朝展亲，奉贡述职"之需要，遂在原毡包王城之附近选定龙岗为建城中心，并推荐丰州丰县人谢仲温为"工部提领"，藁城人董文炳、获鹿人贾居贞为副共同监筑之。忽必烈也亲自前往视察，见"龙岗蟠其阴，滦江经其阳，四山拱卫，佳气葱郁"，遂授权予谢仲温曰："汝但执梃（即权杖），虽百千人，宁不惧汝耶！"随之，"向龙借地"以汉法筑汉制王城之传说，很快地便传向了漠北的汗廷（赐怀孟、遣诸将、筑开平均见于《元史·世祖本纪》）。

蒙哥大汗暗暗窃笑了，随之便"见好就收"……

归来不到两年，忽必烈就以仁尽取中原民心，并为南征储备好了充足的财力和粮秣、军马等战略物资。一切均为了实现圣祖之遗愿，但他已隐隐感到或许灾难很快随之而来了……也就在此时，察苾王妃却又为忽必烈生下个小女儿：昂家真。毡包王城里顿时又是一片欢庆祝贺之声，致使人们一时间竟对悄然而至的危机失去了警觉。

"鱼"已养大，蒙哥大汗遥在汗廷终于开始拉线收网了。

但却不见历代大汗那种直率的凶悍。

说是无情倒有情，颇有创意……

五

　　其实，这一切早就在漠北草原酝酿已久了……

　　万安宫内，蒙哥大汗似越来越显得高深莫测，更随时掌控着收线拉网的时机。他经常面对着的是御书房内那张巨大的羊皮地图，计算着的是赛典赤·赡思丁不断送来的有关粮草辎重等战备物资的统计数字。为了实现其成为"圣祖第二"或"超越前人"的雄心壮志，一直甘愿忍受着那来自漠南汉地"功高震主"之种种威胁。

　　现在已经万事俱备，而雄鹰却眼看就要化成"鸡肋"了……

　　为此，他虽"不尚侈靡"，却终于先在波斯少女或大理少女身上饱尝征服欲了。据说，他在这方面也颇显雄性魅力，只不该往往在少女即将迎来美妙高潮之际他又会戛然而止。或俯身柔体久久沉思起汗国大事，或猛地抽身而起毅然甩手而去，致使有的少女因不舍而掩面饮泣，有的则因惶恐而准备以身相殉。而当时的封王们均以此为荣，故更突显了他雄健无比而又至高无上的威严。

　　御书房内，又闪现了蒙哥大汗那孤寂的身影……

　　威严的身影黑压压地映在了墙壁之上，一动不动地令人一望即触目惊心。到底是什么能让他在美女身上扫了兴？侍从们竟胆战心惊地无人敢问。只有他自己心里明白，正当他尽享"征服欲"逐渐达到高潮时，眼前却蓦地闪现出一座汉式的王城。王城内还闪现出一位足智多谋的"中国之主"。永远是那么温良恭俭让，又永远是那么变幻多端、神秘莫测。似一个可怕的梦魇，现在是到彻底驱除掉的时候了。若不然，美女再多也会令自己"食不甘味"。

　　尚需指出，这位皇太弟也似乎早在草原上激起了天怒人怨……

　　这是事实，忽必烈的所作所为，确实早激起一批传统的"草原中心主义"者的愤慨和不满了。尤其是那些在中原汉地拥有食邑和封地的宗亲贵胄，更深感推行"汉法治汉"以至"汉人治汉"早触动他们的特权要断他们的财路。在这些宗亲贵胄看来：征服者还要纳税？不交就不发给"廪粮"？简直违背祖制。征服者还必须

【第九章 天上只允许有一个太阳】

守被征服之法？不能纵马享乐反倒要去河南屯田戍边？这简直是对胜利者的羞辱。现在更要筑什么"汉制王城"去当什么"中国之主"，今后自己还能再从汉地源源不断地获得金银珠宝和美女健奴吗？简直是："也客蒙古兀鲁斯"之叛逆！而蒙哥大汗明明知道，忽必烈所做的这一切是完全必要的甚至是自己授权的，仅仅才两年就为自己征服"南家思"奠定了物力和人力之基础。但他还是为了突显自己"御驾亲征"之丰功伟绩，准备充分利用这股反忽必烈的势力以消除自己的"心腹大患"了。骨头上早已没肉了，不扔掉只能往回招苍蝇！

亲兄弟明算账！是到拉网收线的时候了……

于是在第二天早朝，蒙哥大汗即为文武大臣、宗室贵胄"广开言路"了。难得的虚怀若谷，任群臣直言，任贵胄控诉。奇怪的是，少汗阿里不哥一直没有开口，而他的手下阿兰答儿与刘太平等也沉默不语。倒是窝阔台家系与察合台家系的西道诸王或其代表，纷纷向大汗反常地尽表忠心"轮番进谏"。他们攻击忽必烈的主要有两点：其一"中土诸侯民庶翕然归心"，其二"王府诸臣多擅权为奸利事"。前一条显然是指忽必烈"心怀异志，图谋不轨"，后一条则专指忽必烈"收买奸佞，掏空国库"。最后，有一位坚守游牧祖制的年迈老王竟挺身而出愤然曰："修筑汉式王城，欲称中国之主！其心中还有草原母地乎？眼中还有当今大汗乎？忽必烈已成背叛圣祖之叛臣逆子，吾等均愿听命于少汗阿里不哥统帅，齐率重兵以迅雷不及掩耳之势攻占漠南！以将此背主叛族之贼火速擒获，早日除灭大汗之心腹大患！"蒙哥大汗闻之一怔。按现代话来说，他这才蓦地意识到：他想利用舆论，舆论也想利用他！而同时也突然明白了：这位昏聩的老王也无意间道出了他们的幕后主使：幼弟阿里不哥！

蒙哥大汗顿时变得脸色阴沉起来……

而此刻偏又有一位老臣不识相地也要挺身而出了，此人即是曾任阿里不哥"讲读"的真定名士李槃。早被视作蒙化了的汉儒，现为汗廷之内汉臣之首。与少汗之关系非同一般，蒙哥大汗本以为他还会再"火上浇油"，却谁料李槃竟跪倒禀奏曰："老王方才所言大谬也！臣知少汗向来是尊兄敬长，何来统率征伐之言？况且皇太弟即有不是，也不至于罪到兵戎相见！当今大汗正运筹帷幄，欲用兵'南家思'早日实现圣祖未尽之志！而若从此议，势必引起同室操戈天下大乱！不仅会授人以'皇族相煎'之柄，而且还将会耗尽粮草辎重自毁一统天下之大业！大汗圣明早已名扬四海，当会自有圣明决断！然老臣仍愿冒死进谏，兵戎相见乃居心叵测之言！意欲乱中谋私，欲陷大汗与少汗于不义！"而此时那位老王却狗急跳墙了，竟拔刀在手怒斥李槃道："好一个汉家老儿！岂容汝在此朝堂之上狂言乱政？老夫这就宰了你！"但尚未等他动手，就猛听得一声呐喊："谁再敢在朕身边动刀，杀无赦！"

奇怪的是，蒙哥大汗的脸色却开始由阴转晴了……

显然，他绝没想到竟会是这样一位平时极少议政的老臣，为他拨正了舆论导向，甚至戳穿了一场潜在的阴谋。但他内心犹有不甘，又绝不愿就此把烧向忽必烈这把火灭了。先王们即使烧杀抢掠也是坦坦荡荡的，为此，他早打算在为蒙古人所不齿的"王府诸臣多擅权为奸利事"上大做文章了。这样既可"釜底抽薪"先行剪除其"羽翼"，又可使其尽早成为"孤家寡人"，做个尽失颜面的"闲王"。有母后临终遗嘱，似也只能仅此而已。

为了皇室之尊严，为了大汗的权威……

随之，蒙哥大汗竟高深莫测地纵声大笑曰："李槃师傅果不愧圣母皇太后所选中之贤良，所言真乃字字珠玑、句句忠言！而老王所言虽略欠思量，然坦坦荡荡却大显我草原真性情！俱都有赏，赐今夜与朕共进晚膳。哈哈……如何？"李槃跪对道："皇恩浩荡，臣知足矣！"而那老王却仍然不依不饶只抱拳曰："看在大汗面上，恶战可免，账却必须清算！该退的则退，该还的则还！尽将其王府擅权奸利之徒一网拿下，彻底恢复圣祖所赐吾等自行其是之特权！"谁料竟会"一呼百应"，顿时激发起朝堂上宗亲贵胄之一片呼应之声："还我战功！还我血本！还我圣祖所赐恩宠！"蒙哥大汗见时机业已成熟，遂摆出一副悲天悯人状下诏曰："皇太弟天性仁厚，而王府诸臣多背主擅权谋奸利事。今为解众惑，并为皇太弟正名，将遣阿兰答儿、刘太平、脱因等诸臣前往中原'钩考'。清查积账，严惩恶吏。朕于此重

【第九章 天上只允许有一个太阳】

申：今后将'唯崇祖制，绝不蹈袭他国所为'！钦此！"最后之重申，效果尤佳，顿使宗亲贵胄跪伏于朝堂齐声赞曰："大汗圣明！臣等愿舍生忘死追随圣驾早日灭掉'南家思'！"一箭双雕！既是消除异己（虽然是兄弟）之檄文，又是即将启动战争之动员令。

而阿里不哥也在暗自庆幸总算又度过一关了……

自己确是"同室操戈"的主谋，确是暗中"煽风点火"之操手。所幸大汗竟又用了自己的亲信前去"钩考"，看来暂可保平安无事了。却谁料当夜即被蒙哥大汗召进了御书房，被指着鼻子大骂了个"原形毕露""体无完肤"。怒斥其"愚蠢无能"且又"心狠手辣"，竟敢"擅作主张""几乎坏了朕的大事"。只想着"借刀杀人"而后快，却忘了给窝阔台及察合台家系又提供了趁机作乱的机会。多亏了老臣李槃为保"幼主"挺身而出，若不然今日当朝就动摇了我拖雷家系执掌汗权的权威性、正统性以至必要性。最后，蒙哥大汗更怒不可遏地罚其："将总理大臣之职交皇子玉龙答失代理，责令闭门思过三月以观后效！"偷鸡不成反蚀把米，阿里不哥的少汗地位也已岌岌可危了。

但蒙哥大汗利用他的亲信去钩考却实属高招……

钩考者，若用今日之语即"审计"。临行前曾受大汗密令："不事声张，突然而至，全面钩考，见机行事。"据汉文史籍载，当时阿兰答儿被任命为"陕西省左丞相"，刘太平被任命为"参知政事"，尽选各王府酷吏悄然南下有备而来。以"不便惊扰皇太弟"为名，在不告知忽必烈的情况下，突然间便"奉旨"出现在邢州、汴梁、京兆、怀孟等地的宣抚司内。阿兰答儿更是"擅作威福"，将其"性情苛刻""乘势横暴"之特点发挥到了极致。首先在关中（即今之西安）设立了"钩考局"，随后，更"坐镇指挥"对其他各地"以各路酷吏分领其事"。召集忽必烈请命于各地所设置的宣抚司、经略司、都转运司、从宜府等众多官员，开始了"惨绝人寰""不择手段"之所谓"钩考"。阿兰答儿曾当众扬言："俟终局日，入此罪者，唯刘、史二万户以闻，余悉不请以诛！"（原话照录）就是说，等到审完，凡他认为有罪者，除刘黑马与史天泽两位汉世侯尚需请示大汗外，其余的他想杀谁

一统华夏——忽必烈大帝之文韬武略

就杀谁！（详见《元史·阿兰答儿传》）

心有难解的千千结，正好借此以发泄……

金莲川上，雷电交加、乌云翻滚，整个毡包王城在暴风雨中飘摇晃动着。像无数只正在恶浪中颠簸的小舟，似乎也只能等待着倾覆了。王府的众幕僚们在忐忑不安之余，目光始终紧盯着察苾王妃那座寝帐。

稳？忽必烈大王尚要在妃帐里"稳"到何时？

果然，这位遭受突然袭击的宗王，此刻正与王妃稳坐于寝帐内把盏对饮。脸上微显无奈，但有如此贤惠靓丽的王妃相伴相慰心态似早已平和了许多。应当说，忽必烈初闻大汗此举，也曾有过"暴跳如雷""怒斥不公"之种种冲动。但察苾却反而显得异常平静，及时抚慰进言道："大汗并未指名道姓问罪于宗王，若此时即一触即发，不是等于自报'此地无银三百两'吗？如若再因宗王失控，而影响王府诸臣与骠骑宿卫出现过激之举，则更是等于授人以柄自投罗网了。既然大汗尚且称'皇太弟仁厚'，倒不如先稳如泰山'仁厚'下去，纵观事态发展静思对策！"忽必烈仍心有不甘对曰："姚枢所言'尽吐其钩'或'鱼大线断'，今日均化为泡影，吾之苦心经营也即将付之东流矣！"察苾又直言相劝曰："宗王何出此言？依察苾看，姚枢之言确是高人所见！不仅有人代我'尽吐其钩'，而且确也必将'鱼大线断'！再何言心血俱付之东流？阿兰答儿之辈的倒行逆施只会适得其反。线可断，但中原人心这条大鱼又有谁能撼动？宗王当稳，以稳求变。暗中当充分利用汉地广络之人脉，以援救被钩考之臣僚为当务之急。人才，成就圣祖遗愿之根本！"忽必烈闻后，当即牵其手慨然而言之："天赐王妃于我，乃忽必烈一生最大幸事！执子之手，又何惧狂风恶浪来袭？"

而阿兰答儿等则更加残暴施虐欲刺激其不肖……

《元史》载，阿兰答儿坐镇关中，不指名地将罪状"列一百四十二条，大开告讦，互相揭发，锻炼罗织，无所不至"，包括"征商细务，几被搜拾无遗"，致使绝大多数官吏"难以逃祸"。仅在京兆一地，阿兰答儿即在盛夏酷暑之际，竟将所谓被钩考的官吏"尽此械系于烈日之下"，"顷刻之间，人即毙命"。仅一天之内

【第九章　天上只允许有一个太阳】

"被威逼折磨至死者,即多达二十余人"！而这些被械死之人,大多均为金莲川幕府派出的儒家有识之士。遭此不测,当然是对"汉法治汉"的沉重打击,致使贵戚豪强重又横行不法,而百姓黎庶重又陷水深火热之中。

而阿兰答儿却仍然"绝不手软",意有他图……

应该说,蒙哥大汗只是想以"奸利之徒"先把忽必烈搞倒搞臭,使其在中原也身败名裂、前功尽弃。而阿兰答儿却另有所谋,心有终身难解的千千结,使他对忽必烈有一种永难化解的无名之嫉妒与仇恨。必须逼他造反,然后亲手杀之而后快。可怕的专一和固执！随之他竟不顾是否是经过大汗亲自任命,只要是忽必烈的左膀右臂便一一动手了。京兆宣抚使廉希宪、副使商挺、从宜使李德辉等,邢州宣抚使赵良弼、副使张耕和刘肃等,河南经略使史天泽、赵璧、牤戈等,有的受他"长期关押",有的受他"穷治百端",有的受他逼使属吏"当面点污"。更有甚者,他竟公然派出使者前去金莲川,当着忽必烈之面将京兆榷课使马亨(管税赋)逮捕而归。种种迹象表明,阿兰答儿是在将忽必烈一步步逼向"势在必反"。

所幸儒文化(或软实力)在其间发挥了重要作用……

详阅史籍,在此期间竟没有一位身负重任的文臣儒将"变节叛主"。如史天泽为了保护同僚牤戈、赵璧及下属官吏,竟敢公然挺身而出慷慨应对曰:"经略使司我实主治,是非功罪,皆当问我！"而众下属也皆能"舍生取义",在被胁迫"当面点污"上司赵璧时,竟面对酷刑而使之最终"未果"(详见史天泽与赵璧之神道碑文)。再加之,在此时忽必烈的"大忠大孝"也发挥到了极致,任阿兰答儿再"百般凌辱"仍对汗廷"恭顺有加"。不但毫无一点反意,反倒是好像更遵从"君君、臣臣、父父、子子"那套老规矩了。

但暗中却在为自己的"左膀右臂"心头滴血……

危在旦夕,随时都可能人头落地。好在察苾在建言"稳如泰山,静观事态发展"之同时,忽必烈又依计早已'静中有动'了。充分利用中原广络的人脉,火速私密与中原勋贵霸突鲁与燕京总管赛典赤·赡思丁取得了联系。而这些"忠臣义士"也果不负所望,在绝不提"皇太弟"一字的前提下,一个仅向大汗禀告:"中原大乱，税赋顿减！"一个则仅向阿兰答儿暗示："大人不闻少汗已被圣上停权闭门思过乎？"特强调一个"过"字，顿时便把阿兰答儿吓出一身冷汗。因为二人均为日后南征大汗必用之猛将或重臣，故后来"钩考"竟"日渐手软"。如对赵璧仅判"偿还奸利财物"，而忽必烈也恭顺地甘愿代为偿还，此案遂就此了结。而另一蒙古大臣河南经略使忙戈，也以"国人"之名得以赦免。就连从王帐逮捕走的马亨，当时忽必烈曾担心地问其曰："汝往，得无撼汝罪耶？"生怕他在严刑之下被定成死罪。而此次却"长期关押、穷治百端"保住了一命。尤其对待汉世侯史天泽，因明知大汗南征必将启用，故以"勋旧"之身给予了特别的"宽免"。

但尚难保性命无虞，全在大汗一念之间……

须知，蒙哥大汗选悍臣前来钩考也并非全部失策，似也兼有"釜底抽薪"逼忽必烈就范的意思。南征在即，你若不回来当那个挨骂的"闲王"我就杀你的人。再敢不回心转意，定让你人权两空只剩一场黄粱梦！要知道实现"圣祖遗愿"的只能有一个人！成为"成吉思汗第二"的也只能有一个人！至高无上的汗位旁岂容他人觊觎，就是亲兄弟也不行！

群儒似早看出来了……

此时，王府尚书姚枢、和尚刘秉忠、重臣郝经等再次出现在妃帐内，看得出宗王正与王妃相商应对之策，和尚刘秉忠见机即合掌插话曰："阿弥陀佛！被逼无路可走，求存唯此一途！若贫僧没有算错，王妃是向大王建言，改'稳如泰山'为'自投罗网'！"忽必烈问："从何得知？"谁料回答的却是郝经："臣以为，大王唯静坐以显仁厚当适可而止矣！圣上本意，乃剪除羽翼，使大王成为'孤家寡人'，进而变贤王为'闲王'。唯有'闲'方可使大汗放心，唯有'闲'方可使群僚得救！而在微臣看来，有'闲'方可能静观其变，有'闲'方可能以图未来！"忽必烈又问之："姚枢公又有何见？"这位王府尚书则回答得更加具体也更严守孔孟之道："帝，君也，兄也！吾，弟且臣！事难与较，远将受祸！未若尽遣藩邸妃主以行之，为久居谋，疑将自释！"意思是说，他是大汗，你是藩王，绝对无法与执掌全部权力的兄长硬抗，还不如带着察芘王妃和某个孩子回去，做出久居草原的

【第九章　天上只允许有一个太阳】

打算，以化解大汗之猜忌与怀疑。和尚刘秉忠又合掌念佛补充曰："阿弥陀佛！臣夜观天象，已卜算出天下必将大乱！此正是大王静观其变，以图未来之大好时机！留得青山在，还怕没柴烧？"而郝经毕竟年轻气盛，当即直言指出："姚公之言固为上策，然如此议而不决优柔寡断，何年何月才能使大汗'疑将自释'？应火速行事，以保群僚性命无虞！"

似若有所指，却又难以明言，一时陷于沉寂……

突然，忽必烈脸色阴沉起来，蓦地压低声音发问："汝等乃议定而来，欲逼本王将相依为命之爱妃察苾，作为人质投入虎口，以表本王并无异志，从而确保汝等儒僚化险为夷乎？"众皆错愕，唯姚枢挺身而出对曰："此乃姚枢一人之见，与刘、郝二臣无关！"却谁料，忽必烈又突然转而哈哈大笑道："好一个有胆有识的姚枢公，果不愧吾之王府尚书！然巾帼不让须眉，察苾王妃三日前已向本王自请为人质！不顾个人危难，只思大有为于天下！本王不日即将起程伴其觐见大汗，以早日尽解王府臣僚之后顾之忧！"众人再看察苾，只见她怀抱数月女婴似只顾尽人妇之道，仿佛从谏已再不公开涉政。群儒们颇感内疚，当即跪伏于地曰："王妃所为大智大勇、圣洁无比！吾等深感惭愧，惭愧矣！"

只不该！此时竟有人在帐外啜泣破坏情绪……

忙命人传唤，绝没想到的是进来之人竟又会是那只"虱子"。一脸坏相未变，唯出奇的是换了一身番僧的穿戴。尚不等大王发问为何又"跳之归来"，这小子已跪地自道其详曰："吾随圣僧八思巴于河州诵经学法，早已脱离凡尘渐入佛境。谁料圣僧在打坐修行间，一日却突然睁目对吾言道：中原大乱，王妃必有大难！遂命吾速归，护法北行，以了断此生忠贞不渝之志！"

了断是何意？无人可解。唯闻小牡丹大哭不已……

随之，忽必烈便对王府之诸多事务进行了颇为周密的安排。从小王子真金与那木罕之托养与保护（察苾之意：尚须为宗王保留血脉），一直到尚被"钩考"的文武臣僚未来的避祸之处，均力争做到万无一失。还应指出，在这危难的关键时刻，他在中原广络的人脉又起了极大的作用。比如前中原国主木华黎之孙霸突鲁、燕京总管赛典赤·赡思丁、刚被"宽免"了的史天泽,以及老谋深算的张柔与其他诸多汉世侯,均暗中向他伸出了相助之手。更何况!还尚有姚枢与王鹗等众儒臣、阔阔与昔班等众蒙古将领坐镇金莲川支撑门面,似乎也暂可后顾无忧了。

1256年夏初,忽必烈与察苾终于出发了……

还带着尚需哺乳的小女儿昂家真,小家伙才四五个月。随行的文臣只有郝经、武将唯有孛儿速,还带着数十轻骑组成的宿卫部队。除此而外,尚还有那位不伦不类、番僧打扮的小儒生范宁。而临出发前,已有身孕的小牡丹曾追上这位负心郎哀求道:"起码该给孩子留下个名字吧?"这小子竟神眉佛眼地脱口而出:"范浑!"

走了,终于走了!去觐见多疑善变的长兄蒙哥大汗。

是自投罗网,还是冲破牢笼?

唯闻马蹄声声……

六

却谁料,热脸竟碰上了个冷屁股……

史有详述,1256年夏,蒙哥大汗伐灭南宋的计划已进入全面启动的阶段。为此,他便"渡漠南来"亲自于河西走廊一带开始进行"战略部署"。

展望未来之辉煌前景,难免有些踌躇满志……

谁让忽必烈倒霉透顶了!经历这次精心策划的"贬忽必烈"风潮,这位皇太弟的"统帅才能"以及"卓越战功",早已在草原母地众多宗亲贵胄的一片漫骂声中淹没了。再加上随后之"钩考",更使其"羽翼尽除"似也只能化作一个"尖利之徒"了。

试看天下谁主沉浮?蒙哥大汗纵马而笑了……

而正当此时,却意外地传来了忽必烈携察苾向西而来的消息。蒙哥大汗为之

【第九章　天上只允许有一个太阳】

一怔：怎么？自己这位皇太弟竟不服服帖帖"唯显仁厚"了？随之，便果然见到忽必烈两次派来的使者皆声称："恳求恩准，皇太弟欲来河西觐见大汗！"这本来是忽必烈为防止大汗多疑事必请示之举，谁料竟被蒙哥大汗视之为公然跳出"图谋不轨"之先声。情绪极度紧张，当即下令安营扎寨以防"居心叵测"。后来虽经探明皇太弟"随行护卫仅数十骑"，但还是传旨命忽必烈一行"就地待命，不得擅自继续前行"。这时，又多亏了随行的那位"蒙化儒臣"李槃及时进言曰："大汗用兵在即，万不可皇室再生纷争！皇太弟是'天性仁厚'还是'居心叵测'？正可借此以严苛条件考验之！"蒙哥大汗从其言，又立即下诏忽必烈："许其留下辎重随从，乘驿传觐见，日行二百里。"（详见《元史》）这就是说，命令忽必烈必须解除武装先将老婆孩子留下，自己退回去改乘汗廷专设驿站之驿马，方可获准觐见，而且日行最快不能超过二百里。

条件果然苛刻，似顿时解除了皇族的一切特权……

对人格的莫大污辱，对尊严的莫大伤害，对手足之情的莫大亵渎！忽必烈闻之"痛不欲生"，精神几乎近于崩溃。而察苾却有不同的看法，进而从容相劝曰："条件越不近人情，越有'尽释前嫌'之可能。此乃大汗之最后一试，但愿宗王胸中能容下万马奔腾！"而"虱子"此时竟也跳出进言道："王妃所言竟与圣僧八思巴所嘱如出一辙，即委屈才能求全！范宁愿护卫王妃前往，以证实王妃早不问政已笃信吐蕃佛教，并以此确保大王后顾无忧！"据野史载，忽必烈竟为此合掌打坐半日，随之便"豁然开朗"尽从之。

唯紧抱可爱的小女儿恋恋不舍地狂吻着……

7月，察苾一行数人跟随蒙哥大汗返回了汗都哈尔和林。此时正是草原上最美好的季节，万顷绿波在阳光下随风荡漾。一座座洁白的蒙古包，还有那一群群羊像珍珠般撒满了碧野。美不胜收，但察苾却抱着女儿无心欣赏。她在思念着远方的忽必烈，在大汗操控驿站下尚不知何年何月才能来到自己身旁……而在万安宫内，老臣李槃却正在向蒙哥大汗道贺曰："恭喜大汗！贺喜大汗！看来皇太弟此次是彻底折服于圣上之天威了！据老臣所知，皇太弟所谓的雄才大略，一大半皆来自于察苾

一统华夏——忽必烈大帝之文韬武略

王妃。失之如断其左右臂,如抽其主心骨!"谁料当即被蒙哥大汗白眼所制止。历代儒者均爱犯这种臭毛病:给上二分半颜色就想开染房!碎嘴子!他之倚老卖老之喋喋不休已惹大汗生厌,而他那"为护幼主"之进谏也早得罪了幼主阿里不哥。

察苾又回到了空荡荡的王府旧邸……

好在蒙哥大汗尚不忘"皇恩浩荡",随即便命皇子玉龙答失亲自负责关照察苾的日常生活。不仅绝口不提"人质"二字,而且让她尽享皇室的"荣华富贵"。为此,特专门差遣来众多的大内宫女、大内太监以及掌厨的、司膳的、管衣的、司马的、执车的等,配置齐全"以供驱使"。其他吃喝穿用"供应之丰"就更不用提了,就连护卫藩邸的卫队也尽是由万安宫派来的"怯薛"骁勇。

恩宠有加,致使在汗都引起了一片轰动……

更何况!皇子玉龙答失几乎天天均奉旨前来"问候"更引起了朝野上下的好奇与"瞩目"。但听说这位美貌绝伦、智慧超凡的王妃却早已"遁入空门",皇长子的每日"问候"均被一位不伦不类、高宣藏语佛号的小番僧挡驾了。确实如此!只逼得皇子这一天终于忍无可忍了,挥手怒喝曰:"汝是何人?竟敢如此大胆!"谁料这怪物竟合掌坦然应对道:"吾是何人?连小僧自己也莫名其妙!唯记汉名为范宁、藏名为丹巴、蒙名为毛呼(汉译:坏小子)、别名为虱子。从来就无心无胆,何来如此大胆啊?王妃正在打坐默诵佛经,只求切勿打扰其清静!"皇子更被他这一套乱七八糟激怒了,随即喝令曰:"果不愧蒙名为毛呼,还不与吾拿下!"而正当众骁勇扑上之时,却猛听得正庭里一声轻柔的呼唤:"慢!"随之察苾王妃推门现身了,竟毕恭毕敬地对皇子说:"殿下!此人乃遵我所嘱在此护法。若违'札撒',当拿察苾是问!"玉龙答失本来自幼即非常敬仰这位王婶,听她如此一说忙令众骁勇退下。而察苾又进而请求道:"殿下!察苾尚有一事禀告大汗,还请殿下代察苾跪请恩准之!"玉龙答失似也只好答应了。

察苾终又走上通往皇宫深处的幽幽路……

蒙哥大汗的答应似乎是对她的一种奖赏,因为她在随之归来的路上竟没有一句怨言,没有一句辩解,甚至连对自己"出尔反尔"的一个不满眼色都没有。一脸憔

【第九章　天上只允许有一个太阳】

悴，两眼茫然，似只顾紧搂着才几个月的女儿听天由命了。看来皈依了藏传佛教还是可信的，好像已经厌弃了今生只修来世了。而今天竟突然提出"尚有一事向大汗禀告"，是想突然爆发还是想彻底跪地求饶？

接见是以皇族会亲的形式进行的……

参加的尚有忽都岱大皇后、皇子玉龙答失、皇庶弟末哥以及那个没心没肺的傻小子芒哥喇。察苾没抱小女儿来，众人皆以为憋了好些日子了，她一定会当着大汗和众皇族"大倒苦水，大吐冤屈"。谁料到，她进来连亲生儿子也没顾上看一眼，即跪伏在大汗脚下就泪流满面地泣告曰："察苾有罪！察苾有罪！"蒙哥大汗一怔，绝没想到得来之竟如此轻而易举，忙问："何罪有之？"只听察苾哀哀戚戚近似忏悔道："察苾该受天谴！我……我没有侍奉好圣母皇太后，竟……竟眼看着把她老人家遗赐的'顾姑'和盛装给弄丢了……"顿时引发了皇族一片错愕的惊呼，这显然是个预示忽必烈一家不祥的消息。蒙哥大汗忙问："你们就没找吗？"察苾恍恍惚惚地回答道："找了！里里外外找遍了……后来多亏来了个乌思藏圣僧八思巴，他打坐七七四十九日才对我们说，没丢，是自己走了……尔等冤孽太重，圣物已经飘然回归草原了……我们不信，谁料圣僧竟吟唱起那首他根本不可能知道的长调——

　　伟大的母亲辞世了，
　　去往那永恒的天堂；
　　茫茫的草原哭泣了
　　永难忘母亲的慈祥……"

察苾断断续续结束了自己的"禀告"，寝宫里瞬间也只剩下一片沉寂。在那个崇信万物皆有神的遥远年代里，这种颇具神秘色彩的"悔罪"似乎正在发酵。只见蒙哥大汗也一时间沉思不语了，却没想到察苾蓦地又开始了更深层次的自我揭发："更不该，察苾唯恐激怒大汗，竟唆使忽必烈隐匿不报！此乃大不忠大不孝，必遭天谴报应！察苾罪有应得，只求大汗依国法、家法严惩之！"认罪如此彻底，致使蒙哥大汗更进而陷入了一种莫名的复杂情绪困扰之中。几经挣扎，最后才一声长叹曰："算了，算了！知罪即可。玉龙答失！火速送汝王婶回府邸静养。好生伺候，不得怠慢！"

但那首有关慈母的歌却似仍在皇宫回荡着……

据野史载，蒙哥大汗随即命萨满巫师连夜占卜作法以问之于天，没想到御用巫师得出的结论竟是："圣物果然已飞归草原，乃皆为惶恐不安所致！"神秘莫测，致使此后不久汗都哈尔和林到处传唱起这首有关慈母的歌。这颇使大汗感到不安，随之便命皇庶弟末哥陪同察苾一行前往母亲湖畔，以慰圣母皇太后在天之灵。

倒是"闭门思过"的阿里不哥"旁观者清"……

是夜，秘密召见被削去一只耳朵的布只尔说："汝知之否？是谁令皇子削去汝一耳？"布只尔答之："事后吾即知，乃与察苾在王帐密谈之后，玉龙答失初出茅庐，非其主使难以下此毒手！"阿里不哥又激其曰："忽必烈断汝财路，逼使汝离开燕京远赴西藏从军！察苾又借刀削去汝一耳，使汝终身蒙受如此奇耻大辱！不知堂堂蒙古贵胄将做何感想？"布只尔对天发誓："此仇不报枉为人！"阿里不哥遂将察苾出行之事告之曰："察苾削去汝一耳，汝当让其用一命以偿还！况且取这女人一命，又等于削去忽必烈半个脑袋！一耳换一条半命，何其壮哉？他日本王若依祖制接过汗位，汝当推首席功臣！"布只尔当即跪地感恩道："吾当为少汗誓死效命，必报此深仇大恨！"

一石多鸟！一个阴谋终经秘密策划形成了……

9月，已渐入秋，但额吉淖尔，即母亲湖畔之景色却仍美不胜收。环绕的翠岗，长满浆果的绿野，以及那一汪倒映着蓝天白云的清澈湖水。令人置身其间，如梦如幻、如痴如醉。但察苾却无暇欣赏，眼望着空中飞翔的白鹤已经打坐三天三夜了。满眼含着泪水，似在与天堂之上的慈母久久地相对絮语，又似在抚慰慈母那颗在另一个世界仍不得安宁的心灵……而在她身旁还尚有一位小番僧在护卫，双掌合十肃立于她身旁也已三天三夜了。只不该一开始竟心生恍惚，迷茫间他感到宛若来

【第九章　天上只允许有一个太阳】

过。更不该为此回忆起那个并不遥远的梦，还有那白鹤羽翼搭成的温柔窝……好在远远近近的牧人们也闻讯赶来了，纷纷隐没于翠岗的白桦林中悄悄地观望着。他们都很怀念昔日那位圣洁慈祥的老王妃，更想见见今日这位美貌绝伦、贤能孝顺的好儿媳。一天一天过去了，终于有人忍不住又含泪唱起了那首凄婉的歌——

> 伟大的母亲辞世了，
> 去往那永恒的天堂；
> 茫茫的草原哭泣了，
> 永难忘母亲的慈祥……

苍凉的长调中，牧人们似乎越唱便越对察苾充满了同情。他们仿佛都已听说了什么，渐渐地竟公然走出白桦树林来到了翠岗。皇庶弟末哥本来私下里对忽必烈很同情，而手下的宿卫们也早被这凄婉的歌声感动得不忍再加阻拦了。而就在这时，说时慢来时快，刚待人群走近察苾，便只见一恶汉猛地冲了出来。宿卫们根本来不及反应，恶汉已从靴内拔出匕首刺向了察苾。多亏那小番僧及时舍身相护，察苾这才得以幸免，可刀尖却深深扎入小番僧的胸口。等末哥率众骁勇冲上，那恶汉已经服剧毒死了。唯留下一纸，上书："吾为大汗除灭心腹大患，死亦快哉！"再看察苾王妃，似早已目空一切了，竟忘我地只顾把那奄奄一息的小番僧揽入怀内。

范宁这小子眼看就要死了……

他再顾不上之乎者也了，挣扎着抢时间说："圣僧，告诉我，应当了断。这不，眼看就要了断了，死……死在王妃怀里，这……这了断，我……我知足。其实，我并不忠贞不渝，也……也想牡丹，想得还心里疼。只不该臭拧、臭倔、臭摆书生骨气，害……害了这么好一个姑娘。请……请转告，我到死都想她。孩……孩子也别叫范……范浑，叫……叫范聪。王……王妃，我……我下辈子还侍奉你。虱子，该一了百了上西天去了……"你还别说这小子还说走就走，刚说完就"去了"，竟在王妃胸怀间乖乖咽下了最后一口气。

蒙哥大汗闻知察苾险些遇刺大为震惊……

而此时哈尔和林却已流传出刺客留下的那两行字:"吾为大汗除灭心腹大患,死亦快哉!"一时间人心惶惶,均以为"皇室内争"又起,天下必将大乱。而其他家系的封王们似乎也"乐观其成",巴不得趁火打劫以夺回正统。蒙哥大汗一看,这才方知弄巧成拙大事不好。如不及时以实际行动突显皇室的团结和尊严,且不说"灭宋大计",就连自己也很可能被怀疑为凶手。为此,他一面派亲信严查幕后主使,一面又命皇子玉龙答失前往协助把察苾千方百计"请"回来。

随之,好像对忽必烈的放行速度也加快了……

据野史载,察苾虽身处极度的绝望与悲怆之中,但还是深感"皇恩浩荡"而百依百顺。只不过将一缕青丝用那行凶的匕首割下,轻柔地塞进了小番僧那胸前血染的创口,并对死者说了好多话,就任范宁这小子躺在母亲湖畔天葬了。唯把那凝血的匕首揣在怀内,似乎永不打算分开了。根本用不着"千方百计",很快她便"顾全大局"地跟着玉龙答失和末哥回到了汗都。

这使蒙哥大汗也深感欣慰……

当然,察苾顺从归来也为他的"龙颜大怒"提供了资本。第二天早朝,文武百官、宗亲贵族便在一声声怒斥声中只有胆战心惊了。有"察苾王妃之证言"为凭,蒙哥大汗的"刚明雄毅"可谓发挥得淋漓尽致。他直指此乃"欲离间皇室、动摇汗权,火中取栗、图谋不轨",而"竟敢嫁祸于大汗,更显其用心何其毒也!罪不容诛,当碎尸万段"。更令人不寒而栗的还在于,蒙哥大汗竟当众公然声称:"朕已查知,幕后黑手就在尔等之间!而忠于皇室欲追随朕完成圣祖大业者,朕也早心知肚明!何去何从?好自为之!着近卫'怯薛'加强巡逻!遇再敢传谣者,杀无赦!"

似乎还需要皇太弟早日现身加以证明……

1256年11月,忽必烈之"考验之旅"即将结束,他已接近草原母地了。一路上他严守"忠顺有加""唯命是从"的原则,谨遵汗命,不带一兵一卒,只骑驿站配给的马,只乘驿站配给的车,只受驿站遣来的宿卫接送。唯一所带的仆从还是文

【第九章 天上只允许有一个太阳】

侍,尚且是大汗"特殊恩准"的。此人即汉儒郝经。

身价大跌,尚不如往来的蒙臣小吏……

而这位皇太弟竟能"安之若素"听任驿使摆布,给人以一种"没了老婆就若丢了魂"的深刻印象。好一位没出息的宗王!当然相关种种信息也早就通过驿站传到大汗耳朵里了。岂不知!私下里忽必烈仍在与郝经"纵论天下",常思如何"有'闲'方可静观其变,有'闲'方可以图未来"。再加之!郝经还以赛典赤·赡思丁之奏章如石沉大海为例,多次提示宗王曰:"燕京总管已直言相谏:中原大乱,税赋顿减。圣上却置之不理仍只顾同室相煎。今又闻圣上即将空国而南伐,为突显'唯我独尊'实乃自断其臂。猜忌日重,自伏隐患。大王此次见上,当更彻底'尽吐其钩'。臣以为,不出一两年内必可亲见'鱼大线断'。"郝经所论,唯有一处不确:据史载,赛典赤·赡思丁之奏章乃被阿里不哥的亲信压下。

早有成竹在胸,自然会身姿更加柔软……

1256年12月,忽必烈历经夏、秋、冬,眼看就要到汗都哈尔和林了。谁料蒙哥大汗却又突然改变了觐见的地点,下旨令忽必烈到一位宗室亲王的草原封地前来相会。身为一国之君自有他的考虑:一方面是唯恐忽必烈与察苾相会陡然变生叵测;另一方面是生怕忽必烈在汗廷当着群臣情绪突然失控。为了维护皇室的尊严,为了避开朝野的众目睽睽,更为了及时的应对和处置,蒙哥大汗遂在这冬季的荒野上特架起豪华富丽之高大宫帐,仅率十数名亲信大臣与众多的护卫骁勇等候于此。

这是皇兄对王弟有无异心的最后考验……

是日,寒风凛冽,断根的沙蓬被吹得在旷野上乱滚。很快地便传来了皇太弟即将奉命前来的消息,蒙哥大汗竟"为之动容"亲自迎接于恢宏而高大之宫帐之外。而此刻相随围绕扎起的座座毡包之前,所有的随从大臣、骁骑宿卫,以及本地的那位亲王等,也纷纷相继涌出"严阵以待"。果然,不久便见得一片沙尘中隐隐闪现了忽必烈的身影,由驿站驿使及驿卫簇拥着飞马而来。蒙哥大汗心态复杂难免不安,却谁料皇太弟在五十步外即下马,仅率一名化身为仆的文侍徒步蹒跚而来。蒙哥大汗放眼望去,只见得这漫长的行程竟使得忽必烈脱了形。往日之魁梧从容不再，眼前似只剩下一副皮包之骨架。他颧骨突出，两目深陷，丛生的胡子间好像多了几根白须。但那恭顺有加的眼神却一直未变。虽深陷眼穴，却仍溢满了"诚惶诚恐""尊兄敬长""忠贞不贰""无怨无悔"之手足深情。蒙哥大汗似乎再看不下去了，毕竟是一母同胞便难免产生了恻隐之心。

相见场面相当尴尬，却又十分感人……

史载颇为翔实，蒙哥大汗"见皇弟遵旨而来，渐转怒为喜"，视其"并无异志，遂相拥落泪"。是夜，便放心地于豪华宫帐内为忽必烈设盛宴接风洗尘。蒙哥大汗竟罕见地"两次亲为皇弟斟酒"，而忽必烈也诚惶诚恐地"拜退如仪"。史载，再次"兄弟之情油然而生"，竟"相对泫然而涕下"。而最令在场者所感动的还在于，蒙哥大汗竟在"不让皇弟有所禀白"的情况下当即"下令停止钩考"。而忽必烈也"心领神会"及时地"回报圣恩"：彻底交出了河南、陕西、邢州等地的全部权力；尽快撤回已外派的全部藩邸人员以严加管教，并且完全同意立即撤销自己原先设立河南经略司、都转运司，京兆宣抚司、从宜府、行部以及邢州与怀孟等地所设立的种种机构。而且是在严遵"不让所白"之圣谕下进行的，仅呈上一道事前写好的奏折便完全做到了"体察圣意"。"尽吐其钩"真可谓做得完全彻底，剩下的"大鱼"谁爱拖就拖去吧！（详见《元史·世祖本纪》）

蒙哥大汗终于大笑了，从而，夜宴尽欢而散……

又一日，忽必烈经过梳洗打扮和精心的"包装"，终于又和蒙哥大汗出现在汗都街头了，致使种种谣言不攻自破，在展现皇室"精诚团结"的基础上更突显了大汗的"至高无上"。而在此时，内心最感到惴惴不安的莫过于少汗阿里不哥了。他生怕假大汗之名行刺察苾之事因忽必烈之归来终会暴露，却不知蒙哥大汗早查清底细只不过按兵未动罢了。唯恐一波未平一波又起，再次显现"皇室内讧"以被其他王系利用。而忽必烈随大汗归来时已得知察苾几乎遇害的消息，早差遣郝经先赶回藩邸进行慰问。好不容易盼得在臣民山呼万岁中之"游街示众"结束，但回到藩邸内室刚刚拥紧了心力交瘁的察苾却听到了她哀怨的啜泣。忽必烈大感不解，察苾竟依偎着他提示曰："为何尚心存侥幸，还不彻底'尽吐其钩'耶？"

【第九章 天上只允许有一个太阳】

显然,这是指那名存实亡的漠南军权……

果不出所料,蒙哥大汗一返回万安宫御书房内,便一反常态眼前又顿起疑云了,竟内心责怪自己不该只顾"手足情深",而"当断不断,自谋其乱"。这时,多亏了那位多嘴的汉臣李槃,竟与那位力主"征伐忽必烈"的老王携手前来请求觐见了。蒙哥大汗一看便知是阿里不哥唆使而来,但早闻老王突然已由"主战"骤变为"主和"便恩准了。果然,老王为维护"皇室尊严"只进柔性建言曰:"大汗身在汗廷用兵如神,方使圣祖神威远扬于大理南诏。然皇太弟南征虽无功劳也有苦劳,且又闻其足疾日益严重。故老臣斗胆建言:其暂不宜身负要务,当远离朝政只待恢复。如蒙降旨,皇太弟即可返回汗都藩府静心以休养,以示皇恩浩荡,以显皇室亲情!"而李槃也当即附议道:"少汗也是此意,以示关怀,以示爱护,彻底幻灭,曾使忽必烈陷入了极度的绝望和狂怒之中。这时,又多亏了有察苾那深情的吻、炽热的拥抱、柔情蜜意的抚慰和劝说——尤其是她那远见卓识,还有那枕畔私密的激励。仍当思大有为于天下……以示皇室之权威不可撼动!"再看蒙哥大汗,似也愿"广施仁爱""尽显宽厚",随着一声叹息竟顺水推舟"欣然同意"了。这就是《元史》中所载:"岁丁巳,宗亲间之,遂解兵柄他王。"

忽必烈最终还是被彻底解除了军权……

还应指出,这位皇太弟也绝非不想"尽吐其钩",乃欲借此最后一试大汗对自己意欲何为。现终于水落石出:在权力面前绝无亲情可言,剩下的唯有残酷的现实。

"思大有为于天下"眼看就要半途而废,"政治生命"也即将就此结束。

彻底的幻灭,曾使忽必烈陷入了极度的绝望和狂怒之中。

这时,又多亏了有察苾那深情的吻、炽热的拥抱、柔情蜜意的抚慰和劝说——尤其是她那远见卓识,还有那枕畔私密的激励!

仍当思有大为于天下……

元史演绎系列
李治安 主编

冯苓植 著

一统华夏
忽必烈大帝之
文韬武略

长篇历史小说

下

内蒙古出版集团
远方出版社

图书在版编目(CIP)数据

一统华夏：忽必烈大帝之文韬武略/冯苓植著.－呼和浩特：远方出版社，2016.1
（元史演绎系列）
ISBN 978-7-5555-0590-7

Ⅰ.①一… Ⅱ.①冯… Ⅲ.①长篇历史小说－中国－当代 Ⅳ.①I247.5

中国版本图书馆CIP数据核字(2015)第316887号

元史演绎系列

主　编：李治安
副主编：包明德　苏那嘎
民俗顾问：托　娅
蒙语顾问：巴拉吉
史学顾问：阿拉腾巴根

一统华夏——忽必烈大帝之文韬武略

作　者	冯苓植
总策划	苏那嘎
责任编辑	董美鲜
责任校对	张　旭
装帧设计	晓乔　韩芳
出版发行	内蒙古出版集团　远方出版社
社　址	呼和浩特市乌兰察布东路666号　邮编 010010
电　话	（0471）2236471 总编室　2236460 发行部
经　销	新华书店
印　刷	北京振兴源印刷有限公司
开　本	710mm×1000mm　1/16
字　数	628千
印　张	39
版　次	2016年5月第1版
印　次	2016年5月第1次印刷
印　数	1—5 000册
标准书号	ISBN 978-7-5555-0590-7
定　价	69.80元（全二册）

如发现印装质量问题，请与出版社联系调换

第十章

晚霞般绚丽的功败垂成

【看点提示】 你知道吗？蒙哥大汗之所以如此，是因为他一直有个欲做"成吉思汗第二"的狂热梦。——你知道吗？他又犯了只许自己"如日中天"，却不容他人"星光闪烁"的老毛病，终于"过河拆桥"亲自指挥三军空国而出，欲灭掉南宋。——你知道吗？一开始果然如"晚霞般绚丽"，他亲率的西路军直插川蜀攻入故后，简直可称之势如破竹、锐不可当。——你知道吗？好像是因为东路军不争气长江遇阻，才逼使他为早日"功成名就"将忽必烈又当破靴子捡回重新使用。——你知道吗？倒是他自己为追求战无不胜，终于犯了兵家大忌而"魂断钓鱼城"。——你知道吗？他的猝死不但使灭宋大计变得进退两难，而且也给庞大的草原汗国留下了又一轮汗位的血腥内争。——你知道吗？阿里不哥一时间占尽了天时、地利、人和的种种优势，而忽必烈却远离草原仍需为汗国的荣誉鏖战在长江边。——你知道吗？这时多亏了察苾展现出非凡的政治智慧，这阶段似乎就靠她掌控着历史的进程……

至此,蒙哥大汗完成了其"攘外必先安内"之布局……

1257年初,为全面检查出征备战情况,在汗都哈尔和林,又一次召开了更高层次的"忽里台"会议。参加者均为坚守"草原中心主义"的从征将帅,他们大多对南宋这块"肥肉"垂涎欲滴。据史载,早在1256年春已于蒙古中部草原,召开过一次更大范围的宗亲贵胄会议。蒙哥大汗用兵征服"南家思"之计划,当时便获得各大封国的全力支持和狂热喝彩。

看来这次真的将要动手了……

果然,在这次贵族大会上,蒙哥大汗竟又一次提到了他曾反反复复说过的那段话:"我们的父兄们,过去的君王们,每一个都建立了功业,攻占过某个地区,在人们中间提高了自己的名声。朕这次也要亲自出征,统率尔等去攻打'南家思'。"并当即宣布:"不日即将出发!愿尔等尽显英雄本色,无愧于身上流淌的

【第十章 晚霞般绚丽的功败垂成】

圣祖血脉！"当即又引起一阵狂热的欢呼，宗亲贵胄们无不纷纷摩拳擦掌！

终于要行动了，终于要去大啖那块"肥肉"了……

其实，蒙哥大汗如此野心勃勃也并非没有一点基础。遥想当年，追随拔都第二次西征时，他也曾统率一支大军"败钦察、破斡罗思、攻克乌拉基米尔城、打败萨儿客速人和阿速人"，战功卓绝，一时间竟被草原部众推崇为最有希望的"战争英雄"和"年轻统帅"。如果他也能"度量弘广""知人善任""与时俱进""海纳百川"，很可能实现华夏大一统重新改写历史，将会是他而不是他人。

只可惜他唯崇武功，越来越刚愎自用……

身为至高无上的大汗，竟暗怨起人们对自己昔日辉煌的渐渐淡忘。似乎被淹没了，眼下朝野好像只关注着旭烈兀如何"独自统率第三次西征，开局便灭掉了盘踞波斯北部山寨的'木刺夷国'，随之又攻克报达（今伊拉克巴格达），征服黑衣大食（古阿拉伯帝国阿拔思王朝），更兵分三路攻入叙利亚……"战功赫赫，早使自己黯然失色了。再加上还有个忽必烈，他那"过雪山，涉草地；强渡金沙江，智破大象阵；收大理、平云南、抚西藏、经略中原……"更显文韬武略，虽极力贬损却仍难遮难掩。不知为什么，蒙哥大汗曾为此越想越深感不平，莫名其妙地竟对亲兄弟也产生了那种"瑜亮情结"。现在好了！一个远在天边一去不返了，一个被打发回家彻底休养了！此时若不再现昔日征伐之辉煌，更待何时？时机业已成熟，应当毅然决然突破宫闱跨上那超越前人之巅峰！

这是长生天在召唤战争，战争在召唤盖世英雄……

1257年的春天，几乎就是在狂热的备战声中迎来的。战争如在弦之箭即将射出了，这时蒙哥大汗才终于公布了留守汗都的名单。看得出他的内心十分矛盾与复杂，是经过充分考虑和严加防范才做出最后决定的。在他看来，幼弟阿里不哥虽身为"灶主"，但在一母所生的四个亲兄弟中却是最无才又没脑子的一个。似出于万般无奈，为了突显自己的"唯崇祖制"才不得已任命他为监国。然而必须严加防范，故特将留守汗国的"怯薛"骁勇统帅之权又交给了自己的儿子玉龙答失，并命其全力"辅佐"监国。似乎还得防范另一个兄弟，为此又调回了阿兰答儿与李槃等一起与阿里不哥协商"共理朝纲"。故中外史籍在记述这一点上也相当不一致,有的只提幼弟一人,有的干脆将阿里不哥与玉龙答失并列,有的则认为乃"一主两辅"。此足以反映当时蒙哥大汗之复杂心态:既唯恐后院起火,又生怕皇室内讧影响军心。

事务繁杂!似根本无暇再理忽必烈了……其实不然,蒙哥大汗最为关注的莫过于这位皇太弟了。他无时无刻不在监控着他的一举一动,无时无刻不在探察着他的情绪变化。还好,据说这位皇太弟本来心平气和活得挺规矩。只不该后来除每日诵经外,竟又渐渐喜欢起架鹰、斗狗,尤爱玩小女人。察苾王妃颇为惶恐,连忙派人将其他王妃和王子纷纷接了回来(当然这也是为使大汗更为放心)。三个女人齐心协力以加强监督,进而共管之。更何况!尚有察苾王妃从弘吉拉部落带来的家奴总管阿合马,早已被内廷收买成为隐于王府之内线。据他暗报,宗王藩邸现在早已变成个打翻了的大醋坛子,察苾竟率领众妃与皇太弟成天"大战三百合",蒙哥大汗初闻之由不得哈哈大笑,但突然又阴下脸来陷入了沉思——

是闲极无聊,还是在逢场作戏……

虽不日即将御驾亲征,但仍然决定暂不用在晚膳时突然驾临王府"以示恩宠"。夜色已笼罩了汗都哈尔和林,仅几位贴身护卫护驾悄然而至。谁料藩邸之内一片死寂,并未闻任何争吵打闹之声息。蒙哥大汗竟不令宣告,径直走了进去一看究竟。此时方见得庭院内一片狼藉,脚下随处可碰到摔碎掷出之物。再进得内室,就见得忽必烈与察苾一东一西相背而坐。一个正在垂泪,一个频频叹息。见大汗屈尊驾到虽也不乏礼数,却百问不答不做任何解释。似已超然物外早听天由命,只逼得蒙哥大汗去问另外两位弟妃。没想到伶牙俐齿的伯要·兀真竟跪而回禀道:"察苾王妃知书达礼、贤惠宽容,焉能做出任何失态之举?而有此榜样,我与塔腊海又怎敢去争风吃醋?"蒙哥大汗忙问:"那又为何来?"更出人意料的竟会是小模小样的塔腊海脱口而答:"宗……宗王欲求早死……"蒙哥大汗蓦地一怔,说:"什么?"还多亏了伯要·兀真跪地及时解释:"宗王常言,没有圣上,何来拖雷家系之今日?皆因自己办差不力,方落得如此下场。现在大汗犹在汗廷,尚可承蒙圣

第十章 晚霞般绚丽的功败垂成

恩眷顾。若他日大汗远征他乡，则很难保后顾无忧。为彰显大汗之尊严，为维护皇室之荣誉，应当尽早自行了断。宗王曾从圣僧处得一秘方称：一日御女十数反复数十，数月即可掏空身子无疾而终。虽自己落个贪色的恶名，却对大汗之英名丝毫无损。既可摆脱这有口难言、有腿难行之日子，又可确保拖雷家系汗位之坚如磐石。而察苾王妃与吾等却寄期望于大汗，故才日夜与宗王打闹不休！"

蒙哥大汗闻之大惊，看来尚且真实可信……

史载他"事母至孝"，随之便想起了慈母临终时绝不允许"手足相残"的遗诫。再说忽必烈所忧也可理解，幼弟阿里不哥确实是个敢于下毒手的狠货！更何况！人家服服帖帖直到宁愿去死，自己也应该适当地给予一定的补偿。于是回到宫内大动恻隐之心，当即下旨撤回大内所有男女仆从及所有的宿卫，恢复皇太弟王府原有的卫队建制，并有条件地恩准召回昔日的男女仆从和侍卫旧将，如阔阔、昔班、廉希宪等。而汉人儒臣则只限于老朽的王鹗与窦默等，仅作为"侍讲"陪同诸王子及其小伴读而来。随之又单独警告阿里不哥，若敢对忽必烈图谋不轨"幼子守灶"之权便当即废止。除此之外，他还进而对忽必烈大加封赏以示抚慰，其间又特赐哈拉温赤敦草原为其疗足的夏季休养地。总而言之一句话：只要能老老实实活着一切都好商量，以免自己落下个"逆母害弟"的千古骂名。

也可算作是一种交易，但一切均在掌控之中……

时至1257年夏初，在蒙哥大汗对诸弟分头软硬兼施下，留于汗都的皇室之间已显"固若金汤"了。夏末，在进而向皇子玉龙答失密授机宜后，便以最高统帅的身份前往南征大军集结的漠北重地——玉龙栈。秋初，出征在即。而此时留守汗都的拖雷家系所有的封王贵胄，在阿里不哥和玉龙答失的率领下几乎全来送行。其中忽必烈似被早已感化得"痛改前非"了，又甘居人后"唯显谦恭"。而蒙哥大汗对其"尤加恩宠"，竟唯携其手率先进入皇帐。相见甚欢，其乐融融，竞献祝福，争表忠诚。皇帐之内欢声不绝，顿时便溢满了皇室之间令人钦羡的亲情。

只可悲！有人竟为此情此景产生了过分的幻想……

此人即在帐外守卫的皇庶弟末哥，闻传出笑声不绝于耳，竟对身旁的御用"必阇赤"耶律铸大发感慨，悄然耳语曰："若大汗此时回心转意，为时尚不晚矣！须知，二皇兄经略中原多年，对'南家思'了如指掌。再加远征大理已尽显其用兵之才，若大汗此时启用势必将如虎添翼！"耶律铸唯唯，仅回答："但愿如此！但愿如此！"而事态似乎也正向这个方面发展：是夜，蒙哥大汗又专为诸皇弟欢聚大设盛宴，并将忽必烈置于其右手首座。按草原古习俗看"右首为大，右首为尊"，为此就连其他家系的诸王贵胄也以为忽必烈"即将出山"。到第二天上午，这种猜测似达到了高潮。只见蒙哥大汗率诸皇弟竟意外地出现在千军万马之中，齐聚点将台上接受众将士对皇族的狂热欢呼。用意明显，令人期待，在一阵阵撼天动地的"满达图改！满达图改！"声浪中，蒙哥大汗终于开启金口了，通过层层声传曰："今日众皇族齐集，乃为送我大蒙古勇士出征'南家思'！朕将亲自统率三军纵马踏平'南家思'，众皇族即朕与众将士之坚强后盾！有汝等坐镇汗廷，我百万铁骑将后顾无忧，必定旗开得胜！"当即又激起了千军万马一浪高过一浪的狂热欢呼，"满达图改！满达图改！"的声浪震荡着四野。蒙哥大汗利用诸弟的出现显然目的全达到了，但有关皇太弟的启用仍只字未提。或许是只能在将帅议事中宣布？但这个愿望很快也落空了。蒙哥大汗竟当着随征的文臣武将再一次下旨明令曰："皇太弟有严重足疾，其以前已率师远征，平定作乱地区，今可令其在家安心静养！"（详见拉施德著《史集》）这使皇庶弟未哥的期望彻底幻灭，而御用"必阇赤"耶律铸也只能笑他太不了解大汗的心思了。

唯我独尊！岂容得他人分享这盖世之功……

而忽必烈似被耍弄了一番，也只好闷闷不乐地"奉旨"返回了哈拉温赤敦草原疗养地。虽早有过思想准备，但难免也有一种失落感。好在察苾似早已预估到了这种情况，已请甘愿化身为奴仆的郝经等候于王帐之内。察苾当然会及时抚慰奉茶敬酒，而郝经也就此进言曰："古之一统天下者，以德不以力。彼（指南宋）今未有败亡之衅，我乃空国而出，诸侯（指各封国）窥视于内，小民凋敝于外，经（指自己）见其危，未见其利也！"此时察苾也柔声插话道："故察苾恭喜宗王，此乃佛祖保佑吾等避祸之！不久便可得知是鱼大还是线断。宗王正好借此疗养足疾静观风

【第十章 晚霞般绚丽的功败垂成】

云变幻！若此时即随征前往,不论或胜或败皆可能引火烧身!"随之,郝经又进而为其分析曰:"未曾出征,已先自毁前沿,仁政尽失,中原复乱。行钩考之结果,只能是反帮南宋大忙。如今汉地人心皆思大王,此即为鱼日大、线欲断之前兆。王妃所言极是,吾以为小不忍则会乱大谋!"忽必烈闻之心态逐渐平和,而察苾又就此将伯要·兀真与塔腊海二妃接来共遣宗王寂寞。贤妃果贤,似也是为奖赏二妃敢于面对大汗那"真诚坦言"之功。

但也有人持不同意见。此人即真金之小伴读不忽木之父、王府另一色目家臣康里人燕真。在他看来,在此举国南征之际,宗王却终日与三个王妃纵马于草原山林间悠然自得,虽尽可显并无"异志",但尚不算安身立命的万全之策。遂趁忽必烈夜饮之时,直入王帐进谏曰:"主上素有疑志,今乘舆远涉危难之地,殿下以皇弟独处安全,可乎?"意思是说,咱们的大汗向来是疑心过重,现他正乘战车征战于危险的战争前线,而你作为皇太弟却身处安全之地如此悠闲,可保将来不受罪责吗?忽必烈闻之一怔,当即便召郝经等进帐相商。郝经听后忙向燕真拜揖道:"还是老大人深知大汗,所进建言字字均更乃深谋远虑之语!"忽必烈也觉得燕真之语极有道理,遂纳察苾之策立即命郝经起草奏章,并命快马使者日夜兼程追上远征大军,恳请蒙哥大汗允准他出征南宋。

有备无患!好一个艰难的"思大有为于天下"!

时时如履薄冰,事事如临深渊!

好在身边尚有察苾……

二

1257年严冬,浩浩荡荡的蒙古铁骑已冲出草原母地。

蒙哥大汗"唯崇祖制",一丝不苟地依照圣祖成吉思汗亲征的规模,将自己的汗帐扎立在上百畜力拉动的巨大战车之上,史称"汗舆"。在成千上万"怯薛"骁勇的护卫下,正如铁流般势不可当地向南滚滚而来。

史无前例,声势浩大的征服南宋之战争终于启动了。蒙哥大汗高站在战车之上,心事浩茫,意气风发,巍然屹立,恰好似一尊铜铸的战神。随即又激起无数铁骑一阵阵野性的欢呼,似刚刚出师便早已奠定了胜局。好不快哉!"蓄谋已久"的雄心壮志眼看就要实现了,不远便是那唾手可得的前无古人之辉煌!

重操战争旧业,自有独到的战略安排……

蒙哥大汗是高傲而自信的,鄙视一切的!时年尚只不过四十八岁,正当是突显"用兵如神"之盛年。为此,他宁舍忽必烈为其铺就的坦途,也要以"独到之目光"重新进行全盘战略部署,绝不授柄以后人,是他独自运筹帷幄直达胜利的顶峰!

兵分三路,特做如下安排——

东路军,由东道诸王中最有实力的塔察儿大王统领,从征者除诸多蒙古封王及宗亲贵胄外,尚有老谋深算的张柔及其他汉世侯。穿越忽必烈所经略过的中原汉地,跨长江攻占荆襄之地,然后直指潭州(今长沙)。

南路军,由身在云南的元勋老帅兀良合台统领,率领征服大理之蒙古驻军及"蛮僰军"(即收编的各少数民族部队),北上进攻路线是越贵州、经广西,目的地是潭州。

西路军,由蒙哥大汗亲自统领,乃重中之重,故从征者皆为东西道最有实力的诸王以至驸马等善战之宗亲贵胄(因其名太多且又难记,故不一一列举)。除此之外,尚有能征惯战的著名汉世侯史天泽、刘黑马、汪德臣等。真可谓:猛将如云,精兵如雨!其路线为直插川蜀攻城略地,在东路军的配合下以使"南家思"首尾难顾、腹背受敌,然后再顺嘉陵江而下,也直指潭州。均是长沙?确实如此,据史载,大军在征途中,蒙哥大汗已遣使下旨与其他两路统帅约定:必须于一年多之后(即1260年)正月会师于潭州,然后沿长江东下直取南宋京都临安(今杭州),彻底征服"南家思"以实现一统天下之霸业!

似无懈可击!正在充分展示着"硬实力"……

【第十章 晚霞般绚丽的功败垂成】

此时的蒙哥大汗是踌躇满志的,更坚信蒙古铁骑是所向披靡、战无不胜的!故早在走出草原母地之前,已下令塔察儿所率的东路军和兀良合台所率的南路军分头立即行动,并下令自己所统率的纽璘及史天泽部,也先行杀往四川夺取成都。

南宋王朝虽已呈败亡之相,但仍具有一定的软硬实力⋯⋯

而在1258年初,蒙哥大汗已率大军"渡漠南来",过黄河、经秦陇、越盐夏,最终直抵六盘山。而此时已是凯歌高奏,捷报频传:东路军正在向前,已直逼荆襄;南路军也走出云南,正向贵州推进;而自己所统率的纽璘和史天泽部,已成功地攻占了成都。蒙哥大汗一时间声威大震,似真能和圣祖并列堪称"用兵如神"。

遂更置生灵涂炭于不顾,只欲求尽早成为天下共主⋯⋯

随之,蒙哥大汗即留辎重于六盘山,命亲信大将浑都海驻守。自己则亲率大军分三道南进,尽显自己与生俱来之超凡的统帅才能。果然,又是过关斩将,又是节节胜利。不仅蒙哥大汗亲率之大军,不久便由陇州攻入大散关,而且指挥皇庶弟末哥所率另一军,也很快由泽州攻下米仓关,同时还协同万户孛里叉所率的又一军,也火速由渔关攻入沔州。三路大军合一,在蒙哥大汗的统率下更是攻无不克,战无不胜。虽血流成河,尸骨遍野,但蒙哥大汗的卓越战功已开始在草原母地传颂得神乎其神。

但私下里也有截然相反的看法⋯⋯

是在远离狂热战争的牧场上,即在那御赐疗足的夏营地里。这一天,忽必烈与王妃察苾在王帐内,正看着这样一份名为《东师议》的呈文。进言者还是那位化身为奴的郝经。忽必烈因占义不如妻子精通正在听她解释。郝经的呈义就是持这种截然相反的观点的,大意为:"夫取天下者,有可以力并,有可以术图。力并者应该出奇制胜,术图者则不可急。蒙古大军早期之所以能够所向披靡,主要是因为善用骑兵以奇取胜。出其不意,攻其不备。而今大汗亲征川蜀,则六师雷动,实乃舍奇而用正。再看川蜀,限以大山深谷,扼以重险荐阻,迂以危途缭经。我之乘险以用奇则难,彼之因险以制奇则易。""况且彼就地迎战,我远征而来,日久必被供给所困。若被坚壁清野以待之,我则无掳掠以为资,无俘获以备役。"这就形成了

一统华夏——忽必烈大帝之文韬武略

"以有限之力,冒无限之险,虽有奇谋秘略,无所用之",最后必然形成"进退两难,主动性尽失",以致"兵势滞遏难前"。此即"所谓强弩之末,不能射鲁缟都也!"忽必烈听察苾解读后,由不得暗暗赞叹起这确系高人之见。仅凭饱读孔孟之书,便可预测出战争未来之风云变幻。但毕竟同为圣祖嫡孙,毕竟是一母同胞兄弟,忽必烈竟由不得为蒙哥大汗担忧起来。

谁料事态竟果真如郝经所述方向发展……

1258年初夏,在蒙哥大汗钦命下,虽大将纽璘以及刘黑马等留守成都,沿沱江南下又取得了攻取叙州生擒宋将张实的重大胜利,但对于他所率的"喜寒恶暑"之蒙古铁骑来说,已开始经受南方酷热的考验了。再加上!就在此时东线也传来了战争进展不利的消息。按蒙哥大汗的战略部署,塔察儿所统率的东路大军初战还算顺利,很快就推进至鄂州沿长江之地。但等十万铁骑奔袭到荆襄战略目的地时,却遭遇到宋军早有准备的顽强抵抗。襄阳与樊城两座城池不仅久攻难下,而且损兵折将似也只能撤回自己的营地驻屯下来。这对一直沉浸于胜利喜悦中的蒙哥大汗来说,显然是个出乎意料的重大打击。壮志未酬先折一翼似有不祥,遂大发雷霆遣使申斥东路统帅塔察儿道:"尔等回来之时,朕要下令狠狠惩罚你们!"而另一位曾随忽必烈远征云南的宗王也派人来说:"皇太弟曾夺取了许多城堡,而汝等却带着烂屁股归来,也就是说你们只忙于吃喝了!"(详见《史集》,稍有修饰)

一翼先折,绝非小事,将影响灭宋大计……

蒙哥大汗暴怒之余,终于只能暂停自己胜利的步伐以应对眼前之不测了。此时,皇庶弟末哥才敢于战战兢兢加以提示说:"不是尚有二皇兄请求从征之奏报吗?"蒙哥大汗这才蓦地想起,自己阅后曾一笑而掷之!而御用"必阇赤"耶律铸也见机行事曰:"臣已代大汗收之归档,以备圣上或急需所用!依微臣所见,塔察儿此次失利非同小可,足以使'南家思'可再遣兵力堵截我西路大军!而皇太弟自请从征,大汗也正好借此'恩准'以彻底扭转战局。一来可突显一统天下非神圣的拖雷家族不可,二来似又可使皇太弟感恩图报誓效犬马之劳!而大汗早节节胜利已经功可盖世,若从皇太弟所愿那必将更彰显圣上'知人善任,用兵如神'。"蒙哥

【第十章　晚霞般绚丽的功败垂成】

大汗闻后几经反复考虑，终于罕见地"从谏如流"了。他当即下诏曰："皇太弟奏告朕'足疾已愈，怎能再坐视大汗出征而自己家居休息？'朕恩准其奏，特命其率领塔察儿麾下之军队向'南家思'边境推进！"（详见《史集》）

是出于万般无奈，也是出于形势所迫……

经过快马驿使的层层传递，蒙哥大汗重新启用忽必烈的圣旨终于送达了汗廷。这使留守在汗都的文武百官均很震惊，身为"监国"的阿里不哥尤为不解。他差点压下而上书加以反对，又多亏了老臣李槃"为护幼主"挺身相劝曰："少汗虽为监国，乃臣也弟也！大汗虽远征在外，仍是君也兄也！圣上行事一向高深莫测，少汗如此而为似已忘却'顺之者昌，逆之者亡'！况且尚有手握兵权的皇子为'辅佐'，少汗应当为未来慎之又慎！"虽然阿里不哥早烦了自己这个自幼的"讲读"，但见凶悍的阿兰答儿也不敢公然表态支持自己也就罢了。

而此时忽必烈却偏偏不在汗都哈尔和林……

原来，皇子玉龙答失唯恐王叔间变生叵测，特意安排了忽必烈陪同察苾回她的母地弘吉拉探亲。当然在自己的故乡他们受到了王族盛情的接待和保护，享受着充分的自由也生活得无拘无束。为此，忽必烈常与察苾纵马于茫茫的弘吉拉大草原上，暂时忘却了郁闷，只顾回忆着那段在这里曾有过的"抢婚"甜蜜生活。这一天，无垠的草海绿波荡漾似更令人陶醉，纵马间不知不觉已近中午。忽必烈感到口渴，便与察苾赶往一座蒙古包想讨碗马奶喝。谁料来到门前竟不见大人，唯有一个尚不到十岁的小女孩守着家。察苾只看了一眼便由不得感叹了：天哪！这小姑娘可是弘吉拉又一棵美女的好苗苗！明眸闪亮，笑靥动人，身姿婀娜，体态轻盈，简直是万里挑一啊！忽必烈似也觉得这孩子特别可爱，下马便向这小姑娘讨要马奶解渴。更没想到这小女孩竟施礼回答道："马奶有！不过我的父母兄长不在家。按礼俗，小姑娘不便单独接待客人！"忽必烈与察苾闻之哈哈大笑，不愿为难小孩便欲离去。而小姑娘这时却又颇有礼貌地挽留说："请稍候！我的父母很快就会回来！"这使二人更加喜欢这位落落大方、通晓事理的小女孩了，察苾更禁不住有所联想。果然，她的父母很快便回来了，盛情有礼地将客人迎进了蒙古包。忽必烈和察苾在畅饮马奶时才知道，这个小姑娘的名字叫：阔阔真！本来还可能有更美好的发展，但一阵阵急骤的马蹄声，却使这小女孩命运的揭晓整整推后了好些年，而且差点就被遗忘了。

战争！战争在召唤忽必烈……

皇子玉龙答失陪同钦差，十万火急地赶到了弘吉拉向皇太弟面授圣旨。当然忽必烈绝不敢"有负圣恩"，接旨后便当即与察苾随同皇子日夜兼程返回了汗都哈尔和林。作为皇子似更能体会父汗的焦虑，随之玉龙答失便尽量满足王叔的要求力促他火速赶往前线。而忽必烈也颇理解皇侄的心情，不但"度量弘广"地"闻风而动"，而且给玉龙答失尚留下了许多"可交代"之余地。比如只带走察苾一妃及子女，而留另外两妃及子女以让汗廷放心。还有那傻小子芒哥喇在此期间虽早认了自己的生母，且随着长大常往来于皇宫与王府之间，但忽必烈为了解疑，还是忍痛割爱地把这傻小子留给了忽都岱大皇后。更重要的是，他在接旨当日便请钦差十万火急地向大汗转呈一封"谢恩效忠"函。

历经万水千山，终于送到了焦躁不安的大汗手中……

此时，蒙哥大汗仍转战于川蜀的崇山峻岭中，目标是嘉陵江畔当时大西南之政治、经济、军事中心重庆。继忽必烈的感恩效忠奏章之后，见字字似均显感恩之泪痕，行行似皆有效忠之血斑，全篇都是"唯大汗之命是从，唯大汗之威严为重"之誓言，除此之外便是"愿供大汗驱使，虽肝脑涂地、马革裹尸而还绝不悔矣"之决心。更何况！又闻自己这位皇太弟已经接旨便雷厉风行地出发了。再加上此时耶律铸也见机行事赞颂道："大汗圣明！大汗圣明！遥想当年，圣祖诸弟也曾为我大蒙古东征西战开疆拓土，然今日能有几人详知之？所记者，唯圣祖成吉思汗之用兵如神！大汗今日选将之放控自如，已再现圣祖当年之雄风，堪称成吉思汗第二，必将永载青史千古留名！"

唯我独尊！随之蒙哥大汗罕见地大笑了……

暂解侧翼之忧，全军上下似注入了一针兴奋剂。蒙哥大汗似从困顿忧烦中解脱出来，又焕发活力开始"用兵如神"了。1258年10月，他亲率主力过关斩将直达利

【第十章 晚霞般绚丽的功败垂成】

州与汉世侯汪德臣之汉军会师。接着移师西南,渡白水江与嘉陵江之会合处,直取剑门,攻陷苦竹隘,然后沿嘉陵江上游南下直指战略要冲重庆。

真可谓:势如破竹,锐不可当!再看——

1258年11月,即攻占长宁(今四川广元西南),又攻克鹅顶堡,进军大获山(今四川苍溪东),迫使宋将杨大渊率部投降。

1258年12月,又占领军事重地大良坪,南宋大将蒲元圭率部出降。

1259年初,蒙哥大汗又率全军渡过鸡儿滩,转战石子山,包围了四川合州的钓鱼山城(今四川合川东)。

重庆已遥遥在望,大获全胜似乎就在弹指之间!

蒙哥大汗果不愧为第二次西征时名噪一时的"年轻统帅",这一路的所向无敌好像已印证了他是个"天才的征服者"。

郝经之"东师议"似也只能被看成腐儒之见。他好像错了,事态正向他判断的相反方向发展。

蒙哥大汗已有足够的资本,正盼望东线也能旗开得胜!

竟期待于远方的忽必烈……

三

1258年秋冬交接之季,忽必烈终于得以重返金莲川……

而此时龙岗之上的开平王城在刘秉忠的规划设计下,历经将近三年已初具规模。为何没有作为"罪证"被毁弃?据载,皆因蒙哥大汗也觉得在大一统之后,自己似乎在汉地也需要这样一处君临天下的冬宫。而此次忽必烈率众渡漠南来因毡包王城早已拆除,他也只好暂时驻跸于新城之内。非忽必烈又忘乎所以了,而是他早已与察苾总结了经验教训:软也不对,硬也不对;顺也不对,逆也不对。倒不如只思大有为于天下,趁大汗远离汗廷放手一搏。故再回到开平王城时,已一扫往日那颓败之气，又虎视龙骧地再现出一派自信的王者风范。

果然皇太弟之到来，顿使东线大军人心大振……

几乎与此同时，原有"金莲川幕府"之文臣武将，如姚枢、刘秉忠、赵璧、张易、商挺、郑鼎、赵良弼、张文谦、董家兄弟、阿里海牙等，均闻讯或奉命纷纷赶了回来。一时间相见甚欢，感慨颇多。巨无霸郑鼎竟跪伏察苾王妃面前曰："远征大理时吾曾向王妃发过血誓，有俺郑鼎在必保大王无虞！这回不用王妃再嘱咐了，俺郑鼎还背着大王跨越长江呢！"众皆大笑，察苾王妃更为此次重新相聚激动不已。

但留给忽必烈的时间不多了，必须尽快赶往前沿战场……

为此，这位东路统帅当即召集重要幕僚于王廷，在稍作总结后即果断地进行人事安排曰："察苾王妃一路上皆告知本王，东线战事之失利绝非塔察儿大王之无能。钩考所造成的权贵之重新横征暴敛、黎庶之再陷水深火热，乃此次败于荆襄之最根本原因。本王与王妃思之多日深知，欲不辜负圣意则必须重新收拾旧河山！当以仁施政，以仁治军，以仁惠民，以仁取天下！然儒者也有儒者之软项，即顾忌颇多极不符合我圣祖子孙坦荡之行事风格。故首先宣布：在本王南征之后，不再行'小王升帐'，而由察苾王妃坐镇开平直接处理后方一切政务，并重新任命姚枢为王府尚书、刘秉忠与孛儿速为副，协同王鹗与窦默诸公一起辅佐王妃见机行事。而廉希宪、郝经、商挺、赵璧、阔阔、郑鼎、张文谦、阿里海牙等，则即日起随本王南下相会从征诸王，并由赵璧重操旧业，专领数十驿使轻骑往来于开平王城与前线之间！"

雷厉风行，众人莫不敬服，又重现昔日王者气度……

1258年11月，忽必烈率藩邸人员从开平出发，一路上仍频频传来蒙哥大汗西路大军大捷的消息。压力颇大，致使又对"鱼大线断"有所怀疑。好在相伴多日之郝经已猜出他的心思，当即策马随护而及时进言道："鱼大线断已成不争事实，重新启用大王即已证明。眼下是捷报频传，乃皆因尚未至强弩之末。战线越拉越长，时日越拖越久，早已埋下骄兵必败之大患。退一万步而言之，即使侥幸得手，也必将焦头烂额、大伤元气，内忧外患、首尾难顾。而大王却早如雄鹰展翅冲出牢笼，凌空俯视半壁江山又有谁奈何得了？察苾王妃临行一再嘱托我，必要时一定要提示大

【第十章 晚霞般绚丽的功败垂成】

王:只需尽思大有为于天下,切勿再有后顾之忧!"忽必烈闻之纵声大笑曰:"吾之王妃,本王之女诸葛也!齐家、治国、平天下,当指日可待!"

然而,此时之察苾却正陷于极度的悲痛之中……

原来,就在忽必烈南下不久,汉世侯张柔即派九子张弘范前来开平王城拜见王妃。一方面是老世侯老谋深算欲借此以表对皇太弟之忠心,一方面也是这位少将军欲借此重睹王妃风采以示敬重。只不该还带来个噩耗:那位曾到其故乡侯府出卖"永垂不朽"的一代文宗已客死他乡了。察苾闻之大恸,这时方知恩师元好问已于去年(1257年)死于"卖文为生"的苦旅之中。只好草草厝葬于他乡异地,似也只能寄期望于他那些潦倒的子孙前来迎他落叶归根。谁料今春战事乍起,千军万马已将荒郊乱坟踏平。当张柔父子得知派人查找,却早已满目凄凉难辨踪迹了。唯闻一破庙老僧尚恍惚记得棺上似有十数墨字:什么"三晋地",什么"秀容人"……此时姚枢、王鹗、窦默、刘秉忠等均闻讯赶来了。他们都对这位冠绝金代的大诗人极其敬仰,故纷纷前来劝王妃节哀,谁料察苾竟回答:"一日为师,终身为父,察苾将竭尽心力尽子女之孝,以送恩师早日叶落归根!"其情其景,十分感人,致使张弘范当即挺身而出曰:"末将愿亲自前往遍野查访,以助王妃早日实现心愿!"而和尚刘秉忠也跟着道:"阿弥陀佛!和尚愿跟随少将军前往助其一臂之力,凭易经八卦之妙,当不难查访到暂厝之地!"大战在即,察苾似有些多此一举。但其实不然,不久即因此在汉人汉地广泛流传说:仁义大王又回来了!仁义大王又回来了!

无师自通,却在充分利用"软实力"……

1259年2月,忽必烈"会诸王于邢州"。这里的诸王,系指随塔察儿从征的东道诸王。他们的封国大多在东北部辽金两朝的发祥地。因辽之契丹人、金之女真人,后来已渐渐由游牧生活转向了农耕生活,故他们比起西道封国和草原母地更容易接受汉地的中原文明。原东路统帅塔察儿即是他们颇具代表性的人物。按说,是蒙哥大汗为其祖父、成吉思汗之幼弟铁木哥·斡赤斤洗刷一切罪名平了反,并且又扶助他这个孙子重返封国再掌王权。真可谓"恩重如山,终生难报",但他却在感情上更加靠近"汉法治汉"的忽必烈。更有甚者,塔察儿还是第一个敢于和汉世侯

一统华夏——忽必烈大帝之文韬武略

公开联姻的蒙古宗王,竟将其妹下嫁于独霸一方的山东汉世侯李璮。此外他还进而广交汉儒谋士,后成为元初建国重臣的王文统便是他向忽必烈首先引荐的。而王文统的女儿也是李璮的妻子之一,这足可见塔察儿在汉地的关系也颇为庞杂。欲学忽必烈又无其见识和才干,故也只能自谋其乱伏下隐患。姑且按下不表,只记住两个名字即可:李璮、王文统!

而忽必烈此次"会诸王于邢州"乃为重振士气的……

果然,东道诸王是颇不服气的,竟纷纷埋怨西路大军"集精兵、聚名将、铁骑无数、给养充丰",言下之意乃沾了"御驾亲征"之光。但又不敢直指大汗之名,随之便大骂主管粮草的燕京总管赛典赤·赡思丁,指责其"见风使舵、办事不公",并将东线失利的原因通通归咎于他。忽必烈一到邢州,曾对诸王进行过百般抚慰且又允准"既往不咎"。今日见众竟变本加厉又想各推其责,遂击桌尽显皇太弟之威严曰:"皇恩浩荡,本王得以来此统率东路大军!本来尚对诸王寄予再战必胜之期望,谁料今日仍不知反悔唯知口吐怨言。名为咒骂燕京总管,实为句句暗指大汗!怪不得有人称汝等带着烂屁股回来,真乃是是可忍孰不可忍!"而诸王原以为忽必烈只不过是个"仁义之王",故根本没想到也会有此"雷霆之怒"。塔察儿首先吓得跪倒哀告曰:"吾等之失!吾等之过!从今后愿唯皇太弟之命是从,必将以再战必胜来赎己之过失!"忽必烈也"见好就收"回应道:"那就看在塔察儿大王的面上,权且将'首战失利'与'亵渎大汗'之罪暂寄于本王这里!如今后能尽听帅令奋勇征战则一概'既往不咎',否则二罪并罚莫怪大汗手下无情!"诸王诺诺,均跪地称是。这是忽必烈有备而发的。虽说这些牢骚也不无道理,但他也深知对待这些脑满肠肥的诸王光靠"仁"也是不行的。

是得给个下马威!但更严重的还是粮秣问题……

而在开平王城之内,已早为此想到破解之策了。但察苾却并不"一朝权在手、便把令来行",似仍然隐于幕后扮演着一个"相夫教子、贤妻良母"的角色。对外总是以忽必烈之名行事,对内则放手任王府尚书姚枢出面主持一切事务。而王城留守的文侍们自从她"甘为人质"以来,已对她处理危机、力挽狂澜之能力更心服口

【第十章　晚霞般绚丽的功败垂成】

服、敬佩有加，竟在愧疚敬服之余，更渐渐在这位秀外慧中的王妃周围有了一批矢忠追随者。如王鹗、窦默、姚枢以及后来重返王廷的许衡等，在他们看来察苾行事更符合孔孟之道。比如，她就认为赛典赤·赡思丁乃汗廷少有的忠直重臣，身为灭宋的后勤总管面对三路大军确有其难言之隐。只需加强联系而不能强人所难，似应更开阔思路多方解决问题。现在她已提出三条建议，正交予姚枢"以供参考"。而正当众幕僚为之拍案叫绝之时，那位少将军张弘范与和尚刘秉忠也回来了，并且带回来个令人欣慰的消息：残坟终于找到了，薄棺上所书的墨字原来是：但愿护佑三晋地，不枉生为秀容人！察苾听后泣曰："此分明是留给察苾之遗嘱！恩师至死不忘故土苍生，察苾当穷毕生心力而不负其临终心愿！"秀容即今山西忻州市，此嘱后来果然也泽及三晋黎庶。而随之偏又有意外事件发生，那曾被送回范宁故里待产的小牡丹也在两年多后突然回来了。原来，此时小牡丹的儿子业已两岁，而元好问的暂厝之地又恰好在范宁的故里。到处都传遍了贤妃欲寻恩师残坟的故事，小牡丹闻知即将孩子交托公婆而跟随刘秉忠等归来了。一主一侍两个女人心里都有千千结，遂相拥而泣同为那只"虱子"久久哀伤着。他们并没有什么过多的语言，只把孩子的名字由"范浑"改为了"范聪"。

　　大战在即，毕竟还有更重大的事情在等待……

　　1259年5月，忽必烈率诸王抵达濮州（今河南濮阳东）。此时王府建言之诸策已由张弘范自告奋勇先行送达。忽必烈一看即振奋不已：其一，行向汉世侯"有偿借粮"之策，少将军张弘范愿率先示范之。其二，应速遣能臣抚管前沿诸地，施仁政以惠民而行"以物易粮"之策。其三，可垂问当地名儒义士取胜之策，严肃军纪，再造仁义之师。史载，忽必烈阅毕即曰："非吾之王妃，难有如此胆识，本王照准立即一一执行！"遂派张弘范率众使分见随征各地汉世侯，又遣特使赴西路为抚管事宜请命于大汗。随之又听得东平名士宋子贞与汴梁大儒李昶俱在濮州，便当即决定召见，与随征侍臣共议对南宋的用兵方略。谁料，宋子真一身傲骨竟很不客气地开口道："本朝威武有余，仁德未洽！天下之民，饥寒失依（原文：嗸嗸失依）！"只因见这位蒙古宗王竟能含笑倾听，方口气稍稍缓和继续曰："所以拒命者，此因畏死耳！若投降者不杀，胁从者勿治，则宋之百城，驰檄而下，太平之业，可指日可待也！"而忽必烈让人家骂了一通"崇武缺德"，却仍能采纳其"驰檄而下"之建言（即纵马于前沿宣示自己之政策），故李昶也当即进言道："论治国，则以用贤、立法、赏罚、务本、清源为对；论用兵，则以伐罪、救民、不嗜杀为对！"（二儒之语均为原文）忽必烈闻后更深以为然，竟赞之为"治国用兵之要"。其"度量弘广"，由此可见并非妄言。在场的随从幕僚也纷纷重谈南征大理之往事，再提"曹彬征南唐不妄杀一人"之典故。忽必烈显然明白群儒之心思，乃在于为此次南伐荆襄定调。然其竟哈哈大笑均欣然纳之，并当众为"不妄杀一人"而宣称："保为卿等守此诺言！"（详见《元朝名臣事略·左丞张忠宣公》）

不久，便有"仁义大王""仁义之师"之名远扬……

1259年7月，忽必烈率师抵达汝州（又作蔡州），与自己的相知至交霸突鲁所率大军会合。两人似都等这一天好些年了，不用语言仅在举杯碰盏的欢笑声中便达到了高度的默契。而随着东道诸王贵戚的服服帖帖听从驾驭，以张柔为代表的诸多汉世侯也纷纷赶来矢志效忠。再加之！总管灭宋后勤的忠直之臣赛典赤·赡思丁也亲自押运粮秣前来了，对皇太弟（其实是察苾）给予他的理解感激不尽。面对"仁义"二字，他第一次甘愿"延误圣命"，经多方筹措而亲临弥补。但更重要的还在于，忽必烈当即便令霸突鲁等先行率军前往汉水之畔，严整军纪，告诫南征兵将不得"妄自杀戮"，以檄文飞马传示，务使江南庶众皆知。

一句话，一切均为了"凝聚军心，统一意志"！

但忽必烈似乎尚觉得这远远不够，遂依察苾之建言而进一步经略江北汉地前沿。经大汗批准，特重新启用"三朝旧臣、一代名儒"杨惟中任"江淮荆湖"南北各路的宣抚正使，曾与自己"患难与共"的晋儒郝经为副使。率领归德一代的军队先行南下，至长江北岸先行设立行台衙署。主要任务便是："宣布恩信、招降纳附、节制并约束蒙汉诸军将帅。"可以看出，忽必烈此时在总结"南征大理"经验的基础上，正利用儒家"仁义"之说更为彻底地改变着前人原始的攻城略地的战争方式。但作为一个天才的战略家，他也绝不手软。当闻听有的军士竟敢从中截扣

"换取粮秣之数百万斤调运食盐",忽必烈当即下令"戮之以号市",致使"诸军上下凛然有序",再没有人敢违抗军纪帅令。(详见《元史·世祖本纪》等)

尽显雄才大略,似不日便可大功告成……

但在私下,无论是在开平王城的察苾,还是在战事前沿的忽必烈,似乎心头都有一片挥之难去的阴影。一方面因为蒙哥大汗,另一方面因为这场"空国而出"的战争……郝经就曾私下对忽必烈曰:"圣上此刻空国伐宋,时机极不成熟。应简选贤能将相,结盟保境,兴文习武,育才恤民,培植元气,等待时机成熟,方可以图取宋地!"而忽必烈也叹之答道:"卿言正合吾心!"再看,已被称之为具有"儒将之才"的商挺,竟然也与郝经"不谋而合"忧心忡忡进言曰:"蜀道险远,瘴疾时作,难必有功,大汗乃万乘之尊,岂宜如此轻动?"(以上均见《元朝名臣事略》)而在开平王城的察苾王妃,也正在向姚枢转述恩师元好问当年所留之言:"青涩的果子,即使吃在口中也难以咽下!成大业者,一定要学会等待瓜熟蒂落……"姚枢深有同感,更关切地注视起西线的军事进展。

总之,南宋是明摆着的提心吊胆,而这边却是私下里的惴惴不安!

目光都集中到了西线之川蜀,集中到了钓鱼城!

蒙哥大汗早尽率精锐兵临城下!

只看他如何"用兵如神"……

四

钓鱼城,原本无城只有钓鱼山。

钓鱼山巍然屹立于嘉陵江畔,山势险峻。江水汹涌澎湃,自北滔滔迎山而来,因势又沿山绕西折向南奔腾而去,故形成了钓鱼山三面环水"一夫当关、万夫莫过"的独特地貌。

好在南宋偏安初期,尚知"居安思危"……

早在南宋名将彭大雅任四川制置副使时，就因其易守难攻，已开始在山上垒石筑寨。到南宋名将余玠继任四川制置使时，更因其为扼守川蜀的战略要冲，遂继而命冉进、冉璞两兄弟干脆将其筑为钓鱼城，并将合州治所迁到城内，驻以重兵以防外族入侵。到蒙哥大汗急欲一统天下时，虽南宋已日益沉沦腐败，但后任合州守将王坚却是一位少有的能与士卒同甘共苦之忠贞良将。《宋史》称其，自幼饱读经史子集，深谙文韬武略。自1254年到任以后，即闻风而大规模固城筑防。川陕一带民庶知其"忠勇"纷纷投奔而来，致使钓鱼城很快便发展为十余万人的军事要塞。扼控嘉陵江要冲，成为大西南军政中枢重庆的天然屏障。

果然，蒙古铁骑所向披靡地杀过来了……

1258年11月，蒙哥大汗即占长宁，克鹅头堡，进军大获山，迫使杨大渊率众投降。12月，又攻占大良坪，迫使宋将蒲元圭率众出降。1259年初，更连战连捷，强渡鸡爪滩斩获无数。2月底，已遥逼重庆，将近在眼前的钓鱼山城围困得水泄不通。难怪蒙哥大汗骄横满志、不可一世，距离夺取大西南的军政指挥中枢似也只不过一步之遥。为此，他曾直指钓鱼山城喝令全军："乘摧枯拉朽之势，必为朕尽快拔除之！"虽此时的将士历经北人难以忍受夏之酷热、冬之阴潮、山之险阻、道之崎岖等种种折磨，但仍为"百战百胜、斩获颇丰"所鼓舞，挥刀狂叫尽显凶悍。

看来，又要旗开得胜，马到成功……

1259年夏初，蒙古铁骑已将钓鱼城合围成一座孤立无援之城。水陆各路均被阻断，已渐渐陷入"弹尽粮绝"之困境。虽南宋朝廷也曾派大将吕文德率千艘战舰溯江驰援，但很快就被蒙哥大汗派史天泽部阻截打败被迫退回重庆。而蒙哥大汗在扫清外围之后，也身披统帅盔甲、坐跨烈马往来于万军之中亲自督战。他先攻伸在江边的"一字城"，后号令骁勇轮番进攻东、西、北三面城门，并为了速战速决以集中兵力拿下重庆，也曾派了个新降的汉奸晋国宝进城去劝降。

钓鱼城岌岌可危，守将王坚似也孤掌难鸣了……

当然，13世纪似绝不可能有软硬实力之说。但以现代人的眼光来看，王坚却在七百多年前仿佛已懂得了软硬实力之转换。核心便是儒家学说之"孔曰成仁，孟

【第十章　晚霞般绚丽的功败垂成】

曰取义",在此基础上更进而形成了"众志成城"。而因避祸后迁至钓鱼城的数万庶众,他们大多都目睹过原始攻略战争的血腥和残酷。现已绝无退路,一见主将"我自岿然不动"遂也自告奋勇成为他的坚强后盾。这样,钓鱼城就不仅有巨石筑就的坚实外城,也有了"众志成城"凝聚的精神内城。一时间"杀身成仁,舍生取义""生当作人杰,死亦为鬼雄"种种誓言响彻了山城,突显了军民生死与共之悲壮豪情。而身为主将的王坚更借降人晋国宝进城劝降之机,及时地率部于阅武场举行誓师大会,并当着同仇敌忾的众百姓愤而砍了降人晋国宝之头颅,率山城军民振臂高呼:誓死守城!决不投降!随之便尽散家资充公,自己甘愿与士卒一起吃草根、啃树皮而英勇奋战。一时间士气大振,民情激昂,竟纷纷写下血书:誓与山城共存亡!

　　久攻不下,蒙哥大汗深感屈辱,怒不可遏……

　　也难怪!钓鱼山城山势高耸险峻,易守难攻。史载其"炮矢不可及""梯部不可接",纵有"如蝗精兵"却对小小山城奈何不得。然蒙哥大汗又岂是轻易服输之人?越遇硬钉子越誓必拔除,绝不能留一丝屈辱来玷污圣祖战无不胜之征服史。随之便展开了旷日持久的对峙战,攻守双方均损失惨重陷入了胶着状态。蒙哥大汗凭借兵多将广、粮草充足不断地由下向上轮番进攻,而王坚却弹尽粮绝依靠"众志成城"居高临下据险力守。你有装备精良的千军万马,我有就地取材的滚石檑木。你来我往,战况空前惨烈。

　　时日既久,蒙哥大汗"用兵如神"之神话开始破灭……

　　远征大军历经一年多的奔袭苦战本已疲惫不堪,现又遇此"难啃之骨"竟渐渐开始军心涣散。蒙古铁骑那"出其不意、速战速决"之优势丧失殆尽,思念草原之情也悄然开始在军中漫延开来。加之又进入了盛夏,不仅酷暑难耐,且暴雨不断。晴时烈日如火,雨时又身陷泥泞。这对于习惯于凉爽干燥的北方人来说,失去了"斩获颇丰"的支撑便犹如坠入炼狱,而且还有可怕的瘴疠之气,无名的疫疾……而对于坚守钓鱼山城的主将王坚来说,这一切早习以为常。他甚至趁暴雨之夜几次出城偷袭蒙军营寨,而且也"斩获颇丰"。

一统华夏——忽必烈大帝之文韬武略

骄横一世的蒙哥大汗一时陷入了进退两难的困境……

详阅《元史》,终于有人敢于挺身而出向"神"提出建议了,如亲信宿卫速忽里就曾献策:放弃攻取钓鱼城,仅留五万精兵在其与重庆之间牵制。还应率大军沿江而下,尽快与其他两路大军会师于长沙。但均被蒙哥大汗以"业已至此"而拒绝。史载,此乃继续"逞匹夫之勇",其实也未必尽然。如若以现代人的眼光来看,或许这正是蒙哥大汗高明之处。试想:历经数月尚拿不下个弹尽粮绝的小小钓鱼城,今后势必还会遇到更多更大的钓鱼城。而只要击碎其高悬之仁义大旗而拔之,则必将引发连锁反应导致南宋之全线崩溃。随之,蒙哥大汗竟不顾连绵大雨,派出了亲信汉世侯汪德臣架云梯再次强攻钓鱼山城。汪德臣首先单骑来到城下,声嘶力竭地喊话曰:"王坚!吾来活捉汝一城军民,宜早降!"史载"王坚冷笑以对,遂命士兵发炮石猛轰以作答"。汪德臣怒而率部登云梯而攻城,谁料,此时突然雷电交加暴雨倾盆而下。而王坚也不失时机地令士兵将弹石集中于此厮身上。又是一声惊雷,只见得云梯俱折,汪德臣被飞石所击中竟随断梯坠落城下,不久即死,时年仅为三十六岁。

这对蒙哥大汗来说,绝对是一次致命的打击……

蒙古有句谚语说得好:看准方向撒缰的骏马,是九十九头牤牛也难拉回头的!蒙哥大汗也是如此,为给斗志全无的诸王贵胄树个榜样,竟又愤然而起亲自出马前去督阵。却不料暴雨过后霎时又是骄阳当空,瘴疠之气也随之蒸腾四起。刚一出动便饱受炙烤汗如雨下,而对方却习以为常越战越勇。更不幸的是,激烈攻防间,蒙哥大汗竟被"宋军炮石所伤"。万般无奈,似也只好鸣金收兵。关于这段令人沮丧痛苦的历程,波斯史学家拉施德在其所著《史集》中有过这样的叙述:"当蒙哥合罕(即大汗)正在围攻上述城堡时,随着夏天的到来和炎热的加剧……在蒙古军中也出现了霍乱,他们中间死了好多人。世界的君主(指蒙哥大汗)用酒来对付霍乱,并坚持饮酒。但突然(他的)健康状况恶化,病已到了危急之时。"拉施德曾服务于蒙古汗廷,故很可能多用曲隐之笔以掩蒙哥大汗之惨状。但从中仍可看出当时的场面是多么的混乱不堪和惨不忍睹。

【第十章　晚霞般绚丽的功败垂成】

一代英雄正在悄然走向末路……

而据《元史》所称，蒙哥大汗也果不愧一代雄主。阵前虽被炮石击中，但仍能强忍剧痛支撑下来。回到汗帐之后马上严令封锁受伤的消息，并被迫传旨进行"战略转移，转而南攻重庆"。但为时已晚！天还是那么炎热，路还是那么崎岖，瘴疾还在蔓延。再多的酒也无济于事，最终蒙哥大汗竟在转移途中，抱恨终身地死于金剑山温汤峡（今重庆北温泉）。年仅五十岁。他不仅留下了终生的遗憾，还留下又一轮可怕的汗位之争。

而眼下似也只能严密地封锁消息，甚至不惜杀人灭口……

钓鱼山城转危为安了，竟然还在战争史上创造了个以弱胜强、以小胜大、以软实力转化战胜了当时世界上最强硬实力之一大奇迹。但王坚后来却似乎并没有更大作为，好像越来越贪腐的南宋政权竟容不得他这样一位杰出的将领。而对蒙哥大汗的评价，仿佛也有失偏颇。只提他"心胸狭窄、刚愎自用、不改陈规、不思变通"，甚至还批他"逞匹夫之勇，舍万乘之尊"种种。但纵观他的一生，仍应算一位"励精图治、力挽狂澜"之杰出大汗。他"不乐燕饮、不好侈靡、事必躬亲、御臣甚严"，及时制止了前两代大汗所造成的"宽纵滥赏，群臣擅权，诸王离心，政出多门"之种种弊端，为避免庞大草原汗国之过早的分裂和崩溃发挥过不可磨灭的历史性作用。故《世界征服者史》称他："游牧君主和蒙古大汗的属性，始终在蒙哥身上得到了完美的体现和延续。"似并不过分。就连他那"唯崇祖制，绝不蹈袭他国所为"，好像也是因为亲睹了辽之契丹、金之女真逐渐被兼并以至消失，而为本民族未来的忧患才采取的预防性措施。其可悲之处似在于：他并不理解圣祖"入继华夏大统"的真正含义，仍沿用原始的征战方式欲成为跨越前人的伟大征服者。

随之，便自觉或不自觉地渐渐走向了神坛……

神是至高无上的，故"刚愎自用、唯我独尊、不改陈规、不思变通"是理所当然的。而现在尚未踏上巅峰便突然夭折了，留下了无尽的悲哀和难割难舍的汗位。是权力，曾使他重现了大蒙古的辉煌；是权力，也使他造就了大蒙古的空前大败；是权力，曾使他尽享过人间的尊荣；是权力，也使他饱尝了内心的寂苦。是权力异

一统华夏——忽必烈大帝之文韬武略

化了他,还是他异化了权力?总之,他留下遍野的横尸终于走了,而他也因权力过早地化成了一具横尸。可怕的权力!但人们为了维护权力的尊严,当然还会严密封锁消息继续高扬胜利的旗号。这时,历经钓鱼城下鏖战五个多月,又经转向温汤峡这近一个月,已近1259年的8月中旬了。

尚有东南两路大军,似再不能隐而不发了……

第一个把蒙哥大汗的死讯传出去的是皇庶弟末哥。由于他的母亲又是忽必烈的乳母,故和耶律铸密商后即派亲信冒死将死讯传进了东线的帅帐里。并深含寓意的建言:忽必烈应当"火速北归,以定国家大计"。

这已预示着"也客蒙古兀鲁斯"又一轮汗位争夺开始了。

而忽必烈此时已突破宋军淮西防线,直逼长江北岸。北返南征,何去何从?这成了他必须首先面对的难题。

好在他当即已派赵璧急赴开平王廷告知:随时监看漠北汗廷之风云变幻。权力!权力!人们似都在紧盯那刚刚空出的汗位!

忽必烈立马江岸,久久凝望着滚滚东去的长江水!

他在思考,他在决断。

五

开平王城,似仍显得那样从容不迫。

自1258年深秋重返以来,察苾王妃一直隐于幕后坐镇于此。她统领着王府文武侍从似只顾效忠于蒙哥大汗,仅仅在不到一年的时间里,便彻底依"圣上心愿"筑成了这座君临天下的冬都。大汗巍峨的冬宫,诸王豪华的冬府,高耸坚实的城墙,星罗棋布的官邸和民宅,均按汗廷为迎接大汗凯旋的严格要求完成了。而她却偏偏选了一处最不起眼的藩邸作为自己的王府,所谓王廷也只不过是其中的一大间客厅而已。绝不"逾祖制",致使汗廷百官闻之也莫不称其为"忠"。

【第十章 晚霞般绚丽的功败垂成】

然其卧室里却挂着一张颇大的羊皮地图……

其实她虽仅以"贤妻良母"妇道人家的形象出现，但却如史家所言胸中装着"经天纬地"之才。作为历史上一位杰出的蒙古族女性，在此关键时刻留守于此关键要地：北察汗廷，东控燕京，南援前线，是需要何等的大智大勇？但汉文史书出于男尊女卑却只给她留了个"贤"字，倒是她的子孙们怀着蒙古人的坦诚毫不隐讳女性的丰功伟绩。比如，她的孙子铁穆耳就在追谥她的册文中说："曩事龙潜之邸，及乘虎变之秋。鄂渚班师，洞识事机之会；上都践祚，居多辅佐之谋。"细细琢磨，其中文章大了去了。

而现在，她天天似乎只关注着这幅羊皮地图……

在当时能看懂地图的蒙古男人就少之又少，就更不要说是妇女了。但察苾却深谙此术，每日必按驿使快报用红线标注忽必烈的行军进展情况。她不但深知忽必烈已命霸突鲁先行进军汉水，已任命杨惟中与郝经去经略江淮荆湖，并且就连8月15日忽必烈亲率大军渡过淮河，20日攻入大散关，21日进抵黄陂等均了如指掌。同时，对于汉世侯张柔遣其子张弘彦攻夺南宋五关之首——虎头关，另一汉世侯严忠济与严忠嗣攻入战略重镇蕲州——今湖北蕲春，均在羊皮地图上有醒目的标识。甚至，就连忽必烈之爱将郑鼎拔寨攻城时有勇无谋身陷沉潭之事也知之甚详，竟亲笔批告："为将当慎重，不可恃勇轻进！"忽必烈见之也曾对郑鼎曰："就连王妃也知汝为本王爱将！今后非奉本王之命，毋得轻与敌接！"爱将之情，可见一斑。总之，察苾并不懂得排兵与布阵，她之日夜关注着地图或许仅仅是关注着丈夫的命运变幻。但即使如此，她已经看出千军万马就要横渡长江了。（以上史料均见于《元史》）

然而，她既是一位贤能的妻子，又是一位慈爱的母亲……

为此，这张羊皮地图上便难免还有孩子们的涂鸦。当时，察苾已经有了四个孩子：16岁的真金，13岁的芒哥喇，9岁的那木罕，5岁的女儿昂家真。除傻小子芒哥喇尚留在汗都深宫之外，其他三个都成了心肝宝贝早舍不得离开左右了。尤其是对待真金，自从他死里逃生后更是加以百般呵护。察苾在他的身上寄予过多的期望了。好在真金在大病过后也像变了个人似的,在同龄的伴读不忽木与侍读王恂的影响下竟渐渐专心饱读经史子集。因他身体一直瘦弱,故早弃置弓马唯知就读于窦默门下。早视昔日"小王升帐"为幼稚,似已成为群儒对未来构想的精神支柱。而9岁的那木罕就不一样了,虎头虎脑竟比同龄孩子大出一圈。活泼好动喜好弓马,深得忽必烈疼爱。他们虽各有男从女侍照看着,但最爱到的地方还是母亲之卧室。真金似乎总是循规蹈矩地享受着妈妈的爱抚,而那木罕却总是跳来蹦去变着法子调皮。这不,刚才趁母亲不在,他竟带着小妹妹昂家真溜进卧室,踩着凳子用朱砂笔在地图上直截临安,小妹妹更涂了江南大红一片。这一切察苾似还能忍受,谁料第二天进来时,这小子淘得就更为出奇,一进门就命令大哥哥、小妹妹曰:"出去!出去!还不给我通通滚出去!"小昂家真惊讶地问:"为什么?"这小子竟还颇为有理地答之曰:"练弓马时,诸多宿卫骁勇告诉我,我是父王最疼爱的小儿子,就是灶主。你们长大了都得滚出去,这里的一切都是我的。额吉也是我一个人的,还不给灶主快快滚出去……"说毕就往母亲怀里钻,致使察苾由不得大惊失色。权,竟会如此之早就会侵蚀稚嫩的心灵,而且使他们过早地有了占有欲和排他性。她绝没料到,在汗廷皇族间随时可能发生的事情,竟又提前在自己的家庭内预演。小小年纪就口出此言,这对忽必烈家族的未来到底意味着什么?

而此时赵璧偏又亲自飞马带来了密讯……

察苾正欲处治小那木罕,只见得这位贴身近臣已神色大异"不禀而入"。王妃深知儒者崇礼,没有急务绝不会如此冒失而为,遂命亲信臣仆速先将孩子们带下,尤对那自称"灶主"的小那木罕更为不客气。此时,赵璧也终有机会向王妃面禀:蒙哥大汗已猝死于钓鱼城下!可以想到,察苾闻之情绪相当复杂,但史书唯称,王妃"闻之极为震惊,悲恸不已,片刻方曰:万乘之尊,不宜轻动,不幸俱被郝经所言中了……"稍后,赵璧又将忽必烈对开平王府之密令"对北密查汗廷动静,对东严控燕京异动,对南则加速驿使往来",统统向王妃当面转达。谁料察苾闻后仅轻轻说了一句:"知道了……"眨眼间便尽失往日的温柔谦和、尊儒敬长、善纳群议、从不独断之风。她竟突然间秀眉高挑、明眸闪光,柔美的面庞尽显威仪。就连

【第十章 晚霞般绚丽的功败垂成】

王府尚书姚枢也根本不通告一声，当即便以"形势严峻、情况紧急"为名，下令赵璧"十万火急、日夜兼程，南归面禀宗王"。当赵璧拜问面禀何事，谁料王妃竟又语出惊人曰："当以蒙古心决断之！"

赵璧更大感意外：大汗驾崩，渡江在即，竟只字不提汗位空悬，更不思汗权之争从此也即将如火如荼地开始了。往日倍受人尊崇的贤仁王妃今日这是怎么了？甚至无视现在身处的乃汉人汉地，下令十万火急日夜兼程地送返大王手中的竟会是这令人难解的只言片语——

当以蒙古心决断之……

但赵璧绝不敢抗命，随之便火速叩别王妃准备赶路。恰好姚枢也闻情况有异正欲进王府，见赵璧风风火火而出忙悄然问之。没想到这位专使竟大感不解地只答道："往来数千里，只为半句话！"姚枢又急问："何话？"赵璧答："当以蒙古心决断之！"但更出乎意料的还在于，姚枢闻之竟哈哈大笑曰："有此半句话已解忧矣，何必再去打扰贤妃？"

当以蒙古心决断之？赵璧快马加鞭仍在思忖着……

是夜，察苾这才召见王府尚书姚枢、宿卫将领孛儿速、高参刘秉忠等近臣密议。姚枢当即曰："王妃今日之举乃上上策！汗廷在蒙地，应当以蒙古人心思判断汗廷之形势发展。若再以汉地汉法猜度皇族变幻，必贻误时机酿成大患！"孛儿速也说："我蒙古人唯崇英雄，不认败者！今大汗驾崩，若宗王也无功而返，则无人再看得起皇室家族。末将敬服王妃此举，皇室家族之荣誉乃要中之要！"和尚刘秉忠则双掌合十曰："阿弥陀佛！先固汗位正统性，以不谋而再图有所谋！然关键却在于：掌握时机，见好就收！"而察苾也当即肯定道："好一个'掌握时机，见好就收'，诸位大人所议均高过察苾！为天下苍生计，我王府上下当继续同心合力以助宗王成就大业！"遂决定暂时封锁大汗死讯，以免开平王城人心浮动，并以王妃之"当以蒙古心决断之"为准则，当即做出多项应急安排。

恰好当时正有驼列将送岁贡北上汗都……

察苾当即命王府武将孛儿速与也古率卫队前去护送，实际上乃暗嘱抢先在漠南

· 345 ·

北境布防。同时命刘秉忠与张易密赴燕京，联络孟速思及赛典赤·赡思丁暗察汗廷来使之异动。随后命姚枢继续向汗都上效忠之奏章以报平安，以静制动且待皇宫内变。围绕驼列说事似已万无一失，但察苾以蒙古心思之后尚觉有宗王最大的后顾之忧急待解决——

即留在汗都的另外两位王妃，还有芒哥喇……

明显的现在公然派人去接，那等于自我暴露，反倒会引起警觉。而如不及时处置，则一遇风吹草动必将成为对方的人质。该派谁随驼列前去才能既不引人怀疑又能将事办成？这使察苾苦思了一个晚上也未找到答案。谁料第二天早上天刚亮，就隐隐听得似有人在外厅啜泣。察苾开门一看，天哪！原来竟会是那可怜巴巴的小牡丹。一见王妃，她竟马上跪伏在地哭着吞吞吐吐说，她还想他，那个没良心的他！而且越没良心就越想，越想就越盼望到母亲湖畔去探望他！她有好多好多话想亲口对他说……察苾又由不得再次叫天了：天哪！蒙古女人的痴情是天下最有名的，但也需看看眼前可到处都是危机四伏呀……但小牡丹却仍在苦苦哀求着，她说，她本来也不敢有这种想法，却谁料这次前来押运岁贡的，其中有一位"百户"竟会是她的表哥。他告诉她说，舅舅舅妈都特别想念她这个独生女儿……察苾闻听后蓦地眼前一亮，赶忙将小牡丹扶起拥在怀内姊妹般地相泣着。

为此，王妃还专门为这对重逢的表兄妹设宴饯行……

察苾怀着一颗典型的蒙古心，为当前蒙古母地的复杂情况设想了许多许多。再没有比小牡丹去更合适的人选了，一个随着驼列北返去探亲的女孩子根本不会引起任何人注意的。而且受着一位"百户"表兄保护，就更显得那么平平常常、合情合理。更何况，在汗廷尚留有不忽木的父亲燕真驻留藩邸，还有自己那能干的家奴阿合马作为内应。而小牡丹也巴不得像自己那没良心的丈夫能为王妃矢忠效命，故经反复周密安排和百般嘱咐之后便依依惜别地北去了。

临别只留下一句话，拜托王妃关照她的孩子……

随之，察苾又将王帐扎于远离王城的北部草原，去尽享秋高气爽、牛肥马壮之美。而唯留王府尚书姚枢坐镇王城处理日常事务，潇洒飘逸得足以使种种谣言不攻

【第十章　晚霞般绚丽的功败垂成】

自破。

就连汗廷也深感惊讶：她竟有闲空喝马奶疗养。

谁知她的目光却一直凝视着长江前线。

在草原深处等待着那句话的发酵——

当以蒙古心决断之……

六

赵璧历经千辛万苦终于把那半句话送进了帅帐。

史载，换马不换人日夜疾驰，到达时已"几近散架、呕血不止"。但此只显儒者之忠，到底值得与否尚不可知。谁料忽必烈得此"只言片语"竟大喜过望曰："汝功不可没！本王茅塞顿开矣！吾茅塞顿开矣！"遂命赵璧好生休养，并令群儒退下独召勋将霸突鲁作长夜谈。原先似只有一种本能的感觉，知此时罢兵北返绝非上策。而现在经察苾这一提示，才清醒地意识到问题之症结所在。而霸突鲁闻之即感叹道："王妃所见，愧煞吾辈男儿！当以蒙古心决断之，在此噩耗传来之际确有振聋发聩之功。我'也客蒙古兀鲁斯'自圣祖以来唯崇英雄，而前贵由大汗也确因有过失败最终导致窝阔台家系汗位不保。再看此次大汗空国而出灭宋，东西两路均由大汗兄弟亲率，剩下南路还是由家臣勋将统领。如今大汗于西路猝亡，南路军尚在苦战未卜吉凶，如宗王再无功而返急欲北上，请试想我草原母地将如何看待宗王家系？恕末将直言，到时恐怕不仅是一两小儿作乱，而是引发诸王争位，将使圣祖基业随时可能分崩离析！王妃所言切中要害，当以蒙古心决断之！不与小儿争一时长短，当以胜利论长久英雄！"

忽必烈果不愧史载：度量弘广，海纳百川……

次日，即尽将随征诸王与众将召集于帅台之前，罕见地展示了他慷慨激昂的另一面。首先，竟出人意料地历数起蒙哥大汗的种种丰功伟绩，称其为攻无不克的伟

一统华夏——忽必烈大帝之文韬武略

大征服者,战无不胜的圣祖皇嫡孙,圣明无比的蒙古大汗,卓越超群的中原君主!随之,更进而道出蒙哥大汗率军是如何过关斩将,如何攻城拔寨,如何用兵如神,如何所向披靡,如何荡平川蜀……使听者莫不为自己的大汗而引以为荣,莫不以自己身为蒙古骁将而深感骄傲。而在此时,这位东路军最高统帅却话锋蓦地一转,突然声泪俱下地沉痛宣布:"然而,天下假年!深受万众敬仰、至高无上的无敌大汗,却为续写圣祖伟大征服事业之辉煌,英勇无畏,积劳成疾,最终竟巍然挺立病逝于烈马雕鞍之上。然阴魂不散,临死尚吓毙敌将数员,谁料'南家思'竟无耻地敢称之为胜,此真乃对我大汗之亵渎,对我大蒙古之侮辱!是可忍孰不可忍,本王将不日率师跨江南征雪耻,凡有血性之蒙古男儿应当奋勇当先争报此仇!"颇具蛊惑性!瞬间便又出其不意地将蒙哥大汗"奉若神明"。不仅首先维护了自己家族传承汗位的正统性、权威性乃至神圣性,而且也进而以此威镇住了东道蒙古诸王。借"神"发力,同时还凝聚了众蒙将骁勇的野性战斗力。

汉臣儒士们受冷落了,竟远远被排除在外……

在长江北岸的一座军帐里,群儒们纷纷前来探视累趴下了的赵璧,询问焦点均为:王妃除了那半句话,到底还说了些什么?为何能促使忽必烈宗王一夜间竟有如此巨大转变?但也有一部分谋臣早看出其中端倪,似甘愿受此冷落"乐观其成"。而曾与忽必烈同甘共苦的郝经便是颇具代表性的一个。别看他与赵璧同为晋人,但发展方向却大为不同。忽必烈似早已培养赵璧向能臣干吏发展,而郝经却似乎渐渐暂代姚枢成为帅帐的首席谋臣。闻群儒发问,郝经已摇扇代赵璧答曰:"吾主是何等天资聪慧,有贤妃半句话足矣!况且又急召霸突鲁将军作彻夜长谈,则更显我主超凡之远见卓识。果然,今日才有了此骇世惊人之举!不计前嫌,甘受屈辱,竟出人意料地仍高扬大汗旗号,尽颂大汗伟绩!将大汗重新奉若神灵,其意蕴深远更显吾主之胆略与魄力,若再能渡江接回南路之兀良合台老帅,迎来皇庶弟末哥所率之师,则天下大事即已初步可定矣!汗廷之事当由蒙古人决断,吾等应静候王令姑且'袖手旁观'!慧哉,王妃!壮哉,大王!"群儒皆若有所悟,遂均待"吾主"再施雄才大略。

【第十章　晚霞般绚丽的功败垂成】

1259年9月初，忽必烈下令突破长江天堑！

此前，确曾有过对蒙哥大汗短暂的"志哀"（详见拉施德《史集》第二卷），但似乎仅仅是为了"挟死天子以令活诸侯"而已。忽必烈深知"北人善马，南人善舟"之要，遂又舍蒙古诸王和骁勇转而调遣深谙水战的汉世侯张荣等打先锋。更何况！早已令藁城人董文炳、董文忠、董文用三兄弟专门演习过舟船战术，故面对南宋于对岸"排兵十万、列舟二千、已成横截江面之势"（详见《元史·张荣传》《元史·董文炳传》）似早胸有成竹。是日凌晨，晴空万里，忽必烈即驰马率众驰上江北制高点香炉山，以旗为号亲自指挥渡江决战。

居高临下，放眼俯视滚滚长江东逝水……

但总有意外叵测，刚等登上顶峰不久，却见得风云突变，大雨如注，云气雨雾顿锁江面。随从谋士们唯闻江涛拍案，有人竟惊恐建言曰："或改日……"不料忽必烈举鞭指天道："此乃天助我也！"原来，南宋战船各守一段不求有功唯求无过，而忽必烈的战略思想却是：集中力量突破一点，然后横截两翼，不求江上全歼阻敌，唯求尽速打通直达南岸水道。大雨如注，云雾锁江，正好提供了这样出其不意攻其不备的好机会。故方有忽必烈指天大笑之豪言壮举。而其麾下也不乏"深知吾主"之儒勇。藁城人董文炳兄弟就当即请命愿往破敌于大江。史载，忽必烈"欣然允准，以壮其行"，并"拨于敢死之士近百，大型战船一艘，还亲为他们挑选甲胄"。（详见《元朝名臣事略·左丞董忠献公》）

云罩雨锁之中，突破大江之战就此开始……

再看南宋，早已在腐败纵贪之中日渐沉沦。蒙哥大汗败亡于钓鱼城下本来是他们中兴复国的好机会，谁料在层层的贪官污吏相互欺蒙之中竟还是唯求偏安一隅。再加上当时朝中的首辅贾似道乃史无前例的"造假""贪腐"之集大成者，故渡江战役未启早已先定胜负了。

果然，蒙古大军顺利过江，围困了鄂州（今武昌）……

这里还必须指出，在中国历史上少数民族入主中原的初级阶段均是很残酷的。如金之灭北宋，不仅屠城，掳走了徽、钦二宗，还把无数宫女也掳往北方。当时已

一统华夏——忽必烈大帝之文韬武略

尚缠足,宫女们不耐严寒常常抱小脚哀号。金兵竟于北返车上挥刀尽断其足,血流一路弃尸一路。似乎对宋徽宗还算客气,但也是将其置于阴暗潮冷之枯井内抛食以饲之,并在其死后吊尸而燃,下设盆钵接其滴落油脂以供点灯用。而现在一直倍受推崇之康熙、雍正、乾隆三位清代"盛世明君",其祖先入主中原时更曾有过血腥而惨绝人寰的"扬州十日""嘉定三屠",以至"留发不留头"和那令人提之色变的"文字狱"。然遍查史籍,此次忽必烈统率蒙古大军过江竟未采用原始野性之举。是蒙古征服史中的个例,还是已发展到了懂得充分利用软实力?

唯有一点可以肯定,儒文化在其中起了决定性作用……

《元史》载,在蒙古大军突破长江直抵南岸之后,忽必烈竟果然向群儒幕僚们兑现了"以仁治军"的诺言。在一片野性的欢呼声中,竟先颁布了严肃军纪的法令:"军士有擅入民家者,以军法从事;凡是俘获人口,全部释放。"故郝经在其《青山矶市》中诗曰:"渡江不杀降,百姓皆安堵。"(详见元代著作《陵川集》卷三)而对俘虏中的儒士,忽必烈又接受亲信侍臣廉希宪之建议,予以"官钱购遣还家"的特殊优待,所放还的江南儒生竟多达五百余名。(详见《元朝名臣事略·平章廉文正王》)这在少数民族入主中原的历史上是极其罕见的,或者历史上仅此一例。

但却丝毫未影响其蒙古式的壮怀激烈……

有史可考,在胜利突破长江天堑之后,忽必烈即在鄂州东北头陀峰山顶,搭建起五丈高楼,起名:压云亭,自己常登高俯视"城内敌情"。居高临下指挥千军万马,颇显草原统帅的指挥雄风。但南宋除贾似道之流祸国诸臣外,却也不乏民族气节的忠义之将。继钓鱼城的王坚后,鄂州城守将张胜也可算得一个。软硬不吃、顽强抵抗到底,诈降骗退手段用尽,终于得以时日,又将由重庆驰援而来的吕文德部迎进城里(即被史天泽打退的那千艘战船)。更何况!贾似道也怕败国露馅,遂也赶紧与高达等宋将从汉阳各地策应支援。一时间又成胶着状态仿佛眼前又要出现一座钓鱼城。

多亏了此时忽必烈尚未打算就此走向神坛……

【第十章 晚霞般绚丽的功败垂成】

　　他很快走下了压云亭,回到帅帐,重新聚廉希宪、霸突鲁、商挺、赵璧、张文谦、郝经等儒臣谋将及时相商。以蒙古大汗强拼钓鱼城为鉴,终于有了个初步的应对之策。但似乎尚无绝对把握,幸亏此时又有一位重要的历史人物出现,即塔察儿王早已向忽必烈推荐过的"旷世奇才"王文统。此次乃奉其主雄踞齐鲁的汉世侯李璮之命,前来送粮劳军以示效忠皇太弟的。王文统,金代大定府(今内蒙古宁城西)人。生年不详,金末曾举经义进士。史载其"喜读权术谋略之书,好以奇言惑人,曾将历代奇谋诡计之策摘编成书"。乱世之中也曾四方"择主",最后投靠于李璮门下。妻之以女,遂成为心腹幕僚。而李璮也依靠其异策奇谋游走于宋蒙之间,实力日渐壮大。史籍对其多贬,然若以现代人的眼光来看,王文统也可算得一位颇有想法、颇有追求,也颇有施政能力的干练人才。此次奉命而来,他好像又在"择主"。而忽必烈除塔察儿推荐外,也早从藩臣刘秉忠、廉希宪、商挺、张文谦等口中得知此人为"才智之士"。后只因姚枢、许衡等以"儒学不纯、心术不正"等谏之,方未召至幕府。今日不请自来,忽必烈当然愿亲眼见见这位争议颇大的人物。

　　廉希宪、商挺、郝经、张文谦等均在场……

　　一声传唤,便见得一位四十多岁的儒者应声而入。目闪精明干练之光,身段却别显柔姿。见忽必烈竟突然行君臣大礼,然声音朗朗又突显了不卑不亢。果然有异于一般儒臣,似一位工于心计的"才智之士"。忽必烈当即开门见山问曰:"久闻先生大名,不知对鄂州鏖战有何观感?"王文统开言就与众不同,首先将忽必烈尊称为"殿下"而开言道:"回禀殿下!依微臣所见,鏖战之说并不贴切,此仅乃殿下引蚊招蝇之术!将宋军主力尽将吸引于此,而使其后方空虚无兵可依。然后殿下必派奇兵深入宋家腹地,一路进攻岳州诸地以策应兀良合台老帅南路军之北上,而另一路进军赣之兴国、瑞州、南康、抚州诸地而使其举国惶恐不安。殿下文韬武略举世无双,故微臣才敢斗胆妄加猜度之。如言之不当,还盼殿下开恩恕罪!"忽必烈闻之哈哈大笑曰:"敢于直言面对即为忠良,何罪之有?传令速告李世侯,所进金银财宝俱皆退还,本王已将先生留下作为最佳贡品!"怪不得王文统!此人已将群儒所议变成了具体计划,而行军路线及目的所在就更符合忽必烈的构想。而这位"殿下"又从来"求贤若渴,爱才如命",见之能够轻易放过吗?

随之,"殿下"这个称呼也就在全军传开了……

1259年10月,在下令张柔率领诸多汉世侯大张旗鼓加紧围攻鄂州的同时,忽必烈已暗派挚友霸突鲁率一支蒙古大军杀向岳州,以接应北上的南路军统帅兀良合台。又派出巨无霸郑鼎率领另一支蒙古大军直插江西诸地骚扰南宋后方。还大肆声张,二军会合将直捣"南家思"的都城临安。效果奇佳,致使被腐败蛀蚀得末日将至之南宋王朝一时间腹背受敌、内外交困、首尾难顾、风雨飘摇。宋廷一度极为惊恐,有人甚至提议迁都逃亡。(详见《宋元战争史》一百六十四页)

而此时忽必烈却仍坐镇于鄂州城外的帅帐里,似只顾为大汗报仇雪耻呕心沥血了。不仅从未听到他有只字谈及"汗位""汗权",而且还不时登上那座头陀峰顶的压云亭似心中只有战局变幻。

好像目的只有一个:吸引被围困宋军的注意力……

而就在此时,他还连绵不断地收到察苾经快马驿使传来的急函。除了向他禀报后方的情况,出现频率最高的已是刘秉忠所说的那八个字——

抓紧时机,见好就收!

这使忽必烈又想起了草原母地,想起了群龙无首的汗廷,想起了自己那个桀骜不驯的幼弟阿里不哥。

是当以蒙古心决断之,但时机到底在哪儿呢?

忽必烈立马江畔久久北眺着!

茫茫的草原啊……

七

哈尔和林,万安宫沉浸在一片悲哀之中。

【第十章 晚霞般绚丽的功败垂成】

随着一颗雄毅之心停止跳动,它顿时失掉了昔日的威严、昔日的凝重,甚至昔日的辉煌。

御书房尤显得冷清凄凉……

既然皇庶弟末哥能把大汗猝死的消息火速密传给忽必烈,那随征的诸王贵胄又何尝不能呢?只不过比开平王城更遥远些,但仅仅才晚到汗都十几天。得知噩耗最早的当是蒙哥大汗寄予厚望的皇子玉龙答失,只可惜资质平庸的忽都岱大皇后之一通悲天怆地的大号啕将消息过早地泄露了出去。年轻的玉龙答失顿时手脚失措,还多亏了忠厚老成的长兄阿速台自愿前去迎灵才勉强压住了阵脚。

但按"札撒"已不能不禀告阿里不哥这位监国了……

还应指出,当玉龙答失赶到少汗的王府时,他才恍然大悟自己这位王叔好似早已"先知先觉"了。门外禁卫森严,大批留守汗都"怯薛"骁勇未经自己调动,早无视大汗的授权布列于监国藩邸四周。玉龙答失一看,便知自己手中的兵权已被解除,手下的"怯薛"将领似也早"改投新主"了。玉龙答失见之颇觉寒心,但一咬牙还是闯进了这座虎虎生威的王府。

但进去的遭遇竟更使他大失所望……

王叔阿里不哥竟连面也不肯露,仅打发了他那从小的"讲读"汉儒李槃出来周旋。只见得这老臣竟按汉式礼仪披麻戴孝,一见玉龙答失即跪地泣告曰:"少汗闻大汗骤逝,痛不欲生,哀号不止,泣血数升,日昏厥七次,智乱神迷,难以理事,特命老臣前来转禀皇子,稍待痛定,即前往万安宫叩见大皇后。"玉龙答失还欲问什么,就见内府已有人借口"少汗又昏厥过去"急又将李槃叫走。

无声的逐客令,玉龙答失只能退了出去……

其实,此时的阿里不哥正在内府大庭受悍臣骁将环绕,初享着那种"至高无上,唯我独尊"的感觉。与忽必烈相比,他显然政治智商极为低下,根本无视家族汗权是否稳固,一切均是反其道而行之:六亲不认,迫不及待,张牙舞爪,不择手段。汗兄尚且尸骨未寒,他已开始欣喜若狂地尽享汗权的尊荣了。应该说,自父母死后,蒙哥大汗对他这位幼弟还是特殊关爱和偏祖的。将另外两位兄弟纷纷打发于战场,唯将其留在自己身旁生怕他发生意外。登上汗位后,他更将父母所留吉里吉斯封地和中原真定食邑全部交由他来承袭,更突显长兄对幼弟之"舐犊情深"。后来也只因为其"性格乖张,行事暴戾"才渐渐若有他想,但仍对其另眼相看寄予莫大期望。却谁料这位"灶主"在历经一系列长兄的"驯悍记"后,竟不记兄恩只将仇恨滴滴积攒在心头。故一闻蒙哥大汗猝死,竟莫名其妙地顿生一种"大获解放"的感觉。眼泪是难免有几滴,但更多的却是策划早登大位。而常年禁锢于蒙哥大汗"不好佚靡、御臣甚严"之下的悍臣骁将也同样有"大获解放"之感,这不都聚在"新主"四周争宠献策来了吗?

哪有工夫再去搭理一位失去靠山的皇子?

当玉龙答失回到万安宫后,除了母亲持续的哀号之外,随之接踵传来的消息就更令他感到绝望。仅两天的时间,汗都哈尔和林便陷入了一片惶恐不安之中。噩耗传遍了朝野,宗亲贵胄为避祸乱竟纷纷逃离藩邸撤回了自己的草原。这一方面是因为蒙哥大汗死时正值盛年,根本未安排汗位继承人而遗留下内争之大患;另一方面的消息则是谣传当今圣上乃死于战败,拖雷家系丢尽了大蒙古的脸必受诸王之讨伐。玉龙答失越听就越感到毛骨悚然,多亏了此时庶弟昔里吉(为汗妃巴雅乌真氏所生)挺身而出了。别看这小子年方二十出头,却颇有独到见地。他声称:"保住拖雷家系汗位乃重中之重,而此项重任除两位王叔可行,而我辈均难承当得起。既然'怯薛'将领已被阿里不哥俱都收买,倒不如顺水推舟抢先表态拥戴。而另一位更加高明的王叔忽必烈也得罪不得,应速将留质宫内的小王弟芒哥喇放归以示支持。两边均都示好,且只待双方争得两败俱伤我们再出手也不迟!"玉龙答失闻之自愧弗如,只能一一依计而行之,但唯恐母后舍不得这个傻小子误了大事。

这时,小牡丹也已经跟随驼列来到了汗都……

而在阿里不哥豪华宏大的王府之内,悍臣骁将却日渐减少。很显然是那"败死之说"发酵了,竟有人开始袖手旁观拖雷家系的被"兴师问罪"。阿里不哥顿时慌了神儿,这时又多亏了李璮及时地"忠心事主",私下进言曰:"少汗应当处乱不惊,稳如泰山!皇太弟现正饮马长江,家将兀良合台也正在奋战北上,只要会师

第十章　晚霞般绚丽的功败垂成

取胜,谣言自会不攻而破。况且诸王率疲惫之师溃散初归也难辞其咎,再欲想兴师动众已心有余而力不足矣!少汗此时若能表面尊兄敬长、奉大皇后以令诸侯,而暗中多派密使携奇珍异宝分赴东西各大封国,百般抚慰许以重利引其前来参加'忽里台',则少汗可以名正言顺地早登汗位矣!即使皇太弟凯旋,似也只能对陛下俯首称臣作罢!"应该说,在慌乱中阿里不哥还是采纳了他的这些建议,只不该这位少汗使用的矢忠大臣,却始终是阿兰答儿、刘太平、李罗欢、脱里赤、霍鲁怀以及仅有一只耳朵的布只儿等"仇忽必烈派"。

汗都除了混乱,又多了滥杀无辜……

而在这一片混乱和血雨腥风之中,小牡丹已遵照察苾王妃的密嘱悄然开始行动了。别看这个命运多舛的年轻妈妈平时只顾了痴情,而这回却表现得颇为理智甚至可以说是干练。她很快便通过父母和表兄联系上了藩邸留守重臣燕真与色目侍从阿合马,向他们传达开平的密令:"轻装简从,舍弃一切财物,趁乱出发,火速将二位王妃及子女转送开平!"而此时的阿合马也颇有心计,早看出阿里不哥顶多也只会让他扮演一个"眼线"的小角色。而跟定忽必烈豪赌一把那就不同了,仅凭救出两位王妃就很可能位极人臣。而塔腊海与伯要·兀真都是为见忽必烈一面宁可不要命的主儿,遂在小牡丹表哥的安排下,经化妆后又随南下拉粮的驼列逃出了混乱的哈尔和林。阿合马受命随行护送,而燕真却仍带着宿卫照样守护藩邸以迷惑汗廷。一切均很顺利,不久便传来了两位王妃安全转移的消息,而燕真随后又安排留守宿卫借"逃逸"之名也分批投奔了漠南王城。自己则留下应对时局,并接应小牡丹下一步的行动。

尚有一个重大的问题未解决:王子芒哥喇……

而在万安宫内,此时这傻小子正和忽都岱大皇后难舍难分。别看芒哥喇已经十三四岁了,却仍像个放大了的婴儿。他不识蒙古文、汉字,不善弓马武功,没心没肺只呈一脸福相,至今还总愿意让大皇后搂着睡。性格相当随和,致使深宫大内无人不疼爱这小子。这一天,少汗阿里不哥终于依李桀之计前来叩见大皇后了。玉龙答失唯恐母后失态,谁料忽都岱大皇后一见阿里不哥还是发火道:"别来烦我!

一统华夏——忽必烈大帝之文韬武略

你大哥不当这个大汗还死不了呢!我的子孙谁要敢再提这个,立即逐出家门我将永远不认他!老四!快给我们找个别的地方,嫂子这就立刻给你腾出万安宫!"说毕又是失声大恸,致使气氛相当尴尬。这时还亏玉龙答失出来打圆场,见机行事道:"少汗乃祖父之幼子,依我蒙古风俗不但应继承家族全部财产,也当继承天下这份大业!家母悲不择言,其本意乃劝王叔早登汗位以君临天下!"而阿里不哥也不是省油的灯盏,除见好就收外尚不忘拿出"撒手锏",王顾左右而言曰:"芒哥喇呢?芒哥喇现在何处?憨态可掬,惹人怜爱,就连我这王叔也时不时想见见他呢!"果然效果奇佳,忽都岱大皇后一听就再不大哭大闹了,竟只顾失声惊叫道:"老四!汗位归你,汗位归你!"而阿里不哥也就此哈哈大笑而去,颇显潇洒飘逸。显然这"大手笔"绝非出于这位少汗之手,后来果然查证乃一只耳布只尔所献之策。

芒哥喇的命运似立马成了后宫关注的焦点……

而在此时,小牡丹也真不愧在察苾身旁侍从了多年,一想到与自己朝夕相伴的王妃便顿生精明。还必须指出,当时的宫闱对女侍们并不那么森严。与内地相比,宫女们的地位也并不那么卑下。有些贵族或大臣们甚至甘愿送女儿入侍,为的就是抬高身价以为女儿择个乘龙快婿。故小牡丹在与燕真密商策划之后,竟通过内线关系已悄然进入了后宫。在众多的来自草原或被征服地区的娇好女孩子之中,天生丽质的小牡丹似乎并不显眼。这一天,她虽然远离现场,但少汗前来"叩见"所引发的宫廷大乱她还是亲眼看见了。忽都岱大皇后惶恐的哀号直至深夜,似乎就连皇子玉龙答失和昔里吉也束手无策了。

这时,小牡丹终于义无反顾地现身于大皇后眼前……

据野史载,后面的故事竟颇具传奇色彩。好像芒哥喇是被忽必烈所遣死士买通了后宫,趁大皇后与傻小子熟睡偷偷绑架而走的。天刚微亮,便见得一乘马拉小篷车缓缓地驰出了皇宫后门,避过宿卫耳目悄然绕向大道。却谁料:道高一尺,魔高一丈!布只尔早受命潜伏于此,率亲兵防的就是宫廷异动。见之岂能轻易放过?纵兵就要上去仔细盘查。没想到那篷车反应更加迅速,一闻喝阻竟纵马狂奔直闯而

【第十章　晚霞般绚丽的功败垂成】

去。布只尔冷笑一声，立即率兵飞骑追赶。可能少了一只耳朵减少了阻力，眼见得就要将那辆篷车追上了。说时慢，来时快！这时便见得有一着皇子装的少年，惊慌失措地钻将出来跳下篷车就想夺路而逃。而此时布只尔却突然下令驻马曰："原来是他？带回去也给少汗找麻烦！其母让我失一耳，我让其以一子补偿之。放箭！"随之，十数骁勇张弓齐发，那少年能跑出多远？仅中数箭就扑倒在地一动不动了。与此同时，皇宫宿卫在昔里吉的带领下也冲出大叫捉贼拿贼，布只尔怕生麻烦当即便率部疾驰溜之大吉也。谁也没注意到那小篷车到底奔向了何方，只听说第二天忽都岱大皇后便哭叫着大闹过少汗的藩邸，撕拉着阿里不哥的衣领大叫着："我的芒哥喇有个三长两短，别怪老娘跟你拼命！"

为此，李槃又曾多次进谏自己的幼主……

虽然这位真定汉儒之建言献策，招招均已显现出确有先见之明：草原各地封王确已精疲力竭难以问鼎汗廷，奇珍异宝也确已买来了大多封王的效忠和支持。拜见大皇后也确实起到了掌控皇室的作用，诸皇子确也只能一个个俯首称臣齐表拥戴。而更重要的还在于，忽必烈果真突破长江而累战累胜，拖雷家系的汗位确又固若金汤，"败死之说"早不攻自破，蒙哥大汗的英名确又传颂四方……但在"大局已定"的情况下，这种似经蒙化的汉儒进谏也日显多余。不仅悍臣骁将们嫌他"倚老卖老"碍事，就连阿里不哥也嫌他常给自己的"唯我独尊"败兴。从小看他长大的老臣从此便被他疏远了，而诸如阿兰答儿、孛罗欢、布只尔、刘太平、脱里赤等却趁机又包围了这位少汗。这些人均为汗廷弄权的高手，早失掉民族本性变得如狡狐一般善于钻营。阿兰答儿、刘太平等就不用说了，布只尔在燕京的劣迹斑斑或也尚记忆犹新。仅拿脱里赤来说，就是一位其间颇具代表性的人物。从乃马真后临朝直到现在，代代皆为红人皆为重臣，人送绰号"笑面狐"。手段之高，蒙古大臣无出其右者。又因他们都参与过"钩考"陷害之举，出于心虚便一股劲地首先把汗位的假想敌设计为忽必烈。他肆无忌惮地煽动起兄弟间的仇恨，致使阿里不哥一听"尊兄敬长"就怒火满胸。一天，阿兰答儿竟公然蛊惑说："要想坏，汉话学得快！忽必烈从汉人那里学得比狐狸还狡猾，比豺豹还凶残！难道少汗要眼看着我们被羊咬断喉咙吗？"（原文照录）布只尔也言道："咬断吾等喉咙倒是小事，那少汗的呢？"倒是重臣脱里赤今日罕见地没煽风点火，竟稍显理智地进言曰："大汗猝死，唯留少汗兄弟三人。今旭烈兀所占大食等地区疆域之大，已足够他称王称霸建立个伟大的汗国。壮志不在母地，绝无心与一兄一弟争夺汗位。而唯一能成为少汗竞争对手者，即能屈能伸之忽必烈宗王。大汗在世之时尚畏惧其三分，曾在其治漠南破大理立功后极力贬斥之。故咬断不咬断喉咙尚是小事，臣所忧之乃少汗身为'灶主'能否登上汗位才是大事。依臣所见，再不能依照古俗迎灵落葬坐等召开'忽里台'了，而应立即行施'监国'之权，火速分东西两路派出心腹重臣机密行动：一路直插漠南与燕京诸地，断其后路，捣其老巢；一路西下秦陇川蜀诸地收编大汗余部，再控晋豫，斩断其腰。而我圣祖子孙唯依仗武力，也正好借此携巨资扩充人马收买各路汉世侯及中原汉军。趁忽必烈只顾做那灭宋的英雄梦，我即当以迅雷不及掩耳之势悄然行之。等他大梦醒来，我等早已山呼万岁将少汗奉上大汗宝座矣！"群悍闻之，俱惊讶脱里赤何来此"雄才大略"？而少汗听后，也奇怪脱里赤何来此"远见卓识"？也是！脱里赤今日之语确实不同凡响，为争夺汗位提供了一系列势在必行之策：再不能仅靠利诱坐等，是到攻其不备主动出击的时候了！掏心、斩腰、断其后路是血腥了点儿，但舍此焉能早日登上汗位？绝了！笑面狐是从哪儿掏腾来的狠招儿？……但说也可怜！原来是李槃憋了一肚子妙计却被幼主日渐生厌，没处发泄似也只好向同朝旧臣详述以示矢忠。谁料竟被脱里赤听来献上以作晋升之阶，而阿里不哥为避絮烦竟把李槃也打发南下幽燕"扩兵"去了。儒者之可悲可哀，此乃又是一例。

此时，万安宫内又传出了噩耗……

好像是那傻小子身中十数箭几经抢救终于不治了，而大皇后忽都岱因失掉心肝宝贝生命也危在旦夕，仅仅留下两句话："我……我的芒哥喇尚小，先……先交给他奶奶照看，随……随后我就去……"说毕便一直昏迷不醒。情况危急，玉龙答失只能日夜守候在母后身边，似只能由昔里吉带人赴母亲湖畔草草处理此事了。据说，就连阿里不哥闻之也颇感于心不忍，而布只尔却在一旁道喜曰："恭贺少汗！

【第十章　晚霞般绚丽的功败垂成】

此就算皇室结怨于忽必烈，诸皇子今后也只能死心塌地跟定少汗了！"

但不久之后，真相还是渐渐显露了……

原来，不仅是受察苾王妃贤能的熏陶，好像作为一个痴情女子的小牡丹也早有这种打算了。她向往着那清澈的母亲湖，总觉得那里才是自己灵魂的归宿。因为有他，他曾使自己初尝情爱的欢乐，而且还由一个女孩子成了母亲。况且听说这坏小子还对自己有过忏悔，说真想她……后来的事就变得很简单了：她换上了王子的盛装，而芒哥喇则穿上了她的衣服打扮成了个小姑娘。在对皇子玉龙答失千叮咛万嘱咐后，最终铤而走险驾车走出后宫。随后的一切前面都讲过了，唯一没讲到的是那趁机溜走的"小姑娘"也被燕真带着亲随接应而去了。小牡丹当时并未立即死去，救回宫去却只剩下了一句话："母……母亲湖，他……他想我……"这就是一个痴情蒙古女孩的下场，但至今却在母亲湖畔留下了许多美丽的传说。人们常常会指着一对双宿双飞的白鹤说：瞧啊！他俩又来了！

当然，这事后来还是被阿里不哥发现了……

但蒙哥大汗的小儿子倒也敢作敢当，昔里吉竟说："论祖制是该幼子守灶，可当今大汗的幼子又不是你啊！对两个王叔我们都得有所交代，总不能你得了大便宜又让我们去当凶手？再说了！若不是忽必烈王叔高扬大汗旗号，挥师突破长江，咱家这汗位还说不一定归了谁家呢！你别得了便宜还卖乖，给我们兄弟这点面子都不留！要怪也只能怪布只尔干得不利落，我们至今还替你瞒着大皇后呢！"这小子既野又凶悍，竟迫使阿里不哥唯恐在"忽里台"大会变生叵测反而频加抚慰。昔里吉后来果然连忽必烈的账同样也不买，大元王朝的历史有一部分就是围着他写的。这是后话。当时阿里不哥也只能迁怒于布只尔，恨不得立马再削去他另一只耳朵。

而蒙哥大汗也绝对死不瞑目……

随着争夺他所遗留汗位对峙形势的日渐明朗，他的遗体似乎也只能放在两头驴间的驮架上缓慢北返着。没有一个人想到为他报仇雪恨，各路诸王贵胄一见他死去早已纷纷率兵北撤了。唯在川蜀留大将密里霍哲与乞台不华驻守成都，并在六盘山留大将浑都海坐镇秦陇。虽说漫漫归途中虽仍不乏骁勇护灵杀人灭口，但身边却很凄凉唯有庶弟末哥和文侍耶律铸带领亲随伴行。尸骨未寒往日的亲信宠臣早纷纷散尽了，好歹后来长子阿速台赶来才总算尸骨之旁有了个儿子。遥遥不可及的草原母地啊！为什么三个亲弟弟就没有一个能伴他走完这最后一程？更令人心寒的是，一过六盘山庶弟末哥就率部改投忽必烈去了，看来皇族纷争同室操戈就在眼前！愧对母亲的遗嘱，死也难以瞑目啊！

但面对至高无上的汗位，一切都无法遏止了……

首先是阿里不哥发难的。自从排挤走李檠之后，他就变得更肆无忌惮不择手段。他根本不顾胞兄仍在江南为拖雷家系的荣誉打拼，已开始密派悍臣对其实施"断腰掏心"之战术。任命脱里赤、阿兰答儿为"行尚书省官事"分赴燕京与漠南，目的在于"掏心"。任命刘太平、霍鲁怀为"行尚书省官事"分赴川陕与六盘山，目的在于"断腰"。共同的任务是：扩充兵源，掌控税赋，断其退路，逼其就范！

而此时忽必烈正酣战于江南，根本无暇还手。

滚滚东逝长江水，似正在滔尽他的希望。

阿兰答儿已悄然逼近金莲川。

开平王城静悄悄……

八

似乎一切政治资源均在阿里不哥的掌控之中！

在职务上，他是"也客蒙古兀鲁斯"名正言顺的监国；在地理上，他占据着草原母地的中心——汗都哈尔和林；在势力范围上，他已买通了漠北诸王得到了绝大多数封国的支持；在政权上，他已挟持了整个皇族还有留守汗廷的"怯薛"卫队；在道义上，他又是按蒙古祖制所说的拖雷家系的"灶主"。

还有更不利于忽必烈的可怕消息……

【第十章　晚霞般绚丽的功败垂成】

他竟没有听取郝经的建言，及时拦截并将蒙哥大汗的灵柩迎回，目的是在于使他那颗御玺停止发挥作用。（详见《元史》）而如果被阿里不哥得到，再加上尚有大汗的御用"必阇赤"耶律铸随灵而归，二者一经在握，假托临终遗诏发什么矫旨不行？而或者是出于草原胸怀，或者是已经来不及了，总之忽必烈竟在这方面一直无所作为。再看眼前，蒙哥大汗的灵柩几经辗转已返回了汗都哈尔和林，阿里不哥除掌握了安葬权以示汗位的合法性之外，得到那颗传国御玺更可以随时呼风唤雨了。

这使郝经由不得想起了海陵王的故事……

距忽必烈所处年代并不远，几乎已被公认为金王朝皇位的接班人。1161年，海陵王也是举师伐宋，久攻不下败于采石矶，而金世宗乘机在后方自立。海陵王失去退路只好强令渡江，结果被金世宗买通部下所杀。且不论战略战术上有无可比性，思古看今故事起码有一定雷同之处。

为此，郝经、廉希宪、商挺等纷纷进谏忽必烈了……

谁料忽必烈似仍保留着那种蒙古人特有的英雄主义，每天仍镇定自若地登上高耸的压云亭观察鄂州的战局变幻，同时尚不急不躁地掌控着霸突鲁与郑鼎两路人马杀入南宋腹地的战况。他仍对汗位只字未提，郝经等问急了，竟笑之反问曰："嘴巴吐不出个龙椅来，提之又有何用？本王只牢记王妃派驿使急传和尚所言：抓紧时机，见好就收！今机在何方？好又在何处？"好像是对忽必烈沉稳的一种回报：这一天在鄂州的攻防激战中，南宋守鄂主将张胜竟以身殉国血战而死。这显然使那纨绔子弟出身的主帅贾似道慌了手脚。虽吕文德等部将见张胜殉国更加同仇敌忾，但禁不住这花花公子吓破了胆子早别有所图。

当时并不知道，似只顾了翘首以待开平王城……

而开平王城静悄悄的，似乎是在这场南北大战以及皇族内争中"独立寒秋"。其实不然，王城只是个"风平浪静"的幌子，在北面草原上的毡包王帐才是跳动的"心脏"。察苾王妃正在深秋的旷野上"日理万机"，应对着漠北汗廷种种突发的风云变幻。另外两位王妃归来了，除了在王城安排外便是仔细分析她们带回的点滴情况。可爱的傻小子和燕真归来了,除了把这小子交给伯要·兀真照看外,便是和燕真的彻底长谈。她也曾为小牡丹的发生意外悲痛地哀泣过,但尚未等擦干眼泪便又得接见来自燕京、漠南、邢州、京兆诸地的密使。后来就连小那木罕和昂家真也得转托塔腊海王妃带了,唯将真金留在身旁也是为了让他学习重新过问国事。

这一天发生的意外情况更多……

先是王府尚书姚枢带着从燕京驰归的刘秉忠前来禀告:脱里赤已到燕京"行尚书省官事",孟速思请示王妃:"当如何应对?"察苾即问:"带军队否?"和尚答:"仅带三五随从转乘驿车而来!"察苾曰:"钦差驾到,地动山摇!脱里赤如此轻装简从,必定心怀鬼胎!"姚枢道:"此乃惧我主所率数万雄兵,唯恐领军而来反倒激起剧变,故悄然而至,意在以财宝拉拢而动摇我之根基。"察苾又问:"应当如何对之?"姚枢答:"佯装不知,以静制动,听候大王决断!"察苾即决定曰:"姚公所言极是!另加两点:对少汗唯命是从,对脱里赤恭敬有加。贿金赏银均可照收不误,只求尽显唯我忠于汗廷!"刘秉忠当即笑语道:"阿弥陀佛!和尚这就去传令,碰巧了说不定还能分得一杯羹!"而察苾却阻止曰:"宗王早思汝矣,当由燕真大人急赴燕京掌控形势!"随后,京兆地区也传来了同样的情况:刘太平与霍鲁怀也悄然到任"行尚书省官事"。察苾与姚枢急遣密使,以同样的办法应对之。好在那里毕竟是忽必烈的"食邑",廉希宪等历任京兆宣抚使当时已早打下良好的基础。

但形势越来越危机四伏,且危在旦夕……

福兮祸所伏,祸兮福所倚!但就在这一天,却也有意外的惊喜出现在这荒野的王帐之内。原来,耶律铸在矢志精忠把蒙哥大汗灵柩送归汗廷后,竟出乎阿里不哥的意料颇有惊人之举。当着迎灵的众多文武百官和宗亲贵胄,先只顾让皇子阿速台护灵柩进了万安宫,而自己却独自留下以应对大权在握的少汗百般盘问。阿里不哥开口即问:"传国御玺今何在?"耶律铸竟答:"尚在大汗手中!"阿里不哥惊呼曰:"何出此言?"耶律铸平静回应道:"微臣不敢妄语,事实确实如此。大汗临终紧抓御玺对臣曰:该继朕位者,见之朕手自会松开!若逆朕言而强取之,必遭天

【第十章 晚霞般绚丽的功败垂成】

谴厄运临头！臣不敢有违圣意，故一直保持原状未动！"阿里不哥闻之则对其狠狠警告道："若此话再告知他人，小心汝的脑袋！"随之便抛开耶律铸再不理睬，竟不顾一切地向后宫扑去。而令人惊诧的却还在于，猛一抬头便见得那御玺竟然轻松地捧在玉龙答失手中。阿里不哥下意识地就要去夺，谁料昔里吉却抢先一步夺在自己手上曰："王叔！可别怪我昔里吉凶悍无情！你啃光了骨头吃尽了肉，也总该给我们这些失去父汗的孩子们留口汤喝喝！可你呢？父汗尸骨未寒，你就将玉龙答失手中的兵权夺走了，还打算将我们弟兄三个通通扫地出门！你也太心狠手辣了吧？你也太对不起我那死去的父汗了吧？"阿里不哥气得怒吼了："来人呀……"更没想到昔里吉竟高举御玺大笑曰："你敢撒野，我昔里吉就敢把它给砸了！想想吧，你这就成了谋篡，成了逼宫，成了整个大蒙古的叛逆！你能买通草原各地的封王，可买不通南征汉地的忽必烈王叔。千万可不能把烤好的全羊拱手让给别人，要想当大汗就得好好掂量掂量！"阿里不哥这回算遇到了真正的对手，毕竟现在仍未登上大汗宝座似也只能答应谈判。况且，昔里吉手下也早蓄有一批凶悍的死士以防备两位王叔，故再苛刻的条件阿里不哥也只能抢先答应了。但谈判也必须假以时日，等人们再想起那位关键人物耶律铸之时，却发现他的妻室儿女均在而他却不见了。传说颇多，有人声称是被少汗的人抓走了，有人则声称是在大内深宫隐匿了起来。但却令谁也没有料想到的是，耶律铸为大汗尽完忠当夜即怀揣令牌驰马"改投明主"了。连续多日之奔波，他的到来当然是开平王城的一大惊喜。察苾王妃立即于王帐设盛宴为其接风洗尘，并请姚枢与刘秉忠作陪共商下一步大计。

谈话焦点很快集中到了忽必烈之进与退……

耶律铸当即曰："阿里不哥无视皇太弟维护托雷家系汗位之功，现正对内惑乱宫廷、对外施害王兄，皇太弟不可不防！"和尚刘秉忠也道："见机行事，宗王当秘密返归，火速掌控幽燕以应对不测！"而察苾却说："现鄂州正处胶着状态，宗王又绝非那种无功而返之人！"谁料姚枢竟答曰："请王妃放心！自会有人送'功'而去！"众皆不解，姚枢进而解释道："臣深知宋之宫廷内幕，其此次鄂州主帅贾似道仅为一玩女人斗蟋蟀的花花公子。依仗其姊贾贵妃得宠列身朝班，后又靠弄虚作假蒙骗昏君登上右丞相高位。现部下虽有张胜、吕文德等忠勇之将，但这位花花公子又如何吃得了这长期鏖战之苦？况且霸突鲁与郑鼎将军已直捣其腹地引发朝野恐慌，臣料贾似道不日必将献贡以求和。宗王前以'蒙古心决断'已力挽狂澜，今日更应以'社稷为重'火速秘密北返。"众皆以为然，察苾王妃也当即应耶律铸之请求，命王府骁将护送其与刘秉忠日夜兼程奔赴前线。而自己则与姚枢留下，尽快查清阿里不哥除了想抢占地盘到底还想下何狠手？

这一天，很快便被盼来了……

察苾仍留候在深秋的草原王帐里，耐心地等待"有所收获"。据史载，1259年10月底，狡诈的阿兰答儿见脱里赤赴燕京上任并未遇到任何反抗，开平王城竟连一点反应也没有，便自以为得计，随后也率亲信数人乘驿马悄然而至漠南。恰好在距离开平王城一百多里的地方，遇到了一个驻扎着蒙古骁勇的营地。阿兰答儿见之灵机一动，便想由此即在漠南"行尚书省官事"。利用所携金银珍宝和加封手谕，亮明身份之后就开始了扩军抽丁。而该军营的将领和兵丁似乎都被他吓晕了，均唯唯诺诺倾听他的调遣和安排。尤其在大肆进行封赏后更是纷纷表态对少汗效忠，致使阿兰答儿当即产生了一种狂热的冲动：明日即带领这支蒙古铁骑进驻开平王城，首先扣押那个折磨自己半生的魔女察苾作为人质。这等于套住了忽必烈的魂灵，自己必将成为新汗驾前第一功臣。随之便是下令屠牛宰羊，用白花花的银子和火辣辣的酒激励士气和蛊惑军心。时值傍晚，落霞满天。正当酒酣兴高之际，便猛听得一阵阵马蹄声渐渐逼近。阿兰答儿忙停杯迎声望去，就见得万道霞光之中闪现出一尊跨在马上的光彩夺目的女神。与她并驾齐驱的同样是一位肩披晚霞的沉默少年，他们的两旁还有多位似身穿金甲的武士。阿兰答儿由不得惊呼了："察苾？！"语音未落，就已见察苾闻声而驻马，只令身旁两位武士催马直逼军帐而来。阿兰答儿身后有买通的将士并不害怕，唯目瞪口呆地惊讶岁月为何对这女人竟不起作用？她还是那么高贵、圣洁，美得摄人心魄！

但她就是冷峻地一言不发，仅用目光威慑着一切……

阿兰答儿正欲解释什么，却只听她身旁一武士已高声喝问："来者何人？竟

【第十章　晚霞般绚丽的功败垂成】

敢如此大胆！在为当今大汗守丧期间，竟然违抗'札撒'私自擅闯军营！"阿兰答儿一怔，赶忙亮明身份曰："吾乃汗廷新任命漠南行尚书省官，到此乃为巡视下属各部！"另一位武士竟冷笑以对，又在厉声喝问："今新汗尚未登基，何来新的任命？按'札撒'论，圣祖嫡重孙就在此地！擅入其所辖之境而不令知之已触犯'大逆不道'罪。此即蔑视圣祖嫡重孙，蔑视皇太弟，蔑视整个皇室家族！罪莫大焉，死有余辜！"阿兰答儿被问得理屈词穷了，仗着身后有被收买的满营骁勇竟干脆豁出去了，拍案而起曰："也罢，就直说吧！吾受'监国'密令，到此即为扩军抽兵，防的就是有人图谋造反，尔等直到此时尚且执迷不悟对抗汗廷，那就别怪我阿兰答儿不客气了！来人呀……"谁料察苾闻之竟跨在马上纹丝不动，而再看已被收买的将领兵丁却突然反目拔刀怒向自己。阿兰答儿蓦地明白：自己这是自投罗网，很可能今日就要大难临头。

而王妃仍然一言不发，似只顾跨在马上冷眼旁观……

再看圣祖嫡重孙也似对阿兰答儿不屑一顾，竟差另一名武士当众宣示："圣祖嫡重孙深信少汗监国之英明，今日之事皆为此人借守丧期间欲图谋不轨。现将其伪造文书信印及大笔贿银权且扣下，着将其本人由驿站传送交少汗亲自审理。"阿兰答儿虽然保住了一条命，可下场却惨了。就连亲信随从也被扣押，似也只好孤零零的一个人滚回汗廷去了。

察苾仍然冷若冰霜，一勒马竟放心地走了……

但随后她对将士们的犒赏却是充满热情的：奖励他们的忠诚，奖励他们的耐心，奖励他们久久守候的辛劳。随之便是和姚枢一起研究到手这一切，终于搞清楚了阿里不哥的最终目的：占据要地，扩军抽兵，断兄后路，以武力夺取汗位（确为史实，但《后妃传》却记之甚简）。察苾这才发现，在权欲面前根本没有什么亲情可言。为登上大汗的宝座，"同室操戈"与"手足相残"这就开始了。

她深知忽必烈的禀性，并因之变得忧虑不安起来……

为此，她命姚枢根据刚才的人证、物证写好呈文，然后再带着人证、物证亲赴燕京交赛典赤·赡思丁上报处理。因其掌管中原政务，故不会给汗廷留下任何把柄。而姚枢也就此留下与孟速思等相商,暗中做好迎接宗王北返的一切准备。

随之,她用密语写好了一封私语,唤来了王府的亲信宿将脱欢与爱莫干,命二人十万火急驰往鄂州军中密禀。

她知道,或许只有她才能唤回忽必烈。

耶律铸与刘秉忠尚很可能难以说动。

典型的蒙古汉子啊……

九

果然如此……

耶律铸与刘秉忠渡江至鄂,是受到了这位性格豪放宗王极大的欢迎。尤其对耶律铸更是"酒逢知己千杯少",是夜,竟与其在帅帐内抵足而眠。但所谈大多是蒙哥大汗在征伐路上的得与失,似只顾惋惜汗兄的"壮志未酬身先死"。听得出此时与他谈"北返"是如何之难,故和尚刘秉忠早私下找郝经与廉希宪等想办法去了。

是的! 强悍的草原英雄主义仍在心中作祟……

应当指出,忽必烈已经知道了守鄂主将张胜已经战死城内。而且确如姚枢判断所言,奸相贾似道也已派密使暗来屈膝求和。是显然有点"给个台阶尚不懂下台",但从客观上讲却绝对有助于塑造他的"光辉形象"。果然,草原上的牧人均把他视为继承圣祖遗志的战争英雄,反之阿里不哥倒像个只顾享乐、不思情义的权力狂人。是有意而为,还是无意行之? 总之应当适可而止了……但作为圣祖的杰出子孙有一点却是必须肯定的,那就是忽必烈身上那股奔腾的草原热血似乎总不允许他就此罢休。他一生追求完胜,偏执的完胜,虽然一生均未做到。为此,他现在更关注的却在于:兀良合台老帅所统领的南路军是否和自己派去接应的部队会了师? 庶弟末哥所率部众折返东进何时来到长江边? 一种近乎偏执的荣誉感使他认为,只有这东、西、南三路大军齐聚于他的麾下攻克鄂州,这才叫抓住了"机",收到了

【第十章　晚霞般绚丽的功败垂成】

"好"。

而更重要的还在于，他显然轻视了阿里不哥……

在忽必烈看来，这位一母所生的幼弟除了桀骜不驯、骄横拨扈外，似乎就是再坏也坏不到哪里了。一不懂军事，二没政治头脑，除了"灶主"那特殊身份外一无所长。为此，当他听刘秉忠和耶律铸面禀阿里不哥"夺印"与"抢位"时，也均以其幼稚可笑没有给予足够的重视。只是当耶律铸提到一个人的名字"李槃"，他才突然警觉起来。尤其当听闻李槃为其幼主设计"断腰""掏心"之策时，甚至还有些惶恐不安地暗怨起这老儿之"心毒手恨"，只不该耶律铸随之又告知李槃的可悲下场：现已被发配随布只尔等南下扩军。忽必烈闻之放心大笑曰："非吾不讲手足之情，乃其自断臂膀！"

点燃一颗蒙古心容易，冷却一颗蒙古心难……

闻听耶律铸和刘秉忠详细叙述之后，以郝经和廉希宪为首的众多儒臣幕僚更加焦虑了。如侍臣董文用就曾"一日三谏，力主班师，以为神器（即汗位）不可久旷，待登上大汗之位后，遣一支偏师，即可了结江南事"（详见《元朝名臣事略·内翰董忠穆公》）。而忽必烈不纳，竟反而命蒙古将领骁骑集中兵力突破鄂州城，迫使郝经也只能再疾书《班师议》，而廉希宪也只能去求助于刚刚返回的大将霸突鲁。

机不可失，时不再来……

在这关键时刻，察苾王妃派来的急使终于飞马跃到长江边。爱莫干和脱欢不顾鞍马疲劳，当即又驾舟渡江直奔帅帐。当面向忽必烈呈上的是以王府尚书姚枢之名义写的情资分析，尽言李槃虽被逐然脱里赤已尽得其策。现御玺在手更加行事嚣张，燕京、漠南均岌岌可危。尤以秦陇川蜀情况更为严重，"选置将帅、分赐金帛"已使留驻诸军纷纷归顺矣。仅以六盘山为例，浑都海将军已率四万余骁骑倒戈效忠于阿里不哥……应该说，忽必烈是早已估计到了这一点，只不过就是没想到事态会发展得如此迅速，如此严重，再加上爱莫干和脱欢把阿兰答儿到仅离王城一百多里横行扩兵之事一说，还声称若非王妃已有防备早被人家把老窝都给端了。恰似一盆冷水浇头，忽必烈那颗激荡的蒙古心霎时便冷静下来。

知夫莫如妻！或许这正是察苾有意而为之……

这一天，忽必烈再没有登上高耸的压云亭观战，而是斥退左右，一个人单独在帅帐里反复阅读着察苾那封密信。前面说到过，当时的马背民族有个颇为特殊的习惯：令信使传递文书信息时，往往使用有韵的微言隐语来表达心情或说明问题。言简意赅，非有特殊关系的人之间，是很难理解其内涵的。忽必烈轻轻地打开这封密信，刹那间便觉得一股熟悉的温馨气息弥漫了整个帅帐。沁人心脾，顿时只感到察苾已踏过滚滚的长江来到了自己的身旁。她秀眉紧锁，明眸含泪，面带忧戚，神伤哀怨，似在无言地向他发出了责问。忽必烈猛然意识到自己似乎是太固执了，比如自己就曾多次说过："率领了多得像蚂蚁和蝗虫般的大军来到这里，怎么能无功而返呢？"（详见《史集》）而为了这"功"几乎让人家端了老窝，几乎让老婆孩子成了人家的战俘和人质。忽必烈本来不想再看那封密函了，但最终还是被那股特殊的温馨气息所吸引展开了。谁料竟没有一丝哀怨、责难、委屈和不满，有的只是理解、尊重、柔情以及适可而止的建言。她说："大鱼的头被砍断了，在小鱼中除了你和阿里不哥以外，还剩下谁呢？你回来好不好？"

没有一句哗众取宠之语，倒好像一个平凡妻子在丈夫耳畔轻柔的提示。但就是察苾丝毫不带政治或军事色彩的私语密信，却使得风云突变起到了扭转乾坤的作用。故史载她"鄂诸班师，洞识事机之会"，即指此而言。一个杰出的蒙古女政治家，竟采用了这种最朴素的平常妇女手段。难怪忽必烈的高傲的自尊心毫未损伤，却顿时做出颇具历史意义的战略决断。

而此时又有一事突显了察苾的先见之明……

这一天，阿里不哥竟一改桀骜不驯，而派使者特来前线谒见忽必烈，跪禀曰："我们是被派来请安和转达问候的！"忽必烈立即直问："阿里不哥把他所调出的侍卫和军士派到哪里去呢？"来使吞吞吐吐地回答："我们这些奴仆们一点也不知道，显然这是谣传！"忽必烈见其鬼鬼祟祟、神情慌张，当即觉察到来使此行尚有窥探军情甚至拉拢自己部众之心。随之便命人严密监视，立即召集亲信臣僚计议。

【第十章　晚霞般绚丽的功败垂成】

（详见拉施德《史集》卷二）

帅帐之内，忽必烈又尽显其从容镇定……

第一个发言的乃帅帐首席谋臣郝经，他以其《班师议》中所列内容从三方面进行了分析。其一，南宋方面：百足之虫，死而不僵。虽鄂州受困，但从海上腹地均尚有各路大军可以调集。如闻我大汗业已猝死，而内争又迫在眼前，必将誓死顽抗，甚至配合阿里不哥以夹击于我。而我则很可能腹背受敌，孤军就有"欲归不能之忧"。所幸宋"方惧大敌"，现在尚"未暇谋我"。故眼前真正的危险不在宋方，而在"国内空虚"之内部！

众皆以为然，忽必烈颔首让他往下继续说……

郝经随之便谈到第二个方面，即内部形势：他认为在背后"塔察国王（即塔察儿）与李行省（李璮）肱髀相依"已形成潜在威胁。而西道诸王也在"窥觎关陇"，阻隔了殿下与旭烈兀大王的联系。更重要的是"病民诸奸（系指汉地的诸多汉世侯）各持两端，观望所立。莫不觊觎神器（大位），染指垂涎"。如果其中有一狡诈者，万一趁机起兵，先人而作乱，我则更"腹背受敌，大势去矣"。

众皆察言观色，却只见忽必烈听得更加专注耐心……

郝经似乎受到了莫大的鼓励，继续分析最重要的一方面，即汗都之动作。郝经更直言相告曰："阿里不哥已行赦令，任脱里赤为断事官，行尚书省事，据燕都、按图籍、号令诸道，行皇帝事矣！"又称：殿下虽然"素有人望，且握重兵，独不见金海陵王故事乎"，讲到兴起，郝经竟不看忽必烈的眼色，干脆把海陵王的悲剧绘声绘色地复述了一遍，声泪俱下，致使群儒莫不为海陵王扼腕叹息。

再看，忽必烈显然被强烈震撼了……

而郝经一鼓作气大胆指出，今日之事颇似海陵王与金世宗之争位。如果阿里不哥自称"受遗诏，便正位号，下诏中原，行赦江上"，殿下欲要回去还可行乎？为此，应效古之圣王，该进则进，该退则退。凡事应当"以祖宗为念，以社稷为念，以天下生灵为念！奋发乾纲，不为需下，断然班师，亟定大计，销祸于未然"。最后，郝经慷慨激昂地总结道，若殿下再以轻骑北返，直趋燕都，阿里不哥等必定以

一统华夏——忽必烈大帝之文韬武略

为殿下从天而降,尔等"奸谋僭志"也必然随之冰释瓦解。(详见元代著作《陵川集》卷三十二)

只见忽必烈竟听得入神,两目炯炯闪光。廉希宪见之也当即挺身而出,从正面劝谏曰:"殿下圣祖嫡孙,先皇母弟,前征云南,克期抚定,及今南伐,率先渡江,天道可知。且殿下收召才杰,悉从人望,子惠庶民,率土归心。今先皇奄弃万国,神器无主,愿速还京,正大位以安天下。"而众儒群僚也纷纷响应,均跪伏于地齐呼曰:"愿殿下火速返京,早继大位以安天下!"(详见《元史·廉希宪传》)

但忽必烈并未当即表态,反令群僚姑且退下……

应当说,对于当时的事态,这位雄才大略的宗王还是尚且有一定的认识,但远不如郝经分析得那么深刻,廉希宪指得那么明确。一句话:立即北返,角逐汗位!郝经为他分析出残酷的现实,廉希宪为他指出了必达的目的。为此,忽必烈竟由不得又拿出了那份散发着温馨气息的密函,顿觉得那别具魅力的声音又在耳旁轻柔地回荡着:

你回来好不好?……你回来好不好?……

似有一种水滴石穿的力量,一声声温情的呼唤正在消融那偏执的草原英雄主义。好像老天也在给他帮忙!这时不但老师兀良合台率部已被接应部队迎归,而且那南宋花花公子丞相贾似道也为屈膝求和步步退让:求划江为界,称臣纳贡。只要撤军,愿每年向蒙古纳银二十万两,绢二十万匹。现正由赵璧任专使与贾似道密使宋京谈判,或进或退主动权皆在自己掌控之中。

但作为圣祖的子孙,似总感到留有一些缺憾……

而就在此时,就闻得挚友霸突鲁大将军帐外求见。忽必烈得知后慌忙起身迎了出去,并执其手欲进帐作促膝长谈。然霸突鲁却未奉命当即而入,竟挽其手遥指压云亭让其观看。忽必烈放眼向耸立入云的高台望去,便只见得往日自己指挥千军万马的压云亭之上盘坐着一位僧人。他双掌合十,宛如铜铸,任鄂州城下杀声四起,就是秃头闪光我自岿然不动。忽必烈惊呼了:"刘秉忠……"霸突鲁答曰:

第十章 晚霞般绚丽的功败垂成

"是他！闻其言之，乃奉王妃之命为殿下'叩六丁之灵'，已作法两天两夜水米未进！"没错儿！此乃察苾早设计好的决定性的一招。须知，忽必烈当时不仅已笃信藏传佛教，而且与历任大汗一样也均是颇信卜筮之术的。

蓝天白云间，刘秉忠仍纹丝不动地端坐着……

回到帅帐之内，忽必烈内心尚存的遗憾早消失得无影无踪了，只顾倾听着霸突鲁将军的尽抒己见。当然，这位勋贵原不打算插手皇族内争，但禁不住廉希宪与郝经等的"晓以大义"还是挺身而出了。老帅兀良合台也是如此，并请他代转"效忠殿下"的决心。果然，霸突鲁完全同意郝经《班师议》之说，而且还自告奋勇愿率军压后以使"殿下火速机密北返早定大位"。而忽必烈见两位勋贵均已成为自己坚强的后盾，故也施展雄才大略开始安排北撤计划。

声东击西！真可谓滴水不漏……

其一，传唤阿里不哥派来的使者，命人护送速返汗廷报捷。沿途遍传宋已"称臣纳贡"之胜利消息，以壮军威，使阿里不哥暂不敢轻举妄动。

其二，为了暂时稳定军心和迷惑宋军，对外声言：东攻临安（即今杭州）。此消息同时透露给汗廷来使，作用如前。

其三，命赵璧不卑不亢而又速战速决地加紧与贾似道密使宋京谈判。果然赵璧不辱使命达成了协议，使得蒙古军队当日即体面地撤回了北岸。两万江南降众，也遵忽必烈命令带回了江北。（详见《元史·世祖本纪一》）

其四，与霸突鲁、兀良合台以及汉世侯张柔等，缜密研究了撤至江北的军事部署。其时王文统已展现了卓越的组织和理财才能，留其协调并保证后勤供给。

其五，已着手令廉希宪先行北上，探明并掌控幽燕局势；令赵良弼以查看食邑为名了解秦陇川蜀变幻；并令郝经、赵璧、耶律铸、张文谦、刘秉忠等诸儒，脱欢、爱莫干等将领率轻骑随从，采郝经"置辎重，以轻骑归，渡淮乘驿，直造都"之策，择日即神出鬼没北返（详见《元史·世祖本纪》）

而历经三天三夜后，和尚也从压云亭上下来了……

虽已灰头土脸、弱不禁风，但还是引起忽必烈的高度关注，忙亲自搀扶问曰：

"叩六丁之灵,有何结果?"谁料和尚颤颤巍巍答道:"龙飞之时已至,可速回辕!"(详见《佛祖历代通载》第三十五)说毕竟饿晕过去了,似有些大煞风景。但据史载,忽必烈却严遵佛示,于1259年11月28日,从牛头山起程北归。

但智者千虑,必有一失。归程是机密的,也是十万火急的。但在途经怀孟州(今河南沁阳)附近时,忽必烈还是派张文谦快马去向驻扎于此的商挺询问情况。商挺却对张文谦说:"殿下班师,师屯江北,若有一介驰诈发之,军中留何符契?"张文谦听罢,急忙追赶忽必烈转达商挺之言。忽必烈闻之大悟,罕见地骂道:"无一人为吾言此,非商孟卿,几败大计!"随之,立即遣使赴江北军中订立调兵契约。不久,阿里不哥的使者果然到江北军中行诈,遂被军将依事先之约定杀掉。(详见《元朝名臣事略·参政商文定公》)

除此之外,北返途中尚有一桩奇遇……

一乃路过燕南,得悉被阿里不哥贬于中原扩兵之李槃,现正被另一征兵官脱忽思阴差阳错地械系于狱中。说法颇多,有的说是他倚老卖老,动不动就拿"少汗乃吾弟子"吓人,惹恼了同行的蒙古将领;有的说是布只尔就在此地,乃他与脱里赤相商唯恐其多嘴坏事而杀人灭口。众儒闻之皆曰:"该!助纣为虐者下场合当如此!"而忽必烈却言道:"否!各为其主,李槃何罪之有?"遂率众直趋械人监牢喝令放人。一阵慌乱,就连布只尔也闻讯连忙赶来。忽必烈见之大笑曰:"也算有缘!你我又于此相会了。布只尔大人!本王应诏赶赴汗廷朝觐少汗,可赏脸相伴而行乎?"布只尔充满幻想且又不敢不从,遂下令释放李槃只看皇太弟眼色行事。只可悲李槃蓬头垢面出得大牢,竟跪地向北长揖哭拜曰:"少汗啊!非老臣不忠,乃皇太弟非要救吾于械狱之中!老臣当效曹营中之徐庶,从此不再设一谋!"令人哭笑不得,但忽必烈竟无一声责怪。于危急时刻插手此类意外之事,似有些不顾全局小题大做。其实不然,李槃乃闻名幽燕的真定大儒,此举不但深得燕南民心,而且举手间又使忽必烈由一位杰出的军事统帅转化为一位礼贤下士的仁儒贤王。

眼前就是燕京,廉希宪已早于城内做好安排前来迎接了。

忽必烈驻马命令宿将脱欢火速回马江北,现在可告知霸突鲁与兀良合台了:立

【第十章 晚霞般绚丽的功败垂成】

即如约率兵北上！然后，竟命文武随从就地歇宿一晚。

他要重复昔日的故事。

悄然入城⋯⋯

金朝故都又迎来了一个安谧的黎明⋯⋯

而于亡金故宫大内，阿里不哥派来的宠臣脱里赤，现仍在销魂帐里拥美而呼呼大睡。踌躇满志，在睡态中尽显无遗。

也难怪！他现在是汗廷最当红的政治明星⋯⋯

自从尽得李璮的"真传"以来，真可谓红得发紫，热得烫手。他深受监国的信任，职位一升再升。现在已不仅是在燕京"行尚书省官事"掌控中原各地，而在汗廷也被擢升为"扎鲁忽赤"。这在蒙廷之中可是一个至高无上的官职，可以说是位列朝班之首。而来到燕京之后，更是奇迹般地未遇到一丝反抗。什么忠直耿正之臣赛典赤·赡思丁？什么干吏能臣孟速思？这不都经不住少汗的高官厚禄财宝封赏乖乖地归顺了吗？扩军、抽兵、控税、调动人马，几乎均不用自己亲自动手，似乎"掏心"战术这就要彻底完成了。而他还为久久得不到阿兰答儿的消息暗自窃喜，真盼望开平那位能干的王妃能帮自己把这个潜在的对手淘汰掉。燕京真好！燕京的美女更好！燕京的莺歌燕舞尤为出色！

只可惜！竟有人敢这么早就打扰他的好梦⋯⋯

脱里赤大怒，本想动手杀人，但一听来人禀报：皇太弟有请！顿时便惊坐而起吓破了胆。什么？忽必烈竟神出鬼没地归来了？这简直是从天而降，这简直就如晴天霹雳！但转念一想，好在燕京文臣武将俱已被自己收买，又何惧之？遂忙更衣换靴率数名宿卫匆匆跟随来者奔赴燕京行台衙门。谁料尚未进门众贴身宿卫便被一位身穿甲胄的色目将军拦下了。此即碧眼短髭之廉希宪。脱里赤无奈只好单身而入，

一统华夏——忽必烈大帝之文韬武略

远远便见忽必烈宽衣松带消闲而坐。他神清气爽，飘逸自如，正与陪坐于两旁的赛典赤·赡思丁与孟速思侃侃而谈。而脱里赤也深知，现今大位未定，对这位皇太弟稍有不敬很可能就要触犯"札撒"。故能屈能伸也只好先行叩拜大礼曰："臣脱里赤不知皇太弟驾到，未曾远迎，还望恕罪！"谁料忽必烈闻之竟哈哈大笑应之道："快请起，快请起！同朝为臣，何罪有之？来人呀！看座奉茶！"脱里赤起身落座，见未撕破脸皮稍稍定了心。但没想到忽必烈突然便开口发问："敢问大人！依照'札撒'，为大汗守丧期间应当不得擅自调动兵马！而本王此次北返期间，见大人主持所调大批兵马纷纷北上幽燕，严重扰民，横行不法，怨声载道，毁誉于皇室汗廷！不知大人当做何解释？"脱里赤措手不及只能谎称曰："此……此乃大汗遗命！"更没料到忽必烈竟拍案而起道："荒唐！可有圣旨？可有御批？分明是想嫁祸于死去的大汗！而现今监国远在漠北，本王在此代皇族宣示：命你立即下令遣散违犯'札撒'所征集之兵马！"（详见《元史·世祖本纪一》）

所幸忽必烈尚未捅破最后那层窗户纸……

脱里赤下来后忙私下问计于赛典赤·赡思丁与孟速思，两人均"难得糊涂"地对应道："非吾等不忠于少汗！乃现今大位未定，皇太弟仍为皇室之尊长！然而其尚未对大人高升提出异议，又足见其对少汗图谋似尚茫然不觉！大人还不如遵其令先行遣散征集兵丁，以免除眼前之祸再与少汗商定对应之策！"脱里赤又问："知其为何突然归来乎？"两人又答："未敢妄问！只闻其部从私下议论曰：王妃貌美若仙，智慧超凡！此次大王北归，乃欲亲自接妃南下直捣临安。借其谋略，彻底为大汗报仇雪恨。"脱里赤竟曰："既是皇室尊长，也属久旷凡夫，以此为借口北归，尚可理解。你我好生伺候，但愿其早早携美速去！"随之，他便连夜遣亲信北去汗廷面见阿里不哥，并建议其"现在最好由您派遣万户长（高级勋贵，草原母地仅有四位）和急使们一起带着海冬青（猎鹰）、猎兽（猛犬）来此说明，以尽除忽必烈之疑虑！"（详见拉施德《史集》）而据史载，忽必烈也已于此前遣使向阿里不哥提出了"责问和严求"。阿里不哥见图谋就要败露，又知忽必烈已迫使南宋"纳贡称臣"正逞强势。自己尚未登上大汗宝座，似也只能姑且委屈一时，正如脱

第十章 晚霞般绚丽的功败垂成

里赤所言以争取时间。遂派遣一位万户长及使者带来了五只名鹰海冬青（据说数百名奴隶未必能换回一只海冬青），敬献于忽必烈驾前，还代少汗致以诚挚的问候，并"遵照阿里不哥的旨令，对忽必烈说了许多悦耳动听的话，力求使他感到安全和放心"。但更重要的一点是，"他们还慎重地向忽必烈禀告：阿里不哥已经停止征发兵士"。见幼弟退让，忽必烈也以柔软身姿相对曰："既然你们已经解释了这些无谓的谣言，那就一切太平无事了！"（详见《世界征服者史》）

仍似互作让步，还是谁也不肯捅破那层窗户纸……

作为燕京最高的行政官员，脱里赤却似乎越来越感到不自在了。其中最重要的原因之一，那便是在"一切太平无事"之后，忽必烈似也被燕京的繁华深深吸引了。他不仅未迅速南下直捣临安，反而在汉世侯史天泽于燕京的府邸住下更安之若素了。三个王妃轮流前来伺候，门前一时间车水马龙好不热闹。脱里赤到此时才发现，自己多日来的苦心经营算是白费了，皇太弟的突然"从天而降"早已使这一切化为泡影。就连少汗白花花的银子和大大小小的官帽也像打了水漂，赛典赤·赡思丁和孟速思等诸位要员也突然隐而不现了。到后来更发现，原来自己所抽的苛税重赋竟全是账面文章，就连自己亲信所强征回的兵丁也早纳入了人家布好的罗网。所谓的少汗另一亲信布只尔也已被孟速思部下掌控，分明是"杀鸡给猴看"让自己瞧的。脱里赤想到这里由不得心惊胆战，但这层窗户纸没捅破之前自己又无法抽身。走，怕少汗斥之为此乃临阵脱逃；留，又唯恐随时飞来之横祸。苍天啊！一面是皇室尊长潇洒燕京，一面是少汗监国大位未定，这可让自己在这怎么当这个"行尚书省'官事"啊！

几经思考，还是三十六计走为上……

这一天，脱里赤假矫汗廷之令前来谒见忽必烈。谁料这位皇太弟竟对少汗"唯命是从"，爽快大笑曰："何需宣示于本王？大人乃汗廷重臣，应当以监国之令行事！本王无权也无暇过问此类琐事，所欠诸王妃的冤孽债尚未还清矣！哈哈哈哈……"脱里赤闻之就要退出，没想到又蓦地被忽必烈唤住曰："大人稍候！眼下正是多事之秋，大人勿忘趁此为监国顺便带回贡银岁粮，回去也好有个交代！"脱里赤听得出话中有话，但似也只能叩拜谢恩。而后忽必烈又特意叮嘱："还请代本王向少汗致以深挚之问候，愿监国为我大蒙古多加保重！"脱里赤终于得到了解脱。史载，多亏了忽必烈此次"突然从天而降"于燕京，才使得阿里不哥"扩兵夺位"之图谋被全盘打乱。脱里赤的惶恐想溜，更说明了在第一回合中已变被动为主动取得了基本胜利。但对于像脱里赤这样的重臣认识却仍很朦胧，甚至还对这位皇太弟之殷切嘱咐和话语尚产生过某种幻想。再加上这种人也不想在监国面前暴露自己的无能，故也只能乞告赛典赤·赡思丁给他些"贡银岁粮"也好回去有个体面的交代。

哈尔和林，已进入了严冬季节……

脱里赤绝不敢怠慢，一进得汗都就忙去觐见少汗阿里不哥。他本想大肆渲染：燕京诸臣一见忽必烈是如何纷纷倒戈，而唯有他是如何矢志不渝冒死送来了这批"贡银岁粮"。但没想到话还没有出口，就见得少汗阿里不哥已经要动雷霆之怒了。所幸此时帷幔后闪出一位冷面而又精悍的年轻贵胄，竟敢逆其怒而进谏曰："少汗少安毋躁！脱里赤大人能如此而归，已尽显其忠贞不贰实属难得！"但更令脱里赤深感惊讶的还在于，至高无上、唯我独尊的少汗竟不加任何反驳公然听从了。这时脱里赤才缓过神来看清，原来这位冷面贵胄竟会是大汗生前极少露面的三皇子昔里吉。多会儿成了少汗的亲信谋臣？不得而知，但仅从眼前情况看来，已跃居自己与阿兰答儿、刘太平、霍鲁海之上似早成为事实。果然，昔里吉不用请示少汗，便即自行下令曰："脱里赤大人劳苦功高，先回府休息去吧！晚间少汗潜邸当设宴摆酒，专为大人接风洗尘！"

而少汗也一挥手，不耐烦地令其先行退下……

脱里赤似也只好遵命而出，唯不解这位三皇子为何突然间竟脱颖而出成为汗廷的风云人物？其实很简单！就从上回在大内的"夺印"之后，已使他刹那间便蜕变为皇族最有权威的代言人。冷酷狡诈，有胆有识，挟大皇后以令宗亲贵胄，很快便迫使阿里不哥答应了许多苛刻的要求：分给三位皇子更多的封地、更多的食邑、更多的军队以及为大皇后忽都岱争得了更多皇室特权。小小年纪竟有如此胆略魄力，

【第十章　晚霞般绚丽的功败垂成】

致使大皇后感动之余也把其称为"嫡出"。而阿里不哥事后竟发现自己"也不赔本"：这位三皇子颇有乃父遗风，对忽必烈也充满了猜忌和妒恨，甚至认为蒙哥大汗之死纯系忽必烈于东线拖延进军时间所致。随后在合作共事中阿里不哥更进而看出，这小子虽"生、冷、野、悍"，但其智谋却绝不在老夫子李槃之下，而且行事果断，下手狠毒。比如，他早就对脱里赤与阿兰答儿的出使有过评价曰："别看忽必烈远在江南，这几个蠢货绑在一起也不是察苾的对手。不信您就等着瞧吧，能穿着裤子回来就算人家开恩了。"同时，他还代表皇室信誓旦旦地将传国御玺交给了自己，代表大皇后和皇族公开表态拥戴自己入继大汗之位。此外依其计而行之，也果然使浑都海在六盘山所率四万精锐铁骑全都归顺。现已难离左右，至于"桀骜不驯"等入继大统后慢慢修理也不晚。他老子不是也对自己这样做过吗？

随之，便是两人长时间的秘密相商……

到夜幕降临之时，脱里赤应诏再次进入了阿里不哥的王府。昔里吉把它称为"潜邸"是大有用意的，即入继大汗大位之前的故居。但眼前似意不在豪华也并不张扬，少汗竟在禁卫森严的庭院中唯设小宴为其接风洗尘。作陪者尚有同样败兴而归的阿兰答儿、几位亲信大臣以及"怯薛"宿卫的四位最高统兵将领。而那位冷面精干的三皇子并未出现，但仍可感觉到其影响之无处不在。首先少汗竟一改往日凶悍暴躁之脾气，顿显沉稳冷静的君王之风。一没大骂阿兰答儿，更没怒斥自己的无能。寥寥数语过后，竟胸有成竹地直奔主题曰："既然忽必烈对我们的计谋已有所闻，最好把住在各'禹儿惕'（指汉地或其他少数民族居住地）和自己家里的'宗王'、'异密'（指大臣）们召集起来，找一处偏僻地方，把继位问题给解决了吧！"（详见《史集》卷二）

难得的潇洒自如，足以显示已有十分把握……

脱里赤长长松了一口气，暗自佩服起隐于幕后之三皇子的精明。须知，少汗长期留守汗都主持国政，掌握着大部分草原母地的"怯薛"和军队，又得到了皇族及大部分汗廷大臣的支持。尽快在母地举行"忽里台"贵族大会，借此解决汗位继承问题真可谓是胜券在握。出其不意火速向忽必烈摊牌，此乃逼其就范的最后一招！

一统华夏——忽必烈大帝之文韬武略

既然开了窍,当然还会有后续奇谋妙计……

按说,这位少汗已占尽了"也客蒙古兀鲁斯"的天时、地利、人和之优势,但对忽必烈却仍采取了一种特殊的"尊兄敬长"之举。他绝口不提什么拥立之事,仅仅声称:"为了举行蒙哥大汗的葬礼,务请忽必烈(合罕)和全体宗王都来!"这既可突显自己作为王弟的"谦恭有礼",又可迫使身为王兄的忽必烈进退两难陷入困境。不来,等于突显"绝情绝义";来之,则等于"自投罗网"。据说,少汗已知"怯薛"将领还密谋了届时逮捕忽必烈等人的计划。(详见拉施德《史集》卷二)

难怪显得气定神闲,原来早已布好天罗地网……

脱里赤由不得暗自庆幸,自己这次回来得如此及时,如此轻而易举地躲过了一劫。只可惜高兴了没有片刻工夫,未来的大汗已开始对在座的亲信下达旨令了。谁负责传告诸王,谁负责组织"忽里台"贵族大会,谁负责调兵监视前沿,谁率军严控内务……比如,阿兰答儿就被改派为掌控秦陇,"掏心"不成改为专施"断腰"战术。久久未被点到自己的名字,脱里赤一时间竟感到自己似乎被冷落了。而就在此时却听得少汗长叹一声,竟喟然曰:"而重中之重、要中之要,乃'务请忽必烈前来'!此非大智大勇栋梁之臣难以完成,朕(已开始如此自称)为此尚在忧心忡忡!"谁料语未落亲信大臣已跪倒一片,齐声高奏道:"非脱里赤大人莫属,其忠心日月可鉴!"

绝无退路!脱里赤似也只能暗暗叫苦了……

但真正陷入险境之中的却仍然是忽必烈。别看他"从天而降"重新掌控了幽燕,在第一回合中挫败了阿里不哥"掏心断后"的阴谋。然而,"也客蒙古兀鲁斯"的政治中心毕竟在哈尔和林,阿里不哥正在那里掌控着政治、军事以至道义上的所有资源。玉龙答失显然失势了,阿里不哥现在已成了大权在握名副其实的"监国"。居高临下,与之抗衡显然就是和整个地跨欧亚的大蒙古汗国抗衡。

考验忽必烈的关键时刻终于到了……

而此时脱里赤已经被逼无奈又在思考如何返回燕京。其实并没有什么性命之忧,因为双方现在尚仍不愿捅破那层窗户纸。但对于忽必烈来说,那"为了举行蒙哥

【第十章 晚霞般绚丽的功败垂成】

大汗的葬礼，务请忽必烈（合罕）和全体宗王都来！"就像一口陷阱，去则前途未卜凶多吉少，不去则会违背祖制、违背"札撒"成为被草原母地唾弃的"民族罪人"。

忽必烈帐下的儒臣幕僚早为此深感忧虑了……

重新掌控幽燕绝非最终目的，而挤对走了汗廷亲信脱里赤也只能成为矛盾爆发的导火线。故文武全才的廉希宪早就提醒忽必烈曰："今阿里不哥虽然只是殿下的母弟，但其身居监国要职已专制汗廷快一年了。如果其听奸人计谋，以盖着御印的诏告命令于我，那时可就悔之晚矣！而若殿下早承大统，颁告仁政于天下，虽其还赖在汗廷不走，但他实际已沦为叛逆矣！安危逆顺，均在一念之间。愿殿下抓紧时机，宜早定大计！"（详见《元朝名臣事略·平章廉文正王》）忽必烈闻之笑而不答，久久沉思后仅闻一声叹息。

也是！早定大计，早继大位谈何容易……

要知道，"也客蒙古兀鲁斯"地跨欧亚大陆，始终保持着游牧民族独特的继位传统。依祖制，如不经"忽里台"贵族大会的共同议定，任何"早定大计"或"早继大位"均是徒劳无功的，甚至可能首先成为千夫所指的"篡逆"。而幽燕一带，对于整个大蒙古汗国来说，也只不过是一块"弹丸之地"。如若激起各大封国的公愤，那是经不起无数草原铁骑践踏的。

而更为严酷的是，阿里不哥又操控着这一切的主导权……

群儒幕僚们只知中原历代帝王家族之内争，大都不了解游牧民族汗位更迭之复杂。故有的腐儒建言曰："行圣人之道，唯据中原称王则可！"有的则义愤填膺反驳道："我主尚手握雄兵十万，当大义凛然与其辩'长幼有序'，当比谁为皇室累建奇功之多！"唯姚枢、郝经等有识之士静观事态的发展，他们从来就深信"吾主之雄才大略"。

但谁料忽必烈竟日渐喜爱起那五只"海冬青"……

有人见之又忙去察苾王妃身旁进谏曰："猎鹰，乃阿里不哥送来之诱饵！殿下将玩物丧志，王妃应竭力劝止勿上其当！"

足可见群儒仍寄期望于察苾经天纬地之才！却不知她也正陷入困惑之中……

第十一章

兵不厌诈,权不厌诈

【看点提示】你知道吗?忽必烈迫使南宋称臣纳贡是为草原挽回一点面子,但几位王妃却因争风吃醋竟纷纷离他远去。——你知道吗?回归燕京后他竟为此意志日渐消沉,整日似只顾架鹰于林海雪原间与东道诸王豪赌。最后不仅输掉了阿里不哥送来的名鹰海东青,就连美艳绝伦的王妃察苾也差点搭上了。——你知道?阿里不哥在汗廷闻之后大为振奋更加飞扬跋扈,但谁料刚过几天便又传来令人错愕的消息:在众多宗王和贵胄的拥立下,忽必烈已在开平王城抢先称汗!兵不厌诈,权不厌诈!原来在放出种种烟雾时,忽必烈正与东西道各大封国进行幕后政治交易。——你知道吗?阿里不哥闻之暴跳如雷,随即也在草原称汗,这样就形成了亲兄弟为仇、两汗对峙的局面。——你知道吗?经过"巴昔乞"和"昔木土"两次横尸遍野的决战,阿里不哥早无还手之力似也只能向西逃窜。而忽必烈却凭借他的才智和汉地的人力物力,正逐步成为举世公认的草原帝国的唯一大汗。

【第十一章 兵不厌诈，权不厌诈】

一

再次"洞识事机之会"？似乎已不可能了……

就在这危机四伏、险象环生之际，开平王城之内也正在悄然发生着一场"妃争"。尚在燕京陪忽必烈"喜庆荣归"时已初见端倪，似迫于无奈这位皇太弟才把她们提前打发归来的。要知道，东道诸王之封地离燕京较近，他们大多在这前朝故都建有过冬的豪华府邸。若要让诸王们知道妃子间整日为了争风吃醋打得不可开交，自己这位"皇室尊长"的颜面可算丢失殆尽。

没办法！只好通通送回开平王城，避免丢人败兴……

察苾显然是无辜的，却仍然受到牵连被一起送离燕京，并受命以"嫡妻"身份严加管教另外两位妃子。而这两位"争宠占怀"的主儿谁都不是省油的灯盏，竟根本不管什么嫡庶之分继续把开平王城闹了个乌烟瘴气。任察苾再有经天纬地之才，也难以遮掩这"宫闱秽闻"传布于民间。先是伯要·兀真带头抢占了一处新的王府,声称要展示自己的"西部乐舞"必须单独设立"斡耳朵"。而娇小憨真的塔腊海这回竟也针锋相对,声称要展示父王陪嫁的"名厨绝艺"也抢占了一处豪华的藩邸。群儒幕僚闻之莫不忧心如焚,皆为忽必烈会有这么两位妃子扼腕叹息。

中原历代帝王有多少人毁于"后院失火"?

又贤又能的察苾王妃看来是束手无策了,面对这么两个都具有大背景的王妃似也只能委曲求全步步退让。而这两个蠢妃却仍不知危机四伏,更得寸进尺越闹越花样翻新。这一天,刚待察苾王妃抽暇与王鹗、窦默、许衡等老夫子议及诸王子读圣贤之书时,这两个王妃竟公然当着老夫子们向察苾提出了"分配天数"。她要十之六,她要十之七。她声称大王离不开她的"西部乐舞",她声称大王离开她的"名厨绝艺"必倒胃口。一个是威震西部之拔都合罕的妻妹,一个是威震东道之部族亲王的女儿。她们均有自己作为陪嫁带来的家臣家将悍仆健婢,致使察苾王妃一时间手脚失措不知如何是好。就连老夫子们见之似也只好慌忙退出,王鹗竟连声叹息曰:"唯女子与小人难养也!"窦默也痛心疾首道:"此乃吾主之不幸,乃吾主之大不幸!"方从京兆归来不久的许衡竟仰天叹息曰:"天不佑吾主,天不佑吾主!"

有名人名言为证,信息竟很快传遍了四方……

据野史载,宽厚仁儒的忽必烈终于忍无可忍了,竟从燕京被逼而归第一次动用了"家庭暴力"。他罕见地怒吼一声:"尔等是逼本王把脸往马靴里藏乎?"随之便挥起马鞭动了粗。只打得二妃四处抱头逃窜,就连察苾也深受牵连难以幸免。但这一动粗后果却更是灾难性的,按现代话来说似乎只起到了"自毁长城"的巨大反作用。伯要·兀真玉臂上带着道道鞭痕,竟率先带着自己的亲信家将西行到娘家找靠山去了。而塔腊海玉面上带着一道鞭伤,随后也带着陪嫁的家臣东归去找父王代自己来算账了。一时间王府大乱,四处弥漫起一股不祥的气息,忽必烈竟然也心灰意冷地当众仰天长叹曰:"齐家尚如此之难,再有何颜面谈治国平天下?"更令人丧气的还在于,叹毕他竟用马鞭狠抽几下廊柱,一咬牙便重返燕京似永不再回这伤心的王城了。

【第十一章　兵不厌诈，权不厌诈】

时值严冬，但绝对冻结不了这可悲的消息扩散……

剩下的烂摊子似乎也只能由察苾收拾了，谁让她是王妃间的嫡正呢？虽然说她帮这个躲那个拦挨鞭子最多，但她还得委曲求全地设法将"王室内讧"之恶劣影响降到最小。向西她派出了昔班将军率部前去保护劝说，向东她派出阔阔将军率部也去执行同样的任务。除此之外，她好像也再难有什么作为了。好在此时那西藏圣僧八思巴又飘然出现在开平王城，她总算又有了精神寄托开始重新虔心礼佛了。

群儒们感到他们的主心骨又被抽掉了……

更令大家忧虑的还在于，忽必烈独自去到燕京之后果真开始"玩物丧志"了。阿里不哥别有用心送来的那五只名贵的"海冬青"，似渐渐代替了失去的王妃成了他最好的生活伴侣。严冬已至，冰封雪裹着幽燕大地。而在燕京的远郊更是白皑皑的一片，绝对是游牧民族猎狐捕鹿的最佳季节。忽必烈热血沸腾似已沉浸在狩猎豪赌中不能自拔了，连日来纵马驰骋在雪野上似只剩下了原始的野性。而他为那五只"海冬青"押的赌注更是令人咋舌的，遂使得于燕京过冬的东道诸王莫不赶来争雄于林海雪原之间。据说，察苾王妃为此曾派少壮儒臣郝经、赵璧、廉希宪、商挺、张易等前往"劝谏之"，谁料这位皇太弟正赌红了眼不但不听，竟反而将这些往日的亲信僚臣发配给"昔宝赤"（掌管鹰隼之官）当了"鹰奴"。昏天黑地得实在可以，致使东道诸王"逐鹿燕京"的越聚越多。作为赌注的美女、宝马、金山、玉海、人参、貂皮、奇珍异玩、成批的奴隶无不尽现于亡金故都，完全可以称之已把少汗"赠鹰"的作用发挥到了极致。

燕京似乎一时间也变成了豪赌之城……

正直的赛典赤·赡思丁、能干的孟速思，似乎都失去了作用。下属的文武百官及黎民庶众，竟纷纷下赌注于不同层次的赌场之中。今日押某王的"海冬青"赢，明日又押某王的"海冬青"输。而唯皇太弟获胜的概率仍高居不下，常常是数十比一。故人心浮动，治安大乱。汗廷潜伏的内线和新派来的细作竟公然招摇过市，而被孟速思监管的布只尔竟也很轻松地逃脱出来。这一天，当他刚鬼鬼祟祟地路过故都有名的太极书院，便远远见得书院长者王粹正与赵复叹息曰："燕京王者气数已尽矣！吾夜观天象，北斗西斜，汗廷当有真命天子出世！"布只尔经营燕京多年，自然知其人也知其言，遂趁乱慌忙逃出城外。燕京之人心惶惶，由此可见一斑！

开平王城日渐受到冷落，似乎已不那么重要了……

而也就在过后不久，脱里赤也终于在冰天雪地中历经长途跋涉来到燕京下"最后通牒"——"务请忽必烈合罕赴汗都参加蒙哥大汗的葬礼！"但谁料这位皇室尊长竟会如此"绝情绝义"，却仍不知在远郊何方林海雪原间一争高下。倒是燕京总管赛典赤·赡思丁与孟速思一反常态又变得格外亲近，皆纷纷密告这位钦差大臣种种有关皇太弟的内幕消息。诸如群妃争宠、后院失火、借鹰排郁、走火入魔、豪赌成瘾、难以自拔、为害一方、民怨沸腾……当然，这一切脱里赤沿途已早有耳闻，况且半道还曾遇到过潜逃而归的布只尔，故仍在小心翼翼发问曰："其不是仍在做戏乎？"谁料孟速思竟愤而击案道："屁！枉担贤王虚名耳！三个妃子跑了俩，剩下一个只念佛！还……还有，唉！不说也罢！"而脱里赤却更急于打破砂锅问到底曰："请讲！无妨！"孟速思这才长叹一声道："就连敢进谏的王府幕僚也纷纷被贬为鹰奴，难怪随征'南家思'的东道诸王均偷偷将各自的人马调回了各自的封地。溃不成军，溃不成军啊！"脱里赤闻之这回深信不疑了，而忠直的赛典赤·赡思丁这时才不偏不倚地说："还是少汗那五只'海冬青'厉害啊！"

但老天爷似乎就连这点面子也不给忽必烈留……

脱里赤虽仍难觅得这位皇太弟的行踪，但有关他斗鹰输赢的消息还是可以天天听到的。似乎印证了那句老话：激起人怨，必遭天谴！随之传来的消息果然均是对忽必烈极为不利的。据说，东道诸王代表性的人物塔察儿大王，不知用何种手段竟从小皇子昔里吉那里交换来蒙哥大汗遗留下的数只御用"海冬青"，致使忽必烈那几只王一级的猎鹰很快就败下阵来。脱里赤一听小皇子竟和东部诸王之首联起手来，心中顿觉更加踏实了许多。果然不久便听说，忽必烈不仅输掉无数财宝而且开始输猎鹰了。一只、三只、五只，最终连少汗所赠的最后一只"海冬青"也只好眼巴巴地看着人家架走了。而塔察儿大王也当即分送与东道诸王，居高临下直指忽必烈挑衅曰："皇太弟尚有一宝可押，即倾国倾城之察苾王妃！吾等东道诸王愿以所

【第十一章 兵不厌诈，权不厌诈】

有的后宫嫔妃作赌注，不知何日可来一搏？"

远远超过胯下之辱，忽必烈差点气栽马下……

脱里赤虽未亲睹，但件件均有内线目击者的详述也就更加深信不疑了。就连貌若天仙的王妃也被人公然拿来开涮，看来这位皇太弟确已今非昔比不堪一击了。为此，脱里赤一方面暗派快驿密使天天向汗都急报：后院起火王妃远走，豪赌燕京天怒人怨，输光赔尽已陷绝境，东道诸王纷纷撤兵，众叛亲离察苾遭殃……当然，难免添油加醋，每一笔上均要补上自己的一功。随之，便开始争取尽早完成此行的主要任务：当面下"最后通牒"——亲自交上"务请忽必烈合罕赴汗都参加蒙哥大汗的葬礼"那封少汗之亲笔邀请函。

好在此时忽必烈似已灰溜溜滚回开平王城了……

有了准确的地点，脱里赤好像这回可以定点行动了。但对手毕竟是皇室尊长轻易得罪不起，为此又专门请重新投靠的赛典赤·赡思丁与孟速思一起陪同前来。又经过数日之奔波折腾，终于来到了这座新建起的王城。巍峨的宫殿、豪华的藩邸，不知为什么都笼罩着一片肃杀之气。仔细一打听才得知，忽必烈败归之后每日只知借酒发泄火气，致使整座王城战战兢兢惶惶然不可终日。据说就连察苾王妃也吓得带着王子们躲进了郊外的宫帐，见这位输红了眼的皇太弟实属一种冒险之举。但脱里赤还是在几个亲随骁勇的护卫下硬着头皮去了，却绝没想到竟受到了这位酒气冲天大王的热烈欢迎。只见得这位往日潇洒飘逸的仁儒贤王，今日竟变成一个形销骨立、双目深陷、无视衣饰、须发杂乱的落魄醉鬼。见脱里赤到来，仍丝毫不顾皇室尊严，提着裤子便晃晃悠悠欢呼上了："脱里赤大异密（首席大臣）！你来得太好了！快转告阿里不哥，就说他二哥被东道诸王欺侮了！他作为少汗不能看着不管，这是拖雷家族的耻辱！耻辱！耻辱！"脱里赤只好虚以应对，抓紧时机马上说明了此行之目的。谁料竟激起忽必烈声声的怪叫："本王无脸见皇兄矣！本王无脸见皇兄矣！除非将昔里吉皇子代大汗所养蒙古第一'海冬青'借予我，待本王大败东道诸王这才有脸回去见皇兄！快回去转告少汗救救他二哥，要不他那王嫂也快输掉了！"

酒气逼人，神志不清，脱里赤似乎也只能退下……

明显地可看出赛典赤·赡思丁与孟速思已对忽必烈不抱任何希望，这回似已死心塌地投向少汗了。他们仿佛也听到了燕京名儒王粹与赵复之语："燕京王者气数已尽矣！吾夜观天象，北斗西斜，汗都当有真命天子出世……"故力劝脱里赤尽可放心北归汗廷，将详情禀报并由少汗裁处之。意思是说忽必烈已成为一个废人，众叛亲离不必过于把他放在心上，并且还悄然赠予脱里赤一件惊世珍宝，即察苾那神秘失踪已久的"顾姑"与王妃盛装。他们声称，来自于一位飘然若仙的老道长之手。此人正沿街叫卖曰："得此宝者得天下……"然尚未待他们派人上前查问，便见得此道人已随一股清风飘然而逝，唯留此二物悬浮于半空……现呈献于钦差面前，也好使大人回去有个交代。

脱里赤闻之大喜过望，终于又有借口重返汗廷了……

哪想到他走后这将近两个月，先前逃归的布只尔早又成了少汗驾前的红人。似乎还和掌控秦陇军务的阿兰答儿结成了同盟，一门心思要将自己排除出核心的机密圈子。而另一位关键人物三皇子昔里吉也对自己特别蔑视，一听归来竟会是为了讨要一只"海冬青"便当众公然大骂自己是"蠢货"，是"废物"！一反上次隐于幕后之风，大有无视少汗喧宾夺主之架势。而阿兰答儿与布只尔也在一旁狐假虎威地从旁呼应，致使少汗几乎成了傀儡，处境也相当尴尬。而脱里赤身为"大异密"多年也绝非等闲之辈，表面唯唯诺诺其实内心早做好反击的准备了。

是夜便买通"怯薛"，秘密地进入少汗藩邸……

好在平时和李槃"私交甚厚"，颇得老夫子"真传"。见得少汗并不急于"吐冤诉屈"，而是先献上那两件"得此物者必得天下"之珍宝。阿里不哥初见时尚很忌讳，但经不住他把来历渲染得神乎其神，甚至还说：此老道即当年圣祖接见之长春真人！随之又进而阐述王粹与赵复所称："燕京王气散尽，汗都将出现真命天子！"种种儒者预言，终使阿里不哥"龙颜大悦""喜形于色"。而直到此时，脱里赤方不点名曰："本来是'君权神授'，而有人竟敢蔑视汗权，横行汗廷，拉帮结伙，代主行事！难怪东道诸王只知有其不知有少汗，忽必烈索要'海冬青'也唯

【第十一章　兵不厌诈，权不厌诈】

点其名而无视吾主！"阿里不哥显然被说动了，因为在此前他已得到"怯薛"将领的密报：三皇子已经插手禁卫军了！而此时脱里赤更进言道："再看其手下爪牙，有人一见忽必烈竟将少汗扩兵机密全部泄露，而且将李槃师傅当作见面礼亲手交出。而其逃脱监控竟如此容易？少汗不可不防派来的内奸啊！"明摆着这是指布只尔而言，但经细作探知脱里赤所言又句句符合事实。

随之，汗位未登，清君侧已经开始了……

好在忽必烈早已"自甘堕落，臭名远扬"，而各地封王也均纷纷表态共同拥戴阿里不哥为新的大汗。只不过眼下正值寒冬季节，茫茫的大草原到处被皑皑的冰雪覆盖着。不仅往来极不方便，而且在一片天寒地冻中举行"忽里台"盛会也有点大煞风景。铁板钉钉早已约定好了：一待草绿即在汗都附近的按坦河畔举行拥立盛典。再有一个多月冰雪就会消融的，草芽儿就会萌生绿意的，大蒙古汗国也自会有自己的新主的！为此，有的封王竟对使者称：何不趁此重新装修万安宫？新的大汗、新的皇宫，当使诸王来之则耳目一新！而脱里赤恰恰就是这一主张的坚定拥护者，因为正好借此使自己重登功臣之首位。

所幸此次阿里不哥竟和亲信"怯薛"将领有过商议……

武将们一致认为：是该突出新汗至高无上的权威，是该大树新汗唯我独尊的地位。但在"忽里台"大会前不应轻动三皇子，而应严惩另一人以旁敲侧击之。至于新饰皇宫并不违背祖制，也正好借此以考验皇室遗孤的忠诚程度。同时也可从搬出万安宫起使他们成为一般的宗亲贵胄，而今后可称为皇室者唯少汗一家配此殊荣。现在传国御玺早已在握，而唯一的对手也早自甘堕落成了臭不可闻的死老虎。正好借此测试人心所向，将一切潜在的叛逆者消灭在地青草绿之前……

尚未登上大位，竟开始步上神坛……

这一天早上，阿里不哥久经密谋之后，竟突然召集在汗都的所有文武大臣、宗室贵胄会聚于汗廷。按说，大蒙古汗国从来就没有实施过中原历代帝王的早朝制度，蒙哥大汗时期之天天临朝问政也只不过是一种变相"驭臣甚严"的手段。而今日少汗又突施旧法，显然是要提前展现未来大汗之无比威严。而此时便见得四"怯

"薛"将领环立于其身后，门卫刹那间也显得格外森严起来。少汗绝不同凡响，只用冷酷的目光扫视了一遍大殿，便令得群臣贵胄们不寒而栗了。人人自危，个个不安，似战战兢兢地等了好久好久，方等得少汗终于挥了挥大手才有人传话了。此时脱里赤走出臣班，展开诏谕宣告曰："为我大蒙古汗国之长盛不衰，应我各大封王之恳切请求。今谨遵大皇后之所愿，现将其移驾于忽必烈宗王所献的王府之中。并令阿兰答儿前去抚慰以尽快交接万安宫，以便新汗登基之日接待万方来朝。钦此！"

众皆伏地跪呼：满达图改！满达图改……

应该说，虽有历练文臣脱里赤策划，但少汗阿里不哥在其间还是起主导作用的。他毕竟担任过总理大臣乃至监国，除凶悍外这种一石多鸟的狠招还是能想出来的。一方面借此彻底抄了忽必烈在汗廷的老窝，另一方面也为两家子孙深埋下了仇恨的种子。同时也借此离间了阿兰答儿和三皇子的关系，强迫这位悍臣也只能死忠于稳坐万安宫的自己。至于说到布只尔，他早明白忽必烈瞧不上这种跳梁小丑式的人物。惩治一下这种人也只不过是为了警示一下昔里吉和阿兰答儿不得乱说乱动，告诫他们只有俯首帖耳才是唯一出路！

似故意冷落，这一天竟偏不令任何皇室成员到场……

阿兰答儿似也只能受命来到万安宫撵人，他清楚地知道自己又败在诡计多端的脱里赤名下了。但他更清楚不撵将会是如何下场，而昧着良心撵走这位可怜的孤皇后或许还有东山再起的机会。但怕就怕那位生、冷、凶、悍的三皇子昔里吉，却谁料在后宫相遇后这位还很给面子很配合，见之竟哈哈大笑曰："阿兰答儿大人，为难你了！汝乃父汗深信不疑的忠贞大臣，吾辈焉能使大人下不了台？请转告少汗，在二位王兄侍奉下大皇后昨夜已移居远郊大汗遗留的'斡耳朵'。现万安宫已经腾空了，就请大人查点接收！忽必烈的藩邸就请少汗赐给他人吧，大皇后说她住不惯马蜂窝！"这显然大出阿兰答儿意外，一时间竟瞠目结舌不知说什么才好了。而三皇子却仍在一旁悠然指点曰："大人还可放手向少汗揭发，当年设计放走忽必烈次子芒哥喇者乃我昔里吉！曾犹疑于两位王叔之间，不知投靠哪位方可保父汗家族无

【第十一章 兵不厌诈，权不厌诈】

虞。虽后一心投靠少汗，也是因父汗当年曾对二王叔多有猜忌和防范，只顾了一心唯崇祖制，有时便难免越尊冒犯少汗威严！今尚有芒哥喇给大皇后思念之信多封，现也一并交上或可化解少汗对大人之猜疑！只要对你有好处，你就尽管有什么都往我昔里吉头上推！"阿兰答儿大感惊诧，年仅二十出头的小皇子竟如此处变不惊、敢作敢当，故当即脱口而问："敢问三皇子！下一步将做何打算？"没想到昔里吉回答得更加坦荡："当反思少年气盛不知深浅之罪孽，今后将以侍奉大皇后以示忏悔！当今天下大势已定，今后将羞于再去自作聪明！绝不再参与朝政，唯做一名应召应唤的臣子而已！还盼大人转禀少汗，乞求能对我们兄弟高抬贵手！吾等知错矣！吾等敬服矣！吾等今后唯少汗之命是从矣！"

燕雀安知鸿鹄之志？少汗闻转述竟大喜过望……

而阿兰答儿却已深深感到，昔里吉由"桀骜不驯"突然急转为"恭顺有加"这绝非吉兆，只能说明这位精明强悍的年轻皇子已"离心离德"别有所图。但阿里不哥却坚持认为三皇子的"突变"乃系自己威望所致，否则怎能将傻小子芒哥喇给大皇后的来信也偷偷交给自己？信确实没有看头，不是说阿爸喝醉了打他，就是说额吉偏爱大哥哥和小弟弟，而且封封信均恳求大皇后快快接回他……但确可看出昔里吉是知道汗权的厉害了。虽经跃居首席"异密"的脱里赤一再提示谨防"里勾外连"，而少汗也仅仅削去布只尔的另一只耳朵派人送给昔里吉"留作纪念"了断。对于布只尔却照常任用，命其顶着个秃葫芦脑袋前去监督新饰万安宫。

虽尚未登上大汗宝座，却业已成为孤家寡人……

此时的阿里不哥除了"依祖制"死死地依靠着四位"怯薛"将领外，似乎已不把任何能臣干吏放在眼中了。就连脱里赤和阿兰答儿这样坚决的"反忽必烈派"，好像剩下的主要职责也只有"歌功颂德，阿谀奉承"了。随之，这位未来的大汗便不惜劳民伤财动用一切人力物力，严令秃葫芦布只尔必须在地青草绿之前完成修缮万安宫的宏大任务。力求辉煌，力求豪华，力求创造历代大汗之前所未有，致使百姓"民不聊生、苦不堪言、冻死饿毙者不绝于野"。而阿里不哥也越来越浸心于此，几乎天天驾临万安宫内指手画脚，乐此不疲，似只顾了憧憬着自己辉煌无比的未来。也难怪,好似已绝无后顾之忧!据燕京细作传来的消息,忽必烈现在不仅妻离子散一蹶不振,就连众幕僚们也"树倒猢狲散"纷纷离他而去。如郝经、姚枢、赵良弼等诸名儒均宁可转投小小的汉世侯,也再不愿侍候他这位皇太弟了。其中有一名张德辉者给这位少汗留下的印象极深,蒙哥大汗生前曾赞其曰:"此儒非一般腐儒,博学有经济器(原文),汝可向二王兄索要留之于王府,将来必有大用!"后因其"忠"未果,现在终于也抛下忽必烈远走他乡了。至于蒙哥大汗的落葬与不落葬,其责任似乎也全在于这位皇室尊长的归来与不归来。要骂就骂这个绝情绝义的人去吧,自己也正好借此重塑未来的辉煌。

虽然仍然是冰天雪地,但转眼已是来年了……

劳民伤财,到1260年3月初,哈尔和林的万安宫已可算作焕然一新了。一改往昔蒙哥大汗"不好侈靡"之风,将巍峨的宫殿群改造得更加金碧辉煌。权力的傲慢必然导致权力的懒惰,这时的阿里不哥已经不可一世到无暇他顾了。即使最亲信的近臣也绝不敢轻易打扰他的兴致,就连再严重的危机似也只能等待他的先知先觉。有一天,他竟突然想起了当年忽必烈为蒙哥大汗带回的金朝之龙床、龙案、龙椅,便十万火急地命令布只尔尽皆找出用纯金与珍宝重新装塑。虽拖延"忽里台"大会时日,但他要的就是在各封王与贵胄面前这种令人惊叹的"耳目一新"。这一天,终于按少汗的意愿彻底完工了,阿里不哥冷酷的脸上也罕见地露出了笑容。似在进行一次初登汗位的大演习,他竟把自己未来的皇后们(按蒙古风俗绝不仅仅是一位)以及众多未来的皇子公主们,通通都带到了皇宫之内提前与他共享这份至高无上的皇室尊荣。当然前来溜须拍马的大臣贵胄也不少,秃葫芦布只尔就首先命人将龙椅搬上请新汗试坐是否舒适。阿里不哥一时间好不惬意,似云里雾里真有了一种真龙天子呼风唤雨的感觉。

联想颇多,感慨颇多……

龙,这在草原上原本是不可想象的。后来,随着战争与扩张,似乎才从中原带回许多有关它的传说:是君权神授的象征,是号令天下的圣物!似乎第一把龙椅就是忽必烈带回漠北汗廷的,当时就曾引起他心灵极大的震撼。曾有过失态也曾有

【第十一章　兵不厌诈，权不厌诈】

过失言，就是没想到多年后亲兄弟俩竟为此物有如此不同的下场：一个眼看着就要"圣臀落定"了，而另一个竟日渐疯了、痴了、癫了、傻了、赌光了、输尽了、众叛亲离了、一蹶不振了！

谁让天意注定如此，坐定龙椅的只能有一个……

好在四面掀起了一阵又一阵的欢呼声，阿里不哥终于又从沉思中缓过神来。只见得龙椅被纯金包制得金光灿灿，上面镶嵌的各色宝石更显得光彩纷呈、耀人眼目。龙，一条更具有草原色彩的蒙古龙。阿里不哥在众臣僚的欢呼期待下，终于摆足谱儿就要"轻移圣臀"一试了。谁料想正在此时，就见得一位宿卫骁勇上气不接下气地闯进宫里来报：各封国使者一百余人，现正在宫外急于求见少汗！大煞风景，颇影响这位未来大汗的兴致。但转念一想，这或许又是一批溜须拍马的劝进者，让他们见识见识这个场面也好！

充满了自信，命觐见者鱼贯而入……

阿里不哥作为拖雷家系的"灶主"曾长期主持过朝政，各封国的家臣们他大都熟悉。一见领头者便认出，此乃东道诸王中最具实力的人物塔察儿大王之左膀右臂。刚来到台下便代所有宗王勋贵的家臣向他致以问候："吾等均代各自家主向监国献上祝福，并以能被赐予接见深感荣幸！"阿里不哥暗自松了一口气正欲落座龙椅之上，却猛听得塔察儿大王那家臣又是一声："且慢！吾等家主尚有共拟文告，现呈监国一阅！"阿里不哥一怔，即大为不快地怒喝曰："有屁就当着众人放，朕正国务缠身忙着哪！"而那家臣也果然"遵命"，展开文告便朗朗宣谕曰："经年初二月'忽里台'大会议定，吾等这些宗亲贵胄和异密们一致拥立皇太弟忽必烈入继大汗之位，为'也客蒙古兀鲁斯'共有合罕，并请阿里不哥监国赴开平王城觐见，以共商蒙哥大汗葬仪及诸多国事。"（详见《史集》）

如晴空炸雷一般，阿里不哥终于跌坐于龙椅之中了……

很可能是意外的震惊能加重人的分量，只听得轰然一声，便把那金光灿灿的宝座砸了个粉身碎骨。随之，便轮到这位骄横一世的少汗痴了、傻了、癫了、疯了！刚等亲信宿卫们把他从粉碎的朽木和散乱的珠宝中"捞"了出来，他已变得两眼冒火，怒发冲冠，举止失措，语无伦次，暴跳如雷，癫狂间似只剩下了声嘶力竭的呐喊："不可能！不可能！朕这里，草未青野未绿……到哪里去开'忽里台'……不可能！不可能！……忽必烈输了、疯了，忽必烈输了、疯了、众叛亲离了……怎么可能当大汗？不可能！不可能……朕还在这儿……谁敢造这个反？……不可能！不可能！……妖言惑众者……给朕杀！杀！杀！……"

不久，汗都哈尔和林便陷入一片血腥的恐怖之中……

不仅那奉命而来的一百多位宗王勋贵的家臣被全部扣押而后杀掉（据拉施德《史集》载，其中甚至还包括两位宗王），就连从来矢志效忠于他的布只尔与脱里赤也因"蒙骗圣上"被逮捕械系于狱中。甚至对于那可怜的忽都岱大皇后和三位皇子也不准备放过，还多亏四位"怯薛"将领坚决反对才改为暗中监禁。

天大的冤枉！难怪布只尔和脱里赤天天号哭着——

"冤枉啊！冤枉啊！这可是吾等亲眼所见啊！忽必烈确实是个输光了裤子的赌徒，众叛亲离，丧魂落魄一点都没假啊！少汗，伟大英明的少汗！这肯定是忽必烈垂死挣扎在大耍无赖啊！"

彻夜哀叫，就是无人理会……

但狱外却早已引起了阿里不哥及其亲信的高度关注：这到底是忽必烈垂死挣扎之无赖之举，还是他狡诈行事抢先登上了大汗之位？

在四位"怯薛"将领的坚持下，阿里不哥被迫竟不得不又请三皇子昔里吉出山。

为了对付这个可怕的忽必烈……

二

但真实的情况是：忽必烈正在"浴火重生"……

《元史》载，1260年3月，当阿里不哥尚沉浸在新饰皇宫的狂热之中时，忽必

【第十一章　兵不厌诈，权不厌诈】

烈竟奇迹般地突然"精神大振"。在汗廷毫无思想准备的情况下，抢先一步于开平王城召开了拥立新汗的"忽里台"大会。

规模盛大，到会的诸王勋贵竟多达四十余位……

东部诸王就不用说了。前面已经说过，他们的封地大多在受汉人或汉文化较深的契丹人或女真人居住的地区，已大部分由游牧文化转向了农耕文明，所以他们对忽必烈的"汉法治汉"及"重视农桑"均比较理解。再加上南征期间又结下一定的情谊，故倾向性还是颇为明显的。比如说，就在得知蒙哥大汗猝死的消息后，他们在私下里就有过如此的议论："旭烈兀已去大食地区，察合台的子孙在远方，术赤的子孙也很遥远。与阿里不哥勾结在一起的人尽做蠢事……如果现如今我们不拥立一个合罕，我们怎么能生存呢？"（原话见于拉施德的《史集》）因而，他们的与会并不足为奇。问题是就连一些西道诸王与勋贵也纷纷不远万里赶来参与，这似乎就和当时的忽必烈那架鹰狂赌恶斗、输后颓废潦倒、面临众叛亲离、纵酒一蹶不振等均很难联系在一起。

说怪不怪！家有贤妻……

察苾，这位杰出的蒙古族女政治家，的确在创立大元王朝的过程中发挥了不可估量的作用。她的孙子元成宗深有体会，故饱含深情地在追谥她的册文中说："曩事龙潜之邸，及乘虎变之秋。鄂渚班师，洞识事机之会；上都践祚，居多辅佐之谋！"之所以又重录此文一遍，皆因"鄂渚班师，洞识事机之会"前面已有所交代，而"上都践祚，居多辅佐之谋"正是讲的这段故事。上都，即指开平王城。践祚，即指忽必烈踏上了大汗的宝座。

但面对"兄弟阋墙"形势又是这么复杂……

或许在忽必烈身旁，察苾是危机感最重的一个人。她从来就不把重新掌控幽燕看作是一次重大的胜利，反而把它看作是将要提前兄弟决战的导火线。她深知阿里不哥无论从天时、地利、人和上均占有主导权，而忽必烈若轻举妄动则必然会自食恶果。现在需要的是耐心，是时间，是等待力量的转换，为此她特意带着另外两位王妃到燕京与忽必烈"共享荣华"来了。她还有意选中了史天泽的燕京府邸，而且

一统华夏——忽必烈大帝之文韬武略

第一夜竟当仁不让罕见地"霸占"了忽必烈。

这或许就是群妃"争风吃醋"的发端……

忽必烈见到久别的美丽妻子本应是如饥似渴,却谁料在此时竟唯闻声声叹息。察苾闻之竟赞之曰:"闻我王声声叹息如沐春风,人无远虑,必有近忧!"忽必烈听之忙问:"知吾所虑否?"察苾答道:"唯恐一触即发!"忽必烈当即感叹曰:"生我者父母,知我者贤妻!"而察苾也直白表述道:"吾姊妹此次前来燕京,绝非仅是与王'共享荣华',而是唯想与王'共度患难'。既要避免一触即发,又需慨然面对时局变动。察苾与二妃深知我王分身乏术,故相商也愿为我王分担忧患!"忽必烈肃然曰:"愿闻其详!"而察苾却含嗔偏岔开道:"我王肯定知之,察苾恩师遗骨现已改厝于开平郊外,其生前尚留有遗嘱:但愿护佑三晋地,不枉生为秀容人!盼我王登上大汗宝座之日,勿忘助察苾完成恩师心愿!"忽必烈当即慨然应允曰:"贤妻之师即本王之师,诗翁所嘱誓遂其愿!唯不知为何突插此言?"察苾竟悯然而答:"唐代妇女就知道:悔教夫婿觅封侯,更何况大汗乎?"

似已对未来预感到了什么……

但那仅仅是片刻工夫,很快她又欢快起来,竟把另两位王妃也趁此一起唤了进来,让她们当着大王的面自己说说下一步的打算。这可是两个为了忽必烈可以不要命的主儿,一听召唤早压抑不住激动扑了进来。原来,早在开平王城察苾就与熟知草原母地祖俗的姚枢策划好了。别看这两位王妃的政治智商都不高,却都有不凡的家族大背景。伯要·兀真的姐姐是威镇西部封国之拔都大王的大哈敦,而且姊妹众多,盛出美女,大都均和察合台及窝阔台家系的子孙有姻亲关系。现拔都虽已去世,但大哈敦却仍健在,对继承者拔都之弟别儿哥依然有着极大影响。如果伯要·兀真前去充分利用这种关系,肯定会把西部诸王铁板一块支持阿里不哥的局面打破。西部诸王均是成吉思汗的嫡系子孙,只要暗中拉过几个就能起到分化瓦解的作用。而对于塔腊海来说,其父虽仅为部族亲王,但在东道诸宗室封王中却有极大的影响。现在这些成吉思汗诸弟的子孙虽然内心是倾向忽必烈的,但目光却只顾盯住兵强马壮的塔察儿大王。因其祖是成吉思汗最为宠爱之幼弟,故而东道诸王早养

【第十一章　兵不厌诈，权不厌诈】

成了看他眼色行事的习惯。而塔腊海的父亲偏又和塔察儿之王傅撒吉思私交至深，故只要说通老师当然弟子就不会有大问题了。况且塔腊海之父的能量尚不仅于此，对推动其他东道诸王挺身而出也具有极大的号召力。至于说到察苾自己，她已经密派家臣阿合马私下去了弘吉拉部落，请求他的老主子以甥舅关系将尽量多的皇庶弟转送到开平王城。由上可以看出，在忽必烈无暇他顾之时，察苾已在暗中为他策划筹备"忽里台"大会。既有东道诸王，又有西部合罕，还有皇室成员，似比忽必烈思考得还周密，而且隐蔽性还如此之强，以至衍生出后来那么多迷乱汗廷视线的故事。

有这样一位贤能王妃的辅佐，何愁大事不成……

随之，忽必烈竟将王府事务尽交察苾放手处理，而只顾在燕京装疯卖傻"自甘堕落"。他借阿里不哥送来那五只"海冬青"大做文章，远驰于林海雪原间与各地来的诸王勋贵借口赌鹰暗做秘密交易。姑且暂作一个蒙古人里的勾践，何惧一时之沉浮荣辱？只为了争取时间"早定大计"，目标就是实现圣祖遗愿从而尽快入继华夏大统！如果按现代话来说察苾就是这场"争位秀"的总导演，按照忽必烈的总体设计可谓发挥得淋漓尽致。比如，不但派出了阔阔与昔班两位将军去声援两位王妃，派出郝经、廉希宪、商挺、赵璧等去当"鹰奴"以助忽必烈"重振军备"，还派出张德辉、赵良弼、张文谦、张易、贺家兄弟等名儒能臣分赴中原各地与史天泽、刘黑马、张柔、汪惟良、严忠济兄弟等诸多汉世侯加强联络。而这一切，除了色目重臣燕真、汉儒姚枢与刘秉忠极少数人外，甚至对窦默与许衡这样的老夫子也秘而不宣。唯有土鹗后阶段破例了，因为根据忽必烈的旨意尚有一份重要的诏告还需大手笔起草。

效果奇佳，竟在一片倒霉的氛围中创造出奇迹……

须知，西部各封国虽广袤无垠，但只由成吉思汗的四个嫡子术赤、察合台、窝阔台以及拖雷的三子旭烈兀及其子孙统治着。而这次伯要·兀真的西行，不但争取到了合丹（窝阔台之子）、阿只吉（察合台之子）、只必贴木儿（窝阔台之孙、阔端之子）等重量级封王的支持，而且也使伊利汗国的旭烈兀和钦察汗国的别儿哥

一统华夏——忽必烈大帝之文韬武略

答应"保持中立"。四大封国一半支持,一半保持中立,也可算得成功了。再看塔腊海的东去,果真在其父的开导下,王傅撒吉思出面相劝塔察儿大王曰:"忽必烈宽仁神武,中外属心,专宜推戴。若犹豫不决,则失机,非计也!"(详见《元文类·高昌偰氏家传》)而忽必烈也及时地命廉希宪以"赐膳"的方式进而为其剖析道:"主上圣德神武,天顺人归,高出前古,臣下议论已定。大王位属为尊,若至开平,首当推戴,无为他人所先!"(详见《元朝名臣事略·平章廉文正王》)塔察儿"十分赞同",遂东道诸王大多归心于忽必烈。若谈到皇室,皇庶弟末哥几经辗转已来到开平王城。而阿合马前去弘吉拉也不虚此行,另有多位庶出的皇弟也纷纷赶来了。可见"上都践祚,居多辅佐之谋",绝非一句空话。

而此时阿里不哥却在大修皇宫,重饰龙椅……

1260年初春3月,漠北草原冰雪依然未化,而漠南大地已淡淡涂上了一抹绿意。开平王城突然变得热闹起来,久旷的宏伟宫廷终于要有新汗入主了。但忽必烈却似乎又偏执地追求起了个"全"字,竟因为旭烈兀和别儿哥两位超级封王均未派臣下到场而迟疑不决。这不仅使伯要·兀真王妃颇为伤心,就和察苾王妃也产生了严重的分歧。两位儒将旧臣廉希宪与商挺再次挺身而出,不顾犯其威严而轮番进谏。廉希宪曰:"臣为我主忧心如焚!东西道诸王及皇室庶弟均至,我主再迟疑不决必寒众人之心!安危逆顺,间不容发!早定大计,事不宜迟!"而商挺则直指其"偏执求全"之弊进言道:"先发制人,后发人制!天命不敢辞,人情不敢违!时机一失,万巧莫追!"说得再明白不过了:你要是失去这次难得的机会,就是再有天大的本事也追悔莫及了!(详见《元朝名臣事略·参政商文定公》)但最起关键作用的,仍当属西藏圣僧八思巴的突然前来告辞。忽必烈忙问原因,八思巴答曰:"何人曾见初月则圆?唯闻月盈则必损必亏矣!大王逆天理而求之,八思巴已无法可施!"忽必烈闻之大笑道:"圣僧盈亏之理本王领教了,当按初月行事!"

"忽里台"大会即于次日在王城远郊的初春绿野上举行……

巍峨的宫帐群落,严格依照古制那场面被安排得特别隆重宏大。出席者有合丹、阿只吉、只必贴木儿为首的西道诸王与宗亲勋贵,有塔察儿、也孙哥、忽喇忽

【第十一章　兵不厌诈，权不厌诈】

儿为首的东道诸王与宗亲勋贵，有皇庶弟末哥率领的诸弟及纳陈驸马、贴里亥驸马等诸皇族宗亲，还有其他功臣贵戚，如木华黎国主的曾孙忽林池、霸突鲁，元老勋将兀良合台，以及已长成十二三岁的少年小安童、邢州的"答喇罕"后裔等都参加了。但这毕竟是只有蒙古人可出席的"忽里台"贵胄大会，故虽在漠南汉地却保留了更多的草原上那种古俗古风。绝不像中原历代王朝有那么多封建礼仪，尚残存着许多半原始的古朴气息。

但这次那种来自儒文化的"软实力"还是悄然而入了……

过去一切似乎均是直截了当的，但现在却多了一层"劝进"的程序。首先由塔察儿大王起"带头作用"发表了个拥立的文告，本来已经得了大家一致同意而本人却还要再三推让。最后还得旧臣近侍孟速思、廉希宪、商挺等进来纷纷表示"劝进"，一个个争着说："蒙哥皇帝奄弃臣民，神器不可久旷。圣祖嫡孙，唯大王最长且贤，宜即接皇帝位！"搞得诸王贵胄摸不着头脑，似也只好跟着"劝进"一番曰："殿下圣祖嫡孙，大行（即已死之蒙哥大汗）母弟，以贤以长，当有天下！"当然，在其间最起关键作用的还是察苾。昨夜即对忽必烈深沉而言道："圣祖对大王少年时之预言今将实现矣，还盼真正能以'入继华夏大统'遗愿为重，当断则断以慰圣祖在天之灵！"往事悠悠，这时忽必烈似已"万般无奈"，最后才总算"下定决心"喟然言道："汝等能叶心辅翼，吾意已决！"（详见《元朝名臣事略·平章廉文正王》等篇目）

最终，忽必烈这才堂而皇之地登上了大汗宝座……

经过这一系列的繁文缛节之后，随之便又迅速恢复到了那种颇具草原特色的古代习俗之中。依照马背民族的惯例，全体到会的诸王与勋贵要立下誓约。然后再解下腰带搭于右肩，依照祖制向新继任大汗下跪。当然还没有以后那种三跪九叩首等诸多严格规矩，但坦坦荡荡、真真切切仍颇显那种质朴之风气。蒙古诸王勋贵大多性格豪放率真，也根本不会注意儒僚们早已从中塞进了许多"私货"。比如在"劝进"中，廉希宪等已经将忽必烈改称"皇帝"了。这可是从草原汗国迈向中原王朝的重要一步，但诸王和勋贵们竟丝毫没有在意。

而更重要的是，还有豪华无比的登基盛宴……

开平王城本来就建筑得比哈尔和林还要宏伟和壮观，而在金碧辉煌的皇宫里摆开的又是罕见的"乍马宴"。就连列祖列宗们也难得享用几回，足见新汗对诸王勋贵们的恩宠和尊重。据《鞑靼记事》载，所谓"乍马宴"即骆驼肚里要盛一只小牛，小牛肚里要盛一只全羊，全羊肚里要盛一只天鹅，天鹅肚里要盛一只野鸭，野鸭肚里要盛一只鹌鹑，鹌鹑肚里要盛一只肥雀，肥雀肚里要盛一只金蛋……经"博儿赤"（即御厨）煮制烧烤而成。当然，各类史籍记载中填充物及顺序似说法各有不同，但作为"也客蒙古兀鲁斯"最高规格"国宴"的地位却是众口一词的。酒，蒙古民族最为喜爱的马奶酒，源源不断足以使每个人敞怀纵饮一醉方休。再加上伯要·兀真王妃亲手训练出来的"西部乐舞"，更足以使诸王勋贵们在醉眼蒙眬中个个大饱眼福。新的大汗，新的风格，与蒙哥大汗的"驭臣甚严""寡言多疑"恰形成了鲜明的对比，已初显"好大喜功"的某些特征。

而更重要的是，他们还亲眼看见了新的大哈敦……

大哈敦，即为大皇后。按蒙古祖俗，每逢重大场合大哈敦（甚至其他哈敦）均要陪同大汗出席接见臣民。绝不同于中原历代帝王，总把后妃紧锁于深宫大内之中藏而不露。有史可考，虽当时察苾尚未被正式册封为皇后，但大哈敦的地位却是确定无疑的。故出现在忽必烈的身旁接受朝贺，并不足为奇。况且伯要·兀真与塔腊海均依序在旁，更加体现了这场登基盛宴浓郁的民族气息。而在众目睽睽之下，今日察苾之装束似更"唯崇祖制"：古色古香的华美"顾姑"，古色古香的绣金的哈敦盛装，使人远远望去，如见孛儿帖大皇后，如见索鲁禾帖妮王妃一般。宛若二者的再现，却似乎又更加光彩照人。明眸、秀眉、笑靥、红唇，仿佛集中了所有女人之美。但又那么谦恭、温柔、和顺、懂礼，好像时时处处都在等候着大汗的差遣。很显然，察苾以大哈敦身份首次露面，便"于无声处"已给忽必烈起到了极好的烘托效果。加之有关她的传奇故事早已传遍草原，故当时塔察儿大王就对身旁勋贵曰："就凭这样举世无双的大哈敦，本王也当拥立忽必烈早登汗位！"

随之，"乍马宴"进行得更加热火朝天了……

【第十一章　兵不厌诈，权不厌诈】

察苾似还是在忽必烈身边表现得唯唯诺诺的，除了目露忠诚之外绝不轻易开口。但忽必烈却越喝兴致越高，竟带着浓浓的醉意下令察苾"代朕赐食"，即把层层美味佳肴分赐予诸王勋贵。这不仅对受赐者是一种极大的荣誉，而且依照草原古俗怎么分赐也是一门极大的学问。绝不能让人有厚此薄彼之感，而且尚需使人人均感到对自己的看重与尊崇。就像每个蒙古族的贤惠媳妇必须会熬奶茶似的，一位大哈敦的"分赐"往往还能看出她的政治智慧。这一过程颇为复杂，每个部分代表什么意义均颇有讲究。先削哪里，先取哪块肉，先赐予谁后赐予谁，都不能有丝毫差错。而察苾似第一次扮演大哈敦这个角色，绝对没有在"乍马宴"上"分赐"佳肴的经验。对于她来说，这很可能是地位改变后遇到的第一个难题。

或许，这可看作是忽必烈喝高了的一时冲动……

但察苾却颇为恭顺地接受了这个任务，在诸王勋贵注视下仍表现得那么不急不躁。她神态高贵，举止优雅，竟安详地首先拿出了大哈敦剔肉的精致御用刀（"乍马宴"上的主要餐具）。然后双手捧着，依照祖制严格排列的顺序，逐一走到这些圣祖子孙或元老勋贵面前，破天荒地没有去"分"，而是诚心诚意地请他们自由去"取"。似乎是有悖于"赐"，但也可看作是一种善意的回报和无言的答谢。更何况，她那充满魅力的微笑，对每一个人都突显着尊重。她那闪动着真情的双眸，对每一个人都溢满了信任。尤其她用自己精美的蒙古刀让大家去"各取所需"，更使得每个人感到了强烈的心灵震撼。"分赐"这个过程变相完成之后，灯火辉煌的宫廷之内又掀起一阵又一阵的欢呼。不但未发生厚此薄彼或你尊我卑的情况，而且诸王贵戚似乎也都找准自己的"位置"了。

一种超凡的凝聚力，更为忽必烈奠定了基础……

而具有雄才大略的这位新汗又岂肯放过这个机会，遂举杯纵论天下曰："遥想自魏晋南北朝以来，凡在漠北取得霸业者莫不逐鹿中原入继大统。辽之契丹人如此，金之女真人亦如此。均视入主华夏，方可称得一统天下！我圣祖用兵如神，已为吾等创下万世基业。身为圣祖子孙，焉能连世仇辽金皆莫如乎？古有唐王李世民，既可称'大皇帝'又可称'天可汗'，而我蒙古人又为何不能兼而为之？故朕

一统华夏——忽必烈大帝之文韬武略

自即位起,即宣誓入继华夏大统,视一统天下为蒙古人之大任,奉我圣祖为'太皇帝'与'天可汗'。跨漠而南,暂都开平。年号中统,以示普天之下莫非王土,率土之滨莫非王城!"在察苾营造的极佳氛围之中,忽必烈这通充满激情的豪言壮语,当即激发了在场所有诸王和勋贵们的强烈的民族自豪感。在一阵阵野性的欢呼"入主中原,一统天下"的声浪中,暂都开平,蒙古大汗兼有"皇帝"之称谓,并首次有了自己的年号:中统,就在这次欢庆登基的"乍马宴"上均轻而易举地通过了。

但这却是草原汗国迈向中原王朝之关键性的一步……

事后看来得之非常容易,但在事前却颇费周折。就在即将登上汗位的头一天深夜,忽必烈仍在深宫大内伤透了脑筋。因为这不仅仅是"迁都、年号、称帝"这简单的几个字,而从更深层次看来这却关系着一个庞大游牧汗国的未来走向问题。似乎察苾早是坚定的"汉法派",她一直在提醒忽必烈曰:"圣祖之倚草原所创伟业已达极致,后人再以此而行绝难超越前人。宗王自幼即深得圣祖真传,已知若遂圣祖大愿就必须'祖述变通'。暂都开平,施行汉法,年号中统,顺应民意。尽收中原之精华,以补我母地之不足。如此,即可实现宗王所慕唐王李世民'大皇帝'兼'天可汗'之宏伟目标!"而与此同时,晋人郝经竟也敢为此夜闯深宫。现在他已日渐成为群儒之另一位代表性人物,以其矢忠与智慧跃居为忽必烈最宠信的幕僚。见之即忙谏曰:"群儒见吾主夜深尚未接见臣众,皆举微臣冒死上书进言陛下!现吾主立足乃中原之地,所借乃汉法之力!若现在仍在旧制新法间犹豫不决,唯有利于汗廷之篡逆乘虚而入使我左右难得兼顾!"忽必烈长叹而言道:"诸王勋贵拥立均有言在先,吾又岂能失信于人?"郝经对曰:"帝者,天子也!应当替天行孔孟之道,焉能为一己一私而裹足不前耶?既承天命,当大胆作为!为人之所不能为,立人之所不能立,变人之所不能变!权衡利弊,断然有为,奋扬乾纲,应天革命!况且臣等并非求吾主一蹴而就,先不动国称,暂不废'忽里台'大会,唯定年号为中统,暂迁国都开平,可用汉谓皇帝。施之以恩宠尊重,诸王勋贵肯定不生疑。而在登基之前即铺就了'鼎新改故'之路,今后'天可汗'兼'大皇帝'定非我主莫

【第十一章　兵不厌诈，权不厌诈】

属！"忽必烈顿悟，而此时察苾也不失时机道："事在人为，察苾当全力配合宗王！"经连夜密议，遂有了今日"乍马宴"上豪放之举。

但漠北之阿里不哥又焉能轻易放弃汗位之争？……

据史载，这位"错失良机"的少汗在几番"暴跳如雷"之后，也终于压下火来苦思对策了。他先是应"怯薛"将领之要求重新请回了三皇子昔里吉作高参，随后更进而听其"谏"释放了倒霉的脱里赤与布只尔。一方面令这两人"戴罪立功"分赴东西道封国历数忽必烈之"罪状"以宣示其为"篡逆"，一方面不顾高寒地区仍未解冻立即竭尽全力尽快也召开"忽里台"贵族大会。剑拔弩张，南北对峙，兄弟两人已形成水火难容之势。为此，在昔里吉又一次"出山"前，蒙哥大汗最为看重的二皇子玉龙答失也曾劝其曰："两位王叔争雄，你我何必突显唯偏某方？吾弟当慎思之！"而这位却也自有理由应对道："大皇后及你我眷属均皆于此，何来袖手旁观可言？再说父汗之猝死皆源于忽必烈之延误军机，父仇子报此乃天经地义之事！何况阿里不哥蠢货一个，吾辈当借此实现父汗心愿使汗位早归蒙哥家系。二哥权且于此侍奉母后，且看我昔里吉如何替你夺回江山！"又是：螳螂捕蝉，黄雀在后！但毕竟当时尚齐心协力对付的对手只有一个，即已经抢先一步称汗的忽必烈！或许还有昔里吉不愿说出的另一个原因：虽然有人已抢先一步，但总体对峙格局却依然未变。天时、地利、人和均还在这个"蠢货"一方，尤其还有那尚可掌控的无数草原精锐铁骑。即使为改变自己庶子无权继承的命运，似也值得挟两位皇嫡子兄长豪赌一把。

然而，忽必烈似乎又在犯糊涂了……

中统，乃从儒家经典《春秋》与《易经》中选定的，意为"中华开统"（详见《元文类·东昌路贺平宋表》）。很不错的一个年号，表明了忽必烈以中央王朝的正统自居而入主华夏的雄心壮志。但仅仅有决心似乎是远远不够的，因而身为幼弟的阿里不哥绝对不会自动退出历史舞台。而且他还占据了一切优势：比如说论祖制，他握有幼子守灶权；论地位，他掌有汗廷监国权；论舆论，他拥有部族调动权；论实力，他控有汗国"怯薛"的指挥权。而且面对幼弟所拥有的雄厚实力，抢

一统华夏——忽必烈大帝之文韬武略

先一步登上汗位似乎也可算得某种"引火烧身"。

战争迫在眉睫,即将面临讨伐的千军万马……

但忽必烈却突然变得潇洒起来,唯闭口不谈厉兵秣马而任诸王勋贵赴燕京放心逍遥。自己留在开平新宫,竟闭门数日专门与一老夫子研究起之乎者也来。除了精通蒙汉双语的幕僚姚枢、赵璧、郝经、廉希宪,还有察苾以外,还有两个巨无霸郑鼎与阿里海牙严把宫门绝不容许他人擅入。此老夫子即状元公王鹗。一位新任大汗专门找个糟老头子研讨文章似乎是有些"不务正业"。就连逍遥于燕京的塔察儿大王闻之也感到难以"心安理得"了,忙问之于勋贵霸突鲁曰:"闻听新汗成日只知舞文弄墨,难道忘却危机四伏乎?"霸突鲁答道:"古人云:三年不鸣,一鸣冲天!吾主绝非仅舞文弄墨,乃在准备一鸣冲天!"塔察儿又曰:"阿里不哥生性凶悍,岂可不防其狂妄之举?"霸突鲁又答:"知弟莫如兄!吾主如无成竹在胸,何来这种潇洒?"果然,就在阿里不哥心急火燎地也在准备召开"忽里台"的间隙,忽必烈也终于借助王鹗的大手笔完成了那篇"一鸣冲天"的惊人之作。他抢在阿里不哥称汗之前,先将这份即位诏书"有理有据"地颁告于天下。诏书云——

> 朕唯祖宗肇造区宇,奄有四方,武功迭兴,文治多缺,五十余年于此矣。盖时有先后,事有缓急,天下大业,非一圣一朝所能兼备也。先皇帝即位之初,风飞雷厉,将大有为。忧国爱民之心,虽切于己,尊贤使能之道,未得其人。方董夔门之师,遽遗鼎湖之位。岂期遗恨,竟勿克终。肆予冲人,渡江之后,盖将深入焉。乃闻国中重以签军之扰,黎民惊骇,若不能一朝居者。予为此惧,驲骑驰归。目前之急虽纾,境外之兵未戢,乃会群议,以集良规。不意宗盟,辄先推戴,左右万里,名王巨公,不召而来者有之,不谋而合者皆是。咸谓国家之大统,不可久旷,神人之重寄,不可暂虚。求之今日太祖嫡孙之中,先皇母弟之列,以贤以长,止予一人。虽在征伐之中,每存仁爱之念,博施济众,实可为天下主。天道助顺,人谟与能,祖训传国大典,于是乎在,孰敢不从!朕峻辞固让,至于

【第十一章 兵不厌诈，权不厌诈】

再三，祈恳益坚，誓以死请。于是俯顺舆情，勉登大宝。自唯寡昧，属时多艰，若涉渊冰，罔知攸济。爰当临御之始，宜新弘远之规。祖述变通，正在今日，务施实德，不尚虚文。虽承平未易遽臻，而饥渴所当先务。呜呼！历数攸归，钦应上天之命；勋亲斯托，敢忘列祖之规？体极建元，与民更始，朕所不逮，更赖我远近宗族，中外文武，同心协力，献可替否之助也！诞告多方。体予至意！

诏书的内容主要包含两层意思：其一，说明自己征宋北返的原因和被拥立为大汗的由来及过程，并抨击阿里不哥的篡军乱国以阐明自己继承大位的正统性与合法性；其二，指出自圣祖以来之"武功迭兴，文治多缺"，以及蒙哥大汗的"尊贤使能之道，未得其人"等缺失。此外还呼吁"宜兴弘远之规"，主张在"祖述变通"的基础上建立一种蒙汉皆宜的二元政治文化秩序。敢于公然提出"文治多缺"与"祖述变通"尤为重要，尽显忽必烈的大智大勇并将历史向前大大推进了一步。振聋发聩，这是忽必烈登上大汗之位后的首次施政表述。开诚布公，诏告天下，以使所有臣民完全知道今后帝国的走向。

充分利用软实力，优先调动大漠南北一切积极因素……

而阿里不哥却不一样了，他仍只顾蛮横凶悍地依靠自己独霸汗廷的硬实力。除了四处派出急使对忽必烈进行诋毁和诅咒外，便是靠着"怯薛"将领的战刀支撑唯求尽快也登上汗位。一切似乎还处于半原始的蒙昧状态，既没有自己的政治主张更没有对未来的施政打算。故在收到忽必烈的"即位诏书"之后，更是气急败坏地只顾大开杀戒。好在草原母地仍保留着他这样思维的诸王勋贵和部族首领还真不少。匆忙应对，1260年4月，在汗都哈尔和林西按坦河畔初绿的草原上，阿里不哥最终也被立为大汗。这样，"也客蒙古兀鲁斯"就前所未有地出现了两位并立的大汗，同为圣祖成吉思汗嫡孙的一母亲兄弟。

但阿里不哥毕竟比忽必烈晚了一个多月……

忽必烈果不愧是一位杰出的政治家和军事家，他早料事如神地看出了阿里不

一统华夏——忽必烈大帝之文韬武略

哥不登汗位即难以发动战争。仅靠精锐的"怯薛"还是不行的,必须掌控各封国各部族的军力方可肆凶逞狂。而别小看这一个多月,这已足以使忽必烈尽情施展他的雄才大略。除了在王鹗的大手笔协助下完成了"即位诏书"外,又继而完成了"中统建元"的诏告。广颁天下,尤其对所在汉地产生了极大的影响。真可谓"纲举目张",随之更进而有了施政方略、内阁架构、人事布局、抚治各地,以及尤为重要的军事部署等种种事先设想。现先将其"中统建元"的诏告照录于后,以示其"鼎新改故"之气魄。敕文曰——

> 祖宗以神武定四方,淳德御群下。朝廷草创,未惶润色之文;政事变通,渐有纲维之目。朕获缵旧服,载扩丕图,稽列圣之洪规,讲前代之定制。建元表岁,示人君万世之传;纪时书王,见天下一家之义。法《春秋》之正始,体大《易》之乾元。炳焕皇猷,权舆治道。可自庚申年五月十九日,建元为中统元年。唯即位体元之始,必立经陈纪为先。故内立都省,以总宏纲;外设总司,以平庶政。仍以兴利除害之事,补偏救弊之方,随诏以颁。于戏!秉箓握枢,必因时而建号,施仁发政,期与物以更新。敷宣恳恻之辞,表著忧劳之意。凡在臣庶,体予至怀!

别看这短短文字,对于这个游牧汗国迈向大元王朝极为重要。原来的"也客蒙古兀鲁斯"是用十二生肖纪年的,如鼠儿年、猪儿年等。从成吉思汗直至蒙哥,四位大汗均没有使用过年号。忽必烈以"中统"为年号,已表明其入继"中华开统"的决心不可动摇,并为其广为吸收汉地文化,改变其政权形式和架构铺平了道路。但老天爷绝对不会给他那么多时间恶补"略输文采"或"稍逊风骚",刚刚有所眉目,漠北的声讨檄文已由专使送到开平王城了。

天哪!冒死前来者竟又会是秃葫芦布只尔……

没办法,毫无回旋的余地!在三皇子昔里吉的力荐下,阿里不哥一经登上汗位便立即派他前来"戴罪立功"。但条件相当优厚:如能威慑忽必烈主动"认罪

【第十一章 兵不厌诈，权不厌诈】

服输"，则重新任命其为燕京行台之"扎鲁忽赤"，执掌中原大权。如"以身殉职"，则保证其诸子承袭勋贵封号世代永享"万户"特权。当然，如拒绝前往则以"附逆"论处，虽无耳朵也得人头落地以祭"讨逆"大旗。

无论去留都是个死，似也只有一咬牙出发了……

还算好！这边的新汗似乎只顾忙着过"大汗瘾"，根本没工夫看阿里不哥那份"声讨檄文"，故而也没立即动"雷霆之怒"。据说仅对近侍吩咐曰："此乃幼弟所遣使者，又非外人，好生伺候，我与大哈敦赴燕京踏青十数日即归！"

就这样，布只尔也只能留在开平王城。虽性命暂且无虞，但日子这个难熬啊！

但天无绝人之路，竟会出了个救星！

绝对令人料想不到……

三

布只尔的到来似敲响了警钟……

忽必烈顿时便从和群儒的切磋中抽身而出，竟哈哈大笑对王鹗曰："多谢状元公连日指教，助我舞文弄墨理清思绪。然此厮一来，朕又得'投笔从戎'去矣！"遂安排好开平王城事宜，即与察苾带重要儒臣幕僚连夜赶往燕京。

此时，更日见燕京地控南北的重要性了……

而有史可考，此时察苾的历史作用也在日益彰显，早已成为忽必烈难离左右的核心决策人物了。比如说，她派出的张德辉、张文谦等已发挥了重要作用，早取得了主要汉世侯史天泽、刘黑马、张柔、汪惟正、汪良臣、严忠济兄弟等的矢志效忠。而阔阔与昔班等蒙古将领也在外"不虚此行"，在外期间对争取犹疑于两位新汗之间的蒙古铁骑也起过意想不到的作用。总之，忽必烈若有所思，察苾则即有所想。对局势走向、中统架构等诸多方面，均有高度的默契和深度的共识。故忽必烈也曾对群儒旧僚慨然而曰："朕比天可汗李世民现尚犹未可及，而大哈敦比长孙皇后却唯有过之而未有不及。长孙只贤,大哈敦且贤又能!"虽已入继华夏大统,却仍不失少数民族君王那种率真与坦荡之风。由此可见,察苾在忽必烈称帝初期,不仅辅佐之功有目共睹,而且两人间的情深意笃也由此可见一斑。

此次共来,忽必烈似还有更高的要求……

是夜,大汗行辕暂名正言顺地安排于前金故宫。群僚散去,只剩察苾在侍奉忽必烈就寝。又是没有急于动作,而是唯闻叹息。察苾故意戏问:"莫非大汗叹息察苾已人老珠黄乎?"忽必烈则答:"否!吾正在怜香惜玉!"察苾又故意问:"大汗何出此言?"忽必烈再答:"卿应知之,布只尔此次冒死前来,实质乃为阿里不哥之下最后通牒!今后已无回旋余地,唯有战场上一辨是非。而随之朝野向背也将多变,故携卿来燕京密商对应之策!"察苾回应道:"我明白了!大汗今后将留燕京'唯掌军事',而命察苾于开平代大汗暂为辅政?"而忽必烈却答之曰:"绝非如此简单,不然何需携卿来此密议乎?知妻莫如夫,吾对卿之能力早深信不疑。然此次除应对种种不测外,尚须代吾忍辱受骂,甚至甘当种种罪责。须知,即使拥立朕之诸王勋贵也对改制多有不解,唯恐有损于祖宗所传世袭权益。而吾之决胜千里,又必须充分借用中原汉地之人力物力。吾倒可以'投笔从戎'一走了之,而让卿独当一面尚需忍辱负重。每想到患难与共二十余年,吾便于心不忍!故其他哈敦仅女人,唯卿妻也!"察苾闻之大受感动,猛扑于其怀曰:"有君此席话,察苾甘愿为'鼎新改故'粉身碎骨!"忽必烈也感动不已道:"有贤妻相助吾已成功大半矣!只不该还要牵扯到朕那可爱的喜娃娃受累!"

显然是指芒哥喇,却不知为何出此言……

第二天,忽必烈便于故宫大殿召见诸王勋贵、文武大臣、群儒幕僚当众宣示:由察苾大哈敦暂理朝政,自己将率诸王勋贵蒙将武臣于居庸关外另设帅帐。察苾之辅政只是轻轻带过,而居庸关外设帅帐则是大肆声张。东西道诸王都似又看到了新汗的"唯崇祖制",竟把察苾的"暂理朝政"仅看作一件应付汉人的"摆设"。看看!临走时只给她留下个不知名的王文统任"平章政事",还留下个旧臣张文谦任"左丞",竟没一个蒙古要员侍候她,显然汗廷早已移在关外的帅帐里了。

【第十一章　兵不厌诈，权不厌诈】

更可怜的是那北来的布只尔，似乎早被遗忘了……

开平王城没有了大汗，冷冷清清的似乎也失掉了王气。布只尔被困在驿馆里倒也不愁高规格的款待，但出入极不自由似被"软禁"了起来。是暂无杀头之忧，可这怎么回去"交差"啊？这时多亏有一位另类人物出现了，此人即小牡丹用命换回的傻小子芒哥喇。别看这小子已经十五六岁了，长得白白胖胖的却仍像个放大了的婴儿。顽拒读书，听听故事尚且可以。故至今仍不识一个大字，似乎现如今除去往日之"淘"只剩下今日之"傻"。他成天对谁都是一脸微笑，故在这开平王城内人缘极好。这不回来才一年多，便得了个臣庶公认的好绰号"巴雅尔合丹"（即喜王子）。但办事也没准头，似毫无价值观，竟不懂得金银珠宝为何物，常拿大元宝换个煮玉米或烤白薯当街就啃着吃。又因其从小远离，父母难免有些愧疚，又见其天真故对这小子也颇多几分偏爱。但芒哥喇却似乎仍对从小抚养他的忽都岱大皇后感情极深，竟为此一闻汗都哈尔和林来人便难免激动。这一天，也不知从哪儿得知汗廷又有使臣落住在驿馆，便不听家臣劝阻急急忙忙赶来询问"大额吉"的情况了。

布只尔当然知晓这位万安宫曾经的"宠儿"……

谁料这傻小子也不见外，一进得驿馆竟首先颇为细致地端详起这位昔日的封疆大吏来，并憨态可掬地曰："久闻汝之双耳俱削去，今又为何长出毛茸茸两朵？"布只尔只能作揖而答："此乃臣以耳套遮掩其丑！"芒哥喇忙摇头曰："不好！不好！毛皮所制，不如面食所捏逼真！吾将命厨房女侍专为汝制之，人何能长兽耳乎？"布只尔哭笑不得，却没想到这小子却又转移了注意力，连珠炮般地开始发问道："我之大额吉可否安康？进膳如何？腰腿疼还常犯否？哪个侍女为她天天梳头？鬓际又多白发乎？是否还在天天想念芒哥喇？知否芒哥喇做梦都夜夜梦见大额吉？"东一榔头，西一棒子，想起什么问什么，但问着问着这个大娃娃竟双眼溢满了眼泪。布只尔一见有机可乘，竟长叹一声曰："唉！说来话长……"果然，这憨小子一听又来劲儿了，当即便回应道："话长？那好！即与我同回王府长谈！父汗也赐予我一座王府，亭台楼阁好不神气！我正打算将大额吉接来同住，汝正好借此去看看也好回去禀告。父汗回来还早呢，你愿住几天就住几天。"

一辈子的没心没肺,此已初见端倪……

而这正好遂了布只尔的心愿,在这危机四伏的情况下多么需要这个呆头呆脑的保护伞。况且!如能将其诱拐同归汗廷,此"丰功伟业"将盖世无双。再看,芒哥喇也根本不听家臣随从的劝阻,竟一脸天真地把这秃葫芦瓢硬拉回了自己新有的王府。很显然这儿对很多人来说都是个很好玩的地方,弟弟那木罕与小妹昂家真就正在正厅里瞎涂乱抹那张羊皮地图。很可能这是母亲察苾为让这傻小子开开窍拿来废物利用的,没想到这小弟小妹又跟到这儿来起哄。芒哥喇一行进来时,两个小家伙正用笔乱涂乱抹,结果发生了激烈的争执。这个叫:"父汗在这里呢!"那个喊:"额吉在这里呢!"更令人没想到的是,这位比弟弟妹妹大许多的傻小子一进门竟也跟着瞎掺和曰:"非也!非也!父汗应当在这里,额吉应当在这里!"两个小家伙不同意,乱点乱画嚷嚷得声儿更大了。此时便听得芒哥喇突然呼布只尔曰:"狗耳大人!你来评评这个理!"布只尔忙探头望去,只见得这幅羊皮地图上被红墨笔画得十分神秘,颇令人浮想联翩。而芒哥喇却做统帅状比比画画道:"知我之大额吉被撵出万安宫,我怒不可遏已向父汗进言了!父汗当藏于此,额吉当隐于此!犹如捉迷藏一般,引其出来找我!而我则趁其老窝不顾,一举为大额吉夺回万安宫来!"两个小家伙听得还挺入神,因为只有这个二哥哥平等对待他们。布只尔也听得颇为专注,竟搞不清这是忽必烈还是这傻小子的主意。但刚想诱问,却谁料这傻小子已对此不感兴趣了。一提起他那大额吉,便又突然提起他为此准备的礼物曰:"此乃我为大额吉留下的八宝莲子粥!啊,臭了!此乃我为大额吉留下的金华好火腿!啊,太硬!此乃父汗'乍马宴'上赐予我的小金蛋,里头还包有一块玛瑙,玛瑙里还藏有一颗钻石,也替我给大额吉带回去!啊,对了!还有一条喇嘛带来的小藏獒嘎尔斯,也一并带给大额吉,抱它犹如抱我芒哥喇一般……"简直是没完没了,布只尔若想有所作为,似也只能从长计议采用诱拐之术了。但就在傻小子忙于给他的大额吉往外掏腾东西时,便猛听得王府门外一阵骚动。布只尔蓦地一惊,显然有大人物出面干预了。

果然,来者竟会是自己当年曾饱受其苦的小王真金……

【第十一章 兵不厌诈，权不厌诈】

现已出落为一文质彬彬、儒雅高贵的青年，左右陪伴的王恂和不忽木皆为以后之大元名臣。后尚跟随留守大臣以及众多宿卫，未曾下马就给人一种戒备森严、八面威风的感觉。随着一声冷冷的传唤，布只尔似也只能慌忙迎出王府跪伏于地。他想，或许今天自己是上傻小子的当了。忽必烈是想给幼弟留点面子而借口"擅入王府"灭了自己。但事实却似乎又不是如此，随之便见得芒哥喇也大喊大叫地扑了出来。他根本不管什么皇室尊严不尊严，孩子气地指着真金便一把鼻涕一把泪地吵嚷起来："狗耳大人乃我之客人，进我王府关汝何事？我托其给大额吉带礼物，你管得着吗？走！狗耳大人别理他，跟我回府！"真令人哭笑不得，多亏真金耐心相劝曰："二弟不得胡闹，父汗有旨！"这小子才总算在家臣的劝阻下安静了许多。而此时真金也及时在马上宣诏曰："布只尔大人乃朕弟使者，本应亲自予以接待，然公务繁忙难以脱身。为解朕弟之思念，特修书一封，急命布只尔火速返回转呈朕弟，不得有误。钦此！"此举不但可见忽必烈与阿里不哥不同的行事风格，也使布只尔大出意料唯剩感激涕零了。只不该在这当头那傻小子仍不忘给他大额吉往回带东西，什么金蛋，什么小藏獒，什么吃的、喝的、穿的、戴的，还有乱七八糟的好些玩意儿，一时来不及仔细打点，竟用那张乱涂乱抹的羊皮地图兜了出来全让带上。看得出真金对自己这位傻二兄弟也是毫无办法，只好命人帮着打理，也好尽快打发布只尔上路。

诱拐虽然未成，除留得一命也算收获颇丰……

野史载，察苾在燕京闻知儿子又在犯傻，竟然"喜不自禁"。而布只尔返回汗都之后，确也为此大红大紫了好一阵子。就连忽必烈在后来的庆功宴上，也大肆赞扬这傻小子"功不可没"。只可惜芒哥喇竟惘然"不知所云"，没心没肺地还以为在夸奖别的兄弟。

但当时察苾却无暇照料这个可爱的儿子……

应知之，"上都践祚，居多辅佐之谋"绝非是短短的一句话，而是一个颇为漫长的过程。在从游牧汗国转于中原帝国期间，他不但需要极高的政治智慧，而且尚需冒着"身败名裂"的风险。一句话：就是甘愿为实现忽必烈的雄心壮志付出自己的一切。要知道,蒙古民族崛起得简直像个奇迹,太快也太突然了,以至成了一个地跨欧亚的庞大汗国,相应的配套制度仍赶不上其扩张速度。正如史书所说"部落野居,设官甚简"。最重要的官名为"扎鲁忽赤",兼掌政刑。余者便称:万户、千户、百户、十户等,统领部落军民,史称"余无别称"。但在大汗御帐下却设有世袭的专门执事,如火儿赤(主弓矢者),云都赤(带刀者),昔宝赤(掌鹰隼者),札礼赤(书写圣旨者),阔端赤(掌御马者),答喇赤(掌酒者),怯里马赤(翻译)等,均为贵族,地位不亚于官。后来又有了"怯薛",四位高层的"怯薛台"地位就更高了,常成为大汗最私密的亲信或顾问。总之,一切设置均适应游牧民族的游牧文化,要放在以农耕为主的中原大文化背景下就显然是很难适应了。

而察苾却承担着这样一个庞杂的改制任务……

虽然说,忽必烈已有了一个总体的构想,而两份诏书中也均有所说明,但真做起来还是困难重重。比如,只要你动一下某位世袭执事,即使是小小的"博儿赤",你这就算把某位宗室贵族得罪了。思维方式不同,他们并不看重汉名官职,却满在乎和大汗的亲疏远近。好在忽必烈知人善任,特命通古知今的大儒许衡、刘秉忠等前来辅佐。尊"农桑为本",以适应"中华开统"之现实。采秦汉以来"历代之所长",沿辽金以来"行汉法之道"。在察苾亲自主持下,终于完成了适应新形势的一系列政权架构方案。总领内阁事务的称为"中书省",执掌兵权的称作"枢密院",掌控司法的称作"御史台"。而其下设置有寺、监、院、司、卫、府等,总称为"内官"。而下属各省又设置有行省、行台、宣抚、廉访种种,统称为"外官"。行省下属又有"路"有"府",有州有县,均"官有常职,食有常禄"(详见《元史》及元典籍等)。史载,就此"一代规模、创始完备"。虽有忽必烈及群儒诸臣的早期准备,但却是在察苾"居多辅佐之谋"的主持下变成现实的。但构想仅仅是构想,面对两汉对峙的严峻情势下,如果就此而全盘托出,用现代话来说,显然会给忽必烈对蒙古诸王勋贵的"统一战线"造成伤害。

察苾又为此在替忽必烈日思夜想了……

这一天,这位新汗又率近臣郝经抽暇返回燕京巡视了。这明摆着除了面对幼

【第十一章 兵不厌诈，权不厌诈】

弟的大兵压境外，现在他最关心的莫过于自己将建立怎样一个王朝了。到达当日，即与察苾一起接见许衡、刘秉忠等受命建制之儒臣。当闻听详细禀告后，竟连声称"好"给予肯定曰："天下国家，譬犹一人之身，中书省是吾之右手，枢密院是吾之左手，御史台吾可用来医治左右两手也！"（详见《元史·世祖本纪》）遂望察苾相视而笑，群臣皆感欣然。只不该此时郝经又"旧话重提"，竟当即跪奏曰："国家（指蒙古汗国）数朝代立之际，皆仰推戴。故近世以来，几致于乱，不早定储贰（即太子）之失也！若储贰早定，上下无所觊觎，则一日莫敢争者。且使其朝夕视膳（即伴君之旁），或出而抚军，守而监国，练达政事，此盛事也！"（原文，详见《陵川集》）目的明确：更彻底地推行汉法，废除游牧的"忽里台"体制。但郝经估计错了，他本以为察苾会第一个出面支持，却谁料她竟会首先出面劝阻忽必烈。她说："郝大人所言乃'为固国本'，然当前先需固国！立太子等议制是有助于杜绝反复无常的汗位之争，但为此也必然会废止'忽里台'而引发诸王猜忌。改制当循序渐进而为，少安毋躁，此事当从长计议！"忽必烈笑问郝经："如何？"郝经跪答："微臣敬服矣！有此深谋远虑，圣上江山必传千秋万代！"

众臣退后，为应对诸王勋贵又进行更私密相商……

此时的忽必烈，正处于和幼弟阿里不哥决战的前夜。应当说，当时是阿里不哥在"硬实力"上占优，而忽必烈是在"软实力"上较强。若要决出谁胜谁负，关键就要看在软硬实力的转化上谁下足了功夫。看来忽必烈又先行了一步，故在戎马倥偬间又抽暇急返燕京问计于察苾。为此，在诸儒臣退下后即曰："卿为朕所构想之新朝体制，必大得中原汉地民庶之心！然现在朕仍需倚重诸王勋贵方可突显正统，唯恐尔等不解反众叛亲离生乱！"察苾应对道："察苾也正为此日夜忧心，在眼下尤不应因此引发冲突！"忽必烈叹曰："似必须暂停改制，以待全胜之后再加推行？"察苾却突然反问："那何来获全胜之物力人力？何来获全胜之黎庶众心？"忽必烈更叹息连连曰："难矣！难矣！"察苾这时才说："察苾有一策，不知当讲不当讲？"忽必烈竟催促上了："快快讲来！"谁料察苾却只简单地回答了四个字："内、蒙、外、汉！"

内蒙外汉？忽必烈顿时陷入了深深的沉思……

以现代人的眼光来看，察苾这是以自己高度的政治智慧，本能地在"祖述变通"的基础上，力图建立一种适合汗国广阔疆域的蒙汉二元文化的政治秩序。她说："'内蒙'则是对内实施蒙古祖制：承认诸王之分领权，承认'怯薛'宿卫之地位，承认各类执事之世袭权等种种。'外汉'则是，对外实施汉地汉法：由下至上，由地方到新都。首试中原，可先令潜邸旧臣任宣抚使分十路施行新政！"忽必烈闻之即海纳百川地哈哈大笑曰："好一个内蒙外汉，朕之一切疑虑均迎刃而解矣！"察苾却提醒道："此乃暂时！如永远内蒙外汉，则必影响大汗圣业千秋万代！"没想到忽必烈似并未放在心上，竟只顾向门外下令曰："速传唤郝经、刘秉忠、许衡、王文统、张文谦诸臣来见，朕有要事昐咐！"察苾颇为不解，但在一通忙乱后诸臣已纷纷应诏而来了。众人肃立，忽必烈颇具草原胸怀当即宣示道："大战在即，朕将带郝经立刻返归帅帐！从今以后，凡朕不在，大哈敦即朕！汝等均需听大哈敦懿旨行事，违者当以大不敬论处！"

内蒙外汉，彻底化解了眼前的困局……

说干就干，雷厉风行！中统元年（1260年）5月，即以忽必烈令旨名义宣布设置十路宣抚司。大都启用原王府儒僚旧臣，具体安排如下：赛典赤·赡思丁与李德辉为燕京路宣抚使，徐世隆为副使；宋子贞为益都济南等路宣抚使，王磐为副使；史天泽为河南宣抚使；杨果为北京等路宣抚使，赵炳为副使；张德辉为平阳太原路宣抚使，谢瑄为副使；孛鲁海牙、刘肃为真定路宣抚使，姚枢为东平路宣抚使，张肃为副使；张文谦为大名彰德等路宣抚使，游显为副使；黏合南合为西京路宣抚使，崔巨济为副使；廉希宪为京兆等路宣抚使。元人姚燧所言"尽出藩府旧臣，立十道宣抚使"（详见《元文类·中书左丞姚公神道碑》）即指此而言。

这里必须单说说张德辉，似关系一个历史之谜……

查非正史类典籍，似乎张德辉宣抚于平阳太原是察苾有意安排的。尚记否？恩师元好问仍暂厝于开平郊外，不仅早需叶落归根，而且尚需落实他的遗嘱：但愿护佑三晋地，不枉生为秀容人！现在身份变了不可能亲力亲为，故托付于"博学有

【第十一章 兵不厌诈，权不厌诈】

经济器"的张德辉代为完成归葬及落实遗嘱两项心愿。而正史也确有记载，现存元好问在故乡陵园也确系起始于此期间。尤可佐证的是，《元史》上张德辉到任后的施政记载，确实是在尽心尽力地"护佑三晋地"。史载，当时"太原平阳一带地广人众，地方官世守，胥吏结为朋党，侵渔贪贿，视官府纪纲与民间疾苦犹若土渣。宣抚张德辉，将其中奸赃，尤其之太原石抹氏、平阳段李、河中忽察忽思等数十人，械系庭下，数其罪恶，一一杖责"。然后"剔除吏弊，遴选官属，更新庶众，所部肃然。部民以手加额称誉道：六十年不期复见此太平官府！"忽必烈对其政绩也颇为赞赏，称其为"十路之最"（上述见《元朝名臣事略·宣慰张公》）。三晋人何来这份福气？张德辉何来这份胆量？明显地可看出背后肯定有一位超乎寻常的人物在支持。更何况！晚年的察苾似对山西一带更加关注，曾力促忽必烈将自己亲手抚养长大的长孙甘麻喇，由梁王改封为晋王以长期治理三晋之地。再加上忽必烈的亲信重臣郝经（今山西陵川人）、赵璧（今山西怀仁人）、姚枢（虽祖籍今辽宁朝阳，却生于今山西汾阳）的鼎力相助，故在山西曾产生过一个极其难解的历史现象，即元末明初天下大乱战祸连绵，空野千里人口锐减。唯山西独能幸免，各地为了恢复生机竟都得到洪洞县大槐树下去"领人"。难怪至今晋地还残存着一座颇具争议的"可汗庙"，另加考证或许能解开察苾与山西这类特殊关系种种历史之谜。

但不管结论如何，这仅是一段插话……

总之，忽必烈和察苾分手之后，就极少再返回燕京过问朝政大事。完全集中心力掌控军事以应对战争的变幻，而把"中华开统""祖述变通""鼎新改故""创立新制"种种大任均交托给了自己这位未来的大皇后。

随之，察苾也及时返回了暂定的新都开平……

然而，身负重任"居多辅佐之谋"并不仅仅表现在出谋划策上，而更反映在其"知人善任"诸多方面。比如，大部分干练的中青年儒臣幕僚均被忽必烈带去"唯掌军事"了，她竟能调动诸如许衡、窦默、王鹗这样的老夫子充分施展政治才能，在立朝改制中激发他们的潜力，使这些大儒日后均成为大元王朝的忠谏之臣。

还有另外两位人物也必须提到……

一位是忽必烈亲自任命的首位"平章政事"王文统,另一位是陪嫁而来的家臣阿合马。虽然察苾对两人均各有看法,但均能"隐而不发",尽量调动他们"尽显其能"。以王文统为例,自从于南征被忽必烈留在身边之后,便越来越被"新主"的行事风格和豪放魅力所吸引。他常以其与"旧主"李璮相比较,越比就越觉得忽必烈犹如一座大山而李璮只不过一小丘耳。尤其在新主抢先登上汗位之后,王文统于大战在即更突显其理财治国的巨大才能。"凡民间开发,宣课盐铁诸事"均由他裁处,致使"钱谷大计,虑无遗策"(详见《元史》),从而令无论是忽必烈的"治军"或察苾之"施政"均暂无"后顾之忧"。至于说到阿合马,似乎也由一个陪嫁家奴渐渐成为忽必烈身旁掌管军需的重臣。只不该在外人看来这似乎是"主子之提携",故察苾日后声誉颇受其累。

但此一时彼一时,而当时只需要"尽显其能"……

察苾之率臣众之重新返回开平,不仅使这座中统皇城又重现王者之气,而且更显示了草原汗国政治中心南移中原汉地之决心已绝不可更改。

内蒙外汉!察苾仍在谦恭谨慎地为创建一个全新的帝国默默奉献着。

而她又是一个母亲,尚有四个性格各异的孩子。既有没心没肺的芒哥喇,又有从小就自命为"灶主"的小那木罕。

同时他们的命运又均维系在一个人身上:忽必烈!

但忽必烈的命运又维系于这场战争!

生死攸关,吉凶未卜……

四

在漠北的汗都哈尔和林,阿里不哥终于名正言顺地搬进了修缮一新的万安宫中。

终于梦想成真,但付出的代价也颇大……

【第十一章　兵不厌诈，权不厌诈】

首先，为争取草原母地守旧的诸王贵族和部族首领，就必须严格地依照祖制背上许多沉重的旧包袱，使汗都哈尔和林又重新弥漫起一股半原始的野性气息，竟令许多汉族及色目人的商旅闻风纷纷撤走。比如，为证实拖雷幼子继承汗位的正统性，在继位前为蒙哥大汗进行的葬礼就更突显神秘色彩。不仅在起辇谷里又埋下了一个蛮荒的谜，而且也使得茫茫旷野似乎又恢复到了远祖游猎的状态。

但这一切却换回了一种强悍的硬实力……

再加上有三皇子昔里吉的再次"出山"辅佐，很快就形成了阿里不哥"高高在上"的核心地位。为了结盟于诸王和各部族，这位后起的新汗竟在短时间内又为自己连续娶了八位"哈敦"。身子被严重地掏空却大大有助于拉拢勾连各部族，致使金戈铁马旋风般又纷纷会聚于汗都四周。杀声震天，喊声动地，一时间形成一股无坚不摧的恶煞煞声浪：伐奸除逆！伐奸除逆！伐奸除逆！

撼动草原，似忽必烈末日已到……

据史载，当时的阿里不哥若以祖制而论，确在天时、地利、人和上均处于上风，仅在母地兵力即"拥有十之七八"。再加上有昔里吉、阿兰答儿、孛罗欢、脱里赤以及四"怯薛"高级将领（即"怯薛台"）等的相助策划，已早定好东西两路之"平叛大计"。西路为主，这里川蜀统帅纽璘的两位副帅早已被买通，而驻守六盘山的统帅浑都海也早已投靠汗都。仅此二帅在中原所率精锐蒙古铁骑即分别有四万余众，实施背后灭敌"断腰除逆"之术当有必胜把握。况且在"忽里台"大会后又派出刘太平与霍鲁海赴秦、陇、川、陕任"行尚书省官事"联络，现已派阿兰答儿率母地大军前往接应。忽必烈南征蒙汉杂军也只不过三四万人，想必难敌此近八万之蒙古铁骑。而在东线也早已组建好一支歼敌大军，由年轻王族主木忽儿与合喇察儿统领，随时准备越过大漠踏灭开平以夺取燕京。

如果布只尔不归，早就血肉横飞杀声四起了……

而这位倒霉使者的意外归来，却使得这次东线的南伐骤然产生了变数。这倒不是因为布只尔又重复了什么"蒋干盗书"的故事，而是大讲自己如何"大义凛然"感动了忽必烈之一位王子——此人即从小在原大汗与少汗身旁长大之芒哥喇。

趁忽必烈夫妇暂往燕京即暗中相助自己死里逃生。不仅向当今新汗献上一颗神奇之金蛋以表忠诚，还向忽都岱大皇后献上一只小藏獒以表示不忘养育之恩，而且还秘密告知其父与我"捉迷藏"之毒计，即诱我早日南伐以乘虚而入一举拿下我之哈尔和林！阿里不哥听得入神，三皇子却越听越颇多怀疑。幸亏此时布只尔为展示其"忠贞不伪"，打开了其带回之一个又一个包裹，骤然间那张被孩子们画得乱七八糟的破羊皮地图终被发现了。阿里不哥只顾等着看金蛋，而三皇子昔里吉却一把将破羊皮抢在手中仔细观看起来。而布只尔一见当然也不会放过这个机会为自己大吹大擂，随之这张神秘的破羊皮竟成了阿里不哥、昔里吉以及"怯薛"众将领难以破解之谜。唯有已被赶出皇宫的忽都岱大皇后似从那条小藏獒身上得到诸多安慰，常抱之于怀曰："还是我那小芒哥喇有良心，专送一条小狗狗以慰老人思念之情！憨态可掬，抱其如抱芒哥喇！"但那张破羊皮却整整使汗廷忙乱了三天三夜，最终由阿里不哥首次做出重大军事决定：暂停东线南伐固守哈尔和林，应急采用"守株待兔"（昔里吉用语）之策张网全歼忽必烈来犯之敌！当然，布只尔为此更出尽了风头，成为与脱里赤并驾齐驱的新汗红人。虽无耳朵，却着实显赫了好一阵子。

其实，忽必烈此时在军事上也正在走着一步险棋……

阿里不哥做出如此决定，也并非全部中计上当愚不可及。须知，经细作探察和刘太平与霍鲁海等的密报，忽必烈确实未向秦陇川蜀等西部地区分兵，而只顾调集人马于东线燕京一带准备迎敌图谋北犯。如十万蒙古铁骑将其"腰斩"再南北合击，其彻底覆灭之命运则必将成定局。然用现代人的眼光来看，似乎从军事角度尚无可非议，但从政治、经济、军事等多角度来看却显得有些"一厢情愿"欠缺考量。也难怪！阿里不哥从未离开过草原母地一步，既未统兵打过仗，又未迈出过家门去见识世界。除了身为"灶主"野心勃勃之外，可以说是只抱着"唯崇祖制"却对政治、经济、文化诸多方面一窍不通。正因如此，擅长军事、见多识广的忽必烈才敢于面对西线如此凶悍的实力，竟然如此潇洒地走出这步险棋。

未派一兵一卒西去，只派数位儒将前往应敌……

有史可考，这绝非是忽必烈之"捉襟见肘"或"一时兴起"，而似乎更突显

【第十一章 兵不厌诈，权不厌诈】

了其作为一个军事家的远见卓识。前面已经说过，赵良弼早已以察看食邑为名赴川陕一带调研过，归来即向忽必烈详谈过自己的看法。他言道：秦陇川蜀一带虽驻有纽璘和浑都海两支蒙古大军，但这一带毕竟自古就属汉人汉地，而且政治、经济中枢当属京兆（即今之西安），我主已命杨惟中、廉希宪等大人以汉法治汉抚治过多年，政绩极佳，至今此一带臣庶犹念我主恩泽！再加上南征大理我主又施一路仁政广交一路汉世侯，故此一带拥兵重臣闻我主先登汗位莫不欢欣鼓舞纷纷表态效忠！而仅剩下纽璘与浑都海两部，虽装备精良、人数甚多，但蒙哥大汗之猝死已早折众志、军心涣散。况且近日又闻一朝两大汗对决天下，更人心惶惶不知所从只求早日北返回归草原母地。然我主此时若以一翼兵力相讨似也失之偏颇，倒不如派出数名能臣以抚治为名见机行事。授之于重权，采用分化、瓦解、利用、激励诸策必可尽解西线之忧也！

忽必烈沉思三日，竟毅然走出这步险棋……

雄才大略尽显于"使贤用能"。据史载，在开平即汗位伊始之4月初，即任命廉希宪、商挺、八春为陕西、四川等路宣抚使，赵良弼为参议（详见《元史·世祖本纪一》）。八春为蒙室贵族，实际上决策权掌握在廉希宪与商挺手中。临别时，忽必烈赐酒于廉希宪等曰："卿等昔日均曾为抚治秦蜀大吏，今去当重新召集旧部以就地筹组兵马，替朕分忧，独当一面。上马为良将，下马为贤臣。只管放手行事，朕对卿等均深信不疑！权且以酒壮行，还盼诸卿个个均能成为中统建元之一代名将！"廉希宪豪饮谢恩道："有圣上颁布的即位诏书，已使臣等立于不败之地矣！"商挺更进而称："西师可军遍地！"（详见《元朝名臣事略·参政商文定公》）意为请皇上放心，我们在西线可调动的军队可谓遍地皆是。当然，其间也有察苾早期派出幕僚争取汉世侯之功。

而更重要的还在于忽必烈知人善任之统帅胸怀……

即以廉希宪为例，这位畏兀儿重臣不但深谙儒学被同僚称为"廉孟子"，而且在南征大理中统率中军已突显军事才能。再加上他那色目人的特殊地位颇具中间色彩，故在秦陇川蜀一带被蒙汉双方均容易接受。要知道，此时色目人之地位已初显在汉人之上，常被历任大汗视为亲信而坐镇四方。故忽必烈此次选中廉希宪主战西线，实在可称之"慧眼识珠"好钢用在了刀刃上。况且商挺、赵良弼等也绝非等闲之辈，八春在应对蒙古驻军上也自有一套。因而虽未带千军万马，却已在这半盘棋上形成了"绝杀"之势。

相对而言，阿里不哥在这方面却要逊色多了……

据史载，他的行动并不迟缓，向川陕派出的重臣已于1260年4月底抢先进入京兆府城。只不该任命的"行尚书省官事"显然用错了人，竟会是当年大行钩考制造冤狱的悍将刘太平，还有一位也是毫无政治头脑的蒙古大臣霍鲁海。他们狐假虎威地到来当即引得众官百姓莫不人心惶惶，致使京兆上下对他们所崇奉的大汗也充满了畏惧和抵触情绪。无形中，反倒在两汗对峙中，为后来者帮了大忙。

而廉希宪等是5月3日抵达京兆的……

虽迟到数日，然刘太平及霍鲁海于城内却仍处处抓瞎乱无头绪。原因很简单："百官俱隐，黎庶远避。"而廉希宪等的到来，却突然"城门洞开，百官郊迎，黎庶齐候于道路两旁"。也难怪！廉希宪曾任京兆宣抚使，不仅其"仁政惠民"广为人知，就连其高鼻深目的形象也令人感到格外亲切。而等刘太平与霍鲁海得知这一切后，竟发现自己所据官府早被京兆驻军严加控制。这才叫进来容易出去难，似也只能团团乱转似热锅上的蚂蚁了。

很显然这是里应外合，事先早已联络策划好了的……

果如商挺所言"西师可军遍地"开始实现，随之便有重要的汉世侯诸如刘黑马、汪惟正、汪良臣等率部来投。而廉希宪虽碧眼紫髯乃畏吾儿族重臣，却严格遵循汉地汉法先大力宣示忽必烈即位的相关诏旨，以阐明"更始大势"进而安抚百官及黎民百姓之心。几乎与此同时，他还派出随行蒙古大臣朵罗台前往六盘山说服浑都海，希望这位具有极高声望的草原名将也能够"深明大义"。却不料浑都海乃蒙哥大汗最亲信的死忠分子，向来是喜蒙哥大汗之所喜，恶蒙哥大汗之所恶，故对忽必烈也成见极深。为此一见朵罗台前来为忽必烈当说客，竟不顾同族更不分青红皂白当即杀了解气。他明确地表态支持阿里不哥，并暗中派人密赴京兆设法与刘太平

【第十一章 兵不厌诈，权不厌诈】

与霍鲁海取得联系。还同时密遣使者分赴成都与青城，请纽璘手下的两位副帅明里火哲和乞里不华"共同讨逆"。

形势岌岌可危，八万精锐铁骑将闻风而动……

而廉希宪与商挺、赵良弼等，也果不愧雄才大略的忽必烈所选定之能臣良将。见情势极其严重，廉希宪即与同僚曰："今皇上大位初定，即委以吾等如此重任！现应早定大计提前行动，不然将有负圣上追悔莫及！"众皆应之："然！"随之便果断指命汉世侯刘黑马逮捕刘太平与霍鲁海，然后更进而擅自采用"先处置后迎赦免诏书"之法，下令将阿里不哥这两位死党绞死狱中。依"札撒"律，不经大汗裁定任何人均无权擅杀汗廷重臣。由此可见，廉希宪等的"出手不凡"和"胆大妄为"，但确实从此使得忽必烈政权在秦陇川蜀突显"一枝独秀"。而彻底消除"里应外合"似这才仅仅开始，进一步"剪除羽翼"尚需急速而为之。

在此后行动中廉希宪竟越来越"胆大妄为"……

时不待人，颇具魄力！他竟敢"矫命"——假传圣旨——又派汉世侯刘黑马十万火急奔赴成都，巩昌总帅汪惟正十万火急奔赴青城，分别去捕杀已倒向阿里不哥的蒙军将领明里火哲与乞里不华。而刘黑马与汪惟正也果然不辱使命，竟以大汗圣旨为名镇住了咸思北归的从众。一个杀掉了成都军将明里火哲，一个命力士勒死了青城军将乞里不华。而他们的统帅纽璘正在奉命北返觐见的途中，故刘黑马与汪惟正便又矫旨顺利接管了川蜀蒙古军团。廉希宪是行事果断，举措及时，尽显名将风范，但这也算提着脑袋在"忠心事主"啊！要知道，即"矫旨"一项罪名成立，就得人头落地！（以上引言及事迹均见于《元史》相关列传）

多亏了忽必烈之疑人不用，用人不疑……

而廉希宪又为人光明磊落，志向高远，现在他所虑的问题只有一个，即如何对付六盘山之浑都海部了。虽日显孤单，但浑都海却仍率有精锐铁骑四万余众。且尚扼守中原通往草原母地之要冲，故大兵压境的危机仍在眼前。好在商挺也早看在眼中，遂为廉希宪剖析其动向曰："现浑都海率军有上、中、下三条出路：乘虚直捣京兆，为上；恃财聚兵坐视，为中；重装北归和林，为下。"廉希宪急问："其将何择?"商挺答:"必急于重装北归!"廉希宪又问:"何出此言?"商挺又对曰:"其统兵于六盘山处已近三年,不战不去早令人心浮动思乡心切。加之蒙哥大汗猝死,两汗又对峙并立,更促使军心涣散,数万铁骑均不知该为谁而战。虽浑都海已倒向阿里不哥,然手下众将未必人人如此!四顾无援,浑都海似也只能先北归而后言战!"(详见《元朝名臣事略·参政商文定公》)廉希宪同意商挺之说,然却仍在扩军备战以防万一。

越敢作敢为,越足智多谋……

廉希宪先是就地于川陕一带筹组一支地方武装,交于蒙古将领八春统领,以防浑都海部的东犯。随后即采取了更为大胆之举动,来不及请示忽必烈竟将金虎符、银印、一万五千两白银俱都授予汉世侯汪良臣(与死于钓鱼城下的汪德臣为兄弟),命他征调巩昌、秦州、平凉等二十四城诸军,以组成一支由自己可掌控和指挥的军事力量。川蜀矫旨斩将已属"胆大妄为",现又在秦陇擅自征调军队就更属"胆大包天"了。眼中还有新任的大汗吗?还有中统开元的大皇帝吗?

关键就看忽必烈事后怎么和他算这笔账了……

而廉希宪这位畏吾儿重臣,似乎竟被儒家学说冲昏了头脑。好像就是要无愧于"廉孟子"之称,竟在孟子的"舍生取义"上大做起了文章。还是以"江山社稷"为重,仍然甘冒风险为忽必烈支撑着半壁江山。中统元年夏,四川统帅纽璘的"奥鲁"官(即负责随军眷属和后勤之将领)逃脱将率部投奔浑都海,被蒙古将领八春阻截俘获送至京兆。赵良弼闻之即向廉希宪建言曰:"纽璘统兵有方,颇得军心。年少骛勇,可教化也!今应释其奥鲁官,令其追劝其主归顺我朝。笼以重职,疾解兵权,唯借其名,则川蜀可永无忧矣!"(详见《元史·赵良弼传》)廉希宪采纳其议,后纽璘果然归顺忽必烈。中统元年仲夏,泸州南宋名将刘整受奸相贾似道的迫害命悬一线,商挺自荐前往招降。廉希宪授其忽必烈"即位诏书"以助刘整了解新朝大政。后商挺果然不辱使命,竟使得忽必烈又白白得到了大块宋地及许多宋军。这也可算贪腐分子送上的一份登基大礼,贪腐也可亡国此即前兆。(详见《元史·商挺传》)

【第十一章 兵不厌诈，权不厌诈】

至此，廉希宪已由无师之帅成为统兵数万之名将……

而在此之前，六盘山的浑都海部却没有乘虚而入，一举拿下西部战略要地京兆。果不出商挺所料，由于军心涣散长期举棋不定于秦陇交接地带。也难怪！其下属就有一员南征归来的大将哈拉布花力主北归，就连浑都海都拿他及其部众也毫无办法。最后在联络刘太平与霍鲁海无望、策动明里火哲与乞台不华失败等诸多因素下，终于决定如商挺所言"重装北归和林"然后再听新汗号令行动。

从中也可看出，阿里不哥治军和施政之无能……

所幸三皇子昔里吉仍在发挥一定的作用，在他力主下由阿兰答儿统率的南伐大军也终于走出草原母地，浩浩荡荡地进入河西走廊，并在甘州（即今甘肃张掖）与浑都海所率的北撤大军相遇。在这里必须先说说这位三朝悍臣了：心有千千结，一生竟莫名其妙地与忽必烈结下了深仇大恨。此次在和脱里赤及布只尔的争宠内斗中，他显然比后二者略胜一筹。首先结交了四位举足轻重的"怯薛台"，随后又死心塌地投靠了"足智多谋"的三皇子昔里吉。现在他终于如愿以偿了，将成为统率数万骁勇的超级封疆大吏。正如他跪别阿里不哥时所言："臣当如当年木华黎效忠圣祖成吉思汗一般，也将矢志效忠于伟大圣明的当今大汗！生为大汗生，死为大汗死！讨平叛逆，誓作当今大汗驾前之木华黎。"悍臣悍语，无意间流露出他也想做"中国国主"之勃勃野心。很可能早就规划好如何解开"心有千千结"，似已经把察苾也包括进去了。

志在必得，当然更显骄横跋扈……

却不料这次"甘州会帅"并不愉快。虽然说阿兰答儿长得"鹰鼻、鹞目、两肩挺耸，身姿别显凶悍"，但拥兵自重的哈拉布花却根本不买他的账。意见不合，拂袖而去，竟坚持率部北返草原了。留下的浑都海还算听命，而被迫随同折返的部众却变得更加军心涣散。再看廉希宪这方，由于抓紧时机处置得当，早今非昔比兵强马壮了。不仅八春又收编了诸多流散的蒙骑实力大增，就连汪良臣也凭金虎符果然征调起平凉、巩昌、秦州等二十四州城数万大军，阻敌于甘州一带，致使阿兰答儿嚣张的气焰累累受挫。

欲做"木华黎第二"的美梦眼看就要幻灭了……

但美梦幻灭，噩梦却不期而至。这一日，阿兰答儿正于帅帐之中小憩，蓦地便见得一顾命老臣飘然闪现在自己眼前。仔细一看，原来是拥立蒙哥大汗之元勋芒哥撒尔。他不是早死了吗？今日为何又飘然至此？这时就听芒哥撒尔鬼声鬼气地问："阿兰答儿大人！尚记昔日发誓否？"阿兰答儿惊恐难答，芒哥撒尔却已在代其答曰："汝当年曾对忽必烈发誓：'长生天在上！如若我阿兰答儿再对大王心怀叵测，则必遭横死，头颅高悬于汉地城门之上！'今日之率兵南下秦陇，乃自送头颅于忽必烈！"阿兰答儿惊叫一声猛然惊醒，这才方知是白日做梦。但一想到下毒手钩考忽必烈时也曾做过同样的梦，事后并没有怎么样，这才总算稍稍定下心来。只不过这次略显异样，芒哥撒尔的阴魂似总不肯轻易离去。为此，除加强剽悍铁骑的守护宿卫外，驱凶辟邪的萨满巫师竟日渐成为帅帐的主角。

而忽必烈所选用的人才却只坚信：事在人为！

比如，受察苾差遣护送伯要·兀真西行的藩邸蒙古将领昔班，在率军归来后又奉命督粮于今宁夏一带。偶尔得知草原万户阿失铁木儿等正欲简军投靠阿里不哥，竟然也敢"矫旨"称忽必烈召其急赴王城，并规劝其曰："皇帝兄也，阿里不哥弟也！从兄顺势，又何疑焉？"阿失铁木儿思考一夜从其言，忽必烈便又白白捡了两万铁骑。难怪忽必烈喜出望外，曾不禁赞叹道："战阵之间，得一夫之助，尤为有济。而昔班以两万军至，其功岂少哉？"（详见《元史·昔班传》）而还有史可考，这两万铁骑随之便成了决战秦陇之主力，致使廉希宪坐镇京兆闻之极为兴奋，几近拍案而起。但这位一代名将稍后又坐下了，因为他深知"事在人为"先必须首先分清：已可为与已不可为！

好在商挺已经事前为他想到了……

这又足以看出忽必烈用人之高明：既能使臣下"各尽其能"，又能使臣下"同心协力"。故商挺见状即对廉希宪曰："吾已深知大人难处。现决战在即，面对阿兰答儿与浑都海所率数万草原铁骑，你我无论谁来领军均缺少威慑力量！必须由圣祖子孙亲任统帅，方能震慑对方使我主之讨伐更加师出有名。商某已代大人草拟奏

【第十一章 兵不厌诈，权不厌诈】

章一份，现呈大人阅之。"廉希宪却曰："商大人真思吾之所思，急吾之所急！不看了。你我就此联署遣快使急呈圣上！"

而君臣似乎也心灵相通，燕京也早开始行动了……

作为一位杰出的军事家，忽必烈从一个少数民族君王的角度考虑似更早就发现了这个问题，不等廉、商二人的奏报到来，据史载，1260年6月底，即在亲征漠北的前夕，便派出声名显赫的合丹大王率哈必赤、阿赫穆统领一支铁骑前来参战。合丹，圣祖成吉思汗的皇嫡孙，第二代大汗窝阔台之孙，拥立忽必烈登上汗位的西部诸王之首，无论从身份或地位上均能给对手造成极大的心理压力。无论他的军事能力如何，任用他为西线统帅已足显忽必烈"择人善任"之卓越政治才能。再加之，这位日理万机的新汗尚有密旨，仍然命令藩邸旧臣廉希宪与商挺掌控全局。

未曾决战，已形成一股不可抗拒的威慑力量……

《元史》详载，1260年9月，在廉希宪、商挺与赵良弼等部署下，西线决战在甘州山丹附近的辉碑谷展开了。哈丹大王任统帅，八春、汪良臣率部也来听其统一号令指挥。而此时阿兰答儿与浑都海的"讨逆"大军却更加人心涣散，不仅统帅和主将心中无底，就连军将们一听去与圣祖嫡孙对决也毫无斗志。唯一可依靠的是装备精良的金戈铁马尚显锐不可当。再加血腥的激励和奖偿：可杀、可抢、可烧、可掠！所虏女人俱归自己享用，所俘男丁俱归自己为奴，所得金银财宝俱归自己所有。除此之外，似也只好听天由命了。

然而即使如此，天公也似要从中作梗……

恶煞煞的耀碑谷荒野上弥漫着一股野性气息。远远望去，便可见得在合丹的统一号令下，忽必烈一方已兵分三路准备迎敌。史载，合丹列阵于北，八春列阵于南，汪良臣列阵于中。而若天气晴好，阿兰答儿与浑都海之数万铁骑冲出峡谷尚可一战。但天公偏不作美，据史载，刹那间"大风吹沙、天色阴晦"（即今之所谓沙尘暴），致使战马惊嘶，铁蹄纷乱，混沌间相互冲撞莫辨方向。此时不但阿兰答儿一方惊慌失措，就连合丹所率铁骑也难以迎敌。而在此关键时刻，汉世侯所率汉军却尽显步战的重要。汪良臣在风沙中急令军士下马，用短兵器趁混乱突袭敌军左翼。俯身冲阵，专砍马蹄。而骁勇们向来是人马合一的，故缺一便彻底失掉了战斗力。然汪良臣又趁其逆风眯眼，率兵更绕至阵后击溃了敌军右翼。此时风沙稍息，八春便借着顺风直捣敌军正面，合丹则指挥精锐铁骑截断敌军之归路。真可谓名副其实的一场昏天黑地之血战，最终阿里不哥之"腰斩"计划彻底以破产而告终。史载"斩杀阿兰答儿和浑都海于耀碑谷，杀伤俘获其精锐不计其数"，只有极小部分残兵败将逃回了漠北草原。（详见《元史·汪良臣传》）

从此，西线便再无后顾之忧……

不久合丹大王即"奉旨班师回朝"，仍留廉希宪、商挺及赵良弼等处理秦陇川蜀事宜。为进而震慑残敌、稳定局势，廉希宪竟下令将阿兰答儿与浑都海"枭首于京兆市中三日"，即把脑袋砍下来挂在城门上示众三天。当年发下的毒誓今朝最终得到应验，"木华黎第二"没当成反倒落了个身败名裂。然而据野史载，阿兰答儿虽仅剩下一颗头颅，却"高高在上"仍死不瞑目。不如浑都海那颗虽双目紧闭却流露几分悲壮，而他这颗竟死瞪两眼似乎仍突显着某种脉脉深情。

枭雄气短，仿佛仍在期待……

而作为一代名臣廉希宪、商挺等却绝对无暇来这种"儿女情长"。活着，就得战战兢兢做人，尤其在这样具有雄才大略的人主驾前。为此，在大获全胜代主巩固了半壁江山之后，廉希宪即首先做"深刻自我检讨"。他连夜上书忽必烈，自劾有三大罪状：其一，擅杀刘太平与霍鲁海；其二，擅自征调军队；其三，擅自委命军帅汪良臣等。光明磊落，独担罪责，颇显一代名将风范。谁料商挺、八春、赵良弼等也均非鄙琐之辈，商挺闻之即首先对其曰："为人臣者，不求有福共享，唯求有难同当！大人单独而为之，将陷吾等于不忠、不仁、不诚、不义而无地自容！"遂联名上奏自劾，突显了一种孔曰"成仁"、孟曰"取义"的儒臣精神。

但儒家天下也绝不乏狡兔死走狗烹的故事……

多亏创业之主在初期大多是英明的、伟大的，而忽必烈也深知廉希宪与商挺等在现今尚是自己难觅的肱股之臣。为此，当他接到这份及时送来的奏章后，不但没有追究责怪，反而降诏急传给予抚慰，并在诏文中大加赞誉曰："朕委以卿等这

【第十一章 兵不厌诈，权不厌诈】

方面大权，卿等当然有权力见机行事之。毋用拘束于常制，没有坐失时机应予嘉奖！"（原文见《元史·廉希宪传》等）事后又曾对廉希宪与商挺当面赞之道："大丈夫事也！"尤为难能可贵的是，他还对二人进而安抚曰："当时之言，天知之，朕知之，卿等何罪？"最后更激动人心地慨然感叹道："卿等如古之名将，临机制度，不遗朕忧！"（原文见《元朝名臣事略·参政商文定公》等）这颇能反映一位蒙古君王的坦荡胸怀。难怪廉希宪、商挺与赵良弼等诸多儒臣日后更加死忠效命了。

再说了，忽必烈当时尚未登上事业的顶峰……

作为一位"度量弘广"的一代蒙古新君，他的目光却一直紧盯着自己的故乡——草原母地。忽必烈清醒地意识到：阿里不哥手中的王牌，即占有漠北。而自己所欠缺的又恰恰是远离蒙古本土祖地。但现实告诉他：要作为超越前人的"天可汗"兼"大皇帝"，漠北才是军事较量的主战场。如果不彻底解决阿里不哥的争位问题，这一切将全都无从谈起。

现在好了！廉希宪与商挺等不但为自己牵制了漠北大量的精锐兵力，而且使自己彻底解除了两面夹击之忧。

谁能为我跃马横刀，能不大加赞誉吗？

现今决战之地主要在漠北。

战鼓声声……

五

其实，从登上汗位伊始，忽必烈的战略目标就是极为明确的：变被动为主动，以成吉思汗嫡孙与拖雷家系兄长的身份，名正言顺地去逐鹿草原，去夺回漠北的控制权，去战胜阿里不哥，去证明自己才是合乎蒙古传统的大汗！

这才是根！这才是本！这才能有资格入继华夏大统……

为此，在中统建元之后，他便把文治方面的立国要务均交给察苾处理，自己则放手只顾于燕京全力调兵遣将、筹措军需粮草，集中蒙军和汉军主力，遥控着政治和经济的动向，声东击西地积极做好决战漠北的一切准备。比如说，即位前便派史天泽赴长江北岸向勋将霸突鲁与兀良合台下达命令："立即从鄂州撤围回来，因为人生的变化如命运之旋转。"（详见拉施德《史集》）由于调动大胆，指挥果断，即在不到两月时间里，忽必烈竟在幽燕一带调集了塔察儿、也孙哥等东部诸王所率之军，霸突鲁、兀良合台等勋将所率南征之军，严忠济、张柔等所率的汉世侯之军，郑鼎、昔喇芒古等家将所率的新签征之军，共计达十五万之众。真可以说是在蒙古征战史上"前无古人"，故无论是防守幽燕或进攻漠北均做到了"万无一失"。

但漠北却似乎仍仅凭"幼子守灶"权忘乎所以……

应当指出，在忽必烈调兵遣将之际，阿兰答儿和浑都海均还远未遭到毁灭性的打击。如果此时的阿里不哥稍有政治头脑和军事才能，他本来可凭着无数凶悍的草原铁骑占尽先机，但此时的汗都哈尔和林却仍是一片改朝换代的混乱和混沌。在此期间，阿里不哥除了隔三岔五不断地迎娶"哈敦"外，便是在一片阿谀奉承中三天一小宴五天一大宴。既没有明确的施政方针，又没有服众的治国理念。手下委以重任的更大多是异化了的蒙古人中的奸佞之臣，故就连那些"唯崇祖制"拥立他的宗亲贵胄也开始私下惴惴不安了。而这一天，阿里不哥为拉拢另一个部族又在新娶第九位"哈敦"，并同时还新封了十位王。婚宴搞得十分隆重，竟不知哈尔和林即将成为"断灶之城"。宴后，二皇子玉龙答失又曾劝昔里吉曰："三弟，不能再陷之太深矣！以为兄所见，今日大汗之昏聩凶悍比贵由汗有过之而无不及！眼见得忽必烈王叔正在对汗都施卡粮断供之策，却仍不顾牧众死活整日花天酒地。三弟当速速抽身，以免来日落忽必烈王叔过多埋怨。"昔里吉也不无道理地回应道："二皇兄有所不知，小弟心中早已有数！阿里不哥虽然昏聩无能，然我等投靠他或蒙哥家系尚有出头之日。而忽必烈是何等精明狡猾，我等投靠他则蒙哥家系永难翻身。再说即使想投靠，我等没有一定实力更会使蒙哥家系变得无足轻重。小弟早想好了！为

【第十一章 兵不厌诈，权不厌诈】

了父汗的荣誉当采取两全之策，即趁阿里不哥昏聩将'怯薛'军权掌握于手中。这样，退可以拥兵自保，进可以向忽必烈讨价还价。假以时日，或我蒙哥家系尚有再显辉煌之日！"

君不君，臣不臣，竟不知大难就要降临……

而忽必烈却头脑异常清醒，在此间隙则冷静地日理万机。就在即将逐鹿漠北的前夜，他特意秘密返回开平王城再做进一步的战略部署。这也可称为一次不可或缺的"政治幽会"，他从精神到肉体上太离不开察苾了。其所称"其他哈敦仅女人，唯卿妻也！"绝非虚言，政见上的"志趣相投"似又正在让他们度过另一个"蜜月期"。

当然，察苾的激动就更不待而言了……

但即使在最亲密接触时，也难免会涉及政治。比如说，当谈及筹措军需粮秣时，竟不由得提到了新任平章政事的王文统，称他果不愧是一位治世的能臣与理财的高人。不仅在对漠北的经济封锁中累献奇策，而且在对北伐的后勤供应又建大功。难怪刘秉忠、商挺、张易、廉希宪等均对他多有赞誉，甚至有人力荐他出任中统第一任宰相。察苾闻之忙停止迎合曰："不可！"忽必烈急忙问："为何？"察苾答曰："许衡言其学问不纯，姚枢言其心术不正！"（详见《元史》，二人确有此言）忽必烈不以为然道："此即文人之自古相轻！"而察苾却说："君岂忘其与李璮关系非同一般乎？而李璮此次北伐中态度暧昧，不仅未奉诏举兵相助，反而借口南宋压境累累向我索要财物。依察苾看来，王文统尚需考察，待将来看清李璮真面目后再议也不迟！"忽必烈佩服至极，紧拥其曰："然！"莫笑下笔荒谬，古今多少帝王均是在枕席之欢中一决天下大政。

其实，王文统早就为此暗自出手了……

有史可考，此时的王文统虽越来越看清李璮的志大才疏，越来越感激忽必烈的知遇之恩，绝无一丝反意，唯有对这位异族新君之尽职尽忠，但这样一位不可多得的治世能臣也有个致命弱点，即难容比自己谋略更高之人。比如，对曾与忽必烈共患难的儒臣郝经，他就充满着某种敬畏和嫉妒。他深知，郝经为人既正且直，远见卓识远远高于自己。再加上忽必烈对其超乎寻常的深信不疑,明显将会成为自己"一人之下,万人之上"的绊脚石。为此,王文统以首席"平章政事"的身份上奏忽必烈,建言速派重臣赴南宋力逼贾似道兑现"称臣纳贡"的诺言。一方面可威慑南宋不得与漠北暗中勾结,一方面首取二十万两白银和二十万匹绢岁贡又可助北伐急需的粮秣军饷。忽必烈虽已为中原君王,却仍不乏草原般坦荡胸怀。一听言之有理,遂在燕京即派出"翰林侍读学士"郝经为正使,"翰林待制"何源、"礼部郎中"刘人杰为副使组成高规格使团,出使南宋以宣示忽必烈即位和中统建元的消息,并要求南宋履行与贾似道签订的和议。即以现代人的眼光来看,忽必烈此次"遣使维和"的决策仍是相当正确的。只可惜尚不如王文统了解南宋的腐朽和奸相贾似道的胆大妄为。须知,当时李璮的长子李彦简尚留质于燕京的世侯府,而王文统早从中得知贾似道竟敢蒙骗宋廷谎称大胜。故他已判断出郝经很可能此行有去无归,将为自己步上首辅宝座扫除最大障碍。权!仍是为了权。实在令人叹息!果然此一别竟使这一对亲如手足的君臣近十五年后方得再见,而彼时郝经已经奄奄一息了。这对忽必烈来说可谓是一个极大的损失。故后世史学家曾评说道:若郝经一直留在身旁,忽必烈后来本可避免诸多反复和失误,大元王朝之国基也许会打得更坚实一些。

但当时仅认为:只不过是短短一两个月的分别……

况且,总有意外的惊喜会取代这种"暂别"的思念。翌日,开平新都即传来了一个令人振奋的消息:要有一种庞大无比的怪兽前来为新汗助阵了。原来,在前数月忽必烈偶尔提及了南征大理带回那数头大象和象奴,曾曰:"如现尚在,当驱使漠北以威镇群顽!"谁料仅随口一说,却让早成为贴身近臣的阿合马牢牢记在心里。他立即派出亲信沿忽必烈昔日归途秘密查访搜寻,果真于秦川交界地找到了这些滞留于森林中沦为拖运巨木的大象和象奴。遂急忙与驻川的巩昌总帅汪惟正联系,历经千难万险将这些庞然大物运抵了新都开平。历代圣明君王均有"好大喜功"这一面,忽必烈当年南征归来即如此,现在当然更喜不自禁了。故对阿合马从此更加信任也更加倚重,一跃而由家奴擢升为备用的新朝重臣了。

【第十一章 兵不厌诈，权不厌诈】

大象的到来，果然引得开平新都倾城轰动……

但此时的忽必烈尚能保持头脑清醒，见察苾并未过分激动甚至还对此竟无一句赞语，就立马命阿合马将这些大象迅速转移到燕京帅帐去了。果然，不久察苾就向他提出建言曰："大汗即将北伐，重中之重当思如何用人。察苾以为，可首先任用霸突鲁元勋为首辅，以彻底解决朝中群龙无首之难题。霸突鲁，木华黎国主之四世嫡孙，久居中原，知蒙又知汉，为人忠直，必被双方敬服。有其执掌中书省，大汗北伐将无后顾之忧。"忽必烈叹息而答："朕早有此意，然人比大象难驯！霸突鲁不但尽得儒家精髓，而且又兼有道家之仙风道骨。朕几次提及，其几次婉拒。老奸巨猾，就是不愿受这份夹板气。"察苾反问："大汗就任其滑脱？"忽必烈笑答："岂有那么容易！朕已任命其亲如己出的子侄安童为四大'怯薛台'之一，让这老儿一辈子难脱干系！"察苾惊曰："安童年方十三岁，怎能高任将中之将？"忽必烈哈哈大笑曰："此即吾忽必烈用人的神来之笔！"口气颇为自负，致使察苾也跟着笑而不劝了。颇为默契，尽显相知。

似乎"神来之笔"并不就此而止……

有史可考，忽必烈尚是个颇知疼惜子女的父亲。眼看就要出发决战漠北了，临别时竟把几个儿女召至开平新宫小聚。真金现已成长为十七岁的青年，英俊挺拔却又透着一股仁儒之气。在老夫子窦默的谆谆教诲下，昔日"小王坐帐"的那股劲头儿早消失得无影无踪。在父汗的面前沉默少语，似只顾唯唯诺诺谨遵君臣大礼。两个小的就不一样了，小女儿昂家真一见父汗就抢着占怀，而小那木罕也绝不相让，竟大声嚷嚷着："我是灶土！抱我，抱我！"忽必烈并没有在意，似也只顾着哈哈大笑抱了这个又抱那个。唯芒哥喇仍没心没肺、无忧无虑、乐乐呵呵地站在一旁，无所畏惧也无所要求。忽必烈极为疼爱，便问："吾儿还涂抹地图否？"这小子回答得倒也老实："不了！烂羊皮早包小藏獒送进万安宫去了！"忽必烈闻之大笑连呼内监曰："来人呀！速拿更大的羊皮地图，以供皇子们指点江山！"小那木罕和小昂家真一听顿时转移了注意力，又忙着改为去抢笔找颜色了。刚等一幅大羊皮地图铺在地上，两个小的已争先爬上去了。而憨态可掬的芒哥喇脾气极好，尽量让着弟弟妹妹胡抹乱画"尽显才华"。小昂家真竟把线重新又引向了江南。而小那木罕却依据胖二哥"捉迷藏"之说仍在东北一片点点画画,并且面对父汗念念有词。史载,忽必烈"教子有方",果然他竟笑呵呵地看着小儿女调皮。只不该芒哥喇并不动手,而是只顾傻乎乎地从旁助威呐喊:"快涂、快抹!"忽必烈不解地问之:"我儿为何不亲自指点江山?"傻小子一听愣了片刻,竟出人意料地端起半碗朱砂水便向羊皮地图上泼去。顿时搞得一塌糊涂,就连小弟弟、小妹妹都沾了光。一直在旁边慈爱地望着四个子女的察苾似乎也看不下去了,忙惊呼曰:"芒哥喇!汝要干什么?"傻小子却憨头憨脑地回答道:"我要这块大羊皮,又可为大额吉兜回一条哈巴狗!"一直谦恭少语的真金也忍不住斥其曰:"胡闹!"却谁料忽必烈望着羊皮上涂向漠北那片朱红道:"非也!吾之喜娃娃泼得潇洒,泼得果断,更泼得出其不意!对父汗若有所助,此大羊皮即赏赐予汝!"芒哥喇听后顿时拉着羊皮就走,似乎对什么夸呀奖呀一点兴趣也没有。

而忽必烈似又得神来之笔,当即起身出发了……

果然,1260年7月,忽必烈于燕京便再不"精笔细描"了,而是大气磅礴地采用"碗泼朱砂"之势,突然率师越过大漠,排山倒海似的向哈尔和林奔袭而来。这是一场草原上典型的夺位之战,故蓝天碧野间驰骋的大都为骁勇无比的蒙古铁骑。充当先锋的乃东道诸王中能征惯战的移相哥和纳邻,而坐镇中军的却是忽必烈失而复得的那些巨象。只见这些庞然大物早已按战象需求重新装饰好:大象身上华丽的鞍毯,大象背上威严的帅帐,大象首上珠光宝气的饰物,大象四周精锐骁骑的环绕列阵。两旁有汉人巨无霸郑鼎、色目巨无霸阿里海牙执戈捧钺,帅座后尚立有一位银盔银甲的少年将军近身护卫,此即十三岁之"怯薛台"安童。

草原上的人们哪里见过这个,皆以为天兵天将下凡……

而再看阿里不哥这一面,似乎已被忽必烈此次突然的铺天盖地袭来早打蒙了。他本来安享尊荣于富丽堂皇的万安宫中,只等阿兰答儿与浑都海会师后那"腰斩"成功之捷报。谁料想自己在东线的"守株待兔"防线却形同虚设,忽必烈竟不按烂羊皮上标示却如"群狼扑食"般奇袭而来。这里必须补上一笔:阿兰答儿与浑都海

【第十一章 兵不厌诈，权不厌诈】

是中统元年9月才被彻底歼灭，而忽必烈7月便出其不意地产生此惊人之举。故万安宫内顿时乱作一团，阿里不哥这时方从九个新娶的"哈敦"中惊恐地抽身而出。再加上孛罗欢、脱里赤、布只尔等诸多奸佞宠臣又大多是些为讨新汗欢颜而报喜不报忧之人，致使阿里不哥惊觉后这才发现万安宫外早已民怨沸腾不堪收拾了。忽必烈早已下令封锁粮食运输，哈尔和林早已发生"大饥荒"（详见《元史·世祖本纪》）。物价飞涨，就连富丽的王府豪宅也已"十室九空"。就连军用物资如鞍辔、刀枪、弓矢、战甲，甚至连布匹等全都被卡断了，无数的精锐铁骑也似乎顿失了往日的凶悍。

似只能仰天长叹：今非昔比……

遥想当年，在辽金重压之下不堪忍受屈辱，尚处于半原始状态之崛起确有一种火山喷涌的爆发力。那时的马上健儿确实可以靠着几条肉干、一革囊奶酒奔袭冲杀数千里。一身皮衣，夏天毛朝外，冬天毛朝里，遇大雪即可挖雪洞钻入而眠。游牧生活可以满足他们的一切，以至冲出草原杀向世界。但现在却似乎不行了。有了胜利、有了财产、有了现代的物质享受，便很难再回到原点了。比如大批的粮食得从汉地运来，更精良先进的军事装备得在汉地制造，更有杀伤力的弓矢战刀也出自汉地工匠之手。况且还需要享受，还需要满足女人的要求。于是从金银珠宝到绫罗绸缎，以至胭脂香粉到玉镯头饰等，全都得取自于汉人汉地。怪谁呢？全世界都从这儿来"各取所需"，以至唐代就有了一条闻名于世的丝绸之路。

而忽必烈现在正拥有这一切……

前面已说过，阿里不哥既没统过兵，又没打过仗，甚至从未离开过草原一步。除了野心勃勃之外几乎一无所长，故闻听忽必烈突然大兵压境后便只剩下了声嘶力竭地怒吼："朕是灶主！大汗之位是天定的！这个背叛祖宗的恶人竟敢谋逆，还不给朕杀了去！砍了去！捉住车裂喂狗去！"但除了尽逞凶悍骄横之号叫，竟拿不出任何应对之良策。尤其当听说有天降巨兽相助忽必烈，后宫便早已人心惶惶首先起火了。有权势的贵胄们纷纷接出了自己已嫁出的女儿，致使新娶回的九个哈敦顿时便失掉了八个。阿里不哥除了凶悍的杀人竟毫无其他办法，这时还多亏了冷酷多谋的三皇子昔里吉挺身而出了。是他首先教会阿里不哥应该懂得施"诈",并以"诈"激发各大封王铁骑骁悍凶勇的战斗力。昔里吉建言,可"诈"称谁能大破忽必烈谁即是自己汗位的铁定继承人。这样,不但可激起各大王族为夺汗位争先恐后,而且也可在忽必烈面前突显新汗周围"众志成城"。果然此招发挥奇效,旭烈兀长子主木忽儿和术赤之孙合喇察儿竟为夺未来汗位成为先锋,众骁勇也因"杀忽必烈者封王"而纷纷奋勇争先。

但昔里吉等三位昔日的皇子均未参加……

你死我活,两军交战于一个叫"巴昔乞"的荒原旷野上。如果装备相当的话,还未必能尽快分出谁胜谁负。由哈尔和林冲杀而来的上万铁骑个个在重赏之下凶悍无比,刹那间便让茫茫的荒原上弥漫起一股恶煞煞的野性气息。但毕竟忽必烈一方装备精良多了,粮秣充足、兵强马壮在猎猎旌旗下也毫不示弱。对峙,即将厮杀前的短暂对峙!同一民族分成的两大阵营拔刀相向怒目对峙着,是那么相同却又那么不相同。一方仍保持着游牧文化鲜明的特点,个性张扬,跨在烈马之上在发出野性的呐喊;一方似已受了农耕文明的洗礼,紧控铁骑静穆地等待只听一声令下。野性的呐喊终于达到了高潮,漠北的骁勇如脱弦之箭蓦地便冲杀奔腾而来。但忽必烈的大军却随着将令调动,刹那间便分开组成铁翅般包剿两翼。更出乎北军意料的还在于,陡然间眼前便闪现出那庞然大物——以巨象为核心组成的中军方阵。等他们还来不及从惊惧中勒紧骏马,象阵四周布置好的宿卫早已先发制人万箭齐发。两翼这才突然排山倒海地席卷而来,致使北军冲阵的铁骑眨眼间便折损了大半。而本来要后续冲上来的骁勇,一见这些巨大的"天降神兽"也早已锐气顿失一半。再望巨兽背上的华盖之下,安详端坐的竟然是圣祖嫡孙忽必烈。而其两旁尚有两位巨灵神般的将军护驾,身后尚有一位银光闪烁的小将挺立护守于象背之上。一股蒸腾的神秘的气息霎时使恶煞煞的战场风向顿变,阿里不哥的军队似乎被魔咒束缚,往日的凶悍竟消失得无影无踪。

忽必烈趁势指挥大军奔袭而来……

虽在《元史》上之记载却只称:"巴昔乞之役三战皆捷,大败阿里不哥之

【第十一章 兵不厌诈，权不厌诈】

军。"但这场战争还是相当惨烈的。大象行动迟缓，当帅帐渐渐落在后头，阿里不哥的部众又突然凶悍毕露。强烈的民族自豪感绝不允许他们再向后退，双方均狂喊着"誓不愧为成吉思汗子孙"展开了血腥的厮杀。战马相互撞击，长刀交锋迸溅火花。只杀得人仰马翻血流成河，只杀得天地翻转日月无光。应当说，"三战皆捷"绝非易事，多亏了忽必烈指挥若定，兵精粮足，还有汉世侯率领的大批汉军后援部队。而更重要的还在于，阿里不哥的精神崩溃，首先掉转马头率众就逃……而综合各种史书也可看出，忽必烈这次亲征的初步战果大体是这样的：阿里不哥因"粮草不足"等诸多因素，一时"陷入了困境"，面临着彻底覆灭的危险。故在忽必烈大军即将包围汗都哈尔和林之前，他仓皇弃城而逃往自己世袭的封地吉里吉斯（即今叶尼塞河中上游）去了。

这样，忽必烈又进入了折磨他大半生的旧都……

不仅是往事不堪回首，而且是阿里不哥的迅速败溃使他更看出了这座草原都城的局限性。仅仅靠游牧生产是很难支撑汗国心脏跳动的，必须迁都于汉地才能确保祖宗的事业更加发扬光大。故他拒绝了臣众请他进万安宫发号施令的倡议，似早已预估到在自己旧有的藩邸内将会发生什么事情。为此，他派出了猛将阿里海牙和郑鼎率领部下佯装继续追击阿里不哥及其残部，目的不在于全歼而在于迫使其认罪服输。忽必烈以一个政治家的目光早已看出：赶尽杀绝并非上策，在草原母地留下个"手足相残"的印象绝对有害于未来的大一统。姚枢曾向他多次讲过"七擒孟获"的故事，看来对桀骜不驯的幼弟也得如此行事。此次取胜靠的是汉地汉法，看来解决家族问题似也得靠仁靠义。

忽必烈就是怀着这样的心态回到旧时藩邸的……

果然不出他所料，藩邸内似有人先己而入。再一进门，便闻有藏獒吠吠之声。贴身"怯薛台"安童忙入内打听，原来是昔日的大皇后忽都岱因病无法走动，不愿拖累三位皇子而强行自愿留了下来。这也可算是一位出身高贵且又颇为刚强的蒙古大皇后，也是仅凭预感就命侍从把自己抬入了忽必烈旧日的藩邸。故一待忽必烈匆匆忙忙出现在自己眼前，竟不卑不亢、掷地有声地开言道："老二呀！是你死去的大哥不喜欢你!说你心眼儿太多,算不得玛乃(即我或我们)蒙古人了。他死后是玛乃做的主,让三个儿子都去拥立老四当大汗。祖宗留下的规矩,玛乃就得遵守。现如今你当大汗了,玛乃就把自己抬来任你杀来任你剐。千万别伤你三位小皇侄,对老四你也得放他一马。老二!咱那慈祥圣洁的母后还在天上看着呢。"忽必烈闻之大恸,竟跪禀曰:"汉地皆谓,父母仙逝,长兄若父,长嫂若母。实非忽必烈不遵兄嫂所嘱,乃唯恐祖宗基业毁于一旦。敬请皇嫂放心!不论诸皇侄今日何去何从,他日若愿归来人人皆可封王。即使对待幼弟阿里不哥,也只盼其有所悔悟绝不会伤及其发肤。长生天在上!若我忽必烈食言,将无脸再见天上之父母。"忽都岱大皇后再无他言,只是也在恸哭中自语着:"老四也太娇宠放荡了,六亲不认,才几天就又娶了九个老婆。天哪……"恰好此时,巨无霸郑鼎押着一人已走进庭院。忽必烈一望,竟又是芒哥喇称之为"狗耳大人"的布只尔。原来阿里不哥见身后上万铁骑紧追不舍,唯恐自己拖家带口的就此便被追剿抄灭。故又依昔里吉之计,诈称"认输服软"以换取时间。随之布只尔便又被选中为"服软急使",这不终又被郑鼎"见好就收"地押了回来。

忽必烈一见,顿时计上心头……

当着忐忑不安的忽都岱大皇后之面,当即便把布只尔传唤了进来。他斥退了郑鼎,唯留十三岁的小将安童守在身边。很显然布只尔早被这次使命吓坏了,皮毛耳套也早不知丢在何方只剩下了个秃葫芦瓢。忽必烈早知皇嫂内心急的是什么,竟颇为"礼贤下士"地问之曰:"布只尔大人!大皇后问你三位皇子可好?少汗别来无恙乎?"布只尔跪在大皇后面前惊恐中连声回应道:"启禀大皇后!除了又惊、又怕、又累、又困以外,好!好!好!都还算好!"大皇后终于插嘴了:"他……他们派你来……来干什么?"布只尔赶忙叩头答曰:"请求宽恕!"忽必烈一怔急问:"谁出此言?"布只尔急忙回答:"阿里不哥……"忽必烈神情更加专注,责令其道:"免除俗礼,火速禀来!"布只尔这才原原本本禀告道:"少汗说:'我们这些弟弟们有罪,是出于无知而犯罪的。你是我的兄长,可以对此加以审判。无论你吩咐我到什么地方,我都会去,绝不违背兄长的命令。等我养壮了牲畜就来见

【第十一章 兵不厌诈，权不厌诈】

你！'"（原文照录。详见拉施德之《史集》）忽必烈听后关切地望着忽都岱大皇后，大为欣喜地曰："浪子们现在回头了，清醒过来，聪明起来，回心转意了。他们承认自己的过错了！"（原文照录。详见《世界征服者史》）并下令全军立即停止追剿，放其自由回归遥远的封地吉里吉斯。宽大得实在可以，致使忽都岱大皇后也感动地连连说："这就好了！这就好了！拖雷家族的子孙们本该就是和和睦睦的……"而此时忽必烈也不失时机地命人奉上芒哥喇带来的礼物——一张大羊皮兜来的一条小哈巴狗。

忽都岱大皇后搂着哭得更尽情了……

显然，忽必烈此役不仅仅在军事上取得了巨大的胜利，而且在道义上他也在草原母地绝对占据了上风。不继续追剿和"斩尽杀绝"是完全正确的。要知道蒙古汗国如此庞大，封国又那么多，如果将阿里不哥追剿得逃窜于世袭诸王之间，必定会使战线越拉越长而成为永无休止的蒙古人之间的内战。而现在已命安童逼使布只尔写下"请求宽恕"的全文并画了押，这就有了足够的资本以游说于各大封国以彻底孤立阿里不哥。

七擒孟获，还需要回中原继续积攒实力……

为此，忽必烈以汉地之法，又开始在汗都哈尔和林"广施仁政"。他深切体会到"孔孟之道"这玩意儿太好了，儒家学说不但能降服汉地汉人同时也能治理蒙地蒙人。比如，他稍稍放松了对粮食及消费品的控制，黎庶们便人尽欢呼懂得了感恩戴德。再比如，他刚刚宣布了"既往不咎"，宗亲贵胄们便又纷纷搬回矢志效忠以享都城的繁华。而更重要的还在于，他竟人有深意地将昔日的政权中心万安宫正式更名为：敬亲宫！以示对先汗的尊崇，以示拖雷家系的至高无上。而且还在配置好大量婢女侍从后，首先将忽都岱大皇后以及藏獒和小哈巴狗迎住了进去。这在汗都引起了更为巨大的反响，致使满城皆欢呼曰：还是贤王当大汗好！还是贤王当大汗好！

转眼到了1260年岁末……

而于此时，忽必烈接到了察苾加急的奏报，请他务必"适可而止"地早回中原处理"国之根本"。其中还有一个更重要的原因便是,他派往两大超级封国的特使都回到了开平,也有很多要事急需向他面禀。

他很明白察苾不断催归的用意:唯恐他沉迷于草原乡恋,唯恐他沉迷于牧野情怀,唯恐他沉迷于胜利又回到过去。她这是在呼唤他,一定要做一个"思大有为于天下"的一代君王!

忽必烈似被蓦地唤醒了……

随之,他便派东部宗王移相哥为驻军统帅,率数万重兵镇守哈尔和林,威慑漠北草原,随时监视阿里不哥的一举一动。完全可以这样说,忽必烈是在大获全胜之后而南归的。因为阿里不哥早公然承认:"我们这些弟弟们有罪,是出于无知而犯罪。你是我的兄长,可以对此加以审判……"有如此的"请求宽恕",似乎也可看作他已"自动退出历史舞台"了。不言而喻,现在的"也客蒙古兀鲁斯"名正言顺的大汗只剩下了一个,此即中统建元的蒙古族大皇帝:忽必烈!

1260年底,他终于回到了万众欢呼的开平新都。

终于又见到了"唯卿妻也"的察苾。

新婚不如久别……

第十二章

内蒙外汉，曲折走向大元王朝

【看点提示】你知道吗？忽必烈在取得汗位后，也曾在察苾的辅佐下，努力实现着成吉思汗"入继华夏大统"的遗愿。建年号，立新都，以尽快改革旧有的草原半原始体制。——你知道吗？如果没有李璮之乱，历史将会是另一种面貌，但趁忽必烈北上与幼弟决战时，这位汉世侯的叛乱还是发生了：逼死了下嫁的蒙古郡主，杀戮了下属的蒙古骁勇，狡诈地利用了汗廷给予的封赏和信任。——你知道吗？李璮之乱虽然很快便被平定了，但忽必烈从此竟由怀疑汉世侯开始，渐渐地怀疑到汉地汉人和汉法汉制，甚至对以死相谏的妻子也渐行渐远了。——你知道吗？他时而立"国族"扬蒙，时而又"重农桑"抚汉，在日益严重的民族矛盾中摇摆不定。——你知道吗？他还专宠上一位别具野性的小皇妃，以致为自己埋下"宫闱秽闻"与"立储之争"等诸多隐患。——你知道吗？即使如此，他仍不失为一位雄才大略的帝王，最终还是将草原汗国列身于华夏历代王朝的序列，昭告天下将国号改名为：大元王朝……

一统华夏——忽必烈大帝之文韬武略

冬去春来，转眼间便到了1261年……

此前，忽必烈只是忙于应对东西两线的战争，以确保自己继承汗位的合法性和正统性。而现在由草原汗国转向中原王朝也绝非易事，为适应农耕文明的现实必须对原有体制进行彻底的改革。但这甚至要比战争还要艰难，要知道来自马背民族的传统积习的顽抗或许要比武力还要强悍。

多亏有了察苾独当一面的辅佐……

当然，忽必烈归来之后也并没有因大胜而忘乎所以。他深知幼弟阿里不哥绝不会就此善罢甘休，因为在草原母地支持"唯崇祖制"的宗亲贵胄仍大有人在。虽总算凯旋，但腹背仍危机四伏。现阿里不哥明显是在施"诈"，而自己也是在将计就计地施"诈"。但却有一个共同点："诈"取时间。阿里不哥需要时间喘息，而自己却需要时间再造河山。

【第十二章　内蒙外汉，曲折走向大元王朝】

稳固中原、积蓄力量，更进而"思大有为于天下"……

忽必烈对察苾的胆识是由衷钦佩的。他深知没有她的悉心辅佐，自己将如失去左膀右臂很难施展所谓的雄才大略，甚至早在历次磨难中折戟沉沙了。这次归来看到她为自己所做的一切，就更感到她的"经天纬地"之才绝非常人可比。就在自己北伐的同时，她已按预定意图早遣使西行去争取两位超级封王：一为后伊利汗国的国主三弟旭烈兀，一为后钦察汗国的国主拔都之弟别儿哥。按照自己的叮嘱，答应将阿姆河以西直至密昔儿（即埃及）边境的波斯国土，以及该地蒙古及大食军民均划归旭烈兀统治，从而取得三弟旭烈兀的大力支持。旭烈兀竟派出特使前来公然拥戴自己为全蒙古大汗，并让阿里不哥放弃称汗之举。对于别儿哥也是如此。虽未说动其明确表态，但他的倾向性已极其明显。他也遣使双方劝和，这已足以解除自己的西顾之忧了。（详见《世界征服者史》）明显地看出，阿里不哥在这方面迟钝多了且缺少政治主张，故他在失去这两位超级封王之后在西部活动的范围也越来越小。

更难能可贵的还在于，察苾那超凡的人格魅力……

忽必烈清楚地看到，即使在自己归来之后她的作用也是无人可以代替的。后来他更发现，朝中有很多大臣——尤其是诸儒——遇事往往愿意找她商量。就连藩邸元老级人物如王鹗、许衡、窦默、刘秉忠等，均对她颇为钦佩且又知无不言。难怪归来不久，越来越深受重用的阿合马便及时提示曰："陛下！恕奴臣斗胆进言，近日多有诸王暗议，汉人利用大哈敦之善良，已在其四周形成'后党'，大汗不可不防！"忽必烈一怔，随之哈哈大笑道："'后党'即'朕党'！汝家奴出身，焉知其中奥妙？"恰遇芒哥喇牵一傻头傻脑的憨狗经过，闻之即指着阿合马乐呵呵地曰："妙哉！父汗驾前也有一狗耳大人矣！"似指布只尔而言之，只不该言犹未尽便牵憨狗扬长而去。

好在察苾和忽必烈尚正处于"政治蜜月期"……

随之，便是集中精力进行"鼎新改故"。中统二年（即1261年），在忽必烈凯旋之后，即依照察苾主持制定的改制方案，重点对中书省——也可称之为内阁——

一统华夏——忽必烈大帝之文韬武略

全面以汉地汉法进行了人事安排。正式任命：布华、史天泽为右丞相，忽鲁布花、耶律铸为左丞相，塔察儿、王文统、赛典赤·赡思丁、廉希宪为平章政事，张启元为右丞，张文谦为左丞，商挺、扬果为参知政事。（详见《元史》）其中，左右丞相统领内阁，管辖六部；平章政事乃丞相副手；左右丞各一人，参知政事二人为执政官。又因蒙古人以右为上，故右丞相高于左丞相。

切莫小看这份内阁人事任命名单……

这不仅反映了忽必烈入继华夏大统的意愿和决心，而且反映了他对察苾的高度尊重。从民族成分上来看，其中蒙古族三人，汉族六人，契丹族一人，畏兀儿一人，回族一人。这说明忽必烈特别注重启用各民族的精英，排除民族歧视尚能坚持"任人唯贤"的标准。再从思想倾向来看，其中除个别人外，不分民族大多为儒家学说的忠实门徒。这更说明忽必烈已开始摒弃"唯崇祖制"，放手推进向中原先进文明的过渡。总之，这一内阁人事任命一经公布影响巨大，即使仅对内乱迭起的草原汗国来说也起到了稳固政权的作用。

还应当指出，察苾对目前的施政尚有更深层次的思考……

在忽必烈北征之后，也有人向察苾建言应彻底借此"移风易俗"。比如，立皇后"以正后宫"，立太子"以固国本"等。但察苾却对这些典型的"汉地汉法"，均从一个蒙古人的角度审视而搁置不议。她认为"立太子"时机尚不成熟，而"立皇后"更将陷她于不义。而眼下为组建行之有效的施政中枢已遇重重阻力，如若再迫不及待地进行此类事体必激化民族矛盾。故她坚持从筹组中枢内阁入手，把重点放在施政纲领之上。因而在忽必烈凯旋之后，在组阁的同时即向其提出"重农桑、尊孔孟"为立国之本。忽必烈闻之大喜曰："知吾者卿也！然重农桑即尊孔孟，尊孔孟即重农桑。汉唐盛世莫不如此，姚公茂（即姚枢）当年已向吾指明此义矣！"随之，即于宣示阁僚名单之同时，诏告天下曰："国以民为本，民以衣食为本，衣食以农桑为本！"（详见《元史·世祖本纪》）并公布了一系列措施，力图尽快恢复饱经战乱破坏的中原农业生产，以备战尚威胁他中统建元的内忧外患。暂不涉及草原母地的生产方式，只求在潜移默化中逐渐将游牧经济转向农耕文明。随之，又

【第十二章　内蒙外汉，曲折走向大元王朝】

专门设置"劝农官署"——劝农司，任命诸多要员为劝农使，分赴河南与涿州等地检查督促农耕生产，并且还首次谕令河南蒙古驻军，"除城邑近郊可保留部分马场，其余应听还民耕"。更难能可贵的还在于，也就在1261年组阁后不久，这位游牧民族出身的蒙古君主，竟命两位汉族能臣王允中与杨端仁，奉旨于孟怀路开凿广济渠。该渠引沁水经过五县直达黄河，全长达六百七十七里，可灌溉农田三千余顷。如此规模宏大的水利工程，竟出自于一位草原大汗之手，这在历代入主华夏的少数民族帝王之中绝对是前无古人的。还值得一提的是，他从中还发现了许多杰出的科技人才，比如"习知水利""巧思绝人"的郭守敬，不但后来助其完成了多项更宏大的水利工程，而且还以天文历法上的多项杰出成就而成为闻名后世的伟大科学家。郭守敬系刘秉忠的弟子，似属儒家的"实用主义"派。（以上史料分见于《元史·世祖本纪》及相关分传及类志》）总之，有察苾的全力辅佐，忽必烈在此阶段为入主华夏还是抓住了根、找准了本，措施还是颇为得当的。

但大内的宫闱生活也似在依汉法悄然改变……

史料中无从查出时间顺序，然确有史可考忽必烈已绝非仅有以前的三位妻子。后续的如许慎真、忽鲁里珍等新的妻妾已有史可查。似低一级的"哈敦"，依汉法也可称之为"妃"。但这似乎对后宫并未引起什么纷乱，甚至就连察苾也觉得这是天经地义的。须知，在早期的游牧民族中就有这种风俗，即使是平民只要你有能力娶多少个妻子都可以。不但可为自己生儿育女，也可算作多获得了一份生产力。可命她去放羊、牧牛、挤奶、接羔，从事一切牧业生产。妻子越多象征着财富越多，故父母为女儿挑丈夫时往往会说："那个人已经有了十八个妻子，那个人一个也没有，还是找富裕的吧！"再加上汉地汉法中又将"妒"视为女性最大的"失德"，为此，开平后宫虽"哈敦"日渐增多，却倒也"相安无事"。

好在此时察苾仍在辅佐着朝政……

当然，忽必烈也不是那种沉迷女色的君王。他之所以减少"临幸"，主要还是因为他在燕京一带掌控军事严防阿里不哥的异动。忽必烈每次归来总是习惯性地先走进察苾的宫室，但渐渐觉得越来越不对劲儿。除了蒙古女人那特有的温柔恭顺

一统华夏——忽必烈大帝之文韬武略

外,似乎尽把往昔炽热的激情俱都淹没在一个"礼"字下了。首先是称呼在改变,不但重将他称之为"圣上""陛下",而且也开始自称为"臣妾""奴婢",进而还教育孩子们把他称为"父皇""父汗",自称为"儿臣""臣下"等。即使夫妻间极为隐秘地房事一回,但事毕之后还要向他"谢恩"……这对一位感情奔放的游牧君王来说是极其不习惯的,忽必烈因此竟有些怪怨孔孟之道多管闲事。但是他还愿常来,这不仅是因为他离不开她那温柔的躯体,也离不开她那高度的政治智慧。

但是察苾还总是那么义无反顾地"谦恭有礼"……

忽必烈有些警觉了,甚至怀疑起阿合马所说的"后党"是否已被她惊觉了。这一天归来后,便急欲向察苾说明这个问题。却谁料她闻之竟坦然承认:"启禀陛下!臣妾虽非后,却确实有党。"忽必烈惊问:"何人?"察苾端庄地答曰:"王鹗、许衡、窦默、刘秉忠、姚枢等诸儒!"忽必烈笑道:"此皆朕所差遣助卿以定国策之人!若论朋党,朕乃其首!"而察苾却说:"然人言可畏!臣妾可姑且不谈,但必须提及以上诸儒皆忠心辅佐陛下创业开国之臣。定国策、立法度,人人功不可没,然组中枢、列朝班,却个个避让。圣上可视现今朝堂首辅十二人,可曾有上述诸儒一人乎?恕臣妾斗胆进言,但愿陛下打天下靠真儒,治天下也用真儒!此次流言之起当归罪于臣妾,只惩治察苾一人以警示天下则可!"忽必烈乃性情中人,闻之竟突然又展现出草原大汗的风格,随之更激情澎湃地宣称道:"朕倒要破破祖宗的旧规矩!既为中原大皇帝,却首立中原大皇后!速传状元公进宫,朕这就为卿拟就册立诏书!"但令人大出意料的是,察苾闻之竟惊恐地跪倒泣告曰:"万万不可!万万不可!今天下大事未定,阿里不哥篡逆之心犹存,汉世侯仍有人窥视于南北之争,'南家思'仍拥重兵欲伺机而动,圣上当既推行汉法以固中原,又当避免节外生枝陡生叵测。圣上应首为蒙古大汗再为天下大皇帝!先抓根、先抓本,其余如'忽里台'、'怯薛'、宫闱旧制等均可暂时不动。册封皇后立太子尤应缓行,以防诸王贵胄生疑而异变。臣妾之事小之又小,陛下帝业大之又大,臣妾坚辞之!"忽必烈听后大为感动,当即把察苾扶起拥入怀内,狂吻其曰:"朕早言过,唯卿妻也!今后夫妇相聚,再不必顾及君臣大礼!"察苾紧偎其怀却说:"今

【第十二章 内蒙外汉，曲折走向大元王朝】

后深宫佳丽难知多少，臣妾此乃以身作则以解圣上宫闱之忧！"忽必烈闻之哈哈大笑，顿时变得急不可待。其实，就连察苾也深知这样的亲密不会有多久了。须知，她再驻颜有术，但毕竟时年已三十五六岁了。唯有深知君臣大礼，或许能保留她在君王身畔的政治地位，从而去惠及儿子，去保护那些曾忠心耿耿维护她的儒僚。

尚不待艳阳高照，已在做落日后的思考……

果然不久之后，忽必烈便越来越少地来她的宫闱就寝了。是有很多进献的佳丽，但这位新皇帝似乎还是更中意留在新妃莎丽玛的身边。莎丽玛，来自遥远的许慎部族的又一花季少女，也是为与部族结盟迎娶回来的一位小哈敦。她的兄长阿古拉也在朝中为臣，身为"怯薛"大中军之高级年轻将领。兄妹二人的共同特点是：强烈的个人自尊心，还有优越的民族自豪感。察苾在莎丽玛初进宫时受过这位小哈敦的觐拜，亲眼见其确实长得美艳绝伦，靓丽动人。她体态婀娜，双眸如钩，似刚从草原摘回的一朵火辣辣的野山丹。她歌喉极好，尤善蒙古长调。每当她动情亮嗓时，常把人引入迷幻的草原梦境。虽年方十八九岁，浑身却已显出一股宗亲贵族女儿特有的高贵气质。一句汉话也不会说，而且也不屑于学用汉话。对大汗小猫似的依恋和对汉臣主子般的鄙弃形成了鲜明的对比，致使在她的四周很快便聚拢了一批以蒙古臣将为主的拥戴者。据说，她不但重新激发了忽必烈那火一般的青春激情，而且在白天也时时不忘提醒他要做圣祖第二。在她眼中根本没有一个中原伟人，而张嘴却能把蒙古英雄诸如窝阔台、拖雷、拔都、蒙哥等的一个个战绩娓娓道来。似为了讨这位可爱小哈敦的喜欢，忽必烈也日渐开始主动多接近蒙将骁勇了。而就在这种特殊的氛围下，偏又有一件使忽必烈悲痛不已的事情发生了。

即似"石沉大海"的郝经终于有了消息……

这也是察苾最为牵肠挂肚的一块心病，要知道唯有郝经甘愿为奴伴她和忽必烈度过了一生最艰难的时刻。自去年出使南宋"议和索贡"至今杳无音讯，而询问南宋得到的回答却是从未见到过此人及其所率使团。现在终有降者带来了消息：似乎郝经还活着，只不过被暗暗扣押在某个秘密的地点。原来，在1259年忽必烈率军北归后，南宋奸相贾似道竟隐瞒其"称臣纳贡"卖国求和之真相。无耻之极！更进而

一统华夏——忽必烈大帝之文韬武略

谎报在其指挥下"全线大捷",并大言不惭地称之为"鄂围始解,江汉肃清,宗社危而复安,实万世无疆之休"。(详见《宋史》)而荒淫无耻、昏聩无能的宋理宗却也信以为真,竟下令晋升贾似道为"少师",封卫国公,几乎尽将朝政交由他全权处理。一批无耻文人如廖莹中、甄凝、苟乐等竟为其编撰《福华编》(详见《宋史》),纷纷将其歌颂为"擎天国柱""再造功臣"。因而闻郝经率使团前来顿时慌了手脚,生怕戳穿了其"再造宋室"的神话,故立即派甄、苟二人速赴真州(今江苏仪征),将郝经一行秘密扣押于手下爪牙的忠武军营中。对宋廷及对外均严格保密,时过一年竟还佯称不知有此一行人等。为此,当忽必烈从降人处得知此消息后,一想起昔日的共经患难能不触发"雷霆之怒"吗?

察苾深知事态的严重,似也只能挺身而出了……

不出所料,这次"雷霆之怒"是在小哈敦莎丽玛的寝宫引发的。据说,当时忽必烈在得知消息之后只是气得浑身发抖,就不该这位小哈敦偏又"感同身受"地来了一句:"打狗还得看主人呢!"(蒙古谚语确也有此说)或许是言者无意,但却已使忽必烈"怒发冲冠"了。再加上身旁尚有一位后起之秀的年轻"怯薛"将领,此人即"妹荣兄贵"的带刀侍卫阿古拉,见状更慷慨激昂曰:"岂止打狗,明显是在欺主!此乃我蒙古人之奇耻大辱,末将愿率轻骑前往讨伐之!"忽必烈也是一位民族自尊心极强的草原君王,这一下终于拍案而起急赴朝堂了。他怒不可遏地传谕将士"举兵伐宋",并特下诏曰:

> 朕即位之后,深以戢兵为念,故年前遣使于宋,以通和为好。宋人不务远图,伺我小隙,反启边衅,东剽西掠,曾毋宁日。朕今春还宫,请大臣皆以举兵南伐为请,朕重以两国生灵之故,犹待信使还归,庶有悛心,心成和议,留而不至者,今又半载矣。往来之礼遽绝,侵扰之暴不已。备尝以衣冠礼乐之国自居,理当于是乎?曲直之分,灼然可见。今遣王道贞往谕,卿等当整尔士卒,砺尔戈矛,矫尔弓矢,约会诸将,秋高马肥,水陆分道而进,以为问罪之举。尚赖宗庙社稷之灵,其克有勋。卿等

【第十二章　内蒙外汉，曲折走向大元王朝】

当宣布朕心，明谕将士，各当自勉，毋替朕命！"（详见《元史·世祖本纪》）

此份诏书虽仍采用了儒家笔法，尽显草原君王绝不"略输文采"，但字里行间却处处透露出怨愤，似一道杀气腾腾的檄文，对共患难近臣郝经之情之义跃然纸上。然面对内忧外患这又绝非是明智之举。阿里不哥只要一天不俯首称臣，大汗之位就不能算铁板钉钉。况且还有心怀鬼胎的个别汉世侯，更可能趁机作乱重新分割江山。姚枢、许衡、王鹗、赵璧等均为此忧心忡忡，但面对蒙古臣将的"众志成城"却又束手无策。他们竟不由地想到了一位唯一可化解危机的人，但在此时她却从自己的寝宫中突然消失了。

这是在指察苾，她似乎并未急于挺身而出……

其实不然，她正在为狂怒的烈马紧控缰绳。只不过她的举止反映了一位大哈敦的高度政治智慧，竟破例屈尊来到小哈敦莎丽玛低一级的宫室。按照草原古俗，即使最得宠的妻妾也是要接受嫡正妻严加管束的。故美丽绝伦的莎丽玛还是有几分紧张，似只好收敛起浑身的野性等候着这位圣洁高雅的大哈敦的训示。谁料察苾并没有特权自傲，而是牵着她的手只是对她说："男人似火，女人应当似水，知道吗？"莎丽玛别看年轻却也尚有一定的政治头脑，一听便明了大哈敦屈尊到来的原因。而察苾又进而把她拉坐在一起道："我为什么一直把大汗留在你的身边，那是因为你是一位令人放心、有见地的皇妃！你有胆有识，前途无量，必将照亮整个汗宫！而现在有些人只顾激起大汗怒火中焚，欲不顾内忧外患先直捣'南家思'！如果此时阿里不哥趁机驱千万铁骑从背后突然袭来，两面夹击还会有我们大汗安身立命之处吗？你是个极为聪明的人，应当想想跟着落一个什么下场？"又是一番劝导，这位小哈敦竟也开始惶恐不安地反问："那我该怎么办？"察苾答曰："男人似火，女人似水，你一定知道该怎么办！"小哈敦却言："那大汗一定会怪怨我的！"察苾掏出一份奏章说："这是郝经大人昔日攻宋时给大汗留下的奏折，只要你转呈大汗细阅，大汗不但不会怪你，反而会嘉奖你的！"是夜，果然如此，当忽必烈静观郝经昔日的奏章时,似在字里行间仅反复只看到了四个字:"不合时宜!"为此,他竟喟然感叹曰:"旷世奇才,真能儒忠臣也!"只不该小哈敦正要扮演"水"的角色时,忽必烈竟手持奏章起身直奔察苾的寝宫去了。而此举也为两位哈敦隐伏下了更深的矛盾,莎丽玛竟对自己的兄长阿古拉说:察苾大哈敦要比汉人还狡猾!

但不管怎样,理智总算战胜了冲动……

经过一番缜密地思考,忽必烈于是决定对南宋扣留的使者暂时"隐而不发"。除悉心照料郝经之家属外,便是把主要精力放在对付外乱和整顿内政上。虽对"尊孔孟"尚未大肆宣扬,但已派蒙古贵胄子弟投在王鹗与许衡门下苦读儒家经典。即使对自己那憨态可掬的二儿子也没放松。李槃不是不愿给自己为臣以违背其"忠臣不事二主"之初衷吗?那就请他"重操旧业"给芒哥喇当"讲读"。先给这傻小子讲讲历代帝王将相的故事,也算启蒙,总不能让他成天牵着条憨狗到处乱转吧?据说,这一老一小相处得尚且甚好,就连憨狗也常蹲坐一旁静听老夫子讲述。(详见《元史·李槃传》)

总之,在察苾的悉心辅佐下继续抓根固本……

所幸有如此"扭转乾坤"的得力之举,果然阿里不哥经过一年多的喘息又在漠北蠢蠢欲动了。明显的没有遵守蒙古人视之为生命的诺言,而是等夏秋季节"养壮了牲畜"竟又要杀向汗都与兄长重新争夺汗位了。

但令人不可思议的却在于,第一个报信的会是芒哥喇……

这天晚上,忽必烈正与原王府旧臣昔班、阔阔、赵璧、姚枢等研究漠北动向,便只见得这傻小子大哭大闹着便冲了进来。似一个无人拦得住的狂躁梦游者,进得宫内便像个大婴儿一般扑向忽必烈怀内,紧搂其项泣告曰:"大额吉被他们害死了!大额吉被他们害死了!小藏獒和哈巴狗也代我死了,咬死他们一个人,还咬下一只手指头……"忽必烈大感惊诧,但芒哥喇说毕竟又傻呵呵地在父汗怀内酣睡过去了。

颇具神怪色彩,但姚枢却进言道:"二皇子大智若愚,常出惊人之语!"

【第十二章 内蒙外汉,曲折走向大元王朝】

忽必烈顿时警觉起来,立即开始着手调动兵马。

芒哥喇是由母亲闻讯后命人背回后宫的。

后面还跟着那条忠心耿耿的憨狗……

二

1261年8月,正值茫茫草原秋高气爽时……

遥远的吉里吉斯旷野上,寒气已开始阵阵袭人。但一匹匹战马经过夏秋的精心放牧,还是个个膘肥体壮、生龙活虎的。一阵阵激昂的嘶叫,顿使这广袤无垠的荒原上弥漫起一股杀气腾腾的野气。

阿里不哥的汗帐就屹立在一片萧瑟的秋风之中……

残酷的现实,似乎已使得这位从小只知骄横跋扈的"灶主"开始变聪明了。他已懂得掩饰自己凶悍残暴的本性,充分利用古俗古风传给自己的优势蓄势待发。而更重要的是,他已懂得了"虚己纳谏"。他听从了皇子昔里吉的建议,暗中更加强了与察合台家系的结盟,秘密广纳了一批颇具统帅才能的战将,并用"高薪养勇"之法招募了大批死心塌地追随他的铁骑骁勇。绝不打无准备之仗!最后他还亲手劈了他坐下那匹价值连城之骏马,以谢"掉头溃退"之罪。决心之大,布置之私密,已预示着兄弟间还有一场血雨腥风。为此,在"文治"方面当然也不应有所疏忽。比如秃葫芦布只尔签字画押骗阻忽必烈追袭归来,阿里不哥竟能只连连哀叹其为什么要在纸上画押?因为传过去的话语只是一阵风,而留下了字据就变成了一座山。这一举动当场便把不屈的众骁勇激怒了,布只尔那颗没耳朵的脑袋随之也就落了地。脑袋没了也就否认了曾经有过那座"山"。阿里不哥为这种"牺牲"竟然伤心落过泪,并还赐封布只尔的儿子承袭千户之职。总之,各方面均有所收敛,致使除三皇子昔里吉外,后来更进而团结了一大批坚守祖法的宗亲贵族,如孛罗欢、图满、阿里察等拥兵"那颜"(即贵族)之全力支持。

一统华夏——忽必烈大帝之文韬武略

星星之火可以燎原，阿里不哥悄然反攻了……

按说，忽必烈是早有防备的。有史可考，他不但严加控制流向漠北的军用物资和马匹等，而且钦命东道宗王移相哥率重兵驻守哈尔和林严加防范。只可惜这位宗王也犯"成者王侯"的老毛病，一进这昔日的汗都便难免也产生了一种飘飘然的感觉。从偏安一隅到掌控辉煌的汗都，竟使他在一片"歌功颂德"中似也只能应对一场场的"莺歌燕舞"了。而更为可悲的还在于，他竟认为圣祖子孙必定是个个"一诺千金"，如有谎言将是终身的"奇耻大辱"，将被逐出黄金家族，永世遭受万人唾弃。故他一直相信阿里不哥的"请求恕罪"宣言，甚至期待其"养壮了牲口就来见你"以助自己再立不世奇功。

凛冽秋风中，阿里不哥竟"果不食言"……

在中外相关史料中，有关这次战役的记载都相当简单，只称："当阿里不哥接近驻守哈尔和林的移相哥驻军时，派出急使说道：'我是来投降的！'移相哥深信不疑，表示欢迎。阿里不哥则趁移相哥的麻痹大意、不加防范之机，突然发动袭击，大败移相哥，重新攻占汗都哈尔和林。"从此，移相哥便很少在史书上出现，而阿里不哥则注定要重返万安宫。（详见《史集》）

这就关系到傻小子芒哥喇的梦游了……

占据野史的种种传说颇为杂芜：有的声称是阿里不哥密令下毒手的，原因是大皇后亲生的两位皇子越来越离心离德，造此惨案可嫁祸于忽必烈，而使整个皇族更死忠于自己。有的声称乃昔里吉先行攻入汗都暗中遣人所为，目的是迫使整个家族把自己的母妃捧继大哈敦位以便统领父汗留下的成群妻妾，从而为自己未来夺取汗位"占得先机"。而还有的则声称两者均不可能如此丧尽天良，据考证当时的大皇后正处于临终前痛苦不堪的挣扎阶段，在一片混乱之中是一位内侍应主子之求结束了她的生命……但不管怎样，现场展现的情景却与芒哥喇的梦境特别吻合。当被人发现之后，确是满目血腥一片凄惨：忽都岱大皇后心口狠狠被插进了一把御用匕首，而她身旁也确有一具被藏獒撕裂的无名尸体在横躺着。只不过被咬掉手指的人似不止一个，就连后来的脱里赤也似乎难逃被怀疑。而小哈巴狗仍紧紧依偎在主人

【第十二章　内蒙外汉，曲折走向大元王朝】

身旁，而长大的藏獒也还在虎视眈眈似准备随时找出真凶。但很快他们都被乱刀砍死了，似这才把他们的血和主人的流淌在一起，只剩下了温柔。权，还是为了权！一位老实厚道的大皇后，就这样不明不白地死于血泊之中了。而那两条狗呢？死得就更加糊里糊涂。可怕的权啊，沾满血腥的权！

噩梦成真！大自然自古就绝不乏这种难解之巧合……

但阿里不哥确实似学聪明了，史载他"闻之大恸，哀号泣血"。而昔里吉则更"晕厥数次，扑地不起"，致使皇子玉龙答失和阿速台俱"痛不欲生，誓报血仇"，成千上万铁骑骁勇也更"怒火冲天，杀声震地"，似根本不用点名，刹那间矛头便直接指向了忽必烈。更何况！还有诈降取得的攻克哈尔和林之大胜，随之阿里不哥便率数万铁骑气势汹汹地杀向漠南，欲尽快跨过大漠，南下踏平忽必烈之都城开平。

所幸忽必烈"惊梦"后早有准备……

作为成吉思汗的皇嫡孙，在他的血液里似乎就流淌着潜在的军事才能。他不仅临危不惧，而且反应迅速果断。因阿里不哥声称要踏平中原，此次反击他大胆地动员了汉地的诸多汉世侯。不分民族，只重汗位，仅"万户侯"他就动用了史天泽、张柔、邸浃、王文干、解诚、张荣实、严忠嗣、张弘范等著名将领。但为了使汗位的争夺更合乎正统性，打先锋的仍启用东道诸王和蒙古贵胄。如塔察儿大王、纳领哈丹、纳陈驸马等所率一万多精锐草原铁骑。绝不被动防守，竟毅然采用了主动北上出击。随之，命令亲信将领赵璧与怯烈门等部军于燕京直至关陕一带"以防万一"，而后便准备率大军再一次赴草原母地"御驾亲征"了。（详见《元史·世祖本纪一》）

时已进入初冬，北方已是寒风凛冽……

当然，又是察苾总揽着后方的一切。但她毕竟最关心的还是忽必烈的身体，为此她竟主动依祖制派出年轻的皇妃莎丽玛去随征侍奉。显然这使这位得宠的小哈敦高兴坏了，为此宫闱内部的矛盾暂时又有所缓解。而更重要的是，察苾这时还及时向忽必烈提及此次的火源——大皇后忽都岱的神秘之死！而小哈敦的兄长阿古拉似乎也不仅仅是靠妹妹飞黄腾达的年轻将领，竟挺身而出愿化装潜入哈尔和林以探明真相。余下的令人忧心之大事还有：象阵！谁料不等察苾提出，忽必烈已知其所想曰："放心！阿里不哥必定早想出破象阵之法，而朕这次偏偏弃之不用！"察苾终于放心了，竟为之感动得落泪。忽必烈也执其手最后叮嘱曰："朕即卿，卿即朕！此次北征汗廷，中原大事尽托卿矣！不必事事驰驿禀奏，完全可以见机行事！唯卿妻也，朕放心！"嘱托毕，忽必烈遂于1261年11月率师北征。因郝经已被密扣于南宋，姚枢又成为随征的首席谋臣。

　　用兵神速，最终对决于漠北昔木土……

　　昔木土（今蒙古苏赫巴托省南部），全称昔土木脑儿（或"淖尔"，蒙古语"湖泊"之意）。时值初冬，广袤无垠的戈壁荒漠上已浸透了一股刺骨的寒意。无根的沙篷随风四处滚动着，但双方对峙的金戈铁马却怒目相视纹丝未动。阿里不哥驻马高耸的帅台猛地一声号令，顷刻间便闻得旷野里同仇敌忾地响彻起一片呐喊："报仇！报仇！为大皇后报仇！"明显是想"先声夺人"，在气势上压倒敌众。却谁料呐喊声尚未落定，反激起忽必烈军阵一片排山倒海似的呼应："要报仇！要报仇！真凶就在你阵中！"阿里不哥蓦地便是一惊，玩这个显然他不是自己兄长的对手。更何况！忽必烈早在这方面下足了功夫。趁两军阵前间隙的错愕静穆之际，早有一员年轻"内侍"在两位巨无霸的持盾押护下纵马驰向阵间。此即小哈敦之兄阿古拉，两旁相押护者乃猛将郑鼎与阿里海牙。原来，在阿古拉不畏艰险纵马潜入哈尔和林后，阿里不哥的爪牙已尽将万安宫在场的男侍女婢以失职罪全部处死，只印证了确有藏奘尽忠之故事。而忽必烈却曰："此已足矣！汝可为朕如此如此否？"阿古拉见时机已到当然义不容辞，故才有了眼前一"内侍"被押护两军对垒前的情景。随之，便闻色目巨人一声惊天动地的呐喊："此即万安宫逃出之小内侍，他知是何人杀害大皇后！"阿里不哥军阵顿时一片大哗，只可惜"小内侍"唯唯诺诺仅应曰："小人初入后宫侍奉，所识大人无多！如见被狗咬断手指者，当是真凶之一……"却不料这老老实实的回答却效果奇佳，顿使得敌阵多人下意识地或捂或观看自己之手。而此时阿里海牙又是一声怒喝："断指者何在？断指者何在？"其声

【第十二章　内蒙外汉，曲折走向大元王朝】

虽不如当年张翼德可喝断桥梁水倒流，但却也将阿里不哥的亲信大臣脱里赤吓得滚落马下。顿时忽必烈一方便明显地在道义上占了上风，迫使阿里不哥只能下令万箭齐发射向"小内侍"。但为时已晚，有两位巨无霸的保护，有忽必烈的适时接应，阿古拉只臂中一箭便安全撤下了。软实力上的彻底失败，终使阿里不哥似也只能在硬实力上一见分晓了。

这就是《元史》上著名的昔木土鏖战……

可惜！没有《三国演义》或《隋唐演义》等演义中的"名将迭出"之展现，更没有"丈八蛇矛"或"青龙偃月刀"的"来往过招"之描述。恶煞煞的似只剩下了一场场野性的厮杀，戈壁荒漠无处不呈现着一种群体性之力撞和速度的交锋。人和马交融在一起，撞击中战刀并不需要锋利。一切均在刹那间"一碰而定"，或血洒疆场，或驰向胜利。极少有战将单独施展武功的机会，而更重要的却是统帅的军事天分与指挥才能。毫无疑问，忽必烈的战略部署显然略高一筹。他命令以凯旋的合丹、驸马腊真、重臣线真和兀鲁等组成右军，以塔察儿大王、汉世侯史天泽及太丑台等组成左军，宗王哈必赤统领中军。在姚枢的辅佐运筹下，真可谓"用人得当、布阵有方"，遂为昔木土鏖战早奠定了大胜的基础。而反观阿里不哥一方，则行事颇为粗犷，唯挟凶悍骁勇而已，只要前锋受挫必首尾自乱，故首次在这寒冬的茫茫戈壁上的交锋，即如拉施德《史集》中所述：忽必烈之"三军奋力进击，没命地厮杀起来。宗王合丹等斩其先锋霍儿赤及部下三千人众，塔察儿与合必赤大王等复分兵奋杀，致使初战即大败阿里不哥统率之军！"（详见《元史·世祖本纪一》及《元代名臣事略·丞相史忠武王》等）

但这仅仅只是鏖战的开始……

十天之后，眼见得胜利在望，谁料蒙哥大汗的长子阿速台率后卫部队赶来支援岌岌可危的阿里不哥了。这是一位没有野心的血性男儿，现在尚不明真相仍沉浸在为母后复仇的巨大痛苦中。他率领的复仇大军的到来，明显地又给被打得支离破碎的阿里不哥军队注入了一针强心剂。要知道马背民族是向来不肯承认失败的，他们往往视部族荣誉胜过了自己的生命。更何况！一旦被击败成为"反叛者"，即使投降也难逃血腥的覆灭命运。为此,在皇长子阿速台狂怒的复仇呐喊中,阿里不哥东逃西窜的队伍霎时又会聚在了一起,千军万马又掉头向忽必烈稍事休整的大军突袭而来。这是一场血肉横飞、力量和速度的对决,一连数天在茫茫的戈壁荒原上又杀得昏天黑地。虽然说,忽必烈一方奋然击溃了阿里不哥的右翼,然而"毙敌一千,自损八百"自己也损失惨重。更谁也不曾料想到,阿里不哥也能"狗急跳墙"发挥出超常的潜力。他再用封王封侯、赐金赐银、赏女赏妻、奖牛奖马等表现出极大的慷慨,用"为大皇后报仇""把篡逆者带来的汉人赶出草原""为圣祖的荣誉去踏灭开平"等口号刺激着每颗蒙受屈辱的心。忽必烈似也只能暂时按下汉兵汉将,比如贴身儒将董文炳所率的一千弓箭手,为扬起高傲的头颅竟给对手留下可乘之机。随之,便见得阿里不哥竟干脆放弃了溃败的右翼,而与皇长子阿速台会师一起向忽必烈的左翼凶悍无比地冲杀过来。果真令忽必烈有些措手不及。幸亏姚枢早有安排方能挥师奋力相迎。这才算达到了昔木土鏖战的高潮,据国外相关历史文献资料描述:"战马疾驰,踏碎戈壁;刀戈相击,惊天动地;铁骑悲嘶,骑士绝叫;直杀得日月无光,直杀得人仰马翻;鲜血染红了旷野,尸骨遍陈于荒漠……"直到夜幕降临了,一片漆黑笼罩了惨不忍睹的大地。虽双方仍未见胜负,但也只好暂时收兵双方各自回到自己的宿营地。

黑暗中警觉的对峙,静穆中唯闻声声喘息……

在帅帐中,忽必烈正在任小哈敦莎丽玛为其泡脚敷疼。他现在根本难顾这小皇妃那野性的妖娆,似只顾了考虑阿里不哥为何尚能保持这样顽强的战斗力。为此,这位大汗竟然产生了如此之感叹曰:"不愧为朕之幼弟,孺子尚可教也!"然姚枢却在一旁进言道:"否!阿里不哥尽逞凶悍,此乃自取灭亡!"忽必烈急问:"何出此言?"姚枢对曰:"如其尚知该进则进,该避则避,保存实力,周旋于我,则必成圣上之心腹大患!而其自不量力,倾巢而出,气焰嚣张,决战于昔木土,已注定其必然覆灭之命运!"忽必烈又问:"先生可否详述之?"姚枢这才娓娓道来:"其逞败亡景象,乃皆因圣上英明之决策!断其粮秣,绝其军需,已早使其成为无源之水,无根之木!经此次昔木土大战,已毙其骁骑十之六七,耗其军储十之

【第十二章　内蒙外汉，曲折走向大元王朝】

八九！我方表面虽尚未高奏凯旋，却已使彼捉襟见肘进退两难矣！而我方后备兵源充足，军需粮秣供应畅通。依臣所见，我方应按兵不动，挑其凶焰，耗其储备，损其兵将，毁其心志，以使其早日成为蜡尽油干之风中残烛！"忽必烈听后哈哈大笑曰："好一个足智多谋的姚公茂，俱道出朕之心思！传令赐酒赐肉于诸军，朕决定将于昔木土与诸帅共度此冬矣！"

　　以逸待劳，似准备耗尽阿里不哥之实力……

　　光阴如箭，其时已至1262年初。因漠北春来甚晚，故忽必烈为落个"不轻易杀戮"倒也过得颇为潇洒。当然还有另一个原因，那就是有一位野性的小哈敦日夜侍奉守候在他身边。别看尚不到二十岁，除恪尽妻子的职责外，在这次北征中她也成为忽必烈不可或缺的助手。她身上似乎仍保留着草原女性更多的传统美德：忠诚、能干，兼而又有柔情和善解人意。除此之外，她似乎也颇具有蒙古特色的政治头脑和眼光，妩媚婀娜间还特为忽必烈营造着一种野性的氛围。比如说，她就亲自率领着一只由精悍少女组成的侍卫队，个个上马能战下马能歌。常常往来于诸王勋贵间传令下旨，甚至在她的亲自率领下还敢于公然诱敌深入。因而，在她那青春活力和飒爽英姿的感染下，宗亲贵胄们似乎再也不觉得戈壁荒漠枯燥了。而忽必烈也似被这种炽热的感情激活了，仿佛又在意气风发地重新变得朝气蓬勃起来。

　　典型草原式的，没有之乎者也，有的只有纵情驰骋……

　　但两军对垒之间，战争事态的发展还是俱在姚枢预料之中。一开始，阿里不哥的铁骑是凶悍的、骁勇的，好像是势不可当的。而在采用姚枢"以逸待劳"之策之后，在累累受挫之余似乎就开始有些"得不偿失"了。有董文炳暗伏于铁骑后的弓箭手，有诱敌深入后的各个击破，阿里不哥阵中那野性而又狂怒的呐喊终于日渐声弱了。而忽必烈一方却总是稳扎稳打声东击西拖延决战，致使时日越久阿里不哥便越耗尽了军需粮秣，越军心涣散。但又不敢贸然撤出，生怕忽必烈乘势追击，而自己被生擒活捉彻底粉碎了大汗梦。

　　对峙！似也只能硬挺着对峙以谋他策……

　　而此时的忽必烈却越发显得有"耐心"了。这一方面是因为对手毕竟是幼弟，最好是等他"灯枯油尽"自己来认罪服输；另一方面则是因为有小哈敦莎丽玛在身旁，使自己仿佛刹那间年轻了二十岁又在重享青春的美好时光。再加上，这个小女人似乎重新张扬起那颗高傲的蒙古心，已使忽必烈想到如何在"天可汗"与"大皇帝"之间突显黄金家族之神圣的权威性。为此，他对小哈敦也很放纵，任其以自己特殊的魅力来凝聚蒙古臣将的不贰忠心。姚枢在胜负已定之后已渐渐退居次位，倒是察苾的家奴阿合马渐渐成了小哈敦的宠臣。因他掌管军需粮秣，总是能满足这位前途无量小皇妃的无尽需求。而小哈敦之兄阿古拉自箭伤略好后，也已被升任为御前四大"怯薛台"之一。故野史中称："后党"之说未必，但"妃党"之说确已有迹可循了。但这又似乎绝不能简单以"忠奸正邪"而论，仿佛还得从草原文化等更深层次去思考与探索。

沉默的荒原在唤醒潜藏的民族意识……

也就是在这个阶段，忽必烈似乎逐渐开始形成了"国族"这个概念。是源于草原母地这种特殊的环境，是源于马上健儿这种野性的忠诚，甚至还源于同一民族敌手英勇不屈的顽强和凶悍……当然，小哈敦炙热的奉献和轻柔的絮语也在起着重要的作用，总在刺激他时时刻刻首先想到自己是一个蒙古人。而作为大汗的天赋职责，就是要使自己民族的每一个成员深感作为一个蒙古人的骄傲和自豪！

所幸，尚未出现过对儒臣和汉将的防范与歧视……

但偏偏在此时发生了一件大事，促使天平开始加速地倾斜。就在阿里不哥在对峙中即将崩溃之际，这一天从新都开平传来了一个十万火急的奏报。显然事关重大，忽必烈拆阅后脸色顿时变得凝重起来。但奇怪的是，他在久久沉思之余竟把所有蒙古臣将以至于从不离左右的小哈敦，一反常态地全都撵出了宫帐。似这才发现儒臣姚枢的位置竟变得太不显眼了，故唯独单单将他留下。而姚枢的内心却特别明白，这并不见得是自己又重新脱颖而出，或许这正说明君臣之间从此之后要渐行渐远了。

乍猛生疑的目光，谦恭冷静的应对……

而忽必烈毕竟是位"度量宏广"的杰出君王，很快地便从震怒中恢复了常态，

【第十二章　内蒙外汉，曲折走向大元王朝】

扬奏报而问曰："知何事否？"姚枢诚实而答："臣已知几分！"忽必烈竟又突然愤而大呼曰："朕待其不薄，汉儿何其如此忘恩负义？"姚枢大胆应对道："陛下应慎言，勿以一叶而障目！而眼下当务之急乃阿里不哥之乱。臣以为其内耗几至殆尽，我方已可改按兵不动为全线出击！全歼其有生力量使之再难死灰复燃，然后圣上再巧布迷阵突然南下幽燕。有察苾大哈敦坐镇开平，只要敕赐圣旨即可助陛下暂解后顾之忧！万万不可前功尽弃就此撤军南征，此将陷首尾难顾国将永无宁日啊！"此番谏言似句句都冒着风险，但似乎也正是由于这种置生死于度外的儒者胸怀打动了忽必烈。

更何况！又提到了使人眼前一亮的察苾……

故这才有了和姚枢进一步的彻夜相谈，致使第二日忽必烈便又成为一位气度恢宏的草原君王了。是夜，即闻得一声声草原长调在夜空下凄婉而起，随着阵阵夜风的吹送盘旋于敌阵的千军万马之间。悲凉、哀怨，如泣如诉。蒙古族长调也只有在茫茫的草原上能发挥出如此巨大的能量，顿时已可遥闻敌阵战马声声悲嘶。是忽必烈在学"张良吹箫散楚卒"，还是小哈敦天资聪慧的别出心裁？……总之，在敌阵军心涣散之际，忽必烈早雷厉风行地根本不提急报奏章之事，竟只顾依姚枢之策开始调动兵马。他调集了所有的精锐，随之便以迅雷不及掩耳之势击溃了阿里不哥疲惫不堪、内耗空虚的军队。就连其最凶悍的大将阿脱等也被打得均纷纷投降，阿里不哥似也只好率残部没命地向遥远的大西北逃窜而去。不但西征宗王哈丹又趁机收复了哈尔和林，而且整个蒙古母地似乎也再没有阿里不哥的立锥之地了。表现得特别悍勇的阿古拉竟自告奋勇地要去生擒"逆首"，但忽必烈却制止曰："不要去追他们！他们都是些不懂事的孩子。应当使他们明白过来，后悔自己的行为！"（原文照录。详见拉施德《史集》第二卷）

也难怪！有了大胜，自然便会有"大度"……

须知，草原上也颇尊崇"成者王侯败者寇"的法则，在昔木土溃败之后的阿里不哥似乎已彻底失掉争夺汗位的资格了。蒙古人一贯崇拜英雄，失败者即使拥有"灶主"的身份也渐渐变得一钱不值了。况且东西道各位大腕级封王已纷纷先后表态支持忽必烈,现在仍对阿里不哥表示同情的好像也只剩下了察合台家族遥远的封国。据说还在发生着王位之争的内讧,对于长于政治谋略的忽必烈来说也只需稍动心思而已。

难怪昔木土大捷名垂青史……

随之,便传来了娇艳的小哈敦怀孕之喜讯,似乎为了保证小皇子的安全整个宫帐都在向哈尔和林迁徙。官方的消息,大汗为了少妻将就近要在漠北万安宫内过冬了,"怯薛台"阿古拉率领的浩浩荡荡之皇家铁骑就是证明。

其实,忽必烈与姚枢此时正在秘密南返途中。

风云突变,必须抓紧时机扭转乾坤!

现在无须再加遮掩严酷的现实——

李璮举兵反叛了……

三

而在此前,力撑危局的似也只有察苾……

作为一代杰出的蒙古族女政治家,在这次乍起的反叛事变中表现得异常沉稳冷静。除秘派留守的"怯薛"亲信十万火急地禀告忽必烈外,自己便坐镇新都开平甚至连李璮的名字都不屑一提。似乎早成竹在胸,遂使惶恐的群臣也渐渐安定下来。

但面对国之安危绝不能仅凭冷静应对之……

所幸察苾那敏锐的目光早就捕捉到了一些异样的蛛丝马迹,这就是在忽必烈驾前越来越红的干练能臣王文统突然久留开平不走了。原本他是受特殊使命留在燕京负责北征军需的,而现在他却似为了摆脱什么是非竟久留新都对自己越加忠诚。果然,在昔木土激战正酣的时候,便传来了李璮留于燕京的质子李彦简在"里应外合"下已逃返其父身边的消息。据史载,早在1262年年初,当时察苾即对张文谦曰:"李璮必反矣!"遂常留王文统于身边理事反而更放手使用。似更信任有加,

【第十二章　内蒙外汉，曲折走向大元王朝】

只问其一事：李璮其人！而且从不提一"反"字，竟称："李行省也算人中之豪杰！"王文统欲辩不能，生怕落个"此地无银三百两"。面对这种谦柔而又亲切的询问，似也只有讲讲李璮的来龙去脉和为人行事的种种故事。既不愿出卖旧主又不愿背叛新主，这种特殊的"恩宠"竟把这位特殊的"能臣"折腾得苦不堪言。但察苾却笑容常在，明眸中总会及时投来信任和鼓励。

然而就是不见采取任何应对之策……

要知道，此次北征可谓是"倾国而出"，中原一带也确称得上"后方空虚"。而李璮此时已明目张胆地投靠南宋，公然打出旗号要收复"大宋江山"。而更为重要的是一批智勇双全的儒将，如廉希宪、商挺、赵良弼等均在秦陇一带扼守西线，开平燕京一线也唯剩昔班与阔阔等带领部分"怯薛"守卫。如果此时李璮要会合南宋兵力大举杀来，其后果还真是不堪设想。为此，群臣儒僚们又开始惶恐不安起来，无法见到察苾就只好前来询问足智多谋的和尚刘秉忠。此时和尚正住在忽必烈为其在开平专建的佛庵偏堂里（《元史》有载），闻之即曰："阿弥陀佛！勿忧。大哈敦正在'巧媳欲为无米炊'！"众皆不解，刘秉忠再解释道："知己知彼，百战不殆！大哈敦连日与王文统周旋，人皆曰乃为控其不反。然绝非于此，更重要者乃欲尽知李璮其人！君等当静候之，无米炊即刻可成！"

果然，不久察苾就罕见地召见了内阁群臣……

神情从容，举止安详，仅身旁多了两位戍守边关的将领赵璧和怯烈门。群臣皆以为长城驻军撤回必谈讨逆，谁料察苾开口却曰："圣上于昔木土大捷之后，特谕旨皇长子真金赴山东曲阜代圣上祭孔。圣人之道，取胜之本，当永志不忘。特命赵璧将军率军护行，大儒王鹗与窦默公伴祭。速做准备，尽快起程，早日完成圣命，以不负皇恩浩荡！"果然，此举一经宣示，要比千言万语的安抚和宣示强上百倍。一是等于宣示了忽必烈即将凯旋；二是等于宣示了长城重兵已经入关。但更重要的还是宣示了皇长子立即就要代父去祭孔，其深刻的内涵似比千万铁骑讨逆杀敌更具力量。故不但群臣闻之尽扫一脸阴霾，就连开平燕京以至中原地带均闻之人心渐稳。其实，察苾并未擅自调动边关的军队，怯烈门退朝后便又急速返回统兵。留

一统华夏——忽必烈大帝之文韬武略

下的王府旧臣赵璧也是御批特准的,乃为尽快以"苔失蛮"(伊斯兰教徒)、"也里可温"(基督教徒),以及畏吾儿与县籍守军为核心组成一支应急武装。(详见《元史·赵璧传》)

行事大胆果断,皆源于察苾对李璮已了如指掌……

李璮,金代潍州(即今山东潍坊)人。史籍对其多贬。然换一个角度来看,在历经辽、金两代近二百年的统治后,其受蒙廷封官晋爵尚能保留强烈的民族意识实属难能可贵。也难怪!其父李全就是在金末反抗女真人的统治而成为地方军阀的,到李璮袭位之后仍不改其父藐视异族统治的遗风。他总认为屈身事蒙乃"狐居兔穴",无时无刻不在思考"汉家男儿当独领汉家天下"。因其封地在今山东益州和江淮一带与南宋接壤,故常利用其地理优势不断与蒙、宋及中原其他汉世侯周旋。他甚至迎娶了塔察儿大王之妹为妻,借此以提高自己在蒙廷中的地位。

然真正使他懂得运用权谋者乃王文统……

前面说过,王文统金末曾举经义进士,但游说四方竟无主赏识。后投奔于李璮帐下,总算"英雄有了用武之地"。李璮根本不管他学术纯与不纯,更不睬诸儒鄙夷不鄙夷,只顾深爱其"权术谋略"之才,竟妻其女并将其倚为心腹幕僚。而王文统也果不负"知遇之恩",教授其"挟宋以自重",不时向蒙廷虚报战功,经常向汗都夸大南宋威胁,借口难抽兵力以不服从调遣遂成惯用手段。随后为突出李璮在大汗眼中的地位,王文统又教其用钱财收买人心,进而攻取南宋沿边州郡以扩充实力。后王文统虽在劳军时被忽必烈"慧眼识才,破格起用",但李璮已尽得其"权术谋略"之精髓而坐大,成为汉世侯中之佼佼者。而且王文统也不敢出卖旧主,有其女尚在身旁为妻。

蒙哥猝死,汗位争战不休,终于使李璮看到了时机……

雄心乍起,壮志当酬,终于使他要趁天下大乱一搏了。随之他便暗中广为联络中原汉世侯,力图唤醒他们已快泯灭的民族意识而跟随自己揭竿而起。几乎与此同时,他似乎也已掌握了忽必烈为争夺汗位首尾难顾的复杂心理。他时而攻取南宋涟水诸城讨封要赏,时而又"伪造边警、恫疑虚喝,挟敌国以胁朝廷,而自为完善

【第十二章 内蒙外汉，曲折走向大元王朝】

益兵计！"（详见《元史·李璮传》）而忽必烈如此雄才大略又焉能不知？只不过为了全力应付阿里不哥而暂时采取了隐而不发之策。不仅赐金符、银符、赏银三百锭，及多次下诏奖谕，并进而下旨命令"蒙古、汉军之在边者，咸听节制"（详见《元史》同上）。真可谓"皇恩浩荡，宠信有加"，但李璮却"壮志未酬，不为所动"。一旦大权在握、羽翼丰满、城池修固、兵精粮足，便趁阿里不哥诈降夺回哈尔和林举兵南下之际也开始动手了。他暗中接回质子李彦简只是个信号，事实上大规模的反叛活动早已不可遏止了。

壮怀激烈，当即发出了"还我河山"之声讨檄文……

随之，便于1262年1月，趁忽必烈与阿里不哥争夺汗位难分胜负之际，李璮已于山东南部的根据地益州暗暗起兵了。为避免腹背受击，更为避免各汉世侯疑其"怀有异心"，竟又转而献上涟水等四城向南宋称臣，以彰显其"靖康耻，尤为雪；臣子恨，何时灭"之矢忠，从而想唤起更多汉世侯"一呼百应，高举义旗"来响应。而南宋之腐朽政权也巴不得借此"自慰"一番，遂也封其为"节制幽燕各路兵马之节度使"，后更晋封为"齐郡王"。至于收到其联络密函的诸多汉世侯，大多早已民族意识荡然无存皆纷纷袖手以作"壁上观"。

开弓难有回头箭，已绝无收控的可能了……

而李璮为了表达自己的"民族大义"，不仅早下令将留驻的蒙古兵将囚禁于帅台之下高墙之内，而且更进而将自己的蒙古妻子——塔察儿大王之妹——押往帅台令其劝降。谁料这往日温柔多情的蒙古郡主突遇此事竟表现得倒也大义凛然，泪流满面地对着囚徒声嘶力竭而呼："蒙古男儿膝下有黄金！蒙古男儿膝下有黄金！"李璮吓阻道："小心汝的脑袋！"而她却还能应对曰："脸都丢尽了，要脑袋又有何用？"随之又悲天怆地连呼两声："王兄误我！王兄误我！"遂栽下高台而死，相随殉难者尚有蒙古侍女数人。众蒙古兵将见之均哀号欲拼死一搏，李璮当即挥泪下令全部击杀之。据野史载："其蒙妻甚美，李璮抚尸大恸三日，并命以王妃之礼厚葬之，足见伉俪尚且情深。"

察苾闻之落泪，但仍在反复查询李璮这个人——

她深知"木已成舟"再怨天尤人也无用了,关键乃在于掌握李璮的性格特点以"对症下药"。当时虽尚不可能有"性格即命运"之说,但察苾已本能地感觉到必须"因人而异"采取相应的对策。以对方之弱点,扬己之长处,力求拖延或搅乱其锋芒所指。须知,其粮秣充足尚拥有重兵五万,如长驱北上后果将不堪设想。而她对待王文统的态度后人也多有赞誉,隐而不发唯有循循善诱。绝不提及二人的往事或现在的关系,终使得王文统似也只能把旧主子抖搂了个一干二净。原来,这位不可一世的汉世侯不仅是一位恃强好勇的武夫,而且还是一位喜爱舞文弄墨的骚客。他常借诗词以抒其雄心壮志,但又只重权谋行事而却略显小家子气。自视甚高竟自命为群雄之首,但又因反复无常令众皆"敬而远之"。有时会胆大妄为、意气用事,有时又会畏首畏尾、裹足不前。多疑善变,优柔寡断,似缺少王者气魄。然又独断专行,常以孔孟为同乡而自傲曰:"圣人之地当出圣王!"

　　而察苾就是根据这点点滴滴采取对策的……

　　果然效果奇佳,尤其是"祭孔"竟产生了"四两拨千斤"的巨大功效。中原汉地历经辽、金近二百年统治本来民族意识就很淡薄,现又闻蒙古皇帝也有此举便更纷纷寄希望于他施仁政了。能承认孔孟为共同的老祖宗就好,老百姓早被连年的战祸搞得怕之又怕了。而"祭孔"对于各地汉世侯来说也是如此,均不知虚实更纷纷拉开距离"乐观其成"了。特别应提到的是南宋的态度,闻有"祭孔"之举更不知忽必烈"葫芦里卖的到底是什么药",竟干脆采取了按兵不动"坐山观虎斗"的策略。因为他们不但早就习惯于"偏安一隅"的腐朽生活,而且也早已巴不得借他人之手把卧榻这"心腹大患"剪除了。然而,更为可悲的当还要数李璮本人。初起兵时,他也曾"意气风发、胸怀大志",颇具王者气魄。他曾泼墨挥毫作《水龙吟》词一首,以抒发其雄心壮志。词中感慨曰:"群生几番惊扰,干戈烂漫,无时休息,凭谁驱扫?"并期待:"眼底山河,胸中事业,一声长啸,太平时相将近也,稳稳百年燕赵!"(详见《记录汇编·前闻记·李璮》)如果他能如词中所述,目光长远,意志坚定,率五万精兵乘虚直捣幽燕,将强敌驱于居庸关外,那百姓、汉世侯、南宋也必将态度大变,而这段历史也必将改写。只可惜他徒有大志,却闻风

【第十二章　内蒙外汉，曲折走向大元王朝】

自乱，刚一听得忽必烈已钦命皇长子"祭孔"，竟不辨虚实便急调兵马唯取济南。自挫其锋，还声称："先据齐鲁以擒其皇子换取中原！"

事出有因！王文统早于书信中密告其察苾智谋之高……

而察苾在开平也"言出必行"，几经准备也果真命皇长子真金取道燕京赴山东"祭孔"。声势浩大，震动新都。赵璧率兵护驾，王鹗与窦默等一代大儒伴行。察苾临别时只密嘱皇儿曰："缓行、亲民，于燕京静候父皇！"而皇子真金此时年方十七，自幼有"小王坐帐"的经验，稍长又苦读孔孟经典与历代史传，故一听母训早心领神会。英武儒雅，沉稳冷峻，一露面即给人一种安定人心之感。难怪李璮于济南一听真金业已启程，竟自以为得计曰："察苾也不过如此，徒有虚名耳！自投罗网，莫怪我李璮无情！"

但他却忘了，察苾已为忽必烈争取到了时间……

事实上也确如此，忽必烈在此期间终于得以迅速调动兵马，避免了被拒关外腹背受敌的危险局面。其实，在巧布疑云、秘密南归时，忽必烈就曾忧心忡忡，向姚枢问过李璮可能之动向，姚枢对曰："李璮可选有三：若趁我北征之隙，濒海直捣燕京，扼控居庸关，拒我予关外，惊骇人心，波动中原，为上策。若是与宋联合，据守益都为长久计，经常出兵扰我边地，使我疲于往返奔救，是为中策。若出兵济南，待山东诸侯应援，必将被擒，此乃下策。"忽必烈急问："叛贼将取何策？"姚枢只答："出下策！"（详见元代著作《牧庵集·中书左丞姚忠献公神道碑》）忽必烈似仍有所疑问："何出此言？"一王府旧吏早挺身代答曰："皆因有我大哈敦代主中枢！"

忽必烈闻之一振，后事实也证明果然如此……

有史可考，这位大汗兼大皇帝是1262年2月返回燕京的。如同察苾掐指计算过一般，皇长子真金早一日到达以亲自迎候父皇。忽必烈大为高兴曰："皇儿行事果断，大有乃母之风！然不必急于前去山东，待为父替儿荡平叛贼再祭孔不迟！"遂即日颁布诏书，历数李璮背信弃义、背叛朝廷之种种罪恶，其中有一条即"窃据济南，横阻祭孔，亵渎圣地，罪莫大焉"。其实，此时以宗王哈必赤和汉世侯史天

· 461 ·

一统华夏——忽必烈大帝之文韬武略

泽所率的蒙汉重兵已先后赶来,而阿里不哥也因和察合台家系争夺粮草越打越远去了。再无须遮遮掩掩,随之便是挥师齐鲁彻底讨平李璮叛乱了。

但忽必烈所受心灵重创也绝不容小觑……

他表面上看来从容镇定,似毫不受干扰地坐镇燕京指挥这场"除逆讨贼"之役,但内心却从此变得苦楚不安,开始用狐疑的目光重新审视身旁的每一个人。毋庸讳言,这位蒙古君王是对李璮采取了"隐而不发"之策,但在怀疑之余还是给了他那么多封赏,那么多武器,那么多权力,甚至将驻扎于他周边的蒙古军队也交由他节制。真可谓恩重如山,目的却只有一个:因李璮已娶蒙古郡主为妻而自己也早将其视为同族,只盼他悬崖勒马回心转意或起码也能适可而止。谁料他竟出手这么凶,这么毒,这么狠!他不但背信弃义地趁危向自己背后猛捅一刀,而且丧尽天良地逼死了黄金家族堂堂的郡主,屠戮了来自蒙古的众多骁勇……还有那个令众儒鄙弃的王文统,是谁从破烂堆里拾回了他?是谁起用他成了中书省首辅?他也是同样的忘恩负义,也是同样的贼心不死,竟敢里外串通放走人质,竟敢图谋不轨暗做内应。长生天在上!今后除了"国族"还有何人可信?

他想起了小哈敦在枕畔对汉人鄙夷之语……

李璮之乱,显然对忽必烈此后的施政及用人之道产生了消极影响,甚至可以说是对大元王朝的发展产生过不可挽回的破坏性作用。从此对汉臣汉将便多了一层警惕,甚至对汉地汉法之源——儒家学说——也平添了几分疑虑。内心相当痛苦,情绪相当复杂……但忽必烈毕竟是一位极具雄才大略的少数民族帝王,只是内心极为矛盾,外表却仍应对自如、指挥若定。出手果断,1262年3月,即下令宗王哈必赤统率各路兵马前往征讨,并任命赵璧等"行中书省事"于山东。动员各地汉世侯之多前所未有。虽不明言其深刻内涵却令人人唯有竟比矢忠奋力。后又委任史天泽、赵璧也同为统帅,并分别赐予二人密诏"蒙古汉军听其节制"。一军三帅等于无帅,这足见当时经此剧变之后忽必烈颇为复杂矛盾的心态。多亏了史、赵二人受命后尚知"谦退缜密",均知维护哈必赤蒙古统帅的地位,这才渐渐解除了忽必烈的重重疑虑,开始放手用兵。(详见《西岩集·元故荣禄大夫中书平章政事赵公神道

【第十二章　内蒙外汉，曲折走向大元王朝】

碑》）

李璮的末日眼看就要到来了……

忽必烈坐镇燕京，稍调整好了心态便又突显了杰出的军事才能。4月，即切断了李璮的退路，阻截了其各处可突围之要道。5月，又将其围困于济南近郊一带，迫使其只能退守城内接受"请君入瓮"的现实。6月，采用史天泽之计："李璮诡计多端，又有精兵，不宜与其硬拼，当以岁月拖毙之！"遂于城外"乃深沟高垒，绝其奔轶"，并驻以重兵围困之。同时也采纳赵璧计，趁济南城内军心涣散，高声宣扬李璮之败绩，继而大肆招降纳叛。他还当众赦免了博兴等人的胁从者，更进而瓦解了守城兵将的军心。7月，李璮由于长期被围，早已粮草断绝。济南因饥而乱，以致发展到人食人的地步。忽必烈亲信侍卫指挥使董文炳自告奋勇地单骑赴城下劝呼，果然说动李璮之大将田都帅缒城而降。13日，李璮纠集残部组织最后一次突围，终因人马饥残败回城内。20日，李璮见大势已去，遂含泪吩咐部众舍己去自寻出路。随之"亲手杀死爱妾（即王文统之女），乘舟入大明湖，投水自尽未能溺死，被元军捕获"。（详见《元史》上述有关人等列传）

李璮之乱就此结束，而失败者往往只有身败名裂……

大局初定，忽必烈似更显得从容自如了，竟有时间近距离观察起一直在身旁陪驾的皇长子真金。长大了，总算在圣僧八思巴作法下长大了。虽不如一般蒙古子弟剽悍强壮，但也出脱得儒雅精干、文质彬彬，颇具几分自己当年受夹板气时的"贤王风范"。再遥想十年前"小王坐帐"的情景，便有了新的安排和打算。

其实，外忧既除，他正急于剪灭内患……

这一天，忽必烈故意问真金曰："皇儿！知父皇此时所想否？"真金拜答道："父皇日理万机，承天下危难于一肩！恕儿臣妄加猜测，父皇欲返开平都城处理王文统事宜，彻底剪灭李璮余党及其内应，以永固我江山社稷！"忽必烈闻之即曰："不愧朕之子！今后不必唯一心研读孔孟，将代父皇坐镇燕京分忧理事。对外可继续称等待平乱后祭孔，对内则可行使权力为朝廷独当一面！"真金也曾百般跪辞，但圣命难违最后还是叩领了。这或许也算对察苾的一种嘉奖，正是她的处变不惊和智于应对才使得自己从容平定此乱。但或许这也反映了忽必烈从此开始用人多疑，似也只好提前启用自己珍惜培养尚略显孱弱的皇长子。

　　该轮到为中统建元立下不世奇功的王文统倒霉了⋯⋯

　　但比他下场更为惨烈的，还数投大明湖未死被俘的李璮。济南城外阴风惨惨，宗王哈必赤闻之擒获叛酋便命押进帅帐，与汉世侯史天泽及严忠范等立即加以会审。史载，严忠范首先厉声问道："此是何等做作？"李璮竟挺胸反咬一口："你每与我相约，却又不来！"史天泽又问："忽必烈有甚亏你处？"李璮还是奋不顾身地大加反咬："你有文书约俺起兵，何故背盟？"众汉世侯被"咬"得人人自危、十分被动，史天泽知"献俘"之后果将不堪设想，遂以统帅之一的身份宣称"宜即诛之，以安人心"，当即下令将李璮肢解后枭首军门。（详见《元史·李璮传》）李璮拒不悔罪，死状惨不忍睹。至此，尚具民族意识的一道闪电也就稍纵即逝了。好在真金坐镇燕京并未深究，并引忽必烈的前旨"发兵诛璮耳，毋及无辜"，这才阻止了宗王哈必赤依旧法对济南屠城。同时还命令史天泽火速率兵捣灭李璮的老巢益都，使他避免了当即被追查擅杀李璮之可能。而史天泽也果然不负皇恩战果辉煌，致使忽必烈怒火渐消而改为隐忍应对。

　　然而，新都开平尚处于战战兢兢之中⋯⋯

　　内奸之首即也算儒臣的王文统，忽必烈一回到开平即由他入手彻底清查里勾外连的朝堂同谋。就连察苾委婉劝其"稍事歇息当以龙体为重"也置若罔闻，归来之日便立刻召王文统当面质问曰："汝教璮为逆，积有岁年，举世皆知之！今朕问汝所策云何？其悉以对！"王文统却借口道："臣亦忘，容臣书写以禀。"但他呈上的书文中却只说："蝼蚁之命，苟能存全，保为陛下取江南！"仍恃才乞怜，不知死期将至。恰好此时偏偏从益州查出王文统给李璮之三信，其中有"甲子之期"等隐语。王文统见之大惊失色，也只能为己急辩曰："圣上恩重如山，岂容臣有丝毫反意？然璮旧主也，也不忍见其家陷灭门。'甲子之期'诸语，乃为拖延时日以使其悔悟尽早臣服于陛下！"忽必烈愤而打断而言道："勿多言！朕拔汝布衣，授之政柄，遇汝不薄，何负而为此？"遂械系于狱，交姚枢、许衡、刘秉忠、张柔等儒

【第十二章　内蒙外汉，曲折走向大元王朝】

臣汉将议处。大有深意，致使张柔老将当即大呼："宜剐！"又令诸儒"同声各说己见"，诸儒均言："当死。"（原文照录。详见《元史·王文统传》）

至此，忽必烈才有心思与察苾重叙久别之情……

最终，一代能臣王文统和其子王荛一起被杀了。虽然一些儒者称其"学术不纯"，但说到底也还是儒家的一幕悲剧。困囿于忠义之间，夹缝之中仍想成为仁者。徒显奸巧，反自取灭亡。然其仍不愧为一位杰出的政治家，故连时人也多承认元初立国之规模制度"出于文统之功为多焉"。他虽被杀，其所制定的理财法度也"一直行而不废"（详见《元史》）。总之，悲剧！性格之悲剧，人生之悲剧，儒家门徒之悲剧！

但忽必烈却似乎仍感到"意犹未尽"……

虽在心心相印的妻子身旁受到了百般的抚慰，但似乎也很难抚平他心头的创伤。也难怪！作为一位来自草原的君王，他的身上仍保留着很多马背民族的性格特点。蒙古谚语说："蒙古人的胸怀里能驰骋九十九匹骏马，却拴不得一只虱子！"虽贵为"天子"，他也如此。对"知己"可掏心掏肺不惜付出一切，而一旦惊觉自己是受了蒙骗从此便视之为异类唯恐避之不及了。而现在？不但李璮反了，王文统出卖了自己，就连曾被视作兄长的史天泽也在抗拒"献俘"急于"杀人灭口"，而张柔高喊"宜剐"，众汉儒却只表态"当死"……汉人，汉人，全都是汉人！怪不得阿合马曾多次在自己耳旁反复提醒："自圣主成吉思汗以来，色目人即追随圣祖子孙打天下，虽贪却绝无反意！因其乃'各色名目'人所杂聚，唯有竞相向主人效忠！而中原乃汉人会集之地，大众早已远超蒙古及色目人十数倍。貌似忠顺，内心狡诈。陛下立国正当用人之际，当识破其伪善多加提防。"（详见《元史·阿合马传》）而北征途中，炽烈多情的小哈敦也曾对汉臣汉将不屑一顾，其兄阿古拉为其解释也多出此类语。再加上塔察儿大王之妹"以身殉国"，众多蒙古兵勇惨遭杀害，忽必烈在强烈的刺激之下心头创伤久久难以抚平还是可以理解的。况且要为万世基业夯实基础，这种愤愤不平的"意犹未尽"似乎是必然的。

汉臣人人自危，但有人却还在火上浇油……

此人乃远在大西南的兴元同知费正寅，原为蒙哥大汗征蜀时的一个降人，后犯死罪遇赦释放，宣抚使廉希宪"恶其为人"故再不启用。此人乃典型的小人心态，他衔恨北上欲鸣冤叫屈。恰逢李璮在山东谋反，遂乘机向朝廷诬告廉希宪、商挺、赵良弼等在秦川"聚兵完城，当有异志"等九事。其中竟称廉希宪、商挺、赵良弼三人均是王文统"西南之朋"。而更不该的是，有位贴身近臣早嫉妒廉希宪的才智与声威，竟在此时偏又向忽必烈耳边多了一嘴："王文统一穷措大，由廉某、张易举，遂至大用，今日岂得不坐（即没牵连）？"于是，忽必烈的怀疑竟延伸到了曾随自己出生入死的藩邸旧臣。他甚至认为廉希宪、商挺、赵良弼"足智多谋"更为危险，乃王文统之"亚流"。震怒之余，竟当即召回廉希宪、商挺、赵良弼三人。因廉希宪属色目人还算客气，只暗派蒙古大臣赴京兆查其"罪证"。他当即便把商挺幽禁于新都，将赵良弼械系于狱中。不顾三人乃开国之功臣、忠贞之儒将，竟一一亲自审问。他问商挺在关中"聚兵完城"是否有异志？问赵良弼在西南"拥兵自重"意欲何为？其中赵良弼乃那种"士可杀而不可辱"之儒家门徒，竟敢抗上"力辩其诬"。忽必烈闻之大怒，甚至"威刑临恐，谴诃百至"。其惨其烈，可见一斑。后又将廉希宪由软禁处召入宫中严加询问，而廉希宪则保持一贯光明磊落的态度，只承认随声附和地推荐过王文统，然也说过"其心固未识也"（详见《元朝名臣事略·平章廉文正王》《元朝名臣事略·枢密赵文正公》及《元史·商挺传》等）。此时，只是中统建元，仅仅是个新皇登基的年号而已。如果再任这股猜疑拘审之风漫延下去，圣祖"入继华夏大统"之遗愿将可能付之东流。

朝野惶恐，人们竟由不得又将目光齐聚于察苾……

事态的发展似已很难掌控，君王一怒之下很可能重新回过头来走向另一个极端。用现在的语言来说，由于李璮之乱，忽必烈很可能放弃继续汲取中原文化，重又回到旧时那征杀扩张的老路上去。一个"思大有为于天下"的大皇帝没有了，只剩下个唯见茫茫草原的蒙古大汗。

姚枢、许衡等"不粘锅"的儒臣再也坐不住了……

但谁料往日"指点江山"的察苾，面对眼前复杂的情况却突然噤了声。似严格恪守"后妃之德",一旦君王重归朝堂她就再不过问一切了。任儒僚们一再恳求她"挺身而出",察苾就是蹙眉倾听避而不应。耿直的许衡首先大失所望,其实他哪知道察苾除有经天纬地之才尚有难言的苦衷呢?

作为一代雄主的后妃似乎都要经历这个过程……

察苾早已深切地感到,忽必烈此次归来对自己似已缺少了往日的激情。李璮之乱后,更对自己如何果断处理此事鲜有过问。其复杂狂怒的心态是完全可以理解的,但这也在说明比起小哈敦的青春活力自己也不再应有奢求了。随着姿色的衰退,政治影响力也必然减退。然而,又怎能忍看多年心血就此"前功尽弃"呢?又怎能眼看着一起共创天下的儒臣儒将蒙冤受屈呢?

察苾陷入了深深的沉思……

唯有姚枢对她高度的政治智慧仍充满信心,更准备挺身而出助她一臂之力。

但察苾却表现得对自己的君王更加谦恭有礼,更加百依百顺。她从不妄加劝解,只顾着悄然无声地侍奉。

似乎还怀着深深的愧疚,终于自觉地离开了忽必烈身旁。

隐没于后宫,似在沉痛地忏悔。

扩大化还在进行着……

四

忽必烈毕竟是一代雄主,最终在狂怒中渐渐冷静下来。

人总是这样,常在身旁并不知珍惜,一离开身边便立马感到心头空空荡荡。更何况!此乃助自己成大业的妻子,二十年的恩爱早已变得难割难舍。似这才想起了察苾在这次平乱中当居首功,似这才想起了自己只顾怒火中焚对她的无视和冷落。

忽必烈颇为懊悔,忙亲自前往探视……

谁料在深宫门外,却偏遇上芒哥喇带着那条憨狗把门,一左一右,还真恪尽职守。忽必烈欲入，这小子竟敢傻乎乎地阻止曰："站住！吾受母命在此把门，外人暂不得入！"忽必烈怒斥其道："不得无礼！父皇是外人吗？"更没想到傻小子见父怒，竟哭了起来曰："这儿子吾无法当矣！遵母命受父斥，讨父喜违母训！嗯……嗯……"偏此时那憨狗为护卫小主人竟突然吠叫起来，芒哥喇闻之哭声乍止惊呼曰："王党！亚流！李贼之内奸！"憨狗见状吓得就逃，芒哥喇竟急忙追之曰："父皇稍候，待儿将此忘恩负义之徒捉来问罪！"说毕，憨小子追着憨狗便消失在大内深处。其状十分可笑，但忽必烈却蓦地沉思起来。

此时，察苾已一反常态伏地跪迎于宫外……

布衣素装，已摘去蒙古后妃常戴的"顾姑"头饰。好像不仅仅是严遵"君臣大礼"，似乎还含有某种"自贬"之意。忽必烈心疼地赶忙扶起，挥手斥退亲随唯携其进入宫内。却谁料刚待忽必烈坐于御榻之上，察苾却又重新长跪于地竟不敢抬头仰视。忽必烈惊问："这又是为何？"察苾泣告曰："臣妾有罪，已无颜见圣上矣！"忽必烈长叹曰："唉，卿多虑了！此次平定李璮之乱，卿当居首功，朕早已心中有数。然汉儿确实忘恩负义、凶狠狡诈，不但敢于谋逆造反，尚敢于残害我黄金家族堂堂郡主，杀戮我众多蒙古勇士！更可恨者，乃布奸于我朝堂之上！有的执掌朝政大权，有的在外聚兵完城，有的互相推举朋比为奸，有的拒不献俘杀人灭口！种种可疑之处多矣、多矣！不彻底剪除，圣祖基业将毁于一旦！不彻底剪除，朕将愧对草原丧子失夫之亲人。为此，朕以为命皇儿真金主政燕京即为报答，谁想还是冷落了'唯卿妻也'！"也算大丈夫的胸怀，也算对妻子难得的尊重。但大出意料的却在于，察苾闻之竟突然承认道："圣上皇恩浩荡，臣妾句句铭刻在心！然为祖上基业千秋万代，察苾不得不承认，贱妾就是这等内贼的主使，这等内贼的后台，这等汉人图谋不轨的罪魁祸首！"此言一出，忽必烈大为震惊。

沉寂！宫闱内霎时变得寂然无声……

然正当忽必烈大惑不解之际，察苾却又开始伏地泣诉了："确确实实，真真切切！圣上连年北征时，曾托臣妾代理朝政。在此期间，是察苾纵用王文统之才只顾命其筹集军资；是察苾为防西线无虞只顾令廉希宪等三人在关中聚兵完城；是察

【第十二章　内蒙外汉，曲折走向大元王朝】

苾为安后方众心只顾漠视所谓朋比为奸；就连史天泽之拒不献俘杀人灭口，也是察苾胆大妄为差人密嘱而为之。现圣上雷霆震怒欲尽灭乱党，臣妾以为永解后顾之忧当'射人先射马，擒贼先擒王'。而察苾即罪魁祸首，愿承担一切罪责以助圣上重新'思大有为于天下'。请诛贱妾，使贤臣良将皆能悉心辅佐我主成为前无古人之'大皇帝'与'天可汗'！"

忽必烈似被当头浇了一盆冷水，但余火仍未全灭……

而察苾却似乎已将生死置之度外，近似泣血般开始泣谏了："鸟之将死，其鸣也哀；人之将死，其言也善。察苾即将永别于君王，还盼圣上日后能三思之！我主起事于中原，用人于汉地，纳财于汉地，取法于汉地，建功于汉地，今后也必将立业于汉地。如因李璮之乱则见汉必疑、见汉必虑、见汉必防、见汉必斥，恕察苾妄言：我主将无立身之地！圣祖入继华夏大统之遗愿也必将难以实现！孔子云：博爱为仁，还是当以圣人之道以治天下！即以史天泽之'杀人灭口'而论，如将李璮献上任其血口反咬，圣上将如何鉴别之？众世侯人人自危又将如何自处之？必须提及，阿里不哥在母地随时都可能死灰复燃，中原焉容得再频生内乱乎？肢解枭首李璮已算得为郡主报仇，诛杀王文统父子及彻底平乱已算得为草原骁勇雪恨。臣妾此时再献上此贱身，已足可令圣上对得起草原父老重显宏誓大愿！察苾深知圣上不忍，而臣妾也绝非轻言之人，请拿贱躯以谢天下！"

说时慢，来时快，只见一道寒光蓦地闪起……

忽必烈忙扑上紧扼其腕。他本以为这只不过是儒家的又一次例行的"死谏"，而且似乎也被深深打动了。却不料察必除具有蒙古女性那特有的温柔之外，尚有如此刚烈的另一面。幸亏那把锋利的蒙古短刀被及时夺下了，否则那锋尖将直穿胸膛血溅宫帐。忽必烈紧紧搂着她似经历了一场噩梦，蓦地惊醒后便泪流满面地再不愿松手了。而此时察苾早已憔悴不堪地晕厥了过去，他布衣素面、长发披散更显得高雅圣洁。忽必烈痛心地惊呼曰："朕醒矣！朕醒矣！卿当速醒！卿当速醒……"偏此时又听得芒哥喇也在宫院欢呼："启禀父皇！内奸已被儿捉拿归案！"忽必烈忙向门外望去，只见这憨小子正拖着那条憨狗费力地向这里走来。

一统华夏——忽必烈大帝之文韬武略

真令人哭笑不得,但察苾也终于苏缓过来了……

宫闱隐秘,讳莫如深。但确有史可考,从李璮之乱后察苾便较少问政了。她接受了圣僧八思巴的"灌顶",似从此便脱离"红尘"渐渐只顾虔诚礼佛了。为了拯救汉臣汉法,牺牲不可谓不大。但这或许正是日后大皇帝所需要的。故有史记载,忽必烈一连在察苾宫帐护守三日之后,再返群臣之中又尽现昔日"豁达大度"之帝王风范了。然也有奸佞小人不知其中内幕,仍在瞅准机会欲进群儒谗言。此人即原察苾之家奴阿合马,1261年已被任命为"上都同知",李璮之乱后更被升任为"中书左右部兼诸路转运使"。这一天,他又面进谗言曰:"色目人虽盗国财物,未若秀才敢为反逆!"居心叵测,意在指廉希宪、商挺、赵良弼等诸儒必杀。却不料偏在此时群臣毕至,忽必烈竟当众驳之曰:"在昔潜邸,商定天下人物,亦谈及王文统。姚公茂即言'此人学术不纯,游说于诸侯,他日必反'。去年窦汉卿(即窦默)上书累千言,亦揭发其必为叛首!秀才岂尽皆斯人乎?"(详见《元史·世祖本纪二》)群儒闻之皆大出意外,惊讶之余竟长长松了口气。

唯有姚枢知功在何人,敬佩之余竟也挺身而出了……

这不仅仅是助察苾一臂之力,而更是智者知君王现在正需摆脱尴尬之台阶。他赶忙跪于忽必烈面前,为廉希宪、商挺、赵良弼等说情。史载,其"极言廉、商、赵等之忠纯,且以阖门百口担保"(详见《元文类·中书左丞姚文献公神道碑》)。忽必烈闻之哈哈大笑曰:"姚公茂以为朕不知三人之忠纯乎?非也!廉希宪等乃朕之肱股之臣,知其等如知之左右手。然奸佞进馋,群臣尚疑,朕欲以此替其等洗诬辩冤!现已查明费某乃一无耻叛主小人,受其影响反诬朕肱股之臣者皆为无知之辈!特着姚枢亲往解三人监禁,速来朝堂面君议事!"

人人自危遂解,个个竞相伏地山呼万岁……

姚枢当然知道该怎么办:是汉世侯的权势对圣上的权位造成了威胁,当然应收回汉世侯的权势以巩固圣上的权位了。这也顺应民心,遂在解禁时便和三人详谈了。而廉希宪、商挺、赵良弼等重返朝堂,竟也均深感皇恩浩荡。不仅毫无一丝怨言,反而决定尽效犬马之劳以报圣恩之万一。为此,当忽必烈向他们议及有人状告

【第十二章　内蒙外汉，曲折走向大元王朝】

史天泽有"擅杀李璮灭口之嫌"，且"子侄布列中外，权威太甚，久将难制"，蒙将色目诸臣均建言"罢其丞相职而鞫问其罪"。此时方获释不久的廉希宪竟又坦然而出竭力加以劝阻，理由竟和察苾所言如出一辙。忽必烈闻之竟也赞其"为国不避嫌"，最终还是对史天泽"给予优容"（详见《元朝名臣事略·平章廉文正王》）。其实，忽必烈私下早已向姚枢流露过心之所忧，此番重新提及纯属"别有用心"之"抛砖引玉"。果然，廉希宪、商挺、赵良弼等儒臣倍受鼓舞，争相以史为鉴向忽必烈提出了"罢黜世侯，收揽权纲"之建言。正中下怀，忽必烈当即赞三臣既忠且纯，个个皆果不愧为圣人门生。

况且早已暗命姚枢去说动史天泽……

而据史载，蒙古灭金后的中原，有如唐末的藩镇割据一般。汉世侯实际就是地方军阀，既统兵又管民且尚是子孙世袭。不仅掌握地方的赋税及生杀大权，而且常为争夺地盘战乱不断。是有利于历代大汗分而治之，但对有志于大一统者却绝对有碍于施展其政治抱负。此次李璮之乱即为一例。而老百姓也早已为此苦不堪言，遂忽必烈闻"罢黜世侯，收揽权纲"如获至宝。其实郝经在时早已提及过了，姚枢也曾多次提过类似建言，只不过没有这八个字如此简洁明了罢了。现在时机业已成熟，竟由群儒提出，正是"以汉治汉"的绝好时机。而对于史天泽这位世故颇深的汉世侯来说，在他敢于下手擅杀李璮之时就想到会有今日。他要比张柔、刘黑马等著名汉世侯在政治上成熟很多，颇讲信义乃武夫中难得的孔孟忠实门徒。姚枢来到相府，见其正气定神闲地于庭院倚石桌把读《春秋》，即曰："公不知大祸将临乎？"史天泽释卷答："圣上命史某率兵平璮，已早布下此天罗地网。无论胜败，均在劫难逃！"姚枢故问："那为何尚要擅杀李璮？"史天泽踱步而应道："史某自圣上分领漠南'汉法治汉'以来，已舍生忘死追随其十数年矣！怎忍再看任李璮血口乱咬，诸世侯人人自危被逼自卫而反？为圣上大业及天下苍生计，史某也只能不顾后果采此下策。然苍天在上，有谁知其间苦衷？姚公既来，史某当随往接受鞫问！"姚枢适时而对曰："非也！知史公苦心者绝非无有！据姚某所知，当今大哈敦即挺身而出第一人！面对奸佞谗言，竟向圣上坦陈史公擅杀李璮乃其密令所

一统华夏——忽必烈大帝之文韬武略

至。若追元凶,自己即为罪魁祸首。史公尚如此猜忌,似愧对如此圣明贤后了。"果然,史天泽听后深感意外,不但老泪纵横,且侠义之心随之顿起,仰天长啸一声曰:"史某已知应当有所为,不然将有愧于贤后之厚德!吾这就随姚公面君,以报大哈敦知遇之恩!"

忽必烈坐收其果,察苾却隐居深宫仍憔悴不堪……

果然,史天泽在见君之后,即跪地主动提出请求:"兵民之权,不可并居一门,行之请自臣家始!"忽必烈也即时大加赞赏其"率先垂范,忠鉴日月,果不愧有大丞相之风范"。随后便命其坐于自己身旁,抚慰间立即加以"恩准"。而且在一日之内,"将真定史天泽子侄解除虎符及金银符者多达十七人"(详见《元文类·平章政事史公神道碑》等)。并下诏旨,从今后"诸路管民官理民事,管军官掌兵戎,各有所司,不相统摄"(详见《元史·世祖本纪二》)。后又采用"罢诸侯世守,立迁转法"——如后世之各大军区首脑相互调动;"设置诸路转运司"——使军之粮秣统一由中央掌控;"撤销世侯封邑"——从根上断决军阀割据之可能;"委任近臣亲信监战与监领万户"——当然由蒙古"怯薛"将领出任;"易兵而将切断与旧部隶属关系"。虽据史载,为构建中央集权制度,忽必烈审时度势,此几大任务于1265年10月方才完成。但在当时由于史天泽"顺应天命"的带头,张柔、刘黑马、严忠济等众多汉世侯似也只能"纷纷效法"了。从此只能为"官"而再不能为"侯",为大元王朝一统天下奠定了坚实而平稳的基础。(详见《元史·世祖本纪三》)

难免自鸣得意,遂返后宫又来探视察苾……

察苾面容依然憔悴,似饱受此次异乎寻常的刺激仍未从中恢复过来。而那大婴儿似的芒哥喇却始终守候在母亲身边,只是那条忠实的憨狗却不见了。忽必烈为缓和气氛故意问曰:"皇儿!汝将'内奸'如何处置之?"芒哥喇特别认真地回答:"已将其囚之于狗舍,只待父皇裁决!"忽必烈笑曰:"赦免了它吧!尚可封其一小官职!"芒哥喇闻之竟傻呵呵又出怪语:"如阿合马一般,就封它个狗同知吧!"忽必烈一怔,而这小子早就激动不已地去"释放"他那条憨狗了。而

【第十二章 内蒙外汉，曲折走向大元王朝】

正在此时，察苾已挣扎起"跪迎圣上"了。忽必烈一见忙急扶曰："朕早说过，唯卿妻也！此等君臣大礼也唯卿免除，不遵朕意将以抗旨论处！"察苾只好谢恩支撑而坐，忽必烈早等不及待询问曰："近日朝堂之事可闻之否？"察苾聪慧过人忙借势回答："圣上行事，大有圣祖之风！早震动朝野，臣妾焉能不知？唐宗宋祖所忧之事，圣上谈笑间即尽皆化解之，已为子孙永绝藩镇割据之后患。纳群儒之议，借李璮之乱，又行'罢黜世侯，收缆权纲'之策。绝不妄杀一人，无处不显以仁治国之明君风度。臣妾与陛下相比，圣上如直耸云天之参天大树，臣妾只不过根畔这一棵小草。察苾已知愧矣，从此再不敢问政。"忽必烈想听的正是这些，也哈哈大笑曰："也多亏卿为朕捉掉心头那只虱子，要不然胸中那九十九匹骏马尚不知向何处冲撞！"能有这样的话，察苾已感到了极大的满足，谁料这位蒙古君王还有惊人之举，不仅要为察苾动手梳顺秀美的长发，而且还要为她亲自戴上象征大哈敦地位的华丽头饰——"顾姑"。看来，忽必烈还是一位调控女性的好手，致使察苾当即被感动得似忘记了初衷，竟又流着泪建言曰："臣妾依然会年老色衰，再经驭手盛妆也无力回天。然陛下天朝正欣欣向荣，若经圣上雄才治理必将如日中天。为此，臣妾斗胆再妄进两言：其一，善待群儒，奖其献策，施汉法已使其尽献其忠。其二，莫忘漠北，谨防异变，随时准备应对阿里不哥之突然卷土重来。"忽必烈为此感慨万千，竟忘情地将其紧拥怀内道："天赐卿于朕，此即汉家所言'夫唱妇随'。"然正欲亲昵，却只闻那傻小子芒哥喇在宫院高呼曰："启禀父皇，狗同知狗大人欲叩谢圣恩！"

真是大煞风景，但这憨人和憨狗却一本正经……

而从第二天起，朝堂传来的消息已足令群儒们大为振奋了。这位游牧民族出身的一代雄主，又重新大谈特谈"民以食为天"了。查奸除患就此好像告一段落，现与群臣所议之事又多以"农桑为重"。下令设立劝农司，并四方派出劝农使，并"严明赏罚地方官劝桑农成效"，勤于农桑则升秩，惰于农事则降职。更难能可贵的是，在开平修筑皇家琼楼时竟率先垂范。诏命"修琼楼待农事之隙，周之牧地则分赐无地农户"（详见《元史·世祖本纪》）。急汉地之所急，想汉地之所想，中

一统华夏——忽必烈大帝之文韬武略

原历代圣主明君也莫过于如此,致使群儒与汉臣们又满怀希望唯有歌功颂德了。随之,忽必烈在此基础上还进而采取了一系列惊人之举,在山东之乱彻底平定之后,即在当年深秋兑现了自己的诺言——钦命皇长子真金赴圣人故里"祭孔"。此举影响之大不仅波及朝野,而且令中原黎庶莫不欢欣鼓舞。得民心者得天下,看来这位马背民族的君王一改祖风也深谙此道了。

似乎察苾所嘱"善待群儒"到此可止了……

然忽必烈乃一位极具鲜明个性的帝王。善于纳谏,且又极具主见。尤其在中统建元之后,似乎已开始"唯我独尊"事事要打上个人的印记。比如说,众儒虽累累劝谏应"早立太子,以固国本",而察苾却建言"阿里不哥彻底臣服前不宜议及此事,以免触动旧制节外生枝"。而此次为了使"群儒尽服",竟偏偏要在蒙臣汉儒间玩一把这"危险的游戏"。"祭孔"归来意犹未尽,1262年冬12月,忽必烈在群臣毫无思想准备的情况下,突然庄严诏告"封皇长子真金为燕王,领中书省事"。燕王即驻跸燕京,领中书省事即成为内阁中枢之首。这在蒙臣汉儒间均引起极大的反响,甚至尚有截然不同的解释。在蒙古大臣看来这似乎并没什么,只要不动"忽里台"制度,大汗封自己的儿子为"王"那是天经地义的。至于"领中书省事",那更是让蒙古人名正言顺地统领内阁理当欢呼。而在群儒看来却意义非同一般,此乃由草原旧俗"幼子守灶"向汉地祖法"长子嫡传"过渡。燕王、领中书省事,实际上已当"储君"使用,足以证明大皇帝并未因李璮之乱歧视汉儒,仍唯遵圣人之道治理天下。而忽必烈对双方均不加以解释,高高在上,惜语如金,颇显高深莫测,且又让人无不敬畏。仅从此点看来,他行事之果断与魄力要远远超过察苾。因而这位大哈敦除了只能感恩于儿子被封王之外,从此似乎也应该渐渐淡出历史舞台让位于另一个女人了。

比如说,阿里不哥随时可能的"卷土重来"……

察苾曾忠诚地向忽必烈提醒过,但她却从未见这位君王在这方面有过大的动作。似早已成竹在胸,潇洒得实在出人意料。察苾本来就是一位智慧超凡的女性,仅稍加思忖便发现了个中原因。还是自己的夫君非同凡响,其特殊的魅力不仅使文

【第十二章　内蒙外汉，曲折走向大元王朝】

臣武将们个个愿为他效忠，就连身旁的女人们也被感染得个个愿为他赴汤蹈火。男人啊！这才称得上是男人！察苾猜得没错，那情炽如火的小哈敦并不仅仅是为了孕身留在哈尔加林。前面早已说过，这位极具野性的小皇妃，为永得大汗（她不愿称皇帝）的专宠也颇具野心。但又绝不只凭妖娆无比的身姿，而是也想在政治才华上与大哈敦一比高下。而忽必烈也早就发现了小哈敦这方面的潜能，况且她尚有一位颇具民族自豪感的兄长，虽也很年轻却已被证实是一位极为合格的"怯薛台"——高级军事指挥官。故南返灭乱之前夕，虽表面上全权委托于每战必胜的窝阔台之孙哈丹驻守哈尔和林，但在与小哈敦百般眷恋之后却又把金虎符密授于这对兄妹。力嘱当以移相哥之上当为戒，并授以防范阿里不哥之种种密计。而宗王哈丹是何等聪明绝顶之人，焉能不知小哈敦腹中怀的是什么"胎"？因而也正好借"皇妃坐镇"以大张声势，并借其兄阿古拉所率的"怯薛"精锐威慑，已使阿里不哥只能远离草原母地。

忽必烈难得的潇洒，原来又是源于另一个女人……

一个伟大的帝王往往就是一位杰出的杂耍家。面对诸多的问题，他必须能接住这个又抛出那个。抛接得越多，驾驭技术越高。既要做到自己心中有数，又要令观者眼花缭乱、惊叹不已。

难怪就连许衡这样的大儒也昏头涨脑了……

就在他向姚枢与窦默连连祝贺时——因二人均"曾为太子师也"——忽必烈却又抛出个更令人振奋的议题：将在新都中书省内设置祭祖祠堂，第一次将历届大汗牌位以汉制规范化。比如，称成吉思汗为太祖，窝阔台汗为太宗，拖雷汗为睿宗（虽未正式称汗，然父因子贵），贵由汗为定宗，蒙哥汗为宪宗……当然，以前就曾试图这样排列过，而现在写牌位时尚有谥号及称谓也并非如此简单。同时还有蒙古文依蒙古习俗的独特写法，祭祀也是依蒙古祖传仪式进行的。但对于群儒来说却又激动不已了，均认为这不仅是"入乡随俗"而是正式承认华夏之大一统了。

他们哪知道，忽必烈仍难消李璮之乱造成的心头阴影。他从尊儒信任汉臣，急剧地转变为思旧深疑汉臣。虽尚未滥杀，但从此一个坦坦荡荡的蒙古君王消失了，更多的只剩下权谋。

他现在只关注着茫茫无垠的草原母地。

等待着阿里不哥的束手就擒。

显然察苾又被冷落了……

五

转眼便到了1263年，即中统四年。

虽然从某种意义上来说，阿里不哥直至当时也可算得上一位名正言顺的大汗。须知，他生来就具有"幼子守灶"权，他是蒙古汗国本土被拥戴登上汗位的，他在草原上举行的"忽里台"贵族大会更符合马背民族的祖制，更具有广泛的代表性。

但面对忽必烈的雄才大略，这一切已毫不起作用了……

马背民族同样也推崇"成者王侯败者贼"之说，阿里不哥正日渐陷入众叛亲离的绝境。不仅伊利汗国的超级封王旭烈兀力劝其"退出"，钦察汗国的超级封王别儿哥力逼其"求和"，就连其他各小封国竟纷纷改称"幼子守灶"未必是他，而死心塌地追随他的矢忠者也开始暗怨自己"错投其主"。

缺智、少谋、骄横跋扈等种种老毛病又犯了……

有史可查，趁李璮之乱时，他本可里应外合对忽必烈形成南北夹击之势扭转危局。而他却轻信假象，果真以为忽必烈带着宠爱的小皇妃率大军要在哈尔和林过冬。该战时不战，不该打时偏要死命去打。等知道李璮之乱时人家后院之火早已熄灭，他似这时候才知道"火中取栗"了。谁知刚想有所动作，便被人家一员能征善战的年轻将领识破，亲率兵强马壮的"怯薛"铁骑出其不意地追杀过来，致使阿里不哥差点全军覆没。事后才知此人即小哈敦之兄阿古拉，而他留下的那声呐喊似声犹在耳："我主有令，不得与那般不懂事的孩子一般见识，就此放汝等一马，还盼早日自知悔改！"

【第十二章　内蒙外汉，曲折走向大元王朝】

阿里不哥从此就再难跨进草原母地了……

而其更为糊涂的是，对待唯一尚支持他的察合台封国却不知珍惜，反而更变本加厉地作威作福以突显自己大汗的权威。此时，察合台封国国主已死由老王妃担任监国，她曾给予过阿里不哥一切力所能及的帮助。但阿里不哥早已被忽必烈断了粮道、财路及一切军用物资的来源，遂觉得这位老王妃还是有碍自己大搜大刮便将其囚禁起来。他自以为是地任命一位曾追随自己左右的察合台之孙阿鲁忽为新的国主，期盼察合台封国从此成为自己取之不竭的"箭库粮仓"。他甚至还有闲大摆其谱，依旧得意扬扬地做长远规划对阿鲁忽布置曰："汝去阿力麻里（今新疆伊犁霍城西）为封国之主，以便把粮食和武器送来援助我们，并守卫质浑河边境，使旭烈兀和别儿哥之军队不能大搞阴谋诡计前来援助忽必烈。"谁料阿鲁忽经近距离观察早对他有了深刻认识，表面唯唯诺诺、百依百顺让其最后再过一次"大汗之瘾"，其实心儿早"像离弦的箭般地飞走了，并着手安排自己的事"。果不愧也是圣祖子孙，阿鲁忽回到阿力麻里后很快便"聚集了大约十五万勇士"，不但彻底剪除异己并夺取了察合台封国的全部权力，而且还直接掌控了原由大汗直辖的中亚城郭地区。目的在于再不受制于阿里不哥，也能构建一个如伊利汗国或钦察汗国那样相对独立的汗国。（以上史实与引言均详见拉施德之《史集》）

而忽必烈度量宏大，目光开阔，焉能无视这一切……

在平定李璮之乱的同时，在周旋于诸儒汉将之余暇，早已派人赴哈尔和林诏告阿古拉作为密使携一方御赐王印化装远赴阿力麻里，以高度的尊重和极大的热忱对阿鲁忽的成功登上王位进行祝贺。除此之外并没有提及任何可能令主人为难的要求，只是耐心地向其解释这方稀世珍玉雕就的王印上那蒙汉对照的篆文"察合台汗国合罕之宝玺"的内涵。后阿古拉看到，虽将封国改称汗国仅是一字之差，但已足令阿鲁忽立即跪地泪流满面曰："知我者乃忽必烈大汗！我阿鲁忽从此愿唯听其诏旨，子孙万代永世称臣！"此时，阿古拉才又尽表忽必烈豁达大度的胸怀，并将另一密旨禀告其曰："大汗已将从按台山（阿尔泰山）至阿母河之间的土地，早已策划尽归阿鲁忽大王统辖！"其疆域之广袤、辽阔前所未有，致使阿鲁忽再次"喜极

一统华夏——忽必烈大帝之文韬武略

而泣"。似忽必烈在远天仍不忘"高瞻远瞩",阿古拉随后更进而转述其谆谆嘱告道:"须谨慎行事,可暂不张扬,当巧妙应对阿里不哥之骚扰!"如此仁厚大汗,怎能令人不死心塌地?而阿里不哥却仍"惘然不知",甚至仍在变本加厉地"官逼民反"。(详见《世界征服者史》及《史集》等)

昔木土大败后尤为甚之……

必须指出,阿里不哥绝不是一个因文学需要创作出来的历史人物。有中外诸多历史文献可以证明,他本人确是这样一位骄横跋扈、志大才疏、头脑简单、生性凶残、缺智少谋、反复无常的犹如漫画式的人物。昔木土鏖战前因有高人指点,尚能约束自己咬牙一试"卧薪尝胆"。大败之后竟诿罪于他人,变本加厉又故态萌发原形毕露了。而他手下那批铁杆追随者也大多如此,事已至此仿佛也只能拼死追随到底。唯有三位皇子例外,但又受母后惨死之谜困扰却难以自拔。而阿里不哥却不顾二皇子玉龙答失已开始暗查真凶,竟因阿鲁忽"侍奉不周"就又要派爪牙到察合台封国横征暴敛了。恰好当时阿鲁忽正巡幸于中亚城郭,爪牙们便趁势"传诏征集到牲畜、粮草、马匹和武器等很多东西"。真可谓掘地三尺,闹得阿力麻里处处"民不聊生"。而阿鲁忽闻知后当然会勃然大怒,见阿里不哥视自己"连条看家狗也不如",遂奋起反抗当即密令亲随火速前往将其派来的爪牙全部扣押,并夺回了那大批被征敛的武器、粮草和战马等财物。随后又干脆一不做二不休,公然宣称察合台汗国改为支持忽必烈为全蒙古大汗。(详见《史集》)

而阿里不哥却不知反省,仍狂妄地一意孤行……

似根本忘了自己是在和忽必烈争天下,更不顾自己的军事对手已占据了汗都哈尔和林。当然更不懂只要能保存或恢复实力,就会对忽必烈形成牵制,无形中在草原母地仍维持着两汗并立对峙的局面。而阿里不哥倒好,一听阿鲁忽竟公开投靠了忽必烈便暴跳如雷、怒不可遏,连连狂骂其"忘恩负义,该当天诛地灭",随之竟亲率大军前去征讨。这显然在客观上给忽必烈帮了大忙,难怪其下令军队不必去追剿还把他们称之为"不懂事的孩子"。有多少大事在此期间成就?当然忽必烈也会遥看远方"乐观其成"了。而阿里不哥也果然越打越远越忘乎所以,不但穿越大

【第十二章 内蒙外汉，曲折走向大元王朝】

漠直穿甘陇打到了现今新疆之广袤地域，而且又横扫伊犁河谷打到了中亚撒麻耳干（即今乌兹别克撒马尔罕）一带。有阿鲁忽众多王位觊觎者的支持，远离忽必烈倒颇打出一些威风。（详见《史集》）

但有人终于跟着拖不起了……

这就是蒙哥大汗庶出的三皇子昔里吉。这位"心怀异志"的年轻皇子在大皇后之死中始终扮演着谜一样的角色，但手未被藏獒咬伤似仍未成为王兄玉龙答失的怀疑对象。他可算得第一个因阿里不哥愚蠢才支持其争夺汗位的，但现在面对的却不是"两败俱伤"而是"此消彼长"。自己暗中掌控了不少军队，但再随着阿里不哥这样折腾下去必然也会跟着把老本赔光。再拿什么向忽必烈讨价还价？再拿什么以待他日东山再起？但现在"改弦易辙"必然要冒极大的风险，而忽必烈对自己远不如对玉龙答失那样充满好感。因为按祖制来说，这位王兄才算得父汗之"嫡幼子"，而且在忽必烈倒霉时他确也多次挺身相助。再说他尚为人忠厚老实，在众多将领中也极具人气和威望，由他带头"改弦易辙"才能令忽必烈深信不疑留有更大的余地。

昔里吉暗中开始行动了，对王兄日夜不离左右……

而可悲的是阿里不哥却仍浑然不知，甚至还沉浸在战胜阿鲁忽的巨大喜悦中。他才不管什么这里原本就应该是他的后方根据地，而只顾为称汗以来第一次突显"军事才能"而狂喜不已。伊犁河谷本来就草丰水美，他占据了王城阿力麻里，夺取了人家美丽的妃子，逼得阿鲁忽只能率着残兵败将又西行远避于撒马耳干，随之便决定驻兵于此过冬以"养精蓄锐"。骄横颐指，不可一世，竟不知留在汗都哈尔和林的那位小哈敦也绝非只知"分外妖娆"，不仅又为忽必烈生了一位健壮的小王子脱欢，而且还依照忽必烈的密嘱已适时地向遥远的西方派出了化装为驼商的密使——又是蓄须装瘸的阿古拉。而阿里不哥还是浑然不知，白天似只顾在别具西部风韵的阿力麻里王宫里，当众肆无忌惮地凌辱和杀戮一批又一批所谓的叛逆，夜晚则搂着人家的妃子纵情狂欢阅尽西部舞乐。1263年寒冬未到，广袤的察合台封国已因他的所作所为凝结起深深的仇恨。（详见《史集》等）

此时三皇子终于动手了……

这一天，正当玉龙答失在自己的军帐里秘密接见一位远来的"驼商"，这时昔里吉突然提着一颗人头神秘地闯进来了。玉龙答失惊看，啊！原来是首席异密脱里赤之首。而此时昔里吉已泪流满面地泣禀曰："大皇后视小弟为己出，吾一直在思杀母之仇不报枉为人在世！今有人密报杀母后之执行者乃脱里赤，幕后元凶自不言而喻。昔日两军阵前脱里赤闻藏獒咬伤手指即惊栽马下已自报家门，今日闻密报则更加肯定无疑。弟亲往前去质问之，谁料其竟言道：'难辩矣！难辩矣！唯请转告玉龙答失皇子，先皇当年因其为嫡幼子，曾有意身后传位于其。阿里不哥不可能不知，急需告之不可不防其再下毒手！老臣一生昏聩悔之晚矣，唯留此言以报先皇知遇之恩……'言毕即自刎而死，弟取其首乃为祭奠母后在天之灵！"玉龙答失闻后知道自己已被他逼至死角，似也只能将"驼商"的真实身份介绍给他而言道："此乃忽必烈王叔派来之密使，正与为兄密议如何确保皇室家族未来之尊荣与无虞！忽必烈王叔虽现为大汗，但却难忘与父汗一母同胞手足深情，甚至连为兄昔日相助之事，也均点滴记在心头。他理解吾等过去乃被迫所为，并愿将原拖雷家系吉里吉斯及所属一切永远划归我皇室遗孤所辖。且不要求吾等反目与阿里不哥王叔血战，唯愿吾等自保以免将来玉石俱焚！"昔里吉一闻，当即大呼曰："足矣！足矣！王兄稳坐于此处理皇室事务，所余之事小弟当代为妥善处理！"

而阿里不哥却仍沉浸在过大汗瘾之中……

穷途末路，其实"众叛亲离"早已开始了。比如旭烈兀的长子主木忽儿曾被裹胁支持过阿里不哥，这时却严遵父嘱借口有病及时远走他乡"疗养"去了。而偏在此时，王城阿力麻里内外又发生了饥荒，但阿里不哥却仍只顾横征暴敛纵情享乐，不顾饿殍遍野，而且还将敢劝谏者当作"逆党"继续杀戮不断，致使就连最忠实的追随者也开始私下议论："他如此残酷地糟蹋成吉思汗征集起来的蒙古军队，我们怎能不感到愤怒离他而去呢？"而小哈敦暗中差遣来的"途经驼商"也不失时机地传来机密信息：忽必烈大汗对适时脱离者既往不咎！故阿里不哥手下的将领和异密们便纷纷寻找借口，一个个在大肆歌功颂德之余先后离他而去。

【第十二章　内蒙外汉，曲折走向大元王朝】

　　随着人怨的积累，天怒也终于爆发了……

　　到1264年春，饥情更加严重，当地"回族长老亦多饿死"。史载，"人民无计，群祷于天，诉兵士残暴横行，求上苍护佑"。而阿里不哥却仍不思悔改，竟还在伊犁河谷的绿野上架起豪华的丝质汗帐，与群臣众将朝会于穹顶之下，在歌舞升平中狂欢纵乐。似乎苍天也再难强压怒火，突然在一次宴饮中"狂风乍起，撼天动地，固定大帐之钉数千尽拔，丝质大帐之穹顶顿悉被撕裂随风卷去，支撑大帐之木柱也随狂风纷纷折断，参与宴饮者大多不是受了轻伤便是受了重伤"。估计这是七百年前突然袭来的一场沙尘暴或戈壁龙卷风，但在当时就连阿里不哥的铁杆追随者也均认为此乃极为可怕的不祥之兆。（详见《史集》或《世界征服者史》）

　　而阿里不哥也既惊又怕躲回了王城阿力麻里……

　　也就在这一天晚上，昔里吉却突然出现在陷入一片惶恐的王宫之中。往日别具西部风韵的舞乐没有了，只突显着昔里吉那生冷的面孔和生冷的声音。他对阿里不哥说："我等三兄弟追随王叔直到今天，也可算舍生忘死仁至义尽了！既然长生天今日教训了我们，我等弟兄三人也该回到吉里吉斯去放牧牛羊了。大难临头各自飞，还盼王叔好自为之多加珍重！"如果面对他人，阿里不哥很可能雷霆震怒大开杀戒，但对昔里吉他却不敢，因为这位冷酷的三皇子早已掌控了自己的"怯薛"卫队。他必定是有备而来的，自己的震怒动手反倒会首先招来杀身大祸。为此，阿里不哥竟罕见地低声下气地准备劝慰，谁料昔里吉却举手拒之曰："不必了！唯有一事尚求王叔相助：遥想当年，皆因昔里吉年少无知，尽将父汗所遗印玺交予王叔。而近日方知其中那颗特殊的大玉玺，乃父汗生前就留有遗言传于王兄玉龙答失的。还盼王叔赐还，以助小侄完成父汗生前心愿！"阿里不哥深知这意味着什么，但此时已可见宫闱之外武士的身影，又可闻王宫四周战马嘶鸣。为此，他似也只能"大度"地交出了这颗特殊的大玉玺。（详见《史集》）

　　夕阳西下，断肠人在天涯……

　　最终，玉龙答失等三位皇子告别了日暮穷途的阿里不哥，大约是在1264年4月到达新都开平的。忽必烈似对汗兄的嫡幼子特别眷顾，竟当着诸臣的面又一一历数玉龙答失当年对自己的关照，颇动感情。昔里吉在一旁甚感失落，于是忙将索回的大玉玺献上——原来他并未交于玉龙答失——却谁料忽必烈并不感兴趣，竟又将玉玺交于玉龙答失手中曰："新朝当有新印，作为汗兄的嫡幼子，皇侄就留它当作念想吧！"随之，又特意赐予他专用印章，又以蒙哥大汗位下的猎户赏赐予他。同时还封卫州的汲县、新乡、苏门、获嘉、胙城五县为其中原食邑分地，并专为他设立总管府，列河朔第一路。（详见《元史·世祖本纪二》）当然，对皇长子阿速台与昔里吉也多有封赏，只不过依祖法稍次于嫡幼子罢了。阿速台天性忠厚倒没有什么，唯有昔里吉为此却有些惴惴不安了。他总怀疑忽必烈已觉察了此次两汗对峙中自己之所作所为，竟认为不是没有这种可能，而只是人家欲擒故纵隐而不发罢了。

是夜，大哈敦察苾专门于后宫为诸皇侄设家宴……

这也可算作一次拖雷子孙们难得的大聚会。除了这三位昔日的皇子，现如今这新的皇子公主也均都参加了。忽必烈不愧为人中豪杰，竟"甘拜下风"地听任察苾尽情发挥她的人格魅力。而玉龙答失等也均对这位昔日的"王婶"充满敬佩，故在她充满人情味的关照感染下，竟使得四座弥漫着一种浓浓的家庭氛围。尤其是芒哥喇高兴得更有些反常，一见这三位昔日的皇子傻呵呵的似怎么也亲热不够。玉龙答失一想起他小时候那憨态可掬的模样，竟也一再拥其泣曰："就是为了芒哥喇，吾等也早当应该投奔汗叔了！"只不该这傻小子又出怪招，突然又招呼自己那条憨狗也要和三位"好哥哥"亲热亲热。说来也怪，那憨狗对玉龙答失和阿速台均颇为友好，一边摇尾巴还一边舔他们的手。不料唯对昔里吉却狂吠不已，甚至还恶狠狠地扑上去咬了人家的拇指。众人大骇，忽必烈当即怒令将这傻人憨狗逐出后宫。又多亏了察苾善于用浓浓的亲情加以弥补，才使家宴又得以其乐融融地进行。

但从此这三位皇子就开始分道扬镳了……

至此，远在伊犁河谷的阿里不哥已日渐成为"孤家寡人"，只剩下了孛罗欢、阿里察、脱火思等一些"绝无退路"的顽固分子死忠于他。表面看来，忽必烈潇洒于中原并未派兵去"赶尽杀绝"。其实不然，他早密令小哈敦之兄阿古拉潜往撒麻耳干，暗中相助察合台封国之主阿鲁忽"重整旗鼓，收复失地"。但他又不愿落下

【第十二章　内蒙外汉，曲折走向大元王朝】

"叛兄杀弟"的坏名声，为此又通过小哈敦向阿古拉发布旨令"只逼不打"。目的只有一个：迫使阿里不哥主动前来投降，以向天下诏示自己汗位的正统性与合法性。而这位年轻的将领也开始"恃功自傲"了，闻听"只逼不打"竟又一次上书提出自己的看法，奏章上书："茫茫草原并不反大汗，乃仅反汉地汉法。若暂止'内蒙外汉'而行'重蒙抑汉'之策，阿里不哥无须'逼'即可乖乖归降！"民族自豪感跃然纸上，而忽必烈却因正在受困竟也决定"不妨一试"……也可算是另类"英明决策"。果然阿里不哥在三位皇子走后仅一个月就再支撑不下去了。先是将阿鲁忽的妃子送还以求和解，谁料人家就是不答应还开始了兵强马壮的步步逼近。众叛亲离，腹背受敌，粮秣断绝，人心惶惶，日渐孤立，已明显无力自存了。

但更可怕的还在于，汉地中原传来的那些信息……

阿里不哥并不知道忽必烈在李璮之乱后受刺激之深，更不知早已对汉儒官僚士大夫"已由充分信任转向多疑而严加戒备防范"（元史学家李治安语）了。只知道忽必烈一改往日之"儒风"，竟首先在内部宣称蒙古人为"国族"，进而在汉地下令"禁民间私藏军器"，并且重新调整中书内阁的民族比例，开始在十路宣抚使中裁减汉臣而大量重用蒙古人和色目人。种种迹象表明，他正动手将蒙古人逐步抬向了"统治阶层"的地位，其所作所为似乎与其汗兄蒙哥大汗相比也毫不逊色。阿里不哥不知个中缘由，还以为这只不过是玩汉儒玩腻了。却谁料这些消息一经传入军中似比千军万马来袭还令人可怕，骁勇中竟有人敢于公然高呼："忽必烈当为大汗！忽必烈当为大汗！"

去者更众，孤立无助，似只剩下归降一条路……

最终，1264年7月，阿里不哥走投无路似也只能带着一批残兵败将，前来新都开平向兄长忽必烈低头认输了。兄弟二人均心态特别复杂，有怨有恨，还有难以割断的血缘亲情。起先，忽必烈降旨聚集了众多的军队排列成威严无比的阵容，并传令阿里不哥按照草原"有罪人请罪"的祖俗，必须披大帐毡帘方能入内觐见。而且只允许他站在"必阇赤"侍从的位置，以示其地位已不可与往昔同日而语。其屈辱之状可想而知，似乎就连忽必烈也渐渐于心不忍了。这时多亏了东道宗王塔察儿善

一统华夏——忽必烈大帝之文韬武略

于察言观色出面说情,忽必烈这才趁机批准其与宗王们同坐于一起宴饮。然宗王贵胄哪有心思纵酒宴乐,均默默注视着这对曾为汗位同室操戈的亲兄弟。而忽必烈这时似也只顾凝视着阿里不哥,任往事一页页重新在心头掀起:父亲的猝死,母亲的遗嘱,曾有过的共经患难,为汗位的反目成仇……但幼弟毕竟是幼弟、亲情毕竟是亲情,为此忽必烈竟罕见难过地流下了眼泪。只见阿里不哥也是"一触即发",顿时也泪流满面。忽必烈擦去泪水,强忍悲痛打破沉默问:"我亲爱的兄弟!在这场纷争中谁对了呢?是我们还是你们呢?"阿里不哥眼泪未干却这样回答:"当时是我们,现在是你们。"(以上对话与情节均源自《史集》)似有些顽固不化,但细思量其中尚且能保留有几分蒙古男子汉的率真与刚强。难怪忽必烈只能叹息道:"还是个不懂事的孩子啊!"

话中有话,似已对阿里不哥的处理定好了基调……

果然,在随后的"忽里台"贵族大会的议处中,宗王贵胄们一致决定:"鉴于都是圣祖成吉思汗的子孙,宽恕阿里不哥,赐他以自由。"忽必烈十分满意,当即表示"尊重"。然怒火仍需发泄,随之便降旨质问那些受审的"叛乱的调唆者"曰:"蒙哥大汗在世时,当时的异密们甚至连想也没有想过违抗他,也不曾有过大的叛乱。人们知道,只要他们稍想有所反抗,就会受到怎样的惩处。你们引起了这一切纠纷,在一切人中散布了这样的骚动和叛乱,毁灭了这么多宗王、异密和军队,你们该当何罪?"没有一句汉儒们的之乎者也,无论是对阿里不哥或"调唆者"的处理均为典型的蒙古式的。言外之意尚对某些桀骜不驯的宗亲有"敲山震虎"之意,但只可惜阿里不哥可数之从众竟有千人之多。多亏了昔日的小安童现已快十八岁了,早已成为忽必烈身旁有胆有识的四大"怯薛台"之一,见忽必烈"生杀未断"即进谏曰:"人各为其主尔!陛下刚刚平定了这场皇室大乱,便要以私憾杀人,今后何以用广阔的胸怀再容纳未归附者?"似又深带儒家的味道,但却又使忽必烈"恍然大悟"。遂赦免其中绝大多数,仅将孛罗欢、阿里察、脱火思、秃满等十位"首恶者"处死。(用语及情节均取自于《史集》)影响与效果均极佳,致使这位现在已可"唯我独尊"的大汗又常常垂询于诸儒与汉臣之间。

第十二章　内蒙外汉，曲折走向大元王朝

似反复无常，却又受益匪浅……

比如，他对阿里不哥的处理曾通告过几大超级封王，如伊利汗国的旭烈兀、钦察汗国的别儿哥、察合台汗国的阿鲁忽等。谁料各大封王均无异议，唯独自己的亲兄弟旭烈兀竟专门遣使前来进行质问，并毫不客气地公然指责：让阿里不哥披门帘入见的做法，令宗亲蒙受耻辱！此事若放在重新垂询诸儒之前，他这位已成为全蒙古唯一公认的大汗必然震怒。而现在他却能以中原历代杰出的君王为鉴，竟有容乃大地"欣然接受"，并主动"承认自己做得有失礼节"。（详见《史集》）这种儒家"仁者知礼"的做法在各大封国产生了颇为深远的影响，旭烈兀及其子孙均更加臣服于后来的大元王朝。"伊利"突厥语即"从属"之意，他们一直将忽必烈尊奉为"薛禅合罕"，避用汉称"皇帝"，意为"集大智慧之大汗"。（详见《元史》）

而阿里不哥的命运就稍显悲惨了……

忽必烈大度地赐还给他"自由"，并保证了他的子女和整个家族仍继续享有黄金家族的一切特权。如果他能像三国时刘禅那样"乐不思蜀"，或者在美女与美酒之种种高规格待遇中"尽享天年"就好了。只可惜在本质上他尚属那种蒙古族的血性男儿，愤懑和幽恨最终导致了他"天不假年"。史书上记载得极为简单，只言其"第二年秋，阿里不哥便患病死去了"。也有外国史学家为其"打抱不平"，比如大元后期之埃及马木路克史学家乌马里在记录元朝的帝王系列时，就大有深意地将阿里不哥排在蒙哥与忽必烈之间，也称之为皇帝（大汗）。

史笔也颇可怕，但这仅仅只是后话……

再说回眼前，阿里不哥率残部之归降，显然使忽必烈喜不自禁。也难怪！他毕竟发祥于蒙古广袤无垠的草原，承袭的是圣祖成吉思汗的丰功伟业。而他欲做"天可汗"兼"大皇帝"的宏愿，当务之急便是尽快结束这种"两汗对峙"的局面。而现在好了！幼弟阿里不哥终于彻底认输了，连续四年"同室操戈"的战争也终于结束了。大蒙古汗国首先又重新归于大一统，万方来朝也只能唯尊他这位天可汗了。

数不尽的庆功盛宴，听不完的歌功颂德……

再加上那美艳绝伦的小哈敦也应诏回来了，还抱回个健壮敦实的小皇子。不是凯旋，胜似凯旋。她在茫茫草原上初显的干练和才华，起码在"唯我独尊"的大汗的心目中还是有数的。难怪刚回到新都开平，其兄阿古拉便被赐予一处豪华的府邸，而且还是身居高位的阿合马亲自指点为其装修的……

人们又纷纷改为前去拜访年轻的国舅爷了，致使察苾又变得徒有大哈敦之名而"后宫冷落车马稀"了。

历代同样的故事知多少？众儒们似也只能为她纷纷叹息。

但察苾却显得那么自觉，似很满足有那憨儿子和憨狗永在身边。好像是正恰得时机，她要为他补足母爱。

却谁料，这一夜忽必烈竟又意外地匆匆赶来了。

看来他绝不是个只沉湎于女色的君王。

仍在思大有为于天下……

六

原因很简单，他取得了决定性的胜利，但也面临着更大的压力。

日思夜想的小哈敦是回来了，但随着她带回的激情似乎也带回了那遥远草原诸多古老的梦。眷恋昔日辉煌的宗亲贵胄又重新会聚在这对兄妹的周围，致使那条中统建元开辟的路又在眼前变得迷茫了。压力是如此之大，诱惑也是如此之大。

荒野在呼唤，蒙古臣将、骁勇也均蠢蠢欲动了……

而忽必烈所追求的又绝不仅仅是就此而已的"北国风光"，虽已年满五十却仍在圆着那"天可汗"兼"大皇帝"之梦。他深知，在此之前尚没有任何一位异族君王统一过华夏大地。无论是强大的匈奴、鲜卑、突厥，还是辽之契丹、金之女真等，均未能雄踞天下称帝于长江南北。而正因如此，这才是圣祖子孙成就雄心壮志难得的好机遇，况且自己已为它苦心经营了几乎大半生了。圣祖成吉思汗"入继华

【第十二章 内蒙外汉，曲折走向大元王朝】

夏大统"的宏伟遗愿从未敢忘记，只不过现在已用"天可汗"兼"大皇帝"代替了。而现在草原的吸引力是如此之大，难道圣祖对自己的预言"其灿烂将如我在世之日"到此就算实现了吗？心态复杂，忽必烈正是这样步入后宫的。

本来，在久别新欢时是暂可抛开这一切的……

但没想到，小哈敦在把娇柔美好的身躯投入自己大汗的怀抱时，除了吻不尽那宽阔剽悍的胸膛，还多了好些发自内心的感慨。她挽着他的脖子，喃喃絮语道："大汗！能赐予每个女人幸福的大汗！现在阿里不哥已经彻底降服了，普天下无不沐浴着您的光芒！是到汗都迁回哈尔和林的时候了，在那里您不但可以高高在上接受万方朝拜，而且那里还有着撒满鲜花的草原和那马背上的歌。您是大蒙古汗国的共主，该把这些狡猾汉人住的地方分给宗王们严加看管……"或许这算不得是什么政见，或许这也不是有什么图谋，充其量也只能算作一种居功归来后的卖弄。只见忽必烈蓦地抽身而起，突然便起身披衣匆匆而去。大有当年其兄蒙哥大汗之遗风，丢下个赤裸裸的小哈敦顿时惊慌失措地只顾哭泣着。没错儿！她是不明白个中缘由，但忽必烈却确确实实被触怒了。因为在自己做出诸如立国族、裁汉臣、大批重用蒙古人和色目人等让步后，还有一些宗亲贵胄也试图把自己重新逼回哈尔和林。小哈敦与他们如出一辙，竟想借枕旁风使自己"前功尽弃"重归老路。天可汗乎？大皇帝乎？还是二者兼得乎？

忽必烈竟不知不觉间下意识地走进了察苾的宫帐……

或许这也是必然的，但察苾却深感意外。因为她对圣人所提"三十而立、四十不惑、五十而知天命"等深信不疑，故已近"不惑之年"早知"争宠"乃有失自尊之举。而今夜忽必烈竟舍久别的小哈敦而来，必然是受了什么刺激到此来消除心头块垒的。但大出所料，忽必烈似乎并不急于倾诉，而是和那傻呵呵地守在母亲身边的芒哥喇说上了话，颇为慈爱地问其曰："皇儿，为何成日间只牵着条憨狗？"谁料傻小子竟答："启禀父皇！皆因其傻头傻脑尚可突显皇儿之聪明！"忽必烈笑曰："皇儿并不愚鲁，父皇当赐汝一条巨獒以衬我儿乃蒙古巴突鲁（即英雄）！"芒哥喇竟忙制止道："不可！不可！皇儿之憨狗虽傻之又傻，却忠之又忠！可代儿

一统华夏——忽必烈大帝之文韬武略

窃宝,可代儿叼物,可伴儿游乐,尚可为儿扑咬昔里吉王兄之手指。皇儿不愿做巴突鲁,皇儿只愿与'狗同知'为伍!"说毕便急唤"狗大人快走"。忽必烈似也只能摇头,谁料傻小子临别竟还留下一句话:"李槃师傅为儿讲古曰:齐桓公尚知善善恶恶、忠奸兼而用之,皇儿对这条憨狗当然也不能'狡兔尽、走狗烹'了!"忽必烈望其走出门外之背影,竟突然爽朗大笑曰:"难怪汗兄当年称之为开心果、顺心丸,朕已茅塞半开矣!"

当然还剩下一半,是留给察苾的……

而此时察苾也似乎正在为这个傻儿子之出言感到惊诧。是谁教给他的?仿佛不仅仅是在针对父亲,好像句句也在针对母亲。是经高人指点,还是鬼使神差?但这个胖乎乎似放大了的婴儿总是不乏这种惊人之举。而在此时,忽必烈为"茅塞半开"也彻底道出了自己的心病。察苾闻之当即惊劝曰:"还都哈尔和林?臣妾以为万万不可!草原母地自古即有民谚:看准方向撒缰的骏马,是九十九头牦牛也拉不回头的!今圣上内忧外患业已尽除,正乃大展宏图施展抱负之天赐良机,又焉能因宗亲贵胄鼠目寸光之营营扰扰而裹足不前?依臣妾所见,忘却圣祖成吉思汗之遗愿即难成'天可汗',没有一统长江南北则更难称'大皇帝'。圣上当继续建年号、定都邑、设中枢、置行省、制朝仪,更进而新立国号,以跻身于秦皇、汉武、唐宗、宋祖等历代圣君之列。此时退一步,则今后步步必退!若还都哈尔和林,今后我蒙古人岂能再出唐王李世民?"果然忽必烈听后好似茅塞顿开哈哈大笑了,只不该语出却颇为惊人曰:"人言朕有'后党',或言尚有'妃党',今又得皇儿'善善恶恶'之说,朕已知当如何掌控天下事矣!卿当放心,朕当永记重农桑乃儒家之本,也不会妄杀追随朕多年的文臣儒将之一人!"仅此而已,说毕竟也匆匆离察苾而去。据说,这一夜再没沾女人的边儿,而是召状元公王鹗于御书房通宵达旦议论《中庸》。

察苾知道,今后应更加注意摆正自己的位置了……

正如元史专家李治安所说,忽必烈从此义无反顾地走上了一条缔造蒙汉政治文化二元结构的道路。目的是创建一个与大蒙古汗国和汉地历代王朝均有传承联系的

【第十二章　内蒙外汉，曲折走向大元王朝】

全新帝国。然而这条道路却是十分艰难和曲折的，将面临许多困扰和挑战。谁曾想到这位一统草原的大汗还是说变就变，顿时又抛弃了"重蒙抑汉"而又重提"崇儒敬贤"。

令人眼花缭乱！但忽必烈却仍在"目空一切"地推行着……

首先，他又在建年号和改国号上大做文章，因为他深知此乃"吸收汉地文化，改变其政权形式与内涵的两个重要步骤"（李治安语）。为此，他不仅在1260年在开平称汗时即建年号"中统"（意即"中华开统"），而且在阿里不哥彻底败降之后，又于1264年依汉制进而将年号改为"至元"（取儒家经典《易经》"至哉坤元"之义）。已暗伏隐笔，为将来将国号改称为"大元"奠定了基础。

所幸酒宴之余，宗亲贵胄们对此尚很朦胧……

随之，为实现其天下大一统的雄心壮志，他竟不惜对传统的草原中心主义部分背叛。不仅未受小哈敦的诱惑还都哈尔和林，反而将政权的统治重心步步移向漠南汉地。据史载，1263年，已将其登基之地开平定名为"上都"，1264年8月，更进而颁《建国都诏》将燕京定为"中都"，后更定名为"大都"。而窝阔台大汗所建的草原都城哈尔和林则被逐渐废弃，改立宣抚司加以管理。（详见《元史·世祖本纪》等）这竟被视为小哈敦失宠的先兆，致使圆梦草原的宗亲贵胄们开始手足失措了。

就连诸儒们也长舒一口气，似重新看到了盼头……

稍后，更为在漠北草原及漠南汉地树立新皇的"绝对权威"，又汲取中原历代帝王之经验开始"立朝仪"。怪只怪过去散漫而又不懂规矩惯了，凡遇到节庆朝贺之时，大小官员，不分贵贱，均聚集于忽必烈帐前，熙熙攘攘，一片混乱。执法官嫌人员过多，甚至挥杖敲打驱赶。"逐去复来，顷刻数次。"（详见《元史·礼乐志一》）成何体统？有碍大雅！置帝王至高无上的威严而不顾，再何谈君临华夏号令于万方？遂在改年号为"至元"不久，便任命大儒刘秉忠和许衡主持"立朝仪"，从议者竟有名儒赵秉温等十余人。这回好了！儒臣可算有事可干了，而蒙古臣将、骁勇却觉得"自由奔放的好日子"就要到头了。

随之,更有"后党"得势之说……

紧接着便是为"鼎新改故,务一万方",雷厉风行地对政权机构继续进行组建。大胆采用"历代遗制,内而省部,外设监司"(详见《牧庵集》卷十五),结束了草原汗国时期杂乱无章的局面。所谓"省部",即中书省(即内阁)及其下属的左三部和右三部。所谓"监司",具体指对地方之十路宣抚司和宣慰司。前面已说过,在忽必烈北伐阿里不哥期间,由察苾代为主持下"内而省部,外设监司"已初具规模,只因李璮叛乱十路宣抚司才暂时撤销。而现在忽必烈似更对宗亲贵胄们的"怨声载道"置若罔闻,除上述职权机构坚持不改外还设置了枢密院,以"掌管天下兵甲机密之务,与中书省分领行政与军事大权"。此外还设置了御史台,为中央的最高监察机构。从此,行政、军事、监察三大权力机构俱在中央,互不隶属,只听命于皇帝一人。当然联系三方还需右丞相出面,故中书省似仍略高于后二者之上。天哪!原来大汗和皇帝的差距竟这么大,权力尽在其手,宗亲贵胄们再难自行其是了。

唯有群儒们却在为自己明主的大智大勇弹冠相庆……

但可悲的是,他们只见白天接受朝贺时,忽必烈身旁陪同的永远是察苾(即使在"立朝仪"后此点仍尊蒙古风俗,帝后一起接受跪拜),而却不知每到夜晚这位皇帝还是离不开小哈敦那温柔娇美的身体,从未间断过,致使"六宫粉黛无颜色"。而这位小哈敦的乖巧也正表现于此,再不急于干预朝政似准备永远这样默默无闻了。但正因为如此,她那颇自尊的兄长阿古拉却越来越受到忽必烈的重用,竟由四大"怯薛台"之一渐成为圣上的私密顾问。唯有红得发紫的阿合马窥视出其中的奥妙,竟四处暗中放言曰:"吾原本也是许其部族的家臣,后来才被转到弘吉拉部族为奴。"意思是说他也是小哈敦之人,而在大哈敦的部落他得到的却是歧视。由此可见,忽必烈在操控女人方面也绝对可称得起男子汉。在得到傻儿子"善善恶恶"的真经后,果然将两个颇有政治头脑的女人竟调配得如此尽职尽能而又服服帖帖。只可惜另外两位哈敦似被遗忘了:伯要·兀真与塔腊海。

汉儒们并不知道这一切,他们最忌讳窥视宫闱……

【第十二章 内蒙外汉，曲折走向大元王朝】

但正当这位大智大勇的君王大力"鼎新改故"时，却又多次遇到了来自草原蒙地的强大阻力。守旧之宗王贵族均认为这是背叛了老祖宗，采用中原汉法更是"大逆不道"。与蒙古旧制大相径庭，必须群起而抗议。遂他们怀着强烈不满纷纷遣使入朝，当面指责忽必烈曰："本朝旧俗与汉法异，今留汉地，建都邑城郭，仪文制度，遵用汉法，其故何如？"言下之意，似在问这还算不算蒙古人了。（详见《元史·世祖本纪》）忽必烈倒也豁达大度，不为所动。但却偏偏要让汉臣儒僚们尽知此事，并曰："国朝初立，朕尽纳汝等所议。而今宗亲不满，朕当如何处之？"姚枢智慧超凡，早知其用意，故挺身而代群儒应道："圣上早胸有成竹，臣等皆乐观其成！"这等于是在说，只要圣上你能成大气候，我们这些汉臣们受点委屈并不算什么。

忽必烈笑曰："儒家学说果然博大精深！"

随之，这位蒙古君王玩汉法玩够了，即带小哈敦于上都郊外游猎以思考如何安抚蒙古臣众之心。随从者大多是蒙古臣将，而阿古拉即是其中最出众的年轻将领。万马奔腾！忽必烈望之随即便想到：当借此庄严地向他们宣示自己首先是全蒙古至高无上的大汗，也长着一颗骄傲的蒙古心。权术即驾驭平衡之术，现当用铁的事实向蒙古臣众再现自己草原般的豪迈胸怀。其间，小哈敦又有惊人之举，竟专门特邀忽必烈最疼爱的二皇子那木罕。也难怪！此前忽必烈在小哈敦寝宫进餐，曾带小儿子于身旁同往过。爱子之情溢于言表，小哈敦焉能不知？而这小子时年已经十四五岁了，若按祖俗将是未来帝位的不二人选。天生虎虎有生气，弓马娴熟早不在话下。在三位嫡出的皇子中，比起真金的"儒雅"、芒哥喇的"憨傻"，他在蒙古臣将的心目中似更像是块天生当大汗的材料。此举当即引起了窦默与许衡等的高度警惕，但只可惜察苾正受圣命完成一项对皇室极为重要的任务：为皇长子燕王真金选妃！

圣命难违，甄选复杂，而且尚需深入草原细致访查……

由此看来，忽必烈不仅仅是位伟大的杂耍家，而且是一位杰出的平衡术大师。在上都近郊碧野百里的御用猎苑里，转眼间便尽显马背大汗的特有雄姿。而那娇美的小哈敦也骤然野性勃发,与小皇子那木罕并驾齐驱似只顾"弯弓射大雕"了。剽悍的骁勇随从更是你追我逐,恍然间尽将昔日圣祖游猎的画卷似又全景展现在汉地,重又激发起强烈的民族自豪感,四野又均回荡起向大汗的狂热欢呼:满达图改!满达图改!忽必烈看着嫡幼子那木罕那马上娴熟的功夫,竟由不得当众起立为其击掌叫好。只可惜他似已忘了哲人留下的那句话:当一个家族牢牢掌握权力后,这个家族的分裂也势必难免了……智者千虑,必有一失!

而忽必烈其时似只顾接受狂热的欢呼了……

是夜,在皇帐里与小哈敦饮宴时召阿古拉入,赐其座而问曰:"今日游猎有何感触?"阿古拉仍恭立应答道:"唯觉身为蒙古人之骄傲!"忽必烈喜曰:"此即对矣!蒙古铁骑未必不用汉地汉马,关键是看谁来驱使;汉地马厩也未必不能养草原名驹,关键是看谁来掌控。汉地、汉法、汉人均莫不过如此,只可叹有些宗亲鼠目寸光却也配为此大惊小怪。老祖宗有言:雄鹰飞得再高,影子还在地上。这些脑满肠肥的蠢人,竟敢对朕之'鼎新改故'视而不见口出狂言。"阿古拉当即跪应道:"末将愿代大汗前往逐个申斥,以张示我主之高瞻远瞩!"忽必烈曰:"此即朕意!然申斥未必,唯将老祖宗话留之即可:雄鹰飞得再高,影子还在地上。让这些土拨鼠拭目以待!"夜,更深了!小哈敦终于得以又钻入忽必烈的怀抱,她说:"我明白了!大汗的温暖心窝就是我的故乡,大汗宽展的胸膛就是我最辽阔的草原。"第二天,阿古拉作为钦差赴各封国去做解释工作。临别时,忽必烈特命小皇子那木罕为其送行。

拭目以待?并一再突显那木罕,已开始令人若有所思……

游猎,突显皇幼子!汉地的蒙古臣将在旷野的大聚会后很快便将此颇令人深思的信息传回到了草原母地。越传便越有鼻子有眼,足令宗亲贵胄已浮想联翩又恍若重归过去。但忽必烈却像玩弄汉法时一样,一玩上了瘾似的就收不住手。拭目以待?为的就是让脑满肠肥的宗亲贵胄们看够了他的驾驭术。首先,在"国族"的基础上,已按征服的顺序初步将民众分四等:一等为蒙古人,又称"国人"或"自家骨肉",享有诸多特权;二等为色目人,为来自西域或更远的"各色名目之人",

【第十二章 内蒙外汉，曲折走向大元王朝】

因其追随圣祖西征较早，故被"高看一眼"；三等为汉人，指原辽金及云贵川康早被征服了的汉族，以及汉化了的契丹、女金等族之众；四等为南人，系指新占或尚未占领南宋所辖的黎民百姓直至皇亲国戚。典型的民族压迫，赤裸裸的种族歧视！当然"严禁民间私藏军器"也是为此而来的，到后来竟发展到强制拘收汉人的铁尺、手挝等铁器，甚至严禁汉人猎户狩猎。（当然不是为了生态平衡。详见《元典章·兵部二》等）

李瑄之乱后隐没下的猜忌与怨愤也同时得以释放……

随之，便有令脑满肠肥的宗亲贵胄更兴奋之举出现了：虽按汉地汉法搭起了一处处"马厩"，但里面的一匹匹"汉马"却换成了"蒙古马"。有史可查，1265年8月，忽必烈即将"原任中书省诸宰皆罢"，改为以蒙古族为主重新安排：安童与伯颜为右丞相与左丞相。（直至1267年，因政治需要又以史天泽代伯颜为左丞相）以下平章事，蒙古人、汉人各一；右丞和左丞，蒙古人、色目人各一；参知政事，色目人、汉人各一。蒙古人以右为大，这已可看出忽必烈之蓄意所谋：依靠蒙古人，借重色目人，压抑或牵制汉人。更有甚者，对基层各路、府、州、县也莫不如此，等再次设立十路宣慰使时，已和上次绝对今非昔比了。上次是不论民族选贤任能，而此次绝对是以蒙古人和色目人为主，共为九人，而且汉人大多为副。但并不到此而止，忽必烈还更有令宗亲贵胄放心的手段，1265年他又特意下诏规定："以蒙古人充各路达鲁花赤，汉人充总管，回回人充同知，永为定制！"（详见《元史·世祖本纪》）"达鲁花赤"：有的译为"镇守使"，有的译为"监临官"或"宣差"，在地方机构中地位最高，却又往往不管具体事务。真令后人惊叹，忽必烈在七百多年前就知为"国族"专设此种职务。似也形成：统领大元王朝的核心力量是"国族"，指点大元王朝的行为准则是"儒学汉法"。和而不同，安蒙抚汉，一切均可为实现圣祖遗愿"入继华夏大统"颠三倒四反复应用。有了权也就掌握了真理。若不为何称帝王之语为"金口玉言"。还应再次指出，"达鲁花赤"和前面所提到的"扎鲁忽赤"完全是两个不同的概念，两个不同类型的官职。"扎鲁忽赤"乃"大断事官"，而"达鲁花赤"是地方军政的真正首脑。由此可见，李瑄之乱给忽必烈刺激之深，故从此之后曾助他开国之真儒汉臣如王鹗、姚枢、刘秉忠、廉希宪、赵良弼等便渐渐淡出历史舞台了。尚且给和尚刘秉忠留下喜剧的结尾。

但终于消除了宗亲贵胄心头的块垒，杂音少了……

汉臣儒僚总算又把大哈敦察苾盼回来了，但皇子燕王真金的成婚大典也将严格地依蒙古祖制举行了。一切均在天可汗兼大皇帝的运筹帷幄之中，根本不容他人置喙。汉儒们从选妃开始似已经和自己的主心骨隔绝了，只不过他们绝没料想到这个过程会如此漫长和复杂。原来，争着想把女儿献上参加王妃甄选的草原部落首领极多，但忽必烈为自己选第一个儿媳妇却极为挑剔。"无论面貌、衣服和心灵"（契诃夫语）均要求极严，直至最后才猛地想起自己当年落难在弘吉拉讨马奶喝的情景。察苾也是当时相伴身旁的亲历者，经忽必烈这么一提马上就回想起那个可爱小女孩的名字：阔阔真！她现在已经出嫁了吗？又有什么其他变化吗？于是，忽必烈特"恩准"大哈敦"返乡省亲"，随之察苾就在赵璧率"怯薛"的护卫下重又回到了魂牵梦萦的弘吉拉草原。是那么遥远，却又那么值得。那给她留下深刻印象的可爱而又懂事的小女孩不但未嫁，而且成长得更加亭亭玉立、光彩照人，两个笑靥中溢满了青春的活力，明眸低垂又显得那么懂事而知礼。其实，她的父母事前便知道了什么，还敢再把女儿轻易许人吗？

这就是帝王之权术，"后党"渐渐解体了……

充分掌握女人的心态，又不忘"唯卿妻也"的承诺。既避免了汉儒围之四周营营扰扰，又可以使她体面地退出历史舞台。毕竟同甘共苦地厮守大半生了，今后就让她歇口气，雍容华贵地只等着抱孙子吧！从此自己将独掌大权驾驭万方，不忘其反复所嘱已算尽到夫妻情分了。而凭察苾的超常智慧她又焉能不了解？深知即使自己勉强介入也无力回天了。

更何况，她的血脉里也流淌着蒙古人的血……

皇长子的婚礼依蒙古风俗举行得异常豪华隆重，可以说整个大蒙古汗国都为之轰动了。大大小小封国的合罕和贵胄均纷纷赶来了，万方来贺仿佛也是在为忽必烈重新补办一个登基大典。很显然这早已在预想方案之中，宣布实施一系列有关

【第十二章 内蒙外汉,曲折走向大元王朝】

"国族"之策要的就是今日的万方齐颂。而婚礼的总提调却是由小哈敦之兄阿古拉担当的,但代父迎接贵宾的皇幼子那木罕一出现便尽夺了他的光彩。好在燕王真金自见到阔阔真之后便两情相悦再顾不得其他了,似也颇心甘情愿地听任父皇的任意摆布。整个婚礼之豪华排场、异域风情,令上都万人空巷,观贺者人潮涌动。皇宫大殿到处张灯结彩,十里长街无不披红挂绿。而更引人眼花缭乱的却是上都郊外猎苑里那围绕在皇帐旁的一座座王帐。金碧辉煌,竞比富丽,更引得城内城外出出进进万人攒动好不热闹。一位老年腐儒竟为此情景有感而发曰:"史无前例!史无前例!"而远道赶来的众多封王宗亲贵族、元老勋将、封疆大吏等人,更是激动不已感慨万端,均争相曰:"眼见为真,耳听为虚!今日方见忽必烈大汗为我'国族'创下如此辉煌!"再看令嫡幼子迎宾,令大哈敦陪见,各类朝贺大臣均依四等级而行,这分明是严遵祖制为蒙古人掌管天下。更何况在婚礼高潮时他还当众宣布:不取消"忽里台"制度,不取消"怯薛"制度,不取消汉地封邑制度,不取消各封国世袭特权……到哪儿再去找这么好的大汗?人家在给自己打天下,而自己只需在草原上坐享其成。再说就连阿里不哥调动所有草原精锐都未能撼动他半分,就凭自己的多嘴多舌又能管个屁用。会咬的狗不叫,再厉害也别学忽都岱大皇后那条藏獒,被刀砍死了才懂得温顺。

由疑到敬,现在更进而感到了畏……

总之,这场经过精心安排的皇室婚礼意蕴深远、意义重大!加之忽必烈一向是刚柔并济的好手,随后竟在漫长的婚礼中反戈一击,依据祖制反而怒斥了一位欺兄霸嫂的东部昏王,交"忽里台"严惩。以了之矛攻了之盾,顿使得嘴尖毛长的宗亲贵胄们知道了"怕"。似乎就从这次婚礼后开始,这些脑满肠肥的大人物似在七百多年前就懂得了:"理解的要执行,不理解的也要执行,唯忽必烈大汗之命是从!"当然,年轻的也不例外。但在随后的婚宴上,忽必烈却又表现得雍容大度。朗朗大笑声中竟下令命皇幼子亲自为每位宗王贵族敬酒,而且特意把色目大臣阿合马唤至众人面前曰:"此乃大哈敦之家奴阿合马!因赛典赤·赡思丁调往川陕主持大政,现朕已将阿合马升任为主管财赋之中枢平章政事。大哈敦之家奴即宗王们之家奴，今后有事尽可找其伺候！"此招不可谓不绝，一石多鸟，致使察苾在一片感恩声中似也只能苦笑。唯有一直傻呵呵的二皇子芒哥喇，此刻却及时赏给了自己那条从不离左右的憨狗一根肉骨头。

一桩皇家美满的姻缘终于完成了⋯⋯

忽必烈面对蒙古臣将、宗室贵胄玩的这套蒙式杂耍，也终于在众人眼花缭乱心生敬畏中暂告一段落了。真可谓皆大欢喜，就连三个皇嫡子似乎均个个喜不自禁。大皇子得了个冠绝草原的王妃，早只顾卿卿我我乐享新婚宴尔了；小皇子连日里出尽了风头，这小子更心满意足地只顾进而娴熟弓马了；唯有二皇子似还有额外要求，但一答应将其憨狗也加封为"狗平章"也就成天乐乐呵呵了。唯有一点令这位父汗有所疑虑，即三皇子和阿古拉日渐亲密，竟常常出入小哈敦的宫闱却和自己的母亲日渐疏远了。但察苾似乎倒无所谓，好像现在更注重替自己关心另两位久被冷落的哈敦——伯要·兀真和塔腊海去了。看来她还是理解自己那日当众宣称阿合马是其家奴之事，尚知意在突显其大哈敦之地位以服蒙古臣众之心。

齐家，方能治国平天下！还是儒家之道博大精深啊⋯⋯

随之，忽必烈竟又像把蒙古法规、风俗也玩腻了，这一天当新婚夫妇前来晨省谢恩时竟大发感慨曰："真金既为燕王，尔夫妇当早归燕京主政为好！阔阔真尤应牢记，我祖制祖法虽不能忘，然如垂垂老翁已不足以治天下。尊之即可，汉地还是以汉法为上，其中尤以圣人之道博大精深！汝今后也当拜窦默为师，应时刻不忘提醒真金远小人近君子而勤于施政！"阔阔真俯首跪领，后果成大元王朝又一代贤后。（详见《元史·后妃传》）忽必烈所言与其近日所为似乎颇为矛盾——

其实不然，学问尽在其中⋯⋯

这正反映了他在威慑住守旧的蒙古宗王后又欲征服汉地人心了。首先，将在中原建都邑由诏旨进而变为行动。其时，忽必烈已接受"灌顶"也成了虔诚的藏传佛教徒，遂请"国师"八思巴议及此事。圣僧即答："欲将燕京建为大都，此乃镇国之上上策，应当早日为之！吾已代大皇帝祈问佛祖，示曰：刘秉忠与张柔心皆不纯当可为之！"似很矛盾，但忽必烈却心领神会。查《元史》可见，至此因推荐王文

【第十二章 内蒙外汉，曲折走向大元王朝】

统人人皆受审查，唯大力推荐者刘秉忠却像"漏网之鱼"。而张柔却在罢黜世侯中老奸巨猾推推诿诿，现今也似应该给他找个"有力可以使"的地方了。当然忽必烈为报国师指点之恩尚有发挥，故这才有了与察苾这段对话。忽必烈曰："曾记否？当年于吉里吉斯朕与卿有关和尚之言乎？"察苾答："不曾忘！圣上曾戏言：如此大才，将来必令其还俗！"忽必烈曰："君无戏言！岂容其再用袈裟遮掩？朕将命其还俗并赐婚于他！"察苾稍有怪怨："还因王文统？"忽必烈慨然而答："知朕者卿也！"遂当即召见刘秉忠，只没想到这和尚竟光头僧服却十字披红前来觐见帝后于大安殿，伏地便山呼万岁谢恩曰："和尚应诏而来叩谢我主之皇恩浩荡，不然太平盛世小和尚再从何处而来？唯不知拙荆是谁？还盼我主示知！"忽必烈早对其之种种怪行见怪不怪，便哈哈大笑曰："即窦默之女也！一个书香门第，一个和尚世家倒也门当户对！即由大哈敦代朕主婚，事后朕当另有重用！"（详见《元史·刘秉忠传》）

但在群儒眼中，却又被视之为皇上对汉臣的眷顾……

再加上后又闻听，刘秉忠被赐婚后即被授命于重建大都，以彰显圣上坐镇汉地推行汉法一统天下之恢宏壮志。群儒汉臣们均为之惊叹不已，转眼间一位野性勃勃的漠北大汗又变成一位道貌岸然的中原大皇帝。这里还必须补上一笔，在这以前并无"刘秉忠"此名，此乃其还俗成亲后忽必烈钦赐的。（书中开始就用刘秉忠之名，乃因为避免难与史书对照，前后引起混乱，其原名为刘侃）听听，秉忠！多么符合孔孟之道，皇上钦赐又是多么高的奖赏啊！难怪诸儒汉臣闻之莫不为和尚感激涕零，均纷纷效法以博取身前就能有此儒家最高荣誉。随后，丁1266年，刘秉忠作为大都的主要设计者，率领另一名儒赵秉温等亲往燕京附近选择建筑方位和绘制城郭经纬。据说是根据《易经》八卦而来，其中轴线竟和上都开平的中轴线虽关山阻隔却可笔直对应不差多少。而负责监督施工的当然是圣僧所指之原汉世侯张柔及张弘范父子，这也算"有力可使"了。似怕刘秉忠难以驾驭，忽必烈又派来"行工部尚书"段桢前来协助。大都，突厥语又称"汗八里"，意为"汗都"，似乎对蒙古宗亲也可交代。因其"右拥太行，左注沧海，抚中原，镇南面，枕居庸，奠朔方"

（详见《南村辍耕录·宫阙制度》），故不仅可看出忽必烈对汉臣汉地之怀柔，也确实展现了他雄才大略气度恢宏之另一面。

儒臣们一看到希望，便又犯老毛病：得寸进尺……

许衡、窦默等老夫子即为代表，常以圣人之道"教化天下"为己任。见忽必烈开恩又给了汉人汉臣几分颜色，竟又想入非非地欲求汉武时的"罢黜百家，独尊儒术"了。

察苾闻之，又开始为这些老学究这些不合时宜之举焦虑了。

要知道，此时的忽必烈在经历既要顽强推行汉地汉法，又要智取蒙地蒙心之后，早已心力交瘁需要喘口气好好休息一阵子了。任何人试图要打破这好不容易取得的平衡，那必然是自讨没趣陡生烦恼。

就连伯要·兀真和塔腊海似乎都懂这个……

虽然她们已渐年长色衰，但她们却都懂得依祖制在自己的"斡耳朵"里储备大量的妙龄少女。而且大都是从以盛出美女的弘吉拉部落选来的，果然令忽必烈大为满意而又充分得以放松。和察苾的智慧有无关系已难考证，但从此这二位哈敦在后宫的"斡耳朵"确实不再被冷落了。

而老夫子们却不懂这个，真是又"迂"且"腐"！

再说"燕雀安知鸿鹄之志"有多高远？

但老学究们还是挺身而出了……

七

历史迈着沉重的步伐，一个前无古人的中央王朝即将出现了！

难怪后人有"俱往矣！数风流人物还看今朝！"之感慨，同样在七百多年前忽必烈也壮怀激烈地有着类似的想法。虽"南家思"现尚偏安于长江之南，而他却登高阁凭栏远眺似已见其正在灰飞烟灭矣！

【第十二章　内蒙外汉，曲折走向大元王朝】

问苍茫大地，谁主沉浮？

心事浩茫连广宇，这一天忽必烈久久凭栏远眺后突然放声大笑了。看来早胸有成竹，恰又风和日丽使其心情极好。每逢这时，他的身旁总会相随着前朝的状元公、当今的大儒、觐见的名流以及蒙汉文御用的"必阇赤"（已初具历代史官的味道）。从古到今无不如此，在明君圣主之旁总缺少不了这种种特类的"装饰品"。如华盖宫扇一般，乃盛世之不可或缺之点缀。总之，大皇帝之高兴即众人之万幸，而臣下越大智慧者越往往装拙示愚。

而许衡却偏偏在众人尽欢中又要捅马蜂窝了……

果然不出察苾所料，这位耿直的老夫子竟真的为"圣人之道，孔孟之学"又在鼓与呼了。其实，作为一位来自草原的蒙古族大皇帝，他对儒家学者已算颇为客气了。有史可查，早在1261年8月，忽必烈即采取了"翰林学士承旨"（即翰林院头头）王鹗的建言，已特诏各路设立"提举"为学校官，外选取了老儒王万庆与敬铉等三十余人赴各路担任。并钦命"作成人才，以备选用"，这已意味着地方官办儒学的全面恢复和重建。（详见元代典籍《庙学典礼·设提举学校官》）至于为什么后世又有"九儒十丐"之说，后面将会提到。就在中统建元之始竟能有此作为，也算忽必烈给足儒家面子了。

但老学究们还不知足，竟又敢得寸进尺……

许衡老气横秋地曰："刘秉忠已奉圣上之命，为建大都赴燕京大兴土木。然仅有宫阙殿阁焉能称都？必先有圣贤之学方可称天子足下矣！老臣斗胆建言：当设国子监以显我帝都独尊儒术，以显仁君治理天下！然后再开科取士，广纳天下英才……"身处一旁的窦默、张文谦眼看老头子就要触及"禁区"，忙纷纷跪下打断曰："臣等仅奏请圣上可考虑先设立国子监，以全面尽逞帝都景象！"因为两人深知，在王文统事件之后忽必烈曾愤而言道："有人尚建言朕开科取士，而王文统即前朝经义进士。开科取士能辨忠奸乎？如郝经者历尽磨难其志不改方可称为真儒！"却谁料竟连察苾为许衡的担心似乎也多余了。或许是碰上了今日忽必烈心情特别好，或者是有意要在群臣面前展示从容纳谏之风。但不管怎样，其超凡的政治手腕却在处理此事之时尽显无遗。先是根本无视许衡,而只对窦默与张文谦曰:"二卿奏请,朕准了!即刻于大都先设置'国子学'(国子学与国子监乃两个概念:前者仅为最高学府,后者则为主管全国学政的机构。国子监乃1287年增设的),先行选拔贵胄子弟入学受业!"国子学,相当于国立大学。先行选拔贵胄子弟似已定好基调,当然主要是为"国族"服务的。但正当群臣只顾感佩其处理精妙之时,却只见忽必烈蓦地又出人意料地转向许衡曰:"许公,国之大儒!多有委屈,就请先生出任国子学祭酒(校长)!开科取士尚容朕思量,安邦定国后当为期不远矣!"(详见《元史·世祖本纪》等)

令人惊绝!许衡当即跪地老泪纵横……

古人评《三国演义》时常说:曹操为"奸雄",刘备为"枭雄",唯孙权可称"英雄"。其实不然,古今中外凡成就大气候者,皆可谓"三位一体"。只不过后人又将其美其名曰:或"战略和战术",再或"政策和策略"等。关键在于目的和前提,否则三者极易混淆。忽必烈也不例外,兴趣所致,常有神来之笔。既令群臣大为感叹,事后自己也颇觉得意。

更何况!深宫处后妃们也都在为他争奇斗艳……

一般来说,中原历代帝王均是三宫六院七十二嫔妃三千后宫佳丽。臣子们并不怕自己的君主"博爱",而唯恐其"专宠"。但看来现在尚无这种"后顾之忧",忽必烈似乎在这方面也显示出超人的驾驭和平衡才能。采用汉法,充分利用察苾深谙儒家的"后德"来统领后宫。同时也乐观伯要·兀真及塔腊海之广纳群芳,与小哈敦的一枝独秀竞比高下。只不该"因工作的需要"随后他又先后封了数位皇妃级之哈敦,所幸皇后级大哈敦始终未突破原有的四位(其中一位即早夭的帖木古伦大皇后)。这就很不容易了,在那种特定的历史背景下,忽必烈已突显了一位君王的"节俭"和"圣明"。

神来之笔后,他来到的是莎丽玛的宫里……

这位别具野性魅力的小哈敦还是他的首选,忽必烈特别喜欢嗅吸她身上那永不消退的草原气息。但出人意料的是嫡幼子那木罕也在这里,英姿焕发颇显几分少

【第十二章 内蒙外汉，曲折走向大元王朝】

年英雄豪气。忽必烈已发现这小子自从受小哈敦熏陶后，似乎越来越具有典型的蒙古男子汉气魄。他不仅革盔甲胄渐渐在恢复祖制，就连一举一动好似也处处体现出先祖遗风。忽必烈大感欣慰，遂问之曰："皇儿！今日下诏设国子学事知之乎？"那木罕傲然而答："乃父汗玩弄汉儿于掌心之举！"忽必烈嗔怪其曰："不得放肆！汉地、汉法，尤其是孔孟之道，皆好东西！无其，我何以十余万甲兵令千百万人尽服矣？皇儿将叱咤风云，汉臣不得不防，然汉法则当尽取精髓！"那木罕尚不服，小哈敦早以身示范从旁相劝道："大汗之言，臣妾已从中受益匪浅。殿下当眼望南天，'南家思'之半壁江山尚待尽取中原汉地之鞍马弓矢、粮秣甲胄、人力物力以攻占之！殿下当效大汗之海纳百川，莫学那些脑满肠肥的宗亲贵胄那般鼠目寸光！"小哈敦之话那木罕还真听，竟颇识眼色地谢恩退去了。忽必烈大为高兴，这一夜便留宿于小哈敦宫里，而且骁勇无比，致使小哈敦享受着欢快的蹂躏却连连认输了。忽必烈好不惬意，竟由不得遥想当年初见元勋兀良合台时，因其刚年过五十便觉垂垂老矣！现在自己竟还锐不可当，岂非天意仍在降大任于斯人？这一夜忽必烈睡得特别酣畅，鼾声震动后宫，得意之情由此可见。

其实，小哈敦的初衷仍丝毫无改……

这是一位颇有主见的年轻皇妃。虽曾为自己的轻言妄语遭受过屈辱，也违心地认过错，但心灵深处那种对草原的原始崇拜却从未被遏制。她从小就似乎从成吉思汗身上获得一种启示，竟顽固地认为蒙古人胜利之后，就必须回归草原，如果再不恋母地自己的部落就快算不得蒙古人了。成吉思汗曾如此，后辈儿孙也应代代均遵循。应该说这并不是她的独创，乃为游牧生活所造就并为很多人所崇奉的草原中心主义。国家的概念仍很模糊，草原母地才是他们心中至高无上的！这位遥远部落的少女美绝草原是有名的，同时她那固执己见也是人人皆知的。就连她那对忽必烈的认错，也是因为其兄阿古拉多次劝其"风物长宜放眼量"。这不，她竟对伯要·兀真与塔腊海的"群羊战术"嗤之以鼻，而只顾"一枝独秀"与其兄阿古拉着力培养能在未来彻底扭转乾坤的"接班人"——皇嫡幼子那木罕！因为忽必烈时年已经五十多岁了，这在七百多年前早已可算作垂垂老矣！而且忽必烈本来就很疼爱这位

一统华夏——忽必烈大帝之文韬武略

小皇子,虽然皇长子真金因成年先被封为"燕王",但立储问题并未如群儒所想铁板钉钉了。或许这仅仅是一种策略,因波斯史学家拉施德在《史集》中就有记录:忽必烈"曾无意中说出了由他(那木罕)继承大位,这个热望(一直)都存在他心中"(详见《史集》第二卷三百五十二页)。可见小哈敦和其兄阿古拉的辛苦并未白费,眼看就有希望大获成功。

而此时的察苾似只顾一心辅佐长子真金……

绝无偏爱的问题,只是因为真金第一个成年,第一个被封王,第一个领受父皇之命"守中书令,兼判枢密院事"。虽说有童年的伙伴、已成为中书右丞相的安童辅佐,又娶了美丽贤惠的阔阔真为王妃,但母亲毕竟是母亲,眼见得第一个儿子如此受圣上重用,唯恐其稍有差错,影响自己也影响到两个弟弟的未来。但察苾颇懂得尊重已长大成人的儿子,有什么总是通过真金的老师窦默从旁给予及时提醒与指导。

因为,他正在协助父皇从根本上完成一件大事……

须知,忽必烈在时而大玩汉法、时而大玩蒙制之后,终于渐渐又冷静下来。《元史》载,除在皇长子真金成婚时重申"弘吉拉部生女世为后,生男世尚公主",以示皇室种族永为最纯贵的蒙古人之外,便接受王鹗之提示"水可载舟、亦可覆舟",又继续在"民以食为天"上苦下功夫。责无旁贷,义无反顾,似比历代中原所有的圣主明君都干得还要出色。当然,所有的汉臣儒僚尚不理解一代雄主的深谋远虑,竟一见忽必烈如此重农桑却又个个均只顾烧高香了。

要知道:此即儒家之本,此即行汉法之重中之重……

查遍史书,确未见这位蒙古族大皇帝有过"重游牧"之说,而却见其"严禁蒙古军践踏农田,损害庄稼"之多种诏令。如1262年1月,他就曾下令"禁止诸道戍兵及权势之家放纵牲畜侵害桑枣禾稼"。1263年7月又颁旨"禁止野狐岭行营蒙古人进入南、北口纵牧畜,损践桑稼"。而后更以圣旨形式规定,"诸军马营寨及达鲁花赤、管民官、权豪势要人等,不得恣纵马匹,损坏桑枣,践踏田禾,骚扰百姓"等等,并首次规定出"另加治罪,并勒验所损田禾桑果分数赔偿"等惩罚措

【第十二章　内蒙外汉，曲折走向大元王朝】

施。七百多年前犹知"损害庄稼要赔"，实属难能可贵。不仅如此，这位蒙古族大皇帝还懂得劝诱和鼓励老百姓"开荒垦田，种植桑枣"，又进而推出定期减免开荒者税收等鼓励措施，并且下诏于那些大权在握的"国族"达鲁花赤们，"不得擅兴不急之役，妨夺农时"。（详见《元史·世祖本纪二》等）不知七百多年前这些政策被达鲁花赤"吃"掉了多少？但作为一个游牧民族出身的皇帝能有如此作为实属不易。总之，忽必烈在初次战胜阿里不哥返回上都后即在"重农桑"上下过功夫，后只因阿里不哥的"诈降奇袭"才被迫不得不中断。而现在好了！内忧外患俱除，蒙众汉儒皆服，正是在这"唯此为大"之根本上大显圣明的时机！

遥望南天，忽必烈重启"重农桑"似又重启上瘾了……

毋庸讳言，察苾也是重要的推波助澜者核心人物之一，即使忽必烈有时沉浸于蒙古风俗中也不忘及时提醒。有一次，在刚定都大都以后，四位亲信"怯薛台"竟还请求割取郊外的一片土地为牧场。忽必烈考虑到他们是为放牧保卫京都的战马而用，没有多想便应允了。察苾这时恰好路过，闻之便知此乃自毁"重桑农"之举。但为了皇上的尊严，又不好进去当众劝谏。而这时刘秉忠也凑巧欲进殿面君，察苾即将其拦下故意予以谴责曰："汝乃汉臣中最明达事理者，圣上把汝倚为朝堂重臣。汝之所言，圣上均极为重视，而为何唯独在此事上不加谏阻？如若在定都之前尚可规划战马牧场，而现今众百姓在其农田上久已安居乐业，又焉可让其众弃农桑重新流离失所耶？"刘秉忠乃一聪明绝顶之人，一看察苾眼色即在外大声承认错误道："请皇后息怒！此确系微臣未尽到职守！"忽必烈在内听二人一训一答后，随之竟也顺水推舟地将此事"从长计议"。（详见《元史·后妃传》）而更重要的还在于，她曾代真金建言将"劝农司"升格为"大司农司"，并举荐藩邸儒臣张文谦为"司农卿"。位列阁辅，专掌农桑水利。"巡行劝课，察举勤惰"。还有史可考，察苾尚受忽必烈之命，又代皇儿真金审阅《农桑辑要》一书。史载，此乃"遍求古今所有农家之书，披阅参考，删其繁重，摭其切要"所辑，故才有了忽必烈令后世惊叹之举：不仅将《农桑辑要》推而广之，而且取其精要"相风土之宜，以讲究可否"拟定和颁布了"农桑之制十四条"。（详见《农桑辑要·王磐序》）七百

一统华夏——忽必烈大帝之文韬武略

多年前就知"科技务农""因地制宜""农业多少条"等，而且出自于一位蒙古族皇帝之手，确实令人难以置信。

而其令后人惊叹之举尚不仅仅于此……

这位马背民族的大皇帝，总体来说似乎还是受儒家学说拘束较少。度量宏广，玩什么总能玩出些名堂。就拿兴修水利来说，除前面已说过的开凿怀孟路的广济渠等诸路河渠外，1264年又命张文谦率"习知水利、巧思绝人"的郭守敬，修复疏浚唐来、汉延二渠，可灌溉田地近十万顷。对恢复久经战乱破坏的黄河流域农业生产，可以说是居功至伟。但这仍不算惊人之举，可叹之处乃这位蒙古君王颇喜"新鲜事物"，而且一喜欢就大胆发挥。比如陕甘村屯间，秦汉年代即有"社"一说。闹个社火，办个祭祀，农忙时也相互帮个工。这种乡俗被忽必烈听说之后，顿觉如获至宝。与深通农桑的儒臣相商之后，竟下旨曰："立社是好公事也！""既是随路已立了社呵，便教一体立去者！"（原文照录，见元档案）随之，便因皇长子领中书省事，又将此事交于其处置。而真金自幼即随姚枢与窦默苦学儒学汉法，领旨又经自己儒化，而交左丞相史天泽、司农卿张文谦立即在各地广为推行，遂形成"于乡间村屯，又实行五十家立一社，择年高晓农事者为社长。敦本业，抑游末，设痒序，崇孝悌"（详见《元史·世祖本纪》）。史又载，此乃忽必烈"亲自推动立社劝农桑"，遂使七百多年前的中原大地似也在走一条"农业互助合作化"的道路。后统一江南后又推向全国，最终竟也成为元帝国最基层的行政单位。当然，绝对今非昔比，但令后人还是叹绝。而这种立社显然是以儒家思想为基础的，故又受到汉臣们的大力推崇和扶持。

潇洒、从容、自信地操控转化着软硬实力……

岁月匆匆而过，忽必烈"重农桑"之政策，"功效大著，民间垦辟种艺之业，增前数倍"。"凡先农之遗功，陂泽之伏利"，总体皆"靡不兴举"，基本上做到了"野无旷土，栽植之利遍天下"。这就使黄河流域的农业生产得到了较快地恢复和发展，这在前朝历代入主华夏的少数民族帝王中是绝无仅有的。须知，当时全世界尚处于农业社会（有的还未进入），农业经济的迅猛发展也就代表着他掌握了世

【第十二章　内蒙外汉，曲折走向大元王朝】

界的先进文明。（以上引言见于《农桑辑要·王磐序》及《秋涧集》卷三十七等）总之，若真的"增前数倍"，那肯定人均"GDT"也增长了不少。"国族"们更加奢华且不说，也为忽必烈最终实现"圣主遗愿"奠定好了物质基础。"妃党"之说也渐渐销声匿迹了，因为在此期间这位蒙古族大皇帝，终于又向入继华夏大统迈出了最关键的一大步：改国号！

似更需勇气、更需魄力、更需胆略和行事果断……

须知，此前的国号为"大蒙古"，即蒙语音译的"也客蒙古兀鲁斯"，中原汉人也称之为"大朝"。若以年论，自1260年忽必烈于上都登基以来，虽先建年号"中统"，阿里不哥归降后又改年号"至元"，但称帝十年以来却始终未敢轻易涉及国号改动这个问题。很显然，这是守旧的宗亲贵胄们最敏感的一根神经，也是他们在步步退让后的最后一道防线。为此，忽必烈一直殚精竭虑地做着准备，做着铺垫，创造着条件。十年来时而蒙，时而汉；时而玩着杂耍，时而玩着平衡；时而创设侍卫亲军及镇戍军制，时而大张旗鼓地推行"重农桑"积聚实力。十年了！整整十年了！人生又能有几个这样的十年？时机业已成熟，此时不改更待何时？

兵精粮足，终于有了仰天一声长啸……

《元史》载，经与善卜算之大儒刘秉忠相议，忽必烈亲自选定了《易经》"大哉乾元"之义，以取代"大蒙古"的旧国号。"元者，大也！大不足以尽之而谓之元者，大之至也！"（详见《元典章》卷一《诏令一》）并与前金状元王鹗几经磋商，完成一篇令朝野反响不同的惊世诏文。汉臣汉儒如久旱逢甘霖，蒙古臣将却似乎有些惘然而不知所措。但为时已晚，况且圣上已有解释："大元乃象征从成吉思汗到历代大汗'历古无所'之'大业'也！"遂也只能默认，唯求"国族"也能相伴新的国号"大哉乾元"也日渐坐大。有史可查，"建大元国号诏书"是1271年11月颁布的，忽必烈时年已五十七岁。诏文云——

诞膺景命，奄四海以宅尊；必有美名，绍百王而纪统。肇从隆古，匪独我家。且唐之为言荡也，尧以之而著称；虞之为言乐也，舜因之而作号。驯至禹兴而汤造，互名夏大以殷中，世降以还，事殊非古。虽乘时而有国，不以利而制称。为秦为汉者，著从初起之地名；曰隋曰唐者，因即所封之爵邑。且皆徇百姓见闻之偶习，要一时经制之权宜，概以至公，不无少贬。我太祖圣武皇帝，握乾符而起朔土，以神武而膺帝图，四震天声，大恢土宇，舆图之广，历古所无。顷者耆宿诣庭，奏草申请，谓既成于大业，宜早定于鸿名。在古制以当然，于朕心乎何有！可建国号曰大元，盖取《易经》乾元之义，兹大冶流形于庶品，孰名资始之功。予一人底宁于万邦，尤切体仁之要，事从因革，道协天人。于戏！称义而名，固非为之溢美；孚休唯永，尚永负于投艰。嘉于敷天，共隆大号！

从此，又有一个新的王朝名正言顺地列身于夏、商、周、秦、汉、隋、唐、宋等华夏大一统的王朝序列。一个蒙古人建立的王朝，历史上有着重要意义的王朝。"后党"较之于"妃党"似乎又有些扬眉吐气了。但儒臣们却渐渐走向了末路。好难忖度的君王啊……

第十三章

草原君主，终于实现南北江山一统梦

【看点提示】你知道吗？大元，取自于《易经》的"大哉乾元"，颇能反应忽必烈一统天下的雄心。——你知道吗？可以说是"蓄谋已久"了，他早就开始着手培养灭南宋的统帅和战将了。如伯颜、阿术、张弘范等。当然，为筹备更多的财力和物力，他也对权臣阿合马更加宠幸和放纵了。——你知道吗？正当要"百万雄师过大江"之时，"宫闱秽闻"已使后院起火了。不但涉及自己尚未成年的小儿子，而且还牵扯到"储位之争"。——你知道吗？还多亏了八思巴前来以佛法化解，这才使忽必烈再次觉悟到儒法的博大精深。——你知道吗？为巩固皇权，忽必烈当即立长子真金为皇太子，并册封嫡妻察苾为大皇后。讳莫如深得很，而且在长歌当别后，又将小皇妃礼送于遥远的伊犁河谷，就连其兄随后去迎接汗血宝马竟也消失得无影无踪。——你知道吗？高瞻远瞩的君王向来就是如此大度，随之便借郝经归来之死，向南宋兴师问罪。——你知道吗？南宋此时早已腐朽得成为一座将倾的危厦，能经得住伯颜所率的"仁义之师"一击吗？四岁多的小皇帝终于出降了，忽必烈终于成为完成统一大业的少数民族帝王之第一人……

国号：大元！年号：至元！

"大哉乾元"，充分反映了忽必烈那种血脉中与生俱来的征服者的追求。"大不足以尽之而谓之元者"，更充分反映了他欲构建一个超越前人的伟大王朝，而且应当将其权力扩张到极致！

万方来朝，蒙汉皆服！无处不显"水到渠成"的态势……

前面已经说过，忽必烈在处理政治议题上乃帝王中最杰出的"杂耍家"。他抛接自如，令人眼花缭乱。比如在大力推行"重农桑"之时，他已在他人不经意间提拔了一批杰出的年轻将领。其中有阿术（兀良合台之子）、张弘范（张柔之子）等。而尤可称道的是，他还慧眼识珠地把三弟旭烈兀派来的使者伯颜留在了自己身边。这绝对可称得上"大家手笔"。伯颜在大元王朝为臣后果然助他一举完成南北大一统之伟业。而眼下兵精粮足，阿术与张弘范等年轻将领已奉命赶赴长江前沿

【第十三章 草原君主，终于实现南北江山一统梦】

了。"久有凌云志"，大业可成俱在"杂耍"间。

故史载其"雄才大略"并不过分……

当然，忽必烈能扬起大元旗号还有两人功不可没。其一乃王文统，在其当政期间颁行的各项措施，为元初的法度奠定了重要的基础，尤其有关财政赋税方面的法度，在其被杀后仍一直行而不废。由此忽必烈的实力才能如此雄厚，故时人即有人称"出于文统之功为多焉"。另一位便是史天泽，当时为上的右丞相必是蒙古族，均对汉地汉法不甚了了。即使后来深受儒学熏陶的安童当了右丞相，也因只不过十八岁难大有作为。此间多亏忽必烈又用史天泽取代伯颜任左丞相（伯颜开始专攻军事），诸如"重农桑""兴学校""设国子学"等汉地汉法才得以顺利推行。故时人也有人称"大元兴，天泽劳苦功高"。然而，现在一个被杀了，一个已快"行将就木"了。却谁料忽必烈竟听了傻儿子"善善恶恶"之说，竟偏偏将一个万人唾弃的阿合马推上了专理财赋之"平章政事"高位。权倾朝野，大有"言听计从"之势。

原为陪嫁家奴，这使察苾处境颇为尴尬……

忽必烈曾有一阶段颇为踌躇满志，竟不知察苾的烦恼尚不仅于此。原来，三皇子那木罕似和母亲更加疏远，不但和阿古拉等"怯薛台"高级将领私交过密，而且出入那小哈敦的宫闱也越来越频繁了。知夫莫如妻，她也早已觉察到忽必烈虽已封真金为燕王，却似乎对嫡幼子那木罕更"情有独钟"。皇储之位尚难分高下，说不定那木罕还会后来居上。对于一个母亲来说儿子都是一样的儿子，她唯一担心的是皇族间手足相残的故事重演。这一天，正当她愁眉不展时，儒雅仁厚的真金恰好来到母亲身边。看来他对幼弟所谋尚一无所知，只对母亲建言曰："启禀母后，阿合马行事越来越肆无忌惮，已累及母后之清名贤誉矣！儿臣斗胆进言，可劝谏父皇速罢其官以谢天下！"谁料察苾竟笑而答之："额吉早不愿徒有虚名，重中之重乃完成汝父之大业！有人替圣上挨骂遭唾弃，好事！皇儿当学父皇行事，从旁耐心静观之！"碰巧这时傻小子芒哥喇也来了，他乐呵呵地天生一副不知愁滋味的姿态。据说，他在朝野均大受欢迎，无论是在蒙古臣将还是汉臣汉儒间都极具人缘儿。只不该今日见母又有惊人之举，不带憨狗竟改牵一条高丽进贡来的肉犬。真金看得目瞠口呆,首先惊呼曰:"芒哥喇!汝此乃……"没想到这小子竟笑嘻嘻答道:"此物虽丑陋,却能快长肉,人皆嫌其秽,吾独香其味!育不过半年,肥壮已可宰!"察苾怜爱地在旁插话曰:"然其唯知贪食,焉如憨狗之忠诚?"出人意料的是,芒哥喇还能回答:"儿已于藩邸为其建'平章圈舍',此仅为牵来恭请母后一看也!'狗平章'虽忠诚可嘉却年迈,儿已命其与李槃师傅相守做伴去了!老对老,倒也相互看得顺眼……"好一通乱七八糟,但却令真金顿似豁然开朗了,竟使得如拉施德所记述之"燕王曾当圣面殴打阿合马"等过激之举再未发生,从而保证了真金随后被安全地册封为皇太子。

要知道,阿合马在此前已成为那木罕坚定的鼓吹者……

阿合马之发迹始于李璮叛乱之后,乃忽必烈由此而对汉儒汉臣猜忌的结果。蒙古人尚武而不善于理财,遂启用色目人以对汉人进行牵制。宁用"贪而忠",绝不用"能可叛"之臣。而色目人均来自西域,祖辈皆在丝绸之路上为经商的好手。自追随成吉思汗以来,其子孙大多也是为王族经商或理财。当忽必烈高扬大元王朝的旗号后,势必需更大的物力和财力以实现其"雄心壮志"。为此阿合马也随之水涨船高逐渐权倾朝野,无情地搜刮几至掘地三尺。他以经商之道处理天下财政,在官办矿冶、垄断盐业、专卖茶叶、掌控布匹、增加商税、加重民赋等上无不大做文章。他甚至在自己家里开办"和市"以"广收四方之利",在中国历史上第一次汇总了"官商勾结""亦官亦商""明官暗商"之种种无法无天的行为。他不但为忽必烈的"南征北战"集聚了充足的财富,而且自己搜刮贪污之多也"富可敌国",绝对可称得上元代之和珅。他还敢于在忽必烈睁一只眼闭一只眼的情况下公然与参奏他的藩邸儒臣斗法,甚至将安童、廉希宪、张文谦、姚枢等重臣均斗出了中书省。(详见《元史·阿合马传》)而更为重要的是,他为了自己的未来已插手立储之事了,早暗中和小哈敦以及阿古拉等"怯薛台"结成了"神圣同盟"。他们察言观色向忽必烈进言皇幼子如何像圣上"神武聪慧",而皇长子又如何"仁儒多病"。当忽必烈笑问其曰:"二皇子如何?"阿合马忙应对道:"臣闻听二皇子又在养肉犬,依祖制还是皇幼子为上。"忽必烈闻之哈哈大笑曰:"朕也正在伺肉犬

【第十三章　草原君主，终于实现南北江山一统梦】

也！"众皆不解，但仍明显地可看出那木罕已成了圣上之首选。

真金的地位已岌岌可危矣……

王鹗、窦默、许衡等尚留在忽必烈身旁的老夫子似均有察觉了，"国祚"要变竟纷纷前来告急于察苾。谁料察苾却少有严肃地对他们说："此乃皇室大事、国族大事，圣上自有明断！诸位长者若真爱燕王，当更加谨言慎行！并请转告相关儒臣，当置若罔闻，万勿轻举躁动！"事后，当姚枢闻其所答竟慨然曰："贤后也！吾等皆应遵之，燕王或者尚可期许！"其实，察苾比诸儒还要焦虑。她深知，如立真金为储，以其之仁厚，皇室必将相安无事；而立那木罕为储，见其今日之骄态初露便知他日必定手足相残。而现在自己已经今非昔比，忽必烈已绝不容许自己对朝政大事多加过问。想来想去她突然觉得眼前一亮，顿时想到了一个人。

此即圣僧八思巴，现已由"国师"升格为"帝师"……

有史可考，自从忽必烈与察苾接受"灌顶"虔诚礼佛以来，藏传佛教历经十余年的弘扬和传布，已逐渐成为上至宗亲贵胄下到草原臣众的主要宗教信仰。当然原始的萨满教也并未被排斥，而是为突显"内蒙外汉"被巧妙地融入皇室礼仪或宗教活动之中了。皇亲国戚莫不纷纷捐资于大都或上都兴建藏式佛寺，察苾就曾带头捐资在两地均建有恢宏的藏式召庙。而八思巴正住于上都一处，这一天察苾就借礼佛之名来参见圣僧八思巴了。果然，在一片肃穆之中，圣僧又现"庄严法相"。尚不等察苾开口，其已未卜先知曰："佛祖首倡好生之德，岂忍再看手足相残？施主只管于前殿礼佛尽吐心思，心诚则灵当可化解危难！"

但似乎效果不彰，那木罕好像在父皇身旁更得宠了……

察苾仿佛也只能另做打算，设法主动接近小儿子以对他施之于"仁义孝悌"以开导。再不能袖手旁观看昔日的老故事重演了，从圣祖逝世后一代代这种血腥循环也该到此为止了。但仅靠教化就行吗？察苾一时间竟手脚失措了。而偏偏在此时又有一位颇为神秘的"宫闱事件"陡然被揭发出来，就连察苾这样的大哈敦也因难知其详而陷入了惶恐不安之中。据说，知情人本来就很少，随即竟一个个全都被及时秘密地干掉了。只留下忽必烈那张虎虎生威的脸变得越来越冷酷，独自隐没于大

一统华夏——忽必烈大帝之文韬武略

内似只待一声呐喊喝令宫厦倾塌。察苾似乎从种种迹象中察觉到了什么,在陪着他度过可怕而又漫长的沉默之后,敬上奶茶,这才开口为他讲了个春秋战国时楚庄王"灭烛绝缨"的故事。显然察苾虽有所觉察却不知为何人何事,只以为是某位亲信蒙古将领醉后有什么辱及宫闱之举。谁料忽必烈闻之竟怒喝曰:"有老子为儿子绝缨之举吗?都怪汝为朕生下个孽种!"

察苾闻之,一下子便惊得晕厥了过去……

此时,即闻有谁在宫外用藏语高宣佛号,忽必烈抬头一望只见圣僧八思巴已出现在眼前。他双掌合十拜过后便曰:"佛祖示之,圣上当今又在为己心头自系凡虱,已忘尚有九十九匹骏马尚待奔腾!受汉儒汉法之毒太深矣,竟将儿戏当作奇耻大辱!空即色,色即空,是是非非方为真!休怪贫僧鲁莽,当年是何人带小马驹去学闻骚?"忽必烈闻问蓦地便是一怔,而此时察苾竟也恍然苏醒过来。圣僧此时又对她曰:"施主方才即'灭烛',在此期间圣上早已'绝缨'矣!一切皆因孽缘生,一切将随孽缘灭!且随藏僧打坐入定,佛祖将示吾等悟解之法!"此阶段忽必烈果有三日未见臣众,据称乃在"礼佛参禅"。而再等在群臣眼前出现,早已又变得神清气爽豁达悠然。似任何事情均未发生过一般,竟还有闲与史天泽、姚枢曰:"圣僧曾对朕提及,江南现今盛传一首民谚言道:'江南若破,百雁来过。'卿等知其何意乎?"

为此,众还以为这几日的"不同寻常"乃为灭宋大计……

但忽必烈从来就不乏惊人之举。正当老夫子们哀叹"战争,还是战争"时,他又做出了令群儒汉臣们顿时转而欣喜若狂的决定。实在大出意料!1273年3月,严格依照汉制,察苾接受册宝,正式被册封为大元王朝皇后,并上尊号为:贞懿昭圣顺天睿文光应皇后。当然在察苾"内蒙外汉"的坚持下,伯要·兀真、塔腊海以及早逝的帖木古伦均先后被册封为皇后,在上都开平和大都燕京的大内深宫里还保持着各自的"斡耳朵",以示对祖俗的尊崇依然不变。然谁的尊号也没有那么多,那么长,那么寓意深刻,故察苾的特殊地位是确定无疑的,在汉臣群儒们看来唯她才是真正意义上的大皇后。但随之对众嫔妃的册封就有些令人难解了,竟将那位傲视

【第十三章 草原君主，终于实现南北江山一统梦】

汉臣、孤芳自赏的野美人册封为第一皇贵妃。群臣皆不了解其神秘内涵，均以为此乃因其美艳专宠所致。

思无邪！竟无人考虑到此后将"大有作为"……

也难怪！随之令群儒更不安的消息一个接一个。先是那木罕因是嫡幼子深受宠爱，1265年被加封为"北平王"，而现在随着母亲被册封为大皇后不久，即又被晋封为"北安王"，并任命右丞相安童为辅佐，不日将统兵镇守草原母地以扬皇威。宠爱之情悠然可见，致使窦默、许衡等又开始为真金提心吊胆。他们并不知道宫闱秽闻，只看见让一个原右丞相辅佐便预感"大事不好"。至于二皇子芒哥喇，大家本来就对他无所期待，忽必烈也似乎很纵容他去玩狗养犬。直至1272年才勉强被封了个"安西王"，这小子乐呵呵的倒也"受之无愧"。谁料忽必烈这次却又突显"奇思妙想"，竟于1273年又晋封芒哥喇为"秦王"，并命能臣儒将商挺为"王相"，辅佐二皇子镇守西安。将半壁江山交给这么个傻小子，文臣武将们莫不愕然。唯姚枢私下与群儒曰："我主知人善任，此又一例！"好在汉臣们之心均聚焦于真金身上，都在为"立储"之事惴惴不安。而忽必烈似乎就是要吊足这些儒臣们的胃口，直至把另外几个后妃所生成年皇子均都封了王并授予重任，也未提到皇长子真金一个字。

就连智者姚枢似乎也泄了气……

而偏在这一天，忽必烈却突然召见汉臣曰："自中统以来，诸儒一直建言朕'早立储，固国本'。从郝经起，许衡、姚公茂等年年均有奏章。近日有琅琊人张雄飞果然是'真公辅器'，竟直言谏朕'闾阎小人有升斗之储，尚知付托，何况江山社稷乎？'并用蒙古语反问朕'向使先帝知此，陛下能有今日乎？'胆大妄为，然忠心可嘉，朕欲采用其言。而也有蒙古臣将进言曰：燕王真金仁儒体弱，意为汉化较深已非我蒙古巴突鲁。左右为难，不知卿等当替朕如何着想？"众儒闻后顿时心灰意冷，唯后进之臣张雄飞用蒙古语仍在据理力争。其曰："名儒徐世隆曾言：陛下帝中国，当行中国事！（原文照录）据此，燕王又何错有之？遥想当年，其方才十岁出头便代圣上'小王升帐'，十七岁又坐镇燕京力排危难，现更将近十年来

一统华夏——忽必烈大帝之文韬武略

为圣上代领中书省及枢密院事。历练多年，从未有违圣意。所谓'仁儒体弱'皆为托词，难道圣上只中意之太子仅一赳赳武夫？"或许是因蒙古语能更加打动人心，忽必烈听后竟颇为振奋地哈哈大笑曰："忠贞敢谏，乃监察御史之好料，着即日起即到御史台赴任！"似乎立储之事尚短期难有结果。但大出群儒意料的是，第二日忽必烈便堂而皇之地将真金正式册立为太子。其册文曰：

> 咨尔皇太子，仰唯太祖皇帝遗训，嫡子中有克嗣继统者，豫选定之。是用立太宗英文皇帝，以绍隆丕构。自时厥后，为不显立冢嫡，遂起争端。朕上遵祖宗宏规，下协昆弟佥同之意，即从燕邸，即立尔为皇太子，积有日矣。比者，儒臣敷奏，国家定立储嗣，宜有册命，此典礼也。今遗摄太尉、左丞相伯颜持节授尔玉册金宝。于戏！圣武燕谋，尔其承奉。兄弟宗亲，尔其和协。使仁孝显于躬行，抑可或不负所托矣。尚其戒哉，勿替朕命。

从此册文可以看出，察苾之唯恐"血腥循环、世代轮回"之警言均被采纳，并以"仁孝""和谐"等儒家思想先行提出要求。但忽必烈又得面对蒙室宗亲，册文中又煞费苦心大加解释，甚至对"忽里台"贵族大会连理也未理。但这已使汉臣儒僚们大感满足了。不仅使姚枢、窦默等曾为师者感激涕零、欣喜若狂，而且就连广大的汉地汉众闻听后也纷纷鸣炮庆贺。随之，还任命了后起大儒王恂为"太子善赞"（东宫首席大臣），更似乎说明圣上已彻底"回心转意"了。难怪有史记述，市井之中竟相互传告："这回好了！立了皇太子，这才称得起中国大皇帝！"（取材于《元史·世祖本纪》《元史·裕宗传》《元史·张雄飞传》等相关传记）

但树欲静、风不止……

原来，忽必烈这一系列令人眼花缭乱的封后、封妃、封王，以至册封皇太子，首要的目的即吸引臣众眼球使人无暇想到还会有什么"宫闱秽闻"。然后再利用这一系列张扬汉地汉法的效果以实现其更进一步的图谋。因为他深知，这种秽闻也许

【第十三章 草原君主，终于实现南北江山一统梦】

在草原上并不算什么，而在汉地汉法之下却很可能毁了整个皇族和他为之奋斗一生的大业。不知是否曾受八思巴之指点，但忽必烈在处理这件事上却表现出了高度的政治智慧和豁达大度的胸怀。

但那木罕竟把父皇的宽容当作了无知……

他绝不像傻二哥那样洒脱和知趣，说走就走，而且走得颇带喜剧色彩。芒哥喇不仅让那憨狗和李槃共乘一车以示"尊老"，而且下令"王相"商挺带好他那些肉犬以示"念旧"，嘻嘻哈哈颇令围观老百姓高兴，以致有人竟预言曰："喜王必定能给八百里秦川带去好福气！"而那木罕却不一样了，总是找借口紧盯储位不走。先是对父皇声称，他不能和安童这样一个不蒙不汉的阴阳人共事，请改任阿古拉这样的巴突鲁与他共同镇守漠北。忽必烈一听这个名字当即便怒不可遏了，但为了顾全大局还是强压怒火唯严词加以拒绝。随之便是在真金正式被册立为太子之后，那木罕却不顾自己屁股下面有屎竟敢暴怒地冲进后宫反而质问起父皇。波斯史学家拉施德在其《史集》中曾有过这样的描述："合罕（指忽必烈）生了气，把他大骂一顿，从自己身旁赶开，并说道：不许再来见我！他（系指那木罕）过了几天就死了。"无论中外均是为尊者讳，大骂了一顿什么也仅一语带过。但从忽必烈将那木罕"从自己身旁赶开"，并令其"不许再来见我"，也绝非仅为不同意大哥当太子可引发的。积怨之深，愤怒之极，乃其中真正的原因。拉施德的记述中唯"他过了几天就死了"不实，查史可见那木罕乃死于1292年。但似乎也可做这样理解，那木罕在被戳穿怒斥后吓了个半死，随即大病不起。而拉施德当时正奉命重返伊利汗国，道听途说遂有此"死了"的记载。

但次日忽必烈即又变得谈笑风生如无事一般。不仅未流露出后宫曾发生过争储之事，而且似乎在实施过一系列汉地汉法之后又想起蒙地蒙法之事。这一天，正当文武大臣于大安殿内议事之时，忽必烈先是告诉大家一个喜讯曰："朕之三弟旭烈兀遣使禀告，已为朕觅得三匹举世罕见之汗血宝马！江南烽烟正起，朕已等之不及，将遣忠勇帅将亲往迎护归来。我蒙古人无旷世之马，又何称旷世之大汗？"雄心勃发溢于言表，唯不点迎马帅将之名。而随后在赐宴时又显得慷慨悲凉，数杯酒下肚竟急传小哈敦"对酒当歌"。其情其景绝对异乎寻常,致使蒙古臣将们感动得莫不热泪盈眶。小哈敦应诏而来了,虽然又过了这么多年,却仍显得那么美艳绝伦,似那草原上使人垂涎欲滴的红色野浆果。她叩见大汗唯显忠贞,但一站在大臣面前便显得那么高傲,那么圣洁,那么一尘不染,恰似一株甘愿孤立的小白桦。没有人会把她和秽闻联系在一起,更没有人会从她身上去寻找隐秘的蛛丝马迹。她尊崇大汗之令开始歌唱了,但那是一种更具原生态的古老长调。一经她张口,便觉得一阵阵草原的徐风缓缓吹起。那"绕梁三日,余音不绝"的长调,随之便在大安殿里回荡起来。如咽、如泣、如叹、如诉,是那么凄婉,那么悲凉,仿佛又显得那么目中无人。只见她明眸中渐渐溢满了泪水,似泪光中唯有大汗存在。她仿佛早看穿了他的心思,好像正在用长歌做最后的爱的诀别。好在忽必烈天生便具有"帝王的胸怀",虽凄婉的长调也感染得泪流满面,但还是初衷不改地照样我行我素。他挥手制止长歌后,即满含深情地对小哈敦曰:"知朕者唯卿也!朕随着越来越老,思念草原之情也越来越深。察合台国主阿鲁忽深知朕心,已将伊犁河谷无垠之丰美草原尽献于朕作为养老之地。拿下南家思只不过两三年之事,届时朕当于伊犁草原遥控大元王朝。而卿才智卓越、行事果断,朕即命卿前往亲自打点。破例恩准特设皇后'斡耳朵',十日内即由阿合马护卫起程。还盼切莫辜负朕望,以待来日陪朕共享草原绵远之福!"

  当夜,阿古拉被秘密派往迎护汗血宝马……

  又过了将近一年,人们似渐渐竟把这高贵的兄妹俩给忘了。因为此时对南宋的战争正进行得如火如荼,而且似又出了一件大事为之火上浇油。此即神秘消失近十五年的郝经,竟突然奇迹般地经"鸿雁传书"有了消息。人人皆知郝经乃与皇上共过患难的最重要的亲信谋臣,二人之间之互信早超越一般的君臣关系。为此,朝野上下似乎也只能跟着皇上震怒而震怒,根本不会再去想那位长歌久别的冷皇妃以及那位年轻将领的命运如何。

  风萧萧兮易水寒,壮士一去不复还……

  从此之后正史上对二人即鲜有提及,而忽必烈也似再没有过专宠,好像又恢

【第十三章　草原君主，终于实现南北江山一统梦】

复了祖制在弘吉拉广纳美女。此恨绵绵无绝期，似乎还是有所交代做个了结为好。正史绝无记载，外史也很朦胧，只能从野史的只言片语中做如下推断：似乎是在几年前，有一次少年的那木罕喝醉了，却仍要到小哈敦的寝宫寻找父皇。左等右等总不见来，便在酒醉沉迷中酣然睡着了。当时他正处于小马驹学着闻骚的年龄，在迷幻的烛光下竟突然对侍奉他的那个美丽的幻影有了非分之想。可悲的是，一个是才十四五岁的少年，一个也不过是刚达妙龄的少妇，这一"非分"竟搞得愈发不可收拾。而这一切又偏偏被一个小哈敦身边的老侍女目睹了，遂埋下多年后突发之隐祸。更可悲的是，这位小哈敦还根本不把这当回事儿，在她看来忠贞和眼前所发生的这一切并不矛盾，况且古俗中就有"妻父妾"这一说。大汗毕竟老了，说不定将来自己的草原梦就寄托在这位"灶主"身上。再说这也并不失高雅，或许这正是替大汗效忠避免这么可爱的孩子走上"邪道"。只不该多年后她竟把此事忘了个精光，因为那老侍女偷盗珍宝便命令加以严惩。老侍女被杖责得将死，临终前为泄恨终于将这个秘密告诉了两个太监。而两个太监谁不想邀功请赏？却不料密报后随之便和老侍女一起很快就神秘消失了。小哈敦和其兄很快就"心领神会"了，并曾对三皇子那木罕有所期待。但等来的却只有怯懦和回避，随之这对兄妹便昂起高傲的头颅等待着末日的到来。有人说，这是蓄谋已久的储位之争；有人说，这是偶然触发的宫闱乱伦；还有人说，这是两大派别的内斗延续；更有人说，这是一次兄妹二人精心策划的篡权阴谋……但依旧是没有任何解释，更不牵扯任何一个人，甚至就连阿合马这样的积极促成者也只字未提。兄妹二人始终守口如瓶，只是偶忽听到阿古拉叹息说："没有汉法，或许我们尚可免遭此劫。"而小哈敦却决绝地道："这回我们总算可以彻底返回大草原了！"从此便是久久保持着高傲的沉默，直至迎来了"长歌当别"这一天。

一年了！将近一年了……

而现在朝野上下沉浸在一片愤怒之中，君臣皆在为郝经之秘密被扣十五年大动肝火。这确实是个彻底灭掉"南家思"的好借口，有谁会再去理会这对孤傲的兄妹呢？汗血宝马早被迎护回来了，却不见骁勇善战的阿古拉之身影。有人传说是被旭烈兀大王留下，也有人传说早已莫名其妙地死了。而伊犁河谷上的宫帐确有人看到构筑得无比辉煌，但小哈敦却出人意料地自刎了。据传，临终前还上书大汗说："我把身子留在伊犁河谷，替你永远守卫着辽阔的大草原；而我将把心掏出奉献给你，让陛下天天能看到它是多么忠贞和纯洁！"以下便更似神话了，忽必烈收到时早已化成一块晶莹剔透的红色心状美玉。大汗当即含泪命巧匠雕为一只酒杯，却谁料一经斟满美酒马上就回荡起诀别时那凄婉长调，绕梁不绝，致使忽必烈在泪眼蒙眬之中对汉臣汉儒越看越不顺眼。

还是据传，后来多亏察苾的及时"偷梁换柱"……

查遍正史，上述似属子虚乌有，唯有一点是确凿无疑的：随着二人的彻底消失，皇三子那木罕也逐渐大病痊愈。绝没有流传出丝毫的宫廷秽闻，只发现嫡幼子从此竟变得那么仁义，那么恭顺，那么通情达理，胜似苦读了半生儒家经典的真金。

不久他就统兵漠北，彻底结束了这场储位之争……

但忽必烈积郁心头那复杂难言的情绪总需得到宣泄，绝不允许再有虱子影响胸中那万马奔腾！

这回好了！神秘失踪的郝经终于奇迹般有了消息。

眼前顿时豁然开朗，胸中的凡虱瞬间无影无踪。

只留下了愤怒！这回南宋该倒霉了……

二

据史载，早在阿里不哥归降之后，忽必烈即开始策划对南宋用兵。1267年便接受被贾似道迫害来降的南宋名将刘整之建言，知其"主幼臣悖、腐朽不堪"早开始动手了。其时，南宋"荒淫无道"之君理宗、度宗均已先后死去，一群权奸刚刚扶持起一位四岁小儿为南宋皇帝。"主幼臣悖"一点都不假，早已腐败到"危厦将倾"的程度，一代雄主忽必烈焉能不知？遂于同年秋天选年轻将领阿术及刘整为

【第十三章 草原君主，终于实现南北江山一统梦】

"征南都元帅"，采取"舍川蜀直逼襄樊"之策已使南宋君臣惶惶然不可终日了。而这也只能算忽必烈因"内政待修，国库未盈"之小小练兵，然"业余用兵"竟能达到如此效果更足可见其之军事天才了。

而现已万事俱备，只欠东风了……

须知，在汉人汉地当皇上，既有他的好处也有他的难处。儒臣太多，动不动就爱个劝与谏。哪如在草原上来得利落，一声呼啸，千万铁骑便义无反顾地随之而上。尤其对于战争，这些儒臣才不管大一统不大一统呢！只要一提打仗，他们就敢头顶"仁义"进行死谏。比如，国子学祭酒许衡这位老夫子，刚一听到一点风声，便头不是头脸不是脸地贸然声泪俱下地跪谏曰："当修德以致宾服！若以力取，必戕两国之生灵以决万一之胜负！"忽必烈不高兴地问："朕当如何？"许衡竟慨而言之曰："一统天下，以德不以力！"忽必烈又问："历代开国君主何人曾如此？"谁料许衡还是有理曰："即从我主开始！"（详见《元史·许衡传》）真令人啼笑皆非，忽必烈似也只能摇头不语。须知，这些迂腐的老夫子又大都正直无私、清贫自守、不畏强权、恪尽职守。就拿许衡来说，他竟敢藐视阿合马之高居相位与其整整苦斗了十几年。而且这些老夫子又皆为一时大儒，不仅人人桃李满天下，而且个个均在汉人汉地极具影响。难以动之，否则十数年"善善恶恶"之功将毁于一旦。（详见《元史·许衡传》）这使得忽必烈烦恼不断，他绝没想到自己所独崇的儒学，现在竟渐渐转化为自己实现"圣祖遗愿"的障碍。为此，他对儒臣们这种自命清高、崇尚空谈、不务实际、碍手碍脚之风，越来越不满，曾私下对近臣曰："汉人唯务课赋吟诗，将何用焉？"（详见《元史·世祖本纪》）这也可视作为一种游牧文化和农耕文明之冲突，随之忽必烈便和儒臣们更渐行渐远。虽仍不忘对察苾"绝不妄杀儒臣"的承诺，但已逐步采取"敬鬼神而远之"的对策了。

这回好了！有郝经的遭遇，看他们还有何话可说！

郝经的生死陡然有了消息，似乎更像一个神话传说，竟颇似汉代"苏武牧羊"故事的翻版或抄袭。但确有史可查，有物可证。郝经一行自被贾似道谎报战功秘密扣押以来，至今已将近十五年（1260—1274）。他们一直过着"拘于边郡，蔽幕蒙覆，不使进退，一室之内，颠连宛转，不睹天日，绵历数年"（郝经语）之囚徒生活，直至随从们一个个不堪折磨大多死去。郝经之凄苦可想而知，似只能和偶然拾得的一只伤雁相伴苦度岁月。没想到大雁伤好后竟想要"鸣之欲去"，郝经在悲别之余竟突然也联想到了苏武之"鸿雁传书"。遂裂帛写下一首盛传百世的名诗，诗毕又写下"中统十五年九月一日放雁，获者勿杀"，并落款为"国信大使郝经书于真州忠勇军营新馆"，系之于雁足，放飞于高空，心思虽伴大雁北上，但希望却仍十分渺茫。却不料河南开封有一人"射雁金明池"竟恰好获得此雁，一见诗文哪敢怠慢，随即快马上交朝廷。到忽必烈收到帛书之时大雁尚且存活，竟敢面对圣上鸣叫不已似在邀功。故有学者称"南方飞来的小鸿雁"之歌声即起始于此，不然现在之比兴实在无法诠释。而忽必烈阅帛书后虽早已泪流满面，却强忍悲痛仍命许衡当着群儒汉臣一遍又一遍地诵读之。其诗云——

霜落风高恣所如，归期回首是春初。
上林天子援弓缴，穷海孤臣有帛书。

大有深意！果然老夫子许衡也边诵边唏嘘不已，最后竟在儒臣们的悲戚声中曰："计年仍按中统，竟不知早已改年号为至元矣！足可见其不见天日之苦，更可见其历经磨难之忠！此即仁，此即义，老臣当请圣上为如此贤臣速动仁义之师以救之！"似有矛盾，又不矛盾！当对方有如此"不义之举"，且又伤及同类，儒僚汉臣们当然也会一个个义愤填膺了。

忽必烈也终于达到了目的……

因为察苾也经历过同甘苦共患难这段生活，召见群臣后忽必烈即返后宫将帛书持于她看。察苾闻之郝经现幸存于人世，竟也感动得两眼落泪。因为这么多年来就是她奉命差人照料着郝经的妻子儿女，还为他的两位老人送了终。这也是蒙古人的一大性格特点：只要他把你认定为"安达"，他似乎和你模糊了民族界线，剩下的也只有炽热的真情。忽必烈虽贵为天子却也不例外，如对郝经、赵璧、董文炳兄

【第十三章 草原君主,终于实现南北江山一统梦】

弟以及巨无霸郑鼎等,似从未把他们当作"异族"对待,甚至把护驾的蒙古亲军反而交董文炳统领,就连睡觉也常令他陪护于榻下。(详见《元史·董文炳传》)故忽必烈见察苾垂泪即拍案愤然曰:"皇后暂莫垂泪,朕当代卿以解此心头大恨!择日即下令千万铁骑渡江兴师问罪,踏灭'南家思'以洗刷此奇耻大辱!"谁料察苾竟慌忙谏止道:"万万不可!"忽必烈顿时沉下脸来问:"莫非皇后又要重复许衡之言?"察苾却回应曰:"并非仁义有错,乃待之有别!迂儒有迂儒之仁义,君王有君王之仁义!此就郝经之事而言,若见汉臣慷慨即大动干戈,此反会促使'南家思'君臣急欲消证灭迹。而置郝经生死不顾也绝非圣上所愿,唯有确保其全身而返乃属真正之大仁大义!"忽必烈果不愧"度量弘广",闻之即拍额而言道:"唯卿妻也!唯卿妻也!无大皇后提示,几陷朕于不仁不义!"

其实,这对老夫老妻似已只剩下思想交流了……

出手果断!1274年在截获鸿雁传书不久,忽必烈当即便派出礼部尚书廉希宪、枢密院都事郝庸(即郝经之弟)等出使南宋就此事进行质问。行动极为迅速,且又严格保密,再加上廉希宪还是处理难题的干练能臣,故一到临安(今杭州)便把南宋君臣"打"了个措手不及。证据确凿,事实清楚,隐匿地点更难以再瞒下去,致使南宋这帮奸佞理屈词穷顿时陷入一片慌乱。他们似这才"恍然大悟",知道了贾似道暗订和约、谎报战功等种种事实真相,然更令他们恐惧的还是江北大元王朝强悍的军事实力。为了有时间擦干净自己的屁股,随即便代小皇帝立刻答应释放郝经及幸存者北返,并卑躬屈膝地特派大内总管段佑以礼相送。知君莫如臣,廉希宪也见好就收,唯恐影响了忽必烈仝盘的用兵大计。

忽必烈接驿马快报不由得暗笑了……

这里应当先插叙一笔,忽必烈随着国土的扩张已深知通讯的重要性。到1274年他已以两都为中心,建立起无数四通八达的驿站,史称"驿赤"或"急递铺"。建构之严密、速度之快,均是史无前例的。在通讯史上当时确可称之为"前无古人,世界第一"。(详见《元史·兵志四·站赤》)故忽必烈所接之驿报,肯定要比早已被折磨得体虚多病之郝经快得多得多。而这位蒙古皇帝恰好又是一位天才的政治家和军事家，他所想利用的也正好是这个时间差以实现其"一石多鸟"之计：其一，在道义上占得上风，毕竟江南也是汉人汉地；其二，揭露真相，迫使贾似道垮台，彻底让南宋政权陷入一片混乱；其三，抢时机进行军事部署，并适时选帅以统领全军加速灭亡'南家思'。尚须指出，大都（即今北京）在刘秉忠与张柔的合力下已初具规模，而忽必烈也早开始实行冬夏两都巡幸制。现正在大都宏伟的宫殿里张望着一张巨大的羊皮地图，以使天下大势的变幻尽在自己的掌控之中。眼下郝经已确保无虞了，正好是选一杰出统帅总领三军一举拿下江南的时刻。其实这个人早就呼之欲出了！不仅圣僧八思巴用佛家禅语已向他预示过（详见《元史·八思巴传》），而且就连汉地最著名的汉世侯史天泽也曾向他着力推荐过（详见《元史·史天泽传》）。然更重要的还在于，他早已心中有数并正在暗中大力培养他。已先后任命其为左丞相，掌枢密院事（最高军事权力机构），并命其就学于姚枢与许衡门下苦研儒学及历代名将事略（详见《元史·伯颜传》）。好钢用在刀刃上，此刻是"扬眉剑出鞘"的时候了！

  忽必烈所指的这位杰出统帅即是：伯颜……

  伯颜（1236—1295），前面已说过，原为旭烈兀帐下重臣。后因在出使上都时，忽必烈见其"身材高大，语出不凡"遂将其留在身边。又见其处事沉稳干练，见解往往高于其他大臣。忽必烈对其才能极为赞赏，并将右丞相安童之妹嫁于他。再加上伯颜乃与"百雁"同音，南宋当时已有民谚"江南欲破，百雁来过"，"北风三吹百雁来"等，这岂非天意？而蒙古语中伯颜又为大富大贵之意，更焉有不胜之理？（详见《马可波罗游记》）遂未雨绸缪，从此着力培养，最终进入了大元王朝军政界最高的核心集团。到1274年夏，元军已在诸多后起之秀的杰出将领，诸如兀良合台之子阿术、张柔之子张弘范、史天泽之子史家众将、董文炳兄弟以及旧将阿里海牙与郑鼎等的合力下，终于将长江的天然屏障襄樊拿下，南宋最后一位能征惯战的能将吕文焕似也只能投降。至此，渡江灭宋的时机业已成熟，此时再不置帅统领三军大举进攻更待何时？

  由此可见，史载忽必烈"知人善任"绝非虚言……

【第十三章 草原君主，终于实现南北江山一统梦】

但即便至此，这位蒙古大皇帝却仍不忘再行儒法。他绝非忘了"敬鬼神而远之"，实乃这玩意儿该用时还得用！要知道孔夫子圣裔之一支，金灭北宋后就一直被移往临安作为"镇国之宝"。今日针锋相对也必须"以儒制儒"，方可尽显我大元王朝入主华夏之正统性与合法性。为此便又充分利用"郝经事件"大做文章，未曾出师便于1274年6月向全军颁布了兴师问罪于南宋的诏谕。无师自通地大肆利用"软实力"，先声夺人，发出了战争的动员令。诏谕云——

爰自太祖皇帝以来，与宋使介交通。宪宗之世，朕以藩职奉命南伐，被贾似道复遣宋京诣我，请罢兵息民。朕即位之后，追忆是言，令郝经等奉使往聘，盖为生灵计也。而乃执之，以致师出连年，死伤相藉，系累相属，皆彼宋自祸其民也。襄阳既降之后，冀宋悔祸，或起令图，而乃执迷，罔有悛心，所以问罪之师，有不得已者。

今遣汝等，水陆并进，布告遐迩，使咸知之。无辜之民，初无预焉，将士毋得妄加杀掠。有去逆效顺，别立奇功者，验等第迁赏。其或固拒不从及逆敌者，俘戮何疑。

今人细读之，似也可以看出这似不仅仅是给蒙汉三军颁布的，而似乎更是说给南宋将士听的。"政策性"极强！除了"无辜之民，毋得妄加杀掠"外，似乎也包含了"胁从不问，立功受奖，顽固到底，死路一条"等诸多当时可称之为时髦的内容，颇令人浮想联翩。但忽必烈却仍嫌不够，随之为把处于前沿各自为政的多路人马置于统一指挥之下，竟把全国最高的军事机构"枢密院"设在了灭宋的最前沿。明显的伯颜将是蒙汉将士皆服的统帅人选，但居高临下的忽必烈在此时又有惊人之举。神鬼莫测！他又出人意料地仅把伯颜任命为副帅，而把汉人左丞相史天泽任命为正帅。

运筹帷幄，总不乏神来之笔……

皆因史天泽为大元王朝之中书省左丞相，这次特殊的任命也等于把半个中书省

一统华夏——忽必烈大帝之文韬武略

搬到了前线，极有利于协调文臣武将一统灭宋之计。而更重要的原因还在于，说到底长江以南仍还是汉人汉地。前面是说过，历经辽、金两代两百多年的统治，这种民族意识在中原汉地已逐渐淡漠了。甚至因多年来的相互骚扰和战争，南北双方处于长期隔阂下竟改变了称谓：南方人将北方人统称为：北鞑子；而北方人也将南方人统称为：南蛮子。相互歧视，根本谈不上什么共同的民族意识。忽必烈此次启用史天泽，是想进一步淡化这种矛盾，以使这场战争彻底转化为一场仅仅是改朝换代的战争。

或许尚有更重要的原因：他似从史天泽身上看出了什么……

《元史》载，史天泽天生"仗义疏财"，自幼即爱"行侠仗义"。一辈子似乎就和一个"义"字打上了交道，故以"诚"以"信"在中原汉地极具人缘儿。再加上他绝不像汉世侯刘黑马与张柔等那样"唯崇武力"，政治智商极高且又颇遵孔孟之道。随之便被忽必烈发现，后即"以其人之道还治其人之身"渐又把他推向了丞相的高位。史天泽在平时或许尚可"难得糊涂"，但面临南宋的即将覆灭他心头那个"义"字却在作祟了。毕竟是个年近七旬的老人，已不可能如张弘范这一代彻底与过去一刀两断。往事悠悠，焉能数典忘祖？为此，在灭亡南宋这件事上，他既不想对蒙元王朝不忠，又不想对江南汉地不义。经过反复的思考，似唯有一条路可走：躲避！从种种相关的元史资料中均可看出，他虽未像许衡那样挺身直谏，但对灭亡南宋确实十分消极。先是告老，后又称病，随之更闭门拒客。但忽必烈是何等精明的一代雄主，又岂能放过回避"异族入侵"手中这张"王牌"？而史天泽似乎也有应对之策，今日举荐安童，明日举荐伯颜，一副病病歪歪的模样儿仍在坚持"此次灭宋应当以'国族'为统帅"。（详见《元史·史天泽传》）然而，他又绝非是忽必烈的对手，最终还是被"就是抬也要抬"往了长江前线。

帅旗猎猎！上头大大篆书了个"史"字……

忽必烈双目如炬，私下不由得窃笑了。后代史学家曾有不解：人口很少的蒙古族为何能先后灭掉比自己强大许多倍的金朝和宋朝？原因尽在其中，即充分动员和利用了汉地的人力和物力。其实忽必烈用的也只不过是他的这块招牌，私下早就把

【第十三章 草原君主，终于实现南北江山一统梦】

统帅的实权全部授予伯颜了。但史天泽虽年迈体弱被折腾得还真病了，却似乎为了那个"义"字仍在拼死挣扎。直至1274年秋，元朝大军从襄樊发兵南下，史天泽又一次称病主动上表"请求辞归"。而忽必烈也自有应对之策，特遣使持御用葡萄酒慰问。皇恩浩荡，影响巨大。圣谕曰："卿自吾父祖以来，躬环甲胄，跋履山川，宣勤劳者多矣。忽以小疾暂阻行意，便为忧扰，可且北归，擅自调养。"（详见《元文类·中书左丞相史公神道碑》）同意北归，似有悖初意。其实不然，此乃见好就收。忽必烈视其任帅之效果已充分发酵达到目的，还真怕这老头子突然死了给自己带来那"未曾灭宋先折帅"之晦气。好在旗号依旧迎风猎猎，汉军见之莫不欢欣鼓舞。而自己又可放手任用中意的蒙古族杰出将领，何乐而不为呢！

史天泽终于如愿以偿了……

以现代人的眼光来看，这位曾不可一世的汉世侯之所为似乎有些可笑或可悲。既要对新皇讲"忠"，又要对旧主讲"义"，似特别矛盾而又无聊至极。但若换一个角度去想，或许正是这种可笑而又可悲之举保护了那潜在的民族意识。果然，史天泽不久便叶落归根病逝于故乡真定。临终前他竟安详地对子孙曰："知为父者，当今圣上！使吾终不负大义，死而瞑目矣！"史载，忽必烈闻之大恸，并令皇太子真金代往祭奠。只不该消息传往前沿时，却换来的是汉军汉将人人奋勇争宠。（详见《元史·史天泽传》）

但在元大都的巍峨宫殿里却是另一种阵势……

此时，忽必烈已正式任命伯颜为平宋大元帅，以节制全军。而提升阿术为副帅，以默契配合。至此，灭宋战争整体部署完毕，只待新帅用兵如神尽快一统江山。这一天，伯颜离京赴任时再一次觐见皇帝陛下，忽必烈特意召集汉臣名儒同时予以接见。大有深意！明明是当着一位蒙古族骁勇的统帅，却偏偏向他大讲"仁义之师"与儒家之道。也可称之为"活学活用"或"现贩现卖"，目的却似乎又不仅仅是意在游戏或卖弄。除深深地多看了一眼姚枢与许衡之外，竟独对觐见的伯颜告诫曰："曹彬不嗜杀人，一举而定江南。汝其今体朕心，故效彬事，毋使吾赤子横罹锋刃！"（详见《元史·伯颜传》）意在向群儒说明：朕比你们更懂仁义，别一提战争就拿这个堵人。不就是宋初大将曹彬不妄杀一人灭南唐的故事吗？朕这就也给你们树一个蒙古人的曹彬让尔等看看！一箭双雕：既挫了群儒们的锐气，又使伯颜遵旨减少了杀戮和加快了进军速度。

八思巴的预言就要应验了：江南欲破，百雁来过……

先说过"百雁"，再来说说那只"孤雁"。1275年初，也就是伯颜统率三军跨江全面展开灭宋不久，郝经一行历经颠簸终于回到了已经阔别十五年的大都。久别相逢，忽必烈竟执其手热泪盈眶。这充分展示了这位蒙古族大皇帝浓厚人情味之一面，致使相随的文武百官莫不纷纷跟着落泪。是夜，忽必烈与察苾又设盛宴为郝经接风洗尘，与汉臣群儒们欢聚于大内延春阁。察苾皇后亲自为郝经斟赐马奶酒，而忽必烈则抚其背曰："汝与朕非一般君臣关系，乃生死之交之'安达'。"又现蒙古人淳厚之一面，顿使郝经感动得伏地泣不成声。只不该！随之便口吐鲜血仆倒在地，从此便一蹶不振昏迷不起。也难怪！连续十五六年的囚徒生活和归途之劳累，已耗尽了他全部的体力和心力。虽忽必烈调动了全部御医名家，但不久郝经还是悄然离开了人世。据传，察苾皇后闻之又因联想起恩师元好问，悲恸数日几近绝餐。而忽必烈在悲痛之余，则顿足不止非常惋惜。特命以王侯之礼厚葬之，并亲临凭吊。故有的史学家也称，郝经的故乡也因此多得关照。皆因郝经临终有嘱，唯愿"仁泽乡梓"而舍谥赐！故三晋之地，多受元初晋籍名臣惠及绝非虚言。（详见《元史·郝经传》）

当然，忽必烈将怒火还是发泄向了"南家思"……

随之，在一片"兴师问罪"的呐喊声中，南宋小朝廷更日渐陷入一片风雨飘摇之中。已明知贾似道是丧权辱国的罪魁祸首，但可悲的是，因群臣纷纷推诿似还只好靠其独撑危局。而伯颜也果不愧忽必烈精心培养的统帅，在突破长江后更尽显其天才的军事才能。金戈铁马驰骋于江南的河湖港汊之间，战旗猎猎，三军已势如破竹般直逼临安。忽必烈似每日仅听频传的捷报都忙不过来，谁料这一日却又罕见地御驾亲临察苾在深宫之"斡耳朵"了。

显然又有重要的心事，尚需"唯卿妻也"……

【第十三章 草原君主，终于实现南北江山一统梦】

原来，在灭宋节节胜利之际，草原母地这辽阔的后院又起火了。全是老祖宗留下的祸根，窝阔台的孙子海都竟又重提是拖雷家系夺了窝阔台家系的"汗位"，早已从暗中蠢蠢欲动变为公然挑衅了。而那位久蓄异志的原三皇子昔里吉，也早以蒙哥大汗的"嫡传"自居，也公开在向忽必烈的正统性提出挑战。权！还是为了权！都以正统自居，都想重新夺回汗权！似宿命一般，同为成吉思汗的子孙，却又这样重新开始血腥的内斗了！还有借口，现在他们均声称"忽必烈是在替汉人打天下"（海都语），正在互相拉拢聚集兵马，大有"星星之火可以燎原"之势。忽必烈毕竟是由大草原走出的君王，又在为此日夜忧心不已了。为此，他甚至曾有过这样的想法：调回伯颜，先彻底剪灭这些"汗位觊觎者"再说。（详见《元史·世祖本纪六》）而每逢这种关键时刻，他总会下意识地想到察苾那超人的政治智慧。

现在忽必烈不再重"色"，而唯急需"见识"了……

察苾已不再年轻了，但她却仍保持着一种高贵的魅力。似乎她总能随着年龄的增长扮演好每个阶段的角色，故她在听后只轻柔地回答了一个古老的谚语："陛下！恶犬虽然狂吠，驼列照样前行！"忽必烈忙问："此当何解？"察苾这才缓缓道："圣上苦心经营多年，岂可闻此而前功尽弃？实现圣祖遗愿指日可待，调统帅无功而返万万不可！思大有为于天下者当视海都、昔里吉之流为疥癣，一统天下后再疗此小疾也为时不晚！"忽必烈却仍忧心忡忡曰："朕乃唯恐养痈成患啊！"察苾断然回应道："不会！此等人皆贪婪成性，为了一根骨头尚可争夺得你死我活，何况汗位乎？现那木罕与安童深入漠北已教训过他们多次，今只需再派老将昔班前去威慑即可！臣妾唯虑者乃那木罕，他尚难服众……"忽必烈沉默不语了，似解开了心头的一个忧结。但为了做到万无一失，还是派快马密使私下召回伯颜再加垂询。（详见《元史·伯颜传》）谁料所答竟和察苾如出一辙，致使忽必烈颇为感慨曰："真大皇后也！"遂事事均依其计而行，唯可惜那木罕未从谏而调归。

伯颜很快便又重返江南前线，南宋的末日就要到了！

水陆齐进，各路大军直逼临安！

察苾却又渐渐隐退了……

三

而南宋小朝廷却有一个女人也被推出了……

若从两个王朝最高层的架构来说，这又似乎是一场截然不对称的战争。蒙元方面的大皇帝真可谓"烈士暮年，壮怀不已"，而南宋方面的小皇帝则"年方四岁，世事不知"。蒙元方面有一位能干贤德的大皇后却早已"退居深宫，极少参政"，而南宋方面也有一位庸碌无能的老太后"临朝决断，面对危局"。

此人就是被称为"南宋亡国之后"的谢道清……

这可真称得上一桩天大的历史冤案，纵观她一生的遭遇即可一窥南宋覆灭的全过程。她和宋理宗的结合并不像察苾与忽必烈那样"郎才女貌，志同道合"，而纯属一种"权臣操纵，皇室内斗"之结果。史称其貌"皮肤黑而粗糙，一目尚患白内障"。立其为后纯属政治需要，以抑制宋理宗的"荒淫无道，欲立妖姬"，此即指贾似道之姊贾贵妃而言。虽后来又称其因"出疹蜕皮"而全身变得"细嫩白皙"，经御医治疗白内障业已拔除，但宋理宗仍不喜欢这位皇后，依然对贾贵妃宠爱有加。爱屋及乌，纨绔子弟贾似道就是这时逐步进入政坛的。后来虽然贾贵妃早夭，但宋理宗却又宠爱上了闫贵妃。好在谢道清虽贵为皇后，却也深知自己的"先天不足"。她甘居冷宫，从不争宠，对于政事毫不过问，后来倒也稀里糊涂地落下个"贤后"的好名声。1265年，宋理宗在纵情酒色中当了四十年皇帝终于驾崩了，宋度宗继位后却继续荒淫无度仍不改"先帝遗风"。除了还是仍重用谎报战功已官至宰相的贾似道之外，并因谢道清"贤后"的好名声将其尊为"皇太后"。又过十年，宋度宗也驾崩了，又立年仅四岁的赵㬎为恭帝。贾似道此时已在南宋一手遮天权倾朝野了，随之为笼络人心又将谢道清尊为"太皇太后"。或许是因为"这草包倒是一堵挡风的墙"，进而还被首次供奉于朝堂开始垂帘听政了。

皇后，皇太后，太皇太后，多么辉煌的一条女人路……

但造化总是在捉弄人，似乎就连有"经天纬地"之才的察苾奋斗一生也从未达

【第十三章　草原君主，终于实现南北江山一统梦】

到这个高度，但她却在庸庸碌碌中"得来全不费工夫"。然而，察苾却留下了"杰出蒙古女政治家"的美名，她却背上了"亡国之后"的骂名而成了历史的替罪羊。其实，这个可怜的女人很可能连自己的皇帝丈夫的边儿也没沾过几次，又怎么能让她替南宋历代帝王和权相的荒淫腐败、擅权乱政承担罪责呢？详查《宋史》，事实上就从南宋第一位皇帝赵构重用权相秦桧开始，这种祸根已经深深种下了。历代帝王莫不倚重权相，而历代权相又莫不擅权乱政。从赵构时的秦桧，到理宗朝的史弥远，直到度宗朝的贾似道达到顶峰，这种纵情声色、贪腐成风的君臣关系始终在延续发展着。查《宋史》，便可见南宋有个掌故：晚上凡有嫔妃宫女陪皇上过夜者，次日尚需进宫面圣"谢恩"，并由主事者详书其日月和姓名。而这一天早上，进宫向宋度宗"谢恩"之美女竟多达三十余人。何其雄健？只可悲除此之外竟将江山社稷全交予权相贾似道祸害。他称他为"明君"，他称他为"师相"，配合得相当默契，终使南宋王朝这种"昏君奸相"的传统发挥到了极致。

眼看就要玩完了，最后还要拉上个老太太当垫背的……

实在令人惋惜！好端端的大好河山眼看就要被这一代代昏君奸相折腾毁了。要知道，南宋当时的科技水平和生产能力均处于世界前列。据英国科学家李约瑟推测，当时的人均GDP竟远远比西欧还要高。而且是人才辈出，无论在软实力及硬实力上整体均优于北方的蒙元王朝。即使单论军事也不示弱，尚有七十余万常备的精锐军队。况且更不乏于钓鱼城大败蒙哥汗之王坚此类的帅才和良将，而只可叹在昏君们的眼中却唯有"师相"等奸臣"扭转乾坤"之功。随之，造假之风大炽，腐败之风盛行。上贪下效，无官不贪，以致"不贪者很难立身于官场"。卖官鬻爵，明码标价，以致"正人端士，作罢殆尽"。诸如原潼川宣抚使刘整、襄樊守将吕文焕等有名将领，均是因贾似道"嫉功害能"先后被逼投降了蒙元的。没学岳飞实令人遗憾，然学了岳飞似也只会有同样悲惨的下场。就连状元出身的文天祥及李苾这样正直的士大夫也纷纷遭到了排斥和打击，朝廷之中也就只剩下了贾似道一伙蝇营狗苟无耻之徒。到南宋覆灭前几年，度宗仍在夜夜玩他的女人，众臣竟将贾似道齐呼之为"周公"，继续把偏安一隅的小朝廷搞得"贿赂公行，腐败成风，个人生活也相当腐朽糜烂"。似乎要的就是这种：在腐败中加速沉沦，在沉沦中加速腐败。从客观上讲，好像从旁为忽必烈一统华夏也在助"腐朽之力"。

贾似道尤值一提，此人乃南宋腐败之集大成者……

史载，其整天除贪污受贿迫害忠良外，便是只知吃喝玩乐。在临安（今杭州）西湖边之葛岭上修筑豪华亭堂，题名曰"半闲堂"，并"塑己像于其中"。强取宫女叶氏以及庵堂中之美貌女尼为妾，并广纳临安名妓多人于其中。"日肆淫乐"，口味奇特，似意欲与"明君"一比高下。又建"多宝阁"，强迫臣众为其尽献奇珍异宝。听说"余玠（南宋名将）有玉带，求之，已殉葬矣，发其冢取之！"而且除了玩女人之外还特别喜欢玩蛐蛐儿。整日对养蛐蛐尤其是对斗蛐蛐乐此不疲，尚著有一部传世大作《蟋蟀经》（详见《宋史》）。当然，他还常鼓励无耻文人为其歌功颂德，专呈给度宗御览以显其"周公之贤"。然而这种上行下效、竞相攀比的穷奢极欲的腐朽生活，除更加贪污受贿之外势必尚需大量地榨取民脂民膏。为此，田产被夺，房舍充公，货币狂贬，物价飞涨，已日渐把江南百姓逼得苦不堪言。而贾似道之流却仍在巧立名目横征暴敛，甚至连打点醋、买根线等也得上税。真可谓："万税！万税！万万税！"最终还是将老百姓逼上了"卖儿卖女，家破人亡"的绝路。故当时南宋著名学者黄震就曾概括出四大弊端："曰民穷，曰兵弱，曰财匮，曰士大夫无耻！"文化腐败与文化堕落也赫然列入其中，足可见就连"软实力"也丧失殆尽。而当时另一江南名士吴潜则进而总结曰："耕夫无一勺之食，织妇无一缕之丝。生民嗷嗷，海内汹汹。天下之势如以淳胶腐纸粘破坏之器，而置之几案，稍触之，则应手随地而碎耳！"（详见《宋史》）但昏君权臣该腐败照样腐败，该穷奢极欲照样穷奢极欲。直至宋度宗因受过多位美女之"谢恩"而死，直至廉希宪突然而至来索要元使郝经，贾似道之"谎报战功、蒙蔽圣上"之种种罪恶方被揭穿。而且是丑揭丑，贪揭贪，一群无耻之徒揭出个大权奸！贾似道的下场是不太"完美"，竟于流放途中被义士郑臣用重锤击毙于木棉庵中。但留下了五六十岁的老太太和一个四五岁的小娃娃，面对将倾的危厦又有何用呢？

故史载，江南沉沦，遂使伯颜成名……

【第十三章　草原君主，终于实现南北江山一统梦】

但未必全然如此。伯颜乃忽必烈精心选拔和培养的南征统帅，其一举一动必然反映的是忽必烈的高度政治智慧和军事意图。如在伯颜统兵攻入南宋腹地后，就一直严格奉行忽必烈的"奉行宽大，抚戢吏民"之政策。有史可考，确实大体做到了"如曹彬不妄杀一人"。须知，此时草原母地的一些叛王业已"乘虚而起"频频在草原兴风作浪，而忽必烈却未采用清初的"扬州十日，嘉定三屠"之法以求速战速决，而是几经思考"从容应对"，仅派名将昔班前去平息漠北叛乱。初衷不改，仍命伯颜高扬"仁义之师"的大旗。而身为统帅的伯颜对"圣上旨意"贯彻得更是既坚定又彻底，遂节节胜利终于在1276年正月三军会师包围了临安城。本可一声呼啸即可拿下这南宋京都，但伯颜却围而不攻按兵不动唯进行劝降。老太太与小皇帝被困于深宫之中，先是"钱塘江上雨初干，风入端门阵阵酸。万马乱嘶临警跸，三宫垂泪湿铃鸾"，后来似也只能背负"亡国之后"的罪名，如诗所云——

乱点连声杀六更，荧荧庭燎待天明。
侍臣已写归降表，臣妾签名谢道清。

是一场莫大的悲剧，但也总算结束了南北一百多年的分割局面，自辽金以来又一次实现了长江南北之一统天下。这在历史上少数民族帝王入主中原是从未有过的，而且忽必烈在处理南宋灭国事件上确也突显"明君风度"。有史为证，伯颜于临安受降之后也绝对秉承"圣上旨意"：首先下令严禁纵兵进入临安城，更不得烧杀掳掠，违者以军法处置。其次即张黄榜向城内外庶众宣谕，提示切勿自扰日常生计。随后更连小皇帝的列祖列宗都照顾到了，当即下令严禁侵扰损毁宋室山陵墓地。这在封建社会的确被视作一件至高无上的"大德之举"，顿使临安臣民"化敌为友"渐渐踏实下来（只可悲十年之后将是另一番情景）。而当时忽必烈似觉得还不够，竟于1276年2月12日，又亲自颁布对临安新近降服的府、州、司、县之官吏以及士民军卒等的安抚诏谕，明确云——

一统华夏——忽必烈大帝之文韬武略

> 尔等各守职业,其勿妄生疑畏。凡归附前犯罪,悉从原免;公私逋欠,不得征理。应抗拒王师及逃亡啸聚者,并赦其罪。百官有司,诸王邸第,三学、寺、监、秘省、史馆及禁卫诸司,各宜安居。

忽必烈果不愧和儒家打了几十年的交道,对汉地汉法简直可以说是玩到家了。他不但使大多数汉族皇帝相形见绌,似乎还能从这份诏文中看到某种似曾相识的"现代意识"。但好像这又和他逐渐"轻儒"的种种做法有矛盾。其实不然,是他深知南宋或许才算得真正的纯汉人汉地,一个胸怀壮志者绝不会因鄙夷儒者的某些作为而对儒法弃之不用。况且草原母地已连续"后院起火",一些野心勃勃的后起宗王们竟敢先后阴谋作乱觊觎汗位。江南河山如此富庶,不施儒法如何能尽得其利以平海都及昔里吉之乱?

先把好话说在前头,待一统天下再说……

果然效果奇佳,就连伯颜在给忽必烈呈奏的"贺表"中也说:"九衢之市肆不移,一代之繁华如故。"有史可考,这大抵是当时临安"鸡犬不惊,四民晏然,街市如故"的写照。(以上诗取自宋人汪元量。其他引言和史迹可见《元史·世祖本纪六》或《元史·伯颜传》等)随后忽必烈还有更加高明之举,竟委付南宋降臣在江南推行"安业劝农"之诸多政策,将自己在中原"重农桑"之经验也广施于宋室故地。"重农桑即儒学之本也!"忽必烈虽日渐疏远了姚枢,但对这句话却仍念念不忘。但不管怎样,七百多年前的一位少数民族君王,就能如此"掌握政策"毫不扰民地进入被灭国的都城,已足令人浮想联翩并确为历史罕见。而至此,绵延三百余年的大宋王朝也就此灭亡了,唯留下文天祥、张世杰、陆秀夫等民族英雄仍在无力回天地做着最后的努力。

但为时晚矣!大宋江山早已被腐败蛀蚀得无可救药……

而令人感到惊诧的是,在七百多年后中国稍有起色时竟又有所谓"外国学者"大肆赞扬起"宋代模式"。其人乃日本专栏作家土谷英夫。文章更堂而皇之地刊登在《日本经济新闻》上。中国的《参考消息》也曾转载,题目改为:"宋代模式"

【第十三章　草原君主，终于实现南北江山一统梦】

可资当今中国借鉴？反问得特别好，其人其文显然是别有用心，处处均可见其阴暗图谋。文中丝毫不提宋朝的腐败架构，却反而明目张胆地赞扬："宋代没有威胁辽（契丹）和西夏，而是每年向他们赠送大量的银和丝织品，和睦相处。"随之更公然指导当今中国说："看上去宋朝推行的是卑躬屈膝外交，但正是用金钱买来的和平，才使经济和文化达到了空前的繁荣。"奇文共赏析！七百多年后尚有外国人为秦桧及贾似道之流"腐败外交"歌功颂德，却未见记载谢太后与小皇帝就是因此被掳往北国称臣请降去了。腐败的外交，腐败的内政，腐败的官场，腐败的文化，只能造就腐败的亡国梦！

以史为鉴！万勿再上这种蛊惑腐败的当……

似还是要学雄才大略的忽必烈，放眼四海纵观天下大势之变幻。即使在运筹帷幄谋划拿下南宋的同时，也不忘继续经营他早插手过的西南边陲。1274年，在傻小子芒哥喇带商挺赴京兆（即今西安）后，即改任能臣贤吏赛典赤·赡思丁主政云南，后果不负忽必烈信任，使云南"衣被皇朝，同于方夏"很快便融入了中华民族大家庭之中。而对于西藏，也早在1260年称汗不久，便派出了总制院（主管少数民族事务，后改名为宣政院）主管答失满前往西藏清查户口建立驿站并宣示："现今吐蕃之地，仰仗成吉思汗皇帝的福德，广大国土俱已收归我朝统治……吐蕃已入我薛禅皇帝忽必烈治下……"（详见《蒙藏关系史》）事实上忽必烈做得比这个还要更细致、更合理。先是封八思巴为"国师"后进而为"帝师"，并充分尊重其"政教合一"的种种主张，随之便于1264年向八思巴授予一道极具历史意义的"珍珠诏书"，使西藏从此无论从任何意义上来讲都成了中国不可分割的一部分。（详见《雪域圣僧——帝师八思巴传》及《蒙藏关系史略》等）而且还于1264年及1274年先后两次派人护送八思巴亲返处理西藏事务。尤其值得一提的是，1274年这一次竟由皇太子真金奉命陪同，更可看出西藏已早与华夏融为一体。而此次老太后与小皇后赴元上都的请降称臣，就更使这位蒙古族大皇帝完成了"结束南北分裂一统华夏"的宏誓大愿。

大哉乾元！忽必烈的历史功绩是绝对无法抹杀的！

一统华夏——忽必烈大帝之文韬武略

首先应该看到,他这个"大一统"比起汉唐王朝来,绝对只有过之而无不及。故近代有些史学家称:"只有到了忽必烈的统一,才使国家浑然成为一个整体,再也没有办法分割了,基本上保证了中国元明清以来的大统一,历史上再也没出现过分裂割据的状况。"(详见《元史论丛》)详查史籍,大元王朝统辖的面积为:"北逾阴山,西极流沙,东尽辽东,南越海表。"(详见《元史·地理志序》)大体上与清朝乾隆全盛时期之疆域相等。从此奠定了中国统一的多民族的坚实之国家基础,使之成为一个屹立于世界难以撼动的整体。

难怪忽必烈在元上都的等候中欣喜若狂⋯⋯

元上都内处处张灯结彩,大安殿里时时笙歌宴舞,文武大臣人人齐颂皇上圣明,皇子皇孙个个欢呼胜利万岁。先行归来的统帅伯颜被晋升为中书右丞相,副帅阿术被晋升为中书左丞相,但朝中除了英明伟大的圣上,依然是大权在握的阿合马一手遮天。

因为伯颜与阿术为平草原之乱,很快便又转战漠北去了⋯⋯

战争,还延续着战争!扩张,还延续着扩张!即使在凯歌高奏的巅峰时刻,随着阿合马无穷尽的敲诈勒索,对忽必烈的另外一种评价也已悄然出现了:好大喜功,嗜利黩武⋯⋯

儒臣汉僚永不甘寂寞,遂在饱受冷落的同时似也只能向"擅权乱政"的阿合马展开不屈不挠的斗争。文死谏,武死战,他们似乎要贯彻得就是这种儒家的传统。

随之,朝廷内就好像分成了"功利"与"义理"两大派⋯⋯

忽必烈"度量弘广"、高高在上,仿佛还"乐观其成"。很多史书上所记述的"崇高美德",诸如"兼容百家重儒学""喜听忠言能纳谏""仁恕公正得人心""节减为上促兴邦"等,竟然均是这阶段以"充分体现"的。

只不该很快便把皇太子以及大皇后牵扯了进去!

不久便使察苾陷入了深深的矛盾之中。

她毕竟是个女人,还是个母亲。

丈夫和孩子⋯⋯

第十四章

形单影只,高处不胜寒

【看点提示】你知道吗?前所未有的奇功,必然引发前所未有的欢庆。成为"天可汗"兼"大皇帝"的忽必烈终于功成名就,正等着南宋的老太后和小皇帝亲自请降来朝。——你知道吗?大元宫廷御宴的场面有多么宏大?"乐指三千响碧空",这是一支多么庞大的乐队!而南宋献上的无数传世国宝,又是如何令人眼花缭乱?——你知道吗?面对这一切察必的冷漠态度,竟颇令人扫兴,而太子真金也似持相同的态度。那群儒臣就不识眼色,竟还欢欣鼓舞地建言"一统之日应当开科取士"。——你知道吗?这一切不仅使忽必烈顿时生疑,而且深深触动了他的痛楚:全国到处都是汉人取中的"士",那又将圣祖子孙置于何地呢?——你知道吗?为此,忽必烈竟把自己锁进了小皇妃空留的寝宫,阿合马也趁机一呈其兄遗留的密折。——你知道吗?帝与后、皇上与太子、君王与儒臣之间的关系越来越紧张。——你知道吗?多亏那傻皇子芒哥喇的及时归来,仅凭他那羊肉泡馍和苏东坡的那个月亮,竟使得皇室间重归一团和气,君臣间也达成某种默契……

一

历史上辉煌一时的大元王朝终于尽呈全貌了……

到1276年4月底,南宋亡国之君小皇帝赵㬎及臣众被押送到元上都时,忽必烈时年已六十多岁,而察苾也五十出头了。在七百多年前,这已绝对算得上进入老年了。为此,虽忽必烈对这激动人心的消息仍感到欢欣鼓舞,而察苾却看得十分淡漠,甚至还略带忧伤。

往事悠悠,现在心中似只装着四个儿女……

首先是小女儿昂家真,她长大了,已遵祖制远嫁回了弘吉拉部族。但她是多么不幸,丈夫很快便死了,只能依祖俗再嫁给他的弟弟。而现在好像还没完,似乎正等着下一个轮回。再者便是小儿子那木罕,因其父皇不听劝谏终于也出事了。和安童一起受昔里吉暗算早被送给叛王海都"以表效忠"了。虽说已得对方的承诺绝不会伤害只有款待,但从去年遭软禁以来已经快一年了。唯有傻儿子令人放心,在

【第十四章　形单影只，高处不胜寒】

商挺的辅佐下凭着那份傻福气倒也颇受秦川百姓喜欢。但芒哥喇又不知在玩什么稀奇古怪的新花样，好几年来竟没有回家来看母亲一次。只有大儿子真金因"太子监国"尚可经常看到，但他和其父皇那日呈对立的关系却更令她惶恐不安。（详见《元史》真金、那木罕、昂家真等相关史料）

全怪自己带来这么个家奴阿合马……

身在大内，几乎会天天听到相关信息。比如，外头早已传出：真金早被姚枢、许衡、窦默、张文谦、张易等儒臣寄予厚望，渐渐竟莫名其妙地成了"义理派"的象征。也难怪！真金从小受教于姚枢与窦默，是在汉地受儒文化熏陶长大的。有史可考，就连他那含有汉族语义的名字真金，也是忽必烈在头一个儿子夭折后为确保孩子长寿而令姚枢、王鹗、许衡等大儒给起的。而真金向来对阿合马这位家奴出身的首辅极为反感，自被册立太子并掌中书省事后，就更对这位"功利派"的罪魁祸首视之为权臣奸相对立日益严重。他曾多次当着父皇之面，给予这位色目宠臣种种难堪，致使忽必烈常因太子缺少"深谋远虑"而颇感不安，为此竟对儒臣们更加"敬而远之"，并对太子也日渐猜疑。

最近的矛盾焦点是：科举考试，广纳天下贤才……

作为旁观者的察苾来说，她对双方均有深刻理解。作为真金来说，他是绝不如其父皇之"志向弘远"，但凭其贤能也肯定能成为一个"守成之主"。而作为一个"龙骧虎视"之之开国君王来说，忽必烈却绝对看不上只知"仁儒守业"的接班人，但对"善于理财""使用得心应手"的阿合马也似有些过于放纵其横行了。眼下，终于集中在"开科取士"上爆发了。经真金与许衡等大儒多次建言劝谏，忽必烈终于在1274年答应了"似可试行之"。但阿合马之流闻之却大揭忽必烈心头"李璮之乱"的伤疤，竟声称汉人不可靠，"士皆成官"还是蒙古主子的天下吗？忽必烈还算给太子留面子，没有以此训斥真金只是压下从此再不提科举考试了。却谁料在此南宋覆灭大元王朝一统天下的欢庆时刻，真金又借此重提此举"以纳天下英才"，这不是明显地"哪壶不开提哪壶"吗？从此，忽必烈便一改对"义理派"与"功利派"乐观其"争"的态度，而逐渐倾向于唯重"功利派"了。

真金的处境使察苾惶惶然不可终日……

如果相对过去说,她很可能早就束手无策了。要知道,历代大哈敦到了这个年龄大多成了摆设,就连能够见到君王的机会也极少极少。好在真金和阔阔真已先后为她生下两个虎头虎脑的小孙孙:甘麻喇与铁穆耳,并奉旨从小即养育在深宫自己的"斡耳朵"内。忽必烈爱孙心切每日必来探视,故察苾尚能天天有幸"一睹龙颜"。而据《元史》记载,这位蒙古族大皇帝虽已入主华夏,却在自己的后宫建制上仍顽强地坚守着蒙古特色。其情况大体如马可·波罗所云——

　　他(指忽必烈)有四个妻子。这四个妻子他都认为是正室,她们全叫作皇后,再加上各人特殊的名字。她们每一个都有自己的宫。每一宫至少也有三百个最美丽和娴雅的宫女。她们也有许多太监来做侍仆,和许多其他男女仆人。因此每一个皇后都有一万人在她的宫中。

与《元史》对照,这大体上是可信的,也确实从另一个侧面反映了忽必烈"好大喜功,追求崇荣"之特点。再加上他和察苾毕竟关系特殊,很可能这位大皇后的"斡耳朵"规格之高还要"更上一层楼"。既然皇帝每天都要来看自己所疼爱的小孙孙,当然太子与太子妃更不例外了。故察苾这里自然消息特别灵通,父子俩的矛盾也就使得她无法也不能再回避了。这一天,忽必烈带着气就来了,尚未等将两个小皇孙抱出,便对察苾曰:"喜庆将至,其不看朕已完成了亘古未有之大业,竟还跟着一些汉臣儒生又在谏!谏!谏!重提开科取士,重提广纳贤才,甚至还重提'南家思'权臣误国当为鉴!"察苾忙打断劝慰道:"圣上息怒!皇儿乃唯指阿合马贪得也太肆无忌惮了!天下一统,应当广宇澄清!"忽必烈听后反而斥之曰:"糊涂!漠北诸王思反,江南余孽未除,圣祖伟业必当继续,我蒙古国族也不能从此就知安享富贵尽失祖先的剽悍与骁勇!而这一切均耗资巨大无日不需,故非有人代朕去收、去敛、去运作,而且还必须去替朕挨尽天下人之骂。身为太子尚不如从不读书的芒哥喇,竟不知'善善恶恶'用人之道,越学儒便越不如弱龄时尚知代父'小王

【第十四章　形单影只，高处不胜寒】

升帐'。"察苾再不会打断了，而是任其发火，任其宣泄，任其尽诉心中苦衷。她深知，此时唯有沉默才能表现出更大的尊重，更多的理解。过多的辩解，或者只会越激越怒，火越激越旺。唯有当母亲的代为承受，或许君王心中的愤懑才会自动消除。

果然，两个虎头虎脑的小皇孙一出现，气氛顿转……

但并没有维持多久。1276年5月2日，作为南宋灭国之君的小皇帝赵㬎时年刚过四岁，便在一帮亡国的降臣，诸如南宋丞相留梦炎（还是南宋状元，一位极会钻营的无耻文人）等的簇拥下，迫不及待地开始向大元王朝请降纳贡称臣了。实在等不及了！原来身为南宋亡国之后的谢道清竟然还能"恐愧而病"，因"死狗扶不上墙头"似也只能暂时滞后无缘这场"亡国盛典"了。

但大元王朝的大皇后，却无奈地参加了这场受降大典……

说是无奈，这是因为眼前的场景颇令人视今忆古。察苾从小即师从元好问熟读《四书》《五经》，而且也颇知晓中原历代帝王的史实和典故。为此，她竟由不得感慨颇多。遥想当年，宋太祖也可算得不世英雄。凭着大智大勇结束了隋唐以来的群雄割据的局面，也曾从"陈桥兵变"逐步到一统大江南北。宋代江山总算延续了三百余年，而现在江山顷刻间崩毁，竟只剩下个四岁小儿前来"献降"。望着身旁两个可爱的小孙孙，不知为什么她竟变得目光呆滞毫无心思参与这桩"盛事"了。但依据自己推出的"内蒙外汉"的法则和礼仪，她又不得不陪在大皇帝身边共同接受朝贺。

这才叫：胜也忧，败也忧，家事国事处处忧……

举国上下、满朝文武、宗亲贵胄、巾井黎庶均在等着纵情欢庆。特别是蒙古族的骁骑悍将更早已挥戈欢呼、纵酒高歌了。其中，尤以阿合马显得特别"受人触目"，他似乎正在不惜掷尽天下财富只为此一时之"旷世盛典"。察苾看到，忽必烈似正在为自己已跨入秦皇、汉武、唐宗、宋祖之列兴奋激动了。而真金的目光却颇为复杂，每当一触及阿合马便面色阴沉显然和父皇缺少配合。察苾忧心忡忡，生怕发生什么不快，便以家主命令家奴的口吻私下对阿合马警告说："严禁于太子眼前耀武扬威，最好回避！如若败了皇上的兴致，仅用家法就可要了你的脑袋！"阿

一统华夏——忽必烈大帝之文韬武略

合马唯唯,盛典终于开始了。

这也可算作忽必烈人生的巅峰时刻……

察苾时刻准备着密切配合,而1276年五月初一,忽必烈刚等天亮,便带着几位亲随私下来到了太庙。他长跪于圣祖成吉思汗的神主牌位前,热泪盈眶地祈告曰:"圣祖在天之灵啊!多亏您对孙儿这一生的激励,现南宋已亡,群臣皆降,总算不负您的遗愿'入继华夏大统'了。然前程漫漫,大元王朝将何去何从?还祈圣祖示知!"遂伏地泣听,长达半个时辰……而几乎与此同时,南宋无耻的降臣也簇拥着四岁的小皇帝及其母亲金太后和其他太妃与宗亲,先行向象征黄金家族太庙的"紫锦罘思"(即城角之屏)向北叩祭过了,以示对圣祖成吉思汗及历任大汗的降服。五月初二才是忽必烈正式接受小皇帝觐见的日子,正规的"受降大典"似也只能从此刻算起。拂晓,即见得留梦炎等众多无耻降臣已经开始忙乱了,先是"铺设金银玉帛一百余桌"于元上都皇宫御殿前,作为小皇帝及其母亲和随众"觐见进贡"之礼品。随后,忽必烈是在大安阁接受他们觐见的。大安阁是元上都皇宫中举行重大典礼的正殿。忽必烈和察苾并坐在大殿的宝座上,太子真金领诸王列坐于两侧。气氛相当庄严肃穆,小皇帝及其母亲和随众却均仍穿宋朝服饰觐见新主。这绝非是尚存一丝民族气节,乃忽必烈事前就曾降旨曰:"不要改变服色,只依宋朝甚好!"又见大家风范,其实如此装扮方能更显是大宋王朝向大元王朝彻底投降。小皇帝赵㬎率其母与随众如仪向忽必烈和察苾行朝拜大礼,这象征着忽必烈终于君临了整个华夏大地。

一个王朝走向覆灭,一个王朝正在崛起……

但忽必烈却似犹有遗憾,即随着小皇帝前来的虽也不乏女人,如赵㬎的母亲金太后及几位太妃,但唯缺太皇太后谢道清似尚显分量不足。须知,其一直"垂帘听政"到最后,没有她尚难达到"功德圆满"的地步。好在良将均能体察圣意,稍后阿术便将病病歪歪的谢道清"送"到了元上都。忽必烈大为高兴,又重启朝拜之仪。这才算得上"完全彻底"的大一统,遂特封小皇帝赵㬎为瀛国公,谢太皇太后为寿春郡夫人,并亲自嘱咐她继续"垂帘听政",下诏号令南宋未平之地尽快投

第十四章　形单影只，高处不胜寒

降。谢老太后主政不行但为臣倒很驯顺，致使忽必烈大为高兴，竟以御宴款待其与小皇帝等十多次。元人汪元量曾以诗详述其"盛况"，现全文赘录于后。然并非因其诗才非凡，乃皆因从中尚可一窥大元宫廷当时吃什么、喝什么、歌什么、舞什么、玩什么、乐什么？由此便可尽知七百多年前蒙古皇帝是如何保留自己民族特点和宫廷特色的。其诗云——

皇帝初开第一筵，天颜问劳思绵绵。
大元皇后同茶饭，宴罢归来月满天。
第二筵开入九重，君王把酒劝三宫。
驼峰割罢行酥酪，又进雕盘嫩韭葱。
第三筵开在蓬莱，丞相行杯不放杯。
割马烧羊熬解粥，三宫宴罢谢恩过。
第四排筵在广寒，葡萄酒酽色如丹。
并刀细割天鸡肉，宴罢归来月满鞍。
第五华筵正大宫，辘轳引酒吸长虹。
金盘堆起胡羊肉，乐指三千响碧空。
第六筵开在禁庭，蒸麋烧鹿荐杯行。
三宫满饮天颜喜，月下笙歌入旧城。
第七筵排极整齐，三宫游处软舆提。
杏浆新沃烧熊肉，更进鹌鹑野雉鸡。
第八筵开在北亭，三宫丰筵已恩荣。
诸行百戏但呈艺，乐局伶官叫点名。
第九筵开尽帝妃，三宫端坐受金卮。
须臾殿上都酣醉，拍手高歌舞雁儿。
第十琼筵敞禁诞，两厢丞相把壶瓶，
君王自劝三宫酒，更送天香近玉屏。

一统华夏——忽必烈大帝之文韬武略

此外,除设御宴款待,让这帮亡国的贵人享尽这异域略带野性的吃、喝、玩、乐之外,忽必烈对小皇帝赵㬎、老太后谢道清等贵人永留北国之衣食住行日用,也均有非常独到的安排和优厚待遇。似还与民族特色和元宫特点有关,故继续不避繁赘录之于后。汪元量又诗云——

> 每月支粮万石钧,日支羊肉六千斤。
> 御厨请给蒲桃酒,别赐天鹅与野麋。
> 三宫寝室异香飘,貂鼠毡簾锦绣标。
> 花毯褥裀三万件,织金凤被八千条。
> ……
> 雪里天家赐炕羊,两壶九醖紫霞觞。
> 三宫夜给千条烛,更赐高丽黑玉香。

如仔细研读上述诗行,有心人肯定会从其间挖掘出一笔可观的"精神财富"。要知道,现如今这"饮食文化"可算风行全球。除深入研究八大菜系之外,而今又把触角渐渐延伸于"宫廷酒宴"之内。比如清朝,不但将"满汉全席"搞明白了,甚至连贵族之家的"红楼宴"也给捣腾出来了。赚钱呀!一桌就得成千上万呀!但至今却仍未见有人去研究元代宫廷酒宴,好像蒙古人就会涮个小肥羊似的。其实大错特错矣!元代宫廷酒宴的丰盛多彩绝不比满汉全席差。吃得那个范围广,喝得那个气魄大,那可是历朝历代没法相比呀!先说吃的:蒸糜烧鹿,驼峰酥酪,割马烧羊,还有"杏浆新沃烧熊肉"、"更进鹌鹑野雉鸡"、"并刀细割天鸡肉"(据考,即天鹅肉)、"又进雕盘嫩韭葱"(据考,即野生沙葱。唯一素菜,还是纯天然食品)等。再看气魄之大:"葡萄酒酽色如丹",还"轳轤引酒吸长虹"。这还不算,酒宴之上尚有乐队伴奏。仅"乐指三千响碧空"一项就得多少人啊?恐怕就连当今欧美最大的著名乐团也难担负起这样重大的"政治任务"。更何况!还有

【第十四章 形单影只，高处不胜寒】

"诸行百戏但呈艺""乐局伶官叫点名"，听听！那时候就可点歌叫小姐了，这吃着喝着又是多大乐子呀？难怪最后竟主宾均一起"拍手高歌舞雁儿"，元朝宫廷盛宴就是大气、洋气、谱气、野气、阔气！有志于靠饮食文化发财致富者，绝对不妨推出"蒙元宫廷御宴"全新版！而在七百多年前，忽必烈面对南宋之亡国君臣，摆开的就是这么宏大的场面，突显的就是这份豪放的热情。一连好些天兴致不减，几乎夜夜均是如此。只可惜当时的小皇帝和众贵人均没这福气，后来竟有负"皇恩浩荡"大多肚子都闹出不少毛病来。这又充分反映出忽必烈"天马行空，独来独往"的行事风格，豪放的胸怀里似只有唯我独尊的"一厢情愿"。（汪诗均见于《增订湖山类稿·湖州歌九十八首》）

然而，察苾却默默地都注意到了……

一连十几天出席御宴，这对于这位大皇后也是少有的事。因为在大元帝国初期实行的是"朝无常制"，那就是说并不像中原历代帝王那样天天"早朝"。忽必烈性格相当奔放，史称随时随地都可召见某些大臣商议某些大事，故免了察苾依祖制必须天天上殿跟着受朝拜之苦。而这回不一样了，有了这位亡国的太皇太后，自己就必须相对应地回回陪着。是得突显一下儒家仁义之美德，但在诸王和重臣喜庆欢乐之时，唯独她又表现得郁郁寡欢。忽必烈有些纳闷，宴后私下问其曰："我今平江南，自此不用兵甲，众人皆喜，尔独不乐，何耶？"察苾这回竟立即恭恭敬敬地跪禀："妾闻自古无千岁之国，毋使吾子孙及此则幸矣！"她是想提醒该"未雨绸缪"，忽必烈却颇觉扫兴。再看皇太子也唯默默，心中便又多了几分猜忌。

自古再大度的君王也免不了猜忌，越老猜忌越重……

好在随后察苾不仅自己"唯命是从"，而且也力诫儿子"谨遵圣命"。这才终于完成了忽必烈命"皇太子东宫赐宴，代皇帝赐酒、赐熊掌，大皇后亲自探视"等诸多庞杂的事务。忽必烈满意之余高兴地逗弄着两个虎头虎脑的小皇孙，心态似乎平和了许多。却不该随后发生的事情，竟又把这逐渐平和的氛围给搅乱了。按照惯例，获胜的统帅必然会将被灭国皇室历代所收藏的奇珍异宝尽献于自己的国君，而国君也必然会将其尽展于大殿之上以示胜利的辉煌。忽必烈当然也不会例外，而

一统华夏——忽必烈大帝之文韬武略

且首先被这些巧夺天工的奇珍异宝所震撼了。也难怪！宋代工艺乃集历朝历代之大成，海上丝绸之路就是因此通向波斯直至欧洲的。为此，皇亲国戚、宗室贵胄、文武重臣、宫女嫔妃，莫不为亲眼一睹差点挤破了头。若经恩赐能得一件，更是天大的荣宠该烧高香了。而唯大皇后察苾迟迟未到，后来还是经忽必烈多次传唤，才姗姗来迟出现在这些奇珍异宝之前。矜持、高雅、沉默、自尊，除唯遵皇命巡视之外竟无一丝激动的表情。而忽必烈却正在兴奋之中，竟破例恩准她"任情选取"。而察苾却似乎一时间又忘了关系才稍转平和，虽忍了又忍，但还是禁不住毕恭毕敬地回禀道："宋人储蓄以遗其子孙，子孙不能守，而归于我，我何忍取一物？"说毕便请辞告退而去，留给忽必烈心头这个别扭就不用说了。随后太子真金到此也持相同态度，顿使忽必烈对母子之猜忌之心更加重了。（上述察苾之对话和史事均取自于《元史·后妃传》）

这真让人扫兴，似乎是在处处和自己作对……

其实，察苾在酒宴后或珍宝前之"扫兴"，均反映了一位历史上蒙古族杰出女政治家的高瞻远瞩。似只为了提醒功成名就之后切莫只沉醉在一片颂扬声中，为了子孙万代的千秋大业当保持头脑清醒。察苾并不知道太子也采取了相同的态度，更不知道真金所为乃是受了许衡、窦野、姚枢等大儒以及身边王恂、不忽木等后起之儒之劝谏的影响。她只是宁愿饱受冷落也要尽一个妻子的责任，因为在追求实现今日的"大一统"过程中她也曾付出过心血。

但事态的发展往往不以人的意志而转移……

随之又发生了一件事情，竟使得忽必烈突然发现自己的大皇后是老了，越来越失去往日的睿智和干练了，似乎只顾了疼孙子竟就知道跟着受群儒包围的太子跑了。原来，跟着小皇帝北上请降称臣的金太后因水土不服，且消化不了蒙古新主这过分热情的野性款待，终于病倒了还病得不轻。其实这个女人虽名为"太后"，却绝对算不得一个政治人物。只被宋度宗偶尔"临幸"了一次便阴差阳错地怀上了小皇帝。后来她几乎再没见过几次宋度宗，天天"谢恩"的女人太多了顾不上她。资质极其平庸软弱，故随后虽因"母随子贵"当了太后，但她头上尚有一位"垂帘听

【第十四章 形单影只,高处不胜寒】

政"的太皇太后便显得更无足轻重了。察苾曾奉命探视过她,出于一个女人的本能她对这位太后的遭遇深表同情。见其已奄奄一息,"曾三次奏请放金太后回江南"。忽必烈这回再不给结发妻子面子了,而且还迁怒于众儒对太子和大皇后的包围。不等察苾进一步解释,便罕见地斥责其曰:"尔妇人家无远虑!"这可是第一次将"佐夫终成帝业"的察苾突然降格为一般妇道人家。其情其景可想而知,而忽必烈却继续教训她道:"若使之南还,或浮言一动,即废其家,非所爱之也!苟能爱之,时加存恤,使之便安可也!"(详见《元史·世祖本纪六》和《元史·后妃传》)史载,此乃突显忽必烈有政治远见,但难道察苾的"奏请"仅仅是妇人之见吗?

而矛盾似乎还在逐日积累……

就在察苾被"降格以待之"后不久,不知趣的儒臣们却又从旁"火上浇油"了。许衡、窦默、姚枢、廉希宪、张文谦、张易等这批"藩邸旧臣"并不知"皇室生隙",甚至还均在为"我主"终于完成一统大业而欢欣鼓舞。比如,王鹗闻知宋室前来请降,竟老泪纵横地对众曰:"不枉老夫数十年追随我主,今死而无憾矣!"藩邸旧臣大都抱这样的心态,耶律铸就曾写颂诗数十首以志之。就不该他们竟看不出"圣上已与儒臣渐行渐远",却仍在为主子之"盛世当有盛举"而出谋划策。他们私下联系东宫太子身旁的众多后起之儒臣如王恂等,遂先后均向忽必烈上折奏请曰:"盛世之初,必有盛举!建言圣上于一统天下伊始,即开科取士,广纳天下贤才,以永葆我朝之兴旺隆盛!"

却没想到,好心反又给察苾帮倒忙了……

这位大皇后发现,忽必烈这一天竟罕见地没来看两位可爱的小皇孙。除了令内侍将诸儒所有的奏章送到自己的"斡耳朵"外,在这"天下一统"的大喜日子里竟突然隐身不见了。就连他从来不拿之当"异族"的赵璧与董文炳也不知其下落,唯向大皇后称:"圣上震怒矣!"此时察苾再看诸儒的奏章,霎时便明白几分。明摆着这不是在征询自己的看法,而是等于迎面掷来进行质问:累逆朕意,是欲何为?察苾一下跌坐在椅上,很清楚这次的事情闹大了。很显然皇上已经把这些奏章和自己以及太子近日来的所作所为联系在一起了。为此,她先是命贴身的侍女尽快传唤贤惠的儿媳阔阔真,亲嘱她转告太子千万别重提"开科取士"之事,保持恭顺沉默切莫有违圣意。如果万不得已,尚可暂将一切推在母后这里。爱子之情溢于言表,但等太子妃刚走却又由不得担心起相濡以沫数十年的忽必烈。再顾不上想今后自己的下场了,只是惴惴不安地想到了他的震怒和突然隐没。

毕竟年过六十了,他那日思夜虑的身体……

而就在这时,有宫女向她传来一个令人震惊的消息:皇上找到了,在那处几乎被人遗忘了之小哈敦的冷宫里。是董文炳和赵璧找到的,但他们不敢进去,似也只能隔窗偷窥皇上的一举一动。功成名就的一代雄主似已由震怒转向了久久的沉默,凝视着手中那小哈敦遗留下的一副皇妃"顾姑"。若有所思,若有所悔。更令人惊诧的是,旁边还毕恭毕敬地一直肃立着阿合马。原来正是这位首辅大臣陪同前来的,似仍在为只有自己知道皇上这私密而沾沾自喜。果然,当忽必烈一听窗外尚有动静,便怒喝曰:"立即给朕退下!搅扰朕之静思,该知何罪!"随之,这处冷宫便又只剩下这一君一臣了,还是久久地悄无一丝声息。

察苾闻知,更感到事态的严重了……

但这绝不是因为女人的嫉意,更不是因为忽必烈又出现在小哈敦的冷宫,而是她深知忽必烈此时的心态特别复杂,似不被妻儿理解正欲寻找回往日的"知音"。即使对那位美艳刚烈的小哈敦,察苾似乎也特别理解。甚至对她那炽热的野性追求也充满了同情,并感谢她为那木罕的疏导和守口如瓶。一个真正配称草原蒙古人的骄傲女性,为此察苾一直代为亲手抚育他留下的小儿子并育于身边……往事不堪回首,察苾似乎已经预感到后果的严重性了。但作为一位杰出的蒙古族女政治家却仍显得处乱不惊,手拨一串念珠默祷着只准备从容应对。正在此时,太子真金已慌乱地自己来了,进门即曰:"母后!儿臣又惹父皇发怒了!"察苾却答:"太子无错。"真金仍很不安地问:"那是儒臣们不识时务?"察苾只答:"未必尽然。"真金长叹一声似也只好说:"那就是父皇老矣,乐极生悲……"却谁料平日温文尔雅的察苾却蓦地发火曰:"无礼!竟敢放肆妄猜父皇!汝父乃一只凌空展翅翱翔之

【第十四章 形单影只，高处不胜寒】

雄鹰，汝只不过是一只守着农舍小院的家雀！汝父乃在居高临下试看天下之风云变幻，汝却仅立房檐只盼一时之风调雨顺。圣上绝非乐极生悲，乃在思在想，思国家之兴衰，想民族之存亡！汝自幼成长于众儒之间，现该学的正是圣上这种'老骥伏枥，志在千里'之雄心和魄力。唯崇仁儒难成一代圣君，当思之！"

真金愕然，只惊诧父母之骤然变异……

还是察苾深深了解忽必烈，他现在仍于那处冷宫中冷静思考着。不是说不含丝毫"儿女情长"，但确如察苾所说确是在思考着"国家之兴衰、民族之存亡"。群儒的奏章引起了他高度警惕，并很快就联系到了皇后和太子连日来之"扫兴"。矛盾的冲突点显然是因两种文化背景的差异：他是从茫茫的大草原上冲杀出来的，自然眼界开阔、胸怀坦荡愿意海纳百川。而群儒们只是死抱着《四书》《五经》不思进取，除了墨守成规就是有违儒家教条必谏。汉法倒是个好东西，而只困囿于"仁义之道"中几代后还能有蒙古人吗？而现在就连皇后和太子都被他们困于这个鸟笼子之中了，长此下去这还了得！而在此时，一直静默垂立于旁的阿合马终于发现时机已到了。他竟突然拿出一封信，做战战兢兢状呈送忽必烈眼前。圣上问曰："是何要事，又来烦朕！"阿合马忙跪地泣奏道："小人有罪！小人有罪！此乃阿古拉将军临赴旭烈兀大王处私留于小人处的，嘱我必待陛下大业功成之日方可呈上！小人密藏多年实属有罪，现冒死呈上只求陛下宽恕！"忽必烈一听，蓦地便是一怔。在小哈敦冷宫竟又得其兄遗信，忙打开视之。因用当时蒙古文书写，颇为烦琐，如用汉语来说，其意大体如下：恭祝大汗终成大业！臣早知一统天下仅为大汗举手之劳。恭贺之余，尚愿将遗臣心思尽呈我主眼前。大汗用汉法确系英明，乃"以华治华"尽取其人力物力！然汉儒不可多用，以谨防重蹈匈奴、鲜卑、突厥、契丹、女真之覆辙！仁义之说，只能使我蒙古人脊酥骨软无以自存。依臣所见，自圣祖成吉思汗以来，我蒙古人即在征战中生，在征战中长，在征战中崛起，在征战中扬名于天下！蒙古人天生就是为征战而生，没有征战蒙古人必将衰败。臣深知此次一别将为永诀，谨留数语聊表永恒的忠心矣……忽必烈阅后颇为感动，而阿合马在一旁配合得也颇为到位，竟也涕泪满面。其实他的内心却在想：没有征战自己也就跟着玩完了。

察苾静守于大内里等候着这场宫闱风暴……

但就是迟迟不见袭来,后宫静得如此可怕。只闻听,圣上已命令阿合马遣人远赴伊犁河谷,不惜斥巨资用一块块刻有鹿图腾的片石,在茫茫的大草原上堆起一座高耸的鹿冢。察苾知道,这儿便是小哈敦自尽之处,但随后这位小皇妃便和那座皇后级的"斡耳朵"一起被焚烧早灰飞烟灭了。蒙古人不讲究起坟,这显然只是马背君主在痛苦追思中的一种念想。尤其是片石上刻有那一只只鲜活的小鹿,那更是他心目中永难抹去的激情幻影。

开始了!好像就是她带来的……

风从宫外来!首先便是阿合马及其党羽遥相呼应了。据《元史·世祖本纪九》载,当时阿合马仅在中书省及六部中竟有党羽多达七百一十四人,其中不但有色目人、蒙古人,甚至还包括多位无耻的汉儒文人。

首轮便对准了藩邸旧臣,着力参奏姚枢、许衡、窦默等儒臣之"心怀叵测""图谋不轨""排斥国族""无视圣上"。

随之又直指太子东宫,着力诬陷王恂等辅臣"里应外合""别有异谋",致使太子真金忧愤成病惶惶然不可终日。

最后虽尚不敢明目张胆地指向大皇后,却开始大有深意地开始上表称颂二皇后"谦卑恭顺""唯上是从"。目的是很明显的,吹捧窝囊的塔腊海以贬低察苾,甚至取而代之。

山雨欲来风满楼,就连宫内侍女也深深感受到了。

但察苾却没有一句解释,唯有静坐诵佛……

二

很显然,阿合马的肆无忌惮是受到了忽必烈的纵容……

【第十四章 形单影只，高处不胜寒】

当时的皇宫大内皆以真言梵字广加装饰，以示坐卧住行不离佛法。而忽必烈本人在处理国家大事之余，也常常"持数珠而课诵"。现在他又和察苾不谋而合，也正在一处幽雅的宫室里闭目打坐。只不过身旁侍奉者众多，大都是弘吉拉草原精挑细选来的姣好少女。

虽说静坐，却仍虎虎生威，他似仍在等待什么……

正在此时，就见得那红得发紫的色目权相阿合马又来了。一般来说，往往"宠臣"即"蠢臣"。阿合马的出现，纯属是为了进一步讨君王喜欢。为此他特别准备了一份联名上奏书，"请尽诛欲借开科取士乱国之诸儒"。砍几颗人头为皇上消消气，这是自古以来常有的事儿。况且又可借君王之手剪灭政敌，何乐而不为？却不料还没等他谄媚地念完，就猛听得这位刚刚一统天下的大皇帝竟突然发怒大喝曰："汝竟不如二皇子那条憨狗知趣！愚蠢无比，胆大妄为，似想毁朕之江山于一旦。来人呀！给朕拉下去杖责四十！"据史载，在廉希宪任中书"平章政事"时，他已当着皇上的面挨过这么一回。这说明忽必烈心中还是有数的，而奴才毕竟只是奴才。看眼色悻悻几声还行，若自作聪明反过来倒想驾驭主子那就该着倒霉了。不久，阿合马就被打得皮开肉绽又拉上来"谢恩"了，但忽必烈却仍余怒未消大骂其曰："毛脑亥（汉译为癞皮狗）！一条不识眼色的毛脑亥！朕警告汝，今后若敢擅作主张乱咬，尤其是胆敢再对着大皇后与太子狂吠，朕不但能打断汝的狗腿，而且还能砍下汝的狗头！滚，滚，还不给朕滚！"其实，蒙古人虽视狗为人类的朋友，但那只是对"忠犬"而言。若不然何来骂人的"毛脑亥"之说？！阿合马是连滚带爬地退下去了，但仍能体会这是一种"关怀和爱护"。打骂又算得了什么，没丢官就说明"宠爱犹在"。

但在外值候的赵璧与董文炳却似又看到了希望……

从对阿合马的杖责与怒斥可以看出，忽必烈即使在狂怒之中仍能保持高度的清醒。这不仅反映了他保留着与生俱来的草原般的胸怀，也反映了他这数十年学儒还是颇有心得。果然，此事一经赵璧和董文炳传出，汉臣儒僚又皆只顾热泪盈眶欢呼皇上圣明了。再未重提开科取士，似唯有深深惭愧"尚对圣意体察不深"。然而，

一统华夏——忽必烈大帝之文韬武略

也绝不乏智者开始有更深刻的思考了。他们虽根本不可能知道尚有阿古拉留有的遗信,但已深知面对这位"天马行空、独来独往"的一代雄主已无能为力了。或许在这一统江山的巅峰时刻隐退是最明智之举,再要拖延下去,势必将要影响君王施展雄才大略而自讨没趣了。随之,汉臣儒僚便日显谦卑和缄默,更突显了这次伟大的胜利唯圣祖成吉思汗子孙的不朽之功。

阴转晴,顿时宫廷上下又初见风和日丽……

但忽必烈的心绪却仍不见好转,似仍在虎视眈眈地想借机发泄。而这倒不是因为他已发现了智者的图谋,反而是因为自己的皇后与太子竟不如儒臣们"懂事"而大为恼火。种种的扫兴事件发生后再未去看小孙孙,那是在震怒之余还期盼着皇后与太子能够反思,等待着他们自觉地前来忏悔、泣告、哀诉,以至于"认罪"和"乞求宽恕"。就连杖责阿合马也是给他们一个下台阶的机会,但在儒僚们个个"臣服"之后还不见来。太子吓病了尚情有可原,而这个察苾竟罕见地这回也变得如此不通情理。齐家、治国、平天下。在这江山大一统的大喜日子里她竟偏要让自己扫兴到底,看来是恃功自傲"死不悔改"了。想到这里,忽必烈再一次勃然大怒了,决定严惩不贷,即刻亲自前往问罪。

历代君王均是如此,绝对不会反思自己……

忽必烈在愤怒中做过种种设想,甚至联想到把那位阿合马所说"百依百顺"的塔腊海扶上大皇后之位。但他毕竟是个"度量弘广"的皇帝,走着走着便想到了这样做后果将不堪设想。再加上他和她确如史书所说"伉俪情深",再走着走着竟突然转向太子东宫了。这就又出现近人所说伟人之"虎气"和"猴气"的现象,一时间忽必烈竟灵机一动又改为"以子之矛攻子之盾"了。尔等不是总以孔孟之道扫他人之兴吗?朕也将以孔孟之道让你等出出丑。教训一顿就算了,皇室也得讲究"家丑不可外扬"。随之,便产生了下面两个在史书中均有记载的故事,均详记于《元史·后妃传》中。

虎气顿减,猴气萌生,忽必烈好不得意……

为此专门召来了赵璧和董文炳,首先径直来到了他专门为太子建的大明宫。当

【第十四章　形单影只，高处不胜寒】

时太子真金病得还不轻，一见父皇到来几经挣扎还是难以跪迎。谁料忽必烈却偏偏看到太子卧榻上一条织金褥毯，便当即指桑骂槐怒斥太子妃阔阔真曰："朕常常称道汝的贤德节俭，没想到尔等竟如此奢侈。"真金明白此乃父皇有意找碴，早悲苦地欲说无语了。这时多亏阔阔真挺身而出，见父皇大怒忙伏地承担谢罪曰："父皇息怒！儿等怎敢奢侈，此织金褥毯从未动过。现太子卧病在榻，臣媳唯恐湿气上潮浸其肌肤，故首次用之，还请父皇恕罪！"忽必烈本来就心疼儿子，视目的业已达到也就见好就收。他见阔阔真正在扶太子欲抽去此褥，竟忙制止却又趁机发挥了一通大道理曰："汝乃朕亲自选中之太子妃，应当与太子过简朴之生活。唯体贴天下百姓之苦，日后方能安邦治国。"典型的孔孟之道，当然旁边有史官忙记于史册。自古圣明君主常不乏此举，多借贬低子孙为自己脸上贴金。况且"以子之矛攻子之盾"的目的似乎也达到了，总体还算满意。

随之，御驾便又出现在大皇后的"斡耳朵"中……

故技重演，显然也把高智商的察苾"打"了个措手不及。原来，忽必烈早从太府监了解到，曾有宫女代大皇后支用了"缯帛表里各一"。这似乎平时并算不了什么，比起这位大皇帝大肆扩建两都宫苑，甚至不惜将亡金故都汴梁最华美的宫殿拆迁重组于上都，很可能连千牛之一毛也算不上。但皇帝想斥责还是能斥责，即使是为两位可爱的小孙孙做衣服也不成。说你是"妇人之见"便只能是"妇人之见"，真可谓"要想批你没商量"。谁让你领着那群腐儒瞎起哄呢？也让你尝尝自作自受的滋味儿。随之便当众责备察苾曰："此军国所需，非私家物！后（即皇后）何可得之？"绝不像真金因病弱尚可稍得宽容，这回对察苾之迎头一棒却决不留情。言辞之重前所未有，似早忘了战争年代察苾曾为他改造战盔和战袍等事。就连随从的史官在一旁也觉难以卒记了，而察苾尚须依制向皇上"跪地谢恩"。她那张高雅圣洁的脸显得如此惨白，但她还是礼行如仪地久久伏地不起了。

忽必烈总算尽吐久久积郁于心中的闷气……

神清气爽，一代雄主当然会继续大有作为。还算皇恩浩荡，未贬未废"齐家"就这样结束了。当务之急乃"治国平天下"，遂连日来便只顾紧张地研究"军国要务"。先是紧急召回时兼右丞相的伯颜、兼左丞相的阿术，亲自面授机宜加紧了对草原母地反叛的诸王如海都、乃颜、昔里吉等的剪灭。后又连续召回平南诸将领阿里别、忙兀台、张弘范、阿里海牙等亲自指点"行省抚治江南，用军尽除余孽"（详见《元史·世祖本纪六》）。此时从这位蒙古族大皇帝的金口玉言中已可听出，他所追求的已经不仅仅是一个太平盛世，而似乎更在追求着在征战中永葆蒙古人的强悍和骁勇。由此可见，阿古拉那封遗信对他影响之深，似乎小哈敦那野性的身影也在时时召唤他早早地回归茫茫的大草原。

既有战争，也就少不了继续纵容阿合马为非作歹……

汉臣儒僚从传统上就是从不怀疑君王是圣明的，他们的目标永远对准的是权臣奸相。随之又一轮明争暗斗就又开始了，而忽必烈也乐得高高在上做一位"不偏不倚"的仲裁者。其时唯一能对他起作用的藩邸旧臣刘秉忠已于1274年死了。他赐其还俗又娶了媳妇，而且"位至三公"（荣誉职衔）。却谁料这和尚似已掐算出会有今天，竟仿佛为躲灾避难似嘻嘻哈哈提前就死了。再没有一个人可同时以儒、释、道三教之法装神弄鬼地影响君王了，致使藩邸旧臣也只能一个个败下阵来。尤其当听说察苾皇后遭圣斥大病不起之后，竟又忘了前车之鉴纷纷争当起了智者。先是耿直的许衡上书"乞骸骨"要求告老还乡。随后便是老王鹗先来一通"终见大业垂成，死而无憾矣"也要求重归故里。而姚枢、张文谦、赵良弼、张易等则分工不同：姚枢与张文谦主动恳辞中枢内阁之要职，只求全身而退；而赵良弼与张易则仍"坚守原职"，但噤声以对阿合马以待来日。（详见《元史》之各人分传）本来，忽必烈在日理万机中得知察苾病倒了，还是深感不安大为懊悔的。不但亲遣御医急去百般疗治，而且还在察苾昏迷不醒时整整在病榻旁守护了一天一夜，并反复自责曰："朕过矣！朕过矣（过分之意）……"直至察苾稍有舒缓，方才回到别的寝宫安息。史载，"上多有抚慰，后感恩垂泪"。看来人家夫妻俩的矛盾似已化解，就不该众儒臣偏偏在此时却插了这么一杠子。随之"后党"之说又起，矛盾反而变得更加尖锐，甚至又重新波及了太子的东宫。一触即发，察苾及太子真金均身陷岌岌可危的境地。

【第十四章　形单影只，高处不胜寒】

这才叫：江山方才一统，皇室却要分崩离析……

多亏此时出现了一位糊里糊涂却又颇为关键的人物，才使得这场一触即发的宫廷内争得以化解。在一片嘻嘻哈哈声中，大皇后与太子才总算躲过一劫。傻人自有傻福气，此人即二皇子安西王芒哥喇。

此时，必须先说说这位傻王出镇一方的种种故事……

芒哥喇自带着商挺和李槃来到京兆之后，乐呵呵似颇受老天垂青。果然给八百里秦川带去了喜气，陕甘一带竟连着三年风调雨顺。而这位安西王脾气极好很得人缘儿，专爱扎在百姓堆里吃羊肉泡馍。他常用筷子击碗慨然曰："此即大元王朝也！草原的羊肉汉地的馍，汤汤水水混在一起好吃又好喝！"前年，他还奉旨返京娶回了一个也颇丰腴的小王妃。据说乃自己从数百苗条少女中亲自选中的，似属"贵妃型"的一位憨态可掬之草原小佳丽。他冲着她笑，她冲着他笑，遂笑到一块成了亲。而且隔年便生了个如父母一般胖嘟嘟的憨小子，也是见人便笑人人皆称喜皇孙。现两岁了，已代李槃领着那条老掉牙的憨狗四处乱走。有人说，京兆大治当归功于贤能的王相商挺，还有那位幕后总爱唠唠叨叨的老夫子李槃。其实不然，就连这两位孔门高足也对其佩服不已。

有例为证，足使大智慧者目瞪口呆……

在出任之前，商挺等人曾力谏其向圣上要兵、要将、要种种特权。谁料他一见到父皇竟全都忘了，吞吞吐吐了半天竟异想天开地只求赏他几个字。忽必烈大悦慨然允诺，思忖片刻即命王鹗代己用汉文写下六个字："重农桑、恤黎庶。"明显是给汉地汉人看的，随之便加盖御用人印赐给了他。商挺等颇遗憾，却谁曾想傻王从此竟和这六个汉字干上了。到任前后足足花了几个月才勉强学会写了，但仍经常缺胳膊少腿。而他那位憨态可掬的小王妃却怎么也写不会，只能用汉语逢人便说："重农桑、恤百姓！"商挺等辅臣大为失望，却不料又有惊人之举再现了。到任不久就要亲自批阅各方来报，他竟把这六个字玩了个花样百出、出神入化，挥笔涂抹自如。无论是军事、政治、民情、税赋等种种批文，他均批复以此六字的一半或全部。这就要看他吃没吃羊肉泡馍了，但这已足以使下面的文臣武将惊诧不已。而无论画三个字或六个字,竟对照种种呈文均十分恰当。以军事为例,仅批了个"恤黎庶"这不是明摆着不许兵丁践踏庄稼和遭害百姓吗?故芒哥喇遂又有了"蒙汉兼通"贤王之称。其实他再用仅会的蒙古文写上"交王相酌情督办"就不管了,放手得很,留更多时间就只顾和胖王妃和胖儿子一起乐去了。

商挺等似也只能拍案叫绝了……

但芒哥喇却对那张御赐墨宝绝对轻易不露,直到有一天阿合马亲临京兆才"偶露峥嵘"。这位权相总以为是商挺操纵着一位傻子和他对抗,使自己敛财搜刮之法竟然在秦陕难以推行。来此就是为了将商挺斗败,罢其王相之职以换上自己的爪牙。阿合马总认为一个傻子好对付,但商挺却早深知这回非得请这位傻王亲自出马不可了。而芒哥喇一听阿合马到来也不吝亲自接见,开头还笑容可掬地与其商量曰:"欠银子?阿大人就先垫上、垫上!拔一毛而为秦川,何乐而不为之?拔完了,本王请汝吃羊肉泡馍!嘻嘻……"阿合马显然是欺他弱智,竟端起首辅架子告诫其曰:"大王不该受他人愚弄,臣下此行乃受圣命执行公务!"却不料芒哥喇一听便惊呼了:"啊哈!愚弄?愚弄?阿合马大人果真好眼力,一眼竟看出本王是个傻子,傻子!奇哉,妙哉!傻儿子倒要回去问问我那傻老子,当皇上的说话还算不算数?来人呀!快替本王备草、备马!"阿合马一看傻劲儿上来便知大事不好,只不该他尚听不出话中有话仍在挣扎曰:"臣绝无此意!臣绝无此意!臣只言此行乃奉旨执行公务!"没想到傻王一听又惊呼了:"嘻嘻……阿合马大人不提,本王倒忘了我这里也有一旨。快!快给本王请出来,本王倒要和阿合马大人当众比上一比!"阿合马大出意料顿时方寸大乱,而此时已有近侍将那"圣旨"捧了上来。虽罕见地一展,但那上面"重农桑、恤黎庶"下的御玺红印已吓得阿合马早跪倒在地了。原来芒哥喇早已将其裱成一卷轴,展开更显得耀眼夺目。只不该傻王好像还是有些傻,竟未向阿合马要圣旨便又犯傻嚷嚷上了:"快备车!快备马!还愣站着干什么?难道尔等也将本王当成傻子了吗?这份差事没法干下去了!皇上让咱'重农桑、恤黎庶',而阿大人却非要逼咱'重暴敛、害百姓'。走!是到打典回家问皇上的时候了!"阿合马吓得慌忙跪地磕头如捣蒜曰:"恕臣失言!恕臣失言!"芒

【第十四章 形单影只,高处不胜寒】

哥喇却仍不依不饶道:"失言?分明是奴才在造反,想坐地称王!还说本王是个傻子,更暗喻皇上也不英明,圣祖的子孙乃是一群糊涂蛋。胆敢诋毁黄金家族,奴才之心何其毒也!走,该走了!看来这回不告御状不行了!"阿合马一听更是吓得魂飞魄散,竟语无伦次曰:"大王息怒!大王息怒!奴才愿垫上,全垫上!若不行,那就尚不必偿还!只要皇子能不轻移大驾,阿合马愿事事皆遂大王所愿!"却不料芒哥喇竟惊叫道:"皇子?原来本王尚是皇子!这倒使咱想起汝原来就曾是母后的家奴。子以母贵,而你也算咱的传承家奴。那就不用车呀马呀地乱跑了。按家规有什么事直接吩咐家奴就成?"阿合马忙应道:"确实如此,关系非同一般!"芒哥喇乐了:"嘻嘻!何不早说?几乎误了本王的羊肉泡馍!"阿合马总算松了一口气,连忙曰:"奴才之过!奴才之过!"但他却绝对没有想到,傻王竟会蓦地绷起那张娃娃脸喝令曰:"家奴阿合马听着!为汝能更体会圣上'重农桑、恤黎庶'之良苦用心,即日起命汝跟着京兆丐帮沿街乞讨三日,以晓民之疾苦与农之重要。王府宿卫执棒护行,不得有误!"

得!傻王那份傻脾气上来了,谁也无法劝阻……

此一举真可谓"震惊朝野",相关种种传说便更难免有些添油加醋。但确实不仅秦川百姓击掌欢呼,据说就连在上都的忽必烈闻之也哈哈大笑曰:"朕也早想施用此法告诫权贵,岂料皇儿已代父先行矣!高宣朕意,非常人而可为之!"故芒哥喇虽整日里仍嘻嘻哈哈,但京兆大治已成必然。

此次重返上都,纯属依制也该回来"叙职"。玩玩儿!

而且这位傻王又从来不愿动脑子,嫌累嫌烦!

面对这次宫廷风暴他又能如何……

三

况且,傻王现在又沉浸于"才子佳人"般的生活里……

故显然他尚不知宫闱内争之事，更不知母后与皇兄已日渐陷入困境。再说也没人敢向他透露这种事儿，生怕他一冒傻气儿反使自己引火烧身。除此之外，这位傻王在活学活用那六个字儿大获成功后，现又附庸风雅地迷上了苏东坡有关月亮那首词儿。只不该平时不爱动脑子，至今仍背得七零八落。此次觐见可算是全家总动员，丰腴的小王妃与憨头憨脑的小皇孙均嘻嘻哈哈同行。似乎笑作一团早忘了此时乃江山一统的大喜日子，竟不记得带上特殊的贡品以示朝贺。商挺好心地提醒，却谁料他答道："羊肉泡馍之老汤、佐料，还有那位抓耳挠腮的瘦厨师！"商挺、李槃均被留在京兆坐守王府，但那条老掉牙的标志型憨狗却被带上了。真是风格独特，带着一车车傻气就进京了。

谁料竟给上都带来一片喜气，满城争迎喜皇子……

芒哥喇更喜不自禁，竟忙跳下车来买了烤白薯又买老玉米。满街嬉笑乱作一团，致使前来恭迎的大臣们不知如何是好。后经里应外合的种种努力，才总算把这位喜皇子迎接回他在上都的王府之中。

不仅如此，似乎这股喜气也早传进了深宫大内……

忽必烈闻知心情大为好转，察苾闻知喜极而泣病竟减轻了，真金闻知也郁闷暂解如沐春风，整个大内均为这位傻王的归来而喜气洋洋。天下之事竟如此奇怪！忽必烈的三个嫡子中唯这小子智商低，又没追求，活得傻里傻气，作为蒙古人他至今连马也骑不好，更不要说冲锋陷阵去打仗了。就连老婆也不会挑，千百个美女愣挑了个胖嘟嘟的憨王妃。但造化就是这么神奇，偏是他竟成了两代大汗的开心果、顺心丸。果然，忽必烈尚未待其安顿好，便迫不及待地当着蒙汉众臣的面召见了他。这小子在忽必烈眼中永远是个放大的婴儿，故见之便欣喜而问："京兆大治，皇儿功不可没！有何心得？可当众臣一叙？"谁料芒哥喇竟跪答曰："无心得可言，唯描父皇所赏赐'重农桑、恤黎庶'六字！历时数月，至今仍缺胳膊少腿矣！"群臣皆惊其"大智"，而忽必烈却深知其底。"叙职"见好就收，随即哈哈大笑改口问道："皇儿在施政之余，尚知学否？"没想到芒哥喇这回很争气，竟跪答得理直气壮曰："学，学而时习之不亦乐乎！儿臣正在学背苏东坡的一首词，汉语背来倒

【第十四章 形单影只,高处不胜寒】

也朗朗上口!"忽必烈一听竟有如此长脸之事,即曰:"皇儿站起,当为众臣一诵!"芒哥喇也果不负圣望,起身一揖即仰首背诵道:"明月几时有,把酒问青天……"似在思忖,却已令众臣惊叹。谁曾想:一经想起重新通读,便更有惊人效果展现。其诵曰:"明月几时有,把酒问青天,不知羊肉泡馍,当加多少盐?"众臣似遭受如此"突然一击",竟一个个笑了个前仰后合。而芒哥喇却不知自己错在哪里,还感恩地向众人报以谦卑的微笑。朝堂难得的融洽,致使忽必烈也随之哈哈大笑道:"果不愧朕之开心果、顺心丸!羊肉泡馍是何方佳肴,竟使皇儿置苏东坡而不顾?若有机会,朕倒想亲口一尝!"谁料这位胖乎乎的喜皇子竟跪得如此轻巧快捷,当即伏地跪奏曰:"儿臣已为父皇于臣邸备好矣!"

当晚,芒哥喇的藩邸内好不热闹……

但气氛却颇为尴尬,谁让这小子竟糊里糊涂地将母后及太子长兄全糊弄来了。谁也不愿先把内心的隐秘暴露在这个傻小子面前,故虽是皇室一家人却相对分外别扭。忽必烈虎视眈眈,皇后和太子均小心翼翼进退不得。多亏了那憨头憨脑的小皇孙领着那条老掉牙的憨狗及时出现了,胖胖乎乎、跌跌撞撞,顿时便勾起了众人心中那源自血脉的柔情。小家伙刚要跪拜爷爷奶奶,没想到这一撅屁股竟像球儿似的翻滚过去跌在了爷爷怀里。瞬间便引得哄堂大笑,大皇帝竟搂着小皇孙再也爱不释手了。大皇后似乎也并不寂寞,那念旧的憨狗趁势也把头搭在了她的膝上。忽必烈问小皇孙曰:"会讲蒙古话乎?"小家伙竟答:"也客合罕满达图改(大皇帝万岁)!"忽必烈大为高兴又问:"知汉话否?"小家伙又答:"重农桑、恤黎庶!"虽口齿不清,磕磕绊绊,但早令忽必烈欣喜不已满心舒畅了。只不该多了个再问:"谁教汝学之?"坏了!这憨小子竟脱口而出:"笨蛋!傻瓜!两个大胖子!"大有父风,也犯傻了。但童言无忌,还是引得满堂笑了个前仰后合,就连最拘谨的太子也笑出了声。芒哥喇是无意还是有心营造这种气氛,不得而知,却只见这心宽体胖的小两口,仿佛恰似受了小儿子的赞扬竟只顾配合着在一旁傻笑。难得亲情似正在消融着一切,就连忽必烈也觉得心中的怨愤并不重要了。

羊肉泡馍端上来了,气氛也越来越好……

忽必烈似因为欢欣舒畅连连赞不绝口，皇后和太子也跟着纷纷夸好。只可惜那位憨王妃似想夸丈夫聪明，竟傻乎乎地从旁多嘴曰："芒哥喇把羊肉泡馍称之为大元王朝……"坏了！只见忽必烈顿时便重重放下了筷子，皇后与太子的心也跟着重新揪了起来。但谁料傻人似不识眼色，竟还敢傻乎乎公然解释起来曰："儿臣只是说，草原的羊肉汉地的馍，汤汤水水混在一起好吃又好喝。如无我草原的羊肉，汉地那烤馍又费牙口吃长了又没滋味。而如无汉地之馍，草原的羊肉啃多了也会腻味拉不下屎。现用咱草原羊肉浸汉地馍入其味，用汉地馍添加使草原羊肉去其膻。又因父皇过去乃京兆邑主，现又创建大元江山，故儿臣糊里糊涂便冒出了这么一句。不说了！不说了！全怪这个多嘴驴坏我好事矣！"忽必烈本来听着听着已经又重新拿起了筷子，似也觉不无道理。但芒哥喇却傻人又犯了傻脾气，一嚷嚷起来竟益发不可收拾曰："要怪也只能怪我挑花了眼偏偏娶了个傻老婆，多嘴多舌无时无刻不在乱惹祸！还有你这个小蠢货，小小年纪竟也敢说你老子是傻瓜，是笨蛋，还是个大胖子！祸首是你，竟敢当着圣上提什么大元王朝，坏了我羊肉泡馍的好事！为了给父皇谢罪解气，本王这就先休了儿子再撵走你！"大概也是喝多了，只吓得小皇孙哭，胖王妃叫，酒席筵上顿时乱作一团。而奇怪的是经过这通折腾，忽必烈竟又大度地端起羊肉泡馍，仅仅喊了一声"够了"，便朗朗大笑曰："京兆之羊肉泡馍果然名不虚传，朕已尽得其中滋味矣！"

察苾望着半醉的傻儿子热泪盈眶了……

而傻王一听"尽得其中滋味"竟又转怒为喜，哪再顾得上看母亲似只顾讨好父皇曰："足矣！足矣！有父皇此话吾已知足矣！商挺真是个笨蛋……"众人又都大感惊讶：怎么又会扯到商挺头上？却不料芒哥喇又套着近乎对父皇耳语曰："这呆子竟让儿臣为祝圣上一统江山准备珍奇贺礼，现今有父皇这句话这不就给老百姓把大笔银子省了吗？"也不知是真傻还是假傻，转眼间洋洋自得之情溢于言表。似已忘记了休妻抛子之说，又忙着劝说大家再来一碗羊肉泡馍。他一会儿批评太子碗中之馍硬尚未浸透羊肉味儿，一会又劝母亲该尝尝父皇碗中的味道再下佐料，一会儿竟命令儿子给皇爷爷把馍往碎里掰，一会儿又差遣憨王妃给母后赶紧再添羊肉

【第十四章 形单影只，高处不胜寒】

汤……喜怒哀乐自由得很，傻呵呵很快便又重新串起一串亲情。只不该小皇孙在一片热闹声中竟在祖父怀里睡着了。而正当芒哥喇大肆议论"当以父皇口味为准"时，就猛听得忽必烈一声惊呼："尿了！好大之一泡尿啊！"却不料芒哥喇竟傻笑应对曰："温之，暖之，温暖兼备之，儿臣早已切身感受之！"忽必烈闻之即哈哈大笑道："旧梦重温，果然温暖！难得之一尿，冲得朕心中好不畅快！"

众皆欢笑，唯那憨狗却仍无动于衷……

不管是他有心或无心，总之这是一场纯靠亲情维持才能演出的喜剧或闹剧。但忽必烈却似乎爱子心切爱到了有点荒唐的程度，用现代的话来说似已把芒哥喇视为"白痴天才"。不仅认为其一碗碗羊肉泡馍俱都浸透了人生哲理，而且还泡出了治同方略。好像事实也如此！大皇后已开始试着以皇上的口味为准，而皇太子也仿佛知道他那碗里羊汤太少了。再加上那个和其父如出一辙的小皇孙成天牵着一条憨狗出出进进，嘻嘻哈哈间往日深宫内那重重疑云似很快便被一扫而空了。只不该！雄才大略的忽必烈在高兴之余，竟又把"群儒告退"这个难题交给这位傻皇子处理了。须知，江山方才一统，尚需这些汉臣儒僚装点门面。但这能成吗？汉字才识了六个，且又常冒傻气。诸葛亮舌战群儒尚颇费心思，这么一个傻王能对付了这些足智多谋的藩邸旧臣吗？谁料这傻儿竟慨然应允曰："这回仅靠羊肉泡馍已不行矣，儿臣当以文应对这帮文人了！"

天哪！就凭苏东坡那个阴晴圆缺的月亮……

但这小子领旨竟说干就干，照样命令那位抓耳挠腮的瘦名厨准备好羊肉泡馍。而群儒们却大多感到忐忑不安，不知高深莫测的圣上将借这位傻王之手如何处置自己？他那对待阿合马之事是曾大快人心，但那不按章法的行事风格也颇令人疑惧。谁料这位傻王早已迎候在藩邸外，见许衡、姚枢、窦默、张文谦、廉希宪、赵良弼等众儒臣到来，竟又故技重演还是拿苏东坡开涮。他拱手吟诵道："明月几时有？来到大门前！不知以文会友，今夕是何年？"什么乱七八糟的，这位傻王竟要以文会友？而芒哥喇也不做解释，把众儒让进客厅坐到宴桌四周即曰："风是雨的头，屁是屎的头，酒是诗的头，来人呀！快上羊肉泡馍，快上酒！"众人皆不知傻王这

· 559 ·

葫芦里到底卖的是什么药,似也只能正襟危坐且听下回分解。却不料,这时芒哥喇竟突然举杯严肃得不能再严肃大声吟诵道:"不应有恨,何事长向别时圆?"这回引用得十分恰当,致使众儒蓦地一惊。谁料芒哥喇这时自己却"噗"的一笑自暴其丑曰:"其实本王这几个月,可让苏东坡这个月亮折腾苦矣!怪不得诸位夫子一个个瘦得干干巴巴,本王这才知满肚子学问皆拿命换来的!快吃羊肉泡馍,快吃羊肉泡馍!"似欲让诸儒见其真心,竟又傻相十足带头狼吞虎咽起来。仿佛他天生就有一种特殊的亲和力,儒臣们竟也渐渐松弛下来。但众皆回避正题,这倒给傻王又留下了大肆卖弄的空间。

只不该还是羊肉泡馍……

却谁料又是那通"草原的羊肉汉地的馍,汤汤水水混在一起好吃又好喝"之傻话,然这回重点却讲的是馍的问题。如何烙,如何烤,如何才能皮脆内软。而最关键的乃要知道馍只是搭配,主要靠羊肉提味……乱七八糟一通,但大出意料,竟使得诸儒们连吃带喝浑身冒汗茅塞顿开。许衡竟说"受益匪浅",姚枢也称"豁然开朗"。唯赵良弼似欲一吐心中块垒,没想到傻王竟制止曰:"谁让馍和狗肉往一起泡啦?驴肉是驴肉,狗肉是狗肉,羊肉泡馍是羊肉泡馍,此事古难全!起舞弄清影,何似在人间?但愿人长久,千里共婵娟!"坏了!似乎又把苏东坡想起来了,竟傻乎乎卖弄了个没完,最后还问:"婵娟乃何物?是否即本王王妃那张银盘圆脸?"众儒皆欢笑不止,窦默竟曰:"妙语惊人!妙语惊人!"

似乎就这么稀里糊涂嘻嘻哈哈就算交差了……

但忽必烈却感到十分满意,既然馍和狗肉不能往一起泡,那就分别加以处理。王鹗、许衡、窦默三位老夫子均享"三公"之殊荣,高待遇供养着你爱住哪儿就住哪儿去。姚姬、张文谦也从中书内阁的要职退下来了,但俱都官升一级改任徒有虚名的"昭文馆大学士"等学术领导了。赵良弼、张易仍原职未动,但似乎已浸透了羊汤软之又软了。(详见《元史》之各人分传)看来傻王这顿羊肉泡馍没白招待,从此藩邸旧臣大多都退出了议政中枢甘当摆设了。

还是李璮之乱种下的祸,徒使阿合马独显八面威风……

【第十四章 形单影只，高处不胜寒】

但后宫内却又是一番离情别绪，这位给大内重新带来一片欢乐的喜皇子就要离开了。是他使母后逢凶化吉，是他使太子遇难呈祥，但这小子却断然否定曰："否！全因我傻，又常不在身边！母后与兄长全都太聪明了，尚总爱一个劲儿往上凑。当学吾此条憨狗也，知其为何终使吾不离不弃乎？"竟敢面对母后与兄长出此狂言，实属得意忘形之大不敬。但母亲和长兄的眼中似只有怜爱，谁又会对这傻人的傻掏心窝子过多责怪呢？

忽必烈似对傻皇子更是依依不舍，他竟搂小皇孙于怀专门召见其于御榻之侧，斜卧而命其坐于身旁曰："能解父忧者，唯皇儿也！然此次商挺未伴主前来，颇使朕生疑！"芒哥喇忙答："乃儿臣令其看家把门，他就得乖乖听着！有他一同觐见，能显儿臣之绝顶机灵乎？"忽必烈却曰："不然！商挺才华出众，与廉希宪可并称当今少有的智臣能将。父皇这次特为你加派一位王相赵炳，皇儿遇事多与其相商！"芒哥喇忙跪地谢恩道："多谢父皇关照！儿臣脑子里实在装不了太多之东西！"忽必烈又紧搂小皇孙曰："此小皇孙乃朕之开心果，朕已决定永留身旁矣！"芒哥喇蓦地一怔，随即忙又跪地谢恩曰："多谢父皇恩宠！儿臣已为喜王妃又种下一个，正愁照顾不过来呢！"忽必烈闻之哈哈大笑曰："贤哉，皇儿！父皇只待来年再吃汝之羊肉泡馍！"谁料傻王竟能跪答道："儿臣那只不过小锅小灶小家子气，纯属地方风味。而父皇胸中那才是大锅大灶大气魄，似方可称'大元王朝'！"忽必烈大为惊讶，竟没想到这小子把这菜名又这么给自己端回来了。

确实是"高处不胜寒"，真不知该对傻儿子是呵护还是防范？

但现已足矣，其留下的地方风味"羊肉泡馍"已足够让后宫与汉臣回味一阵子了，剩下的该是主菜"大元王朝"亮相登场了。果然，忽必烈借芒哥喇之手"稳定大内、罢黜真儒"之后，随之便天马行空地尽情施展其雄才大略了。

鼎新改故，务一万方！壮怀激烈，毫不动摇！

推行汉法，注重农桑，尊孔祭圣，却又绝不受儒臣拘束！

战争！战争！仍然是连年的战争！无论是对南宋尚存的反抗，还是草原迭起的叛王，他都绝不手软。何惧一时之辱骂，他要的就是整个民族在战争中成长。

改故！改故！无论对什么新鲜事物，他都好奇，他都研究，他都敞开胸怀尽情容纳——

从骑兵奔袭，到步兵、炮兵以及海战水上的兵种！

从宗教信仰，到天文历法、兴修水利、建筑泥塑、驿站通讯、开辟海运、引进西技等，他均多方涉猎，并均有建树。务一万方，绝非虚妄之言。

他甚至命八思巴创造了一种新的蒙古文字，如用其拼音甚至可以拼读多种民族书面语言。虽其义不懂，但已可以看出他所追求之博大！

战争和追求似乎和他的年龄有所矛盾，竟使他在七百多年前也有了同样的感慨：一万年太久！只争朝夕！

随之，他便在一个个狂热的梦幻追逐中忘却了一切！

忘记了百姓的疾苦，甚至就连察苾也不例外。

宫闱是那么华贵，却又那么深邃。

至高无上也是变相的孤独……

第十五章

神鹿黯然，回归天际

【看点提示】你知道吗？正在忽必烈老当益壮地成为世界上伟大的征服者时，察苾却在被人遗忘中渐渐走向人生的尽头。——你知道吗？她毕竟是一位少有的杰出女政治家，在病危之际她已开始为身后之事做着种种周密的安排。——你知道吗？这完全是被昔日的家奴阿合马逼出来的！这位当今的宠臣不仅危及太子的储位，影响到王朝的安危，而且敢公然把自己寻找的一个遗孤阉割后送进宫来。——你知道吗？面对这种示威，她安排得似乎更加有条不紊，仅仅无言地接见了一次旧臣张易，便决定了日后奸佞的命运。——你知道吗？为了保护太子，为了避免忽必烈的一蹶不振，她还在暗暗做着那些出乎常人意料的安排，只不该傻皇子却突然嘻嘻哈哈先她而死了。——你知道吗？这加速了察苾死亡的进程，诀别时，忽必烈一直悔恨万分地紧握她的手。——你知道吗？到这时他们才发现彼此相爱有多深，但最后她只莫名其妙地请他七天后一定再来。——你知道吗？察苾死了，一只神鹿，重归天际……

一

察苾似被深锁着，正在孤寂地步向了人生的终点……

然而，整个大元王朝当时正处于"虎踞龙盘今胜昔，天翻地覆慨而慷"的极盛阶段。频传的凯歌，飞来的捷报，却向全世界展现着一个伟大征服者的身影——

已经巍然走向神坛的忽必烈大帝！

察苾似已被人们渐渐淡忘了。虽然说，依照蒙古祖制她仍享受着一位大皇后的殊荣，经常会陪同大皇帝接受八方来使的觐见和朝拜。但在忽必烈光芒四射身影之旁，似乎除了"高雅端庄"之外再没人想到她还曾有过"杰出"。

确实如此，在生命的最后几年里她似也甘愿默默无闻……

忽必烈似也不乏对她特殊的关爱，更似牢记着"唯卿妻也"的特殊承诺。甚至在日理万机"务一万方"的百忙之中也会天天来和她打个照面，但他还是深深感到她和自己渐行渐远了。这倒不是因为他还有那么多嫔妃率领着无数精选的美女，一

【第十五章 神鹿黯然，回归天际】

夜六个分批轮流侍奉着他。（详见《黑鞑记事》）不会！察苾绝不是那种小心眼的皇后，况且自己确实也已经老了。反倒是在庆幸他"老而弥坚"之余，只期盼他能把那过盛的精力转向面对民间的疾苦。权相阿合马已太无法无天了，他正将一位圣明的唐太宗变为一个暴虐的秦始皇。

人生识字忧患始！要怪也只能怪儒家经典又在作祟了……

为此，察苾似乎也曾从那"羊肉泡馍"中看到希望，也曾身体力行地想做到"汤汤水水混在一起好吃又好喝"。故在因那"缯帛表里各一"当众受到忽必烈斥责不久，即在傻王走了之后便甘受屈辱来了个"知错就改"。她一边颂扬圣上"节俭奉公"之美德，一边更亲率宫女"纺织缝纫"。史载，收集许多旧弓弦"缉捻为线，织而成衣，其坚韧细密，可与绫绮比美"。又取宣徽院（供应皇室膳良之机构）所弃羊前肢皮，平日因其短碎而弃之，察苾遂搜集依色拼合缝制为地毯。"图案别致，美而大雅，众皆争誉，圣上大悦"，遂史称"贤德"。（详见《元史·后妃传》）但没想到忽必烈夸只是夸，并未将察苾所示"贤德"之内涵放在心上。似乎傻王的"羊肉泡馍"只是一杯开胃酒，反倒更促使他"胃口大开"。为其"务一万方"，随之阿合马之横征暴敛也更变本加厉了。

察苾大失所望，似也只能自食其果唯守"贤德"了……

只可叹！此前那些足以威慑阿合马的能臣谋士已先后相继辞世：至元十一年（1274年）刘秉忠病死了；至元十二年（1275年）史天泽亡故；至元十三年初（1276年）唯一可影响忽必烈决策的元勋贵胄霸突鲁也魂归草原了；至元十四年底（1276年）就连忽必烈最倚重的中枢要臣赵璧也英年早逝了。随之，又传来了巨无霸郑鼎于江南舟复溺水身亡的消息……似天助奸佞阿合马从此就变得更加有恃无恐。他大肆排挤汉臣儒僚，致使追随忽必烈数十年的原"金莲川幕府"人员下场均十分凄凉。

察苾已无法插手，生怕多口令存者更难自保……

但一切还在不可遏止地在发展着。许衡老夫子冒死直谏阿合马之"蠹国害民"，谁料竟反遭阿合马诬其"名为清廉，实为谋反"并攻击曰："公实反耳！人所嗜好者，势力、爵禄、声色也！公一切不好，欲得人心，非反而何？"（详见《元史·许衡传》）颠倒黑白到如此地步，难怪有了芒哥喇王府赐宴时之宏论："驴肉是驴肉，狗肉是狗肉，羊肉泡馍是羊肉泡馍，此事古难全！"还多亏了忽必烈尚保留着蒙古人"一诺千金"的传统，看在皇后的面子上才人人"高官厚禄"地被打发走或靠边站了。就连色目儒臣廉希宪也被"外放"到江南收拾残局，而蒙古族儒相安童也尚伴三皇子那木罕被叛王海都软禁于中亚的草原上。七零八落，溃不成军，绝对有助于太子真金挣脱"腐儒之见"而冷静旁观父皇的"试看天下谁能敌"。

察苾明白忽必烈之良苦用心，却又倍感忧虑⋯⋯

或许这也可称作是古代之"两条路线的斗争"？显然在"大一统"上是毫无矛盾的，分歧的焦点好像是在下一步如何施政。阿合马越横行不法，察苾就越想到"以仁治国"。仁者，爱人也！无论对蒙古人或汉人，谁不愿尽享仁政之下的安居乐业？至于民族吗？只要有草原在、畜群在，蒙古人就会永远存在！而在忽必烈看来，儒臣仁政之说太过于小家子气，仅靠此说治国日久必会自陷沉沦。必须在不断征战中永葆民族的斗志，必须在征战中永葆民族之昌盛！至于阿合马，那只不过是一条贪婪的狗，现尚使用顺手，就暂留他去挡臭唾沫吧！

但察苾却还看出，这条狗将要毁掉他的一世英名⋯⋯

而宫闱深处却显得那么深邃寂寞。她感受到了宫女侍从们对她的爱，对她的尊重，却绝没有人再愿向她透露外面的任何信息。似有难言的苦衷，就连太子和太子妃来请安话语中也极少会议及朝政。仿佛只因他们也看出母后日渐变老了，满脸的憔悴似乎已掩去了昔日倾国倾城的容颜。似乎只剩下了那永不退的圣洁、高雅、超越时空的魅力，以供人们从旁敬仰。没人再愿打扰，因为她身体已明显地一年不如一年了。

但察苾却这样想听人倾诉⋯⋯

这一天，机会终于来了。她绝没有想到，那远留在云南的曾是自己贴身侍女的托娅竟回来了。这使她立马想起了金莲川，想起了那亲密相处的日日夜夜。而忽

【第十五章　神鹿黯然，回归天际】

必烈显然也为玉律术的遗孀归来十分激动，特破格为其设宴洗尘，并恩准其留宿大皇后寝宫以叙久别之情。其实，忽必烈对臣下尚属一位宽厚念旧的君王，早在赛典赤·赡思丁赴云南上任时，即钦命将玉律术之子加封为"千户"，并命其统领驻云南蒙古骑兵一部。现已娶妻生子，颇有作为。此次托娅回来纯属感恩，并极想再见到往日的小姐妹牡丹，很想知道她和那个呆子后来到底怎么样了。

察苾的心猛地一沉，忽必烈也王顾左右而言他……

这确实是个问题！就连芒哥喇也多次提过，小牡丹曾经舍身换回了他这条命，此恩不报枉为王者。当接其子孙同吃羊肉泡馍共享富贵，还盼父皇母后尽快遣人查找……直到夜深人静时，察苾才向托娅讲了这对冤家曲折离奇的爱情故事，并告诉她说，这对生死冤家均已为主献身了，现今早在那遥远的母亲湖畔化成一对不离不弃的白鹤……托娅深感诧异，都二十多年了，已至老年的大皇后讲起这段往事仍是那么深情，仿佛又蓦地拨动了她的心弦，致使眼中竟映出了泪光。

真令人难以琢磨，尤其是那个行为古怪的书呆子……

似往事不堪回首，察苾竟又极为理智地马上打断了她。她从"书呆子"入手，当即转向问托娅沿途的所见所闻。而多亏了托娅此次北上，是赛典赤·赡思丁托一位"致仕"之"提举学校官"顺便护送而来的。这位退休的老夫子似对现状早有不满，竟沿途写好一道奏章也请托娅转呈。察苾接过尚未拆阅，托娅已经在一旁又叨叨上了："沿途迎送老夫子的也老老少少都是书呆子，可没一个像范宁这个书呆子有志气！有真本事就像范宁那样想着怪招往出闯呗，他们可好只会一个劲儿骂骂咧咧发牢骚！什么'嗜利黩武，好大喜功'呀，什么'重用奸佞，阻塞才路'呀，什么'九儒十丐，拒不科考'呀……对！对！尤其是对这个'开科取士'怨声最多，他们怎么就不记皇上尽给他们免了差免了赋？要按老祖宗的规矩，他们早被押解回大草原为奴了。现当今这些书呆子，没有一个比得上范宁有出息！"

这确实是个大问题，察苾陷入沉思久久不语了……

查史寻迹，"九儒十丐"的说法，出自于南宋遗民郑思肖之《大义略叙》。原文为："鞑法，一官、二吏、三僧、四道、五医、六工、七猎、八民、九儒、十丐。"一些学者认为这只不过是"按职业户计的胪列"，并不能全面反映忽必烈时期儒士的实际地位。而且他们尚可免除差役，享受选拔充当教官或儒吏等待遇。虽顶多不过"从八品、正九品"大多皆为"品外流"，但薪俸每月尚有"米三石、钞三两以下"（详见元代典籍《庙学典礼·学官职俸》）。似比"知识青年上山下乡"的待遇优厚多了，与"九儒十丐"之说大有出入。但深加探索，却又可发现这很可能是忽必烈一统华夏之一大败笔。这不仅堵死了大多儒生"学而优则仕"之门，而且也反映了他对自唐宋以来"开科取士"这项重要汉地汉法的蔑视。阿合马的横征暴敛本来就造成了民怨沸腾，再加上儒生们满嘴的牢骚则更可能使他的历史形象沾满污点。果然，那位汪元量又有诗讽世曰："释氏掀天官府，道家随世功名。俗子执鞭亦贵，书生无用分明。"（详见《增定湖山类稿·自嘲》）元代人孔齐则说得更加明白："世祖（忽必烈）能大一统天下者，用真儒也！用真儒以得天下，而不用真儒以治天下！"（详见《至正直记·世祖一统》）似有些过分，但确也反映了自李璮之乱后忽必烈对儒生的态度前后变化极大。似放松了软实力，科举考试后竟成了他最终的绊马索。

察苾仍在想，旅途劳累的托娅却已在一旁睡着了……

而这位大皇后这一夜却怎么也睡不着了，看着那位致仕老夫子请托娅带来的奏章心事越来越重。她知道失去天下读书人之心意味着什么，为此蓦地竟产生了一个竟连自己也觉得可怕的念头。但在她人生最后的几年里，却早已挥之难去了。多亏天开始亮了，托娅也猛然惊醒了。她本来就十分惭愧，谁料察苾却举着那道奏章预先警告她说："这份奏章和昨天那些话到此为止！绝不允许向皇上提起，更不可对外人乱说！小心惹出事来，毁了儿孙的前程！"托娅一惊立马应承道："不会的！不会的！托娅此行本来就只想看看皇后，再有就是想知道牡丹有没有留下儿女……"这也是个颇令人揪心的问题，察苾又陷入了久久的哀伤。好在托娅从小就侍奉在侧深知如何调整心情，便忙又大讲云南的种种奇风异俗以使其竟很快高兴起来。

察苾终于在絮语中睡着了，而且还做了一个特别美好的梦……

【第十五章　神鹿黯然，回归天际】

只可意会，不可言传，竟觉得美好的青春似乎又回来了。果然，不几天后就传来了一个令人又悲又喜的消息：牡丹的儿子终于有了下落。只不该少年娶妻不久后便过早去世，但尚留有一个遗腹子现在已经七岁了。范宁这小子的家族似早预感到了什么，在牡丹离开不久便为了范宁留的这点血脉辗转搬到盐州（今宁夏）一带了。忽必烈后来对范宁这小子莫名地越来越不感兴趣，尤认为他竟敢死在母亲湖畔简直是一种亵渎。而这回竟派人去查孩子的下落，或者是因为小牡丹曾舍身救过自己的儿子，或许是要给爱将的遗孀托娅一个面子，但更重要的似乎还是要向察苾证明自己用人绝非瞎了眼。

察苾这才知道，他竟动用了阿合马……

确实如此，阿合马不仅在连年的征战中是一位理财支前的高手，而且在平时执行圣命中更显雷厉风行。干练、机警，使用起来颇为得心应手。就以此次为例，忽必烈刚刚提了这件事，阿合马三天后就查出了结果，半个月后就已经把这个孩子送至上都了。足见其遍布全国的爪牙网办事效率之高，难怪忽必烈明知其贪婪却越来越离不开他。有史可考，其时为至元十五年（1278年），正是北征叛王南剿余孽的关键时刻，忽必烈在日理万机中尚能重视此类微末小事，也算对察苾是一种极高的抚慰了。

为此，察苾甚至打消了那突然闪现的可怕念头……

托娅曾迫不及待地代察苾跑出宫外看过。据她说，那个孩子长得太令人喜欢了。长着一双水灵灵的大眼睛，似乎把牡丹当年那双明眸移在他的脸上了。但那一副调皮的坏样儿，却又分明源自于范宁那小子的血脉。不认生，小嘴还很甜。不等问，就小手一拜自我介绍道："小生姓范名顺，现年七岁，已入塾学读圣人之书……"察苾一听，浮想联翩，立即命人去领。谁料托娅竟答："我比大皇后还急，只可惜阿合马回答：尚得听候圣裁！"由此可看出，阿合马这个家奴，早已不把过去的家主放在眼里了。而更为不凑巧的是，忽必烈现正"驾幸柳林，观海狩猎"去了。这就是他和历届大汗之不同，极少亲征，而采取的是"知人善任"之策，常潇洒地"决战于千里之外"。对于这位大皇帝的"观海狩猎"，马可·波罗

一统华夏——忽必烈大帝之文韬武略

曾在他的《马可·波罗游记》中有过极其生动和有趣的描述——

> 当大可汗远征到临近大洋海的时候,打兽打鸟的美丽景致,是不缺少的……大可汗常常坐在一个美丽的木头寝室中,四只象抬着室走。室中用锤金制成的布匹镶里,外面盖着狮子皮。当打鸟时,因为他有痛风病,所以他常常留在室中。大可汗在室中常常养着十二只好的鹰。里面也有许多贵官和妇女来引他快乐,和他做伴。当他在那放在象背上的寝室中,站起散步时,你们必须知道,如有骑马在他左右的贵官大声喊,'陛下,有鹤飞过去了'。他听到后,即揭开寝室的遮盖物,来看鹤。他叫把所有的大鹰拿来放出。这些鹰最后和鹤争斗,常常把他们捉住。大可汗在窗口看见这种景致,觉得非常快乐和欢娱。

而察苾等了十几天,似乎有些等不及了。正打算派自己"斡耳朵"的侍臣去追禀皇上,却谁料此时阿合马竟将那孩子亲自牵着送来了。但绝不像托娅所叙的那样天真、活泼、可爱:脸色蜡黄,面颊消瘦,眼睛倒是像牡丹当年那双明眸,只不该里面溢满了恐惧和痛苦。两条腿还罗圈着,似乎尚行动不便……察苾大惊,忙问道:"孩子!你……你怎么了?"半晌,只闻小儿怯生生答曰:"小……小鸡鸡被……被剜掉了!"阿合马却在一旁解释曰:"臣知此儿必久留后宫,为侍奉皇后便,特依汉地汉法宫闱新制,以做此长远之计!"然而此时只听宫娥侍女惊叫声四起,原来大皇后早已昏厥过去了。

察苾也不知自己是多会儿醒过来的……

但奇怪的是,她竟然一不以大皇后身份向阿合马算账,二不向迟迟归来的忽必烈告御状。沉默,只有搂着那孩子再不撒手久久地沉默。随之,她便病倒了,长时间地徘徊在生死线上。据野史载,忽必烈查知原因"龙颜震怒",竟亲自动手"鞭笞阿合马数十"。蒙古风俗,挥鞭只抽畜生,可见其"已视阿合马不如畜生"!后又多次亲临察苾寝宫探视,破例恩准藩邸旧臣可觐见慰问大皇后。

【 第十五章　神鹿黯然，回归天际 】

但察苾唯不让那孩离其左右，除此仍保持着沉默……

后来多亏太子妃阔阔真奉命天天前来侍奉，还有托娅舍身护主的日夜照顾，察苾总算从死亡边缘又挣扎着活下来了。但从此之后便变得弱不禁风、神情木然，眼里似只剩下了那个牡丹的孙子。太子妃阔阔真开始代她操持着"斡耳朵"的一切，竟似在无声中承袭着她那特有的政治智慧。"金莲川幕府"七零八落的旧臣们奉旨来看她来了，但大多都是叩拜之后唯有"默默无语相对泪千行"。只有一人例外，此人即三晋交城人张易。在"金莲川幕府"时尚且年轻，似与托娅等均有过交往。史载其"通术数、有权谋"，曾任中书省"平章政事"且颇有作为。后因遭阿合马诬陷被排挤下台，然其那种"坦然不辩、安之若素"的态度却引起了忽必烈的注意。随之便被任命为"枢密副使"，执掌京都的宿卫兵权。（详见《元史·张易传》）此次觐见慰问察苾唯他有话要说，刚待跪下便猛叩一头伏地曰："臣愿为大皇后肝脑涂地！"没头没脑，颇令人莫名其妙。但察苾却听懂了，猛环顾四周，好在寝宫里却只有阔阔真和托娅。

只能称累命他退下，从此便再不接受旧臣的觐见，自觉得很。

但那可怕的念头却突然又冒出来了，再难挥之以去。

谁让噩耗乃在一个接一个传来……

二

而在此时，忽必烈却又进入一个人生辉煌时刻……

进入1279年，南宋的一些残余的抗元力量已被剪灭殆尽了。虽有民族英雄文天祥、张世杰、陆秀夫等率众奋力反抗，但面对昏君奸相纵欲腐败蛀空了江山社稷早无力回天了。当然忽必烈的"知人善任"也是胜利的一大原因，比如张柔之子平南元帅张弘范就表现出了杰出的军事才能。一码归一码，应多做换位思考。特定的年代特定的历史环境，张弘范从未做过大宋臣子也就不必非把他当作汉奸。民族英

一统华夏——忽必烈大帝之文韬武略

雄就是民族英雄,杰出将领就是杰出将领,关键是在于有没有那点精神。

总之,胜利捷报又频传于两都之间……

先是传来了张世杰为保新立的又一小皇帝指挥战舰突围遇风浪船沉而死,后又传来了陆秀夫宁死不屈背幼主陷海而亡等。都很悲壮,忽必烈闻之也"肃然起敬"。(详见《元史·世祖本纪六》)到1279年10月,就连大义凛然的南宋末代宰相文天祥也被押送至了大都,至此忽必烈彻底地"南顾无忧"了。但虽令人振奋,却更令人棘手,很显然文天祥是想借此洒一腔热血唤醒大江南北之民族大义。而蒙古民族一向是崇尚英雄的,尤其是对那些铮铮铁骨敢于铁肩担道义的人物。为此,当忽必烈听到文天祥那千古名句"人生自古谁无死,留取丹心照汗青"之后,更是敬佩之余决心将其不惜一切纳入麾下。先是命将文天祥安排于国家之馆驿中,享受上宾待遇,谁料文天祥却"义不寝处"而只愿过囚徒生活。无奈忽必烈只好把他改而关押在兵马司空宅内,并谕旨"且令千户所好好与茶饭者"(详见《元史·世祖本纪》)。权臣阿合马欲抢头功曾首先前去劝降,没想到竟首尝文天祥"正义凛然,严词以拒"之屈辱。归来即启奏忽必烈曰:"不如杀之弃市,以镇反叛!其不识时务,不应世势,留之何用?"而忽必烈当即怒斥以答:"汝小眼也!与其相比,汝人味尽失,给他提靴子也不配!"随之,忽必烈为了争取这位"旷古之忠义奇才",竟采用了蒙古人"驯马"的办法。时而力伏,时而软降。颇为大度,颇有耐性,后竟拖延时日近三年。

更何况!尚有意外的惊喜也前前后后随之而来……

此即关于傻王芒哥喇的消息,也颇为激动人心。忽必烈加派赵炳前去,重要原因之一便是辅佐这位傻皇子试着用兵。后还不放心,又派旧臣李德辉以"枢密副使"身份前去相助。而这位傻王也不顾自己身体硕大肥胖尚不善马,坐在百乘之车上那王帐中就傻呵呵真"试"上了。只因听商挺说当年大败阿兰答儿和海都浑的故事,便和其间的汉军统帅,汪惟正亲热得一塌糊涂。赵炳来是监视商挺的,谁料他一犯傻气愣把两个分了个一南一北。商挺与汪惟正北驻六盘山,赵炳与李德辉南抚川蜀地。他们分别均赐了一份加盖王印手书的"重农桑、恤黎庶"之王令,便不偏

【第十五章 神鹿黯然，回归天际】

不倚曰："本王脑子不够，连日来早在王车上颠得魂飞魄散矣！诸位好自为之，成败皆可推予本王！此事古难全，只要傻王在，千里共婵娟……"不好！又想起苏东坡的那个月亮。他就此停车与两路人马告别了，拍着肚子声称该回京兆补充羊肉泡馍去了。

这种统帅，实在令人怀疑……

但传至两都的消息却均是鼓舞人心的，南北两线均频传捷报，大西北似筑起了一道天然屏障。也难怪！芒哥喇这种傻做法竟起到了一种相互竞争的作用，赵炳和商挺双方似乎均谁也不愿输给谁。而他那缺胳膊短腿的六个字所起的作用似更大了，大军所到之处一经传示便尽受百姓拥戴。到1279年，川蜀一带的反抗已逐渐平息，合州重庆诸城守将按现在的说法竟均"和平起义"。而北线也毫不示弱，不仅多次从侧翼配合击溃了昔里吉叛乱的袭扰，而且于六盘山剿灭了宗王吐鲁里应外合的叛乱并将其生擒之。总之，南北两线均战果辉煌，件件皆可彪炳史册。唯令人不可思议的是，双方均称傻王亲临过前线。川蜀传其骑在马上若神佛出现，轻轻一挥手便令宋军伏地跪而请降。而漠北的传说则是另一种风格，言其跨在风驰电掣的马上如金甲天神一般，冲锋间仅一声怒喝便令昔里吉上百匹战马当场惊毙。不知从何处说起？唯有一点是可加证实的，傻王确实令他那傻王妃"为汪惟正之母缝制珠络帽衣以奖其军功"（详见《元史》）。而这已足够了！遂在父皇一次次赞叹声中，一时间芒哥喇的光辉形象竟在大元朝野如日中天。太子真金眼看就要被隐没了，致使蒙汉众臣又纷纷多了另一种猜测。而现在这位不可一世的君王似更突现出高深莫测，似只顾着虎虎生风日理万机掌控着这庞大帝国的步步进程。

老当益壮，务一万方，似乎已无暇顾及察苾了……

也难怪！似乎进入1280年秋察苾的身体反倒有所好转，已由长卧不起改挣扎坐起来了。再加上忽必烈钦命御医百般调养，好像危险阶段已经度过了。而且尚有太子妃阔阔真的恪尽孝道，太子真金也受命负责母后的起居与膳食。在忽必烈看来当暂已无忧，毕竟她还比自己小十余岁嘛！但似乎他虽能善观天下风云变幻，却难窥她内心之所思，遂仍然壮怀激烈地"一意孤行"，仅给察苾留下了无穷的困惑和忧

一统华夏——忽必烈大帝之文韬武略

虑。比如,有一天他竟对范顺(即那被阉割的小孩)慨然允诺曰:"快长大吧,到时朕将封汝为大内总管!有那物徒生烦恼,无那物照样光宗耀祖!"

察苾一怔,蓦地感到忽必烈变陌生了……

从此似乎就"分道扬镳"了。他天天叱咤风云尽享着捷报带来的欢乐,她天天持珠念佛饱受着心灵的折磨。似乎人们都以为她已经在宁静中即将好了,竟在不经意间又向他透露种种有关金莲川幕僚的种种消息。"罪魁祸首"显然是托娅,因为她是忽必烈爱将的遗孀必然受到圣上的特殊关照。现已被任命为大皇后"斡耳朵"的女主簿,出入宫禁相当自由且与玉律术的知交来往甚广。她从少女起就自认为察苾的"心腹",故一见大皇后好了便难免要"及时汇报"。谁料这差点就成了声声的催命锣鼓,致使察苾顿时感到宫闱里是这么凄凉、空旷、冷清和寂寞。

走了!走了!原来一个个都先走了……

察苾这才知道,当阿合马及其党羽横行朝野时,继刘秉忠、史天泽、赵璧、霸突鲁等相继去世后,金莲川幕府的故旧们均纷纷于郁郁寡欢间先后死去了。至元十五年(1278年)曾助世祖谋定天下的首席谋臣姚枢离开了人世,同年曾助世祖平抚云南之董氏三兄弟之一儒将董文炳也死了;至元十六年(1279年)燕京大儒兼能臣杨惟中阖然辞世;随之累立奇功的平南统帅张弘范也英年早逝了。至元十七年(1280年)夏天曾助世祖勇登帝位而立下汗马功劳的元勋廉希宪罢相后也离开了人世,年仅五十岁;之后,太子的老师窦默及儒家能臣李德辉也死了;还有藩邸的旧臣宿卫孟速思、赡思丁、忾戈、昔班、阔阔、张耕等均先后弃世离她而去了……遥想金莲川,追忆毡帐城,昔日群英荟萃,今已寥若晨星……托娅刚一说毕即很后悔,生怕大皇后一下子受不了这么多的刺激,忙补充说道:"皇上闻故旧先后辞世,也曾垂泪命人祭上哀思。人人皆赐予极高谥号,并令以三公之礼厚葬之。"谁料这回察苾闻之反应却相当平静,唯双目冷凄,面色惨白,最后仅惘然若失曰:"走了……走了……也该走了……"随之,竟变得相当刚强,不仅可自己料理自己,而且进而还以大皇后的身份诏令曰:"太子当助圣上处理朝政,太子妃当代皇储主持东宫!吾已日渐痊愈,今后没有诏令严禁擅自再来!"

【第十五章 神鹿黯然，回归天际】

从此身边最亲近的人，似乎就剩下那被阉割了的孩子……

忽必烈竟信以为真，从此便更只顾施展他那雄才大略了。除剪灭草原母地叛王们时而臣服时而复萌的一次次叛乱外，便是为"永葆民族强悍"又发起的新一轮征服之战。既然阿合马使用起来"得心应手"，势必让这位权相假圣上之名也就更无法无天了。其长子忽辛曾任大都路总管、潭州行省左臣，次子莫速忽曾任杭州路"达鲁花赤"，侄子别都鲁丁则为河南行省参政。就连马可·波罗在其《马可·波罗游记》中也载："他（指阿合马）有二十五个儿子，都居高贵的官职。有几个用他们父亲的名义，在他的保护下，同他一样去奸淫妇女和做出许多凶猛残恶的事情。"而其本人，《元史》则更称之"专横暴虐，贪赃荒淫"，妻"四十余"，妾"四百余人"。而且尚嫌不足，还"经常强索他人之美妻艳女而偿以官爵"。似忽必烈用人之"善善恶恶"总该有个度吧？然阿合马一在其面前竟变得"比贤者更贤，善者更善"。且东西南北均有征战似一时尚难找到这样一位理财能手，故忽必烈似为了"用来顺手"也就"睁一只眼闭一只眼"算了。反正肉烂了还在锅里，将来再收拾他也不晚。事情发展到最后，阿合马就连儒臣们的"精神支柱"太子真金也根本不放在眼里。就在察苾抱病命太子去专心辅政时，阿合马竟当即杀了真金的亲信儒臣崔斌给他来了个下马威。崔斌者，今山西大同人，也为藩邸旧臣。蒙汉语兼通，在灭宋中多有抚治之功。为人刚正忠直，曾累累弹劾阿合马之"横行不法，朋比为奸"。言之凿凿，迫使忽必烈也不得不下旨彻查。此次太子复掌中书事更显形势岌岌可危，阿合马遂罗织罪名提前将这位儒臣迅雷不及掩耳地给诬杀了。《元史》载，太子真金闻知崔斌被诬杀的消息时正在就餐，遂凄然丢落了手中的筷了，又急派使者阻止行刑，可惜为时已晚矣。（详见《元史·崔斌传》）

其实，此时察苾的"日渐好转"纯属假象……

作为蒙古民族的杰出女性，早在惊知那孩子已被阉割后便已命悬一线了。之所以又能"起死回生"，完全是靠了她那不屈不挠的"政治意愿"所支撑。那"可怕的念头"似乎已变成她唯一的追求，实际上她早知自己来日无多死期将至了。病痛的折磨只有她自己知道，挣扎而起撵走太子夫妇那只是为了掩人耳目。显然她对忽必烈也不寄予过高的期望了,在人生的最后时刻她仍要为大元王朝"清君侧"——目标直指奸相阿合马!在她看来,此人的存在乃一切祸乱之源,不仅会影响江山社稷的长治久安,而且会影响忽必烈的一世英名,甚至还会危及太子的未来地位,现在对可爱傻儿子的大力渲染就是有力的证明。而她对掌管宿卫军之张易探视时伏地所言"臣愿为大皇后肝脑涂地"早已心领神会,故最终做出决断将"罔顾圣上"另辟蹊径而行。遂利用托娅之淳厚、善良,以及当年玉律术和张易在藩邸的友谊,在其不经意走动间便已达成了高度默契。比如仅说"燕赵多慷慨悲歌之士"数字,竟能换回专门送给那被阉割孩子的一只蝉——俗称"知了"!虽走动极少,却凭着她的高度政治智慧已使不可能逐渐变为可能。尤其在旧臣崔斌之被诬杀后,宫内宫外在悲愤之余这种速度似更加快了。察苾虽仍在病痛中苦熬着,她觉得自己尚不能死。她不仅期望能看到这一天,而且更准备面对忽必烈将这种种"罪责"一肩承担。

但谁料噩耗却一个个传来,察苾终于还是被击倒了……

再杰出的女性毕竟也是女人,刚烈的外貌下总是隐没着一颗柔弱的心。尤其是作为母亲,那儿女情深更是与血脉相连的。先是传说唯一女儿昂家真的第二任驸马又死了,似乎这可怜的小女儿又得依祖俗再次嫁给他的弟弟——第三任驸马。而察苾虽然又卧床不起了,但似乎还能支撑得住。只是出人意料地在密嘱后竟把托娅打发去了遥远的弘吉拉草原,并告诉她自己顶多再能活一个月。随后便严密地再次封锁了自己更加病重的消息,绝对禁止外传,尤其不得以此打扰皇上和太子。张易在外已惊觉时间的紧迫,更加紧了和"燕赵慷慨悲歌之士"之联络和密谋。但又有谁能料想到,察苾拖着奄奄一息的病体眼看就要坚持到年底了,狂风暴雪却裹着另一更大的噩耗给了她致命的一击:二皇子芒哥喇突然死了!据说,从王相赵炳那里得知"太子将或易人"之暗示后,从此便对羊肉泡馍和苏东坡那个月亮再不感兴趣了。尤其在那条憨狗老死不久之后,自己竟也笑着笑着随之便也咽了气。死的是那么傻呵呵却又那么潇洒自如,死的是那么嘻嘻哈哈却又那么庄重严肃。却只不该竟不知母亲早已病入膏肓,似在那辉煌的顶峰玩腻了又犯了傻气说走就走了。王死称

【第十五章　神鹿黯然，回归天际】

"薨"，时年方才三十二岁。

失子之痛，最终将察苾推向了死亡……

大口大口地吐血，无休无止地垂泪，还有那双没明没夜永远睁着的眼睛，深深陷入眼眶，却仍溢满着心思。像一只耗干了油脂的红烛，但那残余的烛心还在挺立着。临终前的意识是完全清醒的，她好像还在顽强地在等。好在托娅在暴风雪中终于从弘吉拉回来了，竟然不辱使命地果然给她带回了一个当年的"自己"。随之这个"自己"竟又神秘地隐没了，她竟又令托娅秘密传唤张易入宫。而相对时却默默无语，唯赐其一纸手谕。上书："大皇后着令张易除奸惩恶清君侧，不得有误！"不仅乃亲自手书，上尚盖有皇后印玺。张易感恩跪伏大恸，察苾却示意托娅速将其带下。唯以泪相送，也算君臣一场。随之，便是向托娅"托孤"，也是在相对无言中进行的。托娅紧搂牡丹的血脉泣不成声，谁料察苾却罕见地能说话了。她断断续续哽咽道："你们的大皇帝……是一个举世无双的大皇帝。他……他没有滥杀过一位功臣，更……更没有屠过一座城。他……他是个真正的男人，一个真正的蒙古男人……若有来生，我……我还要跟定他。要……要怪也只能怪李璮，还……还有阿合马……"

显然是回光返照，托娅似也只能急禀皇上了……

也难怪！当步入人生的终点时，人们总会发现还有什么是值得自己如此留恋的。而察苾对忽必烈即如此，她早发现自己竟对他是如此难割难舍。似乎往日的恩恩怨怨并不重要了，眼前就连他的种种失误似都具有一种坦坦荡荡的特殊的男性魅力。难道不是这样吗？他本来就是从茫茫无际的人草原跨马冲杀出来的，所思所想、所作所为当然会和从独门小院走出的儒臣们有所不同。草原般的胸怀必定难忍"独尊儒术"之拘束了，而"天马行空，海纳百川"也未必不能创造奇迹：意大利人马可·波罗来了，尼泊尔的神奇工匠阿哥尼来了，波斯的技艺侍臣札马鲁丁和史学家拉施德来了，以至阿拉伯、欧洲、中亚诸国的能人高手都纷纷前来愿为他服务。不仅筑起了大都的白塔，建起了当时堪称天下第一的观象台，而且还第一次实地勘测了黄河，并及时颁布了将流芳百世的《授时历》……即使就拿用人来说，

一统华夏——忽必烈大帝之文韬武略

除了祸国殃民的阿合马之外,他不是知人善任也提携了一批国之栋梁吗?如伯颜、阿术、张雄飞、程巨夫、不忽木……总之,在此即将永诀的时刻,察苾对忽必烈竟感到如此的依依不舍。往日的恩恩怨怨、是是非非顿时全都化解了,似乎只留下了初识时那春情萌动,新婚夜那缠绵眷恋,成家后那恩爱无比,患难时那同舟共济,创业时那齐心协力。和他做夫妻这一辈子真累啊!但他最终使一个少女朦胧的幻想变成了现实,她成了大元王朝的第一代入主华夏的大皇后!真没有和他在一起活够啊,真没有和他在一起活够!此恨绵绵无绝期,但愿还有来生……但她毕竟是个杰出的蒙古族女政治家,她也知道这有多么虚幻。她早把一切都准备好了,只在临终前渴望再见上他一面。

凶讯传来,忽必烈闻知"震惊不已"……

这位日理万机的大皇帝本以为,宫闱深处久久无人前来告急,而自己又延请了天下名医,比自己小十余岁的大皇后应在逐步好转。更何况!二皇子芒哥喇的突然辞世给他造成的"锥心之痛",使他尚未能从痛悼爱子的悲伤中解脱出来。再加上自己钦派前去辅佐傻王的赵炳随后也莫名其妙地被人暗害了,随之他便听信阿合马之谗言将商挺当作主要疑犯拘押回京下狱审问。显然是悲愤交加只顾此事了,竟然将争取"南宋绝代贤相"文天祥之事也暂放一边。而就在此时,托娅又慌忙跑来报此凶讯,并泣诉了察苾的濒危之语。忽必烈闻之大恸,竟当着众臣捶胸而呼曰:"汝不能弃朕而去!唯卿妻也,唯卿妻也!"

但此时的察苾已将闭上眼睛,似只有进气而没出气了……

等忽必烈赶来气氛相当凝重,似已无可救药了。忽必烈紧握着察苾的一只手,还在悲泣中不断地呼唤曰:"唯卿妻也!唯卿妻也……"突然,奇迹出现了,察苾竟幽幽地有了声音,并且比病中任何时候都清晰。她挣扎着睁开深陷的双眸说:"我……我告诉芒哥喇,稍后母亲则来和你永远做伴了……现在尚需归去,见汝父皇最后一面……还……还有几句话要说……"忽必烈忙挥退众人曰:"说、说,朕愿与卿携手再说二十年!"察苾随之便幽幽尽言道:"圣……圣上可称草原上之'千古一帝'……无愧于圣祖对陛下的预言……历经无数劫难,终于完成了圣祖

【第十五章　神鹿黯然，回归天际】

'入继华夏大统'之遗愿……臣妾死而无憾，唯不放心者乃儿孙……臣妾乞求圣上务要善待太子，务不可轻言废立……臣妾只有三子，一死一囚，现唯余太子尚在圣上之身旁……"忽必烈泣对曰："朕深知吾儿之仁厚，当尽力爱惜不负卿之所望！"察苾又言道："草地大了什么牲口都会有，江山大了什么乱子都会出……适可而止，当专于治……"忽必烈有所犹疑曰："如不重蹈契丹女真之覆辙，朕何乐而不为之？"察苾则又幽幽而言道："圣僧八思巴曾托梦告诉臣妾，若想保得民族永存，只……只能挥着战刀出，捧着藏经归……"忽必烈当时显然并不理解，似也只能随口应付曰："朕当慎思之！朕当慎思之！"最后察苾吐了口气竟颇为奇怪地挣扎着说道："乞求圣上……七日之后再来……察苾将……将还圣上一个惊喜……"忽必烈一听大为高兴，还以为已出现了转机，当即对之曰："朕干脆不走矣，就在此以待七日之后……哦！来人呀！快传御医……"（部分内容可见《元史·后妃传》）

此时，察苾却早已安详地咽下了最后一口气，似撒手而只顾陪伴那傻儿子芒哥喇去了。

史载，忽必烈大恸，一夜间竟老了许多，好像变了一个人似的。

据传，人们都目睹了一只圣洁的白鹿闪着光芒跃上了夜空。

崇高的人格，伟大的母爱，超凡的政治智慧！

走了，终于走完了她传奇的一生。

唯留深深怀念在人间……

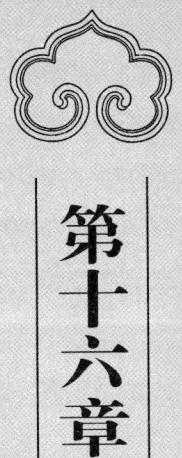

第十六章

烈士暮年,自觉走下神坛

【看点提示】你知道吗?七日后忽必烈重返后宫,是如何惊见察苾犹如少女般再生?——你知道吗?新后的出现不但使太子重获保护伞,而且激活了忽必烈"老骥伏枥、壮怀激烈"的豪情。——你知道吗?文天祥仍不肯降服,宁愿引颈就义,而他的宠臣阿合马也因恶贯满盈,终被义士以锤击毙。——你知道吗?他虽然在七十三岁仍乘象舆亲征荡平了乃颜之乱,但那尸骨堆中老妇的哀号和诅咒却开始引发他的深思。——你知道吗?偏这时太子真金在"禅位事件"中又壮志未酬忧惧致死,导致忽必烈晚年丧子后,在巨大悲痛中久久反思。——你知道吗?经过了不忽木与安童等贤臣向他阐述太子真金曾有过的远大抱负,忽必烈终于毅然决然地决心自动走下神坛。——你知道吗?这……似乎有些晚了,但毕竟在人生的最后几年,他还是又回归到儒家以仁治国的这条道路上来……

【第十六章　烈士暮年，自觉走下神坛】

在这惊人的噩耗中，最幸灾乐祸的莫过于阿合马了……

察苾大皇后死于至元十八年（1281年）春末，时年约五十多岁。她的悄然辞世显然是对汉臣儒僚最沉重的一击，难怪均"如丧姥妣、悲泣不已"。一代大儒许衡就是在这种状态下随后忧愤去世的，临终竟命子女不得请谥，墓碑仅写"许某之墓"四字即可，绝望之情可见一斑（详见《元史·许衡传》）。

而阿合马闻此竟在国丧期间举杯哈哈大笑……

对这位权倾一时的奸相来说，似乎还不仅仅乐观这位与自己恶斗了十几年的老对头之死。而更重要的还在于，他还目睹了大皇帝竟因"丧偶之痛"一夜间老了许多，就像变了人似的。而皇太子真金正在外地巡视，闻母丧归来后早失魂落魄似成了扶不起的阿斗。确实如此！真金闻母死讯悲痛欲绝，一连三日水米未进而只顾日夜兼程赶回宫里。为母守灵时竟扑倒在地瘫作一团，似从此便被抽掉了主心骨。多部中外史书均载:"阿合马于朝中唯惮太子也!"当然这种状况他更"乐观其成"。须知,阿合马当时已权倾朝野,爪牙党羽已密布天下。而大皇帝时年已六十七岁,太子真金又过于仁弱多病。宫闱之乱作一团,绝对有助于他进一步独揽朝纲。玩老皇上与病太子于股掌之中,从此昔日的家奴或将成为真正的主人。

只不该他太小瞧察苾的深谋远虑了……

忽必烈痛心疾首一夜间似老了许多,但他却从来不曾轻视察苾的政治智慧;七日之后虽精神尚很恍惚,却蓦地想起察苾临终之语。随之,便挣扎而起,摇摇晃晃向察苾昔日所居的宫里走去。侍臣绝不敢阻拦,只以为此乃皆因情困扰所致。似乎忽必烈泪眼蒙眬中仅仅以为,察苾或许只不过是令人交还那只被换走的会唱长调的"心杯"而已。却谁料正当他哀思戚戚地步入时,眼前竟又重现了昔日的辉煌。烛光摇曳,香烟袅袅,如梦如幻,处处弥漫着一片可人的温馨。再看纱帷之内,竟隐隐闪现出一位婀娜多姿的身影。忽必烈惊呼了:"谁?"这时却恍若坠入幻境,有人竟掀开纱帷应声而出了。只见她头戴大皇后的"顾姑",穿着大皇后的服饰、明眸、皓齿、笑靥,与少女时期的察苾一模一样,分明是她"浴火重生"又再次回到了自己的身边。忽必烈喜极而泣惊呼曰:"察苾!朕之察苾……"却不料那少女随声跪迎道:"那是我的姑母,臣妾南苾……"并捧上那只心杯,没想到忽必烈随手一掷竟将它摔了个粉碎。

有了南苾!后宫的情绪迅速在改观……

切莫以现代思维评价此事,要知道在七百多年前这完全是符合草原的民俗民风的。十九岁的南苾的出现,不仅果然又重新激活了忽必烈,而且也使仁弱的太子从此也似乎"内顾无忧"了。这说明察苾大皇后的别具深谋远虑,阿合马在这方面绝非自己女主子的对手。为此,她早已为防自己出现"万一"选定了接班人,并早为此苦心经营并派去了博学大儒。尤为重要的是她了解男人,更了解忽必烈。他现在尚不能跟随自己一起离去,大元王朝还需要他那雄才大略稳定政局。况且那秘密的"清君侧"也还在进行,唯留下真金也很可能难以面对此波大风大浪。史称察苾有"经天纬地"之才,由此可见绝非虚言。

【第十六章　烈士暮年，自觉走下神坛】

死诸葛吓死活司马，历史故事似乎马上又要重演了……

阿合马当然会大失所望了。他所期望的宫室瘫痪不仅未曾出现，而且面对着新皇后他仍得自称为"家奴"。有史可考，不久南苾即被正式册封为皇后，入继了姑母的"斡耳朵"开始执掌六宫。她颇有政治头脑，行事大有察苾之遗风。着力保护并以身作则地尊重太子，致使汉臣儒僚又恍若看到了希望。纯属家族内部承袭，阿合马当然面对着这位十九岁的大皇后也只有唯唯诺诺了。

但其仍不知死期将至，却仍在朝中横行不法……

至元十九年（1282年）3月，忽必烈"照例北上巡幸，驻跸于察罕淖尔，太子真金从行"，而"左丞相阿合马与枢密副使张易奉旨留守大都"。也就在这种特殊的情况下，一件惊天动地的大事发生了。果然是"燕赵多慷慨悲歌之士"，以王著与高和尚为首的众多民间豪杰终于开始行动了。王著，山东益都人。曾投笔从戎，当过代理千户长。史载其"疾恶如仇，沉毅有胆气"。高和尚，又名高菩萨。自称有秘术，"能役鬼神为兵"。而马可·波罗在其《马可·波罗游记》中却只说："高和尚的母亲、妻子、女儿都被阿合马奸淫了。他在盛怒之下，与王著合谋杀掉阿合马。"也可算权相恶贯满盈，王著与高和尚竟很快便在身旁聚集了众多愿"杀身成仁"的民间义士。只因阿合马也深知自己罪孽深重必须严加防范以备不测，故面对其"出没无常、行踪诡秘、夜眠则换地再三"，再加上宿卫众多，为此竟久久难以得手。而后者显然得到幕后高人指点，遂才有了趁皇上太子均不在大都的惊人之举。

明目张胆，假扮太子，组织严密，诈开皇城……

从各种中外相关史籍看来，这次行动显然绝非是一次简单的"官逼民反"。虽已入夜，但皇城上下灯火通明，巡查仍很森严，但假扮的太子、侍臣、众宿卫，却仍可从容镇定。无论从装束到扮相上，朦朦胧胧中几乎均可以假乱真。然而再是"真假难辨"也必有漏洞，比如来到皇城根竟不知太子平时从何门而入，张九思等臣已"惑其伪而拒开西门"。多亏了王著之机敏，伪太子之沉着，这才急速改向了南门。也合当阿合马该死，因平时"朝中唯惮太子"正亲率百官在外恭迎真金。随之便如史书所述:"先是唤中书省官员上前,叱责数语,王著即牵起阿合马,以袖中铜锤猛击其脑,当场毙命!"历代义士均是反权奸不反皇上的,随后王著即弃锤哈哈大笑曰:"天助我也!我王著死而无憾矣!"

结果可想而知,就连高和尚等众义士也纷纷束手就擒……

据元代郑思肖所著《心史》载:阿合马被击身亡后,"军民尽分裔阿合马之肉而食,贫人亦莫不典衣,歌饮相庆,燕京酒肆三日俱空"。足见世人对这位权奸仇恨之深。而巡幸于察罕淖尔的忽必烈闻知后暴怒,以至于雷霆之怒!他竟认为此乃继李璮之乱后又一次"汉人造反",遂命令蒙古族枢密副使孛罗与司徒霍礼合孙紧急赶往大都"严厉镇压"。足可见"政权,即镇压之权"绝非仅后人创意,早在七百多年前便有人身体力行了。不问是非,不分青红皂白,凡被圣上视为"造反者",皆应对其大开杀戒绝不手软!果然三日后,即将王著与高和尚及其同党近四百人,全部押于大都街市当众诛杀,致使血流成河,头颅遍地滚落。但大多义士均慷慨赴义,而王著尤显突出,竟沿街高呼曰:"王著为天下除害,今死矣,异日必有人为我书其事者!"(以上均详见《元史·阿合马传》)王著时年仅二十九岁。

当然,作为禁卫军的首领,张易也因"失职"被拘审了……

而忽必烈毕竟是位了不起的政治家,数百颗人头终于从震怒中换来了他的冷静和沉思。他眯起一双老而狐疑的眼睛,反复召见王思廉等汉臣谈话似想从中套出什么阴谋来。但王思廉等深知后果之严重,均婉转应对只暗示"王著等人此举唯反阿合马,并不反圣上"。不仅讳言张易,更对其他汉臣绝不涉及。其实有史可查,张易与王著等早有来往并还曾举荐过他们。(详见《元史·世祖本纪八》)为此,忽必烈也曾秘密提审过张易,追问过:"是何人令汝如此大胆?"张易却答:"臣自少即追随陛下创业天下,皇上即臣之至上,皇后即臣之至尊,皇太子即臣之至要。除此之外,似也可称目中无人,唯余我大元王朝千秋万代之大业!无须再问!臣甘愿以此头颅为陛下换回百年盛世,叩请圣上速诛臣下以传首四方!"忽必烈若有所悟,但张易却早把察苾留下的那道救命诏旨焚烧灭迹了。临被押下,尚伏地泣奏曰:"大皇后临终唯向臣留两嘱,一乃文丞相当尽快成全其志,二乃商挺绝非下作

【第十六章　烈士暮年，自觉走下神坛】

之人，若非焉能当年无兵即可解除我主西顾之忧？臣再无他言，临终尚能见圣上一面，足矣！"儒者所谓的"高风亮节"，在张易身上得到了充分的展现。随之竟含泪退下，致使忽必烈目送间，也由不得泪眼蒙眬。

但最关键的还是与新后南苾的彻夜长谈……

别看这位新皇后方才过了十九岁，但却果真继承了其姑母的遗风。她深知该首先说些什么，随之便大量转述蒙古与色目众臣对此事的反映。人们早对这位权相恨之入骨，闻之被王著以锤击毙莫不欢欣鼓舞。而确有史可考，阿合马后期也太专横跋扈无法无天了。不仅敢擅杀太子的亲信重臣崔斌，竟敢公然蔑视在蒙古族中有着极高声望的元勋功臣。比如，灭宋统帅伯颜凯旋，阿合马竟敢拦路索要宋室珍宝。索要未成便反诬伯颜藏宋之国宝图谋不轨。忽必烈闻之大怒，竟将伯颜置于狗圈之中以辱之。（详见《元史·伯颜传》）副帅阿术也因相同的原因，更"皆受囚系"。（详见元代郑思肖《大义略叙》）虽后均真相大白，但阿合马却未受到任何处理。故此次这位奸相之被击毙，同时也受到了蒙古族上层极多有识之士的欢迎。有些人竟"主动施于海东青衣袄三千件，焚烧而祭奠王著等"。（详见元代著作《秋涧集·中堂纪事》）就连一些色目仁臣，也对阿合马之擅权无耻极为反感，遂早就形成了"各族共讨之，朝野欲诛之"的态势。而忽必烈闻小皇后偎胸娓娓而言，竟在久久的沉思中突然开口自语曰："朕不能与此厮同坠阿鼻地狱！"几乎与此同时，南苾也不失时机地进言道："先大皇后也早有遗言在前——"谁料忽必烈竟伸手掩其口曰："勿言！朕已心领神会矣！"

遂行事之风大变，一夜间来了个一百八十度大转弯……

从此，绝口再不提"汉人造反"，更彻底停止了对张易"同党与主谋"的彻查。忽必烈是何等超凡的政治家，焉能不知此时应当及时进行"切割"。如若继续对汉人大开杀戒，必将令蒙古人、色目人、汉人、南人都把自己视为"昏君"。后果可怕啊！"大皇帝"兼"天可汗"的追求很可能将从此化为一场泡影！当尽快采取断然惜施，必须将怒火重新引到那恶奴身上去！以此来证明：天威莫测，皇上圣明……据载，乃因有人密告，阿合马竟将商人献给皇上的一颗巨钻和南宋献上的两

一统华夏——忽必烈大帝之文韬武略

颗特大珍珠,均私自扣留据为己有。而遣使前往其宅搜取,也果然从其爱妾居处获得。又据载,忽必烈闻讯"大为震惊",痛心疾首之余竟当着众臣不无自责地连连叹息。似乎在告诉众臣:绝没想到二十年来非常顺从听话的阿合马,竟敢利用自己的信任如此大胆妄为地欺骗自己。而众臣也诚心诚意地相信:皇上一贯圣明,今日之事皆因阿合马奸诈蒙骗所致。随之,忽必烈再现明君风度,当即命太子真金主持中书省更进而彻查阿合马之种种罪恶。此举真可谓一箭双雕!不仅使汉臣儒僚们彻底放了心,而且也彰显了皇室内部之合力齐心。而太子真金也命枢密副使孛罗及时向圣上禀报进展情况,故忽必烈得知阿合马背着自己种种令人发指的罪行后,终于若有所悟地说出了那句话:"王著杀之,诚是也!"(详见《元史·世祖本纪九》)

顺应民意,绝对要让天下百姓宣泄个够……

本来阿合马被击杀后已经被极其隆重地埋葬了,而随着他的种种罪行的暴露忽必烈终于怒不可遏了。遂下令将阿合马重新从坟墓中挖出来,不仅"剖棺戮尸",而且将其尸体"脚下系绳,拖至市街,任车马从其身上往来驶过",最后"纵犬食之"。不仅如此,忽必烈还下令籍没阿合马的全部家财。谁料在搜查其另一爱妾家藏时,竟"得二熟人皮于柜中,两耳具存矣!"忽必烈闻之几近怒发冲冠,当即下令"活剥了阿合马之子忽辛、阿散等人之皮",并且将其全部家财充了公,"四十个妻子与四百个妾"也均当逆产全都"分配"了。尚有"大快人心事"!还将其强占的民宅、民产、民财下令还给原主,阿合马的爪牙与党徒也得到相对彻底的清算。果不愧一代雄主,软硬两手均施展得十分到位,致使无数黎庶均奔走相告,击掌相庆。从古到今莫不如此,只要能强力严惩贪腐百姓均会山呼万岁!万岁!万万岁!(以上史料均见于《元史·阿合马传》)

而儒臣似仍担心着对张易的处置,还尚有商挺……

要顺应民心就顺应个够,果然忽必烈要做好事也做到底了。他不失时机地采用了缓和汉人汉地的舆情之策,竟采纳了太子真金的主张,将张易的罪名改为"应变不审"而免于"传首四方"。出了这么大的娄子该杀还得杀,若不然不顾王法只念私情也该露馅了。但对于一些有牵连的人或家属却一概不予追究,这已足使张文

【第十六章 烈士暮年,自觉走下神坛】

谦与赵良弼这样的藩邸老臣彻底放心和感恩不尽了。藩邸旧臣所剩无几,这又得牵扯到商挺。好在忽必烈还在继续"圣明",仍命太子真金彻查赵炳被害一案。这一查才知道,主因乃赵炳过于"忠直刚愎""驭下甚严"得罪了部下郭氏兄弟这对转运使。因惧其严惩,遂借安西王突然辞世造成的混乱趁机将其杀害。忽必烈闻之内情遂将商挺释放出狱,并抚慰其曰:"此皆因阿合马之诬所造成。然朕早在思忖,商孟卿(即商挺)若如此下作,焉能成为一代名臣兼名将?今得以证实,朕当仍重用!"(详见《元史·张易传》《元史·商挺传》《元史·赵炳传》等)

但再查史书,商挺好像从此再无任何大作为了……

而到至元十九年(1282年)12月初,忽必烈已"借力使力、因势利导",最终化解了大元王朝有史以来最严重的一场内部危机。现在似该轮到处理那位"文丞相"(朝野均以此尊称文天祥)的时候了,须知他之正义凛然似正在唤醒沉睡数百年北方之汉民族意识。而忽必烈又在混乱之中成为一代明君,当然会想到及时处理掉这颗"烫手的山芋"。放,曾是他的选项之一,以彰显大度,并可暗中继续怀柔之。谁料竟遇到也曾为南宋状元,也曾为南宋宰相,现为降臣的无耻文人留梦炎之坚决反对。若以现代话来说,他当即把文天祥描述为一颗随时可引爆之人体炸弹。当然,还有更重要的原因,那就是通过张易所转述的察苾遗言:"成全其志!"为此,历时三年的劝降即将告一段落,1282年12月8日忽必烈亲自出马做最后一次争取工作。颇为尊重,颇为耐心,见文天祥被押至并不要求其下跪,即循循善诱曰:"汝以事宋者事我,即以汝为中书宰相!"绝口不提"投降"二字,而仅以"事我"相劝,宰相高位乃为突显重其人品高尚。然文天祥却断然拒绝道:"大祥为宋状元宰相,宋亡,唯可死,不可生!"忽必烈又曰:"汝不为宰相,则为枢密!"意思是说,我把最高军事统帅权都交给了你,还信不过我的一片诚心诚意吗?谁料文天祥的回答还是:"一死之外,无可为者!"忽必烈敬佩他的忠贞,似仍不忍杀他,权且先让他退下。这表现了蒙古人自古崇奉英雄的一种品质,后多亏了又有一批大臣奏言:"文天祥不愿归附,当从其请,赐之死!"忽必烈这才最终予以批准。(详见《宋史·文天祥传》等)

一统华夏——忽必烈大帝之文韬武略

一代民族英雄终将慷慨就义……

据史载，至元十九年（1282年）12月9日，文天祥在大都被押往了柴市口刑场。沿途其"过市扬扬，颜色不变""且吟且行，悠然自得"。而"观看者，送行者如堵"。到达柴市口刑场，则更显"从容自若"，临刑前尚索笔写下了最后两首七律绝笔。气贯长虹，笔走龙蛇，其平静浩然之气令围观者与送行者莫不"泪如雨下"。其诗云——

> 昔年单舸走维扬，万死逃生辅宋皇。
> 天地不容兴社稷，邦家无主失忠良。
> 神归嵩岳风云变，气入烟岚草木荒。
> 南望九原何处是，关河暗淡路茫茫。

> 衣冠七载混毡裘，憔悴形容似楚囚。
> 龙驭两宫崖岭月，貔貅万灶海门秋。
> 天荒地老英雄丧，国破家亡事业休。
> 唯有一腔忠烈气，碧空常共暮云愁。

写毕，则掷笔于地，向市人问清南北方向，遂"南面再拜而就死"。长歌当哭，时年仅四十七岁。据说，忽必烈曾命使者传诏停止用刑，但为时已晚，唯见遍地送行者之跪泣。欲用不能，欲杀不忍，足见忽必烈颇为复杂的心态。而此时文天祥却已义薄云天地撒手而去，唯留"一片丹心照汗青"（诗见《庐陵文丞相文山全集》卷十四，"据说"见《申斋集·文丞相传》）。总之，文天祥已将古之所谓的"文人风骨"又推向了一个更高的境界。

然而，忽必烈在这期间也表现得相当不俗……

他之所作所为深刻地表达了：不必非白即黑，非正即邪，非善即恶，非忠即奸，甚至简单化地互为对立面。忽必烈在这方面做得相当出色。比如，在他巡幸经

【第十六章　烈士暮年，自觉走下神坛】

晋北雁门关时，闻知关下即杨家将故里。因早知其"一门忠烈"，故下旨敕建"杨家宗祠"，以示敬仰。现赴山西代州，仍可见其敕赐之遗匾。而对文天祥，他更亲自下令于大都建"文丞相祠"。一码归一码，古人似比现代人更高明。

当然，这其中也包含其在无师自通地运用"软实力"……

总之，忽必烈在处理这次因阿合马被杀引发的政治危机中，既显示了他博大的政治胸怀，又展现了他高超的政治手腕。或放或收，掌控自如；或扬或抑，游刃有余。既借"不明真相"，果断出手，残酷镇压，三日内便将王著与高和尚等成百上千民间仁人义士一网打尽斩草除根，又借"幡然大悟"，及时转向，重审权相，数日内便将阿合马剖棺戮尸尽把天下之怒气齐引到这恶奴身上宣泄；既宣扬"宫室内睦"，推皇太子出面主持彻查，以抚慰汉臣汉儒汉地汉民之心，又抑"起事内因"，对张易及所有受牵连的人一概免于深入追究，尽掩事实真相唯求宫室内外一片祥和。黑脸白脸一人兼扮，但最后换来的却是朝野共呼：大皇帝圣明！

果真圣明！但他的内心深处却对汉人汉法越加警惕……

察苾似乎并没有死，她那卓越的政治智慧乃在后宫中处处可见：南苾新皇后牢记着姑母的临终密嘱，始终在维护太子真金的独特地位。而太子妃阔阔真本来就很贤能，再加上有同是弘吉拉草原来的新后之支持则日显干练。唯有察苾的贴身侍女托娅回云南了，带着那可怜的孩子从此便再没了音讯。

但智者千虑必有一失，察苾似乎只欠想到激发出旺盛活力的后果是什么。

忽必烈绝不是那种沉湎于酒色的君王！

当然会：烈士暮年，壮心不已！

他的目光又转向了世界……

二

而忽必烈这一放眼不要紧，随之便又是天翻地覆慨而慷！

一统华夏——忽必烈大帝之文韬武略

时光荏苒至元二十一年（1284年）正月，诸王百官为忽必烈七十大寿上尊号曰：宪天述道仁文义武大光孝皇帝！此时，太子真金早荣任监国，表面上已代理年迈的父皇开始"执政"。其实忽必烈仍紧紧控制着所有大权，龙骧虎视地观察着太子的一举一动。

他仍在为圣祖成吉思汗子孙的未来殚精竭虑着……

用现在的话来说，他唯恐太子以"小农经济"的目光来治国。他要的是儿子也能施展"雄才大略"以继承圣祖之伟业。再加上阿合马之死如李璮之乱一般，本能地使他对汉人汉地更严加防范，对汉儒汉臣也更颇多猜忌。为此，他还为儿子特别任命了一位蒙古贵胄、宿卫大臣霍礼合孙为中书省右丞相，主持朝政。霍礼合孙，即用残酷的手段镇压王著等诸多义士，原任"蒙古翰林学士承旨"。忽必烈本以为此人"文武双全"，必会"深察朕意"。谁料霍礼合孙上任后竟反而又和汉臣儒僚搅在了一起，还与何伟与徐琰等儒臣一起听太子训示："汝等学孔子之道，今始得行，宜尽平生所学，力行之！"（详见《元史·裕宗传》）这使忽必烈大为失望，只因还念父子之情尚能强忍继续观望着。

政见不同造成父子间的矛盾，情况相当复杂……

这倒不是说，他放弃了汉地汉法和儒家学说，而只能说他嫌太子"小眼也"。忽必烈自己是深信儒学是博大精深的，他只是鄙夷儒者之"空言义理"动辄"诗词歌赋"。而太子则无视他们不懂"经世致用"，却只跟着儒者"言必称孔孟"尽受条条框框约束。更重要的是自己虽很热衷于儒学教育，从而有了"国子学"一直到专设"国子监"。但那是"为我所用"，利用其"君君、臣臣、父父、子子"之说永固大元王朝一统江山。而太子却总在时时暗示当"开科取士"，难道他竟不知如此下去将来天下会"谁主沉浮"吗？李璮之乱，汉人击杀阿合马之教训更该铭刻在心，蒙古人绝不能再像辽之契丹、金之女真那样被滚滚洪流吞没了！

流水不腐，户枢不蠹，似还需要征战！征战！征战！

忽必烈想到此又开始热血沸腾了，虽已年过七十却早已又在"雄心壮志冲云天"了。这也和马背民族的生死观有关系，他们一向对生死看得极为豁达。只要不

【第十六章 烈士暮年，自觉走下神坛】

死，他们就认为长生天留你在世上必负有更大的使命。年纪越大越是如此，以老而推辞将是亵渎神灵。为此，即使有娇娆温柔的小皇后常伴身旁，他还是大气磅礴地越来越坐不住了。他还有很多事要做：亲手建立的驿站还得继续延伸；海运还得继续扩展；外来能工巧匠和西技还得继续应用；陆上和海上的丝绸之路还得继续繁荣……更何况，尚需一雪跨海东征遇飓风失败之耻，对安南缅国也需扩大用兵，还有跨海征爪哇还得扩大战果，对高丽除了下嫁公主尚有更多的事要做……夜不安寝，夜不安寝！一万年太久，只争朝夕！

而眼前的一切，却似乎均很令人失望……

尤其是宰相霍礼合孙，虽面对王著等众汉人义士出手凶狠，原来也只是唯尊一个"忠"字。其实这位草原骁将实质上乃一个彻底儒化了的蒙古贵胄，自上任以来竟循规蹈矩只按孔孟之道行事。为安抚大江南北的人心只顾做了三件事：其一，彻底惩治阿合马之党羽，层层审计核查尽将贪渎之财"收归国库"，忽必烈尚很满意；其二，裁减冗官，废罢阿合马从中央到地方滥设的官署171所，忽必烈尚可予以批准；其三，重用儒士汉臣，竟又重新奏请"开科取士"。忽必烈终于忍无可忍了。如以历史眼光来看，这纯属一位"贤相之举"。忽必烈若能稍加"甘于寂寞"，大元王朝从此或许将是另一番景象。但是，他却对霍礼合孙"唯重儒术"而"讳言财利事"大为不满，尤对其动摇蒙古贵族入仕特权之举更为恼火。于是在霍礼合孙上奏不到一个月，他便将这位可能扭转乾坤的贤臣"罢相"了。（以上史料均见于《元史·世祖本纪八》《元史·世祖本纪九》及《元史·裕宗传》《元史·合霍礼孙传》等）

故态重萌！但对太子真金还算客气……

这对传统的义理派汉儒和受儒家影响的蒙古大臣均是一次沉重的打击。改革彻底失败，忽必烈又把朝政拉回了以"理财"为中心的旧有轨道，并且也再不甘居二线了，一跃而重新现身于第一线。

太子真金的日子从此变得不再好过了……

这倒不是因为于至元二十一年（1284年），叛王海都终于被打得暂时求和放归

一统华夏——忽必烈大帝之文韬武略

了三皇子那木罕（还有安童）。绝无易嫡迹象。然忽必烈出于一种莫名的愤懑，对这位嫡幼子虽封王晋爵却始终拒而不见。（详见拉施德的《史集》）而那木罕经过了多年的磨难似也意志消沉，归来后也唯愿侍奉父皇和太子仅为一名出征的兵帅。闻母后已死，兄弟俩相拥而泣反倒更加亲密了。问题不在这儿，问题竟然来自于那些把真金当作希望的儒士汉臣们。他们绝不甘心于霍礼合孙的被"罢相"，竟不管太子之艰难处境，又进而有了迂腐的惊人之举。至元二十二年（1285年），江南御史台有一位监察御史竟上封事说：忽必烈"春秋高，宜禅位于皇太子，皇后不宜预外事"（详见元代著作《菊潭集·平章政事致仕尚公神道碑》）。

而这对于太子真金来说，简直就像一道催命符……

多亏中央御史台尚有一位明白人，即神道碑文中所提之"尚公"尚文。时任御史台"都事"，见此奏章深感关系重大便将其暗中悄然压下。却谁料阿合马残余的党羽达吉古阿散却似早有所闻，遂以种种借口要求彻查御史台所有文牍。而尚文也算得一代精明儒吏，就是执意扣留拒不交于此辈。达吉古阿散如疯狗狂咬一般随即上告，致使忽必烈大怒亲自派人前来索取。情况越来越危急，尚文似也只能向御史大夫玉昔帖木儿禀明，愿承担一切责任，并进言曰："此乃上危太子，下陷大臣，流毒天下庶众之阴毒计谋。而达吉古阿散乃阿合马余党，赃罪狼藉，证据确凿！依臣所见，不如抢先揭发，以戳穿其阴谋。"玉昔帖木儿从之，忙与归来即接任中书省丞相的安童商议。原来二人均倾向于太子真金的政见，虽身为蒙古族重臣却都是坚定的汉法派官员。于是二人便入宫主动奏明事情原委，并呈证指出"达吉古阿散乃阿合马之余孽"。然忽必烈仍大为震怒，当面质问二臣曰："汝等无罪耶？"但安童却颇为平静地进奏道："臣等无所逃罪，但此辈名载刑书，此举动摇人心，宜选重臣为之长，庶靖纷扰！"（引自《安童传》）意思是说，我等并不想回避什么罪责，而这帮想把事情闹大危及太子的人才值得注意。御史台也接到许多揭发他们的奏章，他们均想借此谋害太子为阿合马复仇。当务之急是派能臣彻查，以固国本以安天下人心。对于忽必烈这样一位杰出的政治家来说，有这样发自肺腑的提醒已经足够了。随之便"从容纳谏"尽皆采用了安童和玉昔帖木儿的建言。不久即对达

【第十六章　烈士暮年，自觉走下神坛】

吉古阿散及其同伙以奸赃罪处死，南台御史之禅位奏章之事也就不了了之。（详见《元史·裕宗传》《元史·尚文传》等）难得糊涂，似七百多年前就被一位衰年的君王早已掌握了。

只是太子真金似乎再也支持不下去了……

这位十岁出头就代父皇"小王升帐"，十五岁就在名师指点下饱读儒家经典，十七岁就被封为燕王出镇幽燕，三十一岁才被正式册封为太子，三十六岁又被御批为代父执政的监国……眼见得一步步走向人生的顶峰，但他却在年迈父皇狐疑目光无所不在地逼视下渐渐支撑不住了。过多人对他寄予了期望，但父皇却永远对他失望。别人总以为他是"大树下面好乘凉"，但他却无时无刻不感到"泰山压顶难伸腰"。尤其是这次的"禅位奏章"事件，更使他惶惶然不可终日。坦然以陈不是，故作不知也不是。也深知父皇的性格，那正如民谚所云："看准方向撒缰的骏马，那是九十九头牦牛也难拉回头的。"谁要阻碍了他"雄心壮志"的施展，他是绝对不会顾及什么坛坛罐罐和儿女情长的。悠悠万事，唯祖业为大。

果然，父皇悄然开始对东宫动手了……

这倒不是说忽必烈已有什么"易储"的打算，反而似乎应视之为一种"舐犊情深"的体现。他绝对忘不了察苾"善待太子"的临终遗愿，更无心否定真金辛劳问政的仁厚之风。只是因为在李璮叛乱和阿合马被杀之后，他竟突然发现太子过于儒化和文弱了。近朱者赤，近墨者黑，看来改造东宫已势在必行了。随之，便将真金身旁的汉臣儒僚先后调出，并调入了一个个性格鲜明的蒙古大臣充任东宫各级官吏。意在"淬钢"，使自己未来的继承人永不失圣祖子孙的鲜明本色。在他看来，这是"亡羊补牢，未为晚矣"，但在东宫内部却引得人人自危惶惶然不可终日。"太子善赞"王恂首先忧愤而死，其他儒臣更难免"兔死狐悲"地含泪告别"旧主"而去。唯一留下的只有从小为太子当"伴读"的不忽木，那也是因为他不属于汉臣。也算一种关爱，以免怯懦的太子一时感到孤单。

但在这种特殊的关爱下，真金还是病倒了……

空怀满腔的治国理念竟招致这样的结果，似乎他已再无力挣扎了。如果父子间能有一次彻底坦诚的对话，本来可怕的后果是可以避免的。但父皇却抢先动了手，再加上他从小就敬畏父皇如神，似乎一切都变得"无可救药"了。东宫寝帐旁除了相濡以沫的妻子阔阔真，似也只剩下了从小一起长大的不忽木。但泪眼相对又能说什么呢？似乎也只能在"禅位奏章"事件的阴影下等候命运的摆布。要知道，这显然是对父皇的公然蔑视和大不敬，随后更可能演变为"谋反""逼宫"。自己或许侥幸逃过此劫，但幕后主谋的恶名却是难以躲过的。还是自己先走了吧，以免无数的仁臣儒僚跟着自己人头落地。

空怀一腔大志，真金终于有苦难言病入膏肓了……

到南苾皇后赶来悄悄探视时，他已经病到一个"新的境界"。当南苾告诉他说"禅位奏章"事件已经"转危为安"，东宫调动也只不过"淬钢"而已。但真金听后却只是说："父皇圣明！父皇大度！而儿臣累矣，心血已耗干矣……父皇是一株参天大树，儿臣只不过旁边之一苗小草……然既是小草，也是圣祖之苗裔……儿臣也想无愧于圣祖子孙，儿臣也想使我大元王朝永葆长治久安……"

极为罕见地出语唐突，似已预示着不祥？

果然，太子妃阔阔真已泣不成声，而真金仍在对南苾继续倾诉："……唯对不起皇后……您为我挡下了诸多迂儒之奏章，化解了父皇一次又一次的震怒……然您却留下了'干预外事'之诬名，此……此也算得'舍身成仁'……我……我已将后事尽托于阔阔真，还……还盼皇后今后多加扶持，但……但愿就此一了百了，无……无须再问罪于东宫臣僚……儿臣去矣……"在太子妃阔阔真悲痛欲绝的恸哭声中，大元王朝的第一位皇太子就这样走了。死时年方四十三岁。

从此，汉法儒臣派彻底失掉了依托……

这也可算作古代"两条路线斗争"的一个结果，随着太子真金的辞世残余之汉法改革派官员似早溃不成军了。从此便是卢世荣与桑哥等"功利复旧"派权臣奸相的登场，阿合马似乎又"借尸还魂"了。难怪业已年迈的契丹儒臣耶律铸竟悲愤不已，蘸泪赋诗悼念真金太子云——

【第十六章　烈士暮年，自觉走下神坛】

象辂长归不再朝，痛心监抚事徒劳。
一生威德乾坤重，万古英名日月高。
兰殿好风谁领略，桂宫愁雨自萧骚。
如何龙武楼中月，空照丹霞旧佩刀。

就这样，继睿智多谋的察苾大皇后辞世之后，皇太子真金也终于撒手西去了，致使深宫大内一时间变得冷冷、清清、凄凄、惨惨、戚戚。从小即为太子"陪读"的东宫色目儒臣不忽木竟为之泣血，捶胸顿足仰天悲号："天灭吾曹！天灭吾曹……"而丞相安童闻知，思及童年往事更当即昏倒在地。

史载，真金自幼习儒，过于汉化。其实不然，有多方史料可证实他也是个颇有抱负的太子。似早已从辽金两代难成气候中汲取了教训，对民族兴衰与国家命运均有自己宏远的构想。

只可惜！父皇的身影太伟岸巨大了。

他终于撒手走了……

三

忽必烈年纪越老，似越陷入了可怕的孤寂之中……

先是与之奋斗一生历经磨难共创大业的妻子离去了。虽说有与当年察苾惟妙惟肖的小皇后陪伴于身旁，但只有他内心能感受到其间的差距有多么大。

现在皇太子又继可爱的芒哥喇离去了……

这使他陷入了一种前所未有的悲苦之中。他曾老泪纵横狂怒地诅咒过真金不该"弃父皇而去"，随后又曾如泣如诉地喃喃自语："皇儿！好皇儿……父皇不是不放心你……乃放心不下这权、权、权……"痛子之情溢于言表，但很快便陷入了久久的沉默之中。似有回忆，似有怀念，好像还有深深的自责。当他再开口说话时，人们惊讶地发现他竟总重复着一句话：是朕活得太久矣……是朕活得太久矣……意蕴深远，老年丧子之痛展现无遗。

其实，此时他已骑在虎背上难以下来了……

是的！忽必烈也曾为黑发人"悲恸不已"，但作为圣祖成吉思汗杰出的子孙他又很快地振作起来了。放眼于两位一直在身边长大的皇嫡孙：甘麻喇与铁穆耳，他这次要亲自动手培养自己心目中当有的继承人。忽必烈一改昔日让子女"从儒受教"之做法，竟把两位少年皇孙尽早封王置于大漠荒原锤炼。在亲信大臣的辅佐下早早地便统兵镇守漠北及中亚一带，以使他们尽快一扫其父"仁儒文弱"之风。他一生经营着一个如此庞大的帝国，真可谓"前无古人，后无来者"！西至中亚、南亚，甚至东欧，东至穷海，北至极地，南至西沙、南沙，或者更远……好大一个天下，绝对早已超越秦皇汉武、唐宗宋祖。但当大皇帝兼天可汗又是如此之难，似也只能老当益壮继续"挥斥方遒"。

然而，那些早逝的藩邸儒臣似夜夜仍在对他劝谏……

难忘，实难忘啊！其中有姚枢、许衡、窦默、廉希宪、赵璧、张易，尤其是那在南宋被整整囚禁了十五年的郝经。似仍在向他力陈"马上得天下、马下治天下"之种种要义，甚至公然向他指出"鱼与熊掌二者不可兼得"，唯"以仁治国"方可光耀千秋。而他似乎总是在梦中对他们说：快了！快了！吾当可后顾无忧以"仁"治天下矣！他终于想到了转向，他想到了回归。

或许这是真话，形势对忽必烈极为有利……

有史可考，此时草原母地三大股反叛势力已日渐势弱。头号叛王海都已被打得远遁中亚，与其残党余孽在苟延残喘中似也只能求饶。而自命不凡的昔里吉，也早就被打得东逃西窜最后也只好前来再次请求"归降"。旋即死了！死在被流放的一座南海孤岛上。现在只剩下了东部的叛王乃颜，平定了这最后一个似可永葆草原母地安详宁静了。此时的忽必烈似乎也意识到这似乎很难长远，人人都把征战当传统，何来永久的安宁？

但他老了、累了，剩下的似乎也只有凄凉的反思……

【第十六章 烈士暮年,自觉走下神坛】

然而,忽必烈的人生伟业,却似被推着步向了又一高峰。如晚霞般的绚丽多彩,回光返照般地展现出他最后悲壮的身影。至元二十四年(1287年),忽必烈时年已属七十三岁高龄。但为了平息这最后一个叛王——乃颜之乱,似也只能不顾"年迈力衰与腿足关节之肿痛"而去"御驾亲征"。又一次动用了象阵,而此次乘坐象舆却纯属因腿脚行动不便。而关于此次草原激战,马可·波罗在其《马可·波罗游记》中曾有过绘声绘色之描述。为再现古代战争的场景,为再现烈士暮年之悲壮身影,现将有关部分摘述于下。其文云——

  大可汗率领全队人马前进,经过二十天,到达一个大平原,乃颜和他的四十万骑军已经在那里××了……大可汗在四个象背上所负的小楼中,站在小山上,左右围以弓弩手。旌旗飘扬在他上面,旗上有日月形象,高插空中,所以各方面都能看见。这四只象都盖以极厚的熟牛皮,牛皮上面又盖着丝和金制的布。他的军队排列成三十队。每一队有一万人,全都带着弓箭。大可汗分自己的兵力为三组,两翼展开极长……在每队前面,有五百带弓和长矛的步兵……每当骑兵冲锋时,那步兵就跑到靠他最近的马的臀上,坐在骑兵的后面,两人共同前进。当马停止时,他们跳下马来,用他们的长矛去戮杀敌人的马……大可汗确实如此排列他的人马成为许多分队,去包围乃颜的营塞,要和他去决斗……以后人就可以看见和听到许多乐器声音响起来了(特别是那二弦的乐器,有最愉快的声音)也能听到许多喇叭的吹声和许多的高唱。因为你们必须知道鞑靼人的风俗如此。当他们已经摆布和排列成队伍,在去打仗以前,他们一定要等待领袖的罐鼓声……当双方都预备充足后,大可汗的罐鼓开始发出声来了。先在右翼,后到左翼,罐鼓的声音开始发作,所有阻滞即刻停止,他们用弓箭、矛、锤矛和长枪(后者是很少的),冲上前去厮杀。但是步兵都有强弩和许多其他的武器……这战争开始,是非常残暴和凶猛。现在就可以看见箭的飞射,空中全充满了,好似雨的下降。现在又可以看到骑士和马倒在地上死了……奋勇战斗从早到午……最后，大可汗得胜了。当乃颜和他的战士，看见自己方面将不能再久支持了，于是他们开始逃遁。但是这也不能帮助他们什么。因为乃颜已被捉了。所有他的达官和臣民带着所有武器，全来投降大可汗了……

最后的亮相，精彩的谢幕！但又能有谁知道呢？随着大可汗宝座的越辉煌越滋润，好些其他家系的圣祖子孙又在为这份荣耀蠢蠢欲动。反正按照大"札撒"圣祖的子孙是没死刑的，说不定下一个又会有谁跳将出来为此一搏呢？为此，乘在象舆上大获全胜的忽必烈并未豪情溢于言表，而是任银须飘然在沉默中放眼眺望着苍凉的茫茫荒原。

或许是因为年迈，或许是因为多年未曾"御驾亲征"……

越走忽必烈便越被眼前的惨景强烈震撼了：到处都是倒毙的战马，漫山遍野累累的尸体和白骨。秃鹫和乌鸦正在放肆地啄食，还有那流淌出的血正在变黑和凝固……蓦地，便见得一位老妇人，衣衫褴褛，白发飞舞，双目深陷，正迎风站在尸体之间，挥动着枯柴般的双臂向苍天凄凉地泣号着："长生天啊！再不能打了！草原上的男人们都快死光了：淹死在大海里，热死在雨林里，横死在箭矢里，病死在瘴气里，还相互拼杀自己死在自己人手里……不能再打了，母亲没有了儿子，女人们没有了男人，男孩子刚出生就准备去战死，女孩儿刚出生就准备没有丈夫……天可汗在哪儿？天可汗在哪儿？我、我要告诉他，再打就连人种也快没有了……"

显然有人认为这是冒犯，随之竟有一支冷箭射了出去……

忽必烈下意识地闭上了眼睛，但那老妇人的声音还是传到了耳中："谢谢……"再睁眼一看，那老妇人已安详地倒在尸堆里了。忽必烈大怒，但那忠诚的射冷箭者却再也找不出来了。恍然间，耳边似响彻了无数亡灵的咒骂，从此他就陷入了一种不祥的预感之中。

忽必烈将此视为长生天召唤之征兆……

归来，他就隐没于大内深处，从此就再没有迈出大安宫一步。而臣下却以为这

【第十六章　烈士暮年，自觉走下神坛】

只是因为他老了，累了，毕竟已经迈过古稀之年了。但无论是"义理派"和"功利派"均不盼望他早死，因为或许只能凭他崇高的威望和娴熟的政治手腕才能姑且稳定政局与保持平衡。故而没人能理解他在宫闱深处那痛苦的反思和痛苦的抉择，还有那深深的叹息。

似乎只有南苾皇后尚能微微觉察到……

她已看出了身为大皇帝的忽必烈，在功成名就后竟落得如此孤独寂寞。他会常常沉思不语，又会常常似在和谁对话。时间久了南苾这才发现，他最多的还是向察苾大皇后倾诉，还有时会问傻王芒哥喇的"羊肉泡馍"……终于有一天，他似乎在和太子真金对话了，好像总在问：为什么？为什么？……南苾感觉时机已到了，一咬牙终于把太子临终前那些"唐突"的话语告诉了他。忽必烈果不愧为一代雄主和明君，听后蓦地一怔便急速地回转到现实中来。当即召见真金从小的伴读不忽木，似要问问自己这个怯懦的儿子果真也曾有过雄心大志？

而不忽木并不知圣上用意何在，倒好像是为赴死而来……

显然他是甘愿为太子真金辩诬赴汤蹈火的，未经发问便跪伏于忽必烈脚下滔滔不绝地泣奏起来：从"货币贬值，通货膨胀"（原文见《元史·食货志一·钞法》）到"士卒苦战、民不聊生"等种种可怕现实，统统一股脑儿端在了忽必烈眼前。多亏了南苾的及时提示，他这才知道皇上是为了解太子的政治主张召他而来的。但既然是准备前来"舍生取义"的，故也就豁出去了，详细阐述了太子的种种设想：息战、养民、抑豪强、重农桑，以"仁"治天下。并转述了太子"于漠北永葆茫茫草原，严禁外族它用。承袭祖俗祖风，唯崇蒙古语蒙古文。只要游牧在，则我蒙古人必永存！"以及"圣祖之子孙不但能马上打天下，而且能马下治天下！一统华夏仅仅是开端，而更重要的乃是使大元王朝永葆长治久安！"等主张。奇怪的是忽必烈紧闭双目正襟危坐，似听非听脸上竟毫无表情。

久久无语，不忽木看到南苾的手势只好战战兢兢暂且退下……

但出人意料的是忽必烈竟听之任之，侍臣似乎也只好等待"于无声处听惊雷"了。但没有，第二日他又似突然想起早已被"罢相"的安童，并命人立即把这个

"病秧子"召进后宫。也难怪，安童虽十三岁任"怯薛台"（高级将领），十八岁便拜相，但一生的经历也太坎坷了。陪皇子那木罕镇北被骗俘，一过囚徒生活就是十几年。归来后虽曾官复原位，但却因儒臣身份累受三代权奸阿合马、卢世荣、桑哥的打压和排挤。最后终因"不识时务"被彻底罢了官，因精神和肉体饱受摧残已早成"病秧子"了。虽然年龄刚刚跨过四十，却早已憔悴不堪咯血不止仿佛提前进入老年了。这也是位愿为太子正名不要命的主儿，正巴不得临死前能"一吐为快"呢！而他和太子的关系颇为特殊，故满朝文武均猜测：昨日召见不忽木，今日又召见这位"病秧子"，莫非"太子党"眼看要大难临头了？只能是人人自危，提心吊胆地听候着大安宫内的动静。却谁料两天两夜竟不见安童出来，遂都估计凶多吉少太子将死难安寝了。

但大安宫内依然是静悄悄的，还是没有任何信息传出……

只有南芯在一旁听得明白，这一君一臣两个蒙古人，似乎从未提及太子，交谈中只是围绕着已逝的察芯大皇后转，有热泪，有泣诉，最终还是归结于她留下的那句话："草地大了什么牲口都会有，国家大了什么乱子都会有。适可而止，当专于治……"两天两夜了，始终谈论的就是这个"治"。随之，安童竟由此向圣上列举了一件令人发指的事件：原来，在1276年围困临安时，忽必烈为争取民心，曾下令不得侵犯南宋历代皇陵。但尚不到十年，权奸桑哥却密令他的爪牙番僧杨琏真加，假征战急需之名掘陵取宝。为得宋理宗口含之一颗夜明珠，竟将其尸体倒悬于树三日"以沁其腹中水银"。并将其他皇陵也掘掠一空，还将历代帝后尸骨与兽骨杂堆一处。上筑一塔，起名镇南塔。（详见《辍耕录·发宋陵寝》）安童最后说："至今江南人心不稳，暗乱不断，我主十年心血几近毁于一旦。由此可见，实现圣祖'一统天下'之遗愿今后当专于'治'……"南芯看到，忽必烈听后并未立即震怒谴恨于他人，而是面孔抽搐不断自责地长长叹息。一连两天均是这样：听多语少，只是在久久的沉默中痛苦地反思着，艰难地抉择着，以致他的头上白发骤然又多了许多。但南芯感到留在心头的却只有敬、只有爱，她几乎就要失声高呼了：只有我们蒙古人，才能产生这样襟怀坦荡、豪放豁达的君王！

【第十六章　烈士暮年，自觉走下神坛】

是的！忽必烈正在痛苦的反思中开始自觉走下神坛……

第三天，满朝文武是看着安童被抬出大安宫的，据说是因为"呕血数升"。正当众臣惊恐不安时，却又传来一个更令人惊诧的消息：不忽木被召进宫内成为圣上首席贴身重臣。忽必烈就是这样，他不会像汉武帝那样下一道"罪己诏"了事，更不会像某些帝王那样"永称圣明"。临终前仍保持着马背民族特有的坦荡胸怀，从容纳谏、只争朝夕地为大元王朝的未来铺路。身后功过任人评说，眼前是非必须及时理清！

这是忽必烈生命最后展现的辉煌：清醒、睿智、果断及祥和……

他开始行动了，于1287年先是处死了理财的权臣卢世荣，于1291年又诛杀了理财番相桑哥，绝不手软，致使人心大快。同年，又重组了以不忽木为核心的中书省。虽完泽名为右丞相，却大量重用了一批太子真金的亲信儒臣，如何祖荣为右丞，马绍为左丞，贺胜、高翥为平章政事等。并将当年被贬的御史中丞崔彧、监察御史周祚等彻底平反并重新启用，而且还将大批汉臣名儒如姚燧、王恽、高道、程钜夫、赵居信等也纷纷调回朝中委以重任。这是个明显的讯号：从此将"息战养民"，一心"以仁治国"了。只可惜！姚枢、许衡、窦默、廉希宪、刘秉忠、赵璧、张易等藩邸旧臣均早已先后死了，没有等到他重又回归到儒学汉法。（详见《元史·世祖本纪十四》）唯一可重用的藩邸旧臣安童，却因彻底长谈后竟渐渐病入膏肓了。无法再主持中枢，并死在忽必烈前头，时年（1293年）也只不过47岁。（详见《元史·安童传》）

这里必须要插叙一下不忽木……

不忽木，康里人燕真之第二子，属当时之"二等公民"色目人。其父即藩邸元老，曾在最关键的时刻提醒忽必烈应向蒙哥大汗请战。不忽木乃太子赞善（东宫主政大臣）王恂的学生，而王恂又为刘秉忠之学生。王恂曾受刘秉忠推荐为真金"侍读"，少年不忽木也跟着当了真金的"伴读"。总而言之，不论师徒父子均是围绕太子从一个"窝儿"出来的。由于从小就是亲眼看着长大的，就连察苾也将他视若己出。故忽必烈因思念真金，爱屋及乌晚年竟对不忽木日渐宠信。病重期间更破

"非国族勋旧不得入卧内"之规矩，特命其以近侍身份"日视医药，不离左右"。忽必烈本来是要以不忽木为相执掌中枢的，但不忽木却以"非国族勋旧，且资历尚浅"等婉辞之，并力荐为官清正而倾向汉法的蒙古族元勋完泽为右丞相，耶律铸为左丞相。实际上还是不忽木运转着中枢内阁的一切，乃事实上的宰相。完泽开始还卖弄老资格有点不服气，但经平南统帅伯颜说明真相他也就心服口服了。相处甚谐，故史载"完泽、不忽木为相"。其实，不忽木当时的名义仅为"平章政事"而已。但其意义重大，故当时的汉臣儒士代表人物王恽闻之即喜极赋诗曰："学术自初希圣哲，羽毛今果见云霄。心存经济开公道，天予精神一本朝。"（详见《元史·不忽木传》）

但关键还在于忽必烈的"知人善任"和"从谏如流"……

进入至元三十年（1292年）岁末，久处压抑状态的三皇子那木罕也在悔恨郁闷交加中悄然辞世了。这显然对忽必烈又是致命的一击，似现在方觉得均可理解但悔之已晚。内心痛苦的熬煎可想而知，到次年年底，这位华夏历史上最杰出的少数民族帝王终于一病不起了，致使群臣均以为他难度年关。

但尚有许多急待解决的问题摆在眼前——

比如，谁是临终的顾命大臣，这绝对有关未来政局的走向。

比如，南苾新后未来将扮演的角色，这绝对影响皇室的安危。

而更重要的还在于：到底谁是皇储？

忽必烈又有惊人之举……

四

总算熬过了年关，到了1294年的正月初一……

忽必烈显然又创造了一项新的纪录，年过八旬，寿数已远远超过了秦皇汉武、唐宗宋祖，在此前的华夏历代帝王之中实属罕见。当在他临终之前还应反复指出此

【第十六章 烈士暮年，自觉走下神坛】

点：功过是非任人评说，但他确实创造了中国历史上多个"第一"。而在即将告别人世前，他仍在为自己的失误力挽狂澜。

这一年，通常都要举行的新春朝贺被取消了……

没有鞭炮齐鸣，也没有锣鼓喧天，大年初一这一天变得如此反常地萧瑟和静穆。大都皇城绝无一丝声息，群臣百官再无一人敢轻举妄动。他们都在默默遥望着皇上寝宫，战战兢兢地只等着从那里发出第一声号啕。

天色是阴晦的，致使宏伟的大都皇宫显得毫无生气……

但忽必烈的生命是如此顽强，仿佛在生死之间也是可以来往如此游刃有余。久卧于御榻之上，却显得仍是那样从容不迫。时而久久昏迷不醒，似正在和另一个世界里的亲人絮语。其中似有太子真金、傻王芒哥喇，还有三子那木罕，但更多的还好像是察苾。呓语中似乎并非仅是儿女情长，尚有令人莫解的哈哈大笑。时而清醒如常，平静地面对着守护在一旁的南苾皇后和不忽木，反倒抚慰二人曰："勿悲、忽悲！人生无常，长生天已对朕殊加眷顾矣！"

只准二人侍待身旁，他人不得擅自而入……

而至元三十一年（1294年）正月初一这一天，忽必烈却有些反常，竟曰："爆竹当响，未响；锣鼓应鸣，未鸣！可传告天下，朕二十日后方去，尚不会影响黎庶欢度元宵佳节。一切如旧，钦此！"豁达大度，尽显无遗。然就在锣鼓喧天、鞭炮齐鸣时，他却老泪纵横别有一番惊人的议述。他对不忽木曰："朕闻汉地老者常云：老而不死是为贼也！朕当时不解，死到临头方才悟彻！若朕六十有五即逝，非为短寿，且留一世英名！更可使太子一展才华，我大元王朝现今当另是一番景象！天意如此，误我儿春秋鼎盛！"这超凡的大度令不忽木大惊失色，赶忙敬服地跪伏于地悲泣不已。这可能在中国历代帝王中也是唯一，足可见其草原般胸怀的博大与坦荡。而忽必烈却曰："当为朕之后事做准备了！"

随之，便有条不紊地下了一系列谕旨——

其一，任命"领枢密事"（军事总长）伯颜、"御史大夫"（总检察长）玉昔帖木儿、"平章政事"（中枢首脑）不忽木，三人同为"顾命大臣"。

其二，谕旨南苾皇后从此不得"擅自干政"，尊太子妃阔阔真为太后，并听命于三位顾命大臣之安排。

其三，钦命速将太子遗玺——"太子之宝"尽快交予皇孙铁穆耳（也有史载早已交予）。这显然是忽必烈临终前又一惊人之举！须知，皇长孙甘麻喇早以"忠恕仁厚"闻名，而铁穆耳在少年时却曾为不可救药的"酒鬼"。据拉施德在《史集》中记述，忽必烈曾千方百计规劝都无济于事，甚至为此亲自动手狠狠杖责了他三次。现虽统兵镇北战功卓绝，但谁能保证他当了皇上后不故态复萌？走下神坛仍不乏惊人之举，这或许正是这位雄才大略的大皇帝临终之时的骇世绝唱！（详见《元史·世祖本纪十四》）

不忽木似乎也只能寄希望于尚且保留"忽里台"之重议……

随后，这位"一代天骄"迈向死亡的步伐似乎加快了。正月十二日，他已自知不行，将伯颜从大同紧急召回大都，当面密嘱"托孤"的诸多事宜。正月十九日，果不负所言，让庶民百姓好好过完年后人渐陷入病危。终于盼来了两位皇嫡孙的归来。正月二十二日夜，这位大元王朝的缔造者终于走到了人生的尽头。在众皇子皇孙之跪泣送别下，平静而又安详地告别了这个世界。临合上双眼前，唯听他隐隐约约喊了一声："唯卿妻也！等着朕……"天哪！似大皇后察苾亲自前来引领圣上。但说来也怪！再看曾和其姑母惟妙惟肖的南苾皇后，此时竟突然变得再没一点相像之处了。浩然之气死而犹在，忽必烈就这样从容地告别了人世。

生的磊落，死的坦荡……

《元史·世祖本纪十四》载：至元三十一年正月二十二日子夜，世祖于大都紫檀殿阖然长逝。在位三十五年，享年八十岁。死后葬于漠北草原母地之起辇谷。从蒙古风俗，至今不知坟冢何在。（详见《元史·世祖本纪十四》）

但历史却是绝对无法掩埋的……

"蒙汉杂糅梦，功过纷纭说！"（当代元史学家李治安语）但随着忽必烈的灵车滚滚北返茫茫大草原时，无论是正方和反方均对他留下的重要历史业绩持肯定态度。如——

【第十六章 烈士暮年，自觉走下神坛】

他是少数民族帝王入主华夏统一南北的第一人！

他是将云南和西藏纳入大元王朝版图的第一人！

他是对台湾、南沙、西沙、东沙实行有效治理的第一人！

他是推动多民族统一国家发展的第一人！

他是"内蒙外汉"探索实施"二元文化"统治的第一人！

他是"拓展海运""引进西技""注重市舶贸易"的第一人！

他是在国内同时海纳佛教、道教、基督教、伊斯兰教，以至犹太教的第一人！

他是在历代少数民族帝王中既热心儒家教育又拒绝科举、既注重儒家学说又鄙夷儒士空言义理的第一人！

多了！多了！似比康熙、乾隆只有过之无不及……

而最为重要的还在于，在历代帝王中他也是敢于在临终前为力挽危局果断走下神坛的第一人！

豪迈的大皇帝、坦荡的蒙古人……

史书上还举例记述了许多有关他"轻刑惠政""知人善任""乐于纳谏""从善如流"等多种事例。颇为生动，但又与他反复任用阿合马、桑哥、卢世荣等权臣奸相害民有所相悖。但有三点却是可信无疑的：其一，他没有无辜滥杀过一个创业功臣；其二，他一生从未搞过文字狱；其三，在历届大汗中他在征伐中首倡"不妄杀一人"，绝没出现过"嘉定三屠""扬州十日"那样的恐怖血腥的历史场面。而在这方面，他确也可算作少数民族帝王中的第一人！

但既是蒙汉杂糅的历史梦，那就必然有喜又有悲……

由于大元王朝的存在尚不到一百年，而后辈儿孙又均欠雄才大略。故当蒙汉杂糅的历史梦破灭后，他的历史形象竟渐渐变得模糊起来。有人指责他过于唯崇儒学，简直成了个汉人皇帝；有人惋惜他过于推崇祖制，简直还是个蒙古大汗。加之，随后便是明代三百余年以汉文化为中心的统治，他似只剩下"好大喜功，嗜利黩武"可言。当然，察苾也跟着消失得无影无踪了。倒是国外的史学家和亲历者首先为他"打抱不平"，比如远在欧洲的意大利人马可·波罗就在他的《马可·波罗

一统华夏——忽必烈大帝之文韬武略

游记》中,以亲历的身份评价说——

> 告诉你们治理全鞑靼人各王中的最大的王……这最大的王就是大可汗,他的名字叫忽必烈……在臣民、土地、钱财各方面来说,在现世或是以前,自从我们的始祖亚当直到现今,大可汗是一个最有势力的人了……他是现在活的,也是从来没有的,一位大皇帝……忽必烈承嗣着成吉思汗直系皇统,因为全鞑靼人的君主必须属于那个宗系……他得到这个君位是凭着他自己的豪气、勇敢和智慧……在他为君主之先,他差不多参加了每次战争。他是一位勇敢的兵士和优良的领袖……大可汗,是一个最智慧,在各方面看起来,都是一个有天才的人,他是各民族和全国最好的君主。他是一个最贤明的人,鞑靼民族从来所未有的。

而波斯史学家瓦撒夫就对忽必烈更推崇备至了。他坚定地认为,忽必烈才是中外真正的"千古一帝"!他在伊利汗国生活过,故在其《瓦撒夫书》里竟这样说——

> 自我国(波斯)境达于蒙古帝国之中心,有福皇帝公道可汗驻在之处。路程相距虽有一年之远,其丰功伟绩传之于外,至达于吾人所居之地,其制度法律,其智慧深沉锐敏,其判断贤明,其治绩之可惊羡,据可信之证人,如著名商贾、博学、旅人之言,皆优于迄今所见的伟人之上。仅举其一种功业一段才能例之,已足使历史中之诸名人黯淡无色。若罗马之诸恺撒,波斯之诸库萨和,支那之诸帝王,阿勒壁之诸开勒,耶门之诸脱拔思,印度之诸罗阇,萨珊、不牙两朝之君主,塞勒柱克朝之诸算端,皆不足道也。

后来,在明代人编纂《元史》时,在坚持以汉文化为本位的基础上,也不得不

【第十六章　烈士暮年，自觉走下神坛】

给予他较客观的评价。其文云——

> 世祖度量弘广，知人善任使，信用儒术，用能以夏变夷，立经陈纪，所以为一代之制者，规模宏远矣。

直至清代初叶，蒙古族史学家也在为自己的祖先鸣不平了。杰出的学者萨囊彻臣在其《蒙古源流》中，又以蒙古人的立场对忽必烈重新评价曰——

> 治理大国之众，平定四方之邦，四隅无苦，八方无挠，致天下以井然，俾众庶均安康矣！

然清人赵翼则传统立场未变，在其所著《廿二史札记》中，仍对忽必烈多加贬义曰——

> 元世祖混一天下，定官制，立纪纲，兼能听刘秉忠、姚枢、许衡等之言，留意治道，固属开国英主。然其嗜利黩武之心则根于天性，终其身未尝稍变。

直到1939年，法国学者格鲁塞在其重要著述《草原帝国》中，才率先提出了个全新的命题，将对忽必烈的评价提升到一个更高的境界。其文云——

> 忽必烈推行一种二元政策……从蒙古人的观点来看，他在原则上（如果不是在现实中）始终如一地维护了成吉思汗帝国精神上的统一。作为至高无上的汗，即成吉思汗和蒙哥汗统治的继承人，他坚持不断地要求成吉思汗各大封地的服从……在中国，他企图成为19个王朝的忠实延续者。其他的任何一位天子都没有像他那样严肃地扮演着自己的角色。他恢

复的行政机构治愈了一个世纪之久的战争创伤。宋朝灭亡以后,他不仅保留了宋朝的机构和全部行政官员,而且还尽一切努力得到了当时任职官员们个人的效忠。在征服土地以后,他也完成了对人们头脑的征服,他想获得的最伟大的名声也许不是'他是世界上第一位征服全中国的人',而是'第一位治理全中国的人'。

而不论把对他的认识引领到如何更新的境界,他在七百多年前已远离尘世飘然而逝了。与察苾大皇后执手相携,来自草原,而又重新回归草原了。只是在他去世后的短暂时间里,人们曾对他的料事如神和用人精准仍感叹不已。果然,铁穆耳在随后的"忽里台"大会上当众辩倒了另一皇孙甘麻喇,以鲜明的施政方针登上了皇位,是为元成宗。不仅彻底戒绝了酒,而且在贤能的阔阔真太后的辅佐下竟干得颇为有声有色。(详见《元史·伯颜传》)

这也是大元王朝的一大特点:自成吉思汗以来,代代均有杰出的蒙古族女性支撑着汗国的半壁江山!从孛儿帖到索鲁禾帖妮,到察苾,以至再到阔阔真。似乎一旦失去杰出蒙古族女性的智慧,江山也会随之黯然失色!(详见《元史·后妃传》)

大元王朝的后期就仿佛印证了这一点……

但从历史的原因去找,似乎还是铺得摊子太大了,积攒的问题太多了,而思想准备又是这么匆忙而不足。即使如忽必烈这样杰出的"先知先觉"者,虽从青年起即接触到了"以仁治国"等当时尚属最先进的政治理念,但仍困囿于原始的草原文化难以自拔。一生都在顽强地摸索,但"二元政策"之推行似只会给后代留下"积重难返"之沉重包袱。比如国族、四等人制、内蒙外汉等,必定会形成两套班底,衙门重叠、官员臃肿、以族代政、腐败成风、民族对立、矛盾丛生……再加上此后再没出现过像忽必烈这样雄才大略的杰出帝王,故在他死后才六十多年不可一世的大元帝国便彻底崩塌了。

一个堪称伟大的君主,一个相对短暂的王朝……

【第十六章　烈士暮年，自觉走下神坛】

如果元代的国祚也能如明清那样延续近三百年，忽必烈的故事将会超越康乾盛世更加被人传颂。而察苾也不会这样鲜为人知，也将会超越长孙皇后而名列贤后之前茅。

但不必惋惜！他们均为中华民族建立过不朽的功业……

更何况！这似也可算马背民族另一次更大的"游牧"，为华夏大地留下一笔丰厚的大礼，而又重新回到草原母地。正如察苾所预言的那样：挥得战刀出，捧得藏经归！

绝不能以成败论英雄……

君不见！华夏历史上许多强悍的民族，如匈奴、突厥、鲜卑、契丹、女真、羯、狄、戎等均在历史中逐渐消融了，而蒙古民族却至今仍保留自己的独特的语言文字，独特的生产和生活方式，独特的民族习俗和民族性格。热爱着骏马，追逐着自由，眷恋着茫茫的大草原和蒙古包里的家。

或许对于这一切，他们也早有思想准备的……

这就是从"草原汗国"到"大元王朝"所经历的风风雨雨，其中主要讲一位杰出的君王和一位贤能皇后的故事。

他们还有三位皇子：一位仁弱，一位犯傻，一位越规。

还有一位女儿命运特不济，连续嫁了三位驸马。

一部学术性的长篇历史小说，唯追求可读。

请试从头阅起……

后记

【后记】

历经六年的研读、创作和反复校对与修改,为回报草原,长篇历史小说《一统华夏——忽必烈大帝之文韬武略》总算初步定稿了。

首先,我要感谢的是出版社……

须知,我也可称得上一位写作界的"遗老",至今仍对电脑一窍不通。处理我那一摞摞手写稿件完全用不上现代化的科技手段,实在是一件颇费心力的烦人事情。然而,出版社从各级领导到编审,从打印高手到校对专家,均能不辞辛劳、不厌其烦地给予我极大的支持。更令人感恩的是,我国著名的文学评论家江曾培先生竟在百忙之中为我"指点迷津",一语中的,顿使我茅塞顿开。还有,编审们为我的往返奔波,排危解难,更进而还专门去请蒙古族著名的学者为这部小说写序……文化素质,都市的风采!从朋友的身上,我深深感受到了这一点。

其次,我还要感谢草原……

正是植根茫茫大草原的蒙古族同胞们,在我创作的初期给予我热情的鼓励和支持。诸如伊·布勒固德、纳穆吉勒、赛音吉雅、巴拉吉、托娅、达·布和朝鲁等。多了!多了!很难一一再列举下去。其中,巴拉吉成了我长年的民俗和语言顾问,托娅更为我提供了诸如古代马背民族服饰等诸多珍贵资料,其他人也是有问必答,有不清楚的史实立即就为我查蒙古文史料。尤其令我难以忘怀的是赛音吉雅(汉名张勇）先生，在他病前我们就曾在一起多次讨论过这个题材。后来他中风半身瘫痪失语了，我也曾再次去向他讲述过小说的整体构思。至今我仍记得，他听后先是频频点头笑声不断，随后便紧握着我的手泪流满面……现在他已经离我们而去了，但此情此景却在我心头永远挥之难去。似早已化作一种动力，使我力排万难也要顽强地写下去。

当然，我最应感谢的还是前人留下的珍贵史籍……

果不愧"史笔如刀"，他们总是能为真实的历史刻下深深的印迹。比如，只要你能对照各分传详读《元史·世祖本纪》（一至十四），你就会大体弄清从草原汗国到大元王朝的来龙去脉；只要你详读《元史·后妃传》及相关册文，你就会大体确信察苾皇后是一位"佐夫终成帝业"的杰出的蒙古族女政治家；只要你能反复阅读各种译本的《蒙古秘史》，你就会大体理解马背民族的源与流，他们独特的民俗民风，以及他们逐步走出草原入继华夏大统的必然趋势……况且还有历代国外史学家留下的相关专著，如波斯史学家拉施德的《史集》、意大利旅行家马可·波罗的《马可·波罗游记》、法国史学家格鲁塞的《草原帝国》以及志费尼编著的《世界征服者史》等，均从不同角度提供了丰富的史料，足以使你在文学构思中有了更开阔的想象空间。而当代史学家以现代意识向更高层次探索时，就会使你得到更深刻的启迪。比如，我国元史专家李治安先生对忽必烈的全新论断——"多民族统一国家发展的推进者"——就对这段历史起到了"画龙点睛"的作用。总之，前人栽树，后人乘凉！没有古今中外史学家留下的丰富史籍，也就不会有这部小说。

尚需声明：如有谬误，且只当小说家言……

除此之外，我还必须对山西文学院院长张锐锋、天津作家刘品青、内蒙古学者邱瑞中等均致以深深的谢意，他们都曾给我的创作予珍贵的鼓励和关注。

感谢前人，感谢今人，谨以此作为后记！